U0115336

曹操《歷代古人像贊》

曹操《三才圖會》

曹操《圖像三國志》

曹丕《圖像三國志》　　　　　曹植《圖像三國志》

陶淵明《三才圖會》

陶淵明《古聖賢像傳略》

陶淵明《陶靖節集》
朝鮮翻刻明正德十五年刻本

陶淵明《陶淵明文集十卷》
光緒五年番禺俞秀刻本

歸去來圖《陶靖節集》，朝鮮翻刻明正德十五年刻本

歸去來圖《箋注靖節先生集》，朝鮮翻明成化五年夏塤序刊本

謝靈運《三才圖會》　　　　謝靈運《古聖賢像傳略》

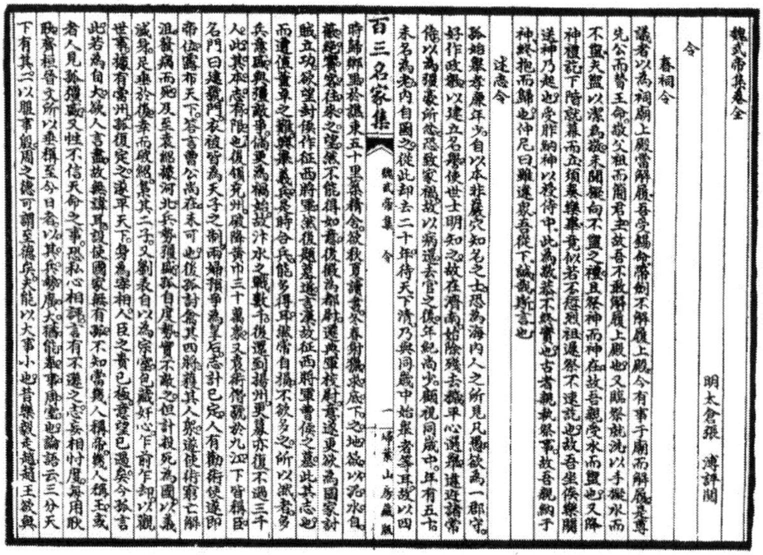

曹操《魏武帝集》，漢魏六朝百三名家集

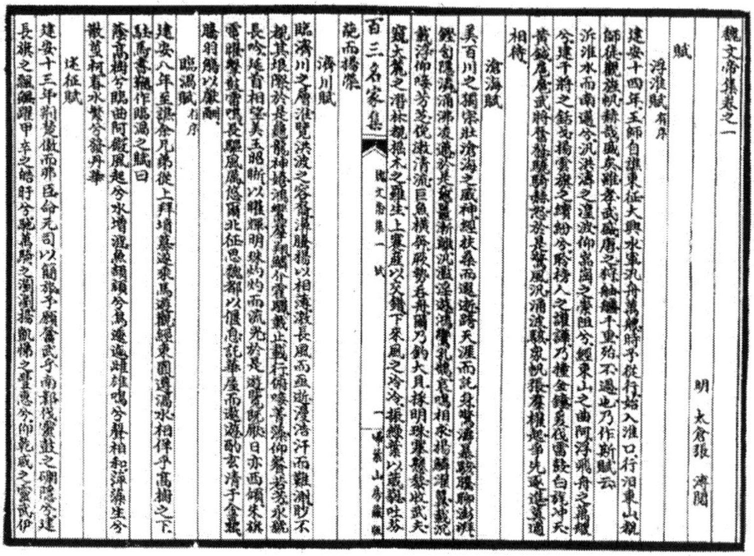

曹丕《魏文帝集》，漢魏六朝百三名家集

曹子建集卷第一

魏陳思王曹植撰

東征賦 并序

建安十九年王師東征吳寇余典禁兵衛官
省然神武一舉東夷必克想見振旅之盛故
作賦二篇

登城隅之飛觀兮望六師之所營幡旗轉而
心異兮舟楫動而傷情顧身微而任顯兮愧
任重而命輕嗟我愁其何為兮心遙思而懸

游觀賦

旌師旅憑皇穹之靈佑兮亮元勳之必舉揮
朱旗以東指兮橫大江而莫御

靜閒居而無事將遊目以自娛登北觀而啟
路涉雲際之飛除從罷熊之武士荷長戟而
先驅罷若雲歸會如霧聚車不及回塵不薆
舉奮袂成風揮汗如雨

懷親賦 并序

濟陽南澤有先帝故營遂停駕造斯賦焉

曹植《曹植子建集》書影，四部叢刊

陶淵明詩

停雲一首

停雲，思親友也。罇湛新醪，園列初榮，願言不從，歎息彌襟。

靄靄停雲，濛濛時雨。八表同昏，平路伊阻。靜寄東軒，春醪獨撫。良朋悠邈，搔首延佇。

停雲靄靄，時雨濛濛。八表同昏，平陸成江。有酒有酒，閒飲東窗。願言懷人，舟車靡從。

東園之樹，枝條載榮。競用新好，以招余情。人亦有言，日月于征。安得促席，說彼平生。

翩翩飛鳥，息我庭柯。斂翮閒止，好聲相和。豈無他人，念子寔多。願言不獲，抱恨如何。

時運一首

時運，游暮春也。春服既成，景物斯和，偶景獨遊，欣慨交心。

邁邁時運，穆穆良朝。襲我春服，薄言東郊。山滌餘靄，宇曖微霄。有風自南，翼彼新苗。

洋洋平澤，乃漱乃濯。邈邈遐景，載欣載矚。稱心……

陶淵明《陶淵明詩》書影

謝康樂集卷之一

宋陳郡謝靈運客兒著
明太倉張溥詳閱

賦

山居賦并注

古巢居穴處曰巖棲，棟宇居山曰山居，在林野曰丘園，在郊郭曰城傍……

百三名家集

謝靈運《謝康樂集》書影，漢魏六朝百三名家集

古典詩學叢刊

# 中古詩人新論

## ——三曹、陶、謝諸人之生平及其詩藝論析

陳怡良　著

# 自序

　　個人一向喜歡古典文學，並喜歡去探索古典文學中的一些問題。以詩歌方面而言，更是常流連其中，樂在其中，這是因為詩歌注重字句諧美，講求意境高遠，富有神韻，又善於象徵，工於對偶、映襯等優點。詩歌中，尤其是先秦文學中的《詩經》、《楚辭》，向被稱為中國文學的源頭，也是古典文學中，閃耀於南北方的雙璧，是讓我最感興趣與接觸的典籍。其次就是魏晉南北朝文學，曾被許多學者讚頌為「中國文學的文藝復興」，在那個時代，人文薈萃，人才濟濟，文人學士，無不逞才競勝，紛紛表現其創作才華，而使當代的文壇，如百花盛開，爭豔奪妍，好一片風光景象。

　　由於個人在退休前，與退休後續任兼任，講授「魏晉南北朝文學專題」，教學相長，使個人累積了一些研讀心得，其後撰述的論文，有的在學術期刊上發表，有的則在學術研討會上宣讀，因而就將這些論文，加以整理，特別將同屬於一個領域的論文結集，計得正文七篇，附錄三篇，都與三曹、陶、謝等詩人相關，如此共得十篇。今將這十篇摘要，簡述如下：

　　第一篇是〈三曹的人格特質及其文學思想〉（此文先在中國古典文學研究會，及輔仁大學中文系合辦的「建構與反思——中國文學史的探索學術研討會」上宣讀，後由臺灣學生書局出版論文集）。

　　三曹指的是曹操、曹丕、曹植父子三人，在當代，父子三人倡導文學風氣，開創一代文風，成果斐然，其文學成就與地位，在中國文學史上，留下光輝燦爛的一頁。因而探討他們父子三人的人格特質，

及其文學思想，就顯得別具意義了。曹操的人格特質，是具善與惡之矛盾性，及複雜性。曹丕則一如其父，具善與惡之矛盾性，然論其才幹與殘暴，那就遜於其父了。丕弟曹植，心地善良，個性天真單純，除立嗣之爭，疑可能尚有其他不明因素，致其受盡曹丕及其僚屬欺凌，甚至曹丕駕崩後，仍受丕子曹叡窮追猛打不放。

至於三人之文學思想，有同有異，同則都重視文學，皆肯定文學之價值。異則曹操主張文須務實，以博學奠基等。曹丕則首作文學評論專文，主文氣論等。曹植則主作家須虛心接受批評，且首提「雅好慷慨」之審美情趣等。三曹之文學作品，更受到後代評家讚賞，而使他們聲名不朽。

第二篇是〈建安之傑　下筆琳瑯──試探曹植生平際遇之逆轉及其對詩歌創作之影響〉（此文刊登在《成大中文學報》第六期）。

建安之傑的曹植，素有「八斗之才」、「繡虎」之美譽，而且是詩歌史上少見能集大成之詩人。文中曾敘述子建在人生哲學之體認，是恪守儒教，戮力上國。其一生際遇，前半歡樂平順，前期詩歌，屬於宴遊唱和之作居多，亦即皆屬於反映現實，感時傷亂之作，其他屬於執著追求功名事業，抒發理想壯志之歌較少，而一些宴遊應酬之作，則毫無意義。後半由順轉逆，成圈牢物，憂生嗟，以致無能施展抱負。而其受挫，卻大大影響其詩歌創作，得將其幽憤，寄之於筆端，有所突破與創新，如擴大題材，諸體皆備。功在五言，創新樂府。注重藻飾，手法多變。剛柔相濟，風格悲壯。

子建之作品，多表現出情深而韻永，質美而格高之特色，可說風雅獨絕，表現非凡，成就其文學生命之異采，正所謂「窮而後工」是矣。末則個人歸納十項淺見，以釐清曹植在生平際遇、政治才幹，及其文學品質、風格等問題之疑點。

第三篇是〈陶詩「採菊東籬下，悠然見南山」意涵省察及多面向

詮釋——兼對「南山」一詞新解〉。（此文本在「2009年陶淵明國際學術研討會」〔由九江學院、日本「中國六朝學會」合辦〕上宣讀，後由同道文友推薦，全文刊登在《淮陰師範學院學報》第33卷第3期，2011年3月）。

陶詩「採菊」二句，出自〈飲酒‧其五〉詩中，其詩曾被評家讚揚為「傑作中的傑作」（陸侃如、馮沅君合著《中國詩史》），其中「採菊」二句，更被評家稱譽為「名句中的名句」，而傳頌千古。個人在文中，深入評析此二詩句的意涵，及「採菊」、「悠然」、「見」、「南山」等關鍵詞的意義。而其中「南山」一詞，個人別有新解，首先提出，以其別具意涵，當有虛實兩義，似較符合淵明當下吟詠之本義，以就正於方家。而後個人再自「時空交感」、「情景交融」、「虛實相生」、「化動為靜」、「語淡味腴」共五個視角，進行賞析。末則歸納幾點理由，如：富有哲思理趣，弦外有音；詩境空靈絕美，氣韻生動；語言質樸如話，淡而有味等，條列說明「採菊」二句，何以成為「名句中的名句」之原因。

第四篇是〈謝靈運山水詩的創作背景及其作品中的色彩美〉。（此文刊登於《成大中文學報》第五期）。自此篇至第七篇，都是個人研讀劉宋元嘉時代，號稱山水詩派宗師的謝靈運詩集後，才撰述的一系列論文。由於時空背景、成長環境、主觀因素等原因，以致歷代評家、文學史家，對於謝靈運其人其作的評價，總是負面的多，正面的少，就其詩作而言，若依近、現代美學理論家，以審美的藝術角度來鑒賞，則評價可能會由負轉正，理由為何呢？這就涉及到時代因素，周遭環境的變動，以及評家的美學素養了。

本文主要在探索謝靈運山水詩的創作背景，及其山水詩作，所呈現的色彩之美。其山水詩作之創作背景，並非單純、單一，而是極為複雜、多樣，有外緣，如受到政治、經濟、思潮、文風、地域、文人

意識等影響。有內因，如靈運本人之仕途、審美素養、治學、寫作才華等多項因素。謝靈運本人，除富有稟賦才情外，最難得的，是他又能好學不倦，可說是「功力、學問、天分」，均達登峰造極之境。難怪鍾嶸《詩品》要讚揚他是「五言之冠冕，文詞之名世」矣。而其詩作之色彩美，更是異采紛呈，讓人眼花撩亂，經個人分析，是：諸色悉用，皆得其妙；顏色調配，賞心悅目；詩中有畫，美不勝收等。

　　第五篇是〈謝靈運在佛法上之建樹及其山水詩的禪意理趣〉。（此文刊登在《漢學研究》第二十六卷第四期，總號第55號，2008年12月）。本文中，個人先探討靈運與當代高僧交往之情況，另敘述其宏揚佛法之功績，更重要的，是著名的佛學理論家湯用彤，於所著《漢魏兩晉南北朝佛教史》中，對於靈運之佛學造詣與涵養，竟全予以否定，個人頗不以為是，乃多所舉證，予以駁正。再者，對靈運在佛學之成就，一般以為有二：一為著〈辨宗論〉。另一為與慧嚴、慧觀一道改治《大般涅槃經》。個人則持另一看法，一個新觀點，以為宜加一項成就，蓋靈運之佛學造詣，絕不應忽視，宜視為其第三成就，即靈運曾注釋《金剛般若經》，且個人曾廣加搜證，發現靈運是早期眾多注釋《金剛經》者之一，並盡可能搜集其注釋，惜僅剩十二則，可能有些已遺佚，今所存數量雖不多，然彌足珍貴。

　　最後個人再探討靈運創作之山水詩。靈運極高明地，將審美與參禪相結合，如詩旨遣用佛典，以顯示教義。其修辭採用佛語，以彰顯佛境，而其山水詩之結構鋪排，則因襲禪法，而不露跡象，其詩情、景、理有機組合，理語則自有勝境，呈現理趣。

　　第六篇是〈謝靈運的審美素養及其山水詩的藝術美〉。（此文刊登於《成大中文學報》第十二期）。前曾提及，某些評家、學者，對於靈運之詩作，不免毀譽參半，人言人殊，然個人以為，若自藝術之審美角度審視，並先去體認靈運之審美素養，則其詩作之評價，豈能不

大為改觀？而在靈運窮力追新之經營下，其山水詩呈現之藝術美，如具結構之美（有固定與錯綜型態，結構、布局，盡可能講求錯綜求變。即使標題，亦極見巧思慧心，可謂一絕）、語言之美（用字、遣詞、造句、修辭，無不錘鍊甚力）、自然之美（含動靜之美、聲色之美，細膩寫實，生動而逼真）、理趣之美（靈運多數之山水詩，將哲理融入情感之中，頗能顯露情味盎然，不失理趣，且內涵豐富，意境新穎，引發人們涵詠體味之情趣）。

第七篇是〈謝靈運〈山居賦〉創作意蘊及其寫景探勝〉。（此文原在「第九屆辭賦學國際學術研討會」〔泉州師院主辦〕上宣讀，後由同道文友推薦，全文刊登於《淮陰師院學報》〔哲學社會科學版〕第34卷第4期，2012年7月）。

謝靈運除了詩歌創作，獲得不少學者極高的評價外，其實他的辭賦，也是極有特色。然文學史中舉證的六朝之賦，卻完全不提及謝靈運的辭賦，即使是著名的學者，對靈運的辭賦，也都有一些負面的評述，個人以為值得商榷。今查《宋書‧謝靈運傳》，說靈運「文章之美，江左莫逮」，而「文章」即含括詩、賦、文等，且靈運的賦，本傳錄其篇幅較長的兩賦，一是〈撰征賦〉，一是〈山居賦〉。〈撰征賦〉此處不贅，另篇〈山居賦〉，是靈運第一次隱居故鄉會稽始寧故宅時所撰。靈運對此賦頗為重視，且自注。

靈運此賦，有學者曾大加稱讚，評其有歷史價值，且言其突破「京都、宮觀、游獵、聲色之盛」的傳統格局，另闢蹊徑，選擇「山野草木水石穀稼之事」。在文學發展史上而言，有其重大的進步意義。個人對此文先探究其創作的意蘊，是如「體現求美之心態」、「表明創作之理念」、「隱寓博學之自豪」、「流露賞愛之生活」、「宣揚崇信之佛法」、「展示新變之成果」。接著再探析其寫景勝處，是「摹寫細緻」、「疏密相間」、「就景抒情」、「動靜相襯」、「景入理勢」。

　　附錄第一篇，是〈曹甄秘戀千古謎　大破大立說分明──讀木齋新著《曹植甄后傳》〉。（此文刊登於《雲夢學刊》第39卷第3期，2018年5月）。此讀後感，是木齋為其大著《曹植甄后傳》，特邀請我給予批評、指教。指教實不敢當，在情面難辭下，只得應允，等拜讀其大作後，草撰讀後心得，其實自己倒覺得受益良多。

　　本文中，個人乃先搜求相關文獻，查考文學史家多持否定說法，個人先舉近人葉慶炳提出之質疑，如涉及刊載〈洛神賦〉之《文選》版本，植、甄兩人之年齡差距，李善注引《記》上所言之不可輕信。另唐代詩人對植、甄二人之戀情，僅在詩作中盛傳，其事不可妄信云云。其次再舉後世對〈洛神賦〉創作意圖之四種看法，如：感甄說、寄心君王說、戀愛說、神話原型說，而後再舉各家之主要觀點，加以簡介其主張。學界多數不贊同「感甄說」，其所以引起爭議難斷，主要因素，乃在文獻的論證上，相當薄弱，且又欠缺正面的直接證據，自然無法產生公信力與說服力。

　　其實千年前，植、甄秘戀一事，本就疑點甚多，木齋在其舊作《古詩十九首與建安詩歌研究》裡，個人曾在為其大著寫的〈序〉中，指出木齋論著的要點，是：（一）確認五言詩之特徵及成立之要件。（二）釐清所謂的民間樂府詩，與五言詩的關係，否定五言詩出自民間的說法。（三）《古詩十九首》的產生時代已經確認，進而多所舉證，分析其中九首之作者，即是曹植。

　　值得注意的，是個人曾將木齋自曹植現存之作品，及《魏書》、《魏略》等史料之相關記載中，發現植、甄二人，確有隱情，個人曾在其撰寫的十七篇零散的論文中，加以歸納出六點，如甄后之死，極不合情理。最疼愛曹植之母親卞氏，竟亦無法諒解曹植之醉酒犯法。曹丕子曹叡，一生均未曾原諒曹植。曹叡臨死前，還下令要重新編輯曹植文集等等，可說疑雲重重。

木齋在《曹植甄后傳》中，破例以編年體詩傳的方式，對曹植與甄后之戀情關係，再做一次的詳盡整理闡發，而在此書撰述中，他又發現一些新史料，新事證，讓他如獲至寶，終於做出結論，是「曹植、甄后秘戀」一事，千真萬確，不容置疑。個人深信，植、甄秘戀的探討，當不是就此結束、終止，期望未來，應尚有可討論的空間，與更精闢的見解以出，個人願拭目以待。

附錄第二篇是〈《古詩十九首》疑案　破解鎖鑰初啟──讀木齋《古詩十九首與建安詩歌研究》〉。此文是木齋請我為其大著，加以批評、指教，為其誠意所感，個人始答應草撰一篇讀後感，做為其大著的序文。

有關《古詩十九首》之詩旨、字句、內容、評價、賞析等方面，歷經不少學者探究，已取得許多成果。不過涉及其作者、寫作動機、寫作年代等問題時，卻成為學者們聚訟難決的問題。無法讓人心服的原因，就是因無法取得直接或正面證據，因而就成了詩史上的一大疑案了。

而木齋是首次針對《古詩十九首》，加以有系統的梳理，以求突破者。他為此撰寫出十七篇論文，主題自然是放在《古詩十九首》相關的問題上。這些論文，可說環環相扣，論證盡可能在詳實資料下，縝密研判，認定五言詩的成立，須經探索、成立、成熟的三個階段，否定五言詩出自民間的說法，確定五言詩的產生時代，當在建安十六年之後，方有可能，而證據之突破點，則在曹植與甄后的戀情，經其提出幾項疑點後，深信植、甄二人，確有隱情。經其運用「以詩證詩」，與「以史證詩」的驗證方法，來推論、研判，認定《古詩十九首》中，至少有九首是曹植所作。

個人用幾句話，來形容木齋不斷努力求證，以求突破的毅力、決心，是「開天闢地，嘔心瀝血；破解鎖鑰，業已初啟」。而在《古詩

十九首》之研究史上，個人認為木齋當為有數的佼佼者之一。

附錄第三篇，是〈元好問〈論詩三十首〉創作因緣探討及其評「陶、謝」再評〉。（此文是在「2005年中國近世文學國際學術研討會」（成大文學院、中文系承辦，中研院文哲所、北京大學古文獻研究中心、復旦大學古代文學研究中心、復旦大學古籍整理研究所合辦）上宣讀，後在2007年3月，由新文豐出版公司出版論文集）。

金元之際的元好問，在文化史、文學史上，大放異彩，貢獻鉅大，而有「一代宗工」之美譽。其在二十八歲所作之〈論詩三十首〉，向來被認為是杜甫〈戲為六絕句〉之嗣響。

個人探討好問之所以創作〈論詩三十首〉，發現其首章自吟之「漢謠魏什久紛紜，正體無人與細論。誰是詩中疏鑿手，暫教涇渭各清渾」。似是其自道之撰述理由，而此真是其創作之惟一動機嗎？非也。吾人若先認知其族譜、世系、生平、際遇、才情、性向、思想、作品等，則當不難推知其所以創作〈論詩三十首〉之原由，其背後實有更複雜之因素在。經個人探討，則知有下列因素，即：「針砭詩風，標示詩之正體以裁偽體」、「步武前賢，樹立以詩論詩之新典範」、「拓跋後裔，激發自強以為金詩定位」等七項。

再者個人選擇好問評「陶、謝」兩大家，作為再評之對象，實有其特殊意涵，蓋兩位自然詩派詩人，均為魏晉南北朝之熠熠巨星，其影響於後世詩人作家甚大。好問評議陶之詩句，是「一語天然萬古新，豪華落盡見真淳」等，評謝之詩句，是「池塘春草謝家春，萬古千秋五字新」等，由於寥寥數語，言簡意賅，卻語言精采，易記易誦，已成為後世評「陶、謝」之最典範評語。個人在文中，則再深入分析探究，以見好問之慧眼獨到，善於取材，亦證好問論詩之功力不凡，方能使上述評「陶、謝」絕句，至今千載常新，萬古流傳。

以上主文七篇，附錄三篇，前七篇是個人在魏晉南北朝，此一領

域的研讀心得，後附錄三篇，主題或部分內容，也與魏晉南北朝有關聯。個人在撰述期間，雖盡可能廣蒐文獻，盡可能求其明確，論證亦務求有根有據，不過也正如曹植說的：「世人著述，不能無病」（〈與楊德祖書〉），也像世人常談的，「金無足赤，人無完人」，就如論文，也是不可能完美的，個人各篇觀點，或有未當，引據或有疏漏，皆有待碩學先進，予以指正，則不勝感激之至，是為序。

陳怡良 謹識於養道書房
二〇二三年二月十六日

# 目次

**人物詩文集圖像** ⋯⋯⋯⋯⋯⋯⋯⋯⋯⋯⋯⋯⋯⋯⋯⋯⋯⋯ 1

**自序** ⋯⋯⋯⋯⋯⋯⋯⋯⋯⋯⋯⋯⋯⋯⋯⋯⋯⋯⋯⋯⋯⋯⋯ 1

**壹 三曹之人格特質及其文學思想** ⋯⋯⋯⋯⋯⋯⋯⋯ 1

　一 前言 ⋯⋯⋯⋯⋯⋯⋯⋯⋯⋯⋯⋯⋯⋯⋯⋯⋯⋯⋯⋯ 1

　二 三曹之人格特質 ⋯⋯⋯⋯⋯⋯⋯⋯⋯⋯⋯⋯⋯⋯⋯ 5

　　（一）曹操之人格特質 ⋯⋯⋯⋯⋯⋯⋯⋯⋯⋯⋯⋯ 6

　　（二）曹丕之人格特質 ⋯⋯⋯⋯⋯⋯⋯⋯⋯⋯⋯ 14

　　（三）曹植之人格特質 ⋯⋯⋯⋯⋯⋯⋯⋯⋯⋯⋯ 19

　三 三曹之文學思想 ⋯⋯⋯⋯⋯⋯⋯⋯⋯⋯⋯⋯⋯⋯ 26

　　（一）曹操之文學思想 ⋯⋯⋯⋯⋯⋯⋯⋯⋯⋯⋯ 27

　　　1 文學價值論：重視文學，舉用文人 ⋯⋯⋯⋯ 28

　　　2 文學創作論：文須尚實，不可浮華；以博學
　　　　多識奠基，寬暇運筆 ⋯⋯⋯⋯⋯⋯⋯⋯⋯⋯ 30

　　　3 賦法論：辭賦用韻，因宜適變 ⋯⋯⋯⋯⋯⋯ 33

　　（二）曹丕之文學思想 ⋯⋯⋯⋯⋯⋯⋯⋯⋯⋯⋯ 34

　　　1 文學批評論：創作各有所長，宜建立客觀之
　　　　批評標準 ⋯⋯⋯⋯⋯⋯⋯⋯⋯⋯⋯⋯⋯⋯⋯ 35

　　　2 文體論：熟知各種文體特性，有助於作家各
　　　　依所長創作 ⋯⋯⋯⋯⋯⋯⋯⋯⋯⋯⋯⋯⋯⋯ 38

   3 文氣論：作家先天之質性、稟氣，決定作家
    之個性與作品之風格 ……………………………… 39

   4 文學價值論：文章一如經國大業，賦予作家
    榮譽心、責任感 …………………………………… 43

  （三）曹植之文學思想 ……………………………………… 46

   1 文學價值論：首重立功，次重立言，成一家
    之言，藏之名山 …………………………………… 46

   2 文學批評論：世上作品無完美，作家須尊重、
    虛心，批評家則須具能力與素養 ……………… 50

   3 文學創作論：發揮己長，接納指正，多向民間
    文學學習，以鮮明文句寫作 …………………… 55

   4 審美感應論：提出審美感應心得，雅好慷慨，
    物我交感，體現審美情趣 ……………………… 57

 四 結語 ……………………………………………………… 62

**貳 建安之傑 下筆琳琅**
**  ——試探曹植生平際遇之逆轉及其對詩歌創作**
**   之影響** …………………………………………………… 65

一 前言 ……………………………………………………… 65

二 生平際遇之逆轉——由順轉逆，誰知苦艱 ………………… 68

 （一）生乎亂，長乎軍，成建安文棟 …………………… 69

 （二）圈牢物，憂生嗟，多感物傷懷 …………………… 74

 （三）意憤怨，慎言行，終遺恨千古 …………………… 79

三 人生哲學之體認：恪守儒教，戮力上國 ………………… 84

 （一）頌君子，鄙小人 …………………………………… 85

 （二）惜人生，愛生活 …………………………………… 87

　　（三）騁沙場，立功勳 …………………………………… 92

　　（四）悟生死，心坦蕩 …………………………………… 97

　四　詩歌創作之突破：騁其寸翰，風雅獨絕 ………………… 103

　　（一）前期詩歌：豪逸駿爽，骨氣端翔 ………………… 106

　　（二）後期詩歌：雅怨慷慨，宏肆沉痛 ………………… 112

　　　　1　擴大題材，諸體皆備 ………………………… 124

　　　　2　功在五言，創新樂府 ………………………… 125

　　　　3　注重藻飾，手法多變 ………………………… 128

　　　　4　剛柔相濟，風格悲壯 ………………………… 130

　五　結語 …………………………………………………… 132


參　陶詩「採菊東籬下，悠然見南山」意涵省察

　　及多面向詮釋──兼對「南山」一詞新解 …………… 139

一　前言 ……………………………………………………… 139

二　省察「採菊」二句意涵應先具有的認知 ……………… 145

　（一）陶淵明一生之生活、性格、思想，宜須充分了解 ‧‧ 145

　（二）〈飲酒‧其五〉寫作之動機、時間、背景，宜先

　　　　體認 ……………………………………………… 154

　　　　1　酬酢往來 …………………………………… 155

　　　　2　消憂解愁 …………………………………… 156

　　　　3　樂得深味 …………………………………… 159

　　　　4　健身延年 …………………………………… 162

　（三）〈飲酒‧其五〉之旨趣、內容、結構，宜先認知、

　　　　深諳 ……………………………………………… 171

　（四）對歷來評論「採菊」二句之觀點，宜先整理、

　　　　歸納、省察 ……………………………………… 175

　　　　　1　就詩的旨趣評論者 ……………………………… 175

　　　　　2　就詩的語言風格特色評論者 ………………… 177

　　　　　3　就詩的藝術手法評論者 ……………………… 179

　　　　　4　就詩的意境（或境界）評論者 …………… 181

　　三　「採菊」二句關鍵字詞釋義 ……………………… 184

　　（一）採菊：食療養生，幻思游仙 ………………… 185

　　（二）悠然：變故作新，妙合無痕 ………………… 190

　　（三）見：雖有爭議，一字傳神 …………………… 197

　　（四）南山：虛實兩義，別具意涵 ………………… 200

　　四　「採菊」二句多面向詮釋 ………………………… 207

　　（一）時空交感 …………………………………………… 208

　　（二）情景交融 …………………………………………… 209

　　（三）虛實相生 …………………………………………… 210

　　（四）化動為靜 …………………………………………… 211

　　（五）語淡味腴 …………………………………………… 212

　　五　結語 ……………………………………………………… 213

**肆　謝靈運山水詩的創作背景及其作品中的色彩美** …… 217

　一　前言 ……………………………………………………… 217

　二　謝靈運山水詩之創作背景 ……………………… 220

　　（一）外緣 ………………………………………………… 220

　　　　　1　政局動盪，文人匿跡林泉 ………………… 220

　　　　　2　經濟萎縮，山林川澤私有 ………………… 223

　　　　　3　思想開放，越名教任自然 ………………… 226

　　　　　4　文學嬗變，日趨尚麗巧似 …………………228

（1）唯美文學風氣興起，趨於「尚麗」、
「貴似」 ………………………………… 229
（2）體有因革，由玄言而轉向山水 ………… 230
（3）著重體物，而鋪敘侈麗之兩漢大賦，與
魏晉抒情小賦，是山水詩發展的動力之一 232
5 地域秀麗，提供美好素材 ……………… 234
6 文人遊賞，藉此體玄適性 ……………… 236
（二）內因 …………………………………… 238
1 審美情趣，自然表露 ………………… 239
2 仕途多蹇，暢遊抒憤 ………………… 240
3 沈潛學術，尋求超脫 ………………… 243
4 興多才高，寓目輒書 ………………… 245
三 謝靈運山水詩之色彩美 …………………… 248
（一）諸色悉用，皆得其妙 ………………… 251
（二）色彩鮮豔，窮力追新 ………………… 254
（三）顏色調配，賞心悅目 ………………… 256
（四）詩中有畫，美不勝收 ………………… 261
四 結語 ………………………………………… 265

伍 謝靈運在佛法上之建樹及其山水詩的禪意理趣 … 269

一 前言 ………………………………………… 269
二 謝靈運與佛教之關係 ……………………… 273
三 謝靈運在佛法上之建樹 …………………… 283
四 謝靈運山水詩中之禪意理趣 ……………… 293
（一）詩旨遣用佛典，顯示教義 …………… 294
（二）修辭採用佛語，彰顯佛境 …………… 295

（三）結構鋪排因襲禪法，不露跡象 ························ 298

（四）情景理有機組合，理語自有勝境 ···················· 301

（五）審美與參禪結合，寄禪意呈現理趣 ················· 304

五　結語 ····························································· 306

## 陸　謝靈運的審美素養及其山水詩的藝術美 ············· 309

一　前言 ····························································· 309

二　謝靈運的審美素養 ········································· 312

三　謝靈運山水詩的藝術美 ··································· 328

（一）結構之美 ··············································· 328

　　1　固定型 ··············································· 329

　　2　錯綜型 ··············································· 329

（二）語言之美 ··············································· 337

　　1　用字 ··················································· 339

　　2　遣詞 ··················································· 339

　　3　造句 ··················································· 339

　　4　修辭 ··················································· 341

　　　（1）對偶法 ········································· 341

　　　（2）比興法 ········································· 342

　　　（3）用典法 ········································· 343

　　　（4）蟬聯法 ········································· 344

（三）自然之美 ··············································· 346

　　1　動靜之美 ··········································· 346

　　　（1）臨摹靜景者 ·································· 347

　　　（2）描繪動景者 ·································· 348

　　　（3）刻畫動靜相襯之景者 ···················· 349

2 聲色之美 ······················································· 351

（1）摹寫風光音響者 ·································· 353

（2）描繪光彩色澤者 ·································· 354

（3）刻畫聲色兼備者 ·································· 355

（四）理趣之美 ················································· 357

四 結語 ································································· 362

柒 謝靈運〈山居賦〉創作意蘊及其寫景探勝 ·········· 365

一 前言 ································································· 365

二 〈山居賦〉之創作意蘊 ····································· 370

（一）體現求美之心態 ········································ 370

（二）表明創作之理念 ········································ 374

1 順從性情，敢率所樂 ····························· 374

2 文體宜兼，以成其美 ····························· 376

3 去飾取素，儻值其心 ····························· 378

（三）隱寓博學之自豪 ········································ 381

（四）流露賞愛之生活 ········································ 384

（五）宣揚崇信之佛法 ········································ 388

（六）展示新變之成果 ········································ 392

1 題材內容方面 ······································· 393

2 結構層次方面 ······································· 397

3 語言藝術方面 ······································· 399

（1）語詞趨於素樸，落實主張 ·················· 400

（2）賦文趨於詩化，明顯可見 ·················· 402

（3）造句講究聲律，以求諧美 ·················· 403

三 〈山居賦〉之寫景勝處 ····································· 405

（一）摹寫細緻 ·················································· 406

（二）疏密相間 ·················································· 407

（三）就景抒情 ·················································· 409

（四）動靜相襯 ·················································· 411

（五）景入理勢 ·················································· 413

四　結語 ·························································· 415

# 附錄一　曹甄秘戀千古謎　大破大立說分明
## ——讀木齋新著《曹植甄后傳》 ···················· 419

一　植、甄秘戀千古謎，後世爭論未止息 ················· 419

二　〈洛神賦〉創作意旨，探討變向生新解 ··············· 426

三　植、甄秘戀疑點多，木齋舊作檢視深 ················· 431

四　《曹植甄后傳》編年新，植、甄戀情更確認 ··········· 434

五　結語 ·························································· 444

# 附錄二　《古詩十九首》疑案　破解鎖鑰初啟
## ——讀木齋《古詩十九首與建安詩歌研究》 ········ 447

一　前言 ·························································· 447

二　《古詩十九首》疑點，千古爭論難判 ················· 448

（一）五言詩的起源問題 ···································· 449

（二）古詩或《古詩十九首》與樂府的關係問題 ·········· 451

（三）《古詩十九首》的寫作時代與作者問題 ············· 455

三　木齋研究新著，截斷眾流，力圖突破 ················· 457

（一）確認五言詩成熟之特徵及成立之要件，

　　　破除以往學者之成見 ·································· 458

（二）釐清所謂的民間樂府詩與五言詩的關係，

否定五言詩出之民間的說法⋯⋯⋯⋯⋯⋯ 461

（三）《古詩十九首》的產生時代已經確認，進而多所舉

證，研判其中九首之作者，即是曹植⋯⋯⋯⋯ 464

　　1　判定《古詩十九首》中，幾首作者的突破點在

植、甄隱情 ⋯⋯⋯⋯⋯⋯⋯⋯⋯⋯⋯⋯⋯ 464

　　2　《古詩十九首》中的九首，經分析比對後，

確認為曹植所作無疑 ⋯⋯⋯⋯⋯⋯⋯⋯⋯ 468

四　結語 ⋯⋯⋯⋯⋯⋯⋯⋯⋯⋯⋯⋯⋯⋯⋯⋯⋯⋯ 469

**附錄三　元好問〈論詩三十首〉創作因緣探討及其評**

**「陶謝」再評**⋯⋯⋯⋯⋯⋯⋯⋯⋯⋯⋯⋯⋯⋯ 473

一　前言 ⋯⋯⋯⋯⋯⋯⋯⋯⋯⋯⋯⋯⋯⋯⋯⋯⋯⋯⋯⋯ 473

二　〈論詩三十首〉創作因緣探討 ⋯⋯⋯⋯⋯⋯⋯⋯⋯ 475

（一）針砭詩風，標示詩之正體以裁偽體⋯⋯⋯⋯⋯ 477

（二）步武前賢，樹立以詩論詩之新典範⋯⋯⋯⋯⋯ 479

（三）師友啟迪，立論以正當代詩道流弊⋯⋯⋯⋯⋯ 482

（四）身處憂患，有意藉詩論提振向心力⋯⋯⋯⋯⋯ 486

（五）備受獎譽，繫於弘道自覺以提詩觀⋯⋯⋯⋯⋯ 490

（六）拓跋後裔，激發自強以為金詩定位⋯⋯⋯⋯⋯ 493

　　1　出身之世系使然 ⋯⋯⋯⋯⋯⋯⋯⋯⋯⋯⋯ 494

　　2　書香門第之教養 ⋯⋯⋯⋯⋯⋯⋯⋯⋯⋯⋯ 495

　　3　莊敬自強承正統 ⋯⋯⋯⋯⋯⋯⋯⋯⋯⋯⋯ 496

（七）嚮慕先祖，有心繼承衣缽再現榮光⋯⋯⋯⋯⋯ 497

三　〈論詩三十首〉評「陶、謝」再評⋯⋯⋯⋯⋯⋯⋯ 501

（一）評陶淵明再評 ⋯⋯⋯⋯⋯⋯⋯⋯⋯⋯⋯⋯⋯ 504

　　　　1　元好問崇陶、愛陶之事證 ………………………505

　　　　2　元好問評陶詩句意涵 …………………………508

　　　　3　元好問評陶再評 ………………………………516

　　（二）評謝靈運再評 …………………………………518

　　　　1　元好問賞謝、譽謝之事證 ……………………519

　　　　2　元好問評謝詩句意涵 …………………………522

　　　　3　元好問評謝再評 ………………………………526

　　四　結語………………………………………………529

引用書目 ………………………………………………533

附錄引用書目 …………………………………………559

# 壹　三曹之人格特質及其文學思想

## 一　前言

　　魏晉時代是中國歷史上，一個政治紊亂、民生凋弊的大動盪時代，「一方面結束了漢帝國的統一，一方面又開始了以後南北朝底更長久的分裂」[1]。就以建安時代[2]而言，雖說漢廷名存實亡，軍閥割據，社會動搖，民生疾苦，儒學衰微，思想開放，但對文學發展而言，建安卻是一個光輝燦爛的新起點，是文學覺醒的時代，亦是文學獨立的時代，甚至可稱譽為「中國之文藝復興」。[3]曹氏父子三人與建安七子等作家，以其輝映古今的文學成就，在中古文壇上，開創一代嶄新的文風，對後世文學的發展，可謂影響深遠，「足與周秦文學分庭抗禮」，即對「文學之所以為『文學』的認識，亦遠較前代為深

---

1　王瑤：〈政治社會情況與文士地位〉，《中古文學史論》（臺北：長安出版社，1975年10月初版），頁1。

2　建安為東漢末年漢獻帝之年號，時間自西元一九六至二二〇年。胡雲翼：《新著中國文學史》（臺北：漢京文化公司，1983年9月1日初版），頁49，即將此時期之文學，稱為「建安文學」。近人張可禮：《建安文學論稿》（濟南：山東教育出版社，1986年9月第1版），頁1，則以為文學史所言之建安文學，其包含之時間，要比建安年間要長，向前當自漢靈帝中平元年（西元184年）黃巾大亂算起，向後應當止於魏明帝景初末年（西元237年），前後包括五十多年之時間。王巍：《建安文學研究史論》（長春：吉林大學出版社，1994年7月第1版），頁1，亦有類似之意見，茲從之。

3　張仁青：《魏晉南北朝文學思想史》（臺北：文史哲出版社，1978年12月初版），頁36。

入，甚或可說是於文學發展上，盡其有本有末的功夫了」[4]。因之歷來學者，無不給予極高的評價，如沈約《宋書・謝靈運傳論》云：

> 至于建安，曹氏基命，三祖陳王，咸蓄盛藻，甫乃以情緯文，以文被質。[5]

劉勰在《文心雕龍・時序》云：

> 自獻帝播遷，文學蓬轉，建安之末，區宇方輯。魏武以相王之尊，雅愛詩章；文帝以副君之重，妙善辭賦；陳思以公子之豪，下筆琳琅；並體貌英逸，故俊才雲蒸。[6]

稍後鍾嶸《詩品序》亦評云：

> 降及建安，曹公父子，篤好斯文。平原兄弟，鬱為文棟。劉楨、王粲，為其羽翼。次有攀龍託鳳，自致於屬車者，蓋以百計，彬彬之盛，大備於時矣。[7]

古代學者，大多對曹氏父子在建安時代，倡導文學風氣之功，讚

---

4　王夢鷗：〈魏晉南北朝文學之發展〉，《傳統文學論衡》（臺北：時報文化出版企業公司，1991年4月20日初版2刷），頁132。

5　曾永義、柯慶明編輯：《中國文學批評資料彙編──兩漢魏晉南北朝》（臺北：成文出版社，1978年9月初版），摘錄沈約：《宋書・謝靈運傳論》，頁265。

6　梁・劉勰撰、范文瀾注：《文心雕龍注》（臺北：開明書店，1968年7月臺6版發行），卷九〈時序〉，頁23。

7　梁・鍾嶸撰、汪中選注：《詩品注》（臺北：正中書局，1982年9月臺8版），頁8。

譽備至。[8]而近代學者，亦一如以往，對「建安文學」稱揚有加，如謂「曹丕的一個時代，可說是『文學的自覺時代』，或如近代所說，是為藝術而藝術的一派」[9]，「魏則總兩漢之菁英，導六朝之先路，麗而能朗，疏以不野，藻密於西漢，氣疏於東京；此所以獨出冠時，而擅一代之勝也」[10]，或謂「建安時代的政治，雖是極其紊亂，但文學卻很有成就」[11]。

　　建安文學，如歷代學者所評，確實是成就非凡，處於文學發展史上的轉捩點，「乃中國中古文學之總樞紐——上承兩漢載道文學之遺風，下啟六朝唯美文學之機運」[12]，不但文人薈萃，作家輩出，即在文體方面，亦是形式多樣，五彩繽紛，無論是詩歌、辭賦、散文、小說、文學理論和文學批評等，文學作家們都積極地大膽嘗試，成果斐然，顯示出巨大而活躍之生命力。在文學發展史上，這種勇於突破，帶動風潮之新局面，不但是前所未有，即使是建安之後，亦是稀有罕見。

---

8 歷代學者對「建安文學」之成就與影響，大多自正面予以肯定，稱讚有加，惟亦有貶斥其倡導文學者，如隋・李諤〈上書正文體〉云：「魏之三祖，更尚文詞。忽君人之大道，好雕蟲之小藝；下之從上，有同影響，競騁文華，遂成風俗。江左齊梁，其弊彌甚。貴賤賢愚，唯矜吟詠，遂復遺理存異，尋虛逐微。競一韻之奇，爭一字之巧。連篇累牘，不出月露之形；積案盈箱，唯是風雲之狀。世俗以此相高，朝廷據茲擢士。祿利之路既開，愛尚之情愈篤。」同註5，頁316。摘錄《隋書・李諤傳》文。按：將「競尚文華」之文弊，歸之於魏之「三祖」之倡導，亦嫌武斷，失之偏頗。

9 魯迅：〈魏晉風度及文章與藥及酒之關係〉，《魯迅文集全編》（北京：國際文化出版公司，1995年12月第1版），〈雜文集卷・而已集〉，頁589。

10 錢基博：《中國文學史》（北京：中華書局，1993年4月第1版），〈第四章　三國〉，頁113、114。

11 劉大杰：《校訂本中國文學發展史》（臺北：華正書局，1984年8月版），〈第九章從曹植到陶淵明〉，頁256。

12 張仁青：《魏晉南北朝文學思想史》，頁37。

　　誠如前所引證、敘述，帶領建安文壇，蓬勃發展、欣欣向榮，造成百花齊放，百鳥齊鳴之嶄新局面者，厥為曹氏父子三人，亦即所謂「三曹」者。而尤其是曹操，以「相王之尊」，居高臨下，招攬人才，「外定武功，內興文學」（《三國志‧魏書‧荀彧傳》引《彧別傳》語），竭力招攬天下知名人士，曹植之〈與楊德祖書〉即云：「吾王於是設天網以該之，頓八紘以掩之，今盡集茲國矣」，雖說網羅人才之目的，亦非單純，是「省得他們跑在外面給他搗亂。所以他帷幄裡面，方士文士就特別地多」[13]，不過大批文士被曹操網羅之後，總是能發揮彼輩之作用，包括文學與政治兩方面。而曹丕、曹植兄弟兩人，從旁協助，推心置腹，可說已到「行則連輿，止則接席，何曾相失」之地步；且「每至觴酌流行，絲竹並奏，酒酣耳熱，仰而賦詩」（曹丕〈又與吳質書〉），建安鄴下文人集團，就如此親密無間，緊緊結合在一起。就因「曹公父子，篤好斯文，平原兄弟，鬱為文棟」，加上「劉楨、王粲，為其羽翼，次有攀龍託鳳，自致於屬車者，蓋以百計」，以致「彬彬之盛，大備於時」，「三曹」可謂是當代叱吒風雲，難與倫比之巨星。

　　曹氏父子三人，拓展一代之文風，成果豐碩，功不可沒，然而要非「三曹」本身，手不釋卷，學術基礎深厚，兼具文學才情，「咸蓄盛藻，甫乃以情緯文，以文被質」（沈約《宋書‧謝靈運傳論》）或「登高必賦」，「雅愛詩章」，或「研精典籍」，「下筆成章」，又或「下筆琳琅」，「詞采華茂」，創作獨超眾類，粲溢古今之詩賦文章，率先倡導，以統領群倫，豈能帶動後世盛稱之鄴下文風？而曹氏父子三人所以能斐然著述，又能開展一代宗風，除三曹所處之時代背景、學術思潮等諸因素外，最主要者，仍是三曹均有各自之人格特質及其文學思想。

---

13　魯迅：〈魏晉風度及文章與藥及酒之關係〉，《魯迅文集全編》，頁588。

　　亦因如此，三曹之詩文風格、文學成就與地位，亦隨之有所差異，因之個人探討三曹之人格特質與其文學思想，實有其意義與價值在，蓋一則可了解三曹之成長背景、成長歷程、生平事蹟到底如何？對三曹之生平事蹟某些疑點，亦可獲得澄清。二則可明白三曹之人格特質有何優劣長短之處？從而影響其處事待人、榮辱得失者，究竟是為何？三則可知因三曹之人格特質，各有其差異短長，並由各自之聰明才學，發展出各別之文學素養、文學理念者，又是如何？四則較為特別的，是在文學思想方面，三曹並未建立嚴謹、條理有序之文學思想體系，然經由三曹之作品、論述、與他人之信函、著作轉引中，亦可據以整理、歸納，加以釐清，而可體認出三曹之文學理念與主張，究竟為何？五則經由三曹之人格特質與文學思想之別異，可由此推斷其創作之詩、賦、散文等各類文體之風格特色為何？影響後世詩人作家者，又是如何？以下則分兩項：一、三曹之人格特質。二、三曹之文學思想。分別論述：

## 二　三曹之人格特質

　　何謂「人格」？依日常話語，簡單而言，人格亦即人品。然若由心理學家分析，加以界定，所謂人格之內涵，必定極為複雜，美國心理學家阿爾波特，即曾整理，歸結出五十則人格定義來[14]。近代對人格心理學之研究、探討，是「在注重『外在形象』的同時，更注意『內在結構』。比如精神分析學說的人格理論，將心理結構中『本我』、『自我』、與『超我』的衝突與和諧，視為個體人格的全部內容」[15]。

---

14　陳仲庚、張雨新編著：《人格心理學》（瀋陽：遼寧人民出版社，1986年版），頁5、
　　頁31-45。

15　李建中：《魏晉文學與魏晉人格》（漢口：湖北教育出版社，1998年9月第1版），頁2。

且西方心理學家佛洛伊德將所謂之「三我」,加以解釋云:「『自我』代表理性與審慎,而『原我』則代表不受約制的狂熱」,「『超我』則是『一切道德自制的代表,止於至善的擁護者,簡而言之,它相當於人類生活中,所謂高尚的東西』」[16]。由此可見「個體人格」之複雜性。

我國古代之用語,僅有「人品」,而無「人格」之詞彙。如南朝‧沈約云:「源雖人品庸陋,胄實參華」(《文選‧奏彈王源》)、宋‧黃庭堅云:「舂陵、周茂叔(敦頤),人品甚高,胸中灑落,如光風霽月」(《豫章集‧濂溪詩序》)。不過古人言為人,向來注重「格」,所謂「子曰:夫民教之以德,齊之以禮,則民有格心」,或「子曰:言有物而行有格也,是以生則不可奪志,死則不可奪名」(《禮記‧緇衣》)[17]。而此「格」,即是「外在形象」與「內在結構」之綜合,故所謂「人格」,依現代學者之解說,「人格」即「人之特質與品格也。心理學上,以先天稟賦與後天習慣,為個人之人格基本,而以人格之特質,包括在智慧、動性、氣質、自表及社會性五個範疇之下,其品格高下,即依其對於社會之行為而評量之」[18]。可知「人格」乃為一種整體性與綜合性之呈現,實不能簡略而籠統以「人品」一詞概括界定。則作為政治與文學人物之三曹,其人格之特質又為何?以下再分別論述:

## (一)曹操之人格特質

曹操(西元155-220年),字孟德,小字阿瞞,沛國譙(今安徽亳

---

16 王溢嘉編譯:〈佛洛伊德的理論及運用〉,《精神分析與文學》(臺北:野鵝出版社,1981年5月20日再版),頁36。

17 《十三經注疏》,漢‧鄭玄注,唐‧孔穎達疏:《禮記注疏》(臺北:藝文印書館,1981年1月8版,影印宋本禮記注疏附校刊記),卷第五十五,〈緇衣〉第三十三,頁927、933。

18 編輯部:《辭海》(臺北:臺灣中華書局,1965年5月臺8版),〈人部〉,頁174。

縣）人。「漢相國參之後」（《三國志・魏書・武帝紀》），父曹嵩，為
宦官中常侍曹騰之養子。曹操年二十舉孝廉為郎，授洛陽北部尉，執
法嚴厲，不避豪強。黃巾之亂後，拜騎都尉，參予鎮壓亂事。中平六
年（西元189年），董卓表其為驍騎校尉，後變易姓名，至陳留（河南
開封）加入袁紹討伐董卓之聯軍。初平三年（西元192年），領袞州
牧，收編黃巾軍之精銳，開始逐鹿中原。建安元年（西元196年），迎
獻帝至許縣（河南許昌），「挾天子以令諸侯」，南征北討十餘年，先
後消滅呂布、袁術、袁紹、韓遂與劉表等割據勢力，統一北方。建安
十三年（西元208年），拜丞相，南征荊州，唯在赤壁之戰，為蜀、吳
聯軍所敗，三國鼎立之勢，初步形成。建安十八年（西元213年），封
魏公，二十一年進封魏王。二十五年正月二十三日，病逝於洛陽。俟
曹丕稱帝後，追尊為魏武帝。[19]

　　綜觀一代風雲人物，處身於此動盪而混亂時代之曹操，如自史書
記載──《三國志・魏書・武帝紀》，或自文藝作品──《三國演義》
對其塑造之形象看，其一生所作所為，其才略學識、思想感情、性格
特點，有如一形象複雜之多面體、多稜鏡。歷代評論者，因所處之時
代環境、個人之學養才識、性情思想、視野角度等等之差異，所得出
之結論，亦有所不同，或是有褒有貶，或是毀譽參半，又或褒貶並
存。大致而言，毀之者言其為一世之奸雄，好用權謀，狡詐百出，殘
酷無情，任性使術，對人往往不留餘地，使得志士寒心，賢者側目。
譽之者，則言其雄才大略，富有機智，知才善察，難眩以偽，識拔奇

---

19 以上曹操之生平概述，參見晉・陳壽撰、民國・盧弼集解：《三國志集解》（臺北：
　　新文豐出版公司，1975年3月初版），〈魏書・武帝紀〉。李寶均：《曹氏父子和建安
　　文學》（臺北：群玉堂出版公司，1993年12月初版）。張亞新：《曹操大傳》（北京：
　　中國文學出版社，1994年4月第1版）。王巍：《三曹評傳》（瀋陽：遼寧古籍出版社，
　　1995年3月第1版）。章江：《魏晉南北朝文學家》（臺北：大江出版社，1971年9月初
　　版）。劉子清：《中國歷代人物評傳》（臺北：黎明文化公司，1974年12月初版）。

才，不拘微賤，所謂「非常之人，超世之傑矣」（《三國志·魏書·武帝紀》）。以曹操一生，曲折坎坷，多采多姿，不論是貶抑或讚譽其人，其實皆不易描畫其真正之面目。

今暫不論曹操一生之政治功過，及其文治政教原則問題，單從史傳及某些論述，與曹操本人作品，或稍可了解曹操之性情、人格特質，及其文學理念。曹操少年處境孤苦，其〈善哉行〉云：「自惜身薄祜，夙賤罹孤苦」，「雖懷一介志，是時其能與」[20]，操之身世低微，非正統之世家士族出身，故此時追憶往事，自述貧賤，幼遭孤苦。然此時已顯露其性向與才智，為其後生命歷程之起點。而曹操自幼即機警而智勇，陳壽《三國志·魏書》本紀傳云：「太祖少機警，有權術」，吳昭《幼童傳》又稱之曰：「太祖幼而智勇，年十歲，常浴於譙水，有蛟逼之，自水奮擊，蛟乃潛退，浴畢而還，弗之言也」[21]，自此事件，亦見曹操向有機警智勇之性格特徵。

不過，不可否認，曹操少年亦有放蕩無度之一面，本傳言其「任俠放蕩，不治行業，故世人未之奇也」。裴松之注《三國志》，亦引吳人作《曹瞞傳》，謂其「少好飛鷹走狗，遊蕩無度，又佻易無威重」，可見放蕩佻易，亦是曹操少年任性使氣之稟性，難怪其叔父看不過去，屢次在嵩面前提起，讓操甚感憂心，後更使詐，使嵩懷疑操之叔父，所言不實。又《世說新語·假譎篇》曾言及操少時，曾與袁紹好

---

20　按：逯欽立判定「疑此非孟德之詩」，以為曹操之父曹嵩為陶謙所殺，「其時在中平六年以後，而操已三十五六歲，不應有『夙賤罹孤苦，自以思所怙』之句」，見逯欽立輯校：《先秦漢魏晉南北朝詩》（臺北：木鐸出版社，1983年9月初版），頁353。惟亦有學者以為「此詩為作者自述個人身世之孤苦，與困頓境遇之作，『夙賤罹孤苦』，重在回首往事，為下面傷于父死之痛作伏筆，故不可非其為孟德之詩，逯說臆測，不足據」，見傅亞庶注譯：《三曹詩文全集譯注》（長春：吉林文史出版社，1997年1月第1版），頁15。

21　晉·陳壽撰、宋·裴松之注、民國·盧弼集解：《三國志集解》（臺北：新文豐出版公司，1975年3月初版），〈魏書·武帝紀〉，頁11。

為遊俠，觀人新婚，而加以作弄一事[22]，此事雖未知其是否事實，然亦有助於吾人去認識曹操少年之性格。

至於曹操少年之受教、讀書情形，本傳注疏中，亦言其「好音樂」，後來才能「躬著雅頌，被之瑟琴」（曹植〈武帝誄〉），另注引孫盛《異同雜語》言其「博覽群書，特好兵法，抄集諸家兵法，名曰『接要』，又注『孫武』十三篇，皆傳於世」，曹丕亦曾稱讚其父謂「上（指曹操）常言人少好學則思專，長則善忘」（《典論·自敘》）。曹植亦謂「年在志學，謀過老成」（〈武帝誄〉），曹操青少年時代之才智、好學、勤奮，均由此可見，難怪後來創作散文，運用典故文句，常來自經書百家。所作詩歌，駕馭語言，自然高妙，意境清新，感人肺腑。

成人後之曹操，其人格特質一如青少年時代，呈現出複雜與矛盾之特色，或以為具雙重性格，善惡兩面[23]，譬如有坦誠處，亦有權詐之處；有寬厚處，亦有忌刻之處。坦誠者，如在〈讓縣自明本志令〉（一作述志令）云：「自以本非巖穴知名之士，恐為海內人之所見凡愚。欲為一郡守，好作政教以建立名譽，使世士明知之」，操自言起初其志向僅思做一郡守，封一小侯，垂小名於後世而已，根本未想到後來竟能隨時勢所趨翦除群雄，而有爭霸中原之一日。曹操對其部屬中，凡出過大力，立下大功者，無不推心置腹，坦誠相待。對部屬之建議，認為合理可行者，則盡力採納，絕不敷衍，如採納杜襲之強諫，厚撫本不歸服之許攸。又曾採納荀攸與郭嘉不撤軍之意見，而攻破城池，活捉呂布。亦曾聽取荀彧不撤軍之勸告，捉住戰機，大敗袁紹等。

操又為廣開言路，使部屬勇於建言，曾於建安十一年連下兩道

---

22 楊勇：《世說新語校箋》（臺北：明倫出版社，1970年9月初版），〈假譎〉，頁637。

23 袁宙宗：〈論曹操性格與歷史功過〉，《中華文化復興月刊》第15卷第2期（臺北：中華文化復興運動推行委員會，1982年2月），頁55。

〈求言令〉，令中還主動承擔連年以來，言路未能暢通之責。又曾在建安十二年，下〈封功臣令〉，言征戰十九年，個人並無任何功勞，而都是將士們出力所致。即使對自己所犯之錯誤，曹操亦坦然承認，並不掩過飾非，強詞奪理地辯解，如本傳注引孫盛《雜記》記載，操誤為呂伯奢一家人圖己，乃夜殺之，「既而悽愴曰：『寧我負人，無人負我』，遂行」[24]，自「負」字看，曹操殺呂氏一家人後，才知道自己誤殺人而有負於呂伯奢一家，不免感到悲傷與負疚，在此曹操仍然坦承差錯，並未強加掩飾，此亦曹操心胸坦誠之處。

不過在他處，亦有權詐之一面，如操將接見匈奴使者，因「姿貌短小」（《魏氏春秋》）自慚形穢，不足威服夷人，乃以「聲姿高暢、眉目疏朗，髮長四尺，甚有威重」《三國志·魏書·崔琰傳》之望之崔琰代之，自己則捉刀立床頭。俟使者謁見畢，使人問匈奴使者之觀感，匈奴使者曰：「魏王雅望非常，然床頭捉刀人，此乃英雄也」（《世說新語·容止篇》），再如曹操常云：「我眠中不可妄近，近便斫人，亦不自覺；左右宜深慎此」；有一日，乃佯眠，而一侍從以被覆之，因便斫殺，「自後安眠，人莫敢近者」（《世說新語·假譎篇》），又《世說》注引《曹瞞傳》曰：「操在軍，廩穀不足，私語主者曰：『何如？』主者曰：『可以小斛足之』。操曰：『善』。後軍中言操欺眾，操題其主者，背以徇曰：『行小斛，盜軍穀』。遂斬之。仍云『特當借汝死，以厭眾心』。其變詐皆此類也」，上述之故事，如屬真實，則曹操之權詐心態，暴露無遺，後人對此，頗多訾議，應是不足為怪。

而曹操心性，亦有寬厚之處，如其對前來投靠，而實際是「勉從虎穴暫棲身」之陳琳、張繡，皆恩禮有加。對捕獲之劉備虎將關羽禮之甚厚，以致關羽遁走後，亦未同意部屬之請求追擊。《三國志·魏

---

24 晉·陳壽撰、宋·裴松之注、民國·盧弼集解：《三國志集解》，〈魏書·武帝紀〉，頁16。

書‧武帝紀》，及裴松之注引《魏氏春秋》，均提及曹操對部屬有叛變之行為者，亦時有寬宥之處，如在官渡之役後，曾繳獲不少自己軍中部屬，暗中與袁紹往來之信件，曹操一概不予追究，乃下令加以燒燬，此可能亦因曹操急需用人之際之權衡考量。

不過相對於其寬宏大量之心態，曹操另有多疑猜忌、陰狠殘酷之一面，如曹操對心存漢室，時對自己嘲諷之孔融，乃不顧情面，以不孝之罪名處死。對本頗為倚重，助其立功建業之荀彧，僅因反對曹操晉爵魏公，亦毫不留餘地，予以逼死。對本是兒女親家，且向來敬重之崔琰，僅因崔琰在與楊訓之信函中言「會當有變時」，即逼崔琰自盡。而琰兄遺女，嫁為曹植妻，僅因衣著錦繡，曹操亦認其干犯禁令，竟令其還家賜死。其餘尚有協助曹植爭奪立嗣之楊修，亦被殺等。凡此均見操不分親疏，狠毒殺戮之一面。由於當代有不少假名教、假道行之士，藉禮教之名，卻無法承擔拯救社會秩序之重責大任，於是曹操為掙脫深受名教拘束之痛苦，乃踰越常規，而下最為後人所唾罵之〈求賢令〉[25]云：

> 今天下得無有被褐懷玉而釣于渭濱者乎？又得無有盜嫂受金而未遇無知者乎？二三子其佐我明揚仄陋，惟才是舉，吾得而用之。

建安十九年，又下〈敕有司取士毋廢偏短令〉（舉士令），二十二年，再下〈舉賢勿拘品行令〉（求逸才令），內容類似，只要是進取之士，其雖有偏短之行，甚至不忠不孝，只要有治國用兵之術者，皆請有司推薦，宜為後代學者，抨擊其為統一大業，竟不擇手段，以棄德

---

25 李威熊：〈曹操與禮教〉，《東方雜誌復刊》第16卷第3期（臺北：臺灣商務印書館，1982年9月），頁39、40。

舉才為號召,使六朝以來,士風丕變,貽患百代,明末‧顧炎武即曾
評之曰:

> 觀其下令再三,至於求負污辱之名,見笑之行,不仁不孝,而
> 有治國用兵之者,於是權詐迭進,姦逆萌生。……夫以經術之
> 治,節義之防,光武明章數世為之而未足,毀方敗常之俗,孟
> 德一人變之而有餘。[26]

曹操在爭取天下之同時,王霸並用,思接莊玄,主觀認為儒家僅
能與守成,無法進取,因之在政教軍事方面所採取者,頗雜刑名,以
致在取用人才時,方不考慮品德、資望等等,此乃形成其思想上矛盾
之另一層面。[27]

另曹操亦有湛深之音樂、書法等藝術修養,且有不少詩、文、兵
法等著作,明‧胡應麟即評曰:

> 自漢而下,文章之富,無出魏武者。集至三十卷,又《逸集》
> 十卷,《新集》十卷,古今文章集繁富當首于此。[28]

魏武文章如此繁富,頗為難得,惜者是散佚不少,今僅存詩不足
二十篇,詩風慷慨悲涼,開創以樂府描述時事之傳統,影響甚鉅。應
用性之散文,有表、令、書、序、祭文等幾類,亦僅一百三、四十

---

26 清‧顧炎武:《原抄本日知錄》(臺北:明倫出版社,1970年10月3版),〈兩漢風俗〉,
　　頁377。
27 郭預衡:〈秦漢魏晉南北朝卷〉,《中國古代文學史長編》(北京:首都師範大學出版
　　社,1995年6月第1版),頁346、347。
28 明‧胡應麟:《詩藪》,載《三曹資料彙編》(臺北:木鐸出版社,1981年10月版),
　　頁16。

篇。散文特色是坦率而有氣魄，平易中見明練，清峻、通侻，在當代別樹一幟，魯迅稱揚其為「改造文章的祖師」（〈魏晉風度及文章與藥及酒之關係〉）。以其詩文在漢魏文學之轉變階段，具承上啟下之地位，因之在文學史上，亦佔一席之地。

總之，曹操人格稟性，依上述可以確知，實具有複雜性、矛盾性之特質。不過魯迅卻自另一角度予曹操概括一個總評，是「曹操是一個很有本事的人，至少是一個英雄」[29]。而《三國志·魏書·武帝紀》裴注引孫盛《異同雜語》，提及曹操曾問許劭，其為何如人？許劭答以「治世之能臣，亂世之姦雄」[30]，是否有其道理，就看後人如何解讀了。如陸機的〈辯亡論〉，站在庶民的角度，對曹操就有如下的負評，是：「曹氏雖功濟諸華，虐亦深矣，其民怨矣」，唐·劉良於《六臣注文選》注云：「曹操好殺戮，故云虐深民怨」[31]，確有其理。

近人章炳麟有〈魏武帝頌〉寫道：「廷有壺飧之清，家有繡衣之儆，布貞士於周行，遏苞苴於邪徑，務稼穡故民孳殖，煩師旅而人不

---

29 魯迅：〈魏晉風度及文章與藥及酒之關係〉，《魯迅文集全編》，頁587。

30 晉·陳壽撰、宋·裴松之注、民國·盧弼集解：《三國志集解》，〈魏書·武帝紀〉，頁13。集解者盧弼又云：「按二語實為確論，無愧汝南月旦之評」。《後漢書·許劭傳》亦載有此事，惟文字有出入，其中言劭為操所脅，不得已，乃曰：「君清平之姦賊，亂世之英雄」，此二句之差異，即是對曹操在治世與亂世之作為，評價正好相反。《三國志集解》又引胡玉縉曰：「二語恐孫盛因晉承魏祚，有所避忌，加以竄改，當以范書〈許劭傳〉為得其實」。又《世說·識鑒》亦載此事，惟人物、語句，亦有差異，品評者則換橋玄，其對曹操所言，則為：「君實是亂世之英雄，治世之姦賊」。故《世說》劉孝標注引《魏書》裴注引孫盛《異同雜語》文，加以校正，並言「《世說》所言，謬矣」。見楊勇：《世說新語校箋》，〈識鑒第七〉，頁292。編著《三國志集解》者盧弼，除注引《世說·識鑒篇》外，另加按語云：「劉注是，若橋公謂為姦賊，魏武必不祀以太牢矣」。

31 晉·陸機：〈辯亡論〉，載南朝梁·蕭統編，唐·李善、呂延濟、劉良、張銑、呂向、李周翰等注：《增補六臣注文選》（臺北：漢京文化公司，1980年初版），卷53，頁34。

病，信智計之絕人，故雖譎而近正，所以承炎劉之訖錄，尸中原之魁炳」，這段話，引發近人王文濡的評定是：「阿瞞自是可人，譎而近正，持平之論」[32]，「譎而近正」一語，則為章、王兩人對曹操的總評。今不問曹操是英雄也罷，或奸雄也罷，又是否確為「譎而正」，不同的時代，不同處境的人，對曹操之人格，必有其不同觀點的品評。而其為史上毀譽不一之人物，乃為事實。然而，千古以降，唯一為後世所共同肯定，較無爭議的，應是其文學理念，及其文學方面之成就與貢獻。

## （二）曹丕之人格特質

曹丕（西元187-226年），即魏文帝，字子桓，為曹操之次子。初為五官中郎將、副丞相，由於長兄曹昂早歿，乃在建安二十二年立為魏太子。二十五年正月，曹操卒，曹丕嗣位為丞相、魏王。同年十月，即以「禪讓」方式，代漢自立為魏皇帝，改元黃初，尊其父曹操為魏武帝。稱帝第二年即東巡，渴望實現其父之夢想，征吳之籌備工作，亦緊鑼密鼓展開。黃初三年（西元222年），六年兩次親征孫吳，氣勢如虹，唯皆未能過江，方飲恨而退，然雄心未已，以後雖屢屢用兵，終未能掃平吳、蜀，一統天下。在位七年，七年五月病卒於洛陽，年四十歲。

曹丕一生較為平淡，政治、軍事上，並無突出之建樹，唯可一述者，是政治措施上，實行「九品中正」制，改變曹操壓抑豪強之方針，與不重門第、唯才是舉之用人政策，依等級選舉之方式徵拔官員。此一政策之弊端，顯然可見，直至東晉，政權始終被君王與世族

---

32 章炳麟：〈魏武帝頌〉，載王文濡評選：《近代文評註》（臺北：廣文書局，1967年5月初版），下冊，頁44。

所壟斷，寒門素族失去進身之階，後來政權落入士族官僚之手，應與曹丕實行之政策有關。

《三國志‧魏書‧文帝紀》引《魏書》言其「八歲能屬文，有逸才，遂博貫古經傳諸子百家之書，善騎、射、好擊劍」[33]，他自己亦述「八歲而能騎射」，「又學擊劍」，「少誦詩、論，及長而備五經、四部、《史》、《漢》諸子、百家之言，靡不畢覽」（《典論‧自敘》），可見其天賦甚高，多才多藝，學術基礎與文學才資，亦受肯定與好評。不過在其生平行事與政治作為上，歷來評家亦不免有毀譽參半之評價，譽者是言其主張輕刑罰、薄賦稅、禁復仇、禁淫侈、罷墓祭、重農業，關心民生疾苦，尚不失為一開明通達之君主。毀者某些史家，則責難其以臣屬地位，目無王室，擅改國朝年號（改「建安」為「延康」），另外即篡漢自立，與對弟兄之迫害。

唯近代另有評家，曾自另一角度，稍加維護是：責曹丕固是應該，但亦應衡量其所處之環境，以及那個時代政治道德的標準。篡立固應責，唯當時漢德已衰，獻帝亦非一能幹之君主，而對自己弟兄之迫害，更應責，為保障自身之地位，竟以諸弟為仇敵，對其親兄弟而言，曹丕確非一氣度寬宏，能善待諸弟之兄長。[34]宜其陳壽《三國志‧魏書‧文帝紀評》云：

> 文帝天資文藻，下筆成章，博聞彊識，才藝兼該。若加以擴大之度，勵以公平之誠，邁志存道，克廣德心，則古之賢王，何

---

33 晉‧陳壽撰、宋‧裴松之注、民國‧盧弼集解：《三國志集解》，〈魏書‧文帝紀〉，頁74。

34 上述後代評家之意見，參見章江：〈曹丕〉，《魏晉南北朝文學家》（臺北：大江出版社，1971年9月初版），頁41、42。林文月：〈論曹丕與曹植〉，《澄輝集》（臺北：洪範書店，1983年2月初版），頁26-29。

遠之有。[35]

　　作為帝王之曹丕，其在歷史上之是非功過，當由史家再去稽考史實，公平評斷。而自文學層面而言，作為文士之曹丕，其個性與人格特質，又如何？張溥《魏文帝集題詞》云：「曹子桓生長戎旅之間，善騎馬，左右射，又工擊劍彈棋，技能戲弄，不減若父，其詩歌文辭，彷彿上下」[36]，文武兼備，可知曹丕確是一位全才之人物。由於自少即受父親嚴格之督導，培養出他具「博聞彊識，才藝兼該」之文化素養。且後來在當時政治、文化之中心鄴城，與其弟曹植，及一些文人學士，飲宴遊樂，「觴酌流行，絲竹並奏，酒酣耳熱，仰而賦詩」（曹丕〈與吳質書〉），除賦詩唱和外，有時亦狎妓、鬥雞、彈棋、田獵，過著無憂無慮、風流倜儻之貴公子生活，促使其個性，更傾向文士化。斯時，曹操正忙於軍、政事務，曹植又較年輕，曹丕就儼然成為當時鄴下文人集團之核心與領袖。

　　曹丕雖夙慧早成，允文允武，不過聲譽卻為曹植所掩蓋，不能如其弟那樣鋒芒畢露，雖見自己弟弟甚得父母寵愛，勢將代己取得儲位，但他個性內斂，較有機心，並不將內心之不滿與怨恨，形之於色，其所採取的是「御之以術，矯情自飾」（《魏書》曹植本傳評曹丕語）方略，有計畫地網羅一些能為他效勞獻策之謀士，並常在宮中大臣間活動，使「宮中左右，並為之說」，在曹操面前遊說，為自己說項，強化對曹操之滲透，以改變其父對他之刻板印象。實際其父對他頗為器重，很早即令其擔任五官中郎將、副丞相之要職，使其坐鎮後

35 晉・陳壽撰、宋・裴松之注、民國・盧弼集解：《三國志集解》，〈魏書・文帝紀〉，頁109、110。
36 明・張溥輯：《漢魏六朝百三名家集》（臺北：文津出版社，1979年8月出版），第二冊，〈魏文帝集〉，頁945。

方，鍛鍊其獨自處理軍機政務之能力。由於曹植之任性，屢犯法禁，頻讓曹操失望，加上我國「立嫡以長」之傳統，終使其在立嗣之一場鬥爭上，變劣勢為優勢，順理成章地被立為魏太子，又在二十五年，曹操一死，繼承為魏王，最後更取獻帝而代之，篡漢為魏皇帝，取得最後之勝利。

　　由此可見曹丕之性情較穩健、謹慎，與其父曹操略似，穩重之中有心術，謙和之中有巧智。近代評家亦評丕與操，父子性格有類似處，都是用心深遠，工於藏奸之人，他們皆生就兩重性格，善與惡，一體兩面[37]。曹丕本性，實際並不算壞，後來所以演變成六親不認，殺妻酖弟，不擇手段，應與其不為父親所喜歡，長期壓抑，及本身貪求高位，熱衷政治有關。

　　惟曹丕在對友朋感情之深摯上，則有可稱道之處，此則非曹操、曹植所能及。據《世說新語·言語》注引《典略》，言其初任五官中郎將時，妙選文學，使劉楨隨侍太子，在酒酣坐歡時，居然使夫人甄氏出拜[38]。另《三國志·魏書·吳質傳》注引《吳質別傳》，謂「帝常召質及曹休歡會，命郭后出見質等。帝曰：卿仰諦視之。其至親如此」[39]，曹丕出其妻妾以見文友之舉動，公然踰越禮法，僅能解釋其對友朋所展現的，是親密無間之真情。又《世說新語·傷逝》中，所記王粲死後，曹丕「臨其喪，顧語同遊曰：『王好驢鳴，可各作一聲以送之？』赴客皆一作驢鳴」[40]，此哀悼亡友之特殊方式，可謂別

---

37　袁宙宗：〈論曹子建的一生際遇和資質〉，《中華文化復興月刊》第14卷第1期（臺北：中華文化復興運動推行委員會，1981年1月），頁56。及袁宙宗：〈論曹丕的才華和器識〉，《中華文化復興月刊》第15卷第7期（1982年7月），頁39。

38　楊勇：《世說新語校箋》，〈言語第二〉，頁52。

39　晉·陳壽撰、宋·裴松之注、民國·盧弼集解：《三國志集解》，〈魏書·吳質傳〉，頁534。

40　楊勇：《世說新語校箋》，〈傷逝第十七〉，頁487。

致、突兀、脫俗,卻亦顯示曹丕對亡友悼念的一片深情。即使對其父親之政敵孔融,曹丕亦頗友善與推崇,曾「募天下有上融文章者,輒賞以金帛」(《後漢書‧孔融傳》)。

在曹丕與吳質之書信中,提到諸多文友,「數年之間,零落略盡」,不免感觸情傷,並親自為他們編定文集傳世,亦有「歷覽諸子之文,對之抆淚」之後,對友朋著述之誠懇批評。由於曹丕與諸多文友之間的真誠交往,不僅形成建安文壇「俊才雲蒸」、「彬彬之盛」的熱烈情況,更因「以文會友」,在「妙思六經」、「逍遙百氏」、「高談娛心」之際,激發才情、文思,連篇累章的著述,而有豐碩無比之成果,由此「建安七子」之名,亦因之蜚聲於文學史上。

提起曹丕之著作、詩歌、辭賦、文章,均有可觀,今存詩歌,較完整者約有四十首,筆致細膩,悽婉動人,民歌風味濃厚,〈燕歌行〉兩首,為完整之七言體,於詩歌形式之創建,有其貢獻。賦今存近三十篇,皆為短篇小賦,於當代抒情詠物小賦之創作高潮中,成為推動之主力,惟賦之成就與詩、文比較,未能突出。至於散文之撰述,則成績傲人,含詔、令、策、書、表等,約有一百七十篇,其中《典論論文》與〈又與吳質書〉兩篇,為中國文學批評史上之較早之專論,其中之重要理念,影響後代文評家如摯虞、陸機、劉勰、沈約等甚大。又曹丕亦曾下令編纂《皇覽》,此為中國最早之一部類書,全書規模宏大,凡千餘篇之多,此乃曹丕在文化事業上之一大貢獻,惜早已亡佚。

總結上述,可知曹丕之人格特質,應是一如其父曹操一樣,具有善與惡,誠與譎兩面。不過在政軍才幹,殘暴奸險上,丕仍遜於其父。其性格有其長,有其短,及相互矛盾之地方。如度量狹窄,冷酷寡恩是其短處,而行事謹慎,深思熟慮,則是其長處。對友朋誠摯,待兄弟則反而刻薄。作風偏失,氣習則儒雅,是其矛盾處,因之「在

政治上和人品方面，雖無稱道處，但在文學上，卻有其貢獻」[41]。

## （三）曹植之人格特質

曹植（西元192-232年），字子建，為曹操之妻卞氏所生之第三子[42]，曹操之第四子，為小於曹丕五歲之同母弟。生於漢獻帝初平三年（西元192年），建安九年（西元204年），曹植十三歲，之前，植均隨其父，在南北遷移，征戰不息中度過。即使建安十年，亦隨其父征袁譚。十二年隨其父北征三郡烏桓。十六年（西元211年），植二十歲，被封為平原侯。十七年隨其父東征孫權，十九年，徙封臨淄侯。二十二年，其兄丕在奪嗣之爭中勝利，立為魏太子。二十五年正月，曹操病卒於洛陽，丕繼位為魏王。三月改元延康。獻帝禪位於魏王，曹植降為安鄉侯，後改封鄄城侯。黃初三年立為鄄城王，四年徙封雍丘王，七年五月曹丕病逝。丕長子曹叡繼位，是為魏明帝。次年改元太和，元年徙封浚儀，二年後復還雍丘。三年徙封東阿，六年（西元232年）徙封為陳王，十一月二十八日，病卒，年四十一歲，諡曰「思」。

曹植一生之命運，以曹丕即位為界，分前後兩期。前半是身經戰亂，深受父蔭，仍能過著優裕、悠閒之貴公子生活，後半則由順轉逆，如同囚徒，備受其兄丕與其姪叡之欺凌，徙封頻頻，使其生計艱難，憂苦度日，終在閒居坐廢，「汲汲無歡」，「悵然絕望」中，含恨死去，甚至死後，諡曰「思」。何謂「思」？〈諡法〉云：「追悔前過

---

41 曹道衡：《魏晉文學》（合肥：安徽教育出版社，2001年9月第1版），頁35。

42 曹植究竟為曹操第幾子，晉‧陳壽：《三國志‧魏書‧陳思王植傳》並未明指，故歷來頗有異議。有第二子、第三子、第四子，或次子說，據徐公持：〈曹植為曹操第幾子〉，《文學評論》，1983年第5期，頁36-38，以為「曹植為卞氏所生第三子」。又張子剛：〈曹植並非曹操第三子〉，《延安大學學報》（社會科學版）1995年第4期，頁72、73，亦以為「曹操的長子曹昂，次子是曹丕，三子是曹彰，曹植應是第四子」，茲從之。

曰思」<sup>43</sup>，尚留下難以摘除之侮辱性政治標幟，其受姪曹叡之嚴酷對待，可想而知，甚而禍延子孫，曹植死後，其子志，繼續受到徙封之命運，若謂曹植為一悲劇性之人物，孰曰不宜<sup>44</sup>？

生來早慧，天資聰穎之曹植。本傳言其「年十餘歲，誦讀詩論及辭賦數十萬言，善屬文」<sup>45</sup>，可見其勤奮攻書，且才華洋溢，方能下筆成章。在十九歲時，曹操令諸子登甫建成之銅雀臺作賦，植援筆立成，曹操因此對他特別寵愛，曾云：「子建兒中最可定大事者」（《三國志》〈魏書〉引《魏武故事》）。植與其父操之個性，其實在某些方面，亦有相近之處，如本傳言其「性簡易，不治威儀，輿馬服飾，不尚華麗」，然若單論此個性，實際僅適合文人，不適合政治舞臺，而曹植本人並不甘心一生以文學為業，其熱烈盼望者，是在政治上有所作為，曾多次表示要「戮力上國，流惠下民，建永世之業，流金石之功」（《與楊德祖書》），要「功銘著于鼎鍾，名稱垂于竹帛」（〈求自試表〉）。曹植性格善良仁孝，發於自然，其友丁廙即曾在曹操面前多所讚揚云：

> 臨淄侯天性仁孝，發於自然，而聰明智達，其殆庶幾。至於博學淵識。文章絕倫，當今天下之賢才君子，不問少長，皆願從其游而為之死，實天所以鍾福於大魏，而永授無窮之祚也（文士傳）。

---

43 宋・司馬光：《資治通鑑》（臺北：洪氏出版社，1980年10月修訂再版），引《諡法》曰：「追悔前過曰思」，頁2277。

44 陳怡良：〈建安之傑，下筆琳琅──試探曹植生平際遇之逆轉及其對詩歌創作之影響〉，《成大中文學報》第6期（臺南：國立成功大學中國文學系，1998年5月），頁1-14。

45 晉・陳壽撰、宋・裴松之注、民國・盧弼集解：《三國志集解》，〈魏書・陳思王植傳〉，頁488。

丁廙為曹植親信，當然對其知之頗深，上述一段話，雖為溢美之詞，不過植具十足詩人氣質，「發於自然」，不善於做作，倒是事實。影響其一生最重大之事件，亦是造成其悲劇之後半段人生，即是「立嗣風波」。嚴格而言，曹植實並未主動與其兄丕爭太子繼承權，其所以捲入此一立嗣風波中，完全是身不由己。曹植好友如丁儀、丁廙、楊修等人，所以竭力促成其事，目的是藉此獲得攀龍附鳳之前途，而曹丕左右如吳質等一批謀士，亦會出主意，與之對抗。而曹植本身之性格，亦有其缺失，是一味露才揚己，不藏鋒芒，不計後果，此即其「任性而行，不自雕勵」之一貫個性使然。後來果然任性妄為，以身試法，先犯私闖司馬門事件，再因飲酒不節，致酒醉無法受命派軍去拯救曹仁事件，凡此均讓其父操，對其大失所望，以致曹植失去其父之歡心。

　　而對曹植最不利的，是其身分，並非長子，傳統上是「立嫡以長」，有繼承權者是其兄曹丕。而曹操左右之元老重臣，多數均主張應嚴守傳統，再加曹丕本人，較工心計，矯情自飾，對曹操面前之重臣，如荀彧與鍾繇等人，亦竭力討好、巴結，再則是離間曹植密友丁儀與曹操之關係，如曾勸阻曹操將女兒嫁給丁儀一事。而那次曹植受命去救曹仁，因大醉誤事事件。據裴松之注《三國志‧魏書‧陳思王傳》引《魏氏春秋》言，乃太子（曹丕）設宴灌醉所致，而使曹操大怒[46]。如此，立嗣之爭，勝負可說已定。

　　曹植本身忠厚知禮，深明大義，對其兄丕，本是極為尊重，而兄弟之間原本亦是融洽、和睦。當丕與一些文友們，「行則接輿，止則結席」，詩酒聯歡，「高談娛心」，攜手共遊時，曹植亦是廁身期間，

---

46 晉‧陳壽撰、宋‧裴松之注、民國‧盧弼集解：《三國志集解》，〈魏書‧陳思王植傳〉，頁493。

曹植〈公宴〉詩即吟道:「公子愛敬客,終宴不知疲。清夜遊西園,飛蓋相追隨」。詩句中之「公子」,即指曹丕。其時王粲、劉楨、陳琳等人,亦皆有〈公宴〉詩和之,此種鄴下人士與曹氏兄弟之間之文學交往,確曾造成「鄴下朱華,光照臨川之筆」的一代盛況。而曹植可能亦未想到兄弟間骨肉之親情,竟因一場儲位之競爭中,埋下無可彌補之裂痕。

在「立嗣之爭」中落敗之曹植,其心腹亦受株連,首先楊修,竟被曹操以交搆罪名賜死,另二位情誼甚厚之知己丁儀、丁廙兩兄弟,亦在曹丕即王位後被殺,且誅男口。後再殺孔桂,以除後患。曹植已感受到自己將成一任人宰割之弱者。謝靈運在〈擬魏太子鄴中集八首並序〉評曹植云:「公子不及世事,但美遨遊,然頗有憂生之嗟」《平原侯植並序》,早年曹植確實無憂無慮,在其父之庇蔭下,過著「三河少年,風流自賞」(敖陶孫《詩評》)之貴公子優閒生活,但自從父操對其寵愛衰落後,其未來處境,豈能不促使其產生憂生之嗟?

曹丕自受禪即帝位後,對曹植之迫害手段,約可分下列步驟:首先是以分封為名,卻是禁令重重,使曹植與兄弟們,動輒得咎,且在高壓政策下,讓曹植遷徙頻繁,生計維艱。其次是誣告連篇,而使曹植有口難辯。曹丕屢次指使心腹監視乃至誣告曹植,目的即在政治上、精神上打擊曹植,防其東山再起。再其次是劃地為牢,禁錮終生。曹植在封地一言一行皆受監視,任何事情皆需請示,名為王侯,實同囚犯,甚至曹植在曹丕病死,曹叡即位後,一而再,再而三地上書陳情,願為年青皇帝出謀獻策,貢獻才智,然皆石沉大海,對諸侯王封鎖禁錮政策,未見絲毫改變[47]。

至於《世說新語・文學第四》記曹丕逼曹植七步成詩,不成者行

---

47 鍾優民:《曹植新探》(合肥:黃山書社,1984年12月第1版),頁45-49。

大法之故事，近代學者，以為不可信[48]。稍探曹丕對曹植之所以迫
害，除二人性情、觀念有異，使二人漸行漸遠外，最主要之原因，實
為權力之衝突，即爭奪繼承權之事。另亦有人以為亦應加上緣於曹丕
在愛情受創所致，即植與其嫂甄宓畸戀，而使曹丕蒙羞事，此事古今
豔傳，歷來學者多以為此事牽強無稽，不可輕信[49]。不過筆者以為未
來若有學者，能更深入探究，蒐集更多之疑點、證據，以推翻否定之
論，而證植與甄氏密戀，確有其事，則難說絕無可能。

---

48 張為麒：〈七步詩質疑〉，《國學月報彙刊》（臺北：文海出版社，1971年12月影印
版）第2集，第2卷第1號，頁35-43，以為「七步詩」故事可疑，原因是：（一）本集
不載。（二）《世說》難據。（三）爵號可疑。另再提出三點：（一）不要因為時代不
遠而相信他。（二）不要因為徵引得多而相信他。（三）不要相信附會牽強的話。此
三點，均為使人誤信的地方，所以不可忽略。前三點與後三點相表裡，更可見〈七
步詩〉之不足憑信。而此故事之由來，張氏推測有二：（一）由兄弟失和一點引申
而來。（二）子建才思敏捷。惟趙幼文：《曹植集校注》（臺北：明文書局，1985年4
月初版），則以為「似不能以本集不載，即云出於附會而刪，應存疑」云云，頁
279。清‧丁晏：《曹集銓評》（臺北：商務印書館，1978年10月臺1版），卷四〈七
步詩〉註引《詩紀》云：「本集不載，疑出傅會」，頁38。林文月：〈論曹丕與曹
植〉，《澄輝集》（臺北：洪範書店，1983年2月初版），頁32，亦以為〈七步詩〉「恐
為後人所故意編造」。按：個人以為《世說》所載，不能保證，全依事實記載，難
保沒有因訛傳而誤載之事，如前註30，註文中引據之文獻所載，相互對照，可知
《世說新語‧識鑒》載橋玄對曹操評曰：「君實是亂世之英雄，治世之姦賊」一
語，即為誤書人名與語句，因之個人以為《詩紀》與近人張為麒氏疑〈七步詩〉出
於附會，較近是，茲從之。
49 有關子建是否與其嫂甄宓畸戀一事，歷來學者頗有爭論，清‧丁晏：《曹集銓評》
以為〈洛神賦〉「俗說乃誣為感甄，豈不謬哉」，又云：「感甄妄說，本於李善」，頁
11。郭沫若：〈論曹植〉，《論歷史人物》（上海：海燕書店，1948年5月出版），頁
20，則以為「子建對這位比自己大十歲的嫂子，曾經發生愛慕的情緒，大約是無可
否認的事實吧」。近人袁宙宗：〈論曹子建的一生際遇和資質〉，《中華文化復興月
刊》，（1981年1月），頁57、58，以為有其事。惟葉慶炳：《中國文學史》（臺北：廣
文書局，1968年9月修訂再版），頁93，則提出二點駁正：一、為黃初時，植猜嫌方
劇，安敢於丕前思甄泣下？丕又何至以甄枕賜植？二、為甄氏歸曹丕時，植十三
歲，而甄氏二十三歲，長植十歲之多，「植安得愛戀若此」？按：值、甄戀情事，
確有可疑，然未有充分證據研判時，個人以為暫存疑為是。

　　本性善良之曹植，思想單純，待人誠懇，心懷坦蕩，絕不像其父兄操與丕，善權謀，工心術。本身受到儒學薰陶，自〈送應氏〉詩云：「中野何蕭條，千里無人煙。念我平生親，氣結不能言」。及〈泰山梁甫行〉詩云：「劇哉邊海民，寄身於草墅。妻子象禽獸，行止依林阻」等詩句中，可以看出關心民瘼，體恤民情。然空懷建功立業之壯志豪情，意志不堅，才幹不稱，是一文人才士之典型，而非能開疆拓土，展現大魄力之英雄人物，難免有好大喜功之譏。在待人接物與處事上，有其弱點，是「熱情率真而欠深沉，擅於言論，而拙於任事；長於表現，而短於實際能力」[50]。

　　以其具有詩人氣息，致飲酒不節，任性而為，干犯法禁。處事確實不夠穩健，欠缺深思，自是容易上當受騙，如奉命率軍救曹仁，竟為丕設宴灌酒大醉一事。另其對好友，則關懷備至，有一片赤子之心，然對志趣不合者，則加疏遠，形跡畢露，不善於與已意見不同者交流、溝通，以減低或避免對立、樹敵，此亦曹植在政治上難有施展抱負，難有大作為原因之一。而其思想複雜，一篇作品之中，往往儒道兩家雜糅，如〈七啟〉即是。其對陰陽家、法家，以至讖緯、佛經，均有接觸。因之思想豐富，有其長，然亦有零亂不成系統之缺失。

　　感情豐富，天真純樸，是曹植性格之優點，卻亦是其缺點。等到曹丕廢獻帝受禪為帝後，曹植竟不能掩抑感情，發服悲哭，令曹丕聞之後謂「吾應天受禪，而聞有哭者，何也」？如此，兄弟感情，自是益為惡化，植受逼日甚，其樂府〈當牆欲高行〉有句云：「眾口可以鑠金，讒言三至，慈母不親」，連本為唯一靠山之親生母親卞太后，竟亦至不親地步，植之處境，更為危殆可知。等到一再被徙封遷移，「號則六易，居實三遷，連遇瘠土，衣食不繼」（〈遷都賦序〉），「人道絕響，禁錮明時」（〈求通親親表〉），形同囚徒，進退失據時，雖傾

---

50 徐公持：《魏晉文學史》（北京：人民文學出版社，1999年9月第1版），頁70。

慕老莊，又不願逃避現實，清心寡欲，始終保有傳統儒家士人「知其不可為而為」之優良品質，一再上書，盼有戴罪立功，為國效勞之機會，而曹叡僅是虛與委蛇，敷衍一番，始終不予機會。由上得知，曹植之人格特質有其優質，亦有其瑕疵，而其純真善良之質資，仍是值得同情。

曹植之一生，是一悲劇性之人生，空有理想，而無法如願施展其政治抱負。不過在文學殿堂中，以其「八斗之才」，勤於創作，「兼籠前美」（黃侃《詩品講疏》），「集備各體」（張溥〈陳思王集題辭〉），詩、賦、各體散文，不論數量、質量，均堪稱為當時之冠。今存較完整之詩歌有八十餘首，以全力創作五言詩，故被視為五言詩之「一代宗匠」（吳淇《六朝選詩定論》）。其詩歌語言詞采華茂，華瞻精工，對仗工整，音調和諧，極富音樂之美。詩風剛柔相濟，渾然天成。辭賦今存四十餘篇，雅好慷慨，情思悲涼，尤以〈洛神賦〉，描寫更見細膩，寄寓深遠。散文則包括贊頌、碑文、章表等類，今存百餘篇，或駢或散，並無定格，特色是比喻繁多，講求技巧。

後世對於三曹之詩文，曾加比較，如謂「子建柔情麗質，不減文帝；而肝腸俠骨，時有磊塊處，似為過之」（鍾惺、譚元春《古詩歸》），或謂「（子建）風雅獨絕，不甚法孟德之健筆，而窮態盡變，魄力厚于子桓」（陳祚明《采菽堂古詩選》），三曹各成絕技，各有特色，而曹植獨占風騷，卓爾不群，建立不朽之美譽，或可謂「失之東隅，收之桑榆」。

總結上述三曹人格特質之探討，可歸納以下之結論是：

1.曹氏父子三人，關係雖親為父子，然由於出身背景、人生經歷、人事接觸、內在稟性，外在氣習、風度、容止等，皆有殊異，以致表現之情緒反應、行事作風、待人態度、文學理念，創作擅長等，亦有不同。

2.三曹之個性,各有短長,各有優劣,難能完善與圓滿,由此可知人性有其缺憾不完美處。而三曹人品之高下,則視其後天之修為、努力,及其在現實環境下,所表現之處事、待人方面是否正、邪、善、惡而定。

3.曹操、曹丕父子二人,人格特質同具善、惡之矛盾性,後代評家,難免有褒有貶,有毀有譽。若論才幹與殘酷方面,丕仍是不如其父。曹植則天性敦厚,待人誠摯,具詩人之氣習,不善心術,以致在與曹丕「立嗣之爭」中落敗,而後備受曹丕父子之迫害,後人無不視其為一悲劇之角色,而予以更多之同情。

4.人格乃為一綜合性之表現,不僅指智慧、個性、行為、思想、風範等,甚而其才藝、專長等,亦無不含括其中,因之三曹的聰明才智,結合其文學素養,表現在文學理念之觀點,在文學創作之成就,及其在文學上之貢獻與影響,亦是其人格特質之重心所在。歷來評家,對曹氏父子三人之文學理念、文學創作、文學地位,及其對後世文學之影響,無不持肯定之態度,予以讚揚,此為三曹在人格特質上,表現較為突出,與為人所嘖嘖稱道之處。而此亦為三曹呈現在後代文學史家心目中,永遠不朽之神韻,與不死之魂靈。

## 三　三曹之文學思想

建安時代,隨著政治情勢與學術思潮之演變,促使文學之自覺,一時風起雲湧,不少四方豪俊,在曹氏父子弘獎風流、不遺餘力之鼓吹下,遂輻湊鄴城,共同致力於文學創作。而作為文壇盟主之曹氏父子,不僅重視文學、倡導文學,本身亦傾其才情,以身作則,投入創作,不少之美文佳作,即在三曹與鄴下文人才士們之手下,不斷地出現,彼輩一方面滿懷熱情,大量創作,另一方面,則對議論辯說,亦

興致濃厚，應瑒〈公宴〉詩云：「開館延群士，置酒于斯堂。辨論釋鬱結，援筆興文章」，可見當代文士們對議論之重視。

於是不少文人作家，常常採用論文、書函，與詩歌等各種體類，以發表其本身對文學理論或文學批評之觀點，此自言談之議論辯說，至訴之於筆墨，一則可能由於「文學創作的發達，必然會引起文學批評的發展。作品的大量積累，是批評發展的前提」，而「創作中的新傾向，反映在批評上，便會形成一些新穎的文學觀點」[51]，二則「可能漢末的清議，重在人物的品藻，於是從人的言論風采方面，轉移到文學作品方面，也就產生了自覺的文學批評」[52]。由此亦可明白建安時代之文學理論或文學批評，即在內外條件之結合下，水到渠成，自然成熟。而自曹氏父子三人之作品中，以及轉引自他人之著述裡，即可發現三曹確實發表他們對文學理論或文學批評方面相關之看法，而此方面之見解，正是他們文學思想之主幹，謹分別論述三曹之文學思想如下：

## （一）曹操之文學思想

曹操之文學思想，究竟如何？曹操一生，雖從事政治、軍事，但正如前節所云早年對文學藝術，頗為喜好，又重視文學事業，對文學問題，亦必有其見解。惜其文集，早已散佚[53]，因之與曹操文學思想

---

51 王運熙、顧易生主編：《中國文學批評通史》（上海：上海古籍出版社，1996年12月第1版），〈魏晉南北朝卷〉，〈第一章　緒論〉，頁2。

52 郭紹虞：《中國文學批評史》（臺北：明倫出版社，1970年11月初版），頁37。

53 曹操文集，本有編集，南朝劉宋時，裴松之注：《三國志》，曾加引用，名為《曹公集》（《三國志》卷三十八《蜀志‧糜竺傳》注引《表糜竺領糜郡》，注云出自《曹公集》），唐初修《隋書》，曾見及曹操文集，有二十六卷、三十卷、十卷三種。稍後李善注：《文選》，曾引用《魏武集》（《文選》卷四，〈南都賦〉注引《魏武集》上九醞酒奏曰云云），可見隋唐時，文集尚是完整。然其後僅有《舊唐書‧經籍

相關之資料，皆不見於現存之曹操文集輯本，僅自某些書籍之片斷資料中，加以整理，而稍窺其對文學方面之見解，究竟為何。

　　根據現有保存在某些書籍，有關曹操之資料中，個人以為約可歸納出曹操對文學方面之觀點是：

## 1　文學價值論：重視文學，舉用文人

　　曹操向來勤學不輟，「既總庶政，兼覽儒林」（曹植〈武帝誄〉），對經傳、諸子百家、兵書「手不釋卷」，皆極精熟，本身「雅愛詩章」、「登高必賦」，「內興文學」，文學造詣頗高，創作不少流傳千古之詩篇與文章，其繁富如上節所引明・胡應麟云：「自漢而下，文章之富，無出魏武者」。然流傳至今，已散佚不少，「今惟陳思十卷傳，武、文二主集僅二、三卷，亡者不可勝計矣」（《詩藪・雜編》）[54]，原集至唐、宋時已佚，明代張溥曾將零散之作品，輯為《魏武帝集》一卷，包括令、教、表、奏事、策、書、尺牘、序、祭文、樂府歌辭等各體，共一百五、六十篇。清代嚴可均、丁福保等人續有增補。其創作數量，可謂雄視一代，他人難與匹敵。上有好者，下必有甚焉，此對當代文人、文壇，必帶有莫大之鼓舞與影響。曹操個人不僅喜愛文學，且有其他才藝專長，張溥云：

　　　　孟德御軍三十餘年，手不捨書，兼草書亞崔、張，音樂比桓、蔡，圍棋埒王、郭，復好養性，解方藥，周公所謂多才多藝，

---

志》、《新唐書・藝文志》，簡略提及《魏武帝集》三十卷，不見有其他書籍稱引。其文集可能在唐宋之際散佚。明・張溥編：《漢魏六朝百三名家集》，輯曹操詩文一百四十餘篇，張氏之後，雖有他人再加輯集，亦不過增數篇而已，以上見傅璇琮：〈從曹操的佚文談曹操的文學思想〉，《北方論叢》1980年第7期，頁51。

54　明・胡應麟：《詩藪》〈雜編〉卷二語，載編輯部：《三曹資料彙編》，〈曹操卷〉，頁16。

孟德誠有之。[55]

　　曹操書法居然可與當代書法名家崔瑗、張芝等媲美，音樂造詣亦可與當代「善音者」桓譚、蔡邕並比，圍棋亦可與高手王九真、郭凱等「埒能」，則曹操確可稱為一多才多藝者。曹操個人愛好文學，提倡文學，且招攬、舉用具文學藝術專長者，當代名家如王粲、陳琳、徐幹、劉楨、應瑒等，無不紛紛投入其下，為其獻策效勞，如王粲、阮瑀等，無不受到重用，掌握實權，成為其政治、軍事之謀士。且在其倡導與支持下，與其公子曹丕、曹植等，「行則接輿，止則接席」，酬酢往來，談文論藝，「灑筆以成酣歌，和墨以藉談笑」（《文心雕龍・時序》），其他如應璩、荀緯、蘇林、王昶、鄭沖等，無不因其文學專長，而受到器重。在如此風氣下，文才濟濟，群星閃爍，對當代文學創作風氣，帶來之鼓勵與提倡作用，當是不言可喻。

　　另具有其他才藝專長者，曹操亦無不延攬，加以任用，如平定荊州後，發現杜夔精通音樂，乃任其為軍謀祭酒，參太樂事，令制雅樂。又知散騎侍郎鄧靜、尹齊，善詠雅樂，歌師尹胡，能歌宗廟祭祀之曲，舞師馮肅、服養，熟知先代諸舞，曹操皆予進用，使彼輩不被埋沒，皆能發揮所長[56]。建安文學所以勃興，促成百花齊放，異采紛呈之繁榮發展，為中古文壇揭開嶄新之一頁，則曹操之重視文學，倡導文學，更進而拔擢文人，器重文人，應居首功，而此皆與其文學理念相關。

55　明・張溥：《漢魏六朝百三名家集》，〈魏武帝集題詞〉，載《三曹資料彙編》，〈曹操卷〉，頁21。
56　王巍：《三曹評傳》（瀋陽：遼寧古籍出版社，1995年3月第1版），頁218、219。

## 2 文學創作論：文須尚實，不可浮華；以博學多識奠基，寬暇運筆

《文心雕龍》曾徵引曹操之文學主張有二則云：

> 曹公稱：為表不必三讓，又勿得浮華。所以魏表章，指事造實，求其靡麗，則未足美矣。(〈表章〉)[57]
> 魏武稱：作敕戒，當指事而語，勿得依違，曉治要矣。(〈詔策〉)[58]

據《文心雕龍》所轉述，曹操以為文辭不應浮華，因之魏初之章表，言及事件，即要求確實。告誡之文，應依據事實而語，不宜模稜兩可，即以實際之要求，告誡不同職責之官吏，如「敕都督以兵要，戒州牧以董司，警郡守以恤隱，勒牙門以禦衛」(《文心雕龍·詔策》)。曹操有此主張，必有依據，蓋東漢以來，豪門士族，常借寫作銘誄，以為吹捧之用，當代文風，亦受波及，而有浮誇不實之弊。建安十年正月，曹操曾下令：「令民不得復私仇，禁厚葬，皆一之于法」(《三國志·魏書·武帝紀》)，沈約《宋書》亦詳載云：「漢以後，天下送死奢靡，多作石室石獸碑銘等物。建安十年，魏武帝以天下雕弊，下令不得厚葬，又禁立碑」(《禮志》)。

向來節儉之曹操，以為奢侈是最大之罪惡，曾吟道：「侈惡之大，儉為共德」(《度關山》)，本身不貪戀財物，亦不積聚私產，嚴禁家人、宮女穿刺繡衣服。其「禁立碑」之命令，必是因當時世家大族，利用「察舉征辟」，推薦與任用私人為官吏，又利用宗法血緣制度，及所謂「門生故吏」關係，結黨營私，擴占地盤，而樹碑立碣，在當代碑

---

57 梁·劉勰撰、范文瀾注：《文心雕龍注》，卷五〈章表〉，頁10。
58 梁·劉勰撰、范文瀾注：《文心雕龍注》，卷四〈詔策〉，頁51。

文之興盛，是當時文壇一大特色。[59]難怪劉勰要說，「自後漢以來，碑
碣雲起」（《文心‧誄碑》），為人立碑之風氣，魏晉浸盛，而順情虛飾，
竟成風俗，今曹操察覺其弊，下令禁止，這對「被豪門士族所污染的
社會和文壇風氣，確是起了掃蔽廓清的作用」[60]，南朝裴松之亦言
「勒銘寡取信之實，刊石成虛偽之常」（《宋書‧裴松之傳》）。均見樹
立不實之碑碣，對當代社會風氣與文風，有推波助瀾之不良影響。

　　曹操「禁立碑」之命令，其所涉及之背景，一如上述，因之此種
思想，「在文學批評史上，確實具有重要的意義」[61]，而應用在「章
表」、「詔策」上，亦要求須據事實來寫，不應虛情誇飾。其子曹丕之
文學理念，主張「銘誄尚實」（《典論‧論文》），或許可推知是受父親
曹操之理念影響而來。而曹操主張「尚實」之理念，後來亦自然而然
反映在其所創作之詩文上。

　　《文心雕龍》又載曹操之文論兩處云：

> 夫以子雲之才，而自奏不學，及觀書石室，乃成鴻采。表裡相
> 資，古今一也。故魏武稱張子之文為拙，然學問膚淺，所見不
> 博，專拾掇崔、杜小文，所作不可悉難，難便不知所出，斯則
> 寡聞之病也。（〈事類〉）[62]
> 至如仲任置硯以綜述，叔通懷筆以專業，既暄之以歲序，又煎
> 之以日時，是以曹公懼為文之傷命，陸雲歎用思之困神，非虛
> 談也。（〈養氣〉）[63]

---

59　傅璇琮：〈從曹操的佚文談曹操的文學思想〉，《北方論叢》1980年第7期（哈爾濱：
　　哈爾濱師範大學，1980年），頁52、53。

60　傅璇琮：〈從曹操的佚文談曹操的文學思想〉，《北方論叢》1980年第7期，頁52、53。

61　傅璇琮：〈從曹操的佚文談曹操的文學思想〉，《北方論叢》1980年第7期，頁53。

62　梁‧劉勰撰、范文瀾注：《文心雕龍注》，卷八〈事類〉，頁9、10。

63　梁‧劉勰撰、范文瀾注：《文心雕龍注》，卷九〈養氣〉，頁7。

　　自劉勰轉述曹操對文學創作之觀點，可知曹操之主張是寫作須以博學多識奠基，不然就會患上言之無物，淺而寡陋之病。一如張子之文，是「學問膚淺，所見不博」，而且藉著博學多思，在創作時，才能暢通思路，無所阻遏，否則徒然勞神苦思，嘔盡心血，只會損害精力，傷及身體而已。又依《文心雕龍‧養氣》所言「曹公懼為文之傷命，陸雲歎用思之困神」，事涉養氣，謂苦思過度，有傷身體，惜曹操有關養氣之文論，早已散佚，不然則對曹丕文氣說之理解，當更為豐富而深入。若再看上引《文心雕龍‧養氣》一段之上下文，或可推知劉勰所論，意味曹操並非贊同死讀書，與一味苦思為文，蓋用思過勞，則必傷生。曹、陸傷命困神之說，自是並非虛談，究應如何而後可？黃侃《文心雕龍札記》有云：

　　　大凡學為文，皆有弛張之數。故〈學記〉云：君子之於學也，
　　　藏焉修焉息焉遊焉。注云：藏，謂懷抱之。修，習也。息，謂
　　　作勞休止之謂息。遊，謂閒暇無事之謂遊。然則息遊亦為學者
　　　所不可缺，豈必終夜以思，對案不食，若董生下帷，王劭思
　　　書，然後為貴哉。[64]

　　雖未見曹操完整詳明之「養氣」文論，然由黃侃氏之詮釋，或可揣知曹操並不贊同為文過勞苦思，反而以為「息遊為學者所不可缺」，故與同道友朋，宴飲同遊，引吭高歌，舒解精神壓力，自屬必要。所謂「逍遙談笑醫勞倦，優遊餘裕運才勇」，再以清暢之意，閒適之態，從容寫作，方不致困神傷生。前節提及曹操向來勤勉攻讀，「博覽群書」、「能明古學」，「雖在軍旅」仍「手不釋卷」，有博學多

---

64 黃侃：《文心雕龍札記》（臺北：文星書店，1965年1月10日初版），頁224。

識之素養，俟吟詠為文時，自然左右逢源，文思汨汨而湧。遣詞造句，引據典故，無不來自經書百家，而此皆為平素研讀所得，以《詩經》為例，在今存著述中，引用者不下數十處，如〈讓九錫表〉：「民所具瞻」句，暗引自《詩經・小雅・節南山》：「民具爾瞻」句。〈求言令〉文，言「《詩》稱『听用我謀，庶無大悔』」句，則明引《詩經・大雅・抑》中原文。其餘引用《論語》、《尚書》、《易經》、《禮記》、《楚辭》、《莊子》、《韓非子》等亦復不少。

　　又曹操素愛音樂，本身亦有傑出之音樂才能，曾在銅雀臺上，設置鼓樂聲伎，常來臺上欣賞音樂歌舞，此除滿足聲色之娛的目的，以作排遣壓力外，對其創作詩文，實亦有積極的影響，此具見曹操是其文學主張之實踐者。

## 3　賦法論：辭賦用韻，因宜適變

　　《文心雕龍》另一處稱引曹操之文學主張是：

> 魏武論賦，嫌於積韻，而善於資代。……又詩人以兮字入於句限，《楚辭》用之，字出句外，尋兮字成句，乃語助餘聲。舜詠南風，用之久矣。而魏武弗好，豈不以無益文義耶？（《章句》）[65]

　　此為劉勰轉述曹操對詩賦用韻之意見，惜未能看到完整之主張，僅能就劉勰論述，而得知其大概。曹操除創作詩歌、散文外，另亦有辭賦之作品，惜都已散佚，今僅存〈登臺賦〉、〈滄海賦〉、〈鶡雞賦〉等題目，無法看到其辭賦在韻律上之特色。曹操創作辭賦，對辭賦之

---

65　梁・劉勰撰、范文瀾注：《文心雕龍注》，卷七〈章句〉，頁22。

寫作技巧與用韻看法，自然有其見解，據黃侃《文心雕龍札記》加以解讀上引《文心雕龍‧章句》，有關曹操對辭賦之主張云：

> 蓋以四句一轉則太驟，百句不遷則太繁，因宜適變，隨時遷移，使口吻調利，聲調均停，斯則至精之論也。……魏武嫌於積韻，善於資代，所謂善於資代，則公於換韻耳。[66]

自黃侃氏之解讀，可知曹操對辭賦之用韻，主張應換韻，厭惡一韻到底，最重要的，是「因宜適變，隨時遷移」，能使聲調韻律，隨著辭賦之內容、作者之感情、思想，而隨時調整，以達到「音轉自然」之要求。另對辭賦寫作，主張廢除「兮」字，亦可見曹操對鍊字修辭之講求。

綜合而言，曹操之文學思想，雖其文論資料皆已散佚，難以窺其全貌，藉著某些著作轉述之片段，稍能了解概略，其對文學藝術之重視，對才藝文人之尊重與拔擢，以相王之尊，振興文學，提昇文風，或對文學創作修養之見解與提示，對文藝創作技巧之鑽研，確實獨到精闢，有其革新與突破舊有傳統束縛之處。魯迅曾評價曹操，以為在當代「也是一個改造文章的祖師」（《魏晉風度及文章與藥及酒的關係》），亦肯定曹操之文學思想，及其文學創作，在當代有其主導與指標之地位與影響力。

## （二）曹丕之文學思想

至若曹丕之文學思想又如何？曹丕之文學理念頗為突出，主要乃體現於其文學批評中。前節提及，曹丕與其父操一樣，愛好文學，遍

---

66 黃侃：《文心雕龍札記》，頁119。

覽經書百家，且以「著述為務」，「下筆成章」，如此方能在文學理論
與批評方面，提出不少難能可貴之觀點。其文學理論之著作，以《典
論》為代表作，該書原有二十篇，是曹丕精心之作，曹丕生前曾多次
修改編訂而成，曾將此書贈送吳主孫權。魏明帝時，更將此書刊於石
碑，惜「唐時石本亡，宋時寫本亦亡」（嚴可均《全三國文》）。今僅存
〈自敘〉、〈論文〉、〈論方術〉三篇，而保存完好者，亦僅有前兩篇[67]。
曹丕對文學的看法，除《典論‧論文》外，〈與吳質書〉、〈與王朗
書〉、〈答卞蘭教〉之信函，及保存在其他類書之《典論》佚文中，亦
有論述，今將上述之曹丕著述，加以整理、歸納，略論曹丕之文學理
念如下：

## 1　文學批評論：創作各有所長，宜建立客觀之批評標準

曹丕在《典論‧論文》中，首先提出：

> 文人相輕，自古而然。……夫人善於自見，而文非一體，鮮能
> 備善，是以各以所長，相輕所短。里語曰：「家有敝帚，享之
> 千金。」斯不自見之患也。

《典論‧論文》中提到作家之才能，各有所偏，而通才向來不
多。自文章而言，本有多種體裁，不同文體，即有不同之創作特色。
自作家而言，一位作家通常僅能擅長某一種文體之寫作，很難將各種
文體，面面俱到，都寫得很好，所謂「文非一體，鮮能備善」即是。
因之曹丕即具體舉例評論七子文章之得失是：

---

67　夏傳才、唐紹忠：《曹丕集校注》（鄭州：中州古籍出版社，1992年10月第1版），頁
　　13。傅亞庶注譯：《三曹詩文全集譯注》（長春：吉林文史出版社，1997年1月第1
　　版），〈曹丕集〉，頁257。

王粲長於辭賦。徐幹時有齊氣[68]，然粲之匹也。如粲之〈初征〉、〈登樓〉、〈槐賦〉、〈征思〉，幹之〈玄猿〉、〈漏卮〉、〈圓扇〉、〈橘賦〉，雖張、蔡不過也。然於他文，未能稱是。琳、瑀之章表書記，今之雋也。應瑒和而不壯，劉楨壯而不密，孔融體氣高妙，有過人者，然不能持論，理不勝詞，至乎雜以嘲戲，及其所善，揚、班儔也。

曹丕對七子的評論，可證作家，實難兼善眾體，若七子以為「於學無所遺，於辭無所假，咸以自騁驥騄於千里，仰齊足而並馳」，欲

---

68 按「齊氣」，究作何解？古今學者，見仁見智，爭論紛紜，如《文選》李善注是：「言齊俗文體舒緩，而徐幹亦有斯累」，近人許文雨：《文論講疏》云：「按齊詩各句用兮字，為稽留語，此舒緩之證」，（臺北：正中書局，1967年初版），頁19。而又或以為據《三國志‧魏書‧王粲傳》裴注所引，則作「幹詩有逸氣」，以為「齊」為「逸」之誤。而徐堅：《初學記》卷二十一引曹丕：《典論‧論文》云：「徐幹時有高氣」，（臺北：新興書局，1966年5月新1版），頁284。近人范寧：〈魏文帝「典論論文」「齊氣」解〉，《國文月刊》第63期（臺北：泰順書局，1971年9月影印初版），頁761-763，據以為「齊氣當作高氣」解，高氣為「性子慢」。另有近人黃曉令：〈典論論文中的「齊氣」一解〉，《文學評論》（1982年第6期），頁123、124。則以為「齊氣」乃「平平之氣」即「俗氣」之意。王夢鷗以為「齊」「齋」二字通用，其義只是「端莊嚴肅」。又言「典雅」正是端莊嚴肅之「齊」。見〈試論曹丕怎樣發見文氣〉，《古典文學論探索》（臺北：正中書局，1984年2月初版），頁75。曹道衡：〈典論論文「齊氣」試釋〉《中古文學史論文集》（北京：中華書局，1986年7月第1版），頁432-434，則以為上述之釋「齊氣」皆不妥，認為當依《禮記‧樂記》中「肆直而慈愛者，宜歌『商』，溫良而能斷者宜歌『齊』」一語釋之，即據「文如其人之原則，以他的人品去推測他的作品」，則「齊氣」有「宜歌齊」的人「溫良」之意，近人莊耀郎以為「齊氣」必然「包括齊人語氣舒緩，齊人志緩」之諸多因素的均調統一。見〈曹丕典論論文「氣」義探微〉，《古典文學》第6集（臺北：學生書局，1984年12月初版），頁126、127。另朱曉海則以為徐幹操作吟誦美文所需之雅言，有欠道地，雜有齊地方音，故曰「齊氣」，見所著〈清理「齊氣」說〉，《臺大中文學報》第九期（臺北：國立臺灣大學中國文學系，1997年6月初版），頁210。

「以此相服，亦良難矣」。至其〈與吳質書〉中，亦載有相關之論述是王粲、徐幹以辭賦為主，然亦各有其特色云：「仲宣獨自善於辭賦，惜其體弱，不足起其文；至於所善，古人無以遠過」，宜其後來鍾嶸要評其「發愀愴之詞，文秀而質羸」（《詩品》）徐幹，彬彬君子人，雖不擅以雅言吟誦，然「懷文抱質，恬淡寡欲，有箕山之志」，其《中論》之作，是「辭義典雅」，「成一家之言」，陳琳、阮瑀則擅長章表書記，故「孔璋章表殊健，微為繁富」。「元瑜書記翩翩，致足樂也」，評論劉楨是「公幹有逸氣，但未遒耳」，此即〈論文〉中所謂「壯而不密」，亦後來鍾嶸所評「氣過其文，雕潤恨少」（《詩品》）之意。評論應瑒是「德璉常斐然有述作之意，其才學足以著書，美志不遂，良可痛惜」，可見其才能有所長，有所短，此亦可自「和而不壯」一語得證。

　　曹丕另亦曾比較屈原與相如之賦孰愈？而評定曰：「優游按衍，屈原之尚也；浮沈漂淫，窮侈極妙，相如之長也。然原據託譬喻，其意周旋，綽有餘度矣。長卿、子雲，意未能及也。」（《北堂書鈔》所錄《典論》佚文）[69]，可知一位作家，若能避其所短，充分發揮其所長，必能有所成就。

　　而若要建立客觀公正之評論標準，首先要能用「審己以度人」之原則，克服「各以所長，相輕所短」之弊病，並去除「貴遠賤近，向聲背實」此種「厚古薄今」，崇尚虛名，不務實際之錯誤心態，如此，則文學批評之狹隘思維模式與理論框架，必一一打破，對推動詩文創作之風氣，及促進各類風格作品品質之提升，深信必有莫大之助益。曹丕評論作家，是「深受一般的人物品評風氣影響」，「自己並不

---

69 郁元、張明高編選：《魏晉南北朝文論選》（北京：人民文學出版社，1996年10月第1版），刊錄《北堂書鈔》卷一百，所錄〈典論佚文五則〉，頁14。

陷於那種偏頗之見」，才能提出「比較公正和客觀的態度」。[70]

## 2 文體論：熟知各種文體特性，有助於作家各依所長創作

曹丕在〈論文〉中，除分析與舉證作家才能有偏之同時，亦提出
不同類型文體之特點云：

> 夫文本同而末異，蓋奏議宜雅，書論宜理，銘誄尚實，詩賦欲
> 麗。此四科不同，故能之者偏也；唯通才能備其體。

曹丕將文體分成四類，並說明各種文體之風格特色，或寫作要
求，雖是用來照應〈論文〉首段，惟此項分類，衡之以往，並不曾有
過。文體，具多義性，或指文章體裁，或指文章風格，甚或兼指文章
之體裁與風格、文章之結構、修辭等，故文體可謂是個性之外化，是
藝術魅力之沖擊，是審美愉悅之最初源泉，其重要性可知。後代宋、
倪正父即云：「文章以體製為先，精工次之。失其體製，雖浮聲切
響，抽黃對白，極其精工，不可謂之文矣」(《文章辨體序說》)[71]，文
體既是一種法制，如不加以遵守，則「不可謂之文矣」。

在曹丕將文體分成四類之前，有言「文本同而末異」，「本」當是
指文章之本質，即指以語言文字來表現某種思想或感情、內容，而
「末」則是指文章表現之具體形式，此表現形式含有內容特點與形式
特點兩方面之意義。[72]曹丕將文章區分為四科八種，而此四科之「末

---

70 王運熙、顧易生主編：《中國文學批評通史》，〈魏晉南北朝卷〉，頁37、38。

71 明·吳訥：《文章辨體序說》（臺北：長安出版社，1978年12月初版），〈諸儒總論作
　文法〉，頁14。

72 張少康、劉三富：《中國文學理論批評發展史》（上）（北京：北京大學出版社，
　1995年6月第1版），頁169。

異」，則以「雅」、「理」、「實」、「麗」區別，此乃為一種風格上之差異，而決定此風格差異者，或自其內容，或來自形式，而非自一種標準而劃分。

而奏議之類之公文寫作，曹丕以為此類經常用於朝廷軍國大事上，則其語言風格，即須典雅。書論指各類議論性之子書與單篇論文，內容既為說理，則其表達，即須思理明晰，不能徒事華飾。銘誄乃記事跡之文體，宜講求真實可信，不應溢美，風格自應樸實。曹丕所以提出此要求，如前節所述，有其社會背景，而詩歌語言自漢末以來，本日趨華麗，辭賦此一體裁，當代人亦早已認識其文辭華美之特點，故曹丕言「詩賦欲麗」，其實亦反映當代人之一般觀點，但亦可說明曹丕已看到文學作為藝術之美學特徵。且「詩賦欲麗」，亦標誌著「文學之自覺時代」，突破儒家「詩言志」之傳統窠臼，詩賦求美，意味詩賦不必寓有教訓，代表著一種自覺的純文藝觀之萌芽。

除〈論文〉外，曹丕亦曾言「賦者，言事類之所附也；頌者，美盛德之形容也」（〈答卞蘭教〉），可知其對賦、頌此兩類文體，早已了然。賦在漢代本重在鋪陳，曹丕言「事類之所附」，應是符合大賦寫作時，列舉眾多同類事物之實際情況。

儘管曹丕對文體分類之辨析，極為簡略，然已具備較高之理論概括性，為其後作家，開闢了道路，對其後文體論之研究，影響甚大。又所舉出之八種文體中，亦無史傳與諸子等一般之學術著作，實際仍須評其為亦是一種進步之文學理念。

## 3　文氣論：作家先天之質性、稟氣，決定作家之個性與作品之風格

《典論·論文》另提出「文」與「氣」之關係云：

> 文以氣為主。氣之清濁有體，不可力強而致。譬諸音樂，曲度

雖均，節奏同檢，至於引氣不齊，巧拙有素，雖在父兄，不能
以移子弟。

曹丕在此明確地提出作家之氣質及個性，與創作之關係此一新命
題。〈論文〉云：「文以氣為主」，或謂曹丕所謂「文章的氣，依他看
來，就是呈現於文辭間的作家個性」[73]，而作家個性顯現於文章情意
文辭之間的，就是風格。因之「曹丕所謂氣，實指兩方面，『清濁有
體』的氣，是作品的外現；『引氣不齊』的氣，是作者的天賦情性資
質，這是『不可力強而致』，『父兄不能以移子弟』的」[74]。前孟子曾
倡養氣說，墨子亦有望氣說（〈迎敵祠篇〉），王充亦提倡「元氣」論
（《論衡‧談天》），然皆與作品無關。

建安時代，某些作家之作品，亦言「氣」，如曹操之〈氣出唱〉：
「但當愛氣」、「其氣百道至」等，曹丕之〈大墻上蒿行〉：「蕩氣回
腸」。〈善哉行〉：「長笛吹清氣」。曹植〈蝦䱷篇〉：「猛氣縱橫浮」。吳
質〈思慕詩〉：「志氣甫當舒」。劉楨〈射鳶〉：「意氣凌神仙」。上述例
句提及之「氣」，皆非評論作家之作品，以「氣」論文，當自曹丕
始。在曹丕看來，建安七子文學風格之所以差異，即根植於彼輩各自
稟性之不同。而此「雖在父兄，不能以移子弟」的。對此，劉勰曾有
極好之申述，《文心雕龍‧體性》云：

夫情動而言形，理發而文見，蓋沿隱以至顯，因內而符外者
也，然才有庸雋，氣有剛柔，學有淺深，習有雅鄭，並情性所

---

73 王夢鷗：〈試論曹丕怎樣發見文氣〉，《古典文學論探索》（臺北：正中書局，1984年
2月臺初版），頁78。

74 廖蔚卿：《六朝文論》（臺北：聯經出版公司，1981年3月第2次印行），〈第五章　文
氣論〉，頁52。

鑠，陶染所凝，是以筆區雲譎，文苑波詭者矣。故辭理庸雋，
莫能翻其才；風趣反其習；各師成心，其異如面。[75]

　　劉勰反覆申論，辭繁意賅，曹丕精要敘述，語簡意明，劉勰將作
家不同之個性，表現於文章上，稱其為「體性」，一如曹丕所言之
「氣」與「體」。因之「氣是文章上看不見的體，而體則是文章上看
得見的氣。曹丕論文，先說『體』，而後說『氣』，是解釋那體所以形
成的理由；劉勰先說『性』，而後說『體』，是證明那體所以成立的根
據」。[76]生於曹丕之後的劉勰，對曹丕〈論文〉中所主張之文氣說，已
盡到補述之目的。近人郭紹虞在《中國文學批評史》中，釋曹丕〈論
文〉中之「氣」為「才氣」，被認為猶未盡善周至，不過其在解析〈論
文〉言「氣」之一段言論，卻是切中肯綮。郭紹虞云：

從作品方面，看到由於內容和作用之不同，形成不同的風格，
於是有文體之分。從作者方面，看到由於才性習染或學力的不
同，也會造成不同的風格，於是有文氣之說。[77]

　　曹丕所謂「氣」，其確切含義，如自作品與作者兩方面加以解
說，應是較為圓通而允當。而由曹丕〈論文〉與〈與吳質書〉二文
中，所評論之對象，皆以建安諸子為核心，可以了解，作者之天賦稟
氣不同，其表現於作品上之風格亦迥異，而作家之個性、稟氣有清濁
之別，不可能勉強而得，易言之，文章之藝術風格亦有「清」、「濁」
之分。「清」者，指俊爽豪邁之陽剛之氣；「濁」者，指凝重沈鬱之陰

---

75 梁・劉勰撰、范文瀾注：《文心雕龍注》，卷六〈體性〉，頁8。
76 王夢鷗：〈試論曹丕怎樣發見文氣〉，《古典文學論探索》，頁78。
77 郭紹虞：《中國文學批評史》（臺北：明倫出版社，1970年11月初版），頁39。

柔之氣。一如音樂曲譜雖同,節奏法度亦同,經不同之人演唱,因引氣行腔不「齊」,即會唱出不同之風味情調,引氣行腔所以「不齊」,主要即因各人之個性、稟氣有巧拙之異,雖父兄掌握其技巧,亦無法以之轉移至其子弟身上。

由此得知,〈論文〉中,曹丕評孔融「體氣高妙」,評徐幹「時有齊氣」,〈與吳質書〉中評劉楨「有逸氣」,均是兼涵人與文之特質而評的。也因此後代文論家即以「重氣」為建安文學之特徵,如沈約評曹植、王粲是「以氣質為體,並標能擅美」(《宋書·謝靈運傳論》)。劉勰評建安詩人是「慷慨以任氣,磊落以使才」(《文心·明詩》)、「梗概而多氣」(《文心·時序》)。鍾嶸評曹植為「骨氣奇高」,評劉楨為「仗氣愛奇」、「氣過其文」,評陸機為「氣少於公幹,文劣於仲宣」(《詩品》),評論中所言之「氣」,並非泛指一般之氣,然與曹丕所主張所重視之「氣」,是有聯貫性的。

有人或以為曹丕所主張之文氣說,論述較含糊而籠統,又將作品風格之成因,歸結為「氣」,又將「氣」之成因,歸結為作家與生俱來之天賦稟氣,不言可藉後天之培養,乃有所偏頗而欠當。又有人以為曹丕較為崇尚慷慨豪邁之氣,不免沖決儒家傳統詩論裡中正和平、溫柔敦厚之原則,而提出建安文學之重氣,亦非切當,如云:「魏之氣雄于漢,然不及漢者,以其氣也」(許學夷《詩源辨體》引胡元瑞語)[78],「子建任氣憑才,一往不制,是以有過中之病」(陸時雍《詩鏡總論》)[79]、「自《典論論文》以及韓、柳,俱重一『氣』字,余謂文氣當如〈樂記〉二語曰:『剛氣不怒,柔氣不懾』」(劉熙載《藝概·文概》)[80]等。不過不管如何,曹丕提出文氣說,是具有劃時代之

---

78 明·許學夷:《詩源辨體》引胡元瑞語(北京:人民文學出版社,1987年10月第1版),頁78。

79 明·陸時雍:《詩鏡總論》語,載《三曹資料彙編》,頁143。

80 清·劉熙載:《藝概·文概》語,載《三曹資料彙編》,頁89。

意義的,「文氣」之提出,意味著文學的走向自覺,有意擺脫舊有傳統之束縛,以求突破、創新,而有了曹丕作為開路先鋒,方有日後劉勰較為全面與科學之風格論以出。

## 4　文學價值論：文章一如經國大業,賦予作家榮譽心、責任感

《典論·論文》云：

> 蓋文章,經國之大業,不朽之盛事。年壽有時而盡,榮樂止乎其身,二者必至之常期,未若文章之無窮。是以古之作者,寄身于翰墨,見意于篇籍,不假良史之辭,不托飛馳之勢,而聲名自傳于後。

曹丕在此提出文章之價值,是「經國之大業,不朽之盛事」,給予文章如此崇高之評價,一些文論家無不評其前所未有,實際同時代之楊修,亦曾提出類似之言論云：「若乃不忘經國之大美,流千載之英聲,銘功景鐘,書名竹帛,斯自雅量,素所蓄也,豈與文章相妨害哉」(〈答臨淄侯箋〉),近人考其寫作時間,尚在曹丕之前。則曹丕〈論文〉中之論述,可能是吸收楊修之見解,而後再加闡發而成,不能算作是曹丕的獨創[81]。或許當時這些文人「行則連輿,止則接席」,在「觴酌流行,絲竹並奏,酒酣耳熱」(曹丕〈與吳質書〉),談文論藝之間,已建立共識,或未可知。

---

[81] 近人徐公持查考楊修〈答臨淄侯箋〉一文,撰述之年代為建安二十二年前,而曹丕《典論·論文》寫作於建安二十二年後,因此乃據以推定楊修之箋,作於曹丕《典論·論文》之前。又以為楊修之箋云：「經國之大美」,句中「大美」,用法稀見,疑「大美」本作「大業」,因二字篆書形近致淆,如是,則曹丕「經國之大業」,乃為照錄楊修之文,其論點之創始人,當歸於楊修。以上見所著《魏晉文學史》(北京：人民文學出版社,1999年9月第1版),頁65-67。

　　自《左傳》言及立德、立功、立言所謂三不朽後，便成為人人所欲達到之理想鵠的，惟立德、立功，目標高遠，機遇難得，達成不易。剩下「立言」一項，便成為古今文人士子所熱衷追求之指標，故言「不假良史之辭，不托飛馳之勢」，或可「成一家言」，而千古傳誦，垂名不朽。不過在曹魏之前，著述以求不朽的，一般皆為成一家之言之子書類，其作者，皆自視甚高，對辭賦一類美文，常予蔑視，如揚雄、王充便屬此見解之文人。連曹丕之弟曹植，文章雖稱「建安之傑」、「下筆琳琅」，由於志在建功立業，亦未重視文學之自身價值，以為「辭賦小道，固未足以揄揚大義，彰示來世也」（〈與楊德祖書〉），由此而知某些文士之傳統教化觀，豈是能輕易地打破？

　　今曹丕在〈論文〉中，提出文章之價值，確實石破天驚，令人讚揚，雖有人誤以為尚難完全掙脫功利主義之影子，不過提出「文章，經國之大業」，先在理論上有力地反映此一時代文學思想之新方向，已屬不易。而此句其實並非將文章視為治理國家之手段，亦未強調文章的政教之用，其意涵當是言文章一如治國大業[82]，以提高文章之價值觀。因之此句可謂大大提升文人作家之高度榮譽心，鼓勵作家多撰述精采絕倫之佳作。又言文章是「不朽之盛事」，可謂是超越傳統之

---

82 按《典論·論文》云：「蓋文章，經國之大業，不朽之盛事」一句，據近人羅宗強謂此句常被當作用文章於治國來理解，而此理解是不確的。蓋此一命題之提出，必有其創作背景之原因，用文章於治國，衡之於建安時期的整個創作傾向，實找不出任何足資佐證之根據。它不惟在理論表述上是一種孤立現象，而且與創作上反映出來的文學思想傾向，正相背違。因之羅先生以為曹丕此句話之意思，是把文章提到和經國大業一樣重要的地位，以之為不朽之盛事。其在〈與王朗書〉中所言，亦沒有將文章看作是治理國家之手段，沒有強調文章的政教之用，而只是把文章當作可以垂名後代的事業而已。且羅先生亦在附註中，言對此句之理解，乃向其友郭在貽先生請教，郭先生之回函中，即謂「此句乃比喻性說法，並非真的說文章就能治國，而是說文章的重要性猶如治國一般。此種理解法，於當時之語言習慣、語法結構，似亦無甚扞格。」見羅宗強所著：《魏晉南北朝文學思想史》（北京：中華書局，1996年10月第1版），頁16-18、40。

「教化」功能性，符合士人們夢寐以求之標竿——三不朽之理論，然亦加重文人之歷史責任感，鼓勵文人專心致力於文章寫作，當然包括在曹丕眼中「欲麗」之「詩賦」，蓋其可予人無窮之審美感受，具有吸引人之藝術魅力，如是，「聲名自可傳于後」，亦可以「不朽」。若「年壽」、「榮樂」，「二者必至之常期，未若文章之無窮」，此乃事實。

　　《論語》有言「君子疾沒世而名不稱焉」（〈衛靈公篇〉），司馬遷亦在〈報任少卿書〉中，表明所以發憤著書，主要亦是「鄙沒世而文采不表于後」，可知曹丕與孔子、司馬遷，對希望聲名能衍傳於後之理念，是一致的。曹丕亦在〈與王朗書〉中云：「人生有七尺之形，死為一棺之土。唯立德揚名，可以不朽；其次莫如著篇籍」。可見出其以立德揚名為上，如未能立德揚名，則退而求著篇籍，亦可以不朽。惜「人多不強力，貧賤則懾於飢寒，富貴則流於逸樂，遂營目前之務，而遺千載之功」，使之光陰白白流逝，體貌亦日漸衰頹，最後無所作為地與萬物遷化，此豈非「志士之大痛」？因之若不想「遺千載之功」，不令志士大痛，最好是多「寄身於翰墨」，多「見意於篇籍」矣。

　　總之曹丕之《典論・論文》，與其其他相關之書函、論著，可以了解曹丕之文學理念，由其論述，可知確是文學理論上不朽之作，是拓展我國文學理念，我國文學批評史上專篇論文之開端。雖亦有學者提及「曹丕在理論上對於文學反映社會現實的功能，幾乎沒有加以論述」[83]，所評雖為事實，然《典論》一書，散佚甚多，原有二十篇，今僅存〈論文〉等三篇，其餘十七篇內容無法得知，說不定可能存有反映社會現實之文學功能論述。而短短〈論文〉一篇，即將文學批評、文體、文氣，文學價值等各項論點，有條不紊地列舉，提出一系列有價值、有啟迪、有先導之觀點，如以「氣」字論文章，提出文學

---

83　王運熙、顧易生主編：《中國文學批評通史》，〈魏晉南北朝卷〉，頁46。

至上之獨立主張，文體分類之主張，確實較簡略，劉勰雖評曰「密而不周」（《文心・序志》），然亦是具有創意之不凡見解，亦屬難得。而其中權衡人物，評論文章，簡潔而精準，三言兩語，即能掌握要點，透徹分析，宜劉勰評為「辯要」（《文心・才略》），與其同時代之卞蘭，評以「竊見所作《典論》及諸賦頌，逸句爛然，沈思泉湧，華藻雲浮，聽之忘味，奉讀無倦」（〈贊述太子賦並上賦表〉），此應非阿諛之詞，而是知音之言。

### （三）曹植之文學思想

今再試探曹植之文學理念。曹植受過其父操嚴格之課讀，文學素養高，又孜孜不倦於創作，正如其自述：「少而好賦」、「所著繁多」（〈前錄自序〉），在〈與楊德祖書〉中亦道：「少小好為文章，迄至今二十有五年矣」，即使死後，曹叡亦不得不稱揚他：「自少至終，篇籍不離於手」（《魏志》本傳），與曹植時代距離不遠之魚豢，亦曾讚嘆：「陳思王精意著作，食飲損減，得反胃病也」（《太平御覽》引《魏略》語）[84]，如此勤奮寫作之人，自是有文學方面之己見，在此擬以〈與楊德祖書〉、〈與吳季重書〉為中心，並參照相關著述，以探索曹植在文學方面之見解。略分文學價值論、文學批評論、文學創作論、審美感應論，分別論述：

### 1 文學價值論：首重立功，次重立言，成一家之言，藏之名山

曹植在〈與楊德祖書〉中道：

> 夫街談巷說，必有可采；擊轅之歌，有應風雅，匹夫之思，未

---

84 魚豢評曹植語，乃據《太平御覽》卷三百七十六引《魏略》所載，此文獻載《三曹資料彙編》，頁94。

應輕棄也。辭賦小道，固未足以揄揚大義，彰示來世也。昔揚子雲先朝執戟之臣耳，猶稱壯夫不為也。吾雖薄德，位為藩侯，猶庶幾戮力上國，流惠下民，建永世之業，流金石之功，豈徒以翰墨為勳績，辭賦為君子哉！若吾志未果，吾道不行，則將采庶官之實錄，辯時俗之得失，定仁義之衷，成一家之言，雖未能藏之於名山，將以傳之於同好。

　　曹植對文學頗為重視，一如其父兄。前曾引曹植自言少年時代，即誦讀「詩、論及辭賦數十萬言」，「少而好賦」，「誦俳優小說數千言」（《魏書・王粲傳》注引《魏略》），對文章，亦頗勤勉寫作，且相當自負，曾編選己作為〈前錄〉，並曾將自己作品，贈予吳質與楊修，而在去函中，亦發表自己對文章之看法。上所引一段話，即為去函楊修所言者，在此曹植表達對民間文學之重視，將「街談巷語」、「擊轅之歌」，特與「風雅」並論，而兩漢樂府詩，日受朝廷與文人作家之賞識，甚而士大夫階層之文人，亦受到影響，此為當代文學潮流所趨，亦表示曹植亦具相同之文學理念，有其進步之文學意識。

　　不過上引一段話中，曹植提及「辭賦小道」，「未足揄揚大義，彰示來世」，且舉出揚雄曾稱「壯夫不為」，不免易使人誤以為曹植輕視文學，否定文學，其實大謬不然，筆者以為原因是在：

　　（1）上引一段文字之主旨，乃曹植敘述自身對為國建功立業之抱負，視其為其人生第一大志，若其志未果，則轉為文學著述，而此亦非證其即為輕視文學。蓋《左傳》上言：「太上有立德，其次有立功，其次有立言，雖久不廢，此之謂三不朽」，歷來士子，即以「三不朽」作為平生三大素願，而其次序是立德、立功、立言，曹植依傳統士大夫之人生規畫，第一項是以樹立高尚品德典範居首，而此在任何人言，亦不敢自許其必然，乃退而「立功」，若不成，再退而「立

言」，即從事文學創作，故不能以之論斷其為不重視文學，且曹植在
〈薤露行〉中吟道：「願得展功勤，輸力于明君。懷此王佐才，慷慨
獨不群」，表明其理想，其後再言：「孔氏刪詩書，王業粲已分。騁我
逕寸翰，流藻垂華芬」，同樣表露其首要志向是「立功」，其次才為
「立言」。

　　（2）自古以來，文人才士，從未將「三不朽」之立志次序，上
下顛倒，而以「立言」為首要者，植之兄丕亦如此，如上節曾引曹丕
在〈與王朗書〉云「人生有七尺之形，死為一棺之土。唯立德揚名，
可以不朽，其次莫如著篇籍」，第一「立德」可不朽，而後越過「立
功」不談，將「著篇籍」、即「立言」，作為可以不朽之第二抱負，而
後代詩人作家，亦莫非如此，如杜甫：「致君堯舜上，再使風俗淳」
（〈奉贈韋左丞丈二十二韻〉），將輔佐國君，使天下風俗淳厚，作為
平生之理想。李白：「長風破浪會有時，直挂雲帆濟滄海」（〈行路
難〉），表達立志在四方，欲有所立功之意。李賀：「男兒何不帶吳
鉤，收取關山五十洲。請君暫上凌煙閣，若個書生萬戶侯」（〈南園十
三首〉之五），亦表露渴望參加掃平叛亂之戰鬥，建立功勳。曹丕以
下之眾多詩人作家，均未將文學創作列為平生第一大志，吾人實不可
獨獨苛求曹植，而此並非代表彼輩，不重視文學。

　　（3）曹植對不同之文體，似有不同評價，以為「辭賦小道」，不
如史書與政論著作，即後世所謂子書有價值。實際此觀念，在當代不
足為奇，蓋文學自覺之時代中，文人頗多省思，對兩漢辭賦「勸百諷
一」，一味粉飾太平，脫離實際之社會現實，有所不滿，因之曹植在
函中提出要作政論文章，以「揄揚大義，彰示來世」，自對世人之思
想，加以教化之作用角度考察，漢賦確實不如史書或政論著作，故曹
植函中所提，實針貶漢賦而言。且曹植對辭賦之佳作，並未譏評，反
而予以稱揚，如讚譽枚乘等人之賦作，為「辭各美麗」，稱許王粲之

詩賦為「文若春華」，可謂明證。另曹植本人亦寫出〈龜賦〉贈與陳
琳，陳琳曾讚美此賦是「音義既遠，清辭妙句，焱絕煥炳」。又寫過如
〈洛神賦〉、〈靜思賦〉等長短之賦作，若曹植對辭賦一律輕視，則曹
植不可能對枚乘、王粲之賦讚揚，自己亦不可能創作辭賦贈與他人。

（4）對曹植評「辭賦小道」云云，魯迅另有解析，認其所以有
此一番憤激之論，原因是：

> 子建大概是違心之論。這裡有兩個原因，第一、子建的文章做
> 得好，一個人大概總是不滿意自己所做而羨慕他人所為的，他
> 的文章已經做得好，于是他便敢說文章是小道；第二、子建活
> 動的目標在于政治方面，政治方面不甚得志，遂說文章是無用
> 了。[85]

依魯迅之解讀，以為曹值所以作此「違心之論」，推測是有原因
的。個人以為魯迅之猜測，不能說沒有道理，不過個人以為首要釐清
者，是：

**甲**、曹植講「辭賦」是「小道」，魯迅卻改為曹植說「文章是小
道」，可能魯迅將「辭賦」視為「文章」而混淆，實際「文章」涵義
較廣，不能與「文章」中文體之一「辭賦」，混為一談。

**乙**、曹植言「辭賦小道」，另有原因，此「辭賦」乃針對「務華
棄實，繁采寡情」[86]之某些漢賦而發，並未針對所有「文章」而發，
否則如上段所論，曹植亦不可能想去寫史書或政論文章，自己亦大量
寫辭賦。

---

85 魯迅：〈魏晉風度及文章與藥及酒之關係〉，《魯迅文集全編》，頁589。
86 李曰剛：《中國文學流變史》（臺北：聯貫出版社，1971年8月初版），〈辭賦篇〉，頁
　　97。

曹植將所作辭賦寄與楊修看,並言「匹夫之思(曹植自謙語),未易輕棄」,可見曹植對辭賦,對文學事業之重視,而楊修之回函,亦表達出與曹植某些不同之意見云:「今之賦頌,古詩之流也,不更孔公,風雅無別耳,修家子雲,老不曉事,強著一書,悔其少作」。楊修言立德立功「斯自雅量,素所蓄也,豈與文章相妨害哉」(〈答臨淄侯箋〉),以下又極力稱頌曹植之文學才華,表面上,楊修似「在反駁曹植關于『辭賦小道』的議論,實際上卻是正好合乎曹植心意的」[87],若再與曹丕《典論・論文》比較,表面上看,「論調完全不同,但細細分析,他們對文學的看法和意見,還是一致的。不同的只是政治地位和文章的口氣而已」[88]。

建安時代,儒家衰微,文學自覺,曹氏父子三人,以及屬下文人集團上上下下無不重視文學,重用文人,曹植不可能蔑視文學,其對自己之文學創作與學術論述在內之「立言」,皆極注重,以為若能將文章寫好,自可「藏之于名山」,「傳之于同好」。且對文人,曹植亦以為「君子在末位,不能歌德聲」(〈贈丁儀王粲〉),文人須居高位,得優厚待遇,方能對當代有所歌頌,此對王朝之統治,自有正面之作用,正如曹植論曹操云:「既總庶政,兼覽儒林,躬著雅頌,被之瑟琴」(〈武帝誄〉)。論曹丕云:「既游精于萬機,探幽洞深,復逍遙乎六藝,兼覽儒林」(《魏德論》),將文學與政治結合,加以表彰,凡此皆可看出曹植是如何之重視文學。

## 2 文學批評論:世上作品無完美,作家須尊重、虛心,批評家則須具能力與素養

建安一向被視為是文學自覺之時代,亦文學觀念、文學理論之自

---

87 王運熙、顧易生主編:《中國文學批評通史》,〈魏晉南北朝卷〉,頁52。
88 王瑤:《中古文學史論》,《中古文學風貌》,〈曹氏父子與建安七子〉,頁18、19。

覺與建構時代，曹植雖未發表像其兄丕〈論文〉之專論，惟在某些信
函中，亦曾對某些文學批評理論，作過深思、探討，如〈與楊德祖
書〉云：

> 世人之著述，不能無病，僕嘗好人譏彈其文，有不善者，應時
> 改定。昔丁敬禮嘗作小文，使僕潤飾之。僕自以才不過若人，
> 辭不為也。敬禮謂僕：卿何所疑難，文之佳惡，吾自得之，後
> 世誰相知定吾文者耶？吾嘗歎此達言，以為美談。

　　文學創作，本是一件嘔心瀝血之筆耕工作，欲達完美無疵之地步，
根本是毫無可能，宜曹植另有〈與吳季重書〉中，言「夫文章之難，
非獨今也，古之君子，猶亦病諸」，要寫出佳作，實非易事。曹植所
以主張文學需要批評，原因即在「世人之著述，不能無病」，有其
「病」，自然需要有此方面高深造詣者，加以批評指正。否則必自我蒙
蔽，不能受到高明者提供意見，以獲教益。曹植個人將「少小所著辭
賦一通」，送給楊修，亦是同樣道理。丁廙將所作小文，送與曹植潤
飾，道理一樣，並言潤飾者即使改壞了文章，亦無關係，無須顧慮，
以文章本流傳於後世，人們之評價，不論好壞，均是歸於作者。此種
藉文以垂世之意識，亦與曹丕〈論文〉謂文章是「不朽之盛事」相同。
　　不過文人一向矜才自負，欲令文人傾服，「亦良難矣」。曹植又在
〈與楊德祖書〉文前，即提及王粲、陳琳、徐幹、劉楨、應瑒等人，
未歸曹操之前，皆是聲名昭著之文人，若「人人自謂握靈蛇之珠，家
家自謂抱荊山之玉」，敝帚自珍，不願體認文無完美，自己所作，必
有其短處，則欲求提升創作水準，推動文學之發展，豈有可能？因之
曹植在此針砭建安文壇，文人自負之弊病，主張應建立客觀而公正之
文學批評。而為達到此要求，曹植再提出文學批評者，應具備相當之

專業素質，較高之文學修養，首要之條件是應具有豐富之創作體驗與水準，否則難以掌握作品之要點，便胡亂無的放矢，此如何使作者心悅誠服？在〈與楊德祖書〉中，曹植認為：

> 蓋有南威之容，乃可以論於淑媛；有龍泉之利，乃可以議於斷割。劉季緒才不能逮於作者，而好詆訶文章，掎摭利病。昔田巴毀五帝、罪三王，呰五霸於稷下，一旦而服千人。魯連一說，使終身杜口。劉生之辯，未若田氏；今之仲連，求之不難，可無歎息乎？

在此曹植以比喻手法，言若具南威之花容美色，始可去評論美女，唯具龍淵寶劍之鋒利，始可評議於斷割，其意即批評者本身應有深厚之素養外，亦須具備實際之創作經驗與水準，其所以有如此主張，乃因當代劉季緒「才不能逮於作者」，便隨意詆訶他人文章，此批評者信口雌黃，妄加評論，當然讓人不服，不過曹植要求批評者亦需具有高度之創作才能，方得批評，則亦不免嚴苛。蓋創作與批評，少有聯繫，亦有區別，衡之實情，偏於一方之長者多，兼有兩者之長者少，或許此主張，並非曹植之本意，而僅是其理想，若要完全達到其提出之條件，恐寥寥可數。曹植既提出此主張，其本人自是有其能力遵守，無怪乎其在函中言：

> 夫鍾期不失聽，於今稱之，吾亦不能妄歎者，畏後世之嗤余也。

連此位才思敏捷，「世間術藝，無不畢善」之「建安之傑」，對善於知音之鍾子期，雖極為崇敬，即使如此，曹植尚言「不敢妄歎」，其態度之慎重，由此可知。而若認知清楚，其對某些文友，亦不吝批評，

如評王粲云：「文若春華，思若湧泉，發言可詠，下筆成篇」（〈王仲宣誄〉），評陳琳云：「以孔璋之才，不閑辭賦，而多自謂與司馬長卿同風，譬畫虎不成還為狗者也」（〈與楊德祖書〉），曹植評「七子之冠冕」之王粲，恰如其分，頗為切當，評陳琳原以章表聞名，其辭賦創作竟自認如同司馬相如同一風格，曹植以為不然，其評可謂卓識、高見。[89]曹植對批評家要求之條件，可視其為美意苦心，宜欽佩其對文學批評所抱持之嚴肅態度，可警告存心不正者，藉機「各以所長，相輕所短」，製造紛爭。亦可糾正某些具「貴遠賤近，向聲背實」之偏見者，崇古賤今，崇尚虛名之不當。

批評家在批評時，態度須慎重、公正，宜認清由於作家個性稟氣有別，所創作之作品，必有種種差異，實不可強求一致，劉勰《文心·定勢》云：

> 陳思亦云：世之作者，或好煩文博採，深沈其旨者；或好離言辨白，分毫析釐者，所習不同，所務各異，言勢殊也。[90]

世上之作家，各有偏好，有者性喜博采繁文，含義深奧，有者則喜字斟句酌，剖析毫釐，各人之習尚本有別，因之其所致力之方面，

---

89 有關曹植在〈與楊德祖書〉中，批評陳琳之一段評論，後人曾有非議者，如劉勰云：「陳思論才，亦深排孔璋，敬禮請潤色，嘆以為美談，季緒好詆訶，方之于田巴，意亦見矣。故魏文稱文人相輕，非虛談也。……才實鴻懿，而崇己抑人者，班（固）曹（植）是也」（《文心雕龍·知音》），此乃劉勰之誤解，蓋依曹植信函中所言，「以孔璋之才，不閑于辭賦」云云，陳琳之長，乃在章表而非辭賦，時人已有定評，曹丕《典論·論文》云：「琳、瑀之章表書記，今之雋也」可證。而陳琳對曹植之批評，置若罔聞，反而對他人言曹植乃讚揚其辭賦，而非批評其辭賦，此種行徑，極不厚道、不誠實，在此有必要加以澄清，以免以訛傳訛，對曹植不公平。
90 梁·劉勰撰、范文瀾注：《文心雕龍注》，卷六〈定勢〉，頁24。

亦有別異。曹植本有此體認,曾吟道:「人生有所貴尚」,「好惡隨所
愛憎」(〈當事君行〉),世人如此,作家亦同,愛好趨向既有差別,其
所表現之風格,自是各有特色,因之批評者,若在批評他人作品時,
主觀地悉依自己之好惡,加以評論而漫無定準,不僅會陷於「文人相
輕」之陋習,更易造成作家與批評者之間之糾紛、恩怨。故曹植在
〈與楊德祖書〉中亦指出:

> 人各有好尚,蘭茝蓀蕙之芳,眾人之所好,而海畔有逐臭之
> 夫;〈咸池〉、〈六莖〉之發,眾人所共樂,而墨翟有非之之
> 論,豈可同哉!

　　雖有「眾人之所好」,「眾人所共樂」,仍是有人持不同意見者,
因此批評者應盡量避免自個人之好惡出發,除力持客觀、公正外,坦
蕩寬廣之胸襟,及負責慎重之態度,亦須具備。相對的,作家亦須具
寬容與謙虛之涵養,尊重批評者之意見,有者改之,虛心接納,以求
改正,正如田巴善辯,折服千人,然經「魯連一說」,即從善如流,
不再堅持己見,而「終生杜口」。無者,亦須多省察,不可自滿,因
之在上段言及曹植對陳琳不接受他人之意見,反而極力為自己之缺點
強辯,頗不以為然,才「有書嘲之」。而對丁廙主動以所「作小文」,
請曹植「潤飾」,批評、指正,讓曹植深為嘆服,而「以為美談」。
　　總之,在文學批評方面,曹植提出精闢而獨到之看法,如作品必
有其「病」,不可能完美,有必要接受他人批評、指教,唯作者須有
寬容、謙虛之心方可,切勿以才自負、固步自封,阻礙進步。而批評
者,亦須有深厚之學養,且須具高度之實際創作經驗與能力,否則便
不容置喙,此看法則理想過高,要求過苛,唯其存心本意,應可諒
解。又作家各有偏好,作品風格,自然有別,故批評者進行批評時,

宜客觀、公正，胸懷寬廣，態度謹慎，不可心存主觀、成見，放言高論。凡此均已涉及批評之標準與原則、批評家之修養與態度，可謂持論切要，見解不凡。

### 3　文學創作論：發揮己長，接納指正，多向民間文學學習，以鮮明文句寫作

曹植對文學創作之意見，在〈與楊德祖書〉中，可看出某些看法，如主張應依所長，加以創作，切勿勉強自己，否則容易「畫虎不成，反為狗」；如前所引：「以孔璋之才，不閑於詞賦，而多自謂能與司馬長卿同風，譬畫虎不成，反為狗也」，蓋陳琳專長者為章表書記，曹丕〈論文〉云：「琳、瑀之章表書記，今之雋也」，另曹丕〈與吳質書〉云：「孔璋章表殊健，微為繁富」可知，且作家行文各有偏愛，如前所引：「人各有好尚」，劉勰《文心雕龍・定勢》亦言及「世之作者，或好煩文博采，深沈其旨者；或好離言辨白，分毫析釐者，所習不同，所務各異，言勢殊也」，既然作家所長有別，好尚不同，因此寫作應順勢而為，發揮所擅長，不應標新立異，追求新奇，如此可創造自己之風格來。

其次曹植亦以為「世人著述不能無病」，作家各有所長，亦各有所偏，為文不可能完美無疵，因之曹植亦主張，如「有不善者，應時改定」，曹植以身作則，言「嘗好人譏彈其文」，自己是作者，卻能虛心地請他人指出其作品之缺失，如有不善者，即刻改正，其將所作辭賦一通，送與楊修，亦有請楊修指正之意。可知為文，宜不厭其煩，多請高明者指出，方能不斷進步，因之作家本人，切勿自大自滿，自以為是，只有虛心接納高明者指正，所作方能及時改正缺失。且能將所作，贈予他人，彼此觀摩、互為切磋，此對文人作家而言，必能獲益，故自曹植〈與楊德祖書〉中，或楊修之回函〈答臨淄侯牋〉，又

或陳琳〈答東阿牋〉中，均可得知曹植常與同好交換詩文，彼此品評、觀摩之一些訊息。

再者是曹植對民間文學（如歌謠、俳優小說等），頗為重視，前已引證言曹植「誦俳優小說數千言」（《魏書・王粲傳》注引《魏略》），又前亦引其在〈與楊德祖書〉中言「街談巷語，必有可采；擊轅之歌，有應風雅，匹夫之思，未易輕棄也」，而曹植所以重視，蓋民間文學，如歌謠，語言生動活潑，韻律自然，抒情婉轉，風格清新，向為士大夫階層之文人才士喜歡，且借鑑學習，一改士大夫文人詩作、單調刻板之陋習，因之曹植及其父兄，莫不自樂府詩中，吸取其營養，模擬其形式、語言及其現實精神，其所做如〈七哀〉、〈送應氏〉、〈野田黃雀行〉、〈種葛篇〉、〈苦思行〉等，有者沿用樂府舊曲，自撰新辭，有者不用舊曲舊題，全部自擬新撰，卻無不是表現出語言質樸，筆法委婉、含蓄，音節優美之民間文學情調。對於創作而言，向民間文學學習，亦是其創作上之重要觀點。

至若有關創作上之修辭字句之看法，劉勰《文心・練字》曾引錄曹植之見解云：

> 故陳思稱揚馬之作，趣幽旨深，讀者非師傳不能析其辭，非博學不能綜其理，豈直才懸，抑亦字隱。[91]

作家創作時，其取任何素材，無不依賴文字以表現，因之作品即是集字而成之藝術創作，選用適當、準確之文字，正足以考驗作家之見識與素養。故清・吳曾祺曾云：「欲知篇必先知句，欲知句必先知

---

91 梁・劉勰撰、范文瀾注：《文心雕龍注》，卷八〈練字〉，頁15。

字」(《涵芬樓文談》)[92]，黃侃亦言：「文者，集字而成，求文之工，必先求字之不妄」，「一句不類，一字不妥，則亦有敗績失據之患」[93]，良然。

曹植在上引自劉勰之《文心雕龍・練字》中所言，雖未完整，然提及揚雄、司馬相如之作品，由於旨趣深遠，一般讀者非有師長講授，否則難以辨析其文辭，亦非博學者，無能掌握其內容。依曹植之見，或可推知曹植並不贊同用字艱深，內容隱晦之作品，蓋讀者面對此類作品，勢必興趣索然，棄之不顧，由此而知作家創作時，宜正視讀者之能力與需求，將其作品中之遣詞用字，多所斟酌，求其文字鮮明，造句流暢俐落為首要。

## 4　審美感應論：提出審美感應心得，雅好慷慨，物我交感，體現審美情趣

一般研究文藝美學者，對於三曹中之曹丕，著有《典論・論文》專篇，探討有關文學理論與批評，而認定其為中國文學批評史上，現存之第一篇批評理論著作，因之特受關注與青睞，凡探討文藝美學方面之研究著作，無不特設專章，討論曹丕《典論・論文》在文藝美學，或美學理論上之內容、價值與貢獻。而對於丕弟曹植，因無專篇論述文學理論與批評，經常是一字不提，加以忽視，實際自曹植某些書函或文章中，亦可稍窺曹植對文學方面之看法，除上述討論曹植在文學價值、文學批評、創作有些意見外，另外有關審美感應方面，曹植亦曾提供自己之一些經驗與見解。

曹植曾編選己作為〈前錄〉，其序云：

---

92　清・吳曾祺：《涵芬樓文談》(臺北：臺灣商務印書館，1968年4月臺2版)，〈練字第十四〉，頁27。

93　黃侃：《文心雕龍札記》，頁197、204。

故君子之作也，儼乎若高山，勃乎若浮雲，質素也如秋蓬，擒
藻也如春葩；氾乎洋洋，光乎皜皜，與〈雅〉、〈頌〉爭流可
也。余少而好賦。其所尚也，雅好慷慨，所著繁多。雖觸類而
作，然蕪穢者眾，故刪定，別撰為〈前錄〉七十八篇。

所述「雖至為簡略，卻極關重要。這是在批評史上第一次明確地
表達了對強烈情感的愛好」[94]。因曹植自述，平素所好尚者，則為直
抒胸臆，意氣昂揚之所謂「慷慨」之音，「所著繁多」，卻皆為「觸類
而作」，即這些作品，均為有感於「事物」而作。而在序之前，曹植
則極推崇所謂「君子之作」，以下則極力以「比」法，描述其品格之
高，如巍峨之高山，而氣勢之盛，亦如雲朵之勃然興起，內涵質樸，
一如秋蓬之白花，而綴飾文采，則如春日燦爛之百花，再繼續讚頌其
內容，是「氾乎洋洋」，充實而廣博，表現形式是「光乎皜皜」，多種
多樣，故其評價，是可與《詩經》中之〈雅〉、〈頌〉爭雄。此節敘
述，雖是簡略，內涵卻是豐富無比，蓋在此，正顯示曹植將其審美感
應之經驗與心得，極為自然與直覺地反應出來，而能進入審美境界之
前提，正是感情，而感情亦是審美感應發生之動力，是文學作品能打
動人心之要件，假若沒有喜怒哀樂之情，亦就構不成美矣。

魏晉雖是一混亂而痛苦之時代，卻亦是思想解放，藝術得到高度
繁榮之時代，人之意識，由不太自覺而走向自覺，自然審美觀念，深
深烙印在人們心靈，成為托物寄情之媒介。劉勰言「應物斯感」（《文
心雕龍·明詩》），「物色之動，心亦搖焉」（《文心雕龍·物色》），
「物」「我」雙方構成審美關係，亦即發生感應，因之曹植將「君子
之作」之品格、氣勢、內涵、外在、內容、形式，以「以我觀物」之

---

94 王運熙、顧易生主編：《中國文學批評通史》，〈魏晉南北朝卷〉，頁47。

審美觀照，全以自然界之高山、白雲、秋蓬、春葩，海洋（按：洋，本為名詞海洋，為最大之水域，洋洋，重言，成為形容詞，變成地寬廣或水盛大之意），與乎光亮、潔白之各種事物，加以比喻，要非曹植平素多觀察，否則豈能如此廣泛取材？

　　而這些事物（客體），經作者本人（主體）強烈情緒及其意識之感染，「物以情觀」（《文心雕龍・詮賦》），「以我觀物，物皆著我之色彩」（王國維《人間詞話》），感情自然滲透其中。曹植自述所作，皆「觸類而作」，更重要的，其本身「雅好慷慨」，「不論是感念世亂、抒發壯志，還是傷節序、歎衰老、嗟離別，凡情感鮮明動人，都可謂之慷慨」[95]，此表面上看是曹植個人之文學情味，亦是代表其審美感應後之效應，其實亦代表整個時代之審美趨向，經由曹植在〈前錄序〉一文之啟發，劉勰便在《文心雕龍・時序》云：「觀其時文，雅好慷慨」，便是引錄出曹植「雅好慷慨」之語，以概括此一時代之特徵。

　　所謂「感物吟志，莫非自然」（《文心雕龍・明詩》），「心生而言立，言立而文明，自然之道也」（《文心雕龍・原道》），不論是由外而內，或由內而外，誠如前段所言，若無豐富之感情作為審美感應之動力，創作之作品，必然失去感人之藝術魅力，驗證曹植之名作〈雜詩〉之一起句：「高台多悲風，朝日照北林」，〈野田黃雀行〉之起句：「高樹多悲風，海水揚其波」，可以見出詩人一再被徙封，好友又被殺，悲憤莫名，有苦難言，起句即注入詩人之感情色彩，以隱微之比喻手法，表達內心痛苦與悲憤之情，充滿著悲愴之審美意味。再如〈送應氏〉二首，或為眼見動亂之現實，感傷百姓疾苦之悲情，或寫因歡送好友，油然生出惜別之情，均可看出曹植感情豐富，激蕩難抑之情愫，而此皆體現「雅好慷慨」之審美情趣，亦是反射審美感應之效果。

---

95 王運熙、顧易生主編：《中國文學批評通史》，〈魏晉南北朝卷〉，頁47、48。

　　有關審美感應論，首由先秦之哲學基礎奠定，經過兩漢、魏晉到劉勰，逐步走向成熟[96]，即由哲學而呈現於文學、美學、藝術上。「雅好慷慨」，雖是整個建安時代之審美趨向與主張，正如劉勰《文心雕龍‧時序》云：

　　　　觀其時文，雅好慷慨，良由世積亂離，風衰俗怨，並志深而筆長，故梗概而多氣也。[97]

　　後世大為稱揚之「建安風骨」，即表現慷慨、質樸、雄強、古直悲涼之特色，展開一代審美之新風。雖然曹丕《典論‧論文》，被美學學者讚頌是「在這時代和審美的氣氛中，對建安文學特徵的總結，並開啟一代審美新風」[98]，不過若仔細閱讀過曹植之詩文，尤其前所引錄之〈前錄序〉一文，雖至為簡略，然多少已透露出曹植之審美素養及其意涵，其實心得、經驗、成就應不在曹丕之下，尤其植在〈前錄序〉中，首先提出「雅好慷慨」一語，以表現其審美情趣及認知，而獲得劉勰賞識，抄錄入《文心雕龍‧時序》中，以概括建安文學之特徵，因之個人以為曹植審美素養深厚，審美心得、經驗豐富，作品之審美情趣，充滿著浪漫激情之感人魅力，其成就貢獻，應不低於曹丕，其地位實應予以重新評估，方為合理。

　　惜者是文獻資料散佚不少，相關論述，亦嫌過於簡略，實有美中不足之憾。至於有學者指出曹植之文學思想，有「文學本體論」之主張，即自感性外觀與內在特質兩方面，去探討文學應有之品格，且進

---

96　郁沅：〈心本感應與物本感應比較論綱〉，《文學審美意識論稿》（北京：中國廣播電視出版社，1992年12月第1版），頁68。

97　梁‧劉勰撰、范文瀾注：《文心雕龍注》，卷九〈時序〉，頁23。

98　王興華：《中國美學史》（天津：南開大學出版社，1993年3月第1版），〈第十七章魏晉南北朝的美學思想〉，頁292。

而論述作品形式與內容之關係，即文質相稱之思想，[99]另有學者提及曹植亦發表有關文章風格之片斷看法，譬如上引〈前錄序〉中，以高山、浮雲、秋蓬、春葩等具體事物形象，以比喻「君子之作」，風格之多樣性，此種以比喻概括文章風格之方式，常為後人所襲用。另學者亦提出曹植雖未將文體如何分類，然亦曾提出某些文體特色之觀點，如云：「銘以述德，誄尚及哀」(〈上卞太后誄表〉)，又稱曹叡所作〈平原公主誄〉「文義相扶，章章殊興，句句感切，哀動神明，痛貫天地。楚王臣彪等聞臣為讀，莫不揮涕」(〈答詔示平原公主誄表〉)，亦強調誄之文體，以哀情動人之作用。曹植能注意到誄之抒情性質，當與其「雅好慷慨」之文學好尚有關。[100]又或文學之聲律等等問題，則不再贅述。

　　以上粗略舉出三曹之文學思想，可知愛好文學，體認文學的功能之曹操，留存之相關資料雖少，經抽絲剝繭，剔抉爬梳，亦能了解其文學創作之主張，是取務實、博學之基本理念。其子丕，其文學價值理念，則以立德揚名為先，如不成則退而求著篇籍立言，以求不朽，植亦愛好文學，思想亦體認到文章立言之價值，不過因平生志向以立功建業為重，因之即以立功為先，立言則其次。而因其曾言「辭賦小道」，致被劉勰評為「陳書辯而無當」(《文心雕龍‧序志》)。兄弟二人之文學價值觀有其同，有其異。批評論方面，兄弟二人，皆以為創作各有所長，難成通才，故宜建立客觀公正之批評標準，唯曹植主張批評家除應有深厚之學養外，本身亦須具備高度之創作能力，此則其兄丕並未論及。而丕主張之「文氣論」、「文體論」，則是曹植所未探討到，或少論到之觀點。

---

99 劉玉平：〈曹植文學思想三題〉，《四川師範學院學報》(社會科學版) 1994年第5期
　　(四川：四川師範大學)，頁11、12。
100 王運熙、顧易生主編：《中國文學批評通史》，〈魏晉南北朝卷〉，頁52、53。

　　至若曹植之「審美感應論」，涉及之「雅好慷慨」；曹丕則亦有類似之提及，曹丕〈與吳質書〉曾言憶起往日南皮之游的樂趣時，所神往者，是「高談娛心，哀箏順耳。……清風夜起，悲笳微吟。樂往哀來，淒然傷懷」，在回憶往事之種種中，不禁淒然感傷，慷慨悲涼之情調，則成一種令人神往之審美境界。鍾嶸《詩品》評價建安詩人時，亦多審視其慷慨悲涼之審美情調。明人鍾惺評論三曹時，亦稱「曹氏父子高古之骨，蒼涼之氣，樂府妙手」[101]，評語「蒼涼之氣」，即指慷慨悲涼之情思之美感。曹氏兄弟與建安文人，無不因悲涼意象，而反映出內心慷慨悲涼之審美情趣，而此亦是當代文人之精神氣質，與時代氣氛下之產物。由此得知，某些文學理論，不一定代表著個人之看法，有些觀點亦是當代文人士子們，在當時文學思潮影響下，在彼此談笑酣飲，相互切磋討論中，一致肯定之共識與主張。

## 四　結語

　　所謂「人心不同，如其面焉」(《左傳》)，人心叵測，人性亦有其善變與複雜性，隨著年齡、閱歷、處境、人事等之不同，隨時都在變。因之人格之塑造與形成，亦是有極多因素雜糅其中。對一位作家而言，人格除呈現於其人生歷程、日常生活外，亦呈現於其文學作品、著述中，相對的，自其作品之風格，亦可探測出其人格之特質。蓋作品之風格，即是作家本人之個性與品格，是作家性靈、生命，投射至作品中之表現，代表著作家心靈裡之光輝。

　　西方哲學家叔本華謂「風格是心的面目」，陸機亦言「誇目者尚奢，愜心者貴當，言窮者無隘，論達者唯曠」(〈文賦〉)，可知個性、

---

101 明・鍾惺：《古詩歸》卷七，評三曹語，載《三曹資料彙編》，頁64。

品格在文學創作轉化成風格時，因個性、品格之差異，文學創作亦有不同之風格。文學創作，即在表現作家本人之性格，故人格亦為風格。因之探究三曹之人格特質，文學思想，對了解三曹之時代環境、生平歷程、志向抱負、文學創作、歷史評價，甚至魏晉文學，均有益處，相對的，由此可追尋三曹人格特質如何生成？三曹文學思想有何理念、主張？從而揭示三曹文學著述，在魏晉南北朝，在整個中國文學史之獨特地位與魅力。

　　以三曹各有其明顯而殊異之人格特質，並各自將其優越處，盡情的發揮，而建立卓越的文學觀，使之文學理念，無不各具創發性，以啟迪後人，影響後代文論甚大。也就因三曹獨特的文學觀，導致其文學創作，有繼承有創新，亦各有特色與成就，宜其在文學史上，成為父子同台，極為難得之熠熠巨星，誠如近人王瑤所評：

> 建安文學的光輝，卻就植基於曹氏父子底這種新的嘗試和提倡，配合了那個動亂時代經過顛沛流離的文人生活，所以才會在文學史上放一異彩的[102]。

說明建安文學，所以能在文學史上，大放異彩，主要是三曹本身有其突出的政治地位，與才華、興趣，使之在詩文寫作上，亦各有著精采的表現，配合當代戰亂之背景，不少詩人作家，備嘗艱辛流徙之生活，閱歷豐富，再加上彼此不免逞才競勝，而在相激相衝之下，自然能產生一代之文學。因之王氏所評，可謂一針見血，評不虛發。

---

102 王瑤：《中古文學史論》，《中古文學風貌》，〈曹氏父子與建安七子〉，頁2。

# 貳　建安之傑　下筆琳琅
## ——試探曹植生平際遇之逆轉及其對詩歌創作之影響

## 一　前言

　　魏晉南北朝，在政治上雖南北對峙，兵連禍結，政局不安，民生疾苦，割據勢力，擁兵自重，思想上漫無所歸，儒道釋等各種教義、學派，無不崇其所善，競倡爭鳴。而文人學士，則從兩漢獨崇之儒家統攝下，得到解脫。門閥士流，清談風起，導致由人之覺醒，呼喚文學之自覺，因之此階段之文學藝術，成為中國歷史上最為活躍，且最富創造精神之時期。

　　在這一階段中，建安時期是中古文學史上一個光輝燦爛之時期，社會歷經動亂，由於曹操以其過人之軍事與政治才幹，統一北方，而使百姓生活，獲得安定，流散在四方之文人，亦漸回到中原，更由曹氏父子對文學之愛好與提倡，便形成以曹氏父子為中心之文學集團，以及盛極一時之鄴下文風。

　　文壇既以嶄新之風姿出現，文人學士，逞才競勝，文學技巧有了極大之進步，藝術風格走向多樣化，文學形式亦見豐富多采。而在詩歌上之表現，尤為突顯。蓋在文學傳統上言，乃是繼承先秦以來《詩》、《騷》、漢樂府之優秀傳統，並體現在五言詩之創作，成功地將樂府民歌，轉變為文人徒詩，開闢了詩人創作之新路線。

　　黃侃《詩品講疏》云：

> 詳建安五言，毗於樂府，魏武諸作，慷慨蒼涼，所以收束漢
> 音，振發魏響。

又對「三祖陳王」所作評述云：

> 若其述歡宴，愍亂離，敦友朋，篤匹偶，雖篇雜沓，而同以蘇
> 李古詩為原，文采繽紛，而不能離閭里歌謠之質，故其稱物，
> 則不尚雕鏤，敘胸情，則唯求誠懇，而又緣以雅詞，振其美
> 響，斯所以兼籠前美，作範後來者也。[1]

「收束漢音，振發魏響」，說明魏武結束前代，開創新一代詩風之成
就（按：依上述謂魏武所作，已非漢音，然部分清代文評家則不贊
同，如何焯云：「〈短歌行〉猶是漢音」。沈德潛云：「孟德詩猶是漢
音，子桓以下，純乎魏響」。陳祚明云：「細揣格調，孟德全是漢音，
丕、植便多魏響」。[2]）而黃侃謂「兼籠前文，作範後來」之評語，則
說明建安詩歌，確在詩歌史上，有其卓越之地位。

然則建安詩壇上，「人人自謂握靈蛇之珠，家家自謂抱荊山之玉」
（曹植〈與楊德祖書〉），當代士人，互不相讓，彼此相輕之下，表現
最為特出，最能體現當代詩歌之高度成就者，厥唯曹植一人，如歷來
文評家之觀點云：

> 子建、仲宣以氣質為體。並標能擅美，獨映當時，是以一世之

---

1 劉勰撰、范文瀾注：〈明詩〉注引黃侃《詩品講疏》，《文心雕龍注》（臺北：開明書
店，1968年臺6版），頁15。

2 以上摘錄自編輯委員會：《三曹資料彙編》（臺北：木鐸出版社，1981年10月），頁
29-30、32。

士，各相慕習。（沈約《宋書·謝靈運傳論》）[3]

陳思，群才之英也。（劉勰《文心雕龍·事類》）[4]

陳思，為建安之傑。（鍾嶸《詩品》）[5]

鄴中七子，陳王最高。（皎然《詩式》）[6]

備諸體於建安者，陳王也。建安中，三、四、五、六、七言，樂府、文、賦俱工者，獨陳思耳。（胡應麟《詩藪》）[7]

集備眾體，世稱繡虎，其名不虛。（張溥《漢魏六朝百三名家集題辭》）[8]

蘇李以後，陳思繼起，父兄多才，渠尤獨步。……故應為一大宗。（沈德潛《說詩晬語》）[9]

魏詩以陳思作主，餘子輔之。（李重華《貞一齋詩說》）[10]

　　依上述歷代文評家之評述，或謂陳思是「群才之英」、「建安之傑」、「父兄多才，渠尤獨步」，或謂其「備諸體於建安者，陳王」、「集備眾體，世稱繡虎」、「魏詩以陳思作主」等，可見曹植在建安詩壇之地位，真是無人能加超越。曹植現在存留之詩歌，有一百一十多首，其中較完整者，約八十多首，在當代而言，尚稱豐富，比起後代詩人，自然不如，然自其詩歌看來，其人生經歷，生平志氣，及複雜之情緒，皆能完整呈現。而曹植對詩史之貢獻非凡，如擴大題材，拓

---

3　沈約：《宋書》（臺北：藝文印書館，1957年），卷六十七〈謝靈運傳論〉，頁861。

4　劉勰撰、范文瀾注：《文心雕龍注》，卷八〈事類〉，頁10。

5　鍾嶸撰、汪中選注：《詩品注》（臺北：正中書局，1982年9月臺八版），〈序〉，頁13。

6　皎然：《詩式》，載《三曹資料彙編》，頁106。

7　胡應麟：《詩藪》，載《三曹資料彙編》，頁136。

8　張溥：《漢魏六朝百三名家集題辭》（臺北：文津出版社，1979年8月），頁1029。

9　沈德潛：《說詩晬語》語，載《三曹資料彙編》，頁182。

10　李重華：《貞一齋詩話》語，載《三曹資料彙編》，頁185。

闢意境，豐富藝術表現手法，提振詩歌之思想精神，完成樂府詩，由敘事向抒情之轉化，奠定五言詩之地位，成為中國詩史上集大成者之一等等。

歷來學者，莫不在曹植之生平經歷，與其詩歌技巧，藝術風格，與文學成就上研究，然曹植在其生平經歷上，由平順轉變為橫逆，其如何在煎熬受辱中求全？在危疑壓力中沉著？在受挫哀怨中守默？從而知其人生哲學理念之內涵為何？且又如何支持其持續不懈地，在逆境中堅忍？而其逆轉之悲劇際遇，又如何影響其詩歌創作？易言之，素有「八斗」、「繡虎」美譽之一代文宗曹植，在政治上徹底失敗，其如何面對？甚至將此幽憤，寄之於筆端，而能成就其文學生命之異采？凡此種種，學者似較少在此方面探討，個人不揣淺陋，謹將上述問題，分為三節：生平際遇之逆轉——由順轉逆，誰知苦艱；人生哲學之體認——恪守儒教，戮力上國；詩歌創作之突破——騁其寸翰，風雅獨絕。分別論述：

## 二　生平際遇之逆轉——由順轉逆，誰知苦艱

曹植一生，可謂是悲劇之人生，亦是文學之人生，有血有淚，可歌可泣。曹植之前半生，身經戰亂，深受父蔭，後半生則如同囚徒，備受欺凌，一生兩階段之遭遇，順逆分隔，有如雲泥。所謂「不磨不成玉，不苦不成人」，所謂「老和尚成佛，要千錘百鍊」，曹植若不經此番之折磨，豈能造就其一生偉大之文學成就？「非詩之能窮人，殆窮者而後工也」（歐陽脩〈梅聖俞詩集序〉），個人以為曹植若無後半生之悲苦，則豈能激發其沉潛之卓越才華？若無此沉潛之卓越才華，則豈能成就「骨氣奇高，詞采華茂，情兼雅怨，體被文質」（鍾嶸《詩品》）之詩作？以下個人再分三節：（一）生乎亂，長乎軍，成建

安文棟。（二）圈牢物，憂生嗟，多感物傷懷。（三）意憤怨，慎言行，終遺恨千古。加以論述：

## （一）生乎亂，長乎軍，成建安文棟

　　曹植，字子建，為曹操之妻卞氏所生第三子，[11]生於漢獻帝初平三年（西元192年），卒於魏明帝太和六年（西元232年）。由於早慧，天資聰穎，本傳其「年十歲餘，誦讀詩論及辭賦數十萬言」[12]，他自己又在〈陳審舉表〉中云：「生乎亂，長乎軍，又數承教於武皇帝」，可知他早年深受其父教誨，必十分嚴格，閱讀極廣，才華洋溢，而善屬文。曹操曾見其文，以為他是請人代筆，曹植跪云：「自出為論，下筆成章，顧當面試，奈何倩人？」既是自己真正下筆成章，自是就不怕面試。

　　時曹植十九歲，銅雀臺正建築完成，曹操即令諸子登臺，使他們各為賦，曹植思路快捷，援筆立成，曹操深異其才華。以後每次進見問難，他即應聲而對，曹操因而對他刮目相看，特見寵愛，曾云：「子建兒中最可定大事者」（《三國志》引《魏武故事》）。後來楊修亦稱道他：「握牘持筆，有所造作，若成誦在心，借書於手，曾不斯須，少留思慮」，可見他才思之敏捷。

　　曹植某些個性，頗與乃父接近，如本傳言其「性簡易，不治威

---

11　按曹植究為曹操第幾子？陳壽：《三國志・陳思王植傳》並未明指，故歷來頗有異議，歸納之有四說：（1）第二子說。丁晏：《曹集詮評》〈出版說明〉所述。（2）第三子說。王瑤：〈魏晉五言〉詩一文所云。（3）第四子說。郭沫若：《歷史人物》，〈論曹植〉一文所主。（4）次子說。中國科學院文研所文學史，游國恩等主編文學史，皆有此說。據徐公持：〈曹植為曹操第幾子〉，《文學評論》1983年第5期，以為「曹植為卞氏所生第三子」為妥，頁36-38，故從之。

12　陳壽撰、裴松之注、盧弼集解：《三國志集解》（臺北：藝文印書館，未刊出版年月），卷十九〈魏書・陳思王傳〉，頁500。

儀，輿馬服飾，不尚華麗」，這種個性，實際僅適合文人，卻不適合政治舞台，然曹植本人並不甘心以文學為業，其終生所追求者，則是在政治上，發揮長才，為國建功立業，名垂青史。而此個性，方是導致曹植悲劇命運之直接原因。

曹植出生在兵荒馬亂，群雄崛起之時代，幼小時，即隨曹操轉戰各地，南北遷徙，過著戎馬之生涯。其父雖為宦官養子，幼年受教，即重視辭章，後來「既總庶政，兼覽儒林，躬著雅頌，被之琴瑟」（曹植〈武帝誄〉），在瀰漫著政治與文學之氣氛中，又有不少文臣武將，與文人騷客，環繞於其父之周圍。曹植在如此之環境下，潛移默化，接受薰陶，自是成熟較早。二十歲即被封為平原侯，二十三歲又徙封為臨菑侯，先後參與其父統一中國之征戰。有時留守魏都，有時隨軍出征。曾參與其父東征管承，北征烏桓，南征劉表，西征馬超及孫權，及征張魯之戰爭，在〈求自試表〉中，曹植自云：「昔從先武皇帝，南極赤岸，東臨滄海，西望玉門，北出玄塞，伏見所以行師用兵之勢，可謂神妙也」，本傳雖未有其參戰之記載，驗之上引〈求自試表〉所言，可知曹植足跡確曾踏遍大半中國。

曹操曾在征孫權時，命曹植典禁兵，且語重心長地囑咐他云：「吾昔為頓丘令，年二十三，思此時所行，無悔於今。今汝年亦二十三矣，可不勉與」，對其期望之殷切，可見一斑。而曹植亦曾以大椽之筆，贊頌其父統一中國之征戰，頌揚其父之政治措施，穆清盛事，與民望功德。自身亦常以德配天地，功澤後世之古聖先賢自勉自勵，表現出遠大志向之抱負。殊不知曹植本人，風流自賞，倜儻不羈之性格，與其追求之理想，已滋生矛盾，客觀環境與其主觀願望，相互衝突，已隱埋下悲劇之種子。[13]

---

13 任訪秋：《中國古典文學論文集續編》（開封：河南大學出版社，1990年11月），〈曹植論〉，頁29。

　　而在鄴城期間之曹植，家裡曾發生一件使其難堪之事，即其妻子崔氏，因衣著失禮，身穿王妃所著之錦衣，而被曹操看到，予以賜死，曹植雖不愛她，然而發生此事，亦是有失面子。另外再發生一件影響其一生之重大事件，此即「立嗣風波」。[14]而曹植在這場風波中，則是屈居下風，成為失敗者。

　　嚴格而言，在此次「太子之爭」中，曹植實際並沒有主動地與曹丕爭奪繼承權，他被捲入這場立嗣風波中，完全是身不由己，且他始終未得到繼承權，故亦談不上與曹丕爭奪繼承權之問題，儘管如此，此亦為生性偏狹，報復心極強之曹丕所無法容忍的。以後曹丕代漢稱帝後，立即對曹植進行一連串之打擊與迫害，終陷曹植於顛沛奔波，形同囚徒之悲慘境地。[15]

　　本來其父在考慮其繼承者時，頗屬意於他，「幾為太子者數矣」（《魏志》本傳），然實際曹植欲當太子，已存有不利之因素，首先是在建安二十二年，發生曹植私開司馬門，觸怒曹操之事件。他本人「任性而行，不自雕勵，飲酒不節」，竟乘曹操外出期間，擅開王宮大門司馬門，乘車行馳道中，嚴重違犯法令，致使曹操大怒，而下令云：「自臨菑侯（植）私出，開司馬門至金門，令吾異目視此兒矣」。其次，建安二十四年，曹仁為關羽所圍，曹操以植為南中郎將行征虜將軍，「欲遣救仁，呼有所勅戒」，不料「植醉不能受命，於是悔而罷之」。[16]可見詩人之性格，是其政治受挫之重要因素。

---

14　袁宙宗：〈論曹子建的一生際遇和資質〉，《中華文化復興月刊》第14卷第1期（1981年1月），以為子建奪謫之說起因有二：一為曹操有廢子桓而立子建之意。二為子建好友丁儀，本欲娶曹操子為妻，因子桓勸阻而作罷，致懷恨在心，故欲廢子桓而扶子建，以洩私人之憤，頁57。

15　高飛衛：〈也說曹植對繼承權的爭奪〉，《求索》1994年第2期，頁95。

16　以上曹植事跡，除見本傳外，另見徐公持：〈建安文學的集大成者曹植〉，收入徐公持等著：《中國古代文學人物》（臺北：國文天地雜誌社，1989年3月），頁24。

　　除上述曹植因自己之任性妄為，以身試法，而失去曹操之歡心外，另在身份而言，他並非長子，傳統上是「立嫡以長」，有繼承權者是其兄長曹丕。曹操曾為此事，徵求臣僚部屬之意見，其中除與曹植聲氣相近之少數文人，力主曹植外，其餘元老重臣，無不主張應嚴守傳統，且舉不久前，覆亡之袁紹、劉表為例，因立少不立長，導致亡國破家，如此豈可不慎，而再重蹈覆轍？再其次是曹丕絕不甘拱手讓出繼承權，故必視曹植為與其爭奪帝位之勁敵，為繼承王位，除拉攏一批人為其羽翼，以助其威外。另曹丕本人，亦較工於心計，長於「矯情自飾」，以致心懷鬼胎，盡力討好曹操面前之重臣荀彧與鍾繇等人。

　　另曹丕亦善用計謀，以離間曹植密友丁儀與曹操之關係，如曹操原有意將女兒嫁於丁儀，由於曹丕之勸阻而作罷。又那次曹植受命去救曹仁，卻因醉酒而不成事，據裴松之注《三國志》引《魏氏春秋》，謂乃曹丕故意設宴灌醉的。[17]又如每當曹操出行，文武百官於城外送行，曹植常是當眾稱述功德，吟詠歌頌，在場臣子，無不注目。曹丕才思較緩，無法競爭，心中悵然，幸賴心腹吳質獻謀，令遇此場合，僅伏地痛哭，曹丕依計而行，果然奏效。曹操及大臣們，目睹此事，「咸歔欷」，無不認為曹植儘管「辭多華」，而「誠心不及也」（《三國志》注引《世語》），對曹丕評價，自然不同。

　　曹植與其兄爭立太子之鬧劇，經上舉所述，孰勝孰敗，已昭然若揭。曹操於建安二十一年五月進爵魏王，立太子一事，則延至次年十月，始明令曹丕為魏太子。總結而言，曹植爭太子位，所以失敗，主因乃在詩人之性行，實不易從事於爾虞我詐、相互傾軋之政爭。其次

---

17 陳壽撰、裴松之注、盧弼集解：《三國志集解》，〈魏書・陳思王傳〉，本傳引《魏氏春秋》曰：「植將行，太子飲焉，逼而醉之，王召植，植不能受王命，故王怒也」，頁505。

乃在「立嗣以長」，為千百年來中國宗法社會鐵定之法律，早已根深蒂固於人們心中，若欲更改，除非有危及社稷之重大事件發生，否則極難改變。

曹操身為一世英雄，膽識智謀，超人一等，雖有反傳統之僻性，然某些事理，仍需尊重傳統。其雖愛曹植之才，但為社稷長治久安計，仍認為以立曹丕為太子為妥，此有其客觀之必然性。[18]而一向老謀深算，「知人善察，難眩以偽，識拔奇才，不拘微賤」（司馬光《資治通鑑》評曹操語），亦正是曹操在事業上得以功成名就之原因。

曹植一介貴公子，聰明好學，獨冠群才。與其兄丕，在北方以鄴為當代政權統治之中心，藉其父曹操之延攬人才，聚集不少文人學士，為其所用，而形成一文學作家群，此即所謂「鄴下文人集團」。曹操本人對文學、書法、音樂等，皆有湛深之修養，次子丕是一文武全才，善騎射，通經史諸子之學，亦是愛好文學之公子。曹植才氣甚高，感情豐富，更是篤好文學，父子三人，聯袂倡導，上好下效，談文論藝，誠如：劉勰《文心雕龍·時序》云：

> 自獻帝播遷，文學蓬轉建安之末，區宇方輯。魏武以相王之尊，雅好詩章，文帝以副君之重，妙善辭賦，陳思以公子之豪，下筆琳琅，並體貌英逸，故俊才雲蒸。[19]

鍾嶸《詩品·序》亦云：

---

18 鍾優民：《曹植新探》（合肥：黃山書社，1984年12月）。鍾氏以為曹植失敗之根本原因，乃「在於傳統的力量與習慣勢力的影響」，因「立嗣為長」，一直作為中國封建宗法社會一條不成文之法律，已在人們思想上深深扎根，而曹操亦不能脫離歷史的社會的影響。頁42。

19 劉勰撰、范文瀾注：《文心雕龍注》，卷九〈時序〉，頁23。

> 降及建安，曹公父子，篤好斯文。平原兄弟，鬱為文棟。劉
> 楨、王粲為其羽翼，次有攀龍附鳳，自致於屬車者，蓋以百
> 計，彬彬之盛，大備於時矣。[20]

　　曹植尤其勤於寫作，「少而好賦」，「所著繁多」（〈前錄自序〉），「自少至終，篇籍不離於手」（《魏志・陳思王傳》引曹叡語），下筆琳琅，而有「八斗」之稱。在群賢畢集，彬彬之盛之建安詩壇上，曹植正是扮演著「文棟」之角色。而在經過一番政爭失敗後，曹植內心之創傷與感受，必是刻骨銘心，耿耿不忘。此時他有可能已預料到未來，曹丕若即帝位後，其所受之迫害遭遇，或十百倍於此。

## （二）圈牢物，憂生嗟，多感物傷懷

　　建安二十五年正月，曹操病歿洛陽，漢獻帝禪位於魏王曹丕。或許正所謂「文人命蹇」，「詩人多命薄」，自此曹植結束其在父王庇蔭下之安樂生活，開始走上人生艱難，憂患迭生之里程——自黃初至太和時期。

　　曹植在爭立太子一事告終後，其心情極為複雜，一則不得不屈服於「立嗣以長」，有其傳統之強大勢力，承認己身徹底失敗。故曹彰告以父王臨終前，有傳位於己之意時，他即急忙聲明：「不可，不見袁氏兄弟乎？」表白自己再不願為爭帝位而骨肉相殘，同室操戈。後得知其兄曹丕，已黃袍加身時，竟情不自禁，「自傷失先帝意，亦怨激而哭」，他所哭的是已知自己前途命運難測，預感將成為一任人宰割之弱者。

　　曹丕登基後，對他人之反應，極度敏感，曹植「怨激而哭」，使曹丕更加重其對曹植之猜疑與不滿，曾發出威脅云：「人心不同，當

---

20　鍾嶸撰、汪中選注：《詩品注》，〈序〉，頁80。

我登大位之時，天下有哭者」，再視曹丕對尚書令陳群嚴厲之質問云：「我應天受禪，百辟群后，莫不人人悅喜，形於聲色，而相國（華歆）及公獨有不怡者，何也？」另對鎮西長史郭淮赴慶賀會，遲到一步之訓斥云：「昔禹會諸侯於涂山，防風后至，便行戮。今普天同慶，而卿最留遲，何也？」曹丕在大臣前表現之作威作福，氣度狹窄之心態，則其對曹植必然挾嫌報復，做出骨肉相殘之醜事，當是意料中事（按：《世說新語・文學第四》，有曹丕逼曹植七步成詩，不成者行大法之故事。從此之後，文人每愛引用此〈七步詩〉為典故，傳為佳話，然近代學者，曾提出質疑，以為不可信）[21]。

　　曹植之心腹，亦曾為曹操所信任之倉曹主簿楊修，字德祖，與曹植交誼深篤，時常相聚，研究詩文。曹植有〈與楊德祖書〉，修亦有〈答臨淄侯箋〉，修亦屢為曹植出策謀，然在建安二十四年，竟以交構賜死，招殺身之禍。此事讓曹植「益內不自安」（〈本傳〉）。另一好友王粲，與曹植亦是「義貫丹青，好和琴瑟，分過友生」（〈王仲宣誄〉），在建安二十二年時，竟「道病卒」（〈本傳〉），亦讓曹植極為感傷。而另二位與其情誼甚厚之好友丁儀、丁廙，竟在曹丕即王位後，亦被殺，並誅男口，以絕其後，又殺親附曹植之孔桂，以剷除曹植之羽翼，而除後患。

---

21 張為麒：〈七步詩質疑〉，《國學月報彙刊》第二集，第二卷第一號（1971年1月），（前北京述學社編印），（臺北：文海出版社，1977年12月影印版），頁35-43。該文以為〈七步詩〉最早記載是《世說新語》，然可疑者，亦為《世說新語》，原因是：（一）本集不載。（二）《世說》難據。（三）爵號可疑。另再提出三點：（一）不要因為時代不遠而相信他。（二）不要因為徵引得多而相信他。（三）不要相信附會強就的話。此三點，均為使人誤信的地方，所以不可忽略。前三點與後三點相表裡，更可見〈七步詩〉之不足憑信。而此故事之由來，作者推測有二：（一）由兄弟失和一點引申而來。（二）子建才思敏捷。惟趙幼文：《曹植集校注》（臺北：明文書局，1985年4月），則以為「似不能以本集不載，即云出於附會而刪之，應存疑」云云，頁279。

　　曹丕另命令諸侯各回本國,不許留於京城,且派心腹,到各封為諸侯之兄弟處監視,而曹植即為受監視之重要對象,對他更為「吹毛求疵,千端萬緒」(〈黃初六年令〉)。至第二年,曹丕所派監國謁者灌均,迎合曹丕意,指控曹植「醉酒悖慢,劫脅使者」,曹植差點受到「大辟」之刑,幸賴太后極力維護,他才得以保全性命,僅受貶爵削邑之處分,而由臨淄侯貶為安鄉侯。後又改封為鄄城侯。次年(黃初三年)(西元222年),隨例升侯爵為王爵。黃初四年,又徙封為雍丘王,是年五月,他與驍勇之任城王曹彰,同朝京師。後曹彰在京城,據傳是被曹丕毒死,曹植曾寫〈贈白馬王彪詩七首〉,沉痛地寫出其心中之感傷。詩中曾斥責那些離間他們兄弟感情的讒巧之徒,為鴟梟、豺狼、蒼蠅。而人生存亡之酸辛,亦一齊傾訴,極見他內心之痛苦。

　　曹丕對曹植之迫害,除二人性情、觀念迥異,漸行漸遠外,最主要之原因,乃在權力之衝突,即爭奪繼承權之事。另亦有人以為應加上緣於曹丕在愛情受創所致,即指植與其嫂甄宓畸戀,而使曹丕蒙羞事,此事古今艷傳,近代學者多以為此事牽強無稽,不可輕信云云。[22]

　　曹丕自受禪即帝位後,其對曹植進行之迫害手段,約可分下列步驟:

　　1.分封受限,使曹植與兄弟們,動輒得咎。曹丕篡立帝位,久已

---

22 有關子建是否與其嫂甄宓畸戀一事,歷來學者頗有爭辯,清・丁晏:《曹集詮評》(臺北:臺灣商務印書館,1978年10月臺1版)以為「感甄妄說,本於李善」,頁11。徐公持:〈建安文學的集大成者曹植〉,《中國古代文學人物》,亦以為牽強無稽,頁29。近人袁宙宗:〈論曹子建一生際遇和資質〉,《中華文化復興月刊》第14卷第1期(1981年1月),則以為有其事,頁57、58。另郭沫若:〈論曹植〉,《論歷史人物》(上海:海燕書店,1948年5月),則以為「子建對這位比自己大十歲的嫂子,曾經發生愛慕的情緒,大約是無可否認的事實吧」,頁20。惟葉慶炳:《中國文學史》(臺北:廣文書局,1968年9月),則提出二點駁正:一為黃初時,植猜嫌方劇,安敢於丕前思甄泣下?丕又至以甄枕賜植?又甄氏歸曹丕時,植十三歲,而甄氏二十三歲,長植十歲之多,「植得安愛戀若此」?頁93。正反異說並列,辨證則待他日。

蓄意，如改建安年號為延康，即已僭越臣屬地位。擅改國朝年號，更是膽大包天，目無王室。且嗣位為魏王，即下令要總攬一切，可知其居心。且心胸狹窄，為保護其既得之帝位，防範其他兄弟們之覬覦奪位，登立帝位後，對兄弟們採取高壓監管之方式，首先以分封為名，實際則是欲將兄弟們流放外地，貶為庶民。

　　除外，再另派其心腹，擔任「監國謁者」，就近監視，並隨時報告其兄弟們之言行舉止。其次是禁令重重，令兄弟們，不得隨意與親友見面串聯，亦不得隨意出入京師。又兄弟們，不問應召返京，或返回封地，皆不得兩人同行，此與古代苛政：「偶語棄市！」有何兩樣？尤其曹植更是處處受限，待遇是一減再減，極其菲薄。〈本傳〉所言「僚屬皆賈豎下才，兵人給其殘老。大數不過二百人。又植以前過，事事復減半」，可謂緊綁重重，動輒得咎，如稍不慎，或受誣告，曹丕即可據以嚴厲處分。

　　2. 徙封頻頻，使曹植身心難安，生計維艱。前述及曹植在曹丕登基為帝之七年中，屢受徙封，加以逼迫，以造成曹植生活之不安，且使其生計艱難。即使曹丕於黃初七年（西元226年）去逝，[23]曹植年已三十五歲，其姪兒明帝曹叡，對其猜忌，並不亞於其父曹丕。甫登帝位，即將曹植自雍丘改封浚儀，次年再回雍丘。第二年又徙東阿。在曹植〈遷都賦序〉中云：「余初封平原，轉出臨淄，中命甄城，遂徙雍丘，而末將適于東阿，號則六易，居則三遷」，本傳亦云：「十一年中，而三徙都」。由於經常徙封，以致「連遇瘠土，衣食不繼」（〈遷都賦序〉），苦況可知。

　　尤其在遷封為甄城王時，條件更差，〈轉封東阿王謝表〉中云：「桑田無業，左右貧窮，食裁餬口，形有裸露」，此應是事實。曹植

---

23　鄧永康：《魏曹子建先生植年譜》（臺北：商務印書館，1981年12月），頁46。

之困窮，可再自所作〈乞田表〉中看出：「乞城內及城邊好田，盡所賜百年力者，臣雖生自至尊，然心甘田野，性樂稼穡」，曹植在此除表明心跡，以洗上位者之猜疑外，同時亦反映其經濟艱難之困境。

曹植受到頻繁的徙封，除造成生計之維艱外，給予生活之飄蕩流轉之苦，更是難堪，對此，曹植曾有一首〈吁嗟篇〉，傾訴流徙播遷之苦云：「吁嗟此轉蓬，居世何獨然。長去本根逝，宿夜無休閒」，「流轉無恆處，誰知吾苦艱？願為中林草，秋隨野火燔」，曹植此詩以隨風飄轉之蓬草為主題，且予擬人化，以表達其親身感受的流轉之苦，「誰知吾苦艱？」其內心之苦處，他人豈能了解？最後甚至表露願隨野火以俱盡，更可察覺出曹植自感人生無趣，而發出沉痛之心聲。

3. 誣告連連，使曹植疲於應付，百口莫辯。在建安之世，屢有誣告之事發生。曹丕即位後，曾下令：「敢以誹謗相告者，以所告者罪罪之」，然對誣告諸侯王者，則另當別論。前已舉出曹植曾被曹丕所派「監國謁者」誣告事，要非有賴其母卞太后維護，曹植即有受極刑之危。曹丕於他不但貶爵減邑，甚至在朝會時，亦拒不接見。以後誣告接踵而至，真是欲加之罪，何患無辭？

曹丕唆使心腹監視，乃至誣告，用意明顯，即一而再，再而三壓制曹植，以防東山再起。曹植在黃初四年，所寫〈責躬詩序〉云：「追思罪戾，晝分而食，夜分而寢，誠以天網不可重罹，聖恩難可再恃」數句，即可看出曹植誠惶誠恐，惴惴不安之可憐狀。

4. 劃地為牢，將曹植視同終生禁錮，而了無生趣。曹植在封地，不得自由，一言一行，都有人在旁監督指點，無法擅專，大小事皆需請示，名為王侯，實如同囚犯。在曹操死後半年時，曹植曾想在封地祭祀父王，隨即上呈〈請祭先王表〉，表示「實欲告敬，且欲復盡哀」，並「乞請水瓜五枚，白柰二十枚」，曹植此舉是否名為「請祭先生」，而實為試探在上者其兄長之心，不得而知，結果是自討沒趣，

曹丕之批示是「庶子不得祭宗廟」。

　　孤居獨處在封地之曹植，缺乏志趣相投之友伴慰藉。自己不免痛感，已成生無益於時，死無益於世之廢物，亦如其〈求自試表〉所云，是「圈牢之養物」，真是毫無為人之樂趣與意義。即使在黃初七年，曹丕病死，曹叡即位之後，情況仍無改變。曹植曾再三陳情，期望有為年青之皇帝，分勞貢獻智謀良策之機會，然明帝對此位皇叔，表面尊重，骨子裡仍是極不信任，處處防範。

　　太和五年，他再上〈求通親親表〉，以求存問親戚，此表文詞剴切，述理明確，明帝故作姿態，表示接受建議，惟復詔推責下吏，且糾正對諸王苛酷之法制，實際並無改變。曹植家中人丁不旺，除曹志外，其他一子二女，均已早夭，因之曹植晚年，一直是「每四節之會，塊然獨處，左右唯僕隸，所對惟妻子，高談無所與陳，發義無所與展」（〈求通親親表〉）[24]。

　　曹植後半生，一如羅雀之失去自由，任人宰割。他常為孤獨幽居悲痛，每每感物即傷感，正如其前所吟道：「孤獸走索群，銜草不遑食。感物傷我懷，撫心長太息」（〈贈白馬王彪〉之四）。謝靈運曾言曹植「頗有憂生之嗟」（〈擬魏太子鄴中集詩〉），實情確是如此。

## （三）意憤怨，慎言行，終遺恨千古

　　曹植受盡曹丕之欺壓迫害，處境艱險，無日不在憂讒畏譏之中，可謂悲愁憤懑，無所告語，雖「意實恨之」，卻又無可奈阿，其情況一如上述。而此一時期，曹植又如何應對？又如何排解？

　　而他所採取者，首先是以守默為全身遠害之方，所謂「中有耆年一隱士，教我要忘言」（〈苦思行〉），一方面則表明自身對曹丕愛戴擁

---

24　鍾優民：《曹植新探》，頁46-49。

護，如獻〈慶文帝受禪表〉，特反覆歌頌曹丕之「聖德」、「隆恩」、「仁風」、「懿跡」，歌頌曹丕承統，是「順天革命」，「纘戎前緒」，表明自己全心擁戴，另一方面則自貶身價，自述「愚駑垢穢，才質疵下」，以致「狂悖發露」，故「自分放棄，抱罪終身」，「苟貪視息，無復晞幸（按：趙幼文《曹植集校注》，以為「晞」當作「希」）（〈封鄄城王謝表〉），表明自己絕無野心，且責己悔過，甘願流放。另感激曹丕對自己之寬容，且獻上曹操往昔所賜之鎧甲（〈上先帝賜鎧表〉），與自己之愛物，紫騂馬（〈獻文帝馬表〉）、銀鞍（〈獻銀鞍表〉）、珍牛（〈上牛表〉），以表對曹丕之盡忠輸誠。

另外他謹慎言行，深居簡出，免授人以柄而得禍。尤其絕口不談政事，以避曹丕猜忌而受害，凡此種種，實際均非本意，乃是策略上之運用，一如其在〈矯志〉上所比喻是「鵷雛遠害，不羞卑棲；靈虯避難，不恥汙泥」。

曹植藉著上述獻鎧獻馬，繳納戰具之實際行動，以表己身絕無使用武力奪權之企圖，以換取曹丕之諒解，短時間內，似乎有某些成效，因之在黃初六年冬，曾出現曹丕至雍丘與植歡聚和解之事，然此後仍未能解際曹丕對曹植之防範與脅迫。曹植自忖，自身處於劣勢，無法與擁有強大政治勢力之曹丕對抗，為保命全身之計，當是盡量委曲求全，曹植曾寫〈鷂雀賦〉，以弱小之雀自況云：「鷂欲取雀，雀自言：雀微賤，身體些小，肌肉瘠瘦，所得蓋少，君欲相噉，實不足飽」，其自比弱小，委婉表露之意，顯然可見。

另他又曾在作品中有所表露，自己與曹丕有骨肉之誼，為何要如此受煎迫？然一切仍歸之天命而自悲自歎，如云：

> 在昔蒙恩惠，和樂如琴瑟。何意今摧頹，曠若商與參。（〈浮萍篇〉）

　　君若清路塵，妾若濁水泥。浮沈各異勢，會合何時諧。(〈七
哀〉)
　　昔為同池魚，今為商與參。往古皆歡遇，我獨困時今。(〈種葛
篇〉)

　　曹植善於巧喻，情辭婉轉，比喻往昔與曹丕，一如「琴瑟」、一
如「同池魚」，如今卻如「商與參」，「清路塵」與「濁水泥」，浮沈異
勢，相隔遙遠，極饒深致。

　　而他在此時期，雖保持低姿勢，明哲保身，韜光養晦，然實際上
其關心國事，建功立業之思想，並未澆熄，遇有機會，仍然曲折流
露，如〈責躬〉云：

　　常懼顛沛，抱罪黃壚。願蒙矢石，建旗東嶽，庶立毫氂。微功
自贖，危軀授命。知足免戾，甘赴江湘，奮戈吳越。

　　在此，曹植委婉表露，有願戴罪立功，以求自贖之意。另在〈任
城王誄序〉中云：「凡夫愛命，達者徇名」，「人誰不沒，貴有遺聲」，
及〈聖皇篇〉中云：「思一效筋力，糜軀以報國」。

　　自曹丕去世後，正如上述，其子曹叡對曹植，仍是不斷徙封，而
在其他方面，則稍有放鬆，此時曹植又重燃起建功立業之希望。表面
上，曹植似不涉及政事，實際朝廷種種政策，他無不了然於心，站在
維護魏王朝之長治久安上，他發現自曹丕以來所實行之「公族疏」，
「異姓親」(〈陳審舉表〉)之用人政策，隱埋極大之危機，且朝廷削
弱諸王之力量，使其失去「屏翰皇家，為魏藩輔」(〈諫取諸國士息
表〉)之能力，曹植已洞察皇朝內部，潛伏著一股不可忽視之異姓篡
奪勢力，故為輔佐姪兒曹叡之治國，鞏固王室，以保曹家永續之傳

承，實現其「名光于后嗣」之宿願，乃如上述，先後上〈求自試表〉、〈求通親親表〉、〈陳審舉表〉、〈諫取諸國士息表〉、〈自試表〉、〈諫伐遼東表〉，甚至書寫有名之〈藉田說〉二首。

在如何用人之意見上，曹植曾提出一系列之建言，如「論德而授官，量能而受爵」（〈求自試表〉）。主張破格用人，如「用不世之臣，必能立不世之功」（〈陳審舉表〉）。且用人應以魏氏宗族成員為基幹，先親後疏，掌握控制權，以防不測。且以歷史為鑒，舉出篡權之危，乃來自宗族之外，握有重權者，而非來自宗族之內，所謂「吉專其位，凶離其患者，異姓臣也」，因之他主張應在諸王之中，選取輔佐大臣。另在對外政策上，主張滅吳、蜀，以統一國家，欲實現此統一之國策，則須擁有強大之國力，因之他又提出「省徭役，薄賦斂，勤農桑」（〈諫伐遼東表〉），與民休息，以儲備國力。曹植之獻策，真是坦露肺肝，如泣如訴，而曹叡僅是虛與委蛇，始終不予機會。清・梁佩蘭〈經東阿懷陳思王詩〉有云：「陳情請自試，不得效尺寸」[25]，確實如此。

曹植為此「悵然絕望」，「汲汲無歡」，終在閑居坐廢，鬱鬱寡歡之愁苦中，憤而成疾，而於太和六年（西元232年）十一月，含恨死去，時年四十一歲，諡曰「思」，子志嗣，徙封濟北。何曰「思」？〈諡法〉云：「追悔前過曰思」[26]。曹植死後，其諡號尚留有難以摘除之政治標幟。曹叡之嚴苛對待，在景初中（西元238年前後）所下之一道詔書中可見：

---

25 劉維崇：《曹植評傳》（臺北：黎明文化公司，1977年12月），〈第一章　生平〉所引，頁141。

26 按：鄧永康：《魏曹子建先生植年譜》，引《諡法》曰：「過而能改曰思」，頁53。惟據司馬光：《資治通鑑》（臺北：洪氏出版社，1980年10月修訂），引《諡法》曰：「追悔前過曰思」，故當以後者為是，頁2277。

> 陳思王昔雖有過失,既克己慎行,以補前闕,且自少至終,篇
> 籍不離于手,誠難能也。其收黃初中諸奏植罪狀,公卿已下議
> 尚書秘書中書三府大鴻臚者,皆削除之。

此處雖對曹植表示寬大,然仍是以曹植犯有「過失」為前提而下
詔的。且曹植死後,其子志再嘗到與其父相同之徙封命運,真是令人
為之浩歎矣。

清‧劉嗣綰有〈陳思王墓詩〉,結句云:「建安篇什在,遺恨弔秋
蟲」[27],自曹植留下之篇什中,確實可以看出曹植之遺恨,不過曹植
之悲劇,尚有下文,是曹植死後不久,果如曹植生前所憂所料,魏王
朝之大權,便旁落于異族司馬氏之手,而終歸覆滅。對於此事,清‧
丁晏〈魏陳思王年譜〉曾有所評云:

> 令陳思得掌朝政,必能戢司馬之權,而奪其柄。王之見疏,魏
> 之所以速亡,而亦天厭老瞞之奸,摧其賢嗣,促其國祚,天之
> 絕魏也甚矣。[28]

丁氏所評,頗為精闢,若曹丕子叡,能盡棄前嫌,重用曹植輔
政,以排除司馬氏,則魏之國祚,當能延續,而歷史也勢必要重寫。
遺憾的是,事實並非如此。「王之見疏,魏之所以速亡」一語,可謂
一針見血。等魏覆亡後,若曹植地下有知,推測其哀痛,恐非任何筆
墨所能形容其萬一矣。

---

27 劉維崇:《曹植評傳》,頁142。
28 丁晏:《曹集詮評》,〈年譜〉,頁2。

## 三 人生哲學之體認：恪守儒教，戮力上國

　　曹植一生，前後際遇，由順轉逆，實有天壤之別。其順逆間之區隔，一般均以漢獻帝建安二十五年（魏文帝延康元年，黃初元年）（西元220年），曹丕稱帝為界限，以為曹植前期，生活安定，而過其風流自賞，詩酒流連之貴族生活。後期則因受其兄曹丕忌恨其爭奪太子，而百般迫害，過著如圈牢養物之禁錮生涯，此種觀點，大體可以認定，然若探其悲劇生涯，實不始於曹丕稱帝，蓋在其兄稱帝之前，即受其父曹操之冷漠對待。而不問如何，曹植一生所執著追求者，是在政治上有所作為，即使在後來曹丕即位，他失去自由，「身輕于鴻毛，謗重于泰山」，遭遇橫逆，身處憂患之中，再如何忍辱受垢，備受欺凌，仍然不放棄人生理想之追求，其所以能有如此之執著，尋根究底，自然是有其人生哲學理念為其支柱，而此理念為何？個人以為即是儒家積極入世用世觀。

　　東漢末年，人心不古，風俗頹靡，尤其是宗室驕橫，貴族腐化，仲長統之《昌言》，即曾加責斥道：

> 生長于驕溢之處，自恣于色樂之中，不聞典籍之法言，不因師傅之良教，故使其心同于夷狄，其行比于禽獸也。長幼相效，子孫相襲，家以為風，世以為俗。[29]

　　其中「其行比于禽獸」一語，即可反映出當代風俗之如何沉淪。對於當時一般紈綺子弟，不思進取，不講修德，僅是沈迷於逸樂享受，醉生夢死之中，曹植亦極為深惡痛絕，在人生哲學之理念上，曹

---

29 仲長統：《昌言》下，引自嚴可均：《全上古三代秦漢三國六朝文》（北京：中華書局，1991年10月），卷八十九〈全後漢文〉，頁953。

植有著與一般豪門貴族子弟，截然不同之意識與涵養，今試自其詩文中，去探討其某些人生哲學理念，個人試分下列四項：頌君子，鄙小人；惜人生，愛生活；騁沙場，立功勳；悟生死，心坦蕩。加以論述：

## （一）頌君子，鄙小人

　　曹操對子女，一向諄諄教誨，要求嚴格，曹植自幼即受良好之教養，勤勉攻讀。在曹植詩文中，曾多次提及其父之誨教云：「數承教于武皇帝，伏見行師用兵之要」（〈陳審舉表〉），遍讀典籍，奠基於儒家經書上，故在「人生哲學的根本問題上，曹植恪守儒家道德規範，身體力行，死而後已」[30]。

　　曹植一向堅持儒家傳統觀念，而儒家在修為之主張上，一向認為不為聖賢，至少要成為「君子」，勿成「小人」。君子之條件，首為知識淵博，孔子云：「君子博學於文，約之以禮，亦可以弗畔矣乎」（《論語‧雍也》）。即云博學約禮，可增進學識，增益德性，其次須具仁愛情感，愛人為仁之基本義，孔子曾云：「君子去仁，惡乎成名，君子無終食之間違仁，造次必於是，顛沛必於是」（〈里仁〉），可見博愛精神，君子所備。三則為意志堅定，曾子云：「可以託六尺之孤，可以寄百里之命，臨大節而不可奪也，君子人與？君子人也」（〈泰伯〉）。君子不特才可輔幼君，攝國政，且於生死之際，大節凜然，正氣磅礡，不似小人在利害存亡之際，往往極易背信忘義，或頹廢屈服，故孔子云：「君子貞而不諒」（〈衛靈公〉），又云：「君子坦蕩蕩，小人長戚戚」（〈述而〉），「君子之德，風，小人之德，草」（〈顏淵〉），即言君子志節堅毅，心胸坦蕩，而小人則為平凡庸俗之輩，志

---

30　鍾優民：《曹植新探》，〈四　曹植的哲學思想〉，頁63。

向不高,目光如豆,常為俗事煩心氣躁。

　　君子既具上述條件,故君子皆為品德高尚之士,志向遠大,操守廉貞,意志堅定,曹植在詩文中,即常將君子與小人對比,以顯示君子之德性、氣節可貴,曾在〈贈丁翼〉詩中道:

　　　　君子義休偫,小人德無儲。積善有餘慶,榮枯立可須。
　　　　滔蕩固大節,世俗多所拘。君子通大道,無願為世儒。

　　此詩即勉勵好友,應儲德積善,固守大節,以免淪為俗儒,此亦曹植本人自我修為之準則。曹植一向注重氣節,故亦曾在〈贈徐幹〉詩中道:

　　　　良田無晚歲,膏澤多豐年。亮懷璵璠美,積久德愈宣。

　　以為有德君子,內涵美質,積德自芳,當有揚眉吐氣之日。故又在同詩中云:「志士營世業,小人亦不閒」,認定如徐幹具真才實學,且是素守道義,志向高遠之能士,實即為君子儒,所孜孜經營者,必為大業,不似一般凡夫俗子,胸無大志,僅能為三餐奔波,終生勞碌而已。

　　有此體認,因之曹植對身居顯貴,卻又不仁不義之徒,予以譴責云:「富而慢,貴而驕,殘仁賊義,甘財悅色,此亦君子之蝎也」(〈藉田說〉)。另他對某些建安文人雖懷抱利器,卻不為世所用者,寄予同情,然又不贊同彼輩,因之怨天尤人,自暴自棄,如〈贈丁儀王粲〉云:「君子在末位,不能歌德聲。丁生怨在朝,王子歡自營。歡怨非貞剛,中和誠可輕」,以為丁怨王歡,皆失之偏,故提出「中和」以正其非,而可作立身處世之永恆準則。

　　曹植自認是人才，又以為人才難得，故首須區別賢才與庸人，對賢才認為是要善加培養。而對一般庸庸碌碌，修為不高之「小人」，自是不予重視，難怪在〈黃初五年令〉中，重彈孔子之觀點云：「諺曰：『人心不同，各如其面焉』。『唯女子與小人為難養也，近之則不遜，遠之則有怨』」。又因醫巫妄說，以為自己冒犯漢武帝之神魂，才會患痛，故加以斥責云：「此小人之無知，愚惑之甚者也」（〈毀鄄城故殿令〉）。

　　據以上所述，即可看出曹植心目中，對「君子」與「小人」，看法確實截然有異。

## （二）惜人生，愛生活

　　苦於時代動亂，人命危淺，以致曹植對人生之短促，感慨甚多。蓋自漢末以來，外戚宦官爭權，政局不安，盜賊蠭起，黃巾餘黨，燒殺劫掠，董卓入京，掌握國政，濫用刑罰，殘殺無辜。初平元年三月（西元190年），董卓徙獻帝於長安，火燒洛陽，驅趕官民西行，以致積屍盈路。後獻帝逃歸洛陽，曹操乃遷帝於許，此時軍閥割據，漢廷名存實亡。

　　漢本在長時間之大動亂之中，社會震盪，民命如草芥，屍骨遍野。曹植出生即在兵荒馬亂之時代，故他曾自云：「生乎亂，長乎軍」，乃為事實。年青時，曹植即曾與母親、兄弟們，跟隨曹操出征，目睹各地動亂，與百姓死於戰火、饑饉之多，令其怵目驚心，而感觸橫生，曾為之吟道：

　　　洛陽何寂寞，宮室盡燒焚。垣牆皆頓擗，荊棘上參天。
　　　游子久不歸，不識陌與阡。中野何蕭條，千里無人煙。（〈送應氏〉之一）

清時難屢得，嘉會不可常。天地無終極，人命若朝霜。（〈送應
氏〉之二）

自子建詩中所吟「千里無人煙」，「人命若朝霜」句，即可知他對
當時戰亂中，殘破之景象，與人命之短暫，感慨良多。而自漢末至
魏，當代詩人作家，幾乎無一不在反映人生易滅之感慨，如《古詩十
九首》中，詩人吟曰：「人生寄一世，奄忽若飄塵」，「人生非金石，
豈能長壽考」，「人生忽如寄，壽無金石固」等等。另曹操亦有詩云：
「人生幾何？譬如朝露」（〈短歌行〉）。曹丕有「人生天地間，忽如飛
鳥栖枯枝」（〈大牆上蒿行〉）。徐幹有「人生一世間，忽若暮春草」
（〈室思〉）。阮瑀有「民生受天命，漂若河中塵」（〈怨詩〉）等。
曹植在此方面之悲嘆更多，除上引述外，另如：「人生處一世，
去若朝露晞」（〈贈白馬王彪〉）、「日月不恆處，人生忽若寓」（〈浮萍
篇〉）、「天長地久，人生幾時」（〈金瓠哀辭〉）等，由此可知，建安諸
子內心，無不熱愛生活，珍惜人生，尤其曹植更是如此。
他在二十九歲之前，除隨父出征，或執行某些臨時使命外，其餘
之日子，基本上因貴為魏之貴公子，環境優裕，生活悠閒，當是意料
中事。當時圍繞於曹氏父子之幕僚文士，經常聚會，且以詩酒唱和，
熱鬧非凡，而此種文人歡聚，宴遊頻繁之浪漫生活，曹丕、曹植均樂
於參加。由於曹植並無一般紈綺子弟，盛氣凌人之惡習，對文人敬重
有加，與他們相處融洽，因之文人宴遊活動，曹植常有詩作吟詠其
事，如吟道：

公子愛敬客，終宴不知疲。清夜游西園，飛蓋相追隨。明月澄
清景，列宿正參差。秋蘭被長坂，朱華冒綠池。潛魚躍清波，
好鳥鳴高枝。伸飆接丹轂，輕輦隨風移。飄颻放志意，千秋長
若斯。（〈公宴〉）

　　此詩作於建安中期（丁晏《詮評》以為作於建安十六年），詩中之「公子」指曹丕，當代文人學士，在丕、植招邀之下，游觀苑囿，流連詩酒，享受如此悠閒逸豫之生活，斯時王粲、劉楨、陳琳等人，亦皆有〈公宴〉詩和之。

　　建安二十三年夏，有一日青天無雲，白日麗空，彌感炎熱時，突然降下微雨，暑氣盡除，曹植曾吟詩記此事云：

> 白日曜青春，時雨靜飛塵。寒冰辟炎景，涼風飄我身。清醴盈金觴，肴饌縱橫陳。齊人進奇樂，歌者出西秦。翩翩我公子，機巧忽若神（〈侍太子坐〉）。

　　在夏季微雨飄送下，曹植參與歌舞宴會，文人詩酒酬和，曹丕棋藝精妙，曹植亦云「忽若神」，予以讚頌，反映曹植精神舒暢，熱情歌頌當時歌舞熱鬧之情景，極盡歡樂之能事。

　　另在鄴城西方之銅爵園，園中有曲池，滿植芙蓉，故又稱芙蓉池，曹植與曹丕兄弟二人，對此園庭景色，頗為喜愛，尤其春秋時節，花木扶疏，飛鳥爭鳴，真是令人心曠神怡。曹植亦曾吟詩云：

> 逍遙芙蓉池，翩翩戲輕舟。南楊雙栖鵠，北柳有鳴鳩。（〈芙蓉詩〉）

　　而他除對芙蓉池作詩吟詠外，另亦作〈芙蓉賦〉，以記游目騁懷之美景，賦中有句：「觀者終朝，情猶未足」，曹丕亦有〈芙蓉詩〉紀此池景，其詩句有云：「遨遊快心意，保己終百年」，可知兄弟二人遊觀芙蓉池，心情之怡悅，生活之愜意。

　　在鄴城，曹植與其兄及一群文人學士，宴飲遊樂，詩賦唱和，除

上舉詩歌外，在〈娛賓賦〉中亦記其事云：「遂衍賓而高會兮，丹幃
曄以四張，辦中廚以豐膳兮，作齊鄭之妍唱。文人騁其妙說兮，飛輕
翰而成章。……聽仁風以忘憂兮，美酒清而肴甘」。〈游觀賦〉亦云：
「靜閑居而無事，將游目以自娛。登北觀而啟路，涉雲際之飛除。從
羆熊之武士，荷長戟而先驅。罷若雲歸，會如霧聚，車不及回，塵不
獲舉，奮袂成風，揮汗如雨」。

　　曹丕、曹植兄弟與一群文士慕僚，除宴飲、吟詩、觀賞歌妓外，
時而亦彈棋、鬥雞。曹丕彈棋，技術卓絕，能以手巾彈棋，在〈典
論〉中亦曾云：「唯彈棋，略盡其妙」。青少年時，曾作〈彈棋賦〉，
以敘此遊戲。而曹植亦曾作〈鬥雞詩〉，劉楨、應瑒亦作〈鬥雞詩〉
唱和。由此可見當時曹丕、曹植兄弟，與鄴下集團文士，交往遊樂之
概況，有人或以為此乃曹氏兄弟，過其貴公子奢靡生活之寫照，暴露
作為貴公子耽於逸樂之劣根性，又以為曹植這種生活，及其以自我欣
賞口吻寫作之有關詩賦，都是不足取的。[31]

　　然而建安時代，儒學式微，一種崇尚自由，關懷自我、通脫健康
之新型人格，正在嶄新之政治文化背景與歷史條件下，逐漸形成，當
代文人學士，游宴高會，互相酬唱，盡情享受生命之歡娛，自由抒寫
個人之情志，與漢人那種唯唯諾諾，循規蹈矩之性情與生活方式，已
迥然有別。曹植任才使性，領悟到人生苦短，故當珍惜擁有之歲月，
而熱愛生活，並善加策畫、安排，而與文士詩人，交往頻繁，相處甚
歡，因之詩酒唱和之文學活動甚多，且據以此刻畫當時宴游情況，蓋
文學亦本為生活與時代之反映！

　　如在〈名都篇〉中，目睹貴游子弟，席豐履厚，追求華麗服飾，
且日事於鬥雞走馬，射獵飲宴之生活片段，曾加吟詠云：

31 徐公持：〈曹植〉，呂慧鵑、劉波、盧達合編：《中國歷代著名文學家評傳》第一卷
　　（濟南：山東教育出版社，1986年1月），頁262。

名都多妖女，京洛出少年。寶劍直千金，被服麗且鮮。鬥雞東
郊道，走馬長楸閒。
我歸宴平樂，美酒斗十千。膾鯉臇胎鰕，炮鱉炙熊蹯。鳴儔嘯
匹侶，列坐竟長筵。

　　凡此均為據實加以刻畫而已。謝靈運曾評曹植云：「公子不及世
事，但美遨遊」(〈擬魏太子鄴中集詩八首・平原侯序〉)[32]，此「不及
世事」，可能針對其於處理世務上，不夠圓滑周到，不擅長於人世間之
爭強鬥勝，勾心鬥角而發，而「美遨遊」，即是指其在鄴城時，所謂
「良辰、美景、賞心、樂事，四者難并」之宴遊歡樂事。明・李楨曾
對謝靈運之評語，再予詮釋云：「噫，煮豆燃箕，雖欲掇憂，其可得
乎？不及世事，而美遨遊，此陳思所以善處憂患乎」(《曹集考異》卷
十一)[33]，「善處憂患」一語，含意深刻，可謂微言切中，評不虛發。
　　出身豪門世家之紈袴公子，一般皆僅知玩樂，不知人間疾苦，然
曹植實際與此類公子有別。正如前述，其既「生乎亂，長乎軍」，自
是不可能未接觸過殘酷之現實，亦不可能冷漠看待，試看其所作之
〈梁甫行〉云：

八方各異氣，千里殊風雨。劇哉邊海民，寄身於草墅。妻子象
禽獸，行止依林阻。柴門何蕭條，狐兔翔我宇。

　　此詩曹植採取山東地區民歌形式，描述「邊海民」艱辛之生活，
「妻子象禽獸，行正依林阻」，正反映其生活之困苦與淒涼。詩人在

---

32 黃節：《謝康樂詩註》(臺北：藝文印書館，1987年8月)，頁180。
33 李楨：《陳思王集序》語，原錄於清・朱緒曾：《曹集考異》中，又載《三曹資料彙
編》，頁140。

此刻畫，正顯示詩人深刻之同情。

再如前所引〈送應氏〉二首詩所吟：「垣牆皆頓擗，荊棘上參天」，「中野何蕭條，千里無人煙」等句。另〈門有萬里客〉云：「挽衣對我泣，太息前自陳。本是朔方士，今為吳越民」，其所遭受之苦難，令詩人激起憐憫之心。

故上舉曹植三首反映現實，描述人間苦難之詩篇，在其全部作品中，所占之比例雖微，然就其背景、內容、意義而言，卻彌足珍貴，不可輕忽。而身為才子詩人型之曹植，在前半段之生涯裡，生活安逸，常與曹丕、鄴下文士集團成員，宴遊酬酢，詩酒聯歡，處身幸福之中，實宜視為其珍惜人生，熱愛生活之表現。

## （三）騁沙場，立功勳

建安前期，政局不安，社會動盪，黃老之說盛行，儒家思想衰微。文人學士，已不再拘泥於禮制訓詁，世風丕變，新興之統治集團領袖人物曹操，則是崇法術，禁浮華。於是在曹操、曹丕之影響下，鄴下文人集團之輩，亦無不是生長於戰亂之中，親自經歷過軍閥混戰，民生塗炭之社會變局，故彼輩皆有建功立業之企圖心，思欲在政治上有所建樹，顯現出彼輩剛剛登上歷史舞台，則有積極進取，勇往直前之英雄氣慨。

曹植抱負甚大，自視甚高，尤其懼於「疾沒世而名不稱」，故其一生之志業，乃在政治事業上，企盼能濟國惠民，建國立業，要「功勳著于景鐘，名稱垂于竹帛」（〈求自試表〉），要在青史留名，如此一希望未能實現，才退而求其次，著書立說，故他在〈與楊德祖書〉中云：

> 吾雖薄德，位為藩侯，猶庶幾戮力上國，流惠下民，建永世之業，流金石之功，豈徒以翰墨為勳績，辭賦為君子哉？若吾志

末果，吾道不行，則將采庶官之實錄，辯時俗之得失，定仁義之衷，成一家之言。雖未能藏之於名山，將以傳之於同好，非要之皓首，豈今日之論乎？

曹植仰慕王道仁政，極盼國泰民安，盛世再現，故亟思有所作為，而恥於碌碌無為，潦倒終生，顯示他確有凌雲之壯志，所謂「烈志多悲心，小人婾自閒」(〈雜詩〉)，「烈士」是胸懷雄心，眼光遠大之豪傑，「小人」則為得過且過，苟且偷安之輩。

而曹植所賞識所讚揚者，自是「烈士」人物，所鄙視所蔑棄者，是「小人」之輩。他亦反對為明哲保身，而脫離現實社會，故曾在〈七啟〉中，借鏡機子之口，批駁玄微子「隱居大荒之庭，飛遁離俗，澄神定靈，輕祿傲貴，與物無營，耽虛好靜」，如是消極隱遁之思想與行徑，而後提出積極入世之人生觀曰：「君子不遯世而遺名，智士不背世而滅勳」。經過幾番針鋒相對，反覆辯論，終使玄微子回心轉意，放棄消極遁世之意識，重新投入現實之政治陣營中，為建立一富國強民之理想社會奮鬥。

建安時代，亂事頻傳，如不注重軍備，必陷危厄，朝不保夕，因之曹植自少年起，即跟隨曹操身旁，學習騎射及戰陣，長大之後，立志於安邦定國，立業建功。為此，他實不甘於閑居度日，無所事事，在其所作詩中吟道：

閑居非吾志，甘心赴國憂。(〈雜詩〉)
撫劍西南望，思欲赴太山。(〈雜詩〉)
捐軀赴國難，視死忽如歸。(〈白馬篇〉)
汎泊徒嗷嗷，誰知壯士憂。(〈蝦䱟篇〉)
願得展功勤，輸力於明君。(〈薤露行〉)

他亟盼有朝一日，能「危軀授命，知足免戾，甘赴江湘，奮戈吳越」(〈責躬〉)，自己也謙虛道：「竊不自量，志在授命，庶立毛髮之功，以報所受之恩」(〈求自試表〉)。因而要求馳騁沙場，建立功勳，且當時吳蜀為敵，連年用兵，故曹植時時以征吳、伐蜀為念，所謂「顧西尚有違命之蜀，東有不臣之吳，使邊境未得稅甲，謀士未得高枕」(〈求自試表〉)，「東有待釁之吳，西有伺隙之蜀」(〈諫伐遼東表〉)，吳蜀為敵，是其耿耿於懷，而寢食不安的，故若征吳伐蜀時，曹植毛遂自薦，自告奮勇，願當「一校之隊」，願「統偏師之任」，不問戰場上有多危險，自身必定「乘危蹈險，騁舟奮驪，突刃觸鋒，為士卒先」，「雖身分蜀境，首懸吳闕，猶生之年也」(〈求自試表〉)，視死如歸，勇氣十分可嘉。

可見曹植極思能馳騁沙場，以建殊功，他其實亦非為追求個人之榮華富貴，而是真正想做大事，立大業，成為一真正之「烈士」，名垂青史，方不枉此生。其本身並不重富貴，不慕虛名，如在〈玄暢賦序〉中即言：

> 富者非財也，貴者，非寶也。或有輕爵祿而重榮聲者，或者反性命而徇功名者，是以孔老異情，楊墨殊義。

又在〈釋愁文〉中，假一先生之口吻，而告誡終日汲汲於名利之人云：

> 子生末季，沈溺流俗，眩惑名位，濯纓彈冠，諂諛榮貴。坐不安席，食不終味。遑遑汲汲，或憔或悴。所鬻者名，所拘者利。良由華薄，凋損正氣。吾將贈子以無為之藥，給子以澹泊之湯，刺子以玄虛之針，灸子之淳朴之方，安子以恢廓之宇，坐子以寂寞之床。

　　在他以為「富者非財，貴者非寶」，世上許多爭名奪利，貪婪成性者，食不甘味，寢不安席，整日汲汲遑遑，其所得究為何？僅是暫獲榮華富貴，名利權勢，而此則必凋損正氣，傷害身心，欲利反成害，故治療之方，唯在澹泊寡欲，淳樸反真。

　　而他這種不重富貴，不慕名利之觀念，亦正是儒家信徒之本色，頗符合孔子視富貴如浮雲，安貧樂道之主張。

　　由此知曹植在政治上，懷有遠大之抱負，亦有為國立功之熱忱，但事與願違，報國宏願，一直未有實現之機會。曹操在世時，因年紀尚小，致無法付予任何艱鉅之使命。前曾敘述，建安二十四年時，僅有一次為中郎將，行征虜將軍，救援曹仁之任務，則因「醉不能受命」（按：或謂為曹丕所陷害），致使表現才幹之良機，化成泡影。曹操死後，由於曹丕之不信任與猜疑，又與其他諸侯兄弟，被逐出京師，分封各地，不得過問朝政，其赤誠報國之熱情，又受冷漠對待，如此若要求帶軍隊出征，則更無可能。因而曹植在民間之聲望越高，相對的，是統治者對他會更加防範，其兄曹丕於黃初七年駕崩後，子曹叡即位，對曹植之監控與防範，並無絲毫鬆懈，致使曹植不得不經常為此表白自己，絲毫無覬覦帝王寶座之野心，而吟道：

　　周公佐成王，金縢功不刊。推心輔王室，二叔反流言。待罪居東國，泫涕常流連。（〈怨歌行〉）

　　此篇作於太和元年，秋季時，國中曾發生天災，曹植乃在「發憤中寫作此篇，是借用古事來發抒內心的願望，而祈求曹叡一如成王之感悟，給予輸力的機會」[34]。確實，曹植以周公自比，以成王比明

34 趙幼文：《曹植集校注》（臺北：明文書局，1985年4月初版），案語，頁364。

帝,自是用心良苦,然令人抱憾者,是曹植雖傾吐肺腑之言,卻仍是不得其門而入,依舊是被棄置不用。然他仍不死心,於太和二年,再上〈求自試表〉,言自己「無德可述,無功可紀,若此終年,無益國朝,將掛風人彼己之譏」,表中闡述己之軍事才能,深盼能獲任用,以為國立功,得償宿願,然仍是一無回音。五年再上疏求存問親戚,言及古聖先王齊家治國之道,並詳述當時諸王侯,雖心懸皇室,而人道隔絕,婚姻不通,兄弟永隔,吉凶不問,慶弔廢絕,雖有骨肉之親,但形同路人,而山川隔絕,猶如胡越,極為不妥,個人願「解朱組,佩青紱、駙馬、奉車、趣得一號,安宅京室,執鞭珥筆,出從華蓋,入侍輦轂,承答聖問,拾遺左右」(〈求通親親表〉),且在表中提出警告,言公族不可疏,異姓不可親,否則恐招致災禍。

儘管陳述真摯,語意深長,拳拳效忠,字字血淚,而明帝對曹植之金玉良言,僅以優文答報,並未採納,亦不予任用。

清・朱緒曾評述曹植之〈吁嗟篇〉云:

> 按子建藩國屢遷,求試不用,願入侍左右,終不能得,發憤而作,……魏室英賢,誅鋤殆盡,而國祚遂移於典午矣。陳王此詩,及〈陳審舉表〉,蓋已預知之焉。[35]

曹植憂慮國事,雖忠誠可鑒,亦大有史識,惜皆不見用,而他仍持此志不稍改,如云:「臣才不見效用,常慨然執斯志焉」(〈諫取諸國士息表〉)。本傳亦云:「植每欲求別見獨談,論及時政,幸冀試用,終不能得,既還,悵然絕望」[36],而曹植最後終在「常汲汲無歡」(〈本傳〉)中,懷抱滿腔之憂憤,含恨去逝,享年四十一。其後半

---

35 朱緒曾評語,載黃節:《曹子建詩註》(臺北:藝文印書館,1975年9月),頁148。

36 陳壽撰、裴松之注、盧弼集解:《三國志集解》,〈魏書・陳思王傳〉,頁516。

生，始終懷才莫試，歷經坎坷，壯志惜皆未酬，實為抱憾，然濟世報
國之志，至死未曾稍減。

## （四）悟生死，心坦蕩

　　《莊子・德充符》曰：「死生亦大矣」，死生為人生大事，屬於自
然變化之理，自古以來，一直為哲學家熱心討論之命題，孔子雖對生
死問題極少討論，而儒家斯時已建立重生輕死之觀念。有關生死之
變，就成為詩人作家重要之創作主題。在此若能試探曹植之生死觀，
則對吾人欲理解其整個人生觀之內涵，必有幫助，且由此而對曹植在
人生意義與價值之體認，當更有清晰之認知。而此一問題，實亦影響
其文學之創作，自然不可加以忽視。

　　自先秦之來，對人生短促之哀嘆，即大量出現在文學作品中，前
已述及，在漢末建安時代《古詩十九首》中，已屢見不鮮。其他著名
詩人，如曹操、曹丕、徐幹、阮瑀及曹植等，亦無不在抒發人生易滅
之慨漢，尤其曹植就為此更珍惜人生，更熱愛生活。曹植與鄴下文人
集團聚會時，於生死問題，即常討論，曹植曾在〈王仲宣誄〉中，追
述此事云：

> 感昔宴會，志各高屬，予戲夫子，金石難弊，人命靡常，吉凶
> 異制，此騤之人，孰先隕越，何寤夫子，果乃先逝。又論死
> 生，存亡數度，子猶懷疑，求之明據。

　　據此可知，王粲對於天命可決定人一生之吉凶禍福，生死壽夭之
說，相當懷疑，因之曾請與會眾人，能提出充足之依據，方能使他信
服。曹植對此生死問題，與王粲一樣，均懷實事求是之態度，有生必
有死，此為自然不變之鐵則，世上之人，任何人無一能倖免，故亦曾

吟曰：「生存華屋處，零落歸山丘。先民誰不死，知命復何憂」（〈箜篌引〉）。「先民誰不死」，一般百姓如此，即使聖賢豪傑，孰能逃避一死？惟傳聞中不死之神仙，曹植以為那是無稽之談，故亦曾詠道：

> 苦辛何慮思？天命信可疑。虛無求列仙，松子久吾欺。（〈贈白馬王彪〉）
>
> 松喬難慕兮誰能仙？長短命也兮獨何怨。（〈秋思賦〉）

松喬等神仙不死之說，有誰見過？人之壽夭，皆不算過錯，實際亦只有順其自然。不過曹植亦曾創作不少遊仙詩，如〈遊仙〉、〈五游〉、〈遠游〉等諸篇，詩中描繪神仙世界，瑰麗美妙，令人眼花撩亂，難道曹植本人心中充滿濃厚之仙趣與遐思？

其實不然，這些遊仙詩，只不過是其借助對仙境之嚮往，聊以慰藉孤獨鬱悶之心靈而已。詩中雖有「列仙之趣」，實乃「憂患之辭」，不只曹植有遊仙之作，即若魏武之〈氣出唱〉、〈陌上桑〉、〈秋胡行〉，曹丕之〈折楊柳行〉等，亦屬此類別有寄託之作。

游仙之作，始自屈原，其後樂府古辭之〈董逃行〉、〈步出夏門行〉、〈王子喬〉等，以至三曹，尤其郭璞遊仙之作，更多屬坎壈詠懷之作。以曹植之〈苦思行〉為例，更是曲折地反映其憂讒畏譏之複雜心思，前面雖詠「下有兩真人，舉翅翻高飛。我心何踴躍，思欲攀雲追」，而詩後則謂「中有耆年一隱士，鬚髮皆皓然，策杖從我游，教我要忘言」。曹植苦衷，溢於言表，故其游仙詩，實際與郭璞游仙詩之作，同一宗旨。鍾嶸《詩品》評郭璞，即云：「遊仙之作，詞多慷慨，乖遠玄宗。……乃是坎壈詠懷，非列仙之趣也」[37]，良然。

---

37 鍾嶸撰、汪中選注：《詩品注》，〈晉宏農太守郭璞詩〉，頁151。

　　清‧陳祚明曾對曹植之遊仙詩〈五遊詠〉評述云：「此有託而言神仙者，觀『九州不足步』五字，其不得志於今之天下也審矣」[38]。朱乾亦對曹植〈仙人篇〉評述云：「託意仙人，志在養晦待時，意必有聖人如軒轅者，然後出而應之，所謂『達可行於天下，而後行之』者也，較〈五遊〉、〈遠遊〉，意更遠矣」[39]。據上述評述，曹植之遊仙之作，皆屬有託之作，而非宣揚確有神仙之作。

　　曹植另撰有〈辨道論〉一篇，乃為其父曹操，因招致各地方士於鄴城，禁止彼輩四處散佈邪說異端而提出辯解，文中曹植亦斷然肯定追求長生不死之神仙方術，全係無稽之談，僅愚昧無知者，方受迷惑而信以為真。曹氏父子，絕不輕信。曹植另揭露史上之秦始皇、漢武帝，均迷信神仙之道，甘受方士之欺騙，皆屬鬼迷心竅，誤入歧途，為後人所恥笑。另在文中，他亦提出人之生命長短，乃取決於各人身體健康與否，所謂「壽命長短，骨體強劣，各有人焉。善養者終之，榮擾者半之，虛用者夭之」（〈辨道論〉）。可知善於保養，勤於鍛鍊者，可以保其天年。而身心勞累過度者，勢必損其天年，凡縱欲過度，元氣大傷者，必會早日夭亡。

　　仲長統所認為之長壽之道是：「和神氣，懲思慮，避風濕，節飲食，適嗜欲，此壽考之方也。不幸而有疾，則鍼石湯藥所去也」[40]。仲長統以為氣須和，少思慮，避免受風濕，飲食須節制，嗜欲須適當，乃為長壽之方，與現代保健養生之方，不謀而合。

　　一般而言，建安詩人在生死觀上，所見略同，如曹操即曾感嘆吟道：「痛哉世人，見欺神仙」（〈善哉行〉），以為世人皆受欺神仙之

---

38　陳祚明：《采菽堂古詩選》語，載《三曹資料彙編》，頁191。

39　朱乾：《樂府正義》語，載《三曹資料彙編》，頁202。

40　仲長統：《昌言》下，引自嚴可均：《全上古三代秦漢三國六朝文》，卷八十九〈全後漢文〉，頁952。

說。實際人有生必有死，乃千古不易之定律，而云：「造化之陶物，莫不有終期」，且「聖賢不能免」（〈精列〉），即使傳說中神龜，亦不能免，而再云：「神龜雖壽，猶有竟時」（〈步出夏門行〉）。曹丕亦以為神仙不死之說不可信，而云：「壽命非松喬，誰能得神仙」（〈芙蓉池作詩〉），「生之必死，成之必敗，天地所不能變，聖賢所不能免」（《典論‧論鄧儉等事》），有生必有死，聖賢絕無例外。建安諸子較少有生死無常之宿命觀，對養生之道，如增強體質，保持樂觀，鍛鍊身體等，均有共識，並未迷信於道家方士所宣揚之長生不死之術，且與儒家「死生有命」之傳統觀念，亦不切合。

在生死觀上，儒家較受肯定者，乃在重生輕死之理念，而此正是服膺儒教之曹植，所加吸收與承受的，因之其所欲發揚者，是儒家「鞠躬盡瘁，死而後已」之盡責到底理念。曹植之生死觀，所追求者，自然並非是「長生不死，以永享人間富貴，亦非長年益壽，以窮奢極欲，而是生得其義，死得其所」[41]。為此，曹植藉表彰塞北健兒「捐軀赴國難，視死忽如歸」（〈白馬篇〉）之少年英雄，藉以抒寫自身願為國展力之宿願。又熱烈歌頌「齊彊接子，勇節徇名。虎門之搏，忽晏置罍，矜而自伐，輕死重分」（〈古冶子等贊〉），特舉春秋時，齊國著名之力士田開彊，及以勇力搏虎之古英雄，藉以表達自身所崇敬之英雄形象。另亦衷心欽慕王粲「入侍帷幄，出擁華蓋。榮耀當世，芳風晻藹」，「生榮死哀，亦孔之榮」（〈王仲宣誄〉）之榮耀，並讚揚曹彰「功著丹青，人誰不沒，貴有遺聲」（〈任城王誄〉）。由此可知，曹植對生死觀念，頗能醒悟，故心懷坦蕩，表現著正氣凜然，不惜為國捐軀之理念。

曹植另撰有〈髑髏說〉一文，是曹植集中討論生死之說理文，與

---

41 鍾優民：《曹植新探》，頁71。

另外作品〈藉田說〉類似，均屬寓言之文。此種體製，上承莊列而來，在秦漢已少見。此文借髑髏之口，以識道家「生死之說」云：

> 夫死之為言歸也。歸也者，歸之於道也。道也者，身以無形為主，故能與化推移。陰陽不能更，四時不能虧。是故洞於識微之域，通於恍惚之庭。……與道相抱，偃然長寢，樂莫是踰。……昔太素氏不仁，無故勞我以形，苦我以生。今也幸變而之死，是反吾真也。何子之好勞，而我之好逸乎？子則行矣，予將歸於太虛。

　　代表道家思想之髑髏，看破生死，與一般世人以死為悲之觀點有異，而是以生為苦，以死為樂。莊子云：「死生，命也，其有夜旦之常，天也。人之有所不得與，皆物之情也」，又云：「夫大塊載我以形，勞我以生，佚我以老，息我以死，故善吾生者，乃所以善吾死也」（〈大宗師〉）[42]。莊子以死生皆為命運所定，然人生不及百年，即告死亡。以情而言，實為悲哀之事，故莊子主張超脫死亡之悲哀，任天安命，順其自然，此即達觀之道。

　　列子對於死生之觀念，為喜生惡死，以為生者寄也，死者歸也，死之與生，為人生所不能免，是故列子適衛，見一髑髏，就回首對一位叫百豐之學生云：「唯予與彼，知而未嘗生，未嘗死也」（〈天瑞篇〉）[43]。列子以為生之與死，不過一往一返，故「死也者，德之徼也」，大可不必戚戚於死期，只要在人世間照常生活，直到終年。

　　〈髑髏說〉中，髑髏表達道家這種生苦死樂之消極宿命觀，雖有其意義與存在之價值，然對曹植而言，卻並不以為然，於是在文後作

---

42　王先謙：《莊子集解》（臺北：世界書局，1961年4月），〈大宗師〉，頁39、40。
43　楊伯峻：《列子集釋》（北京：中華書局，1979年10月），卷一〈天瑞篇〉，頁11。

結時云:「夫存亡之異勢,乃宣尼之所陳,何神憑之虛對,云死生之必均」,此處曹植仍是肯定孔子(按:宣尼即孔子)「未知生,焉知死」(《論語‧先進》),避而不談生死之務實理念[44]。以吾人之急務,寧在現在,不遑及未有之事,此亦曹植一再強調生前之積極奮鬥,反對墜入空虛落漠,以致虛度平生之消極作為。

總之,曹植對生死觀有明確之理念,在人生哲學觀念上,其拳拳信奉者,仍是儒家積極入世之用世觀。體認到「存者忽復過,亡歿身自衰」,「自顧非金石,咄唶令心悲」(〈贈白馬王彪〉),人生苦短之悲哀,了解「人誰不沒,貴有遺聲」(〈任城王誄〉有序)之重要,因之積極表達其「憂國忘家,捐軀濟難」(〈求自試表〉),心甘情願為國拋頭顱,洒熱血的忠臣意願,可惜空有一片忠心,前先被曹丕猜忌、迫害,後受曹叡之冷漠對待與猜忌(按:或以為他想奪王位),以致仍然經常改封,難怪他要自覺懷才不遇,而發出「泛泊徒嗷嗷,誰知壯士憂」(〈鰕䱇篇〉)之悲歡。

不過正所謂「天道無親,常與善人」,天道好還,曹植在生平際遇之逆轉、瀝練,報國心志之落空,卻激發起他之才情,而能在詩歌創作上突破、創新,易言之,政治上之失敗,卻使他在文學上昇華,而獲得補償,「騁我逕寸翰,流藻垂華芬」(〈薤露行〉),文學上之成就,使其名垂青史,成為中國文學史上之耀眼巨星。

---

44 按劉修士:《魏晉思想論》(臺北:中華書局,1957年7月臺一版),以為「(曹植)在〈髑髏說〉內,極端地歌頌著死的幸福和生的煩惱,表現了濃厚的厭世思想」,頁6、7。個人並不贊同此結論,單看曹植在該文中敘述,要使這位髑髏復活,卻遭髑髏斷然拒絕,且在文後,髑髏「歸於太虛」時,曹植作結語之幾句話,即可知曹植仍是肯定孔子「未知生,焉知死」之理念,即以現實存在之人生為急務,而避談生前死後,茫然不知之虛空世界,孔子對此完全以「敬而遠之」之態度處理。

## 四　詩歌創作之突破：騁其寸翰，風雅獨絕

文學是時代之反映，亦是生活之反映，誠如劉勰在《文心雕龍·時序》云：

> 觀其時文，雅好慷慨，良由世積亂離，風衰俗怨，並志深而筆長，故梗概而多氣也。[45]

曹植亦云：

> 余少而好賦，其所尚也，雅好慷慨，所著繁多，雖觸類而作，然蕪穢者眾。[46]

可知「雅好慷慨」，為建安諸子之共同趨向，而「慷慨」即因之為建安詩文之共同特徵，「建安風骨」即成建安文學之標誌。「慷慨」與「風骨」同義，且據《文心雕龍·風骨》云：

> 怊悵述情，必始乎風；沉吟鋪辭，莫先於骨。故辭之待骨，如體之樹骸，情之含風，猶形之包氣，結言端直，則文骨成焉。意氣駿爽，則文風清焉。

又云：

---

45 劉勰撰、范文瀾注：《文心雕龍注》，卷九〈時序〉，頁23。
46 趙幼文：《曹植集校注》，收錄曹植〈前錄自序〉，頁434。王瑤：《中古文學史論》（臺北：長安出版社，1975年10月），〈曹氏父子與建安文學〉，亦引歐陽詢等撰：《藝文類聚》，卷五十五引〈陳思王前錄序〉語，頁11。

故練於骨者，析辭必精，深乎風者，述情必顯。捶字堅而難移，結響凝而不滯，此風骨之力也。[47]

另在〈明詩〉篇又云：

文帝陳思，縱轡以騁節，王、徐、應、劉，望路以爭驅，並憐風月，狎池苑，述恩榮，敘酣宴，慷慨以任氣，磊落以使才，造懷指事，不求纖密之巧，驅辭逐貌，唯取昭晰之能，此其所同也。[48]

綜合劉勰在〈時序〉、〈明詩〉、〈風骨〉中所言，實際即言建安風骨，其特點為「慷慨任氣」，磊落使才，抒情述事，不求纖巧，描繪形象，反映世積亂離之風衰俗怨，只求明晰，如此結合時代，聯繫情志與遣辭而立論，自是較為周到。近人周振甫即據以上所述，以為建安風骨，乃是結合時代與其特徵，加上建安作家的慷慨報國之壯志豪情，構成剛健之風格，另再加上其繼承〈風〉、〈雅〉、楚〈騷〉，與樂府詩之優良傳統，即形成建安風骨。[49]「慷慨」與「風骨」同義，且據《文心雕龍‧風骨》，清‧紀昀評云：「氣即風骨」而立，以為文氣雖本始於魏文帝，其實此為建安文人之一般看法，且以為《文心》言「慷慨以任氣」，又言「慷慨而多氣」，可知「慷慨」確與「風骨」同義。[50]

---

47 劉勰撰、范文瀾注：《文心雕龍注》，卷六〈風骨〉，頁13。
48 劉勰撰、范文瀾注：《文心雕龍注》，卷二〈明詩〉，頁12。
49 周振甫：《文論散記》（北京：學苑出版社，1993年3月初版），〈釋建安風骨〉，頁440。
50 王瑤：《中古文學史論》，頁10、11。

　　前言及文學是社會生活之反映，實際亦為詩人作家平生閱歷，與思想人格之反映，「建安風骨」既為建安文學時代之特徵，而對有「八斗才」[51]稱譽之曹植而言，自是表現突出，激情奔放，且曹植天才雖高，實亦受時代環境之玉成，且除受當代風氣所薰染外，另由於本身在曹操生前，已受冷漠相待，好友數人被殺，情懷憂傷。又在曹丕稱帝後數年間，屢徙其邑，忠而被謗，親而見疑，懷才招忌，詩人境遇險惡，困窮加甚，而對其詩歌之創作，卻反而有瀝煉與突破之功效。所謂「物不得其平則鳴」，又云：「詩窮而益工」，乃千古不易之理。

　　曹植詩歌，一向評價甚高，如鍾嶸云：

　　　其源出於〈國風〉，骨氣奇高，詞采華茂，情兼雅怨，體被文質。(《詩品》)[52]

王世懋云：

　　　古詩，兩漢以來，曹子建出而始為宏肆，多生情態，此一變也。(《藝圃擷餘》)[53]

方東樹云：

---

51 按謝靈運云：「天下才有一石，曹子建獨占八斗，我得一斗，天下共分一斗」，乃宋・無名氏：《釋常談》卷中引，同註2，頁95。而其原始出處，則不知。王叔岷：〈八斗才〉，《國文天地》第7卷第10期（1992年3月），亦言原始出處，至今不可得，最早用曹子建「八斗才」典故者，則為李商隱「宓妃愁坐芝田館，用盡陳王八斗才」(〈可歎〉)，頁43-45。

52 鍾嶸撰・曹旭集注：《詩品集註》(上海：上海古籍出版社，1994年10月初版)，〈魏陳思王植詩〉，頁97。

53 王世懋：《藝圃擷餘》語，載《三曹資料彙編》，頁132。

莊以放曠，屈以窮愁，古今詩人不出此二派，進之則為經矣。
漢代諸遺篇，陳思、仲宣，意思沈痛，文法奇縱，字句堅實，
皆去經不遠。(《昭昧詹言》) [54]

　　鍾、王、方三氏所論，切中肯綮，然子建能達於「情兼雅怨，體
被文質」，「始為宏肆，多生情態」，「意思沈痛，文法奇縱」之境域，
正如個人在上述所云，因有生平際遇，由順轉逆之大變故，始能將其
詩歌創作，推升至另一境地。

　　今將曹植在詩歌創作，依生平際遇之逆轉，即以其父曹操死後為
界限，分前後二期，以見曹植在詩歌創作上之進境與突破，略分二
節：(一) 前期詩歌：豪逸駿爽，骨氣端翔。(二) 後期詩歌：雅怨慷
慨，宏肆沉痛。分別論述：

## (一) 前期詩歌：豪逸駿爽，骨氣端翔

　　曹植在其父曹操未去世前，在其父庇蔭下，過其「三河少年，風
流自賞」(敖陶孫《詩評》) 之貴公子安閑任性生活，亦即「憐風月，
狎池苑，述恩榮，敘酣宴」(《文心雕龍・明詩》)，故前期詩歌，由於
珍惜人生，熱愛生活，作品多取材於宴遊酬酢，反映上層之生活情
趣，如〈鬥雞〉、〈箜篌引〉、〈公宴〉、〈芙蓉池〉、〈侍太子坐〉、〈贈徐
幹〉等作品，可謂屬「美遨遊」(謝靈運〈擬魏太子鄴中集詩序〉) 之
章。然因曾經兵荒馬亂，目睹不少離亂殘破，征夫游子之社會問題，
故傷亂之作外，曹植執著追求功名事業，亟思「戮力上國，流惠下
民」(〈與楊德祖書〉)，故亦寫有抒發其理想、壯志，充滿戰鬥精神之
歌，如〈白馬篇〉、〈雜詩七首〉之六 (飛觀百餘尺) 等，又有藉詠史

實，以抒發感受之詠史詩，如〈三良〉等，以下特舉例明之，如前已引述之〈公宴〉詩云：

> 公子愛敬客，終宴不知疲。清夜遊西園，飛蓋相追隨。明月澄清景，列宿正參差。秋蘭被長坂，朱華冒綠池。潛魚躍清波，好鳥鳴高枝。神飆接丹轂，輕輦隨風移。飄颻放志意，千秋長若斯。

　　此詩為曹植在鄴城隨曹丕宴歡時所作，可能與曹丕〈芙蓉池作〉一詩而寫。王粲、阮瑀、劉楨、應瑒等亦有〈公宴〉詩，諸詩當時有可能同時寫作。

　　起句「公子」等二句，謂公子曹丕敬愛賓客，特設宴盛待，直至宴飲結束，猶不知疲倦。此二句看似平鋪直敘，實際極穩健老成，愈讀愈覺別具韻味。接著「清夜」二句，寫出游覽之時間、地點，與其形式。言當夜極為幽靜，集體游覽西園（銅雀園），車車相連，飛快行駛，以上四句乃敘遊。「明月」以下八句，則由正面描繪夜遊所見之景觀，斯時明月高掛，皎潔明澈，眾星錯落，綴滿天空，秋蘭長滿坡地，紅色之荷花，則鋪滿綠色之池塘。水中游魚，於清波中騰躍，好鳥則在高處樹枝啼鳴，極為動聽悅耳，疾風伴隨紅色之車軸飛舞，車子則輕快地隨驚風前進。收筆「飄颻」二句，言西園美景如畫，如何不使詩人縱放情志，逍遙自得地暢懷遊賞？希望千秋萬歲後，永遠如此，似在憂慮此景此遊，是否能恆久常存？

　　此詩秀麗清爽，極具文采，對西園夜景之描述，可謂形象生動，新奇不俗，遣詞雅潔，造語精工，一些景觀事物，加上動態形容，或敷彩設色，又或點明季節，如「清夜」、「飛蓋」、「明月」、「列宿」、「秋蘭」、「朱華」、「潛魚」、「好鳥」、「神飆」、「輕輦」等，對比美

妙，令人賞心悅目，心馳神往，尤其嵌入動態字眼，更為傳神，可謂之「詩眼」，如「朱華冒綠池」之「冒」字，貼切而不滯，有此一字，則境界全出矣，此必經千錘百鍊，方能如此生動真切，尤令人擊節。另此句「朱」華對「綠」池，顏色對比，鮮明而強烈，顯現詩人喜悅明朗之感情色彩。

宋・范晞文對子建〈公宴〉詩，頗為讚賞，言「讀之猶想見其景」，又對「朱華冒綠池」之「冒」字，云：「『冒』字殆妙。陸士衡：『飛閣纓紅帶，層臺冒雲冠』。潘安仁云：『川氣冒山嶺，驚湍激巖阿』。顏延年云：『松風遵路急，山煙冒壟生』。江文通云：『涼葉照沙嶼，秋華冒水潯』。謝靈運云：『蘋萍泛沈深，菰蒲冒清淺』，皆祖子建」（《對床夜語》）[55]。唐・韋莊亦頗賞識云：「曹子建詩名冠古，唯吟〈清夜〉之篇」[56]，〈清夜〉之篇，即此〈公宴〉詩。清・陳祚明亦評此詩云：「建安正格，以秀逸為長」（《采菽堂古詩選》）[57]。

此首宴遊詩，被認定為「建安正格」，自是有待商榷，唯其辭采之修飾，呈現「麗」之風格特色。魯迅論建安風格，以為不外「慷慨」與「華麗」兩方面，[58]故此「麗」之風格，表現在宴遊詩，尤其明顯。

曹植另外之宴遊詩，如〈鬥雞〉詩云：「遊自極妙伎，清聽厭宮商。主人寂無為，眾賓進樂方。長筵坐戲客，鬥雞觀閒房。……」，此詩乃曹植在曹丕未即帝位時，與其遊戲鬥雞之作，其描繪鬥雞場中，一群雄雞，揮動翅羽，態勢威猛，短兵接戰之場面，可謂有聲有色，其狀物之細微，形象之逼真，如在眼前。

---

55 范晞文：《對床夜語》語，載《三曹資料彙編》，頁117、118。

56 韋莊：《又玄集序》語，載《三曹資料彙編》，頁108。

57 陳祚明：《采菽堂古詩選》語，載《三曹資料彙編》，頁193。

58 楊華主編：《魯迅文集全編》（臺北：國際文化公司，1995年12月初版），〈而已集〉，頁589。

曹植另有與友朋贈答唱和之作，如〈贈丁儀〉、〈贈王粲〉、〈贈丁儀王粲〉、〈贈丁翼〉、〈贈徐幹〉等，雖為宴遊酬和之作，然其中詩句，亦表現詩人青少年時代之悲歡哀樂，表達其對友朋之真摯關注，如：

> 思慕延陵子，寶劍非所惜。子其寧爾心，親交義不薄。(〈贈丁儀〉)
> 寶棄怨何人，和氏有其愆。彈冠俟知己，知己誰不然。(〈贈徐幹〉)
> 山川阻且遠，別促會日長。願為比翼鳥，施翮起高翔。(〈送應氏〉之二)

曹植前期除上述所作較多之宴遊詩、贈別詩外，感傷時局，反映現實之傷亂詩作，數量雖不多，卻彌足珍貴。如〈送應氏〉之一云：

> 步登北邙坂，遙望洛陽山。洛陽何寂寞，宮室盡燒焚。垣牆皆頓擗，荊棘上參天。不見舊耆老，但覩新少年。側足無行逕，荒疇不復田。遊子久不歸，不識陌與阡。中野何蕭條，千里無人煙。念我平生親，氣結不能言。

此詩乃曹植二十歲時，隨曹操西征，路過洛陽，橫塑賦詩之名篇。詩中描繪名城殘破荒涼之歷史畫圖。言昔日繁華無比之京都洛陽，盡遭董卓火焚，百姓慘遭屠殺，經二十多年後，尚滿目瘡痍，遍地廢墟，可與正史所載，董卓縱兵「燒洛陽城外面百里，又自將兵燒南北宮及宗廟、府庫、民家，城內掃地殄盡；又收諸富室，以罪惡沒入其財富，無辜而死者，不可勝計」(《三國志·董卓傳》注引《續漢

書》）[59]，相互印證。

此詩題為送別，然不從送行入手，反而別開生面，刻畫洛陽殘敗景象，可知子建乃借送朋友之際，寫送別途中所見所感，抒發其憂時傷亂之情懷，藝術構思，獨具匠心。所描繪之殘破景象，怵目驚心，極見生動，予人有故宮禾黍，身臨其境之感。而此正亦體現建安之時代精神，是「慷慨悲涼」是「蒼涼悲壯」。

曹植另有豪情壯志，甘赴國憂之壯懷詩，亦盡英氣豪放之致。如〈白馬篇〉云：

> 白馬飾金羈，連翩西北馳。借問誰家子，幽并遊俠兒。少小去鄉邑，揚聲沙漠垂。宿昔秉良弓，楛矢何參差。控弦破左的，右發摧月支。仰手接飛猱，俯身散馬蹄。狡捷過猴猨，勇剽若豹螭。邊城多警急，虜騎數遷移。羽檄從北來，厲馬登高堤。長驅蹈匈奴，左顧陵鮮卑。棄身鋒刃端，性命安可懷？父母且不顧，何言子與妻？名在壯士籍，不得中顧私。捐軀赴國難，視死忽如歸。

此詩為曹植前期代表作之一（按：亦有謂是曹植後期所作者）[60]，又稱〈游俠篇〉。此詩乃藉描繪北國一少年勇士，忠勇為國，獻身殉難之英雄形象，以寓曹植生逢亂世，為國家之統一安定，甘願捐軀之

---

59 陳壽撰、裴松之注、盧弼集解：《三國志集解》，卷六〈董卓傳〉，頁212。

60 按〈白馬篇〉，多數學者均以為是曹植前期之代表作之一，如李曰剛：《中國文學流變史》（臺北：聯貫出版社，1973年2月），頁183。王巍：《三曹評傳》（瀋陽：遼寧古籍出版社，1995年3月），頁353。盧昆等主編：《漢魏晉南北朝隋詩鑒賞辭典》（太原：山西人民出版社，1989年3月），頁229。鍾優民：《中國詩歌史》（魏晉南北朝）（長春：吉林大學出版社，1989年12月），頁82。另有學者以為是後期之作者，如趙幼文：《曹植集校注》，頁413。個人採取前者之觀點，以為是子建前期之作。

毅力決心。吾人可感觸到詩人對壯烈事蹟之神往。起筆二句，即刻畫一馳馬直起，意氣昂揚之少年英雄形象。「借問」等四句，以設問句一筆宕開，補敘英雄之來歷。「宿昔」等八句，以鋪陳排比之手法，正面描述少年游俠，全副武裝之英姿。「邊城」等六句，則遙接篇首，言健兒一接軍令，即飛馬馳驅，登上高地，經過殊死拼鬥，終能掃平匈奴、鮮卑之聯軍。結尾八句，更進一層描述英雄可貴之內心世界，既投身鋒刃之中，則早將個人安危，置之度外，且必須割捨父母妻子之愛，而為國捐軀，視死如歸。主人翁崇高偉大之形象，挺拔聳立，壯志亦直沖雲天。

此詩可謂一曲響徹雲霄之英雄讚歌，亦為一曲感人至深，反映時代的慷慨之頌歌，為建安詩歌中，不可多得之佳作，風格獨特之絕唱。以其辭藻雋美，描繪精緻，節奏明快，格調豪放，對仗工整，清·方東樹即以「奇警」二字，概括其藝術特色[61]。明·謝榛亦以為開頭四句，「類盛唐絕句」，且以其句「造語太工」，乃「六朝之漸」，《四溟詩話》[62]此詩實際亦為子建「自況」，且「篇中所云『捐軀赴難，視死如歸』，亦子建素志，非泛述矣」（清·朱乾《樂府正義》）[63]。曹植之壯懷詩，除上舉〈白馬篇〉外，另〈雜詩〉之六：「飛觀百餘尺」，視其中「國讎亮不塞，甘心思喪元。撫劍西南望，思欲赴太山」，亦知此為子建抒寫其憂心時事，慷慨報國之詩歌。

綜合上舉曹植前期之詩歌，屬於宴遊唱和之作居多，屬於反映現實，感時傷亂之作，與執著追求功名事業，抒發理想壯志之歌較少，而宴遊應酬之作，並非全屬粉飾太平，或僅阿諛獻媚之詞，毫無意義，而是曹植熱情吟詠其美好之生活，反映當時貴族階層之生活情

61 方東樹：《昭昧詹言》語，載《三曹資料彙編》，頁214。
62 謝榛：《四溟詩話》語，載《三曹資料彙編》，頁129、130。
63 朱乾：《樂府正義》語，載《三曹資料彙編》，頁201。

趣,亦屬反映曹植早期追逐聲色,借此展現其才華之作。不可否認,較缺乏思想深度,然以其風格而言,自是表現明朗豪邁之基調,以其表現手法而言,是五言清麗,工於起調與結句(按:曹植前期之〈贈徐幹〉、〈贈丁儀王粲〉等詩,無不是起調得體,結句穩妥,令人回味無窮),寫景真切,狀物細微,鍛句煉字,極見工巧(按:明‧胡應麟即云:「子桓、子建,工語甚多」,並舉子建〈公宴〉詩:「秋蘭被長坂,朱華冒綠池」句為例)[64]。

而此藝術風格與表現手法,其對兩晉南北朝之詩歌發展,影響極大,如清‧葉燮即指出「〈十九首〉止自言其情,建安、黃初之詩,乃有獻酬、紀行、頌德諸體,遂開後世種種應酬等類,則因而實為創,此變之始也」[65]可知。另曹植反映現實,吐露志趣抱負之作,亦塑造其豪俠劍客,關懷國事之性格寫照,表現出積極進取,樂觀開朗之格調,充滿熱情洋溢,慷慨激昂之情懷,因之豪逸駿爽,骨氣端翔,當是曹植前期創作之主要特色。

## (二)後期詩歌:雅怨慷慨,宏肆沉痛

曹植前期之詩歌,依上述可知詩人已爆發天才之火花,視其造句,雅緻工巧,描述生動,風格挺拔俊爽,豪放奔逸可知,惟未經人世經歷之大逆轉,仕途之不順遂,身心之大煎熬,故其作品,雖感慨而並不深沉,雖光華而並非厚實,誠如明‧陸時雍云:「子桓逸而近〈風〉,王粲莊而近〈雅〉,子建任氣憑材,一往不制,是以有過中之病」(《詩鏡總論》)[66],與子建同時之陳琳亦評道:「清詞妙句,焱絕

---

64 胡應麟:《詩藪》語,載《三曹資料彙編》,頁266。
65 葉燮:《原詩》,卷一〈內篇上〉,載丁福保編:《清詩話》(臺北:明倫出版社,1971年12月),頁566。
66 陸時雍:《詩鏡總論》語,載《三曹資料彙編》,頁274。

煥炳」[67]，表面稱頌其文采，然亦暴露其內涵之深厚不足。然自曹丕即帝位後，子建之詩風與詩藝，即隨其現實生活之政治高壓，而呈現昇華與超脫，無論在作品題材、內容、情調、手法、風格上，均有重大之改變。

　　曹植後期之詩歌，較重要者，有悼亡傷逝，與抒發離別之悲，憂生之嗟之詩，如〈贈白馬王彪〉詩七章、〈野田黃雀行〉、〈吁嗟篇〉、〈門有萬里客〉、〈盤石篇〉等，又有閨怨詩之作，表面描述女性之相思與隱憂，而其間頗有寓自己遭忌被棄之感慨，如〈七哀詩〉、〈怨詩行〉、〈浮萍篇〉等。又另有詠史詩之作，實乃借史實，以抒懷，充滿憂憤激切之情調者，如〈怨歌行〉、〈豫章行〉二首等。或又有遊仙詩之作，如〈五遊詠〉、〈升天〉、〈仙人篇〉、〈遠遊篇〉等，此類詩作，實乃慨嘆世情險惡，欲借遊仙以寄其憂思，寓有理想之意。以下特舉例明之，如〈贈白馬王彪〉詩之四云：

　　　　踟躕亦何留？相思無終極。秋風發微涼，寒蟬鳴我側。原野何
　　　　蕭條，白日忽西匿。歸鳥赴喬林，翩翩厲羽翼。孤獸走索群，
　　　　銜草不遑食。感物傷我懷，撫心長太息。

　　〈贈白馬王彪〉詩，是曹植後期詩歌之代表作，乃交織血與淚，悲憤難抑之一組傑出詩篇，其寫作原因與背景，均見詩前小序。該詩寫於黃初四年（西元223年），是年五月，詩人與白馬王曹彪，任城王曹彰，同赴京城朝見，不料曹彰突然暴斃。[68]曹彰死後，曹植與曹彪

---

67 陳琳：〈答東阿王牋〉語，載《三曹資料彙編》，頁92。

68 按：任城王曹彰不明不白去世。據楊勇：《世說新語校箋》（臺北：明倫出版社，1970年9月），〈尤悔〉云：「魏文帝忌弟任城王驍壯，因在卞太后閤其圍棋，並噉棗，文帝以毒置諸棗蒂中，自選可食者而進。王弗悟，遂雜進之，既中毒，太后索水救之，帝預敕左右毀缾罐，太后徒跣趨井，無以汲，須臾，遂卒」，頁671。

於返封地途中，又為監國使者所阻，以致不能同行，詩人痛心疾首，怒火中燒，乃寫出此組傳誦千古之七章名詩，送給曹彪，以表內心悼傷、憤恨交織之複雜感情。

本詩第一章共十句，乃傾吐離京時，惜別之情。「顧瞻戀城闕，引領情內傷」，顧瞻城闕，依依惜別，寸心傷痛不已。第二章共八句，看似寫景，實際描述此地旅途之困苦，以連降大雨，道路泥濘不堪，人馬不勝其苦，尤其更不堪者，是世態炎涼。故在第三章共十二句中，筆鋒一轉，乃直抒內心之悲憤，敘述兄弟骨肉間，所以生離死別與政治上之受迫害，皆因讒小之挑撥離間，故將監國使者灌均，比喻為鴟梟、豺狼、蒼蠅，而詩人內心極為沮喪憤慨，「欲還絕無蹊」，毫無退路。

前所舉之全首例句，乃屬第四章共十二句，描述詩人在半途觸景生情，感物傷懷。由於悼念曹彰，又思念曹彪，而陷入「相思」中，且又面對秋風、寒蟬、蕭條之原野，與西匿之白日，景色凄清肅殺，而「歸鳥赴喬林，翩翩厲羽翼。孤獸走索群，銜草不遑食」，鳥獸尚且各自尋歸宿，而詩人本人，則無路可走，無家可歸，從而產生人不如物之感觸，所謂「感物傷我懷」是矣。而最後詩人亦惟有「撫心長太息」，感受前途黯淡，毫無希望可言。

本章詩人以寒秋中之自然景物，來襯托其與曹彪分別時之悲苦心境，如此情與景，緊密結合，達到融情入景，情景合一之境域，詩人極其悲涼之情懷，亦委婉呈現，怎不令人為之歔欷？

本詩第五章共十四句，此章筆鋒又轉向對曹彰悼念之情，使全章波濤起伏，跌宕多姿。曹彰之死，使詩人愈感前途難卜，命運難料。而人生無常，更加添死別生離之哀傷。第六章共十二句，描述詩人以豪情壯語，與曹彪相互慰勉。蓋一味沉湎於憂傷中，既無益於身，亦無補於事，故乃以「丈夫志四海，萬里猶比鄰」二句，來與曹彪共

勉,以免彪憂傷生疾。初唐四傑之一之王勃,所吟之名句:「海內存知己,天涯若比鄰」(〈送杜少府之任蜀川〉),可能即受此子建詩啟發。而詩人在面對與白馬王分手在即,越發加深內心沉痛之情。「倉卒骨肉情,能不懷苦辛?」,對曹彰之暴死,與由此而產生兄弟相殘之恐怖陰影,實令詩人無法消除。

第七章共十二句,詩人在贈詩惜別之餘,回顧此次京師朝會之遭遇,不免產生對天命之存疑,與對神仙之否定,蓋人們常言:「天道福善禍淫」,然為何詩人兄弟如此善良,卻要遭受如此之迫害?變故多端,禍生不測,人身安全既無法保證,則長命百歲,亦是一句空話而已。「俱享黃髮期」可知,最後詩人即在強忍著收住眼淚下,踏上漫漫長途,提筆寫下此首詩,情切意綿,如泣如訴,可謂是血淚交并,感人至深之偉作。

〈贈白馬王彪〉詩透過贈別,以反映詩人對其兄曹丕予他們弟兄狠心迫害之抗議。第三章與各章之間,採用「頂真格」之修辭技巧,使全篇各章之間,文氣貫通,前後繫連,成為一緊緊相扣之有機體。且尤為高明者,是抒情言志,非生硬之直接表露,而是通過敘事、寫景,以及通過哀悼、勸勉等方式,宕開來寫,以表達詩人對死者之無限悼念,對骨肉同胞之分離,寄予依依難捨之心情。

此篇藝術成就極高,「篇中惟以怨慕二字出之,取法於〈騷〉,得旨於〈雅〉,可以分一篇而七,可以合七篇而一」(清・寶香山人《三家詩》)。[69]方東樹亦評云:「此詩氣體高峻雄深,直書其事,直書目前,直書胸臆,沉鬱頓挫,淋漓悲壯」(《昭昧詹言》)[70]。此篇確實氣魄宏偉,結構謹嚴,以曹彰之死,籠罩全篇,而構成極具震撼性之悲劇氣氛,可謂手法不俗,巧奪天工。

---

69 寶香山人:《三家詩》語,載《三曹資料彙編》,頁162。
70 方東樹:《昭昧詹言》語,載《三曹資料彙編》,頁215。

　　曹植另外抒發「憂生之嗟」之詩歌,如〈吁嗟篇〉,亦為後期創作之名篇之一,「當感徙都而作」,而「於自浚儀反雍丘時」所作。[71]蓋曹植後期之生活,形同囚徒,子建亦自言:「至於臣者,人道絕響,禁錮明時,臣竊自傷也」(〈求通親親表〉),是「號則六易,居實三遷,連遇瘠土,衣食不繼」(〈遷都賦序〉),是「十一年中而三徙都,常汲汲無歡」(《魏志》本傳),以至於竟陷在「食裁餬口,形有裸露」之困境,故以「吁嗟」命篇,悲歎自己飄泊之苦,不幸之遭遇,亦是對自身後期被人擺佈,進退失據,前途迷茫,陷入極度悲哀之中作結。詩人以「轉蓬」自況,手法隱晦曲折,雖無一語言及作者,卻無一句不切合作者後期之處境與心態,然亦並非是一般泛泛詠物,而是以比興手法,寄寓深深之傷痛。

　　另如〈野田黃雀行〉,是詩人因有感於朋友(好友丁儀、丁翼兄弟)因己而死,自己卻無力救援,於是發憤而成詩,心情愧疚、悲憤交織。此詩作者不敢直抒胸臆,乃以隱晦之手法,通過寓言,借題發揮,寄寓當代社會,以強凌弱,見利忘義之統治者,對於手無寸鐵之善良百姓殘害。全詩十二句,可謂短小精悍,寓意深刻,難怪劉勰評曰:「陳思之〈黃雀〉,公幹之〈青松〉,格剛才勁,而並長於諷諭」(《文心雕龍·隱秀》)。

　　曹植另外再創作閨怨詩(亦稱思婦詩)一類之作,此類詩,實際乃寓詩人遭忌被棄之感慨,如〈七哀詩〉:

> 明月照高樓,流光正徘徊。上有愁思婦,悲歎有餘哀。借問歎者誰?自云客子妻。君行踰十年,孤妾常獨棲。君若清路塵,妾若濁水泥。浮沉各異勢,會合何時諧?願為西南風,長逝入君懷。君懷良不開,賤妾當何依。

---

71 趙幼文:《曹植集校注》,引丁晏:《曹集詮評》語,頁384。

此詩或稱〈怨詩行〉、〈明月詩〉，徐陵編《玉臺新詠》，題為〈雜詩〉。此詩是曹植閨怨詩中之佳作。蕭統《文選》列入「哀傷」類，題為「七哀」，據丁晏依「李冶」《古今黈》，謂人有七情，今哀戚太甚，喜、怒、樂、愛、惡、欲皆無，唯有一哀，故謂之七哀。與《選注》不同。另何義門亦謂情有七，而偏主於哀。[72]此當是其所遭之窮矣。

　　〈七哀詩〉，劉履以為「在雍丘」所作，又云：「子建與文帝同母骨肉，今乃浮沉異勢，不相親與，故特以孤妾自喻，而切切哀慮之也」[73]。此詩表面是寫思婦對長期在外之丈夫，所生之思念與哀怨之情。實際詩人乃借以諷君，以抒發不幸遭遇之埋怨與憤慨。

　　全詩分三層，「明月」以下六句為第一層次，乃全篇之主。首兩句起興，自景物寫起，即景生情。謂一輪明月，照在高樓上，月光明亮，亦通人情，在樓上徘徊猶疑，不忍離去，似為樓上之思婦分擔憂愁。詩人緊接設問，言此位有深切悲思者，究竟為何人？原來是經年飄蕩於外的遊子之妻子。承上起下，自「君行」以下六句為第二層次。以思婦自述之吻，敘說自己悲苦哀歎之原因，思婦之丈夫，離鄉遠遊，已逾十年。「逾」字言夫婦分別時間之久，而自己卻常年孤單地守著空閨，「常」字暗示思婦思念之苦。又寫出其無可奈何之情狀，離別時間既已逾十年，未來之會面，又是遙遙無期，於是比喻客居遠方，長期不歸之丈夫，一如路上之清塵，隨風飄蕩，而自己就如水中之污泥，永沉水底。

　　清塵與污泥，本屬一物，如今一浮一沉，地位懸殊，其勢各異，夫妻未來不知何時，方有可能會面？「何時諧」三字已透露會面之渺茫，與為此引起之哀愁。「願為」以下四句，為第三層次，至此，詩人

---

72 趙幼文：〈七哀〉詩題下所注引丁晏語，《曹植集校注》，頁313。另丁晏：《曹集詮評》（臺北：臺灣商務印書館，1978年10月），〈七哀〉詩題注，頁40。

73 劉履：《選詩補注》語，載《三曹資料彙編》，頁121。

筆鋒一轉，順勢吟道，自己願化為西南風，飛越山山水水，去與久別之丈夫會面，永久投入丈夫之懷抱。思婦對丈夫思念之苦，對丈夫忠貞不渝之至情，以及急欲與丈夫會面之渴望，在此傾瀉無遺。真可謂「語語緊健，轉轉入深，妙緒不窮」（清‧方東樹《昭昧詹言》）[74]。

收筆二句，忽轉一意，謂思婦擔心丈夫變了心，如果狠心，硬是不接受，斯時自己將依靠誰？收句疑慮重重，怨憤之情，溢於言表，思婦之悲與苦，怨與恨，只有讓讀者去體會，在此詩人留下了弦外之音，不盡之意，予人回味不已。

此詩表面敘事，而實際運用比興，既是寫實，又是託諷，結合得自然得體，天衣無縫，且寫景與抒情，亦融為一體。詩中抒寫高樓、月光，皆為抒情而作，而思婦思念之情，亦是由景而生，情景交融為一。而結構嚴謹，層次井然，詩中適當地運用設問，使句式靈活變化，以避免板滯。手法巧妙，而語言素樸，含蓄委婉，因之沈德潛曾加讚揚云：「大抵思君之辭，絕無華飾，性情結撰，其品最工」（《古詩源》）。此詩確是詩人直抒胸臆，不加修飾，真情流露之妙品，尤其本詩中「君若清路塵，妾若濁水泥」之取喻，更顯得深沉微婉，哀感動人。

曹植其他閨怨之詩，如〈浮萍篇〉，「浮萍寄清水，隨風東西流」，以「浮萍」比喻女子不能自主之命運。以「琴瑟」之聲，喻夫妻融洽和諧之情。以「參」與「商」喻夫妻分離，以「茱萸」喻新人，以桂、蘭喻故人。以「行雲有返期」喻恢復舊愛，以「垂露」喻流淚等，皆適切運用比興，使全詩顯得生動感人。女性悲劇雖為此詩之主題，舊注亦有以為此詩有「望文帝悔悟」之說法，即「借他人酒杯，澆自己塊壘」。敏感且多愁之詩人，實亦常用此法。曹植久受兄、姪

---

74 方東樹：《昭昧詹言》語，載《三曹資料彙編》，頁217。

煎迫，故此詩真正之主題，雖有爭議，然亦不能排除詩人以棄婦之怨，抒發用志之政治意圖，朱嘉徵曰：「諷君也」，又云：「文帝褊中，無帝王之度，使骨肉憂讒乃爾，君恩儻中還，寄情何厚」[75]，或可參考。

另曹植亦有詠史詩之作，如〈怨歌行〉云：

> 為君既不易，為臣良獨難。忠信事不顯，乃有見疑患。周公佐成王，金縢功不利。推心輔王室，二叔反流言。待罪居東國，泫涕常流連。皇靈大動變，震雷風且寒。拔樹偃秋稼，天威不可干。素服開金縢，感悟求其端。公旦事既顯，成王乃哀歎。吾欲竟此曲，此曲悲且長。今日樂相樂，別後莫相忘。

此篇雖屬相和歌楚調曲辭，實為古詩。有關作者，歷來說法不一。《北堂書鈔》作魏文帝詩，《太平御覽》作古詩，《藝文類聚》、《文章正宗》、《樂府詩集》均作曹植詩，曹植集各本，亦載有此詩，今從之。此詩作於太和元年，乃因該年秋季發生大雨，植在發憤中寫作此篇。前已述及，此詩是借古事以抒發內心之願望，陳述周公之事，祈求曹叡能一如成王之感悟，給予輸力之機會。

此詩起首二句：「為君既不易，為臣良獨難」，用筆不凡，沈德潛即曾讚譽子建「最工起調」（《古詩源》），信然。蓋詩人本欲言臣，然而卻自君發端，然後一輚轉寫臣，此種極具意匠之寫法，足見詩人確實工於起調。而此二句，實亦自「為君難，為臣不易」（《論語・子路》）二句翻轉而來，可見子建融鑄典籍句意之功力。詩人滿腔抑鬱之情，蘊蓄其中。全詩乃借周公忠心為國，然仍遭流言毀謗，並被成王所疑之史實，抒發自己盡心盡力於朝廷，反受種種無端迫害之憤慨

---

75　黃節：《曹子建詩註》，引朱嘉徵評語，頁154。

與不平,「為臣良難」,實為詩人真真之心聲。

自上舉之詩例,可知作為明帝叔父之曹植,總是企盼能有如周公與成王之關係。太和二年時,明帝曾巡行長安,適洛陽發生謠言,謂明帝死於長安,群臣欲迎立曹植,致使明帝對曹植,益加猜忌與防範,曹植與周公當時之處境相似,曹植乃陳述周公之事,借詠史以抒懷,詩人借古喻今之旨,當是昭然可見。而明帝是否如成王「感悟求其端」,此則是難測之事,故不禁倍增哀怨。結束兩句:「今日樂相樂,別後莫相忘」,本屬一般歌辭成語,然置於此處,則切中入微,頗見悲涼入聽,氣韻含蓄。張玉穀即云:「此憂讒之詩,當在明帝時作,故引用周公事也。……只就可悲且樂,別後莫忘,點逗大意,最善含蓄,竟用成語,神理恰符」[76]是矣。

實際曹植其他遊仙之詩作,數量頗多,近人有以為此類詩,皆屬模擬漢樂府之作者,不必多所注意,認為「那不是第一流的作品」[77],此論斷,個人以為有待商榷。

表面上曹植之遊仙詩,是在描述輕舉遠遊,遨遊九天,朱華翠葉流芳,鸞鳳螭龍聚首之仙境,暢敘升仙得道之樂趣。其實子建本人並不相信神仙之說,他曾在〈辨道論〉一文中,痛斥「神仙之書,道家之言」,指出「其為虛妄甚矣哉」,認定那些方術之士,皆屬「接姦詭以欺眾,行妖惡以惑民」的不法之徒。亦曾在〈贈白馬王彪〉詩中,謂「虛無求列仙,松子久吾欺」,另云:「人生處一世,去若朝露晞」,「變故在斯須,百年誰能持」,對長生不死之說,亦持否定之態度,故曹植之遊仙詩,其實是言此意彼之寄托,正如前曾引鍾嶸評述郭璞遊仙詩作之評語,是「遊仙之作,辭多慷慨,乖遠玄宗」,「乃是

---

76 張玉穀:《古詩賞析》語,載《三曹資料彙編》,頁210。

77 陸侃如:《中國詩史》(臺北:明倫出版社,1969年5月),頁315、319。

坎壈詠懷，非列仙之趣也」[78]。

在子建一生之後期中，屢受壓抑、徙封，歷經險阻坎壈，於是乃藉遊仙詩中之幻想，寄托嚮往遠古賢君聖王之美好理想，並抒發對現實生活之不平與憤懣，故遊仙詩可謂是子建前後期生活逆轉時期，渴求解脫之產物，是詩人欲求自羈縻藩邦之現實苦悶中，激發升騰，以開闢一寄寓人生理想之心靈世界。

再進而言之，曹植之遊仙詩，實乃有意模仿屈原〈離騷〉、〈遠遊〉等名篇中，「悲時俗之迫阨」（〈遠遊〉），才乘龍升天，輕舉遠遊，欲借遊仙來寄托憂患與理想。以下特舉子建幾篇遊仙詩中，常反復吟詠之仙境，來略作探討，如：

> 四海一何局，九州安所如。韓終與王喬，要我去天衢。
> 萬里不足步，輕舉陵太虛。飛騰踰景雲，高風吹我軀。（〈仙人篇〉）
> 九州不足步，願得陵雲翔。逍遙八紘外，遊目歷遐荒。（〈五遊詠〉）
> 遠遊臨四海，俯仰觀洪波。
> 崑崙本吾宅，中州非我家。將歸謁東父，一舉超流沙。
> 鼓翼舞時風，長嘯激清歌。金石固易弊，日月同光華。（〈遠遊篇〉）

以上幾篇遊仙詩之意境，頗見重複，其所以如此描述翱翔雲表，逍遙八荒，無拘無束，任意行遊，熱烈歌頌自由之可貴，實可由此考見詩人後期之心態，蓋子建後期生活，如同禁錮，行動受限，不敢稍

---

78 鍾嶸撰、汪中選注：《詩品注》，〈晉宏農太守郭璞詩〉語，頁151。

越雷池一步，無比之寂寞苦悶，於是惟有寄託在幻遊仙鄉中，方能享受自由翱翔之樂趣，以補償其建功立業，理想成空之心靈巨創。朱乾云：「讀曹植〈五遊〉、〈遠遊篇〉，悲植以才高見忌，遭遇艱厄」，又云：「法既峻切，過惡日聞，惴惴然朝不知夕。所謂『九州不足步，中州非吾家』，皆其憂患之詞也」[79]。陳祚明亦對〈五遊篇〉評曰：「此有託而言神仙者，觀『九州不足步』五字，其不得志於今之天下也審矣。無已，其遊仙乎？其源本於靈均」[80]，朱陳二氏所言甚是，可謂子建之知音矣。

子建後期之詩歌，由於遭遇到人生由順轉逆之大轉變，處境危疑，乃激發其藝術才華，將心中塊壘，鬱結之情，付諸筆端，慷慨吞吐，故悼亡、傷逝、憂生之嗟之作甚多，情調淒楚，所謂「其音宛，其情危，其言憤切，而有餘悲」[81]，不過由於抱持積極入世用世之人生觀，儘管如「圈牢之養物」，「衣食不繼」，「飢寒備嘗」，然難能可貴者，是子建仍不放棄其立功報國，捐軀赴難之決心，因之亦不忘時求自試。創作詩歌，仍是洋溢著勁健之力，豪邁之氣，如〈鰕䱇篇〉中之壯士，是「撫劍而雷音，猛氣縱橫浮」，〈雜詩〉（僕夫早嚴駕）中所云：「吳國為我仇，將騁萬里塗」，體現之精神，是如何之壯懷激烈！如何之義無反顧，似乎是一夫當關，勇不可擋！

又子建後期詩作中，有感而發，頗有隱寓被棄之悲情，而創作之閨怨詩，更是不少。閨怨題材之詩作對象，有思婦，有棄婦，有怨女。內容雖有異，而哀怨苦楚則一，因而齊吟成一曲亂離時代，低沉而哀悽之悲歌，確實感人肺腑，令人為之一掬同情之淚，而此皆為子建「慷慨有悲心」，善感婦女易陷悲劇之命運，才吟詠成篇的。當

---

79 朱乾：《樂府正義》語，載《三曹資料彙編》，頁202。

80 陳祚明：《采菽堂古詩選》語，載《三曹資料彙編》，頁196。

81 李夢陽：《曹子建集十卷本序》語，載《三曹資料彙編》，頁127。

然，此亦正是子建所以撰擇女性，作為寄寓自身不幸遭遇之感應體原因，且亦是對屈原在〈離騷〉中，常借喻女性之比興傳統承繼。

而子建後期詩作中，出現不少之遊仙詩，是當代現實苦難環境之產物，亦是子建後期生涯之藝術反映。故此類詩作，應視其為子建詩集中，大放異采，獨樹一幟之作，亦是子建據此抒發「憂生之嗟」情懷之珍品，此一系列之真正遊仙詩，極為成熟，應是正格之游仙詩，為我國開一嶄新之流派。

且其所作之遊仙詩，皆為有託而作，應是「不得志於時，藉此以寫胸中之牢落」（朱乾《樂府正義》），可謂別具深意，手法奇詭。此類詩作，風格豪邁俊逸，與屈賦之哀悽有別，更與其父曹操遊仙詩作之蒼茫渾健，詩風有異，難怪宋詞人秦觀評子建之詩風謂「長於豪逸」（《淮海集》卷十二）。因之曹植後期詩作之風格特色，當可判為雅怨慷慨，宏肆沉痛。

總之，曹植之詩作，正如其一生之歷史，隨其際遇之逆轉，藝術風格亦隨之更改。其在人生中途，遭遇之坎壈不幸，對其心靈思想，人生觀，帶來鉅大之衝擊，使其人生境界上，有一番嶄新之體認與琢磨。所謂操危慮患，立刻顯露出剛健而磅礴之生命力，而昇華其人生涵養，一舉沖破其原有創作界線之窠臼與侷限，而獲得美好之藝術效果，如在辭采上，一如珠玉璀璨，光華畢現；音韻上，則抑揚頓挫，節奏諧和，呈現優美之旋律；感情上，則充沛豐富，吞吐悽愴；語言上，無不是語語圓通，曲盡情態。因之所作詩歌，篇篇無不是涵育著生命之美，為後世詩歌風格，創建成一新典型。設若子建得獲父兄青睞，平生志業，一帆風順，得遂所願，生活優遊逸豫，榮華風光，則其詩作、詩藝，是否有所進境？有所突破？殆成疑問。

今參酌諸家高見，與個人研讀心得，筆者以為子建在詩歌創作上，突破與創新之處，可歸納如下：

## 1 擴大題材，諸體皆備

　　曹植前期之作品，較多「憐風月，狎池苑，述恩榮，敘酣宴」（《文心‧明詩》）之遊宴詩，屬風花雪月，歌功頌德之作，亦不乏與友朋贈答，述說自身理想、壯思、豪情之詠懷之作。又有反映現實，慨嘆離亂如「世積亂離，風衰俗怨」之傷亂詩，體現「建安風骨」之作，如〈送應氏〉、〈贈徐幹〉、〈贈丁儀王粲〉、〈雜詩〉（飛觀百餘尺）等，一向被認為是「不及世事，但美遨遊」（謝靈運〈擬魏太子鄴中集詩八首並序〉），不問如何？題材總是有所限，且皆以驅辭逐貌為工，所表現雖亦見「慷慨有悲心，興文自成篇」（〈贈徐幹〉），可見體類有宴遊、贈別、傷亂、從軍、出塞、雜詩等，實質均為抒情述懷之作。但總感受到情韻深度不足，情懷不夠沉穩，吳淇曾評云：「（子建）〈送應氏〉、〈贈王粲〉等，全法蘇李，詞藻風骨有餘，而清和婉順不足」[82]，所言良然，可見所作，猶未臻於高格之境。

　　而曹植後期，由於政治處境，發生根本性之變化，名為藩王，實為囚犯，詩歌創作之題材，亦因之擴大，思想內容，亦隨之豐富。前題之公子氣息，一掃而空，昂揚之聲，隨之減弱，而增多的，是表現己身在橫遭迫害之情況下，壯志難伸的抑鬱憤激之情，吐露陷身危難之處境中，惴惴不安之憂生之嗟，揭發政治爭權，骨肉相殘之矛盾，此類詩作，即佔曹植所作五分之二外，又有悼亡傷逝之詩，尤其更寫了不少之閨怨詩，揭露怨女、棄婦、思婦之處境與心聲，其中當有寓其自身遭棄受害之悲慨。

　　故後期之詩歌，題材與內容，由於更具思想性、現實性，其藝術魅力，更是具有震撼之力量，可見曹植後期詩歌創作之題材與內容，嘔盡心血，努力擴大與充實，方能呈現如此之成果。而曹子建所以被

---

82 吳淇：《六朝選詩定論》語，載《三曹資料彙編》，頁146。

謝靈運評為「獨得八斗」，即因曹植在詩歌題材與體類之擴大上，確
有斐然之成就，唯某些學者無法了解，如葉燮即云：「謝靈運高自位
置，而推曹植之才，獨得八斗，殊不可解」[83]（《原詩》外篇下）。

　　對此疑問能加解答者，如胡應麟即云：「備諸體於建安者，陳王
也」，「陳思以下，諸體畢備，門戶漸開」，「〈鰕䱇篇〉，太沖〈詠史〉
所自出也；〈遠遊篇〉，景純〈遊仙〉所自出也。〈南國有佳人〉等
篇，嗣宗諸作之祖。〈公子敬愛客〉等篇，士衡群製之宗，諸子皆六
朝巨擘，無能出其範圍，陳思所以獨擅八斗也」[84]。張溥亦言子建
「集備眾體，世稱繡虎，其名不虛」（〈漢魏六朝百三家集題辭〉）[85]，
胡、張二氏所言，確具卓識。

## 2　功在五言，創新樂府

　　五言詩之起源，一般以為不論起於枚乘，或起於李陵，皆有可疑
之處。近代學者以為西漢為五言詩之醞釀期，班固、張衡時代，是五
言詩之成立期，而建安前後，是五言詩成熟時期[86]。以「五言居文詞
之要，是眾作之有滋味者也。故云會於流俗，豈不以指事造形，窮情
寫物，最為詳切者邪」[87]，五言確實較之四言，更能「窮情寫物」，刻
畫詳切，是以五言較之四言，流行詩壇，班固〈詠史〉，為現存文獻
中，文人作五言詩之最早者，然之後百餘年間，雖不乏嘗試作五言詩
之文人，但始終未有專以五言名家之詩人，要等到曹植一出，樹立規
範，而五言詩體，始告確立，後之作五言詩者，奉為楷模，因之曹植
對五言詩體之貢獻，可想而知，誠如近人繆鉞云：

---

83　葉燮：《原詩・外篇下》語，載《三曹資料彙編》，頁170。
84　胡應麟：《詩藪・內編》語，載《三曹資料彙編》，頁134、136。
85　張溥：〈陳思王集題辭〉語，載《三曹資料彙編》，頁144。
86　劉大杰：《中國文學發展史》（臺北：華正書局，1984年8月），頁218。
87　鍾嶸撰、汪中選注：《詩品注》，〈序〉，頁15。

五言原出於漢代民間之樂歌，有曹植出，用此體裁，寫其深厚
之情思，樹立高渾之風格，五言詩體始定。就中國文學史中考
之，每一種新文學體裁之產生，必經多年之醞釀，多人之試
作，至偉大之天才出，盡其全力，多方試驗，擴大其內容，增
進其技巧，提高其境界，用此種新體裁，作出許多高美之作
品，樹立楷模，開闢途徑，使後人有所遵循，於是此種新體裁
始能成立，始能盛行，而此偉大作家，遂為百世尸祝，奉為宗
匠，曹植在五言詩中，即居如此之地位。[88]

　　繆氏對曹植創作五言詩，擴大內容，增進技巧，提高境界之努力，
極為肯定，並加讚頌，而譽為五言詩之宗匠。確實曹植尤其在後期，
更是殫精竭慮，創作五言，人格、個性，皆融入於五言詩中，始能擴
大題材，充實內容，提高境界。在現存曹植八十多首完整之詩歌中，
五言詩即佔有六十多首，繆氏之讚譽曹植，可謂切中肯綮，獨到之至。

　　而曹植學習樂府詩，不為舊窠臼所束縛，自內容至形式，皆勇於
創新，亦值得讚揚。而樂府詩即自曹植開始，有所變革，有所創新，
明‧胡應麟云：「曹公『月明星稀』，四言之變也；子建『名都』、『白
馬』，樂府之變也」（《詩藪》）[89]，所言良然。

　　曹植在前期，雖作有〈棄婦篇〉，但表現平平，等到後期，創作
更多篇之樂府詩，其工力之增進，則顯然可見，〈浮萍篇〉即為最具
代表性者，《樂府詩集》將其題為〈蒲生行浮萍篇〉，歸入〈相和歌
辭‧清調曲〉。此首詩取材於現實生活，明顯承受漢樂府「緣事而
發」之精神。而起句以「浮萍寄清水，隨風東西流」起興，則採用樂

---

88 繆鉞：《冰水繭盦叢稿》（上海：上海古籍出版社，1985年8月），〈曹植與五言詩〉，
　　頁123。
89 胡應麟：《詩藪‧內篇》語，載《三曹資料彙編》，頁135。

府詩慣用之手法，中間「茱萸自有芳，不若桂與蘭。新人雖可愛，不若故所歡」四句，明顯受到漢樂府〈上山采蘼蕪〉中，「新人雖言好，未若故人姝。顏色類相似，手爪不相如」之對比筆法影響。

　　再如後期另一篇〈美女篇〉為例，亦屬閨怨詩，屬樂府〈雜曲歌辭‧齊瑟行〉。清‧丁晏《詮評》以為「美女者，以喻君子」，近人趙幼文以為「曹植此篇藉美女以自況，洋溢懷才不遇之感，以抒其恨憤」[90]。此首詩前部分對美女外在之刻畫，情感之描述，可明顯看出乃在模仿漢樂府〈陌上桑〉，然曹植在模仿中，卻進行創新，其創新處有三，即：

（1）詩歌性質更改。將原本之敘事詩，改為抒情詩。

（2）詩歌主題改變。將原揭發漢代權貴調戲民女之醜惡，更為採桑女之盛年不嫁，以抒發詩人政治受壓抑，被棄置之哀怨情緒。

（3）表現手法翻新。兩首詩雖同樣寫採桑女之服飾，然〈美女篇〉所描述之次序、詳略，重點與方法，皆與〈陌上桑〉有異。

　　曹植在此三方面之創新，即可反映其在學習樂府之寫作上，並非一味因襲不改。[91]除此之外，另其他閨怨詩如〈七哀〉、〈雜詩〉、〈南國有佳人〉等詩，曹植亦借題寄慨，抒其觸景傷情之愁苦，表達詩人強烈之主觀色彩。又〈贈白馬王彪〉詩，體制上，曹植吸收樂府敘事詩之表現手法。由此見出曹植感情真摯，描寫細緻委婉，使敘事、寫景、抒情融為一體。且在章法上，採取樂府民歌首尾銜接之承接法，使全篇氣韻相貫，節奏分明，詩人悲痛之情，可謂深沉而強烈，美麗而哀愁。

　　總結上述，可知曹植在五言詩與樂府詩之創新上，其貢獻有：

---

90　趙幼文：《曹植集校注》，頁386。

91　溫洪隆、涂光雍：《先秦兩漢魏晉南北朝文學攬勝》（武漢：湖北教育出版社，1988年3月），〈五五　曹植詩歌的獨創性〉，頁290。

（1）樂府敘事詩抒情化。

（2）文人五言詩民歌化。[92]

黃侃謂「文帝兄弟所撰樂府最多，雖體有所因，而詞新創，聲不變古，而采自己舒」（《詩品講疏》），所評甚是。「詞貴新創」與「采自己舒」，正顯示曹植兄弟所作樂府詩，無論在內容、形式上，皆加新創，尤其曹植更是帶領詩人，向民歌學習，而得到豐碩成果之宗匠。為此，清‧吳喬特為之揄揚云：「五言盛于建安，陳思王為之冠冕，潘、陸以下無能與並者」（《圍爐詩話》）[93]，所言誠是。

## 3 注重藻飾，手法多變

兩漢樂府詩，向來樸實無華，即使班固五言〈詠史詩〉，亦是「質木無文」（《詩品序》）。而曹植才華洋溢，於詩歌語言，向來要求嚴格，因之不甘停頓於民歌之通俗，與在其前古詩之樸實上，早已力求錘煉創新，故其早期所作〈鬥雞〉、〈贈王粲丁儀〉、〈公宴〉、〈棄婦篇〉等諸篇，用字妍美，造語極工，注重對仗，若「秋蘭被長坂，朱華冒綠池。潛魚躍清波，好鳥鳴高枝」（〈公宴〉），其中「被」、「冒」、「躍」、「鳴」等字，或具動作，或帶音響，無一不是經千錘百煉工夫而得。即若平常語，經其藝術加工，即能脫胎換骨，而成錦繡花絮，如「吾與二三子，曲宴此城隅。秦箏發西氣，齊瑟揚東謳。肴來不虛歸，觴至反無餘。我豈狎異人，朋友與我俱。大國多良材，譬海出明珠」（〈贈丁翼〉）（按：《魏志‧陳思王植傳》，「翼」作「廙」），可見雖為普通口語，亦能不落俗套，有所冶鍊。

及至曹植後期，由於政治希望破滅，憂傷憤激，集於一心，瀝練愈多，感受愈深。在修辭手法上，更求純熟老到，更求精益求精，而

92 繆鉞：《氷水繭盦叢稿》，〈曹植與五言詩〉，頁291。

93 吳喬：《圍爐詩話》語，載《三曹資料彙編》，〈曹植卷〉，頁169。

顯現別開生面之創新精神。在煉字造句上，後期作品如「披我丹霞衣，襲我素霓裳。華蓋芳晻藹，六龍仰天驤」（〈五遊詠〉），其中「披」、「襲」、「芳」、「仰」四動態字，活靈活現，極具神態。在句法上亦求多所創新，如「鰕𩶣游潢潦，不知江海流。燕雀戲藩柴，安識鴻鵠遊。世士誠明性，大德固無儔」（〈鰕𩶣篇〉），其中一、三句相對而成隔句對。另亦注意繁衍句之使用，即前聯句末一、二字，依此續造後聯詩句，如「吾欲竟此曲，此曲悲且長」（〈怨歌行〉）。「見鷂自投羅，羅家得雀喜」（〈野田黃雀行〉）。「吾行將遠遊，遠遊欲何之」（〈雜詩〉之五）。「能不懷苦辛」、「苦辛何慮思」（〈贈白馬王彪〉之六、七）。可謂極具技巧。又〈贈白馬王彪〉詩，前已舉出，七章中，第三章與各章之間，即採用「頂真格」之修辭法，使各章之間，巧妙繫連，可謂別致。

　　所謂「起句當如爆竹，驟響易徹；結句當如撞鐘，清音有餘」（謝榛《四溟詩話》）[94]，起句得體，一開篇便儡住讀者之心靈，結句穩當，予人回味無窮。沈德潛即讚揚子建最工起調，如〈雜詩〉六首中之起調：「高臺多悲風，朝日照北林」，結句：「形景忽不見，翩翩傷我心」。另首起句：「轉蓬離本根，飄颻隨長風」，結句：「去去莫復道，沈憂令人老」。〈野田黃雀行〉之起句：「高樹多悲風，海水揚其波」，結句：「飛飛摩蒼天，來下謝少年」等，起調結句，均具匠心，令人激賞。又曹植亦是最早注意音韻聲調之詩人，如吟：「孤魂翔故城，靈柩寄京師」（〈贈白馬王彪〉），「始出嚴霜結，今來白露晞」（〈情詩〉）等，平仄相協，節奏天然。

　　張戒即云：

---

94　謝榛：《四溟詩話》語，載丁福保輯：《歷代詩話續編》（臺北：木鐸出版社，1983年9月），頁1154。

觀子建〈明月照高樓〉、〈高臺多悲風〉、〈南國有佳人〉、〈驚風
飄白日〉、〈謁帝承明廬〉等篇，鏗鏘音節，抑揚態度，溫潤清
和，金聲而玉振之，辭不迫切，而意已獨至，與《三百篇》，
異世同律，此所謂韻不可及也。（《歲寒堂詩話》）[95]

　　張氏評子建多首詩：「鏗鏘音節，抑揚態度，溫潤清和，金聲而
玉振」，確實有很多句子，韻律和諧，音調清暢，極富音樂之美，此
亦子建對詩歌之一大革新。

　　子建後期身受監視，言論行動，皆不自由，有許多心聲不能直
陳，往往採用曲筆，如比喻、影射、比興等手法表露，如〈吁嗟
篇〉，全篇描寫飛蓬，飄蕩不定，以此比喻自身受壓抑徙封之顛簸生
活。〈鰕䱇篇〉，前四句亦用比興，以喻淺薄者，安知子建之大志。曹
植注重藻飾，及加強種種之藝術表現手法，使五言詩成為當代最便於
抒發情感之藝術形式，宜乎明·胡應麟以為子建〈五遊〉、〈升天〉諸
作，「辭藻宏富，而氣骨蒼然」（《詩藪》）。

## 4　剛柔相濟，風格悲壯

　　曹植前期，錦衣玉食，宴遊酬酢，詩酒往來，一向春風得意，及
至後來，雖知交多人被殺，備受冷漠，仍是平穩度日，早期詩風，正
是前所述，慷慨任氣，豪放飄逸。惟因瀝練不多，所作自是以歌功頌
德為事，驅辭逐貌為工，所表現者，是「如錦繡黼黻」（吳淇《六朝選
詩定論》），是「詞藻風骨有餘，而清和婉順不足」（吳淇《六朝選詩定
論》引胡之瑞語）。而曹丕就帝位後，曹植大難來臨，身受煎迫，體驗
深刻，詩風便有重大之轉變，可謂洗去浮華，呈現內美，表現出老熟

---

穩健，抑鬱沉著之格調，亦即「雅怨慷慨，宏肆沈痛」之風格。吳淇云：「陳思入黃初，以憂生之故，詩思更加沈著」[96]，所言極是。

　　曹植後期之詩風，確較沉穩內斂，而慷慨之氣，不但未見減弱，甚而更見增長，惟由於遭遇有別，反而增添一分悲情，故後期詩風，方顯得慷慨悲壯，沉鬱頓挫，鍾嶸謂其「骨氣奇高」（《詩品》），王世貞謂其「悲婉宏壯」（《藝苑卮言》）。曹植在政治上受盡欺壓，但他秉持儒家「知其不可為而為之」、「君子疾沒世而名不稱焉」之理念，在後期中，不斷要求自試，希望能讓他有一展身手，報國建功之機會，思欲一舉衝破層層束縛他之牢籠，如所作〈雜詩〉：

> 僕夫早嚴駕，吾行將遠遊。遠遊欲何之？吳國為我仇。
> 將騁萬里塗，東路安足由？江介多悲風，淮泗馳急流。
> 願欲一輕濟，惜哉無方舟。閒居非吾願，甘心赴國憂。

　　詩中子建，一如挺劍傲立，氣勢磅礡之壯士，心雄萬丈，躍躍欲試，急欲甘赴國憂，一副氣吞河嶽，剛氣十足之身影，令人為之喝采。此類壯懷詩，在曹植後期中，屢見不鮮，然亦不得不承認，其詩中體現之沉鬱悲苦情緒，與憤激不平之情懷，可謂不失悲壯之氣。

　　子建後期之詩歌中，除有剛健悲壯之風格外，另有婉約柔美之一面，此亦子建坎壈際遇帶來之衝激所致。子建頗能順勢流轉，摧剛為柔，使潛氣內斂，因之子建常創作言彼意此，感傷悽美之閨怨詩，及托仙境以抒懷，假遊仙以寄意之遊仙詩。鍾惺曾評云：「子建柔情麗質，不減文帝」，又云：「和媚款曲，纏綿紙外」（《古詩歸》）[97]，文帝詩柔則柔也，「姿近美媛」，曹植詩，則柔中有剛，更像巾幗丈夫，多

---

96 吳淇：《六朝選詩定論》語，載《三曹資料彙編》，頁66。
97 鍾惺：《古詩歸》，載《三操資料彙編》，頁138、139。

胸中塊壘，肝腸氣骨，[98]可見曹植詩以剛為主，而「剛中有柔，柔中有剛，剛柔相濟，渾然天成，這種風格，自然是集眾長之長」[99]，顏延之更評云：「至於五言流靡，則劉楨、張華，四言側密，則張衡、王粲。若夫陳思王，可謂兼之矣」（〈庭誥〉）[100]，所評頗具見地。

由於曹植後期之詩風，已達於圓熟融和之境地，鍾嶸方予以品評云：「骨氣奇高，辭采華茂，情兼雅怨，體被文質」（《詩品》），成就斐然，此仍是應歸於曹植在後期，因身遭厄運，而能收斂鋒芒，定靜慮得，自我提升境界，慷慨任氣，磊落開豁，以此伸楮落墨，聲勢自然雄偉。為避免更大之遭忌，創作上不免多用比興，隱晦曲折表達，於是另有柔美婉約之閨情詩歌出現。陽剛與陰柔，遞相推移，相輔相成，以致子建之作品，方能表現情深而韻永，質美而格高之特色。宋·張戒云：「韻有不可及者，曹子建是也」、「曹子建詩，專以韻勝」（《歲寒堂詩話》）[101]，評其「韻勝」二字，的確慧眼獨具，見解不凡。

## 五　結語

曹植生於漢末動亂之世，其平生大志是在「建永世之業，流金石之功」（〈與楊德祖書〉），思以建功立業，為「名挂史策」（〈求自試表〉）之最好方法，對文學創作，不認為是可以將「聲名自傳於後」之良策，因之才言「辭賦小道，固未足以揄揚大義，彰示來世也。惜揚子雲先朝執戟之臣耳，猶稱壯夫不為也」（〈與楊德祖書〉），萬一功名無望，抱負難展，最後才指望到文學創作上，而言「若吾志未果，

---

98　傅正義：〈三曹詩歌異同論〉，《重慶師院學報》（社會科學版）1993年第2期，頁68。

99　鍾優民：《曹植新探》，頁90。

100　顏延之：〈庭誥〉語，原載《太平御覽》，卷586，又載《三曹資料彙編》，頁95。

101　張戒：《歲寒堂詩話》語，載《三曹資料彙編》，頁110。

吾道不行，則將采庶官之實錄，辯時俗之得失，定仁義之衷，成一家之書，雖未能藏之於名山，將以傳之於同好」（〈與楊德祖書〉），一言成讖，不幸曹植始終沒有在政治上，揚名立萬，出人頭地，因之「曹子建文學上的成功，正是植根於他生活和政治上的抑鬱失意的」[102]。

在曹丕父子相繼猜忌、壓抑與打擊下，使曹植度過其悲劇性之後半生，四十一歲，正當盛壯之年，即抑鬱而亡，帶走一腔激憤與遺憾，卻留下八十餘首，記錄其事跡與心聲之詩篇。或可喻為「失之東隅，收之桑榆」，以曹植在後半生之詩歌創作，有著重大之創新與突破，其所以有此能力，是個人才情絕高，際遇轉逆，體悟人生困境，於是「窮居隱約，苦心危慮，而極於精思，與其有所感激發憤，惟無所施於世者，皆一寓於文辭，故曰：窮者之言易工也」（歐陽修〈薛簡肅公文集序〉）。

尤有進者，是子建幼受良好之教育，文學素養甚高，自己又勤奮攻讀，且孜孜不倦於習作，他自己即曾自述：「余少而好賦」，「所著繁多」（〈前錄自序〉），在他死後，曹叡亦不得不稱揚他「自少至終，篇籍不離於手，誠難能也」（《魏志・陳思王傳》），他曾向其好友楊德祖寫信，亦自言「少小好為文章，迄至今二十有五年矣」（〈與楊德祖書〉），與他時代距離不遠之魚豢，亦曾言「陳思王精意著作，食飲損減，得反胃病也」[103]，如此努力著作，竟因飲食未加注意而得「反胃病」，可見成就得來不易，要成功不但須苦心孤詣，持之以恆，且須付出身體可能虧損之代價。

在他讀書與習作之過程中，由於善能「兼籠前美」（黃侃《詩品講疏》），而成為他後期詩歌創作，不斷翻陳出新，有所突破之主因之一，所謂詩有道統，黃節曾針對其詩歌之淵源，有所探討云：

---

102　王瑤：《中古文學史論》，〈曹氏父子與建安七子〉語，頁20。

103　魚豢語，原載《太平御覽》，卷376引《魏略》，又載《三曹資料彙編》，頁94。

> 陳王本〈國風〉之變，發樂府之奇，驅屈宋之辭，析揚馬之賦
> 而為詩。六代以前，莫大乎陳王矣。至其閔風俗之薄，哀民生
> 之艱，樹人倫之式，極情於神仙，而義深於朋友，則又見乎辭
> 之表者，雖百世可思也。[104]

曹植素有「八斗之才」（謝靈運語）、「七步雄才」（明・張炎《曹子建集本序》）、「繡虎」（明・張溥《漢魏六朝百三名家集題辭》）等美譽，本身擁有先天高華之才情，在後天又能「本〈國風〉之變，發樂府之奇，驅屈宋之辭，析揚馬之賦而為詩」，熟讀深研，廣泛吸收，出入古今，貫綜百家，方能斐然有成，而為一集大成者。明・胡應麟對此頗能肯定，而云：

> 古今才人早慧者，多寡大成；大成者未必早慧，兼斯二者，獨
> 魏陳思。[105]

清・吳淇亦云：

> 子建之詩，隸括〈風〉、〈雅〉，組織屈宋，洵為一代宗匠，高
> 踞諸子之上。
> 《選》詩有子建，唐詩有子美，各際中集大成之詩人也。[106]

清・李重華又云：

---

104 黃節：《曹子建詩註》，〈序〉，頁1。
105 胡應麟：《詩藪・續編》，載《三曹資料彙編》，頁137。
106 吳淇：《六朝選詩定論》語，載《三曹資料彙編》，頁145。

> 魏詩以陳思作主，餘子輔之。五言自漢迄魏，得思王始稱大
> 成。[107]

古今以來，能被譽為集大成之詩人作家，寥寥可數，子建「早慧」，又能「集大成」，尤難能可貴。甚至又被稱頌為「一代宗匠」，五言之冠冕，被喻為如「人倫之有周孔，鱗羽之有龍鳳，音樂之有琴笙，女工之有黼黻」（鍾嶸《詩品》）[108]、「如大成合樂，八音繁會，玉振金聲」（陳祚明《采菽堂古詩選》）[109]，稱揚備至，實其來有自，並非僥倖，宜其能挺立於中古詩壇，雄視百代，使千古之下，無數詩人作家，同聲讚嘆，無限仰慕。

最後個人再歸納幾點，並由此而理清子建一生際遇之某些疑點：

（一）東漢末年，軍閥割據，爭戰四起，經濟破產，而貴族宗室，則是醉生夢死，自奉豐厚，極盡奢侈之能事。而紈袴子弟，一般受腐化風氣影響，類多不知人間疾苦，不思上進，不求涵養品德，然曹植秉性敦厚，幼受良好之教養，嚴格之庭訓，而具有與當代豪門貴族子弟極為迥異之理念。曹植前半生，雖因環境較他人優裕，曾有過與文人友朋歡聚，參與宴遊頻繁之浪漫生活，惟並非放蕩淫佚，沈迷聲色，實際曹植對此亦深惡痛絕，早期儒家之薰陶，使其不致放縱享樂，不加節制，而是具有體恤民情，關心民瘼之德操，自〈送應氏〉詩中，可得證明，此與當代一般紈袴子弟相比，實為不易，其存有可貴的不忍之人性，吾人豈能不予以肯定？

（二）曹植多才多藝，富有詩人之性格與才華，於文學、繪畫上，均有其看法，其能獲其父之青睞者在此，而後來所以失寵者亦在此。

---

107 李重華：《貞一齋詩話》語，載《三曹資料彙編》，頁185。

108 鍾嶸撰、汪中選注：《詩品注》卷上，〈魏陳思王植詩〉，頁72。

109 陳祚明：《采菽堂古詩選》語，載《三曹資料彙編》，頁187。

其個性不拘小節，飲酒不自克制，其後發生私闖司馬門，醉酒無法應召援救曹仁事，以致觸怒曹操，而失去繼承王位之良機。且曹操為社稷長治久安上，「立嗣以長」，仍是有其尊重傳統考量，除非曹丕確實駑鈍無能，曹植真是雄才大略，英明果斷，方可能有打破傳統之契機，何況事實並非如此，因而曹植只能做一詩人文學家，而難以成為一政治家，或執政者，曹植悲劇性之宿命，能不說是其來有自？

（三）曹丕矯情自飾，善玩弄權術，不但「宮人左右，善為之說」（〈曹植本傳〉），即使曹操面前之重臣荀彧與鍾繇等人，亦多傾向曹丕。曹植個性較為仁厚，不好權謀，反觀曹丕幕僚，則善於獻計，如吳質即在曹操出征時，向曹丕提出建言，令丕伏地痛哭，使操以為曹植「誠心不及」，得能扭轉曹操對曹丕之觀念。而曹植之羽翼如楊修，卻未能提供對曹植有何有利之建議，甚至後來楊修先被曹操「以交構賜死」，文帝即位後，又殺丁氏兄弟，再殺親附曹植之孔桂，植益陷於孤立無援之困境。

（四）曹植一生服膺儒家思想，效忠報國之心志，堅定不移，惟自視甚高，自我意識強烈，以為負重致遠之君子，方能匡救時世，為國立功。在其眼中，曹丕、曹叡父子及其周圍之人，盡是是非不明，庸碌無能之小人，而在其詩賦作品中，屢屢表現其內心之憤慨不平，惟命途難測，曹植在詩賦中之表白，非但得不到正面之反應，相反的，卻是負面之回響，越發讓曹丕父子兩代，對其猜忌疏離、徙封，無情之外在現實，使其內在懷抱之理想落空，而產生了衝突，加重其內心之悲憤痛苦，飄泊之孤獨感，一如屈原受盡楚王、小人之打擊。然而也因有與屈原類似之坎坷際遇，卻也繼承屈子勵志自潔之情懷，及激發詩人更為卓犖之藝術創造力，是得是失，幸或不幸，實有重新審視與評估之必要。

（五）《世說新語》上載，曹植為曹丕所逼，而在朝廷上吟出〈七

步詩〉，或非事實，恐怕是文人一則為同情曹植被壓制之遭遇，另則為突顯其才情而編造之故事，以作茶餘飯後之閒談題材。而曹植之〈洛神賦〉，歷來文人如唐之李商隱，曾作〈東阿王〉詩，以為係感甄之作，又認為曹植未能繼位為太子，即歸因於與甄夫人之私情。此一千古疑案，歷來學者爭論紛紜，莫衷一是，以正面證據難覓，惟有靠後代學者鍥而不捨，多運用旁證，找出蛛絲馬跡，加以慎重研判，似較有可能得到一近是之答案。

（六）或以為曹植屢受打擊，不斷受到貶爵徙封，心中痛苦挫折固然極大，然曹植依然是貴為王侯，其生活待遇，仍是衣食不缺，甚至較之平民百姓尤佳，然事實恐非必然，蓋曹植備受曹丕壓迫，依本文所述，當是有計畫性之迫害。而其生計之維艱，與平常百姓相比較，恐亦不如，尤其中心悲愁憤懣，無日不處於憂讒畏譏之中，則曹植之處境，豈不悲慘？受盡侮辱，毫無尊嚴可言，真是生不如死，然曹植在意志上，在內心深處，實際仍是懷抱一絲希望，期盼有朝一日能否極泰來，對其前途並不完全絕望。故在其有生之日，不斷上表論及時政，冀求試用，可見其濟世報國之志不稍減，其奮發上進之意志，始終如一，而此積極入世之情懷，又為曹植後半生飄泊之生涯，更增添其悲壯之色彩。

（七）在生死觀上，曹植曾吸收儒家「鞠躬盡瘁，死而後已」之盡責理念，而對道家主張超脫死亡之悲哀，任天安命，順其自然之消極宿命觀，並不贊同，因之曹植仍是強調人生須積極奮鬥，不該無意義之虛度，因有所體會，曹植才會吟出：「人誰不沒，貴有遺聲」（〈任城王誄〉有序）之觀點。而在他政治挫敗後，他移其才華，轉向文學創作上，求其突破，目的即是憑其如椽大筆，以求「流藻垂華芬」（〈薤露行〉）。而他在詩賦散文方面，終能心願得償，果真卓然成家，對後代文學，產生重大之影響。

（八）依曹植上〈求通親親表〉中，言君上禁止藩王入京，阻止藩王間相互往來之作法，反不利於邦國之穩定，又曾上〈陳審舉表〉，陳述慎用人才之議，文中並大量引用周秦漢代政權傾覆之事例，闡述犯上作亂之人，皆皇族異姓之觀點，以明皇親諸侯，在藩屏王室之重要作用，又引田氏引齊三家分晉之史實，均見他已警覺出司馬氏有篡位之野心，故政治理念之正確，亦見其政治嗅覺之敏銳。

（九）後世或有人提出，曹操之爵位，當初若由曹植繼承，必不致有日後曹丕篡漢自立之事件發生，「當能終身臣漢，以輔佐漢天子」，然此事僅能假設，曹植是否篡漢自立，實際上，後人實難以預測。

（十）再者，曹植若獲繼承爵位，當然不致遭受其後之欺凌、遷封，然若未受橫逆之逼迫，斯時志業順遂，生活逸豫，則其創作，是否在詩藝上有所創新，詩作內涵是否豐贍深厚，殆成疑問。且若曹植雖未繼承爵位，而曹叡能採納其在表中之諫言，以為輔佐，則際遇由逆轉順，地位、生活，必定榮華風光，則曹植是否依然能有情深韻永，匠心獨運之作，亦令人不能無疑。

以上涉及曹植生平際遇、才幹，及其文學品質、風格等諸問題，某些疑點，經上述簡要之討論後，應該是會有所釐清才是。

# 參　陶詩「採菊東籬下，悠然見南山」意涵省察及多面向詮釋
## ——兼對「南山」一詞新解

## 一　前言

　　被稱譽為「古今隱逸詩人之宗」（鍾嶸《詩品》）[1]，或被讚頌為「自然詩人之宗」（錢鍾書《談藝錄》）[2]的陶淵明（西元365？-427年），有飲酒之癖好，在其所著，藉以之自況，亦是帶有嘲謔意味的〈五柳先生傳〉中說：「性嗜酒，家貧不能恆得；親舊知其如此，或置酒而招之。造飲輒盡，期在必醉。既醉而退，曾不吝情去留。」[3]，在沈約《宋書‧隱逸傳》中，也寫道：「先是顏延之為劉柳後軍功曹，在尋陽與潛情款，後為始安郡，經過，日日造潛，每往，必酣飲致醉，臨去，留二萬錢與潛；潛悉送酒家，稍就取酒」[4]云云，據上舉二種資料看來，陶淵明飲酒成癖，不過他酒品則甚佳，雖喝醉了，並不會

---

1　梁‧鍾嶸：《詩品》，載編輯部編《陶淵明研究資料彙編》（臺北：明倫出版社，1972年4版），頁9。

2　錢鍾書：《談藝錄》（北京：中華書局，1983年3月北京第5次印刷），〈六九　隨園論詩中理語〉，頁238。

3　陶潛：〈五柳先生傳〉，楊勇：《陶淵明集校箋》（臺北：正文書局，1987年1月出版），卷六，頁287。以下凡引陶淵明詩文，皆依此本，只在所引之原文後寫明頁數，不另外附注。

4　梁‧沈約：《宋書‧隱逸傳》，載編輯部編《陶淵明研究資料彙編》，頁4。

發酒瘋，或亂性，而去騷擾他人，也不以去留為意。「酒」似乎與淵明畫上等號，他儼然成為一位赫赫有名的醉酒詩人了。

今人曾經統計，在陶淵明現存詩文一百四十二篇作品中，所作詩文與「飲酒」有關的，共五十六篇，約佔作品的百分之四十。[5] 單就詩歌而言，陶淵明在他一百二十五首詩中，他遣用與「飲酒」相關的文字，即有「酒、醪、酣、醉、醇、飲、觴酌、餞、酤、壺、觴、杯、罍」等十幾字，總共出現九十幾字數，其中單「酒」一字，就出現了三十二個。標題與「酒」相關的作品，如〈連雨獨飲〉一首、〈飲酒詩〉二十首、〈述酒詩〉一首、〈止酒〉詩一首，約佔全集五分之一。[6] 由此可見，陶淵明可說是將詩意加酒意，酒意不離詩意，創作了不少與「酒」相關的作品。以中國酒文化史而言，陶淵明應該算是第一個引酒入詩的人。王瑤即肯定說：「以酒大量地寫入詩，使詩中幾乎篇篇有酒的，確以淵明為第一人」[7]。淵明他能將詩情與樽酒融成一片，將酒趣與詩意相互交會，在我國詩歌史上，成為能創新素材，突破傳統的一代詩人。對於陶淵明為何筆下詩作，都離不開「酒」的疑問，為《陶淵明集》首先編集的昭明太子蕭統說：

> 有疑陶淵明之詩，篇篇有酒，吾觀其意不在酒，亦寄酒為跡也。[8]

蕭統既是陶集的功臣，對淵明的飲酒，似乎也窺見出淵明的某些

---

5　逯欽立校注：《陶淵明集》（北京：中華書局，1995年7月北京第3次印刷），〈附錄一 關於陶淵明〉，頁238。

6　方祖燊：《陶潛詩箋註校證論評》（臺北：蘭臺書局，1971年10月初版），頁135。

7　王瑤：〈文人與酒〉，《中古文學史論》（北京：北京大學出版社，1986年1月第1版），頁173。

8　梁·蕭統：〈陶淵明集序〉，載編輯部編：《陶淵明研究資料彙編》，頁9。

心曲，方能如此判定。酒，既已成為「陶淵明生活與文學的標誌」，
自然也就「形成一種文學的主題」[9]，在陶淵明所作涉及飲酒的作品
中，最受後人注目與揄揚的佳作，當是非〈飲酒〉詩二十首莫屬。誠
如清‧王夫之即加評點云：

> 〈飲酒〉二十首，猶為泛濫，如此情至理至氣至之作，定為傑
> 作，世人不知好也（《古詩評選》）[10]。

可惜這種偉大的專題組詩，竟然「世人不知好」，因之王夫之頗
為歎惋，將其評為「情至理至氣至之作，定為傑作」，確是切中肯
綮。方東樹亦予以稱美云：

> 據序亦是雜詩，直書胸臆，直書其事，借飲酒為題耳，非詠飲
> 酒耳。……此二十首，篇篇具奇恉曠趣，名理名言，非常恣
> 肆，皆道腴也（《昭昧詹言》[11]）。

方氏所言，當是事實，該詩確是屬雜詠之詩，並非是一朝一夕之
作。「借飲為題」，抒其感懷，吐其塊壘，其中無不具「奇恉曠趣，名
理名言」，無疑是曠世的名作。表面上看，二十首似無分軒輊，均為
有高遠意境的佳構，也都有至理至情至氣的名言，不過事實上，二十
首中的第五首，還被認為是最膾炙人口的一首：

---

9　袁行霈：〈陶詩主題的創新〉，《陶淵明研究》（北京：北京大學出版社，1997年7月
　　第1版），頁113。

10　清‧王夫之評選，張國星校點：《古詩評選》（北京：文化藝術出版社，1997年3月
　　第1版），卷四〈五言古詩〉，頁203。

11　清‧方東樹：《昭昧詹言》（臺北：漢京文化公司，1985年9月出版），卷四，頁111、
　　118。

> 結廬在人境,而無車馬喧。問君何能爾?心遠地自偏。採菊東
> 籬下,悠然見南山。山氣日夕佳,飛鳥相與還。此中有真意,
> 欲辨已忘言。(頁144、145)

此詩前四句,曾被王荊公譽為「奇絕不可及之語」,以為「由詩人以
來無此句」[12],讚頌備至,而整首詩也被後人稱道是「前無古人,後
無來者」的「傑作中的傑作」。[13]馮友蘭〈論風流〉一文,亦給予極高
的評價,說「在東晉名士中,淵明的境界最高」,「(〈飲酒·其五〉)
這首詩所表示底樂,是超乎哀樂底樂。這首詩表示最高底玄心,亦表
現最大底風流」[14]。自此看出〈飲酒·其五〉(〈結廬在人境〉),在後
世的文學史家、思想家眼中,所具有的崇高地位。

〈飲酒·其五〉(〈結廬在人境〉)一詩,似乎被視為是陶集中的
壓卷之作,最能突顯陶詩風格的代表之作,據學者經搜集、歸納、統
計後,有著驚人的發現,是僅此一篇,竟得評家百餘人,評語百數十
則。粗計之下,總論整體價值與歷史地位的,逾十家;揭示通章詩旨
意趣的,亦逾十家;闡釋各句詩意的逾八十家。論析詩思、結構、風

---

12 宋·李公煥箋注:《箋註陶淵明集》(臺北:中央圖書館,1991年2月出版),頁118。

13 陸侃如、馮沅君:《中國詩史》(臺北:明倫出版社,1969年5月再版),陸、馮兩氏
言,「(〈酒〉·其五)這種詩讀來似覺毫不費力,然情真而意遠,迥非後人所可學
步」。又說:「〈飲酒〉是(陶潛)第二期中的傑作,而〈結廬在人境〉又是〈飲酒〉
中的傑作」,無比的推崇。見該書,頁365。

14 馮友蘭〈論風流〉一文,以為真風流,必包括四點,即須有「玄心、洞見、妙賞、
深情」,陶淵明完全符合這四點,而且以其詩〈飲酒·其五〉(〈結廬在人境〉)為代
表,判定陶淵明是境界最高的人,其詩〈飲酒·其五〉(〈結廬在人境〉),更是顯示
出「最高底玄心,亦表現出『最大底風流』」。見所著:《三松堂學術文集》(北京:
北京大學出版社,1984年3月第1版),頁609-617。另袁行霈:〈陶淵明與魏晉風流〉,
《陶淵明研究》(北京:北京大學出版社,1997年7月第1版),亦言:「按照馮友蘭關
于風流的論述衡量陶淵明,他的確是真風流、大風流」,見該書,頁47。

格的逾十家[15]，其中評析「採菊東籬下，悠然見南山」的即逾四十家；因之，吾人或可依此判斷，〈飲酒・其五〉（「結廬在人境」）一詩，可謂是全部陶詩集中，亦是兩晉經典作品中，最受後人注目，亦是影響最大最深的名篇。

依據上節學者的統計，評析「採菊東籬下，悠然見南山」二句的數額，竟逾四十家，那這二句該算是「名句中的名句」，最具「玄心中的玄心」之作了。歷來評家論述自名作中，摘出佳句，並以之作為評斷的依據，有其獨特的看法，如宋・嚴羽云：

> 漢魏古詩，氣象混沌，難以句摘，晉以還方有佳句，如淵明「採菊東籬下，悠然見南山」、謝靈運「池塘生春草」之類。謝所以不及陶者，康樂之詩精工，淵明之詩，質而自然耳（《滄浪詩話》）[16]。

在嚴羽看來，陶淵明所以勝過謝靈運處，乃以語言特色研判，即靈運詩是「精工鍛冶」，以人工為之，而陶淵明靠的是才力，是「質而自然」，其證即以「採菊東籬下，悠然見南山」二句為例。清・方東樹言「自然妙者為上，精工者次之，此著力不著力之分，學之者不必專一而逼真也」（《昭昧詹言》[17]）。嚴羽所言，獲得方東樹的確認。實際「採菊東籬下，悠然見南山」，之所以成為傳誦千古的佳句，其

---

15 陳文忠：〈闡釋史與古代風格批評——〈飲酒・其五〉接受史研究〉，《文學美學與接受史研究》（合肥：安徽人民出版社，2008年4月第1版），頁371、372。

16 宋・嚴羽：《滄浪詩話》，載編輯部編：《陶淵明研究資料彙編》，《陶淵明詩文彙評》，頁107。

17 清・方東樹：《續昭昧詹言二則》，載編輯部編：《陶淵明研究資料彙編》，《陶淵明詩文彙評》，頁226。

原因恐怕不是僅僅因造語自然，又或工妙而已，筆者個人將在後文，詳細論證。

　　據上述，歷來評析，「採菊東籬下，悠然見南山」的，竟逾四十家，不過這評析的四十家，其評析此句之高妙，大都是一如歷代「詩話」之評騭，「因採用隨筆體裁，雖不少真知灼見，大多缺乏理論的系統性」[18]，「信手拈來，片言中肯，簡煉親切，是其所長；但是它的短處在零亂瑣碎，不成系統，有時偏重主觀，有時過信傳統，缺乏科學的精神和方法」[19]，即使後人亦有將淵明〈飲酒‧其五〉一詩，加以賞析探究的，惟對其中「採菊」二句，亦僅針對字面，寥寥數語，精簡評論帶過，而能深入分析其意涵，探討其所以成為名句之原因，與研判其所代表的意義的，可說絕無僅有，此毋寧是研究上的一大缺憾。因而筆者個人不揣淺陋，願在以下，將歷來評家所未深入分析的問題，重新提出討論，並就正於方家，以下就分三節：省察「採菊」二句意涵前應先具有的認知；「採菊」二句關鍵字詞釋義；「採菊」二句意涵多面向詮釋。分論如下：

---

18　蔣祖怡、陳志椿主編：《中國詩話辭典》（北京：北京出版社，1996年1月第1版），〈詩話理論淵源〉，〈詩話〉，頁1。按：詩話是一種富有我國民族特色的文學批評形式，也可說是一種中國古代詩歌理論批評的獨特專著方式，有其淵源，有其發展，歷代以來，成果豐碩。其專著或採語錄式的條目，或採摘句式的評點，又或採取夾敘夾議的方式來評議。另就是好用對比與比喻詩風、詩派、詩人等，雖有人加以區分不同的詩歌批評流派或模式，亦有其不同之代表人物與詩話著作，然與西方文學批評流派之構成對立與互為更遞之情況不同。詩話本身有其價值與歷史地位，但不可否認，有其得失短長，欲知詳情者，可參閱蔡鎮楚：《中國詩話史》（長沙：湖南文藝出版社，1988年5月第1版）一書，頁1-458。

19　朱光潛：《詩論》（臺北：正中書局，1972年6月臺5版），〈抗戰版序〉，頁1。

# 二　省察「採菊」二句意涵應先具有的認知

　　陶淵明的〈飲酒・其五〉中的「採菊東籬下，悠然見南山」二句，到底寄寓何種深奧妙諦，又是具備何樣的語言特色，竟被古今以來的眾多評家，視為「名句中的名句」。幾乎被視為是陶詩集中最精采的雋語，甚至被當作是陶淵明高風亮節的人品象徵，其特別吸引人的魅力，到底為何？確實值得進一步探求，在未就其意涵省察諸家之解讀前，有幾點認知，應該先予以了解與釐清，否則要多面向正確詮釋「採菊」二句之高妙處，效果可能要大打折扣。茲將筆者個人之管見，條列論證如下：

## （一）陶淵明一生之生活、性格、思想，宜須充分了解

　　「採菊東籬下，悠然見南山」二句，歷來賞鑒者多，諸家的解析與觀點，也是見仁見智，不過儘管有研判的歧異，然「詩至晉宋，雖可『句摘』，而淵明這兩句詩之好，卻是同全篇分不開的。要說明這全首詩，又必須先說明淵明一生的生活、思想和性格」[20]。重要的是此涉及到他的處世態度與人生觀。

　　要說明陶淵明一生的生活，個人可以用八個字來形容，就是「安貧守道，固窮守節」。

　　處於晉宋之際的陶淵明，所面臨的，正是藩鎮跋扈、驕將爭鬥、社會殘破、民生凋弊的混亂時代[21]，有人就說，那個時代，可以用兩

---

20　李嘉言：〈漫話「悠然見南山」〉，《人民文學》1957年第2期，頁68。

21　按：有關陶淵明處身的當代政治、社會、經濟、學術思潮、宗教等時代背景，可參閱陳怡良：〈第一章　陶淵明的時代背景〉，《陶淵明之人品與詩品》（臺北：文津出版社，1993年3月初版），頁8-29。

個字來形容，一個是「亂」，一個是「篡」[22]，真是要言切中。陶淵明
一生的生活，自是受到很大的衝擊。綜覽淵明的一生，可說是在清貧
與困逆中掙扎，與尋求解脫。可以說淵明自青少年時代至歸隱，以至
到老年，生活一直陷於窮困之中，艱苦異常，可以其詩為證：

> 弱年逢家乏，老至更長饑。……歲月將欲暮，如何辛苦悲（〈有
> 會而作〉）（頁180）。
> 疇昔苦長飢，投耒去學仕。將養不得節，凍餒固纏已（〈飲酒‧
> 其十九〉）（頁165）。
> 自余為人，逢運之貧。簞瓢屢罄，絺綌冬陳（〈自祭文〉）（頁
> 310）。
> 吾年過五十，少而窮苦，每以家弊，東西游走（〈與子儼等疏〉）
> （頁301）。

自淵明出世後，家道已中落，他為生活煎迫，總是「東西游
走」，為三餐奔波；及至青年苦飢學仕，衣食仍不得溫飽，有詩云：
「夏日長抱飢，寒夜無被眠」（〈怨詩楚調示龐主簿鄧治中〉）（頁
74），又有自況之文云：「環堵蕭然，不蔽風日；短褐穿結，簞瓢屢
空」（〈五柳先生傳〉）（頁287）。淵明自青少年起，到隱居終巷，他還
要面對生涯裡的一些橫逆，要他去解除、解脫，這些橫逆，也是一些
他無法避開的矛盾與衝突，筆者個人曾撰文，將其歸納以下數項：
1. 猛志四海與才拙性剛之衝突，顯現用世與孤介之矛盾。
2. 為貧出仕與幽居窮愁之衝突，顯現折腰與守節之矛盾。

---

22 按：魯迅云：「再至晉末，亂也看慣了，篡也看慣了，文章便更和平」，參見所著
〈魏晉風度及文章與藥及酒之關係〉，編輯部：《魯迅文集全編》（北京：國際文化
出版公司，1995年12月第1版），〈而已集〉，〈雜文集卷〉，頁594。

3. 渴求知音與稟氣寡諧之衝突，顯現求友與孤獨之矛盾。

4. 望子成才與諸子不才之衝突，顯現理想與現實之矛盾。

5. 食菊養生與弱軀飲酒之衝突，顯現惜生與命促之矛盾。

6. 注重聲名與名若浮煙之衝突，顯現立名與遁名之矛盾。[23]

　　以上這些橫逆、這些矛盾，其實都是淵明內在心靈與外在環境，無法取得和諧與平衡才產生的，以致使他常常陷入悲苦與內疚之中，如曾云：「荏苒歲月頹，此心稍已去。值歡無復娛，每每多憂慮。氣力漸衰損，轉覺日不如」（〈雜詩·其五〉）（頁205）。或云：「嗟予小子，稟茲固陋。徂年既流，業不增舊。志彼不舍，安此日富。我之懷矣，怛焉內疚」（〈榮木〉）（頁10）。詩句中，說明他感嘆雄心壯志，隨光陰消失，體力也日漸衰弱。另也在感嘆學業、德業皆無長進，自己卻只是貪酒溺飲，空耗時光，一念及此，豈能不內疚懊惱？幸而淵明最後還是將上述的矛盾與衝突，一一的加以疏導與化解，盡可能求得「娛己」、「自樂」。若問他面對一生的貧窮，與眾多的橫逆，他到底是如何面對的？又是如何能安然解脫的？此自然與其性格及素養有關。

　　陶淵明的性格，筆者曾歸納四點，即孤介、自然、知足、仁厚。[24]淵明曾自吟：「總髮抱孤介，奄出四十年」（〈戊申歲六日中遇火〉）（頁130），又曾自言：「性剛才拙，與物多忤」（〈與子儼等疏〉）（頁301），「孤介」即方正不阿，「剛」為剛直不屈，即「孤介」的同義語。淵明的好友顏延之在他去世後，所撰寫的〈陶徵士誄〉，也說他「物尚孤生，人固介立」[25]。儘管淵明他正直不阿，不隨俗浮沈，也不願為五斗米折腰，最後只好選擇遠離官場，歸隱田園，就像有人提到的，是

23 陳怡良：〈陶淵明生命中的困境及其解脫之道〉，《陶淵明探新》（臺北：里仁書局，2006年5月30日初版），頁429-457。

24 陳怡良：《陶淵明之人品與詩品》，頁144-150。

25 南北朝·顏延之：〈陶徵士誄〉，載《陶淵明研究資料彙編》，頁2。

他雖有「渾身是『靜穆』的一面，但也有『金剛怒目』式的一面」[26]，說明他也曾有「猛志逸四海，騫翮思遠翥」（〈雜詩‧其五〉）（頁205），「少時壯且厲，撫劍獨行遊」（〈擬古‧其八〉）（頁196）的壯志時候，而這種豪氣干雲的情懷，使他對古時為秦穆公殉葬的三良（即奄息、仲行、鍼虎三人），與藏劍入秦庭，欲刺殺秦王的荊軻的義行，欽羨不已，而寫出〈詠三良〉、〈詠荊軻〉的詠史詩。宜清‧龔自珍要吟道：「陶潛詩喜說荊軻，想見〈停雲〉發浩歌。吟到恩仇心事湧，江湖俠骨恐無多」（〈雜詩三首‧其一〉）[27]，不過淵明後來回歸平淡，也是經過千錘百鍊而來，清‧施山就說：「（淵明）有此剛性猛志，萬錘萬鍊，而後能入平淡，此豈庸才弱質，厭厭無血氣之夫，所能藉口勉為哉[28]」（《望雲詩話》），誠言之獨到。

　　〈歸去來兮辭‧序〉云：「質性自然，非矯厲所得」（頁266），〈歸園田居‧其一〉：「少無適俗韻，性本愛丘山」，「久在樊籠裏，復得返自然」（頁56），淵明的個性本就自然率真，也喜愛園林山丘，對於仕或隱，真的做到「欲仕則仕，不以求之為嫌；欲隱則隱，不以去之為高」（蘇東坡〈書李簡夫詩集後〉[29]），不受世俗拘束。窮而無奈時，坦然出而乞貸，不以此為恥；有餘錢時，則沽酒買醉，亦不以此認為有傷形象。再者是知足，雖為清貧所迫，常陷飢餒之中，不過也因他能固窮守節，安貧樂道，因之才能自樂，這與他早年受到儒家思想的教育與薰陶有關，就如他常吟詠的：

---

26　魯迅：〈題未定草〉（六）、（七），載《陶淵明研究資料彙編》，頁286。

27　清‧龔自珍：〈雜詩三首‧其一〉，載《陶淵明研究資料彙編》，錄自《定庵文集補》，《四部叢刊》影印朱氏刊本，頁237。。

28　清‧施山：《望雲詩話一則》，載《陶淵明研究資料彙編》，錄自舊鈔本《漱芳閣叢鈔》，卷一，頁238。

29　宋‧蘇東坡：〈書李簡夫詩集後〉，載《陶淵明研究資料彙編》，頁33。

先師有遺訓，憂道不憂貧（〈癸卯歲始春懷古田舍‧其二〉）
（頁122）。

高操非所攀，謬得固窮節（〈癸卯歲十二月中作與從弟敬遠〉）
（頁124）。

竟抱固窮節，飢寒飽所更（〈飲酒‧其十六〉）（頁161）。

寧固窮以濟意，不委屈而累己（〈感士不遇賦〉）（頁256）。

在當代世風日下，人慾橫流的時代中，淵明安貧樂道，知足守己
的精神，確實難能可貴，無怪乎蕭統要稱許他說：

貞志不休，安道苦節，不以躬耕為恥，不以無財為病，自非大
賢篤志，與道汙隆，孰能如此乎（《陶淵明集‧序》）[30]。

蕭統讚許淵明能做到「貞志不休，安道苦節」，在那貪婪無厭、
自私自利的環境裡，極為不易，別人豈有可能？所以他是一個篤志的
大賢。梁啟超也頌美道：「須知他是一位極嚴正——道德心極重的
人」，「他只是平平實實將儒家話身體力行」（《陶淵明》）[31]，見地中
的，所言誠是。

淵明另外一個性格，較少人注意到的，就是「仁厚」。淵明是個
半為農民，半為詩人的書生，也是一個具有仁者襟懷的人道主義者。
平素對於家人、親戚、鄰居、故舊、同僚、田夫等，無不表現出孝
弟、慈愛、可親、和藹的愛意、敬意，如他常吟道的：

---

30 梁‧蕭統：《陶淵明集‧序》，載《陶淵明研究資料彙編》，頁9。

31 梁啟超：〈陶淵明之文藝及其品格〉，《陶淵明》（臺北：商務印書館，1969年臺1版），
頁12、13。

行行循歸路，計日望舊居。一欣侍溫顏，再喜見友于（〈庚子
歲五月中從都還阻風於規林二首·其一〉）（頁111）。

誰無兄弟，人亦同生。嗟我與爾，特百常情（〈祭程氏妹文〉）
（頁305）。

禮服名群從，恩愛若同生。門前執手時，何意爾先傾（〈悲從
弟仲德〉）（頁109）。

悅親戚之情話，樂琴書以消憂（〈歸去來兮辭〉）（頁267）。

詩、文、例句中，可看到他欣喜能早日見到母親的慈顏，又高興
與堂表兄弟重逢歡晤，對胞妹、從弟的逝世，表示無比的痛惜哀傷。
他另外也樂於與親戚交往，喜聽親戚間充滿感情的談話。處處都顯現
出淵明性格善良、溫和的優點。即若對同僚、鄰居、田夫等，淵明依
然如此，如詩作吟道：「日入相與歸，壺漿勞近鄰」（〈癸卯歲始春懷
在田舍二首·其二〉）（頁122）、「歡心孔洽，棟宇惟鄰」（〈答龐參
軍〉）（頁20）、「鄰曲時時來，抗言談在昔」（〈移居二首·其一〉）（頁
86）、「遊好非少長，一遇盡殷勤。信宿酬清話，益復知為親」（〈與殷
晉安別〉）（頁98）。詩中透露他對鄰居、田夫，甚至認識不久的同
僚，他無不表達出誠摯、友善的態度，愉悅的與他們交往。

最特別的，是淵明的仁厚與愛心，也在他面對大自然界、動、植
物時，極其自然地表現出來。淵明曾吟道：

東園之樹，枝條載榮。競用新好，以招余情。
翩翩飛鳥，息我庭柯。斂翮閒止，好聲相和。（〈停雲〉）（頁1）
山滌餘靄，宇曖微霄。有風自南，翼彼新苗。
洋洋平津，乃漱乃濯。邈邈遐景，載欣載矚。（〈時運〉）（頁6）
鳥哢歡新節，泠風送餘善。寒竹被荒蹊，地為罕人遠。（〈癸卯
歲始春懷古田舍·其一〉）（頁120）

平疇交遠風，良苗亦懷新。(〈癸卯歲始春懷古田舍・其二〉)
（頁122）

氣和天惟澄，班坐依遠流。弱湍馳文魴，閒谷矯鳴鷗。

迥澤散游目，緬然睇曾丘。雖微九重秀，顧瞻無匹儔。(〈遊斜

川〉)（頁6）

　　以上這幾首例句，淵明所描述的，是春回大地時，天氣澄和，南
風拂面，樹木、禾苗，無不吐發新芽，展現美好的風姿。鳥兒婉轉啼
鳴，鷗鳥翱翔於幽谷，潺潺清流中，有魴魚活潑游動，平曠田疇，綠
意盎然，一直向遠處延伸，一幅秀美清新的沃野春稼圖，就在眼前展
示著，予人一種美的饗宴，賞心悅目之餘，讓詩人也感染著大自然在
春神的蒞臨下，任何的動、植物，無不展露著勃然的生機。萬物各得
其所的自然哲理，被詩人以明白生動、親切有味的筆調予以詩化，似
乎這是詩人心神嚮往的理想世界的寄寓，也是詩人內在心性品格的自
我寫照。而詩人對大自然一切動、植物的可親、關愛，也在上述例句
中，顯露無遺，這也是因為淵明溫良仁厚的性格，才能使他愛人及物
所致。

　　至於談到陶淵明的思想，正如筆者個人拙著中說的：「文學家若
要拓展其作品之深度與廣度，以獲致最高之成就，就必定要吸收高深
之哲理，予以消化，而與其稟賦、意識融為一體，始能具有深厚的心
靈之美，然後發而成為文學藝術之美」[32]。陶淵明是文學史上具有創
造性的詩人，其作品所以能大放異采，成為田園詩的經典之作，其本
人也成為田園詩派的宗師，探討其原因，當與其能領悟、並實踐上述
的道理有關。

---

32 陳怡良：《陶淵明之人品與詩品》，〈第五章　陶淵明的哲學素養〉，頁419、420。

　　而詩人本人並非是一個哲學家，他的作品也並非是有體系的思想論著。他的哲學理念，乃因基於本身的嗜好與需要，去閱讀我國古代諸子百家的哲學論著，去吸收他們的哲學思想。因此當他將吸收到的各家哲理的精華，融會貫通在他的作品中呈現時，必是已有所轉換與變形，已經不是諸家思想的本來面目。易言之，詩人即是以具體且感性的詩文作品，去表達抽象而深邃的哲理，也因而使淵明的一百二十五首詩，評家認為「翻開一部陶詩來看，確乎篇篇都在談理」，而且都「饒有理趣」。[33]使他成為開創我國詩歌自敘事、抒情、寫景之層次，提升入哲理境界，調和情、景、事、理，達於一和諧圓滿之藝術境域的詩人。

　　陶淵明的思想，儘管有：儒家思想、自然主義、道家思想（新自然主義）、陶淵明型思想（儒道釋三家精華思想）、墨家思想、道本儒末思想[34]等不同之意見，爭論未決，不過個人經不斷沈潛玩味，與審慎思考，而再嚴謹識斷後，個人仍然判定，也是一貫之主張，是陶淵明的思想，乃詩人調和儒、釋、道三家思想，歷經一番融鑄與千錘百

<hr>

33 王運生：《論詩藝》（昆明：雲南人民出版社，1993年9月第1版），頁120、126。又按：「理趣」一詞，較早出現於唐・孔穎達：〈疏〉，《尚書正義》云：「明雖事異墳典，而理趣終同」。參見漢・孔安國傳，唐・孔穎達疏等：《尚書正義》（臺北：藝文印書館，1981年1月初版），頁7。又見唐・玄奘譯：《成唯識論》曰：「證此識有，理趣無邊」。「證有此識，理趣甚多」。見唐・玄奘譯，韓廷傑校釋：《成唯識論校釋》（北京：中華書局，1989年9月初版），卷四，頁250。而以「理趣」一詞，評論詩文，則自唐、宋人開始，後即成為中國古典詩歌美學的重要概念，被文學評論家視為是詩歌說理藝術的規範，亦是鑑賞詩歌的一把審美標尺。近人陳文忠於〈論理趣──中國古代哲理詩的審美特徵〉，《文藝研究》，1992年第3期，即謂：「『理趣』由禪學轉化為詩學，專用於哲理詩的評論，當始自兩宋。宋人之於理趣，既論文又評詩」，又云：「更多的是評詩，並集中於秦漢古詩、陶淵明、謝靈運、王維、杜甫、韓愈、蘇軾及朱熹諸家哲理性作品，自宋至清，這幾成共識之論」，見該刊該期，頁60。

34 陳怡良：《陶淵明之人品與詩品》，〈第五章　陶淵明的哲學素養〉，頁406。

鍊過程，終而形成的「陶淵明型思想」為是，因為他「從儒行中實踐了仁義，從道家中提煉出閒靜，從釋家中體悟到空觀，從而等窮達，了生命，順自然」[35]。而其哲學理念的核心，即是「自然」兩字。不過淵明是得到「放達的精髓」，與僅得「放達骨骸」且同主「自然」的嵇康與阮籍，無論在思想、行徑上，都有極大的差異，這也是因為淵明能取精汰粕，自樹高格，以致能「與自然為一體之放」[36]之故。

　　準此以觀，淵明在辭離彭澤令後，其詩作中就提到，如前節所引的他自述其本性是：「少無適俗韻，性本愛丘山」（〈歸園田居・其一〉）（頁56），即使在以前任官時，他也提到：「目倦川塗異，心念山澤居」（〈始作鎮軍參軍經曲阿〉）（頁114）、「靜念園林好，人間良可辭」（〈庚子歲五月中從都還阻風於規林・其二〉）（頁113），說明他原有喜愛丘山園林的性向，即使在外任官，風塵僕僕於路途時，他念念不忘的，還是家鄉的園林山澤，這也是淵明一種曠達之人生觀的自然呈現，更是其仁厚襟懷之自然反映。在其他所作詩文中，也不斷的提到：

　　　　眾鳥欣有託，吾亦愛吾廬（〈讀山海經・其一〉）（頁233）。
　　　　桑麻日已長，我田日已廣（〈歸園田居・其二〉）（頁59）。
　　　　山澗清且淺，可以濯我足（〈歸園田居・其五〉）（頁62）。
　　　　見樹木交蔭，時鳥變聲，亦復歡然有喜（〈與子儼等疏〉）（頁301）。

---

35　陳怡良：《陶淵明之人品與詩品》，〈第五章　陶淵明的哲學素養〉，頁421、422。

36　湯一介：《郭象與魏晉玄學》（臺北：谷風出版社，1987年3月出版），〈第一章　論魏晉玄風〉，頁31。按：湯氏云：「魏晉玄風作為一種人生態度，應有所分別，有的人是『行為之放』，僅得『放達』之皮相，如王衍、胡毋輔之流，以矜富浮虛為放達；有的人是『心胸之放』，則得『放達』之骨骸，如嵇康、阮籍等人，以輕世傲時為放達；有的人是『與自然為一體之放』，則得『放達』之精髓，如不為五斗米折腰的陶潛即是」，茲從之。

　　陶淵明的自然和諧的哲學素養，與其仁愛敦厚的性情，極為契合，當面對大自然的山川景物之美時，感染淵明的，是內心的陶然喜悅，因為淵明確實是一位能感受自然美，與懂得欣賞美與生命的人。所以在〈飲酒・其五〉吟詠的「採菊東籬下，悠然見南山」二詩句，一則是代表著一己的生命情調，另則也是在呈現淵明他哲學素養，自然高超的美好境界。

## （二）〈飲酒・其五〉寫作之動機、時間、背景，宜先體認

　　「採菊東籬下，悠然見南山」二句，是出現於淵明〈飲酒・其五〉中，也是淵明他在飲酒中所創作的抒懷之作，那吾人應該先得去了解淵明為何喜歡飲酒？〈飲酒〉二十首詩的創作背景與創作時間及動機為何？應該先予以論證與理解，如此，方能對〈飲酒・其五〉一詩的內容，有所體悟，有所幫助。

　　一如前文所引陶淵明在自況之作〈五柳先生傳〉中，承認他「性嗜酒」，前節文中，已對淵明的嗜酒情況，與其將酒與詩結合的創作意圖，已有所稱述。那要問酒到底有多好？使得淵明如此喜歡飲酒？他的嗜酒，與魏晉名士有何差異呢？飲酒是魏晉名士普遍的風氣，也是在當代想要成為名士的必要條件之一，《世說新語・任誕》記載王孝伯諷刺當代士流，其實也是符合事實的話：「名士不必須奇才，但使常得無事，痛飲酒，熟讀〈離騷〉，便可稱名士」[37]。王孝伯的言論，雖非定論，不過魏晉名士，以縱酒、大飲酒，看作是放達的行為，也是本有其事。在《世說新語・任誕》中，記載的五十四則當代任誕人物，以縱酒來表達其為放達者，居然佔十之六七。除此之外，還有把飲酒

---

37 楊勇校箋：《世說新語校箋》（臺北：明倫出版社，1970年9月初版），〈任誕第二十三〉，頁575。

當作是「麻醉自己和避開別人的一種手段」，或作「生活的麻醉品，變成了士大夫生活中享受的點綴」，更特別的，是將飲酒視為是一種「求得一物我兩冥的自然境界」的手段。[38]而反觀淵明，其實淵明嗜酒也是有原因的，而原因並非是單一的，可以說是多重的。

　　淵明的詩作中，出現淵明詠酒可忘去「千載憂」（〈遊斜川〉）（頁64）、「稱我情」（〈己酉歲九月九日〉）（頁133），可以「忽忘天」（〈連雨獨飲〉）（頁83）、「歡相持」（〈飲酒・其一〉）（頁139），當然，「酒能袪百慮」（〈九日閒居〉）（頁54）、「酒中有深味」（〈飲酒・其十四〉）（頁159）、「遠我遺世情」（〈飲酒・其七〉）（頁148），若將淵明飲酒的原因，加以歸納，則不外下列幾項：

## 1　酬酢往來

　　淵明飲酒，不一定都是獨飲，自斟自酌，有時他也與人共飲，這些人有友朋，有同僚，有鄰居，田夫野老，甚至是認識不久的新知等。他在隱居前，或隱居後，除在田園耕種外，還是會參與許多單純的，毫無功利性質的社交活動，酒便很自然的成為交往盡興的媒介物，如下列例句：

> 故人賞我趣，挈壺相與至。班荊坐松下，數斟已復醉（〈飲酒・其十四〉）（頁159）。
> 談諧無俗調，所說聖人篇。或有數斗酒，閒飲自歡然（〈答龐參軍〉）（頁77）。
> 清歌散新聲，綠酒開芳顏，未知明日事，余襟良以殫（〈諸人共遊周家墓柏下〉）（頁72）。

---

38　王瑤：《中古文學史論》，〈文人與酒〉，頁160-169。

> 主人解我意，遺贈豈虛來。談諧終日夕，觴至輒傾杯（〈乞
> 食〉）（頁70）。
> 山澗清且淺，可以濯我足。漉我新熟酒，隻雞招近局（〈歸園
> 田居・其二〉）（頁62）。
> 春秋多佳日，登高賦新詩。過門更相呼，有酒斟酌之（〈移
> 居・其二〉）（頁87）。

依上舉例句，可知與淵明共飲的對象，是不分階層的。蕭統〈陶
淵明傳〉還說：「貴賤造之者，有酒輒設，淵明若先醉，便語客：『我
醉欲眠，卿可去』，其真率如此」[39]。這也反映出淵明平易近人，與人
和平共處的待人態度，實際這也證明淵明之所以飲酒，有不少是與人
酬酢交際所致的，且因如是，才能「自歡然」，才能「開芳顏」，不然
他也不會吟道：「我有旨酒，與汝樂之」（〈答龐參軍〉）（頁20）的
話。因而蕭統言淵明詩：「篇篇有酒」，是在「寄酒為跡」，部份恐未
必盡然。

## 2 消憂解愁

淵明作品中，自己承認為「千載憂」，有「百慮」，到底淵明憂的
是什麼？若說是憂慮政治的迫害，則機會不大，因為淵明仕宦時，所
任官職，都是幕僚居多，位卑職微，又不喜大放厥辭，隨意攻訐他人
或批判時政。

不過也有評家認為淵明〈述酒〉一詩，「題名『述酒』，而絕不言
酒，蓋古人借以寄慨，不欲明言，故詩句與題義兩不相蒙者，往往有
之」[40]，既是「寄慨」，又「不欲明言」，有所隱晦，可見當是恐觸政

---

39 梁・蕭統：〈陶淵明傳〉，載《陶淵明研究資料彙編》，頁7。
40 清・溫汝能纂集：《陶詩彙評》卷三語，載《陶淵明詩文彙評》，頁208。

治忌諱，詩中云：「豫章抗高門，重華固靈瑣。流淚抱中歎，傾耳聽司晨」（〈述酒〉）（頁173），句中「豫章」，意指劉裕被封豫章郡公，後遂干大位之事。「重華」句，則以舜之禪天下，隱喻劉裕逼恭帝禪讓。「固靈瑣」，隱指恭帝之死。因而此詩句，被注家釋為指劉裕篡晉，恭帝被廢為零陵王，後被掩弒，使之淵明痛晉祚之亡，而借廋辭以抒義憤。王瑤言「流淚」兩句，可知「淵明也是寄託了不少憤激的感情」[41]。注家所釋，言之成理。如此淵明的〈述酒〉，不可否認，多少有借飲酒以紓解內心憂憤的意味在。

　　另外他對時局的動盪，對親朋好友的安危，是憂慮與不安的，如云：「靜寄東軒，春醪獨撫，良朋悠邈，搔首延佇」（〈停雲〉）（頁1）。詩前他以隱喻的手法，來苛責軍閥的興兵動亂，使他憂心於這些友朋們的身家性命安全，只能在家中「搔首延佇」而已。另對當代社會風氣的日趨沈淪，也是他關懷的，如云：「自真風告逝，大偽斯興，閭閻懈廉退之節，市朝驅易進之心。懷正志道之士，或潛玉於當年，潔己清操之人，或沒世以徒勤」（〈感士不遇賦·序〉）（頁255），「真風告逝，大偽斯興」，當代虛假風氣盛行，清廉正直之士，受到排斥，善於作假奉承之徒，反受重用，如何不讓淵明擔憂？

　　再者自己身體日漸衰損，壯志難伸，意氣也就更為低落，曾云：「日月擲人去，有志不獲騁。感此懷悲悽，終曉不能靜」（〈雜詩·其二〉）（頁201），「荏苒歲月頹，此心稍已去。值歡無復娛，每每多憂慮。氣力漸衰損，轉覺日不如」（〈雜詩·其五〉）（頁205），詩中說到豪氣日磨，而「懷悲悽」，以致竟然「終曉不能靜」，則可知詩人之內心有多不安、苦悶，隨著日月的逝去，體力更衰退，所以「每每多憂慮」。另有一項，可能也是淵明要憂慮與困擾的，是五個孩子，表現

---

41 王瑤：《中古文學史論》，〈文人與酒〉，頁171。

不如他預期，如在〈責子〉詩中說：

> 白髮被兩鬢，肌膚不復實。雖有五男兒，總不好紙筆。阿舒已
> 二八，懶惰故無匹；阿宣行志學，而不愛文術；雍端年十三，
> 不識六與七；通子垂九齡，但覓梨與栗。天運苟如此，且進杯
> 中物。（頁178）

　　淵明作〈責子〉詩，年齡當已超過四十[42]，所以才會「白髮被兩
鬢，肌膚不復實」，對孩子的期望，自然是很高，所謂天下父母心，
每一個為人父母者，莫不是如此。遺憾的是事與願違，孩子的表現，
與淵明的期待，有極大的落差，詩中言五個孩子，「總不好紙筆」，其
後幾位孩子的缺點，他一一點出，也可看出淵明在恨鐵不成鋼下，愛
之深，責之切，加以毫不避諱的訓斥，不過語氣事實上還算溫和。而
且敢於公開披露，一則反映出淵明胸襟的曠達，直率的性格。二則或
可作為激發孩子奮發向上的刺激與動力。三則或可顯示作為父親的淵
明，處理孩子並非高才之器時，所表現出來的慈愛與詼諧。因而有評
家就將此詩定位為「戲謔」之作[43]，當是較為中肯與客觀的評定。然

---

42 按：〈責子〉詩之寫作時間，梁啟超判為淵明三十五歲作，見所著：《陶淵明》（臺
　　北：商務印書館，1969年臺1版），頁51。楊勇定為四十二歲作，見所著：《陶淵明
　　集校箋》（臺北：正文書局，1987年1月出版），頁179。龔斌亦定為四十二歲作，見
　　所著：《陶淵明集校箋》（上海：上海古籍出版社，1996年12月第1版），頁520。郭
　　維森、包景誠則定為四十四歲作，見所著：《陶淵明集全譯》（貴陽：貴州人民出版
　　社，1992年9月第1版），頁179。袁行霈定為五十歲作，見所著：《陶淵明集校箋》
　　（北京：中華書局，2003年4月第1版），頁305。

43 按：宋・黃庭堅曾評〈責子〉詩云：「觀淵明之詩，想見其人豈弟慈祥，戲謔可觀
　　也。俗人便謂諸子皆不肖，而淵明慈歎見於詩，可謂癡人前不得說夢也」，見地良
　　是。參閱《陶淵明研究資料彙編》、《陶淵明詩文彙評》，摘錄黃庭堅：《豫章黃先生
　　文集》，卷二十六〈書淵明責子詩後〉之評語，頁210。

而詩題既題為「責子」，詩末又寫出淵明無奈的心聲，是「天運苟如此，且進杯中物」，也可看出淵明在對孩子的表現不滿後，其消解煩憂的方式，就是藉飲酒，去淡忘一切，去轉移失望的焦點。

尤其淵明是一個極度孤寂的人，常常自吟道：「自我抱茲獨，僶俛四十年」（〈連雨獨飲〉）（頁83）、「偶景獨游」（〈時運・序〉）（頁6）、「悵恨獨策還」（〈歸園田居・其四〉）（頁62）等，更使他非得「顧影獨盡」（〈飲酒・序〉）（頁138），再題詩數句自娛。淵明曾吟道：「酒云能消憂」（〈形影神・影答形〉）（頁48），「汎此忘憂物」（〈飲酒・其七〉）（頁148），及前已引「酒能祛百慮」（〈九日閒居〉）（頁54），就可知，飲酒確實是淵明藉以解愁消憂，以求欣然的良方。

## 3　樂得深味

前節言，淵明將飲酒視為是酬酢往來、消憂解愁的聖品，不問獨飲、群飲，他都可從中作為暢懷、助興、取樂之用。其實飲酒另有一項重要的作用，是當飲到醺醺然時，精神頓時呈現恍惚茫然的狀態，斯時平生寵辱皆已忘，得失亦不知，心神進入玄秘之境地中，其中的樂趣，絕非他人所能體會。在〈飲酒・其十四〉中云：

> 不覺知有我，安知物為貴。悠悠迷所留，酒中有深味。（頁159）

這其中的「深味」，到底是何所指？其實這「深味」，即是指「酒趣」，淵明在所作〈孟府君傳〉中，曾引用其外王父對桓溫的答話說：「明公但不得酒中趣耳」[44]，淵明似乎是頗得其外王父孟嘉的真傳。其酒趣即是用酒來追求和「享受一個物我兩冥的『真』的境界

---

44　卷六〈晉故征西大將軍長史孟府君傳〉，頁284。

的，所謂形神相親的勝地」[45]。形即形體，神即精神，「形神相親」，意指飲酒可使人遠離虛偽的俗世塵囂，重返形神相親，忘我的勝地，也即是回到生命任真的本然。借《莊子‧達生》來說：

> 彼將處乎不淫之度，而藏乎無端之紀，遊乎萬物之所終始，壹其性，養其氣，合其德，以通乎物之所造，夫若是者，其天守全，其神無郤，物奚入焉。夫醉者之墜車，雖疾不死，骨節與人同，而犯害與人異，其神全也。乘亦不知也，墜亦不知也，死生驚懼不入乎其胸中，是故遻物而不慴。彼得全於酒而猶若是，而況得全於天乎？聖人藏於天，故莫之能傷也。[46]

這段話，本是關尹尹喜回答列子的問話，說明何以至德之人，潛水蹈火，於萬物之上行走，均毫無所懼之道理。其所以如此，即因至人能與自然冥合，遊心於萬物初始之境界，純一本性，涵養元氣，蘊藏玄德，而與自然造物者相通所致。其中舉酒醉者墜車為例，以其精神凝聚，順乎天性而應合自然，達於神全之境，則外物不能傷害之。藉此比喻與申發之理，則魏晉士人之飲酒，即與莊子「吾喪我[47]」、忘

---

45 王瑤：《中古文學史論》，〈文人與酒〉，頁173。按：王瑤謂「形神相親」，乃借用《世說新語‧任誕》云：「王佛大歎言，三日不飲酒，覺形神不復相親」之語而來。

46 清‧王先謙：《莊子集解》（臺北：世界書局，1961年4月再版），〈達生‧第十九〉，頁115。

47 按：莊子借南郭子綦云：「今者吾喪我，女知之乎」（〈齊物論〉），參見前揭書，王先謙：《莊子集解》，〈齊物論〉，頁6。黃錦鋐注譯云：「按之『形如槁木』，『喪我』之『我』，當為形骸，『吾』即為精神，亦即下文的真君。如謂『吾』『我』一義，『吾喪我』則不通」。見所注譯：《新譯莊子讀本》（臺北：三民書局，1964年1月初版），〈齊物論〉，頁67。又黃氏於前揭書，〈參莊子學說要旨〉云：「一個人能離形去智，也就能達到『無己』的境界」，「到這境界，一片虛空，無物我，無彼此，自然也無是非利害了」，見該書，頁47。

我、無己之精神相連結，成為魏晉士人以「醉境通道境」的理論依
據，且亦由此得知，《世說新語‧任誕》中，要提到有人在飲酒後，
要說：「酒，正使人人自遠」、「酒，正自引人箸勝地」[48]的話了。

淵明領悟莊子自然任真之趣，其為人果能做到不以好惡憂樂內傷
其身，故能「情隨萬化遺」（〈於王撫軍座送客〉）（頁96），不會讓任
何情緒，留滯心中，傷害己身。也真的涵養「不覺知有我」（〈飲酒‧
其十四〉）（頁159）的境地，玄然與萬化冥合，而物我如一，如此去
飲酒，自是深深陶醉於「酒中味」，一如淵明所吟的：「試酌百情遠，
重觴忽忘天」（〈連雨獨飲〉）（頁83），試酌之下，果然有其樂，果真
百情為之頓遠。「百情去則無所先矣。無所先而後真性見。真性者，
天也，故曰：『任真無所先』，則任天也」[49]，天即自然，表明天與我
交融，和合一氣，即自然順適的返回生命的真性，而進入到同於大道
自然的審美境界裡。徐復觀亦云：

> 酒的酣逸，乃所以幫助擺脫塵俗的能力，以補平日工夫之所不
> 足；然必其人的本性是「潔」的，乃能備酒以成就其超越的
> 高，因而達到主客合一之境，此之謂「酒、興相激」[50]。

徐氏這段評論，本是針對畫家而發，以為畫家必須能使自己的精
神有所專注，在專注中向對象超升祈合。而其關鍵，則首先要擺脫塵
俗之念，這也即是莊子的所謂「忘」，而「忘」就須涵養一種「虛

---

48 楊勇校箋：《世說新語校箋》，〈任誕第二十三〉，按：前一句為王光祿（即王蘊）所
　　言，後一句為王衛軍（即王薈）所言，見前揭書，頁566、573。
49 《陶淵明詩文彙評》，錄清‧馬璞：《陶詩本義》，卷二語，頁82。
50 徐復觀：《中國藝術精神》（臺北：臺灣學生書局，1992年7月第11次印刷），〈第五
　　章　唐代山水畫的發展及其畫論〉，頁263、264。

靜」的工夫，這並非尋常人所能達到，於是再以沈迷於酒為喻。其所言誠然，不過前提是其人之本性，是要「潔」的。以淵明而言，其人格高風逸致，人品峻潔，雖寄情於酒，然並不滯於酒，且自飲酒中品嚐其深味，超越於酒，達到「主客合一之境」，也是一種物我渾然一體的審美感受。若是以此涵養去欣賞山水美景時，自必是能俯仰自得，「游心太玄」（嵇康〈贈兄秀才入軍詩〉）[51]，也即是「逍遙於天地之間而心意自得」（《莊子・讓王》）[52]了。

## 4 健身延年

酒，是一種刺激性的飲料，有人稍飲，即面紅耳赤，血脈賁張，酒飲超量，則有傷肝敗胃，破壞神經，傷神損壽，血管硬化等弊病，如是即變成一種慢性毒藥，然如果適量，則仍有其益處，即因其有補養作用，可溫通血脈，「少飲則和血行氣」（《本草綱目》）[53]。而酒更有消愁解憂的功能，漢・焦延壽《易林》有云：「酒為歡伯，除憂來樂」[54]，曹操詩亦有「何以解憂，唯有杜康」（〈短歌行〉）[55]之說法。可見酒，「能益人，亦能損人」（《養生要集》）[56]，要益或損，就看自己如何加以運用。

「少而貧病」、「年在中身，疢維痁疾」（顏延之〈陶徵士誄〉）[57]的淵明，自少至老，病痛始終不離身，以致常說：「躬耕自資，遂抱

---

51 晉・嵇康：〈贈秀才入軍詩〉，錄自逯欽立輯校：《先秦漢魏晉南北朝詩》（臺北：木鐸出版社，1983年9月初版），卷九〈魏詩〉，頁483。

52 清・王先謙：〈讓王第二十八〉，《莊子集解》，頁187。

53 洪丕謨：《中國古代養生術》（上海：上海人民出版社，1990年7月第1版），錄《本草綱目》語，頁50。

54 洪丕謨：《中國古代養生術》，錄漢・焦延壽：《易林》語，頁51。

55 逯欽立輯校：《先秦漢魏晉南北朝詩》，錄曹操：〈短歌行〉，〈魏詩〉，卷一，頁349。

56 洪丕謨：《中國古代養生術》，錄《養生要集》語，頁50。

57 南北朝・顏延之：〈陶徵士誄〉，載《陶淵明研究資料彙編》，頁1、2。

羸疾」（沈約《宋書・隱逸傳》）[58]、「吾抱疾多年，……復老病繼之」
（〈答龐參軍序〉）（頁77）、「負痾頹簷下，終日無一欣」（〈示周續之
祖企謝景夷三郎〉）（頁68）。而為了親自耕種，以使家人溫飽，不得
不拖著衰弱的身軀，從事艱辛的農務勞動，淵明豈能長期負荷？而對
人生苦短，人生如幻化的驚惶感慨，其實他一如魏晉人士對人生如寄
的共同感觸，他豈能無動於衷？否則他就不會吟出：「一世異朝市，
此語真不虛。人生似幻化，終當歸空無」（〈歸園田居・其四〉）（頁
61）、「一生復能幾，倏如流電驚。鼎鼎百年內，持此欲何成」（〈飲
酒・其三〉）（頁142）、「宇宙一何悠，人生少至百。歲月相催逼，鬢
邊早已白」（〈飲酒・其十五〉）（頁160）等詩句了。

　　因而他還是期待能健康強身，益壽延年。而求保健的方式，就是
服食養生，在〈讀山海經・其五〉中就吟道：「在世無所須，惟酒與
長年」（頁239），應是他內心最坦率的表白！由此可見儘管淵明是一
個真正「放達」的人，知道「應盡便須盡，無復獨多慮」（〈形影神・
神釋〉）（頁50），「更重要的，是因為他並沒有完全放棄對於延年益壽
的追求」[59]。

　　為使有限的生命得以延長，比較各種方式後，除練習所謂的呼吸
吐納之氣功功法外，服藥引導，應是較為可行的方法，王充《論衡・
自紀》云：「適輔服藥引導，庶冀性命可延」[60]，嵇康〈養生論〉也
說：「至於導養得理，以盡性命，上獲千餘歲，下可數百年」，又云：
「呼吸吐納，服食養身，使形神相親，表裏俱濟也」[61]，導養得理的

---

58　梁・沈約：《宋書・隱逸傳》，載《陶淵明研究資料彙編》，頁3。

59　王瑤：《中古文學史論》，〈文人與酒〉，頁70。

60　漢・王充：《論衡》（外十一種）（上海：上海古籍出版社，1992年7月第1版），卷三
　　十〈自紀篇〉，頁346。

61　明・張溥輯：《嵇中散集》，《漢魏六朝百三名家集》（臺北：文津出版社，1979年8
　　月出版），〈養生論〉，頁1367、1368。

主要方法之一，自然是服食。服食的目的，即在養身，以求長壽。不過服食若得當，或可美姿容，增強體力，若服食不當，如服所謂「寒食散」（亦稱「五石散」）者，則中毒或成殘疾，又或性情大變，精神錯亂者不少，可見其危害之大。《晉書‧皇甫謐》、〈裴秀傳〉、〈哀帝紀〉、〈賀循傳〉等，以及《世說新語》中均有所記載，此處不贅。

《古詩十九首》之十三云：「服食求神仙，多為藥所誤」[62]，魯迅亦云：「藥性一發，稍不留心，即會喪命，至少也會非常的苦痛，或要發狂」。「晉朝的人多是脾氣很壞、高傲、發狂，性暴如火的，大約便是服藥的緣故」。[63]余嘉錫〈寒食散考〉一文也說：「寒食散之為害，綿延歷數百年，而以兩晉為尤盛」[64]，上舉文獻，確可證明服食不當時，造成的傷害，小至個人，大的延伸至社會、國家，不得不令人戒懼。

而淵明所服食的，是菊花，或是菊花酒、藥酒等。淵明在自家庭園裡，種植菊花與一些藥草，且與一般觀賞用的花草隔開。他在〈九日閒居並序〉云：

余閒居，愛重九之名，秋菊盈園，而持醪靡由，空服九華。（頁54）

又在〈時運〉詩云：

---

62 隋樹森編著：《古詩十九首集釋》（臺北：文馨出版社，1975年1月出版），卷二〈箋注〉，頁20。

63 魯迅：〈魏晉風度及文章與藥及酒之關係〉，《魯迅文集全編》（北京：國際文化出版公司，1995年12月第1版），〈而已集〉，頁591。

64 余嘉錫：〈寒食散考〉，《余嘉錫文史論集》（長沙：岳麓書社，1975年10月出版），頁9、10。

斯晨斯夕，言息其廬。花藥分列，林竹翳如。清琴橫床，濁酒半壺。黃唐莫逮，慨獨在余。（頁6）

　　首例句中的「秋菊」，即藥用之「甘菊」，非一般如大理菊、波斯菊等一類之觀賞菊。次例句中的「花藥分列」句，是指庭園中，一般花木與藥草，是分隔栽種的。至於「藥草」有那些種類，則未能知。除淵明對中藥材有一些知識外，與他情勝手足，志趣相投的從弟，也是一個具有中藥材知識的人，淵明在〈祭從弟敬遠〉一文中云：「淙淙懸溜，曖曖荒林，晨採上藥，夕閑素琴」（頁308），說明敬遠經常於晨間到幽谷山林中，去採上藥，以便服食，長保健康。可惜天不假年，後來還是在義熙七年辛亥去世，年三十一歲[65]。由此即可知淵明及其從弟敬遠，對於服食養生之重視。

　　食療是我國傳統醫學中，一份極寶貴之遺產。它即是透過選擇適當之食物，以養成良好之飲食習慣，與注意飲食衛生等方式，來防病治病、調養身體的一種療法。據唐‧孫思邈所著《千金方》中，即提及食療之重要云：「夫為醫者，當須先洞曉病源，知其所犯，以食治之。食療不癒，然後命藥」[66]，可見食療法是古代作為醫生的一種基本治療手段。淵明雖不是醫生，當是粗具食療學之知識。

　　菊花，據《荊楚歲時記‧九月九日》條下云：「佩茱萸食餌，飲菊花酒，云令人長壽」[67]。另據醫藥專書《神農本草經》云：「鞠華（菊

---

65　按：淵明從弟敬遠，於義熙七年辛亥去世，年三十一歲，乃依楊勇：《陶淵明年譜彙訂》，《陶淵明集校箋》所推算，見頁309或頁402。斯時淵明年47歲，若依龔斌：《陶淵明集校箋》（上海：上海古籍出版社，1996年12月第1版），依其推算，則淵明斯時年43歲，參見〈附錄四　陶淵明年譜簡編〉，頁520。

66　唐‧孫思邈：《千金方》語，引自唐‧孟詵著，鄭金生、張同君譯注：《食療本草》（上海：上海古籍出版社，1992年3月初版），〈前言〉，頁1。

67　梁‧宗懍：《荊楚歲時記》，刊於《南方草木狀》（外十二種）（欽定《四庫全書》〈史部〉）（上海：上海古籍出版社，1993年12月第1版），頁25。

花）久服利血氣，輕身、耐老、延年」[68]，又一食療專著《食療本草》亦寫道：「甘菊，性平，五月五日採收莖枝，九月九日採花，其汁、莖、花，皆可用來治頭風、眼發花、流淚。消除煩熱，有利於五臟」[69]，專門記述荊楚一帶歲時風物故事的《荊楚歲時記》，與屬古代醫藥寶典的《神農本草經》，既都提到菊，可服食而延年長壽，詩人乃據而寫作，如曹丕（西元187-226年）〈與鍾繇九日送菊書〉便寫道：

> 芳菊紛然獨立，非夫含乾坤之純和，體芬芳之淑氣，就能如此！故屈平悲冉冉之將老，思餐秋菊之落英，輔體延年，莫斯之貴，謹奉一束，以助彭祖之術。[70]

潘岳（西元？-30年）〈秋菊賦〉亦云：

> 若乃真人採其實，王母接其葩，或充虛而養氣，或增妖而揚娥，既延期以永壽，又蠲疾而弭痾。[71]

傅玄（西元217-278年）〈菊賦〉另云：

> 掇以纖手，承以輕巾，揉以玉英，納以朱唇，服之者長壽，食

---

68 清・孫星衍輯：《神農本草經》（臺北：臺灣中華書局據《問經堂刊本校刊》，1979年出版），卷一，頁11。

69 唐・孟詵著，鄭金生、張同君譯注：《食療本草》（上海：上海古籍出版社，1992年3月初版），頁3。

70 魏・曹丕著，夏傳才、唐紹忠校注：《曹丕集校注》（鄭州：中州古籍出版社，1992年10月第1版），〈與鍾繇九日送菊書〉，頁223。

71 晉・潘岳：〈秋菊賦〉，載於明・張溥輯：《漢魏六朝百三名家集》，《潘黃門集》（臺北：文津出版社，1979年8月出版），頁1773。

之者通神。[72]

　　上述幾位詩人作家，所作文、賦中，無不認定服食菊，可「輔體延年」，可得「永壽」、「弭痾」、「通神」，則淵明本人，顯然也是「樂久生」（〈九日閒居〉）（頁54）的，其吟道：「酒能祛百慮，菊解制頹齡」（〈九日閒居〉）（頁54），表明他知道菊的藥效，也是與他人一樣，肯定服菊，或飲菊花酒（按：淵明詩句中有「春醪獨撫」（〈停雲〉）（頁1）、「濁酒半壺」（〈時運〉）（頁6）詩句，句中的「醪」，或「濁酒」字詞，當是指菊花酒，或藥酒），是可以延年益壽的。以上探討陶淵明所以嗜酒的原因，大概不出於上述這四種因素。

　　至於淵明創作〈飲酒〉二十首的背景為何？其創作的動機又為何？創作的時間又為何？實有必要加以釐清。淵明創作〈飲酒〉二十首的背景，〈飲酒·序〉就是一個主要的線索。淵明寫著：

> 余閒居寡歡，兼秋夜已長，偶有名酒，無夕不飲。顧影獨盡，忽然復醉。既醉之後，輒題數句自娛；紙墨遂多，辭無詮次。聊命故人書之，以為歡笑爾。（頁138）

　　依淵明序言，當是同一年於秋、冬之際寫成，而後編成的作品。尤其適有他人送來名酒，得之不易，於是「無夕不飲」，且是在獨飲之下，「忽然復醉」，「忽然」二字，是有原因的，如果人心情苦惱抑鬱，獨飲悶酒，就很容易醉，在此稍透露了些淵明的心情訊息。等沈醉了後，才題數句「自娛」，可見其內心之孤獨與愁悶。由於詩稿是慢慢累積，應該說是沒有預先作規畫。所以才「辭無詮次」，沒有加

---

72　晉·傅玄：〈菊賦〉，載於明·張溥輯：《漢魏六朝百三名家集》，《傅鶉觚集》，頁1523。

以排列先後次序，這應該不是什麼謙遜之語，不過也有人認為，雖說淵明並沒有刻意安排這二十首詩的次序，但細讀這二十首詩，了解其內容後，發現第一首與第二十首，次序是固定的，前五首也是比較有次序的，後面幾首就不一定有秩序了。[73]持之似有故，言之亦成理。

　　不過筆者個人，還是相信淵明自己講的「辭無詮次」的話，但第一首與第二十首，為何會被後人認為是固定的呢？那可能是淵明在寫第一首詩時，先有某種意識與感觸，才起筆寫第一首詩，等到寫第二十首詩時，他已準備要收筆結束了，才會寫出：「但恨多謬誤，君當恕醉人」（〈飲酒‧其二十〉）（頁167）的收束句，如此就被人認為第一首與第二十首詩是固定的，當然也可以說是有其道理的。最後才讓故交舊友抄錄，以作「歡笑」之用，似乎是屬於「博君一哂」之意，這到底是真正的謙遜語，或別有深意呢？此位故人何所指？值得探索。

　　近人鄧安生以為此位「故人」，當是淵明之好友顏延之。[74]由於二十首詩，都是酒醉後所寫，因之總題曰「飲酒」，而〈飲酒〉詩亦以「序」寫出淵明在秋季的長夜，與獨飲名酒的特殊的時空、人、事、物條件下，所寫出的詩作，目的是為「自娛」，表面上是直抒胸臆，似極灑脫，然其中有不少寓意，宜清‧戴明說云：「序亦風流」[75]，良然，成為古今以來，最佳的一組飲酒詩作。其中的第五首〈結廬在人境〉一詩，更成為千古傳誦，交相讚譽的精品。

　　這二十首詩，到底是在什麼年代寫成的？要研判這二十首詩的寫

---

73 葉嘉瑩：《陶淵明飲酒詩講錄》（臺北：桂冠圖書公司，2000年2月初版），頁60。

74 鄧安生：〈陶淵明〈飲酒〉詩新探〉，《陶淵明新探》（臺北：文津出版社，1995年7月初版），依陶淵明本傳，與《宋書‧顏延之傳》，及顏延之〈陶徵士誄〉等文獻，加以辨證，判定〈飲酒‧序〉中之「故人」，乃是淵明生前與之十分友好，死後又為之作誄的顏延之。茲從之。見該書，頁72-74。

75 清‧戴明說：《歷代詩家》，原書未見，引自蔡文錦：《陶淵明詩文斠補新解》（北京：中國文史出版社，2006年6月第1版），頁165。

作時間，其實並非容易，因為依據這二十首詩的其中某些關鍵詩句，各人解讀有別，譬如第十九首中：「冉冉星氣流，亭亭復一紀」（頁165），一般解釋「一紀」是十二年，但也有人解釋為十年[76]。再加上各人對陶淵明的生卒年有不同之觀點與論證，因而判定這〈飲酒〉二十首詩的寫作時間，就有幾種說法，如：

（1）元興二年癸卯（西元403年）說：陶澍《陶靖節年譜考異》、逯欽立《陶淵明事跡詩文繫年》主之。陶淵明年三十九歲。

（2）元興三年甲辰（西元403年）說：王質《栗里譜》主之。

（3）義熙十年甲寅（西元414年）說：古直《陶靖節年譜》主之。古譜據〈飲酒·其十六〉「行行向不惑」句，謂此詩作於淵明三十九歲時。

（4）義熙二年丙午（西元406年）說：時陶淵明年四十二歲。北京大學中國文學史教研室選注《魏晉南北朝文學史參考資料》主之。

（5）義熙七、八年壬子（西元411、412年）說：梁啟超《陶淵明年譜》，以為「〈飲酒〉二十首，不知何年作」，依篇中有「行行向不惑」語，又敘棄官後事，言「亭亭復一紀」，故定為四十前後作。方祖燊《陶潛年譜》，則定為義熙七年（西元411年），淵明年四十歲作。[77]

（6）義熙十一年乙卯（西元415年）說：鄧安生〈陶淵明飲酒詩新

---

76　逯欽立校注：《陶淵明集》（北京：中華書局，1995年7月第3次印刷），頁99。按：逯氏於〈飲酒·其十九〉之注釋云：「一紀，指十年」，又謂「陶二十九始仕，至此一紀十年，與前篇「行行向不惑」相應。又鄧安生：陶淵明〈飲酒詩新探〉，《陶淵明探新》，經過論證，據當代史、文著作，判定皆以十年為一紀，而非十二年為一紀，見該書，頁76、77。

77　梁啟超：〈陶淵明年譜〉，《陶淵明》（臺北：商務印書館，1969年1月臺1版），頁54、55。方祖燊：〈陶潛年譜〉，《陶潛詩箋註校證論評》（臺北：蘭臺書局，1971年10月初版），頁235。

探〉據《宋書・顏延之傳》、《晉書・劉喬傳附劉柳傳》、《晉書・安帝紀》、《宋書・孟懷玉傳》等考證，以為〈飲酒〉詩是顏延之為劉柳後軍功曹，住尋陽與淵明結鄰時作，時在義熙十一年秋季，淵明年四十七歲。

（7）義熙十二、三年（西元416、417年）說：王瑤編注《陶淵明集》，從湯漢注《陶靖節先生詩》，繫此詩作於義熙十三年丁巳（西元417年）。袁行霈〈陶淵明集箋注〉，亦經論證後，亦謂此詩作於義熙十三年丁巳（西元417年），惟淵明年歲則定為六十六歲（按：袁氏判定陶淵明壽七十六歲）[78]。龔斌《陶淵明集校箋》定為義熙十二年丙辰，淵明四十八歲[79]。楊勇〈陶淵明年譜彙訂〉，亦定為義熙十三年丁巳，淵明五十三歲[80]。

以上諸家對淵明〈飲酒〉詩寫作時間，各有論證與研判，經互為比對與判定後，寫作時間以義熙十一年至十三年間較近於是，而斯時「正當晉宋易代之際，故感慨特深，諷託隱切，縱情肆志，文練意密也。此實陶詩之冠冕。薛雪《一瓢詩話》：『陶徵士〈飲酒〉，前無古人，後無來者，真有『絳雲在霄，舒卷自如』之致』」[81]，故〈飲酒〉詩必是中有寄託，有所寄意，放言之作無疑。

78 袁行霈：〈陶淵明年譜簡編〉，《陶淵明集箋注》（北京：中華書局，2003年4月第1版），頁861。

79 按：以上列舉諸家判定陶淵明寫作〈飲酒詩〉之時間，除梁啟超、方祖燊、楊勇、袁行霈等學者之論點外，其餘均參見龔斌：《陶淵明集校箋》（臺北：里仁書局，2007年8月10日增訂1版），頁243、244。

80 楊勇：〈陶淵明年譜彙訂〉，《陶淵明集校箋》（臺北：正文書局，1987年1月1日出版），頁446-448。

81 楊勇：《陶淵明集校箋》，〈飲酒・其一〉，註一，〈按〉語，頁139。

## （三）〈飲酒·其五〉之旨趣、內容、結構，宜先認知、深諳

〈飲酒·其五〉之旨趣為何？內容為何？結構為何？宜整首了解與善加體會，如此則於其中「佳句中之佳句」：「採菊東籬下，悠然見南山」之賞析，方能與整首繫聯結合，不致脫節。

〈飲酒·其五〉一詩，是淵明生活意識，與心靈意境達到最高的作品。整首詩以「心遠」兩字為綱，寫作者淵明閒居，自得之樂，高遠空靈之趣。淵明雖結廬人境，然心境超遠，不受塵俗感染，而有悠然自得之懷，亦顯現平淡閒遠之美。其中寫田園之景，隱居之情，及哲理之趣，構成一個景、情、理鎔鑄成一體的藝術圖境，可說妙味無窮，餘韻不盡。

全首粗略分來，約可分成三段：自起句「結廬在人境」至「心遠地自偏」四句為首段。主要在寫雖住居人境，但因對人生抱持審美心態，而使心境空靈，怡然自得，故不覺車馬喧囂，而起句有如拔地而起，極為突兀，以「結」動詞為起筆字，顯示著詩人的自主意志。「廬」是歸宿之所，暗示著生命安座於俗世的現實。難怪清·溫汝能要讚嘆這首詩的起句，是「奇絕妙絕」[82]了。其實在此即言「境有異而心無異者，遠故也」[83]的道理。尤其因詩人心不滯於物，故不必絕俗離世，遁跡江海，與鳥獸同群，易言之，即立足人境，但並不廢人事，不必絕人情。

於是，接著在自問自答中，帶出全詩主句，亦為一篇之骨幹，即「心遠地自偏」，很自然的傳達出詩人自足自信的神情，與悠然自在的心緒，也顯現出他鄙夷流俗，不慕榮利的風骨亮節。明·鍾伯敬

---

82　清·溫汝能纂集《陶詩彙評》卷三語，刊於《陶淵明詩文彙評》，頁173。
83　清·王士禎：《古學千金譜》語，載於《陶淵明詩文彙評》，頁170。

云：「『心遠』二字，千古名士高人之根」[84]，良是。身軀可不離人境，而心則可「遠」，王叔岷注「心遠」二字，為「心境超遠」，又評「結廬」二句，謂「此入俗而超俗之境」，所以淵明「非遯世者，乃韜光於世者」[85]。而「結廬在人境」四句，則獲前節已引之王荊公的高度評價，謂「奇絕不可及之語」、「有詩人以來無此句」。

第二段，由「採菊東籬下」，至「飛鳥相與還」四句。詩人在第一段前面四句，用經濟的文筆，先述明自己的生活態度與涵養，探討他的用筆，是實虛筆法，兼而有之。從第五句到第八句，就寫到田廬的庭園、環境及生活的重要片斷，給詩人非常美妙的審美情趣。首先，此四句一轉，又先落到現實來，首句用實筆，接著又用虛筆，使其更為曲折，不呆板，此四句也是最精彩的部份。說詩人在東籬下採菊，原文沒有寫出詩人要如何，若視菊為淵明所愛，成為高潔品德的象徵，人與菊合一，亦別具寓意。淵明在〈飲酒・其七〉說：「秋菊有佳色，裛露掇其英。汎此忘憂物，遠我遺世情」（頁148）。可見詩人一方面喜愛菊的「佳色」，一方面是欣賞它含露的花瓣上，散發出來的芳香，這是其他花遠遠不及的。當然，「採菊」還有另外一個目的，就是要服食，或釀製菊花酒之用，也是為了健身治痾所需。

就在不經意之時，抬起頭來，悠然自適的見到遠處之「南山」，也就是廬山。也因為詩人心無凝滯，等於無際無涯，所以才能見得高遠，任何的俗物名象，都無法來阻礙詩人之視野的。而就在這一俯一仰的片刻，讓詩人的心思，瞬間有著極為神奇的感應，讓後人無法擺脫它引人的魅力，有人認為「南山」是詩人暗用《詩經・小雅・鹿鳴之什》中，「如南山之壽」（〈天保〉）[86]的句意，或許是希望長壽的意

---

84 明・鍾伯敬、鍾元春評選：《古詩歸》卷九語，載於《陶淵明詩文彙評》，頁169。

85 王叔岷：《陶淵明詩箋證稿》（臺北：藝文印書館，1975年1月初版），頁290。

86 王靜芝：《詩經通釋》（臺北：輔仁大學文學院，1981年10月8版），〈小雅・天保〉，頁347。

願[87]，這種看法確實不能排除。不過筆者個人另外思考，當淵明在遠眺到巍然靜穆、雲霧籠罩的「南山」時，實際看到的確實是廬山，但「虛」的，是或許所意會的，是古代的神山，即崑崙山（按：自神話言，南山即指崑崙山，筆者在後文，將有論證）。這裡的確有耐人尋味之處！淵明的心靈，與南山既悠然相會，自身似乎與山交融，合而為一了。

　　五、六兩句，境與意會，淡雅幽邃，方能成為引人入勝的千古絕唱。「悠然」二字，遣用自然，足以呈現出淵明筆力之老到。而詩人飄逸崇高的隱逸之趣，已將他的高雅逸士的形象，逼真生動的活現紙上。詩人稍微定神後，再以繁衍句法承接，轉而寫「山氣日夕佳」二句。真實的南山勝景為何？詩人平素曾屢遊廬山，人人皆知，山中各處美景、秀色，當已瞭如指掌，在意識與感受上，應該是有所不同，有人說，保持距離，也就能保持神秘，如此便增添了不少魅力，若太近觀，一清二楚，反而索然無味，的確有幾分道理在。詩人寫出對夕陽霞光籠罩下的南山美麗暮色，南山的山色，本無時不佳，只因這時候剛好是夕陽西下，所以才說「日夕佳」，這裡僅遣用一「佳」字，不作過多的鋪敘描述，最具簡約素樸之美，可借李公煥注引艮齋稱「秋菊有佳色」的話，也可以持以讚揚「山氣日夕佳」一語，即「洗盡古今塵俗氣」[88]是。

　　而詩人平常寫作，就是愛用「佳」字，如「秋菊有佳色」（〈飲酒‧其七〉）（頁148）、「今日天氣佳」（〈諸人共遊周家墓柏下〉）（頁

---

87 陶文鵬選析：《戀戀桃花源——陶淵明作品賞析》（臺北：開今文化公司，1993年5月初版），頁147。按：王瑤：〈文人與酒〉，《中古文學史論》，也提到淵明「並沒有完全放棄對於延年益壽的追求」，又說：「他採菊是為了服食的，而其目的，是在『樂久生』」，頗具道理。參見該文，頁172。

88 宋‧李公煥：《箋註陶淵明集》引艮齋評「秋菊有佳色」之評語，載於《陶淵明研究資料彙編》，頁175。

72）、「春秋多佳日」（〈移居・其二〉）（頁87）、「一條有佳花」（〈蠟日〉）（頁181），淵明本人要求的是生活上，盡量求平淡樸素，而在遣詞用字上，一貫以「自然」的意念出發，秉持自然「本色」，不求富豔，真是文如其人，使明・胡應麟要稱頌他的五言，是「開千古平淡之宗」（《詩藪》）[89]，明・劉朝箴也稱讚他是「感遇而為文詞，則率意任真，略無斧鑿痕、煙火氣」（〈論陶一則〉）[90]。

　　南山的美麗暮色是屬靜態的美，顯現出南山的巍峨穩重，下句就以歸巢的翔鳥，結伴成群的翩翩飛回，暗喻著詩人歸隱田園的覺悟與決心，「歸鳥」也是淵明時常運用的意象，如「翼翼歸鳥，載翔載飛」（頁41）、「歸鳥趨林鳴」（〈飲酒・其七〉）（頁148）、「遲遲出林翮，未夕先來歸」（〈詠貧士・其一〉）（頁216）、「望雲慚高鳥」（〈始作鎮軍參軍經曲阿〉）（頁114）、「鳥倦飛而知還」（〈歸去來兮辭〉）（頁267）。而在遠處飛翔的歸鳥，就形成了動態的美，動靜相襯，洋溢著勃然的生機，由此也讓詩人感受到自然萬物的各得其所，各具的生命力，是不容我們人類加以傷害與破壞的。

　　最後詩歌就以「此中有真意，欲辨已忘言」收尾，語詞雖一樣的平淡，卻寓有啟人深思的哲理，也就是詩人在結束時，就將此詩昇華入更高的哲思層次。這兩句是詩人化用《莊子・齊物論》中的「大辨不言」，及《莊子・外物》中的「言者所以在意，得意而忘言」[91]的語意，融鑄而成，雖用典，卻了無痕跡，筆法直如化工。詩句即在說，

89 明・胡應麟：《詩藪》語，載《陶淵明研究資料彙編》，頁162。

90 明・劉朝箴：〈論陶一則〉語，載《陶淵明研究資料彙編》，頁174。

91 按：《莊子集解・齊物論》云：「故分也者有不分也，辯也者，有不辯也」，又曰：「辯也者，有不見也」，「大辯不言」，說明辯論就有不辯論，大辯是沒有言論的，也就是說聖人內心已把道理領悟很透徹，就沒有必要與他人爭辯不休。又《莊子・外物》云：「言者所以在意，得意而忘言」，即在說，語言是作為表情達意的溝通工具，只要了解情意了，即可忘掉語言。見該書，頁14、181。

本來語言宣之於口的目的，就在求分辨，求得真意，真意既已得到了，體悟到了，那就無須藉助於語言來表達了，否則豈非是多此一舉？語言反而成了糟粕。「真意」其實就是「悠然忘情，閑適意遠」的真趣，也是《歸園田居・其一》云：「久在樊籠裏，復得返自然」（頁57）的適性自在的「返自然」，既然領悟到欣欣自得的情趣，就不必多所辭費了，詩到此戛然而止，畫上句點，也讓人只能意會其佳趣，卻難以言傳，收筆收得妙。

　　總之，這首詩，旨趣高超，結構井然，詞句雖平淺，而意境則高遠，是一首有理趣、有韻致，充滿哲理思維，奇想妙思的壓卷之作。

## （四）對歷來評論「採菊」二句之觀點，宜先整理、歸納、省察

　　歷來許多學者評家，莫不對此「採菊」二句，從各個不同角度，提出他們的觀點，予以評價。若能預先整理、歸納、分類，使吾人有所掌握、吸收，如此對上述陶詩佳句的體會，必能有所借鏡，而得以更深入去妙賞。

　　正如前節提到的，是歷來評析「採菊」二句詩的，即超逾四十家，頗為龐雜，今化繁為簡，選擇其中見地較為突出，觀點較為中肯，較具代表性的，加以簡介如下：

## 1　就詩的旨趣評論者

　　（1）宋・蘇軾云：

　　　「採菊東籬下，悠然見南山」，因採菊而見山，境與意會，此句最有妙處。近歲俗本皆作「望南山」，則一篇神氣都索然矣。[92]

---

92 宋・蘇軾：〈題淵明飲酒詩後〉語，載於《陶淵明研究資料彙編》，頁29。

（2）宋・蔡啟云：

> 「採菊東籬下，悠然見南山」，此其閑遠自得之意，直若超然
> 邈出宇宙之外。俗本多以「見」字為「望」字，若爾，便有褰
> 裳濡足之態矣，乃知一字之誤，害理有如是者。

又云：

> 所謂「盡日覓不得，有時還自来」者，使所見果到此，則「採
> 菊東籬下，悠然見南山」之句，有何不可為？惟徒能言之，此
> 禪家所謂語到而實無見處也。[93]

（3）明・譚元春云：「禪偈」。鍾伯敬云：「見」字，無心得妙。[94]
（4）明・歸有光云：

> 靖節之詩，類非晉宋雕繪者之所為，而悠然之意，每見于言
> 外，不獨一時之所適，而中無留滯，見天壤間物，何往而不自
> 得。余嘗以為悠然者，實與道俱，謂靖節不知道，不可也。[95]

　　按：以上列舉數家評論，皆對其旨趣評議，其中東坡以為「採
菊」二句，所以高妙，即因「境與意會」，有其理致。蔡啟則以為二
句乃「閑遠自得」，一如「超然邈出宇宙之外」，且視為是悟禪之語。
譚元春、鍾伯敬、歸有光三人，亦讚二句為得「道」之言，即因悟得
哲理，方能詠出此語意高妙之句。

---

93 宋・蔡啟：〈陶詩異文〉、〈詩重自然〉語，載於《陶淵明研究資料彙編》，頁44、45。
94 明・鍾伯敬、譚元春：《古詩歸》語，載於《陶淵明詩文彙評》，頁169。
95 明・歸有光：〈悠然亭記〉語，載於《陶淵明研究資料彙編》，頁141。

## 2　就詩的語言風格特色評論者

### （1）宋・惠洪云：

> 東坡嘗曰：淵明詩初看若散緩，熟看有奇句。……又曰：「采菊東籬下，悠然見南山」。……大率才高意遠，則所寓得其妙，造語精到之至，遂能如此，似大匠運斤，不見斧鑿之痕，不知者困疲精力，至死不之悟，而俗人亦謂之佳。[96]

### （2）宋・陳善云：

> 陶淵明詩「採菊東籬下，悠然見南山」，採菊之際，無意于山，而景與意會，此淵明得意處也。而老杜亦曰：「夜闌接軟語，落月如金盆」。予愛其意度閒雅，不減淵明，而言句雄健過之。每詠此二詩，便覺當時清景，盡在眼前，而二公寫之筆端，殆若天成，茲為可貴。[97]

### （3）宋・葛立方云：

> 東坡拈出陶淵明談理之詩，前後有三，一曰：「採菊東籬下，悠然見南山」。二曰：「笑傲東軒下，聊復得此生」。三曰：「客養千金軀，臨化消其寶」。皆以為知道之言。蓋摛章繪句，嘲弄風月，雖工亦何補？若覩道者，出語自然超詣，非常人能蹈其軌轍也。[98]

---

96　宋・惠洪：《冷齋夜話》，〈東坡得陶淵明之遺意〉語，載於《陶淵明研究資料彙編》，頁46。

97　宋・陳善：《捫蝨新話》，〈杜詩意度閒雅不減淵明〉語，載於《陶淵明研究資料彙編》，頁61。

98　宋・葛立方：《韻語陽秋》語，載於《陶淵明研究資料彙編》，頁62。

（4）明・王昌會云：

> 詩有格有韻，淵明「悠然見南山」之句，格高也。[99]

（5）明・陸時雍云：

> 詩被于樂，聲之也。聲微而韻，悠然長逝者，聲之所不得留
> 也。一擊而立盡者，瓦缶也。詩之饒韻者，其鉦磬乎？……
> 「採菊東籬下，悠然見南山」，其韻幽，……凡情無奇而自
> 佳，景不麗而自妙者，韻使之也。[100]

（6）明・謝榛云：

> 《捫蝨新話》曰：「詩有格有韻。淵明『悠然見南山』之句，
> 格高也；康樂『池塘生春草』之句，韻勝也」。格高似梅花，
> 韻勝似海棠。欲韻勝者易，欲格高者難。[101]

　　按：就「採菊」二句的語言看，惠洪以為因其造語精到，不見
斧鑿之痕。陳善以為此二句，一如天成，所以為貴。葛立方認為淵明
即因「覩道」，故「出語自然超詣」，非常人所能。而葛立方早已判
定，即「大抵欲造平淡，當自組麗中來，落其華芬，然後可造平淡之
境」[102]，此由蘇東坡亦曾曰：「淵明作詩不多，然其詩質而實綺，癯

---

99　明・王昌會纂輯：《詩話類編》卷三語，載陳文忠：〈五　〈飲酒・其五〉接受史
　　與詩人風格的歷時闡釋〉，〈第四編　面對經典的詩學沈思史〉，《中國古典詩歌接
　　受史研究》（合肥：安徽大學出版社，1998年8月第1版），頁305。

100　明・陸時雍：《詩鏡總論》語，載於《陶淵明研究資料彙編》，頁172、173。

101　明・謝榛：《四溟詩話》卷二語，載陳文忠：《中國古典詩歌接受史研究》，〈第四
　　編〉、〈五　〈飲酒・其五〉接受史與詩人風格的歷時闡釋〉，頁308。

102　宋・葛立方：《韻語陽秋》語，載於《陶淵明研究資料彙編》，頁62。

而實腴」[103]、曾紘云：「陶公詩語平淡而寓意深遠，外若枯槁，中實敷腴」[104]，又或元好問云：「一語天然萬古新，繁華落盡見真淳」[105]等，可知淵明在語言創造的風格特色。

又前節所引嚴羽亦言「採菊」二句，所以為佳句，乃因淵明詩，質而自然之故。若就風格言，王昌會、謝榛以為此二句格高。而陸時雍則以為此二句所以為佳，乃因其韻幽。而「合韻與格二者言之」，正是所謂的「風格」。而所謂「韻勝」者，代表的是「情風流，志諧婉，真而美者也；所謂『格高』者，代表的是『情貞固，識冰雪，真而善者也』」[106]。

## 3　就詩的藝術手法評論者

（1）宋・晁補之云：

> 「採菊東籬下，悠然見南山」，則本自採菊，無意望山，適舉首而見之，故悠然忘情，趣閒而累遠，此未可於文字精粗間求之。[107]

（2）明・孫月峰云：

> 真率意卻自鍊中出，所以耐咀嚼。「見南山」果妙，不知何人改為「望」字。此詩大是妙境；第點出「心遠」「真意」，翻覺

103　宋・蘇東坡：〈與蘇轍書〉語，載於《陶淵明研究資料彙編》，頁35。

104　宋・曾紘：〈論陶一則〉語，載於《陶淵明研究資料彙編》，頁50。

105　金・元好問：〈論詩絕句〉語，載於《陶淵明研究資料彙編》，頁121。

106　傅庚生：《中國文學欣賞舉隅》（臺北：地平線出版社，1963年1月四版），〈一九善美與高超〉，頁168、169。

107　宋・晁補之：《雞肋集》，載於《陶淵明研究資料彙編》，卷三十三〈題陶淵明詩後〉語，頁167。

亦有痕。[108]

（3）清‧紀昀云：

> 其選詩之大弊有三：一曰矯語古淡，一曰標題句眼，一曰好尚
> 生新。夫古質無如漢氏，沖淡莫過陶公，然而抒寫性情，取裁
> 風雅，樸而實綺，清而實腴；下逮王、孟、儲、韋，典型具
> 在。……「朱華顯綠池」，始見子建。「悠然見南山」，亦曰淵
> 明。響字之說，古人不廢。暨乎唐代，煆煉彌工，然其興象之
> 深微，寄托之高遠，則固別有在也。[109]

（4）清‧馬墣云：

> （「採菊東籬下」二句）承上「心遠」句。世亦嘆其句之妙，
> 或曰自然，或曰景與意會，皆不得其解者也。因採菊而悠然見
> 南山，興也。興者因此而及彼，不偏于一也。意不偏于一，則
> 無所不到，是無邪之旨也，為政之源也，《三百》之後，知之
> 者蓋鮮。靖節則真性情之所流露，故不一而足。[110]

　　按：淵明的藝術創作手法，本就重在主觀上的寫意，而不是客觀
的寫實，也就是在寫作時，直抒胸臆，不假雕琢，信手寫來，純任自
然，發揮的，即是重在「寫意」的手法，以表達玄遠的意境與情趣。
所以歷來很多評家，無不強調陶淵明詩，為他人所不及的地方，不是

---

108 明‧孫月峯：《文選瀹註》卷十五語，載於《陶淵明研究資料彙編》，頁169。

109 清‧紀昀：《瀛奎律髓刊誤序》語，載陳文忠：《中國古典詩歌接受史研究》，頁
　　309。

110 清‧馬墣：《陶詩本義》卷三語，載於《陶淵明研究資料彙編》，頁173。

說「沖澹深粹，出於自然」（楊時《龜山先生語錄》）[111]，就是說「平淡有思致」（葛立方《韻語陽秋》）[112]，「不待安排，胸中自然流出」（朱熹〈論陶〉）[113]，因之晁補之即確認「採菊」二句，讓詩人「悠然忘情，趣閒而累遠」，易言之，即表示重在「寫意」，所以不必在「文字精粗間求之」。孫月峯也是強調此二句詩，「耐咀嚼」，確有「妙境」，也即是有其高明的「寫意」創作手法。

　　至於紀昀、馬墣二人的評論，強調的是此二詩句，運用的，就是「興」的手法，也即是淵明能「即景起興」、「因物興感」、所謂「情以物興」（《文心雕龍・詮賦》）、「興來如答」（《文心雕龍・物色》）[114]，在詩人一觸到外物時，瞬間就起興，通過詩人的想像，來加以創作語淡卻味腴的詩句，手法自然高明。

## 4　就詩的意境（或境界）評論者

　　（1）王國維云：

> 有有我之境，有無我之境。……「採菊東籬下，悠然見南
> 山」，……無我之境也。有我之境，以我觀物，故物皆著我之
> 色彩；無我之境，以物觀物，故不知何者為我，何者為
> 物。……無我之境，人唯於靜中得之，有我之境，於由動之靜
> 時得之，故一優美，一宏壯也。[115]

---

111 宋・楊時：《龜山先生語錄》語，載於《陶淵明研究資料彙編》，頁43。

112 宋・葛立方：《韻語陽秋》語，載於《陶淵明研究資料彙編》，頁62。

113 宋・朱熹：〈論陶三則〉語，載於《陶淵明研究資料彙編》，頁76。

114 梁・劉勰撰、范文瀾注：《文心雕龍注》（臺北：臺灣開明書店，1968年7月臺六版發行），卷二〈詮賦〉，頁47。卷十〈物色〉，頁2。

115 王國維：《人間詞話》語，刊於《陶淵明研究資料彙編》，頁264、265。

（2）朱光潛云：

陶潛在「悠然見南山」時，……見到山的美。在表面上意象
（景）雖似都是山，在實際上卻因所貫注的情趣不同，各是一
種境界。我們可以說，每人所見到的世界，都是他自己所創造
的。物的意蘊深淺，與人的性分情趣深淺成正比例，深入所見
於物者亦深，淺人所見於物者亦淺，詩人與常人的分別就在此。

又云：

「採菊東籬下，悠然見南山」，……都是詩人在冷靜中所回味出
來的妙境（所謂「於靜中得之」），沒有經過移情作用，所以實
是「有我之境」。與其說「有我之境」與「無我之境」，似不如
說「超物之境」和「同物之境」，因為嚴格地說，詩在任何境界
中，都必須有我，都必須為自我性格情趣和經驗的返照。[116]

（3）蕭望卿云：

淵明詩新的意境，一面也建築在他底思想上。他所表現的哲
理，比以前的詩人都多，思想浸進詩裏，漸漸和情感一起發
展，淵明底詩正隱約說明了這個新趨勢。……「採菊東籬下，
悠然見南山」，就是最為宋人稱賞的這樣的名句，他底思想構
成神奇的境界，使人驚異而低迴在那裏面。[117]

---

116 朱光潛：《詩論》（臺北：正中書局，1972年6月臺5版），頁51-56。
117 蕭望卿：《陶淵明批評》（臺北：臺灣開明書店，1966年7月臺2版發行），〈陶淵明
五言詩的藝術〉，頁70、71。

　　按：意境又稱境或境界，是中國古典詩學中重要的審美觀念，後來即成為詩詞以至文學的審美標準。以意境或境界評論詩詞，並不始於王國維，但須承認將意境理論系統化，應歸功於王國維。而其著名的文學批評著作《人間詞話》，即將意境論，作為這部著作的綱領，在《人間詞話》中，王國維多稱「境界」，其與「意境」，兩者含義，相差不大。

　　由於王國維強調「文學之工不工，亦視其意境之有無與其深淺而已」[118]，又說：「詞以境界為最上。有境界則自成高格，自有名句」[119]，因而意境創造，就成為在詩歌寫作中，一個成敗的關鍵點，詩歌的內容，就一直被賦予要創造出具有優美動人的意境。所謂意境即是藉著某些意象，經過詩人心靈的綜合作用，而後融化為一個完整的境界，並能含有一種特殊的情趣，而此即是所謂的「意境」。意境可說是情景交融、事理相契完成的藝術境界，也是屬於一種優美範疇的藝術意境。

　　王國維認為「採菊」二詩句，即為「無我之境」，亦為「不隔」。「不隔」實指情與景俱真，而非矯揉造作。朱光潛以為「採菊」二句，是詩人在冷靜中回味出來的妙境，由於不經移情作用，因而當稱為「有我之境」，王氏所謂「有我之境」，其實是「無我之境」（即忘我之境），即為「自我性格情趣和經驗的返照」，王氏所謂「有我之境」與「無我之境」，不如改說為「超物之境」和「同物之境」。

　　因而朱氏以為自近代美學觀點看，「王氏所用名詞，似待商酌」。袁行霈認為「朱先生指出任何境界中，都必須有我，這是很精闢的」，又說：「真正的藝術品裡，『無我之境』並不存在。『有我之境』

---

118　王國維：《人間詞話》，下卷《人間詞話附錄》（濟南：齊魯書社，1991年4月第4次印刷），頁106。

119　王國維：《人間詞話》，上卷，頁31。

固然寓有詩人的個性；『無我之境』也並非沒有詩人主觀的情趣在內，不過詩人已融入物境之中，成為物境一部分，暫時忘卻了自我而已」[120]，袁氏所說，確實言之切中，自是有理。至於蕭氏所論，「採菊」二詩句，以為因詩人的情感，已融入詩人的思想，使此詩句，造成了「神奇的境界」，此亦是詩人深厚的哲學素養，有以致之，使他的情感，自胸中自然流露，而創造了一種高妙的「詩境」。

綜而言之，上舉歷來學者對「採菊」二詩句，分別就詩句的旨趣、語言風格特色、藝術手法、意境等四方面加以批評，再經個人簡要粗淺的詮釋，所批評的重要觀點，應該已明晰地呈現，而這對個人在後文要自多角度去鑑賞、去詮釋「採菊」二句，無疑的，必是不可或缺的指南針。

## 三　「採菊」二句關鍵字詞釋義

對「採菊」兩詩句的關鍵字詞意義，個人以為宜先更詳明地探究，方能對此兩句詩的意涵，有較客觀與較嚴謹的分析與詮釋。

「採菊」二詩句，儘管僅由十個字，組成五古兩句，不過其中某些關鍵字詞的釋義，個人以為有必要先深入詳明地加以探究其字、詞意義、來源，如此必能對詩人為何要遣用這些字詞，有一更清晰的了解。蓋詩人創作的作品，代表著他本人的心聲，情感與作品是完全一致的，文字架構即代表作品本身，也代表著作者所要表露的心緒與趨向，當然也自此可看出作者的心理素質、人生體驗、文學修養、審美品級等。以下再分別論之：

---

120 袁行霈：《中國詩歌藝術研究》（臺北：五南圖書公司，1989年5月臺灣初版），〈中國古典詩歌的意境〉，頁40。

## （一）採菊：食療養生，幻思游仙

　　前節提過，淵明身體，自少至老，疾病總是伴隨著他，因而淵明家中庭園，特別開闢藥草圃，以便不時之需，尤其菊花，更是淵明所倚重之物，因為服食它，可養生延壽，且服食菊花，可讓人長壽，文獻屢有記載。除前文已引用外，《西京雜記》卷三也載：「九月九日，佩茱萸、食蓬餌，飲菊華酒，令人長壽。菊華舒時，並採莖葉，雜黍米釀之。至來年九月九日始熟，就飲焉，故謂之菊華酒」[121]。其中「飲菊華酒，令人長壽」，可知淵明為何要飲菊花酒。又正如前亦已引淵明在〈九日閒居・序〉云其「愛重九之夕，秋菊盈園，而持醪靡由，空服九華」，在詩中又提到「酒能祛百慮，菊解制頹齡」（頁54），〈讀山海經・其四〉也有「黃花復朱實，食之壽命長」（頁238）的話，說明淵明有相當的藥理學與食療學知識，希望自己能夠因服食菊花，得以養生延年。

　　而由服食菊，可得長壽，可「輔體延年」（曹丕〈與鍾繇九日送菊書〉），發展出可藉服食菊，而改變身體成仙質，並以之求仙的觀念，雖說這可能是一種抗拒老化，以求長壽的自慰念頭而已，但也有詩人卻將它形諸文字，即屬「遊仙」類的詩歌，如：晉・庾闡（約西元317年前後在世）〈遊仙詩・其三〉云：

　　　功疏鍊石髓。赤松漱水玉。憑證眇封子，流浪揮玄俗。崆峒臨北戶，昆吾眇南陸。層霄映紫芝，潛澗泛丹菊。崑崙涌五河，八流縈地軸。[122]

---

121 胡不歸（本名胡善德）：《讀陶淵明集札記》（上海：華東師範大學出版社，2007年5月第1版），〈上篇：第十七章　菊・松・無絃琴〉，引《西京雜記》卷三語，頁192。
122 晉・庾闡：〈遊仙詩・其三〉，載逯欽立輯校：《先秦漢魏晉南北朝詩》，卷十二〈晉詩〉，頁875。

　　例句中對於仙境的描寫，以及仙人的服食，就特別強調「紫芝」與「丹菊」，顯然係因這兩種植物所具的養生功能關係。實際早在曹植（西元192-232年）的〈洛神賦〉中，即以「翩若驚鴻，婉若遊龍。榮曜秋菊，華茂春松」[123]等幾句描述洛神的美麗身形，卻也將「秋菊」寫上，暗示其與仙界的關係。鍾會（西元225-264年）的〈菊花賦〉，更強調菊花是「流中輕體，神仙食也」[124]。其後陳・陰鏗（西元？-565年）的〈賦詠得神仙詩〉則云：「羅浮銀是殿，瀛洲玉作堂。朝遊雲暫起，夕餌菊恒香。聊持履成燕，戲以石為羊。洪崖與松子，乘羽就周王」[125]，也是將食菊恒香的意涵，賦予成仙的暗示。

　　菊花既與神仙牽連關係，有一些當代典籍，均曾對此有所記載，如晉・葛洪（西元284-364年）《神仙傳》即云：「康風子服甘菊花柏實散得仙」[126]，又葛洪另一本涉及神仙方藥、鬼怪變化、養生延年、禳邪卻禍之事的著作《抱朴子內篇》，也記載：「劉生丹法，用白菊花汁、地楮汁、樗汁和丹蒸之，三十日，研合服之，一年，得五百歲」[127]。盛弘之《荊州記》亦記：「酈縣北八里有菊水，其源悉芳菊被崖水，甚甘馨。太尉胡廣，久患風羸，恒汲飲水後，疾遂瘳，年及百歲，非唯天壽，亦菊所延也」[128]。另《名山記》又載：「道士朱孺子，吳末

---

123　魏・曹植：〈洛神賦〉，載趙幼文校注：《曹植集校注》（臺北：明文書局，1985年4月初版），卷二，頁283。

124　魏・鍾會：〈菊花賦〉，載明・張溥輯：《漢魏六朝百三名家集》，〈鍾司徒集〉，頁1432。

125　陳・陰鏗：〈賦詠得神仙詩〉，載逯欽立輯校：《先秦漢魏晉南北朝詩》，卷一〈陳詩〉，頁2456。

126　唐・歐陽詢等：《藝文類聚》（日本京都：中文出版社，1980年出版），卷八十九〈藥香草部・上・菊〉，頁1390。

127　晉・葛洪：《抱朴子內篇》（北京：中華書局，1988年7月北京第3次印刷），卷四〈金丹〉，頁82。

128　宋・李昉等編著：《太平御覽》（臺北：臺灣商務印書館，1980年6月臺4版），卷第九百九十六〈百卉部三〉，載盛弘之〈荊州記〉文，頁4539。

入王筍山，服菊花，乘雲升天」[129]，上述著作，對服菊花，可得天壽，甚至誇大為可因服菊花，竟能「乘雲升天」。當代許多典籍，既然如此記載，可見菊花，經兩漢至魏晉，已經成為文人書生眼中養生延年之奇品，雖然明知成仙不可能，但作作夢想，有一天，真的能使身體輕靈，「乘雲升天」，或可藉此迴避現實中的責任、壓力，與更多的無奈，總是可以吧！

　　當代的文人書生，所以如此注重養生延年的事，除了上述提到因對政治逃遁，轉而在學術上談玄，在行為上放達，以表現遺世高蹈的情懷外，更重要的是當代玄學興盛，連帶的，神仙道教思想也跟著發達。很多詩人作家，都寫出了不少神秘幻想的遊仙詩，即使是在早期權傾一時，位居魏王高位的曹操，都寫下〈氣出唱〉、〈精列〉、〈陌上桑〉、〈秋胡行〉四題共七首的遊仙詩作。

　　而更多的是在政治上無權無勢，反而是時常擔驚受怕的某些文人，如嵇康、阮籍、傅玄、張華、陸機、郭璞、庾闡等人，他們在無奈時，都有一種厭世、遁世的思想，都希望能像古代傳說中的神仙一樣，上天下地，無拘無束，來去自由，讓心裡都有一種解放、超脫與滿足感，難怪鍾嶸要評郭璞的遊仙詩，是「乃是坎壈詠懷，非列仙之趣也」[130]，表示郭璞的遊仙詩中，是有他內心的苦悶與無奈，寄寓在其中的。

　　儘管淵明與其他許多魏晉人士一樣，是不相信有神仙的，有仙鄉的，如他吟過：「天道幽且遠，鬼神茫昧然」(〈怨詩楚調示龐主簿鄧治中〉)(頁74)、「世間有松喬，於今定何聞」(〈連雨獨飲〉)(頁83)、「我無騰化術，必爾不復疑」(〈形影神・形贈影〉)(頁45)、「帝

---

129 宋・李昉等編著：《太平御覽》，卷第九百九十六，載〈名山記〉文，頁4539。

130 梁・鍾嶸著、曹旭集注：《詩品集注》(上海：上海古籍出版社，1994年10月第1版)，〈詩品中〉，頁247。

鄉不可期」（〈歸去來分辭〉）（頁267）、「誠願遊崑華，邈然茲道絕」
（〈形影神・影答形〉）（頁47），認為「神仙」之說，都是虛妄不實的
荒誕傳聞，可不要去做一些求仙之類，虛幻無功的事。不過正如前面
提到的，是淵明並未完全放棄對久生長壽的企求，甚至於淵明也不避
諱他對神仙長生的響往，尤其在他年齡愈大，體力愈弱的時候，如他
在〈與子儼等疏〉中說：「病患以來，漸就衰損，親舊不遺，每以藥
石見救，自恐大分將有限也」（頁302），後來他寫的〈讀山海經〉
詩，就透露了他不少企待服食養生，以得天壽，甚至神仙的幻想奇
思，如下列詩句：

> 翩翩三青鳥，毛色奇可憐；朝為王母使，暮歸三危山。我欲因
> 此鳥，具向王母言；在世無所須，惟酒與長年（〈讀山海經・
> 其五〉）（頁239）
> 自古皆有沒，何人得靈長？不死復不老，萬歲如平常。赤泉給
> 我飲，員丘足我糧，方與三辰游，壽考豈渠央。（〈讀山海經・
> 其八〉）（頁241、242）

淵明希望「長年」，企待「萬歲如平常」、「壽考豈渠央」，也知道
「黃花復朱實，食之壽命長」（〈讀山海經・其四〉）（頁238）。又曾詠
道：「奇文共欣賞，疑義相與析」（〈移居・其一〉）（頁86），「奇文」
當是指《穆天子傳》、《河圖》、《洛書》、《山海經》等一些神奇怪異之
書，在〈述酒〉詩中說：「三趾顯奇文」（頁173）（按：三趾指三足
鳥，傳說日中有三足鳥，為日之精，又或傳為駕日車者）[131]。在〈讀
山海經・其一〉：「汎覽《周王傳》，流觀《山海圖》」（頁233），他特

---

131 袁珂編著：《中國神話傳說辭典》（臺北：華世出版社，1987年5月臺1版），〈三足
　　鳥〉條釋文，頁15。

別喜歡閱讀這些神異荒誕之書，甚至於有學者還認為他有可能還編著了《搜神後記》，因為梁・慧皎《高僧傳序》云：「陶淵明《搜神錄》」[132]云云。

前文提及，淵明飲酒，或飲菊花酒、藥酒的一個原因，是為了健身延年，而飲酒、飲菊花酒，又與求長生不老、神仙建立複雜的關連，淵明在〈止酒〉一詩，反話正說的吟道：「從此一止去，將止扶桑涘；清顏止宿容，奚止千萬祀」（頁171），淵明在這裡說反話，說不喝酒後，就可以長生成仙。而〈述酒〉一詩，辭意隱晦，注家多判為是敘述晉宋易代的政治事件，是在劉裕弒帝之後有感而作。宋・黃庭堅云：「（〈述酒〉）此篇有其義而亡其辭，似是讀異書所作，其中多不可解」[133]。

〈述酒〉詩末說：

> 王子愛清吹，日中翔河汾；朱公練九齒，閒居離世紛。峨峨西嶺內，偃息常所親；天容自永固，彭殤非等倫（頁173）

自表面的字句看，詩句似均與隱逸、養生及神仙情事相關。詩句說周靈王太子名晉，好吹笙，後乘白鶴仙去，陶朱公則練養長生術，閒居遠離世俗紛擾。而高聳的西嶺（按：古直《陶靖節詩箋》注云：「西嶺殆指崑崙山，崑崙，仙真之窟，正在西方也」[134]）裡，應該是

---

132　按：近人贊同《搜神後記》為陶潛所撰者，如葉慶炳〈魏晉南北朝的鬼小說與小說鬼〉，《古典小說論評》（臺北：幼獅文化事業公司，1988年5月初版），附註6，頁141。侯忠義《漢魏六朝小說史》（瀋陽：春風文藝出版社，1989年3月第1版），頁70。另亦有未全否定淵明的著作權，相信陶淵明曾編撰志怪小說，惟其原貌則不易確知者，如王國良：〈搜神後記研究〉，《六朝志怪小說考論》（臺北：文史哲出版社，1988年11月初版），頁113-116。

133　宋・黃庭堅之評語，載《陶淵明詩文彙評》，頁203。

134　古直：《陶靖節詩箋》（臺北：廣文書局，1969年5月再版），卷三，頁17。

自己內心接近，可以安臥的地方。黃帝時代的術士天老、容成，若與彭祖與夭折的小兒比對，那就不能等量齊觀了。袁行霈對後面幾句詩，認為是「托言遊仙，以示無可奈何之慨」[135]，由此看出，〈述酒〉詩，雖以「述酒」命題，卻以養生仙事作結，如此又「酒」與「仙」相聯結。

由此個人或可判斷，淵明採菊，並取來服用，或釀製菊花酒，依據上述的論證，淵明云：「故老贈余酒，乃言飲得仙」（〈連雨獨飲〉）（頁83），其中「乃言飲得仙」，雖是一位故老的勸慰話，但或可把它視為是淵明面對時光飛逝，生命不再的敏感、焦灼，與悲哀時，藉飲酒，或飲菊花酒，在半醉半醒中，飄飄登仙，體驗到神仙世界才有的奇幻與美妙，身心獲得大自由、大快樂，也可以說，最終達到物我兩忘的逍遙境界。

## （二）悠然：變故作新，妙合無痕

「採菊」兩句詩中的「悠然」，注家或注云：「悠游自得貌」[136]，或注云：「超遠貌」[137]，又或注云：「悠遠貌，又閑適貌，所想者遠，故得閑適也。此處兩義兼而有之」[138]，其意即指心境的閒遠自得之意。不過「悠然」一詞，出處為何？淵明將其遣用，應如何判定其是否高明？似未見有人加以稽考與評述，筆者個人謹在此，略加查證，並以此來判斷淵明確為遣用「悠然」一詞的高手。

查「悠」一字，本有遠、遲、思、憂等之意。《爾雅・釋詁》云：「永、悠、迥、違、遐、邈、闊，遠也」、「永、悠、迥、遠，遲

---

135 袁行霈：《陶淵明集箋注》，卷三〈述酒〉，〈析義〉，頁303。

136 方祖燊：《陶潛詩箋註校證論評》，「結廬在人境」詩，注2，頁144。

137 逯欽立：《陶淵明集》，「結廬在人境」詩，注1，頁89。

138 袁行霈：《陶淵明集箋注》，「結廬在人境」詩，注3，頁248。

也」[139]。《詩・周南・關雎》：「悠哉悠哉」，《傳》：「悠，思也」。又
《詩・周頌・訪落》：「於乎悠哉」，《傳》：「悠，遠也」。又《禮記・
中庸》：「微則悠遠」，《疏》：「悠，長也」[140]。若「悠悠」重言，其意
義亦相同，如《詩經・小雅・巧言》：「悠悠昊天」，《箋》曰：「悠
悠，思也」。《詩・鄘風・載馳》：「驅風悠悠，言至於漕」，《箋》曰：
「悠悠，遠貌」。《詩・邶風・雄雉》：「瞻彼日月，悠悠我思」，《箋》
云：「使我心悠悠然思之」[141]，悠悠，即言思之長[142]。另《詩・小
雅・車攻》：「蕭蕭馬鳴，悠悠旆旌」，《疏》引《正義》云：「悠悠
然，旆旌之狀」[143]，屈萬里《詩經釋義》注曰：「悠悠，長貌」[144]。
另《孟子・萬章》云：「少則洋洋焉，攸然而逝」，朱熹注曰：「攸然
而逝者，自得而遠去也」[145]，按：攸既訓遠，則攸與悠同可知。

　　自上舉證，可知「悠」有長、遠、思等之意，而「悠悠」與
「悠」，意義亦同。《毛詩正義》，鄭玄箋注〈邶風・雄雉〉，首用「悠
悠然」一詞，《孟子・萬章》亦有「攸然」一詞，故後世的詩人作
家，得以取用於其作品中，如晉・郭璞〈遊仙詩・其八〉云：「悠然
心永懷，眇爾自遐想」，晉・王喬之〈奉和慧遠遊廬山詩〉亦云：「遐

---

139 晉・郭璞注、宋・邢昺疏：《爾雅注疏》，《十三經注疏》（臺北：藝文印書館，
　　1981年1月8版），卷第一，頁10。

140 按：以上引《詩經》、《禮記・中庸》及在《傳》、《疏》之注釋，參見（日）諸橋
　　轍次編著：《大漢和辭典》（臺北：中新書局，1979年7月出版），卷四，頁1062。

141 漢・毛亨傳、鄭玄箋、唐・孔穎達疏：〈小雅・巧言〉，《毛詩正義》，《十三經注
　　疏》（臺北：藝文印書館，1981年1月8版），頁423。〈鄘風・載馳〉，頁125。〈邶
　　風・雄雉〉，頁86。

142 王靜芝：《詩經通釋》，頁94。

143 漢・毛亨傳、鄭玄箋、唐・孔穎達疏：《毛詩正義》，〈小雅・車攻〉，頁368。

144 屈萬里：《詩經釋義》（臺北：中華文化出版事業社，1961年10月4版），〈小雅・車
　　攻〉，頁139。

145 宋・朱熹：《四書集註》（臺北：世界書局，1952年7月臺1版），卷五〈萬章上〉，
　　頁129。

麗既悠然，餘盼覿九江」<sup>146</sup>，「悠然」在此，即有閒適之中，思念悠遠的意義在。

屬於志人小說的《世說新語・言語》云：「王右軍與謝太傅共登冶城，謝悠然遠想，有高世之志」<sup>147</sup>，謝安與王羲之同登冶城，謝雖「悠然遠想」，不過有「風流宰相」稱號的謝安，儘管也有喜愛山林的本性，不過他對人生、生命的不捨，與委運大化的淵明相較下，顯然存有一份執著心，所以雖寄遠想之思，但在心境上，除不如前面郭璞、王喬之二人外，更比不上淵明的閒適自在，謝的「悠然遠想」，與淵明的「悠然見南山」，雖同用「悠然」一詞，然而意境的深淺，就存有很大的差距。

淵明襲用「悠然」一詞，乃是在心境閒適自得的時候，因東籬下採菊，抬起頭來，偶「見南山」，將自己與自然界的景象相結合，「悠然」在這時刻遣用，可說辭婉意微，氣韻深長，含有某些意義，在其中，葉嘉瑩以為「『悠然』」在這句裡應該有兩個意思，一個是『遠』，另一個是『閑』」<sup>148</sup>，言之誠然，真是體會有得。

由於淵明身軀不離「人境」，但心卻可「遠」，雖然無可避免車馬喧鬧，帶來不寧，然「喧」與「不喧」，完全可由心靈來主宰，只要寄心於遠，縱情於遙，則可排除任何俗事塵物的干擾，任何憂患迭至的交侵，達到完全遺世獨立的境域。就因淵明「心遠」，接著後面才會有「採菊東籬下」以下四句，如此「心遠」就成了上下文連貫的關鍵所在。

至於要如何方能達到「心遠」？楊鍾基認為是因「有契於《莊

---

146 逯欽立輯校：《先秦漢魏晉南北朝詩》，錄晉・郭璞〈遊仙詩・其八〉，頁866。另錄王喬之〈奉和慧遠遊廬山詩〉，頁938。

147 楊勇校箋：《世說新語校箋》，〈言語第二〉，頁100。

148 葉嘉瑩：《陶淵明飲酒詩講錄》，頁54。

子‧人間世》所示之『乘物以遊心』之意；藉『遊目』以『騁懷』，亦正如〈飲酒〉其七所謂藉採菊汎酒，以忘憂遠情也」[149]。淵明在詩作中，就常遣用「遠」字，以敘述他「遠」的心境與體會，如「遠之八表」（〈歸鳥〉）（頁40）、「班坐依遠流」（〈遊斜川〉）（頁64）、「天道幽且遠」（〈怨詩楚調示龐主簿〉）（頁74）、「試酌百情遠」（〈連雨獨飲〉）（頁83）、「良日登遠遊」（〈酬劉柴桑〉）（頁91）、「遠我遺世情」（〈飲酒‧其七〉）（頁148）等。另外他也喜歡遣用「遙」、「邈」、「悠」等諸同義的字。

　　而葉氏另外談到一個「閑」字，實際在「遠」的意識中，也含有「閒」、「曠」、「高」、「超」的意味。「閒」也是淵明在詩文中，常常提到的字，經個人粗略的統計，竟達到三十處之多[150]，可見淵明無論是處於何等的環境，或是遇到任何的人、事、物，他都是閒靜以對，內心真正保有著一種舒泰、安閒的逸趣，從從容容，始終充滿著悠閒沖遠的胸次與情懷。清‧袁潔即說：「曹植工於贈答，阮籍工於感慨，陶潛工於閒情」（《蠡莊詩話》）[151]，可謂一語中的。

　　淵明他儘管在現實生活中，結交了不少朋友，可是他的心靈，他的處境，還是常常陷於孤獨寂寞中，像〈飲酒〉詩二十首，是他「顧影獨盡」的時候，陸續寫成的，這對他來講，不算稀奇。另外有一些詩文，也寫他孤獨喝酒的情形，是「春醪獨撫」（〈停雲〉）（頁1）、「濁酒且自陶」（〈己酉歲九月九日〉）（頁133）、「揮杯勸孤影」（〈雜詩‧其二〉）（頁201），在外遊歷時，是「悵恨獨策還」（〈歸園田居‧其五〉）（頁62），「懷良辰以孤往」（〈歸去來兮辭〉）（頁267），以往在

---

149 楊鍾基：〈陶詩「心遠」義探微——兼論陶潛之隱逸思想〉，《中國文化研究所學報》第20卷（香港：香港中文大學，1989年），頁185。

150 陳怡良：《陶淵明之人品與詩品》，〈第四章　陶淵明的文學造詣〉，頁342、343。

151 清‧袁潔：《蠡莊詩話》一則，載於《陶淵明研究資料彙編》，頁230。

外任官時，是「中宵尚孤征」（〈辛丑歲七月赴假還江陵夜行塗口〉）（頁117）。自己在吟唱時，是「斂襟獨閑謠」（〈九日閑居〉）（頁54）、「慷慨獨悲歌」（〈怨詩楚調示龐主簿鄧治中〉）（頁74），自己哀傷時，是「猖狂獨長悲」（〈和胡西曹示顧賊曹〉）（頁107）、「奚惆悵而獨悲」（〈歸去來兮辭〉）（頁267），偶而表現快樂時，是「被褐欣自得」（〈始作鎮軍參軍經曲阿作〉）（頁114），孤獨寂寞的時候，吟道：「自我抱茲獨，僶俛四十年」（〈連雨獨飲〉）（頁83），但他還是能賞玩這寂寞，「靈府常獨閑」（〈戊申歲六月中遇火〉）（頁130）。

雖說淵明經常處於心靈常保存長久的恬淡安閑，所以才能「偶景獨游，欣慨交心」（〈時運〉）（頁6），即若獨自到外面郊遊，心中還是欣喜的。這也就是因為「淵明的寂寞就是偏於悠閑」、「他的詩大部份都充滿了這種意味，悠閑沖遠，這是從寂寞甚至苦悶中冶鍊出來的」[152]。「閑」，讓淵明能「俯仰終宇宙，不樂復何如」（〈讀山海經·其一〉）（頁233），維持自然閑適的心態，欣賞玩味的態度，等到他在家裡隱居，「採菊東籬下，悠然見南山」時，內在意念的心馳神往，會有什麼樣的奇妙觸發，那就不問可知了。

葉氏提到「悠然」，應含有「遠」、「閑」兩個意思，個人以為然，並詮釋如上，不過若就淵明本身的心態與涵養而言，個人以為或可再含括另外兩個意思，即「淡」與「真」。「淡」一方面反映出淵明的「質性自然，非矯厲所得」（〈歸去來兮辭並序〉）（頁266），而在任官時，又無法扮演那種軟媚滑熱，縮頸傷氣的角色，終在任彭澤令八十幾日後，適程氏妹喪於武昌，便以奔喪為藉口，掛冠求去。從此之後，即決心歸隱田園，不再出仕，故才有「久在樊籠裏，復得反自然」（〈歸園田居·其一〉）（頁57）的詩句。由於「淡」，他才能對外

---

152 鄭騫：〈詩人的寂寞〉，《從詩到曲》（臺北：順先出版公司，1976年10月再版），頁11。

面那種趨炎附勢，爭權奪利的官場，有著徹底的覺醒，〈歸去來兮辭〉說：

> 既自以心為形役，奚惆悵而獨悲。悟已往之不諫，知來者之可追；實迷途之未遠，覺今是而昨非。
>
> 富貴非吾願，帝鄉不可期。懷良辰以孤往，或植杖而耘耔；登東皋以舒嘯，臨清流而賦詩，聊乘化以歸盡，樂夫天命復奚疑（頁267）。

懷抱高遠志趣的淵明，歸隱田園，明知要承受家鄉困窘的農村生活，但他仍以勤勞與固窮的精神意志去應對，若無湛深的哲學素養，與強烈的淡泊心志的話，是很難奏功的。淨化的自然生活，平淡的生活志趣，使他在家鄉隱居時，樂天知命，「稱心易足」（〈時運〉）（頁6），對於大自然的美景，方能達到「邈邈遐景，載欣載矚」（〈時運〉）（頁6），有著閒適欣愉的心情去欣賞。

最後一個「真」字，應該也是包含在「悠然」之中的意思。「真」，精誠之至，其實也是自然，也是代表真誠無偽。現實的社會，以及芸芸眾生，難免有醜惡、虛偽、自私等等不「真」的一面。淵明的性格，即是自然率真，至情至性，最反對任何矯飾與虛假，由於他性好自然，因而最喜愛自然界的至真無偽，最擔心當日社會的「真風告逝」、「舉世少真」。莊子說：「真者所以受於天也，自然不可易也，故聖人法天貴真，不拘於俗」（〈漁父〉）[153]，由宇宙擴及到人生，當然他早年「真想初在襟」（〈始作鎮軍參軍經曲阿作〉）（頁114），所以一面主張「抱樸含真」（〈勸農〉）（頁25）、「養真衡茅下」

---

153 清‧王先謙：《莊子集解》，卷八〈漁父第三十一〉，頁208。

（〈辛丑歲七月赴假還江陵夜行塗口〉）（頁118），相信「任真無所
先」（〈連雨獨飲〉）（頁83）。因之淵明的「真」，表現在創作詩文時，
必如上節已略引明・劉朝箴所言：

> 及感遇而為文詞，則率意任真，略無斧鑿痕、煙火氣。千載之
> 下，誦其文，想其人，便愛慕向往，不能已已[154]（〈論陶一
> 則〉）。

雖說作品貴在真情流注，出之至性，表現渾然天成的韻致，實際
淵明又何嘗忘情於鍛鍊？只不過他造詣獨高，故不見斧鑿痕跡而已。
明・王圻即稱揚云：

> 陶詩淡，不是無繩削，但繩削到自然處，故見其淡之妙，不見
> 其削之跡[155]（〈稗史〉）。

王氏之言，確具見地。王圻又以為淵明「情之所蓄，無不可吐
出，景之所觸，無不可寫入」[156]，因之淵明在寫〈飲酒・其五〉時，
如明・唐順之所言，「信手寫出，便是宇宙間第一等好詩」（〈答茅鹿
門知縣〉）[157]，信然。更進而推想，淵明能寫出如此「第一等好詩，
是『採菊東籬下，悠然見南山』，始無意，適與意會，千載之內，惟
淵明得之。所謂然者，蓋在有意無意之間，非言所可盡也」[158]，運用

---

154 明・劉朝箴：〈論陶一則〉，載《陶淵明研究資料彙編》，頁174。
155 明・王圻：《稗史》語，載《陶淵明研究資料彙編》，頁168。
156 沈括：《續夢溪筆談》語，引自王叔岷：《陶淵明詩箋證稿》頁167。
157 明・唐順之：〈答茅鹿門知縣〉語，載《陶淵明研究資料彙編》，頁161。
158 宋・牟巘：《陵陽集》，卷十七〈跋意山圖〉，錄自胡不歸：《讀陶淵明集札記》，
　　〈上編：第十一章飲酒之五〉，頁136。

「悠然」一詞，變故為新，以寫他偶爾見到「南山」時的神色、情態，是「任真自得」、「閒適情懷」，形成「空靈」的意境[159]，也是因承「心遠」而來，所以用「悠然」，加在「見南山」上，簡直妙合無痕到極點。換句話說，就是淵明在最適合的地方，自然而然的寫下最適合的詞彙，「悠然」二字，使「悠然見南山」一句，意味深長，含蓄不盡，可說極盡巧奪天工之能事。借用洪自誠《菜根譚》的話，是：「文章做到極處，無有他奇，只是恰好」[160]是矣。

## （三）見：雖有爭議，一字傳神

「悠然見南山」中的「見」字，可說「一字見巧拙」，不過此字，歷來有爭議。自齊、梁時代到唐代，有兩種傳本，一本「見」字作「望」，如《昭明文選》及唐初歐陽詢等編著的《藝文類聚》卷六十五，都收錄這首詩，「見」字都作「望」。因而引起後人對作「見」，或作「望」的優劣，或到底是原作，或改作的疑問，爭議不休。

蘇東坡於〈題淵明飲酒詩後〉，提出他的看法：

> 因採菊而見山，境與意會，此句最有妙處。近歲俗本，皆作「望南山」，則此一篇神氣都索然矣。古人用意深微，而俗士率然妄以意改，此最可疾。近見新開韓、柳集多所刊定，失真者多矣。[161]

159 按：王叔岷：《陶淵明詩箋證稿》，舉「韋應物〈答長安丞裴說詩〉：『採菊霜未晞，舉頭見秋山』，其意不在秋山，故用一見字，雖似無我之境，惟乃有意學陶，終覺效顰。見上冠『舉頭』二字，與陶詩見上用『悠然』二字，一執著；一空靈，相去遠矣」。見該書，頁292。

160 明‧洪自誠原著、齊時賢編著：《菜根譚》（臺南：大夏出版社，1977年3月初版），頁56。

161 宋‧蘇東坡：〈題淵明飲酒詩後〉語，載《陶淵明研究資料彙編》，頁29。

又前已引晁補之〈題陶淵明詩後〉，也提出他的觀點：

> 「採菊東籬下，悠然見南山」，則本自採菊，無意望山，適舉首而見之，故悠然忘情，趣閑而累遠，此未可於文字精粗間求之。[162]

蘇東坡認為用「見」字，顯示境與意會，此句才有妙處，若俗本作「望」字，那全篇都「神氣索然」了。晁補之亦贊同此說，以為用「見」字，方見「悠然忘情，趣閑而累遠」之意。其他亦贊同用「見」字者，如蔡啟《蔡寬夫詩話》，亦以為「採菊東籬下」兩句，表示閑遠自得之意，又說：「俗本多以『見』字為『望』字，若爾，便有褰裳濡足之態矣」[163]。另吳曾《能改齋漫錄》，亦以為「東坡之說為可信」[164]。沈括《續夢溪筆談》亦云：「陶淵明雜詩：『採菊東籬下，悠然見南山』，往時校定《文選》，改作『悠然望南山』，似未允當。若作『望南山』，則上下句意全不相屬，遂非佳作」[165]。

另前已舉王國維《人間詞話》評論詩詞，提出有我、無我的境界問題，就判定「採菊東籬下，悠然見南山」兩句，是「無我之境」，「無我之境」，即是「不知何者為我，何者為物」。

日本漢學家吉川幸次郎，所著《陶潛》，也說：「見山的淵明很悠然的話，被淵明所見的山也很悠然。而將主客合一，無法分開，那種

---

162 宋・晁補之：〈題淵明飲酒詩後〉語，《雞肋集》卷三十三，載《陶淵明詩文彙評》，頁167。

163 宋・蔡啟：《蔡寬夫詩話》語，載《陶淵明詩文彙評》，頁167。

164 宋・吳曾：《能改齋漫錄》語，載《陶淵明詩文彙評》，頁168。

165 宋・沈括：《續夢溪筆談》語，引自王叔岷：《陶淵明詩箋證稿》所載，頁291。

渾然的狀態，詠為『悠然見南山』的樣子」[166]，這種論點，與上舉王
國維的看法一致。「採菊」二句詩，所以能被王國維評為「無我之
境」，王叔岷以為關鍵就在一個「見」字，見若作望，則著我之色
彩，是「有我之境」[167]了。

　　對於「悠然見南山」，到底版本原作「見」，還是作「望」的問
題，蘇東坡又說，作「望」，並非淵明之意，不過因為《昭明文選》
中是作「望」，傳本較早，因而王叔岷說：「我懷疑作『望』，可能是
陶淵明的初稿。作『見』，是淵明的定稿。這個『見』字，更襯托出
淵明的悠然自得，非淵明自己不能改」[168]，王氏所作結論，雖無確切
證據，不過所言，卻頗為合理。

　　依上述幾位學者的高見，再配合「結廬在人境」整首詩來看，
「見南山」的「見」字，較作「望」字為優，其理由，個人謹依上述
學者的意見，再加入個人的淺見，重新整理，歸納如下：

　　1.用「見」字，如蘇東坡所言，是顯現境與意會，是起初並無意
只因適逢其會，才會「見」南山，若作「望」，就變成是存心有意，
意境即成膚淺，而無餘味。

　　2.淵明在東籬之下低頭採菊時，胸襟灑落，悠然自得，忽然舉頭
而見山，用「見」字則表示極為自然，毫不勉強與矯情，清·何焯
《義門讀書記》就表示意見說：「『望』一作『見』，就一句而言，
『望』字誠不若『見』字為近自然」[169]是矣。

　　3.淵明等「見南山」後，底下接著寫「山氣日夕佳，飛鳥相與

---

166　（日）吉川幸次郎著、李君奭譯：《陶潛》（臺北：專心企業出版社，1981年10月
　　　初版），〈四　煩瑣分析〉，頁53。
167　王叔岷：《陶淵明詩箋證稿》，頁291。
168　王叔岷：〈說「悠然見南山」〉，《慕廬演講稿》，《慕廬論學集》（一）（北京：中華
　　　書局，2007年10月北京第1版），頁5。
169　清·何焯：《義門讀書記》，引自胡不歸：《讀陶淵明集札記》，頁135。

還」，那是「望」遠，是有意而「望」，當然不再是偶然「見」，就「見南山」與望到山氣、飛鳥相較，在時間上不但有差距，尤其在詩人的心境與情緒上，更是極為不同，所以「見南山」，用「見」字，掌握很精準，若用「望」字，就顯得含糊、籠統。

4. 前節曾提到，「『悠然』見南山」，遣用「悠然」，在意境上言，乃屬空靈，殆若天成。接下「見南山」，用「見」字，則詩人純樸直率的懷抱，自然不做作的風姿、氣度，充分表現出來，所以特別有高士那樣瀟灑流逸的情致，「見」字就較有靈動的意味，而使境界全出，若用「望」字，就覺得板滯，落於俗套。

## （四）南山：虛實兩義，別具意涵

有關「悠然見南山」句，其中「南山」的詞義，歷來也有些爭議，一般注釋都注是「廬山」，不過某些學者，也提出不同的看法。據所知謹歸納如下：

1. 柴桑山：近人左秀靈提出，以為廬山古稱南障山，又稱匡山、廬埠，未有稱「南山」者，而終南山、祁連山，古代可稱南山。陶淵明的故鄉在柴桑里，而在該里的西南方有座柴桑山，據日人（按：即諸橋轍次）所著《大漢和辭典》「柴桑」條下注：山名，在江西省九江市西南，晉‧陶淵明居此。因此左氏據各種權威性的工具書推斷，陶宅離柴桑山，應近在咫尺。所以南山應是指眼前的柴桑山，絕非遙遠的廬山[170]。

2. 南山：近人徐新杰以為南山並非是廬山，而是柴桑境內的南山。徐氏認為「南山」必須在潯陽柴桑境內，在「南岳」（即廬山）區域，於「南嶺」（即漢陽諸峰）之下。而漢陽峰下栗里陶村之南，

---

170 左秀靈：〈悠然見那座「南山」〉，《顛覆國文──國文課本、古文觀止的錯誤》（臺北：黎明文化公司，2000年6月初版），頁33-35。

有山即名「南山」。王凝之任江州刺史聚僧譯經的「南山精舍」，及謝靈運翻經處經台山，淵明把酒賞菊時，所臥醉石故跡俱在，有古墓摩岩可資考證。這「南山」形象並不高大，「彼南阜者名實舊矣，不復乃為嗟嘆」。當時在老陶眼中已平常不足道，後來亦不見經傳，不載于志書，故為後代考古及研陶者所忽略。[171]

　　3.南山是泛指，並非山名：近人胡安蓮提出「南山」二字與「菊」字一樣，是正確把握全詩意蘊的關鍵所在。「南山」在詩中並不是山名，而是一種泛指。因為「南山」早期的主要文化意象是昌盛、長壽、高貴、偉岸，在《詩經》中已經具備了。至漢代，南山一詞，在原有的文化內涵中，又加入了賢者隱居之地這一意義，成為隱者嚮往的地方。西漢初年有東園公、角里先生、綺里季、夏黃公四人隱居於商山，合稱「商山四皓」，因商山是秦嶺山脈的一部份，漢時，秦嶺和終南山，都有「南山」之稱，所以便有「四皓」隱于南山之說，而後「南山」就有了崇高、昌盛、長壽的文化象徵，也成了有德者隱居的「極樂世界」。「南山」融合了德似高山，壽如松柏，節如翠竹的文化內涵，這正是陶淵明「悠然見南山」之意。[172]

　　另見有康保成撰文，以為「悠然見南山」，確實是在用「商山四皓」的典故，而不是真的見到了山，並認為：「陶淵明的隱居生活，乃至全部作品，都充滿著「四皓」情結。稽考許慎《說文解字》與段玉裁《注》，知「南山」即終南山，商山即商洛山，位於南山之東，是南山的支脈，亦可稱為「南山」。「南山」是山脈名，非具體山名，相當於今天所說的秦嶺。商山是南山的支脈，秦末漢初，四皓即隱居

171 徐新杰：〈陶詩「南山」安在哉〉，《江西文物》1991年第2期（江西：江西文物社，1991年），頁133、83。

172 胡安蓮：〈「采菊東籬下，悠然見南山」的文化意蘊剖析〉，《信陽師範學院學報》（哲學社會科學版）第23卷第4期（河南：信陽師範學院，2003年8月），頁101-103。

於此山。「南山」就成為隱居的典故。

　　又康氏以為「南山」非指廬山。廬山本無「南山」之稱。且陶淵明居住的柴桑山，位居廬山之南，其視廬山為北，似無稱廬山為「南山」之可能。再者將「南山」視為廬山，便難以解釋「南山有舊宅」句，遂欽立注「舊宅」為「陶氏墓地」，一望即知其誤。作者進一步指出，若將「南山」坐實為廬山，就失去原詩所具有的藝術張力。「南山」為虛，若隱若現，若影若幻，給人以浮想聯翩的餘地；廬山若為實，則近在眼前，看得見，摸得著，無法使人產生聯想。因而確認，「南山」是一種精神和象徵，它與作者的心境，追求和諧地融為一體，營造出物我合一的藝術畫面，廬山則不具有這樣的象徵意味[173]。

　　按：以上幾位先生，都依某些文獻佐證，以推翻「南山」即「廬山」的舊注，所依據的資料，是否足以推翻「南山」舊注，成為鐵證？個人以為仍有待商榷。首先針對「悠然見南山」是否是在用「商山四皓」典故之問題，已有學者劉剛撰文，提出異議，謹簡述其意如下：

　　甲、「南山」實指廬山中一高峰——南嶺。依《寰宇通志・九江府志》所載，亦名天子障的南嶺，確可泛稱廬山，廬山古稱南障山。南障山又可簡稱為「南山」，晉江州刺史王凝之，於太元間曾組織僧人在廬山中譯佛經，所譯《出三藏集阿毘是心經序》言：「其年冬，于南山精舍，提婆自執胡經，先譯本文」。其句中的南山，正指廬山，若釋「南山」為「終南山」，就顯得迂曲牽強。

　　乙、柴桑當在廬山之北。劉氏謂柴桑山之地理位置，自唐・杜佑《通典》始，即已舛誤。又引龔斌之論文（按：即《陶淵明集校箋》附錄三：〈陶氏宗譜中之問題〉一文）考辨，知柴桑的地理位置在廬

---

173 康保成：〈試論陶淵明的「四皓」情結〉，《中國文化研究》2004年春之卷（北京：北京語言大學，2004年），頁53、57。

山之北。以此而論，則即便盧山無「南山」之名稱，陶淵明在東籬采菊之際，南向望到盧山，稱盧山為「南山」，亦屬情理之中的事。

　　丙、「南山」釋為盧山正與詩意相吻合。劉氏以為〈飲酒·其五〉，在內容上乃抒寫兩種生活感悟，一是「心遠地偏」，二是「真意」。前者是對「結廬在人境」二句的心境，超越生存環境的體悟，後者是受到「採菊」以下四句的自然狀態的啟發。「採菊」、「山氣」、「飛鳥」三句，三者合之，就是萬事物在大化之中的生存規律，就是「順乎自然」。如此，更能闡發詩的藝術魅力。

　　丁、陶詩中南山、南嶺、南阜均為實指而非用「四皓」典故。如「種豆南山下」，「南山」乃標示其方位，其寫實，無庸置疑。另如「南山有舊宅」，此「南山」還是實指盧山，並借指家鄉。又顏延之〈陶徵士誄〉說：「尋陽陶淵明，南岳之幽居者」，「南岳」意同「南山」，實指盧山，在陶淵明的故鄉，「名實舊矣」，久負盛名者，非盧山莫屬[174]。

　　以上劉先生對有人撰文提出「悠然見南山」，即是用「商山四皓」典故之問題，提出異議，也可持以對前有人提出「南山」是泛指的認定，提出駁正，甚而亦可拿來作為有人以為「南山」，即為「漢陽峰下栗里陶村之南的南山」事，有所澄清。劉先生引用資料多樣，論點簡明清晰，條理井然，頗為允妥。惟「南山」詞義，個人以為或有實、虛兩義在，當於後文討論。

　　筆者個人以為「南山」，無疑的，實物指盧山，蓋盧山本為著名的佛教勝地，景色秀絕，環境清幽，而淵明自遷居栗里後，由於極為欣賞盧山絕美的風景，故時常往遊盧山，甚至「淵明有腳疾」，還是

---

174 劉剛：〈「悠然見南山」確實是在用「商山四皓」的典故嗎〉，《中國文化研究》，2005年春之卷，頁142-144。

「使一門生二兒轝籃輿」[175]前往,則淵明迷戀於盧山的美景,可想而知。加之淵明的朋友劉遺民,遁跡匡山(即盧山),另一朋友周續之,則入盧山,事釋慧遠,淵明曾有詩和劉遺民,示周續之,三人時常遨遊往來,所以就有「潯陽三隱」的稱號,具見三人因時相同遊,友誼彌篤,竟博得文人騷客,不吝給予讚美。

由此可知盧山在淵明心目中的地位。至於住於盧山東林結社說法三十年的釋慧遠,與淵明是否有過交往,頗有爭論。李元中《蓮社圖記》,載釋慧遠曾邀淵明入蓮社,淵明攢眉不入,又提及慧遠愛淵明的才識而破戒沽酒,並曾載有慧遠,因送淵明過溪,而有「虎溪三笑」的故事流傳,這種故事,可能是好事者,故意編來談笑之用,並不一定真實,梁啟超曾對此事,提出看法說:「此兩公案為宗門所樂道,雖不必盡信,要之先生與蓮社諸賢相緣契,則事實也」[176],梁氏研判,頗具卓識。較令人遺憾者,是淵明的詩文與慧遠的佚詩中,並未發現有互為酬唱與交往的紀錄,不過二人除了有「地理之緣」的關係外,淵明在盧山,均與慧遠的弟子周續之、劉遺民等人交好,若謂淵明與慧遠始終都不認識,這孰能信?

有關淵明「悠然見南山」詩句,其中「南山」一詞,各家雖注是「盧山」,但淵明何以運用「南山」一詞的問題,前曾舉王瑤〈文人與酒〉一文,提到淵明採菊是為了服食,目的是在「樂久生」,有人就認為可能是因為《詩經》中有「如南山之壽」(〈詩·小雅·天保〉)一語的啟示,不過個人以為《詩經》中以「南山」一詞來遣詞或命題的,達十九處之多,如「陟彼南山」(〈召南·草蟲〉)、「在南山之陽」、「在南山之側」、「在南山之下」(〈召南·殷其靁〉)、又或

---

175 沈約:《宋書·隱逸傳》,載《陶淵明研究資料彙編》,頁4。
176 梁啟超:《陶淵明》,〈陶淵明年譜〉,頁55。

「南山有臺」、「南山有桑」、「南山有杞」、「南山有枸」、「南山有栲」
（〈小雅・南山有臺〉）、「南山崔崔」（〈齊風・南山〉）等[177]，可見
「南山」一詞，不見得是完全指向有「長壽」的象徵。

何況歷來詩人作家，運用「南山」一詞作為某一物象的，亦不乏
人，如〈孔雀東南飛〉中的焦仲卿，自殺前，祝願其母，是「命如南
山石」[178]，南山之物，象徵天長地久。諸葛亮〈梁甫吟〉：「力能排南
山，文能絕地紀」。曹植〈種葛篇〉云：「種葛南山下，葛藟自成蔭」
[179]。此二處「南山」，僅借為一座高山之喻。據今人統計，陶詩用
典，以典籍言，則《詩經》最多，達一四一次。以詩人言，則曹植詩
文最多，竟達四十七次[180]，因而個人懷疑，淵明「悠然見南山」之
「南山」，實際亦係運用《詩經》中「南山」之語典，作為一座高山
之象徵，而此高山，實指巍峨矗立之「廬山」，既非柴桑山，亦非前
徐氏所謂的「漢陽峰下栗里陶村之南的南山」。

雖說淵明「悠然」句中的「南山」，實指「廬山」，但個人以為，
淵明「採菊」在前，接下句，是「悠然見南山」，則正如前文個人論
證，菊既是淵明喜愛服食，而可「輔體延年」之物，後來隨著魏晉詩
人的深入吟詠，與某些養生典籍的繼續強化，居然將菊形容為「神仙
食」，服食可得「天壽」，可「乘雲升天」，而與長生不老、神仙形成
複雜的關連性。淵明既未完全放棄對長生延年的期求，甚至也不避諱
他對神仙長生的嚮往，也可以說在某種環境與某些事物配合下，也曾

---

177 按：以上《詩經》裏，運用「南山」一詞考索，係參見陳宏天、呂嵐合編：《詩經
　　索引》（北京：書目文獻出版社，1984年3月北京第1版），頁302、303。

178 無名氏：〈焦仲卿妻〉（即〈孔雀東南飛〉），黃節：《漢魏樂府風箋》（臺北：臺灣
　　學生書局，1971年3月初版），頁180。

179 諸葛亮：〈梁甫吟〉、曹植：〈種葛篇〉，載於明・張溥輯：《漢魏六朝百三名家
　　集》，頁863、1140。

180 沈振奇：《陶謝詩之比較》（臺北：臺灣學生書局，1986年2月初版），頁150。

偶而作過得天壽，甚至神仙的幻想，因而個人以為「悠然見南山」的
「南山」，不排除此一詞彙，乃另虛指神話中的崑崙山，蓋崑崙山亦
稱「南山」，今舉證如下：

　　據杜而未《崑崙文化與不死觀念》一書云：

> 《晉書・張駿傳》：「酒泉太守馬岌上言，酒泉南山即崑崙之
> 體」，是又言崑崙在酒泉。南山即崑崙。……」。
> 《淮南子・俶真訓》以終南就是終隆山，終隆和崑崙音近，當
> 即崑崙。終隆就是南山，崑崙也即南山，南山在古代特別重
> 要，因為它原來是崑崙山。《詩經・終南》：「終南何有？有條
> 有梅！君子至上，錦衣狐裘，顏如渥丹，其君也哉！」
> 〈節南山〉：「節彼南山，維石巖巖，赫師尹，民具爾瞻。」
> 〈信南山〉：「信彼南山，維禹甸之，畇畇原隰，曾孫田之。」
> 〈武梁碑〉說：「竭家所有，選擇名石南山之陽，擢好妙好，
> 色無斑黃，前設壇墠，後建祠堂。」我們知道南山是崑崙，因
> 它就是終隆山。終隆幾與崑崙同音，就是崑崙。因為南山為崑
> 崙，所以意義那麼重大[181]。

　　神話學者杜而未的考辨，以為「南山」也即是崑崙，本確有其
山，但崑崙在神話中，則是一個理想的美妙世界，杜氏在舉證時，所
舉的「終南」，即指終南山，在今陝西省西安之南，後來就與仙山崑
崙相混淆，而結合在一起，某些《詩經》注家，注釋「南山」時，有
人直注為「終南山」，有人就注為是一座高山的借喻。《山海經》中，
屢屢提到崑崙。而淵明就是喜歡閱讀一些神奇怪異之書，所以他才有

---

181 杜而未：《崑崙文化與不死觀念》（臺北：臺灣學生書局，1977年5月出版），頁40、
　　41。

〈讀山海經〉十三首的詩作，其詩句即提及「崑墟」，也即是崑崙。因之淵明「悠然見南山」的當時，他所看到的實體物，其實即是廬山，但由於廬山在黃昏時，雲霧飄浮，讓廬山更增添了不少如真似假，如夢似幻的魅力，讓人幾疑是神仙所居住的仙界，不然，淵明就不會吟著：「山氣日夕佳」了，天上人間，也可以說，「南山」那是一塊人間樂園，清‧陳祚明就評道：

> 采菊見山，此有真境，非言可宣，即所為桃源者是耶（《采菽堂古詩選》）[182]。

此即說淵明所見之山，本是「真境」，但淵明斯時已神遊象外，腦海中所浮現的，或許就是「桃源」樂土呢！這也就是見過實物，處在「實」境之後，透過想像，而奇思幻想，「南山」已成了「虛」境，是淵明曾夢想過的仙鄉。正如前文，個人舉出在〈述酒〉詩末，淵明吟曰：「峨峨西嶺內，偃息常所親」（頁173）（按：「西嶺」，指崑崙山，亦古直箋注的「仙真之窟」），證明淵明是有做過這種神仙夢的。個人所以將「南山」定位為有「實」「虛」兩義，且各具意涵的原因，即在此。

# 四　「採菊」二句多面向詮釋

文學是生活的反映，也是詩人作家心靈的聲音。詩可視為是詩人生活中的一種藝術反映與表現，不應將其視為是詩人在象牙塔中的自唱自憐。詩歌創作，需要詩人的藝術才華來從事，詩歌自然呈現詩人

---

182 清‧陳祚明：《采菽堂古詩選》卷十三語，載《陶淵明詩文彙評》，頁170。

內在的審美素質，藉著詩人本能靈敏度很高的感覺，將文字加以排列組合，所謂運用之妙，在乎一心。

　　淵明的詩歌，有他獨特的語言架構，所展現的，自是一個獨特的世界，他的語言，雖然淺顯，可是用意卻很深刻，為了探索詩人創作〈飲酒・其五〉的心境，尤其「採菊」二句詩的詩境，讀者的悟境，相對的，就顯得無比的重要。個人願試著從各種角度、各種面向，去品鑑「採菊」二句詩，或許會在其中有出人意外的發現，讓人驚喜，也說不定，以下個人特分項詮釋如下：

## （一）時空交感

　　詩歌離不開時間與空間這二種要素，很多詩歌就在時空交織中，突出意象，表現出某一種富有哲理意味的主題，構成一個時空結合的和諧藝術圖像。陸機說：「觀古今於須臾，撫四海於一瞬」（〈文賦〉）[183]，劉勰說：「思接千載」，「視通萬里」（《文心雕龍・神思》）[184]，這就說藉著聯想與想像，就可以突破障礙，創作出有深度有生命力的作品來。

　　淵明在喝完名酒後，沈醉之下，即在空間不大的斗室裏，提筆寫作，「登山則情滿於山，觀海則意溢於海」（《文心雕龍・神思》）[185]，詩人想像到某一天的黃昏時分，那時絢爛的晚霞，正在西方天際飛舞，他就在小小的，面積不是很大的花圃東邊籬笆下，俯下腰採菊，時間上是稍長的，可是他在當時，似心血來潮，抬起頭來，在一瞬間，在心情安舒閒逸之下，眼睛突然朝向高遠處的巍巍「南山」看

---

183 晉・陸機：〈文賦〉，載於張少康集釋：《文賦集釋》（臺北：漢京文化公司，1987年2月景印一刷），頁25。
184 梁・劉勰撰、范文瀾注：《文心雕龍》，卷六〈神思〉，頁1。
185 同上注，錄劉勰撰、范文瀾注：《文心雕龍》，卷六〈神思〉，頁1。

時，整個視野，馬上擴大開來，空間既開闊又高遠，神思一下子馳往「南山」，想像的翅膀也跟著飛翔起來，讓淵明做一個短暫的神仙夢，物我合一。進入忘我的境界，也是一個絕美的詩境。

空間是由小而大，距離由近而遠，時間由長變短，再由短而漸長，變化不一。時空的交替流動，促使詩人的心靈，獲得極大的悠閒舒展，沈穩而雄偉的「南山」靜穆物象，似乎也添增了無限的生氣。

時空的交感變化，所造成的詩歌美好意境，在「採菊」兩句看似尋常的詩句裏，空靈含蓄，有著非常細膩的表現。

## (二) 情景交融

在文學的境界中，始終都有「我」的存在，當然就要以「我」的「情」為主，以「物」的景為從，如是景中可以含情，情中也可以寓景，如清・王夫之云：「情不虛情，情皆可景；景非滯景，景總含情」（〈古詩評選〉）[186]，又云：「含情而能達，會景而生心，體物而得神，則自有靈通之句，參化工之妙」（《薑齋詩話》）[187]。而淵明的「採菊」兩句詩，正是情景交融的有力證例。

當淵明在庭院東籬下，採菊時，是景寄於情，雖然菊花長滿庭院，未見有何秋景或菊色鋪寫的「景」，但「東籬菊」已代表「景」了，詩人俯身採菊，似乎未露絲毫的情意，而其實句句是情，字字關情。淵明是一個感情豐富的詩人，這時候他的感情是內斂的、沈靜的、不形於色的，不過當他「悠然見南山」時，用「悠然」二字，使得整個意象，就鮮活生動起來，讓人感受情景如繪，他的感情，他的

---

186 清・王夫之評選，張國星校點：《古詩評選》評語，按：此評語本在評謝靈運〈登上戍石鼓山〉，今將其借來評論情與景之關係，見該書，頁217。

187 清・王夫之著，舒蕪校點：《薑齋詩話》（北京：人民文學出版社，2005年12月第3次印刷），卷二，頁155。

閒情逸致完全表露出來了。等他「見南山」之際,更是情寄於「南山」之景,套句話說,就是「景中含情,情中寓景」,二者循環相生,變化萬千,方顯現出真正的「高格」。

　　「採菊」二句,是淵明將時、空、景物,作為發抒他自己心中塊壘的一個機緣,而這個機緣,就恰好被淵明適時捉到,故「適與意會」,「悠然忘情」,千載之下,也只有淵明得之,果然無愧為田園詩派的宗師。

## (三)虛實相生

　　何謂虛?虛就是指在藝術情節的虛構性與間接性,這種情節上的虛構性和間接性,往往能造成一種強烈的美感效果。何謂實?實就是藝術創作的事實根據,亦即是藝術創作的直接性。藝術作品的直接性,可以引起讀者的間接思考,並且通過思考去捕捉弦外之音和意外之境。因而虛實相生,或虛實相間,可說是美好的創作手法與鑒賞原則[188]。

　　文學創作,若要使它產生美的魅力,總是要虛實相生,虛實相間。像淵明在「採菊」二句的描述,表面上看來,完全是白描的手法,似乎不足為奇,可是淵明卻能翻實為虛,亦即詩歌是自實的具體刻畫,寫詩人在東籬下採菊,底下即將實翻為虛,成「悠然見南山」,即透過設想,寫遠處情況,伸向未來,而成為一個極大的想像空間,那便是「虛」了。詩人用「悠然」一詞,已透露一些奧妙。然後「看」的目標物是「南山」,表面上看,應該也是實,但是卻大有玄機。因為「南山」,只是詩人運用《詩經》中常看到的「南山」典

---

188 何邁主編:《審美學通論》(合肥:安徽人民出版社,1990年9月第1版),〈第五章　美的鑒賞〉,〈第二節　虛實與明蓄〉,頁86。

故，漢魏晉作品中，也都有看到他人使用它，在此看似是指「廬山」，其實卻是指讓詩人無限嚮往的洞天福地，是個可讓詩人周遊萬方，不食人間煙火的神界仙境，這種含寓神仙境域的神祕世界，可說是提供讀者張揚藝術感應的磁場！

有人說：「神話的世界，不只是一個理性的世界，而更是一個感性的世界，更恰當地說，是一個藝術的世界」[189]。其實虛擬出來，讓詩人幻想的神界仙鄉，也是可使詩人的心靈，獲得紓解、解放的地方。有「南山」二字，是詩人將實翻為虛的高超手法，目的即在通過具體的描繪，引發讀者海闊天空的聯想，以形成詩的意境，如此，自是會予讀者強烈感受到美感。明‧陸時雍說：「凡詩太虛，則無味，太實則無色，故實中之神，虛中之骨，作者所必務也」（《古詩鏡》）[190]。淵明的「採菊」二句，真的是驗證了這句話。

## （四）化動為靜

世上任何自然物，一般都具有動與靜兩種形態。以詩歌而言，意象的表現，也呈現著動與靜，有時以動顯靜，或化動為靜，又或以動襯靜，以靜顯動，都能夠創造出獨特的藝術境界。

首句「採菊東籬下」，可看出東籬下的菊是靜態的事物，而詩人去「採」的動作，是動態的，首句已見靜與動相襯，然而動無恆動，靜也無恆靜。等筆鋒一轉，「悠然見南山」，第二句出現時，就是說詩人在心境自得之際，突然抬起頭的身影，與向高遠處看到「南山」時候的動作，那就是動態的。等境與意會後，詩人凝神注目，身影靜止不動的動作，又由動態返回到靜態，在紛擾不休的人境中，更顯得無

---

189　姚一葦：〈論象徵〉，《藝術的奧秘》（臺北：臺灣開明書店，1970年出版），頁130。
190　明‧陸時雍：《古詩鏡》卷九語，載吳調公主編：《文學美學卷》（南京：江蘇美術出版社，1990年6月第1版），〈（七）虛與實〉，頁274。

比的可貴。而這裡就是化動為靜,把握到藝術的節奏感,人、菊、山三者,形成人與自然景物,錯落有致,交互生輝的畫面,成為一個和諧的整體,具有美好的魅力與意境。

等到「採菊」二句後面,接著出現的「山氣日夕佳,飛鳥相與還」二句,又是一靜一動,使「結廬在人境」這一首詩的第二小段四句的情節,動靜更迭,起伏跌宕,詩人的風神,與詩句的神韻,也就自然生動的活現。

## (五) 語淡味腴

詩是語言的煉金術,創作詩歌,一向講究語言簡潔精鍊,方能稱得上美。如果提筆寫作,不講鍛句鍊字,只求敷衍了事,草草結束,恐怕反而弄巧成拙,讓人無法接受,不過若是一味的講求斧鑿雕飾,為文而造情,文必滯而不流,最後導致佶屈聱牙,生硬艱澀,辭不達意。實際詩歌語言,一如天籟,仍是以自然流露為極詣。

淵明的創作,語言雖說平淡平易,卻是淡而有味,平易中見深刻。宋・曾紘即說:「余嘗評陶公詩,造語平淡,而寓意深遠,外若枯槁,中實敷腴,真詩人之冠冕也」(〈論陶一則〉)[191]。確實,淵明造語,還是重在自然流露,並非刻意去求平淡。以「採菊」這兩句來說,明白如話,非常口語化,一點都不文。「採菊東籬下」,可說是白描他本來在東面圍籬下採菊的行為,表面上看,平淡無奇,卻可構成一位高士在採菊的畫面。

其實採菊,有其象徵性,象徵詩人高潔的凌霜節操,也有它的現實性,顯示出詩人對食療養生的重視。採菊是採菊,看似簡單,可不能輕忽大意,隨意一瞥,看過就算,這「採菊」一句,其實意涵十分

---

191 宋・曾紘:〈論陶一則〉,載《陶淵明研究資料彙編》,頁50。

豐富，關係到淵明的形象定位，以及如前文探討的菊、菊花酒，與食療、養生、神仙等複雜的牽連，所以耐人咀嚼，可不能小覷。

下一句，接著是「悠然見南山」，語言仍然很尋常，不算是精緻，字詞更非華麗典雅，如果不去注意「悠然」的意義，也不去了解何以詩人需遣用「悠然」？還有「見南山」，仍然無足出奇，實際用「見」字，是有它的道理在其中的。「南山」，也是用《詩經》及神話的典故，並非詩人輕率下筆的。

而用典，即用事，用事，古代評家就要求要「入妙」，要以故為新，以俗為雅，重視「化」的工夫。因而淵明用「南山」這個典故，具有暗示、比喻與象徵的作用，將詩人內心難達的情意，濃縮在會心莫逆之間，無形中自然增加了詩境的廣度與深度，可使讀者產生多方面的聯想，自然能使詩的感染力增加。就因為淵明用「南山」這個典故，其含意，有其暗示、象徵性，並非易於解答，以致頗引起現代研陶者的不少爭論。

總之，淵明「採菊」二句用語，淡而味腴，平中有奇，淺中有深。平淡之中，其實有詩人豐富的感情與深刻的思想在其中，富於情味，尤其他「對於自然的默契，以及他的言語舉止，處處都流露著禪機」[192]，可以說，淵明「採菊」二句，就是處處有禪機，宜前曾引宋・葛立方評淵明的詩句，是「平淡有思致」（《韻語陽秋・卷一》）了。

## 五　結語

陶淵明的〈飲酒・其五〉（「結廬在人境」），是他在漫漫秋夜裡，無夕不飲他人送的名酒，在「顧影獨盡」，沈醉之後，寫作的二十首

---

192　朱光潛：《詩論》，〈陶淵明〉，頁226。

〈飲酒〉詩之一，卻是「情至理至氣至」，「傑作中的傑作」。而〈飲酒·其五〉中的「採菊東籬下，悠然見南山」二句，更是「名句中的名句」，最具「玄心中的玄心」之作，所以才能千古傳誦不絕。因此也被後世不少評家，特別提出加以評議，雖讚美不絕，惜都以「詩話」式的方式評論，儘管簡練中肯，言之有物，卻是瑣碎零亂。

近世尚有一些鑒賞家、文學評論家，雖亦曾評析過〈飲酒·其五〉詩，但對其中「採菊」二句，也僅依字面意義，略加評析，輕輕帶過，既未深入分析其背景與意涵，更未研判其所以成為「名句中的名句」之原因，及其所代表的意義。經過筆者個人盡己所能，廣搜相關文獻，力求多方論證，審慎研判，相信對於其中意涵，與所代表的意義，及其能成為名句因素，多多少少，當有掃除雲霧，使之澄清的助益。

所謂「文章千古事，得失寸心知」（唐·杜甫〈偶題〉詩），看古人的佳作，可說無一字不具夙根，無一語不本性情。陶淵明是一個性情中人，有其素養，有其識度，「質性自然」，崇尚自然，文如其人，行文亦以自然為尚，故所作詩歌，始有情趣，才有韻味，詩歌有韻味，一如「採菊東籬下，悠然見南山」，才能成為「絕好文字」。或有人以為「採菊」二句，實在是平淡之至，無法給人「語不驚人死不休」的感覺，其實「採菊」二句，語言雖平易，平易則近人，近人則字字可信，語語可人。宋·陳善曾講過：

> 文章以氣韻為主，氣韻不足，雖有辭藻，要非佳作也。乍讀淵明詩，頗似枯淡，久久有味。東坡晚年酷好之，謂李、杜不及也。此無他，韻勝而已（《捫蝨新話》）[193]。

---

193 宋·陳善：〈文章以氣韻為主〉，《捫蝨新話》，載《陶淵明研究資料彙編》，頁60。

　　陳氏所言，一針見血，高明之至。其言提到他曾突然閱讀淵明詩時，起初覺得似乎「枯淡」，但愈讀下去後，就「久久有味」，可以想見「採菊」二句，就是有韻味，内含「禪機」，有「思致」，難知就難忘，這恐怕也只有會心者才知道，才能接受吧！

　　「採菊東籬下，悠然見南山」兩句意涵，經過個人省察歷來學者的高見，並予詮釋，且將兩詩句的關鍵字詞，進而深入剖析其意義後，繼續從「時空交感」、「情景交融」、「虛實相生」、「化動為靜」、「語淡味腴」等五個新面向，去詮釋，去解析它少為人知的美感與勝處，如此，其所以成為傳誦千古的「名句中的名句」原因，可說已昭然若揭，筆者謹在此再將上述煩瑣的論證，加以精簡歸納幾點，以瞭解「採菊」兩句，何以在眾多名句中，能脫穎而出的原因，是：

　　1. 日常生活詩化，引人入勝。

　　2. 富有哲思理趣，弦外有音。

　　3. 詩境空靈絕美，氣韻生動。

　　4. 至誠自然流露，真情感人。

　　5. 語言質樸如話，淡而有味。

　　綜合言之，「採菊東籬下，悠然見南山」兩句，「看似尋常最奇崛，成如容易卻艱辛」（〈宋・王安石〈題張司業集〉），「看似尋常」的，是「採菊」兩句，沒有華麗的辭藻，沒有艱深的僻字，僅寫東籬採菊，僅寫暮靄下的南山，淡淡幾筆，不多舖寫，率真無飾，卻是天機自露，用常得奇，體現了人與自然的和諧，而富有詩意。

　　詩人其實僅將尋常的生活題材，注入他獨特的感受，以及他獨特的手法。也就是他將他個人的真實感受，全都蘊藏在形象的素描裡。「最奇崛」的，對詩人而言，是解脫了生命中不少的困頓橫逆，生命得到安頓與解放，可以逍遙自得，稱心易足，對「採菊」兩句詩而言，是富有理趣，詩境絕美，可說平淡中見深遠，素樸中見風骨。詩

人本人及其詩歌的寫作過程，看似容易，然而卻是得來不易，因為在
生命歷程，與歸隱田園中，曾經備嘗「艱辛」。筆者深信，淵明及所
作「採菊」兩句佳句，一定會代代繼續傳誦，一直到地老天荒。

# 肆　謝靈運山水詩的創作背景及其作品中的色彩美

## 一　前言

　　歷時近三百年之南朝，雖政衰俗亂，然文風興盛，尤其詩歌，更斐然可觀，是我國詩歌史上承先啟後之時期，以其上承兩漢，下啟唐宋。當代帝王倡導於上，如《文心雕龍·時序》云：「自宋武愛文，文帝彬雅，秉文之德，孝武多才，英才雲構。自明帝以下，文理替矣。爾其縉紳之林，霞蔚而飆起；王袁聯宗以龍章，顏謝重葉以風采，何范張沈之徒，亦不可勝也」[1]，「宋代文學之盛，實由在上位者之提倡」（劉師培《中國中古文學史》）[2]，世族文人迎合于下，故詩人競爽，濟濟稱盛，《詩品序》云：「今之士俗，斯風熾矣，纔能勝衣，甫就小學，必甘心而馳鶩焉」[3]，天下向風，勢所必至。各種體製，各種題材，無不嘗試開發，多所吟詠，詩風日趨多彩，所謂「天下向風，人自藻飾，雕蟲之藝，盛於時矣」（裴子野《雕蟲論序》）[4]，

---

1　梁·劉勰撰、范文瀾注：《文心雕龍注》（臺北：開明書店，1968年臺6版），卷九〈時序〉，頁24。

2　劉師培著、舒蕪校點：《中國中古文學史》（北京：人民文學出版社，1959年北京第1版），〈甲　宋代文學〉，頁71。

3　梁·鍾嶸著、汪中選注：《詩品注》（臺北：正中書局，1982年9月臺8版），〈序〉，頁18。

4　郁沅、張明高編選：《魏晉南北朝文論選》（北京：人民文學出版社，1996年10月北京第1版），裴子野：〈雕蟲論·序〉，頁325。

「顏謝並起,乃各擅奇,休鮑後出,咸亦標世,朱藍共妍,不相祖述」(蕭子顯《南齊書・文學傳論》)[5],詩風如此之盛,江南遂成為人文薈萃,馳騁華章之所。

　　晉宋間之詩風,實際有一明顯之演變,《文心雕龍・明詩》即有論述云:「宋初文詠,體有因革,莊老告退,而山水方滋,儷采百字之偶,爭價一句之奇,情必極貌以寫物,辭必窮力而追新,此近世之所競也」[6]。另在《文心雕龍・通變》亦云:「宋初訛而新」,可見晉代清談玄理之風,至東晉滅亡後,已成強弩之末,詩壇風氣趨往嶄新之方向開拓,呈現一番新風格、新氣象,令人為之耳目一新。而據上述,元嘉文學之特色,是尚新、競奇,雕章鍊句,講對偶,重寫實,繼承太康文壇,倚重技巧,追求審美之創作風格,而其描述對象,即是自然界之山水景物,因之元嘉文學之主流,即為山水文學。而被稱為「元嘉之雄」之謝靈運,則為元嘉文學之巨擘,經不斷慘澹經營,寫下不少以山川景物為題材,清麗自然之山水詩,開創我國詩歌之山水詩派,成為一赫然大國,別開生面,對後世文學影響重大。

　　談及山水詩之發韌,自然可追溯到年代久遠之《詩經》、《楚辭》,然若論及首先以山水為寄託,將山水作為傾訴對象,縱情山水,暢懷吟詠,寫下獨放異采,別具聲色之山水詩,則非劉宋時代之謝靈運莫屬。當然謝靈運所以能寫下成熟而具特色之山水詩,亦非偶然,自有其內因與外緣,即個人與時代、社會等諸因素,當然亦有詩歌發展之必然規律在內。

　　而曾任永嘉太守之謝靈運,面對遊蹤所至之名山秀水,刻畫這些自然美景,可謂「造語工妙,興象宛然」,「是學者之詩,可謂精深華

---

5　蕭子顯:《南齊書・文學傳論》,頁340、341。
6　梁・劉勰撰、范文瀾注:《文心雕龍注》,卷二〈明詩〉,頁2。

妙」,「氣韻沈酣,精嚴法律,力透紙背」(方東樹《昭昧詹言》)[7],「謝詩經營而返于自然,不可及處,在新在俊」(沈德潛《古詩源》)[8],藝術技巧,表現多樣,然不問其運用工筆,或採取白描,無不妙筆生花,巧奪天工,此皆因工力深厚之故。以其山水詩優點甚多,且因其審美取向,再加山水景物,本就具山水之美,因而謝靈運之山水詩,特具鮮明而強烈的色彩之美,所謂「天下之物,不外形色而已」(清·沈宗騫《芥舟學畫編》),作為山水之形式美,色彩之魅力,絕不可忽視,劉勰即曾在《文雕龍·情采》云:

> 故立文之道,其理有三,一曰形文,五色是也;二曰聲文,五音是也;三曰情文,五性是也,五色雜而成黼黻,五色比而成韶夏,五情(疑作性)發而為辭章,神理之數。[9]

古往今來,許多詩人作家,就留下無數色彩斑斕,美麗雅緻之詩文,供吾人鑒賞,一則可藉著詩中塗彩敷色之巧妙應用,形成「詩中有畫」,造成圖畫之美,愉悅視覺,而傳達至心靈;一則藉著詩中之色彩字,可以透視詩人之性格,及內在之感情世界。

個人以為謝靈運山水詩中之色彩,在調配與對比上,極具特色與開創性,欣賞其山水詩之美景與其色彩,簡直可視為是「視覺的糧食」,甚或是「心靈的糧食」,因之以下個人願就謝靈運山水詩之背景,及其詩作之色彩美,加以探討,藉此,或可窺探到靈運創作山水詩的動機為何?他的審美趨向為何?他的內心世界為何?有何特殊經

7　顧紹柏校注:《謝靈運集校注》(鄭州:中州古籍出版社,1987年8月第1版),(附錄五)〈評叢〉,錄清·方東樹:《昭昧詹言》語,頁529。

8　顧紹柏校注:《謝靈運集校注》,錄清·沈德潛:《說詩晬語》語,頁520、521。

9　梁·劉勰撰、范文瀾注:《文心雕龍注》,卷七〈情采〉,頁1。

驗?以及詩人生活之環境、背景等。以下試分二節:謝靈運山水詩之創作背景;謝靈運山水詩之色彩美。分別論述。

## 二 謝靈運山水詩之創作背景

山水草木,是大自然中最豐富多彩之素材,而以此為題材,寫成之山水詩,成為我國古典文學中極為重要之詩歌流傳。自《詩經》、《楚辭》、《漢賦》至魏晉前之詩賦,均對山水有過描寫,然並不成為獨立之題材,曹操之〈觀滄海〉,則是完整之山水詩,其他如王粲或兩晉之陸機、張協等,皆有刻畫山水之作,但數量有限。東晉末,南朝宋初之謝靈運,以山水為主要題材,大量寫作,精雕細琢,聲色大開,而使山水風姿,表露無餘,極具特色,成就亦最高,文學史上乃稱謝氏為「山水詩宗」,由此而知魏晉為山水詩之孕育時期,南朝宋、齊等朝代,是山水詩之成立時期。關於山水詩之產生原因,及謝靈運如何創作山水詩,歷來不少學者均曾作研究,個人今綜合各家之高見,另加上個人之淺薄管見,略分:(一)外緣:1、政局動盪,文人匿跡林泉。2、經濟萎縮,山林川澤私有。3、思想開放,越名教任自然。4、文學嬗變,日趨尚麗巧似。5、地域秀麗,提供美好素材。6、文人遊賞,藉此體玄適性。(二)內因:1、審美情趣,自然表露。2、仕途多蹇,暢遊抒憤。3、沈潛學術,尋求超脫。4、興多才高,寓目輒書。分別論述。

### (一)外緣

### 1 政局動盪,文人匿跡林泉

自漢末連年旱災,再經黃巾、董卓之亂,民生疾苦,流離失所,以後接著三國鼎立,司馬篡位,八王之亂,永嘉南渡,於是南北分

裂，士大夫們眼見社會混亂，政局不安之際，殺戮頻繁，動輒得咎，人人自危，魏晉文人如孔融、禰衡、楊修、丁儀、何宴、嵇康、陸機、陸雲、潘岳、郭璞等接連被殺，可為殷鑒。因之為明哲保身計，自以不仕為安，故自漢末以來，隱逸之風甚盛，如管寧、田疇、胡昭等即隱居鄉野，躬耕樂道，再如《晉書・袁宏傳》，載其〈三國名臣頌〉云：「夫時方顛沛，則顯不如隱，萬物思治，則默不如語」[10]，另《三國志・魏書・何夔傳》注引孫盛《魏氏春秋》，評曹公掾屬，往往加杖，何夔畜毒藥，誓死無辱而云：

> 然士之出處，宜度德投趾，可不之節，必審於所蹈，故高尚之徒，抗心於青雲之表，豈王侯之所能臣，名器之所能羈縶哉，自非此族，委身世塗，否泰榮辱？君命故也。夔知時制而甘其寵，挾藥要君以避微恥，詩云：唯此褊心，何夔其有焉，放之可也，宥之非也。[11]

可見知識份子為安身立命，則唯隱居保命，為免顛沛，亦須隱逸保身，不願忍辱從仕，只有棲遁一途。阮籍〈詠懷詩〉云：「驅馬舍之去，去上西山趾。一身不自保，何況戀妻子」，嵇康在縲絏中作〈幽憤詩〉云：「性不傷物，頻致怨憎，昔慚柳惠，今愧孫登」，若不隱居，可能性命不保，而嵇康身在縲絏，已知將受迫害，吟出「今愧孫登」，可見悔恨未能及早抽身歸隱，當然斯時玄風大幟，文人希企

---

10 唐・房玄齡等撰、清・吳士鑑、劉承幹同注：《晉書斠註》（臺北：藝文印書館，據清乾隆武英殿刊本景印，1957年出版），卷九二〈袁宏傳〉，總頁數，頁1564。另見王瑤：《中古文學史論》（臺北：長安出版社，1975年10月出版），〈中古文人生活〉，〈論希企隱逸之風〉，頁86。

11 南朝宋・裴松之注、盧弼集解：《三國志集解》（臺北：藝文印書館，未刊出版年月版次），卷十二〈魏書・何夔傳〉，總頁數379、380。

隱逸之風，亦是深受標榜老莊之玄學的影響，為抗志塵表，表超脫胸襟，自然亦會以隱逸為高，故在當代戰禍頻仍，兵連禍結下，或在政治鬥爭，血雨腥風中，藏身匿跡於林泉之下的人，必定甚多。在此股風氣中，自然亦不乏以隱為進，藉此求取終南捷徑之士，然由於特殊之社會背景與風氣，倒給當代詩人作家打開一幅新生活之扇面，使彼輩更有機會，看到遠離險惡之政治風波的山水自然之美，從而形成彼輩對自然山水之審美理想。

魏晉南北朝時代，隱逸之風甚盛，其來有自。而如陶淵明棄官歸隱後，所作田園詩、詠懷詩，窮而後工，反而能使作品更見工力，境界益高，而為後代傳誦。兩另一些歸隱之詩人作家，當其面對東南地區之名山勝景時，自是能感受脫離政治恐怖中，而得寄托與安放之處，進而提昇其對山水之審美情趣，如嵇康「游山澤，觀魚鳥，心甚樂之」（〈與山巨源絕交書〉）、左思「非必絲與竹，山水有清音」（〈招隱詩〉），都表明彼輩對山水審美之認識。

另《晉書·謝安傳》亦言其：

> 寓居會稽，與王羲之及高陽許詢、桑門支遁游處，出則漁弋山水，入則言詠屬文，無處世意。……嘗往臨安山中，坐石室，臨濬谷，悠然歎曰：此亦伯夷何遠。[12]

本身能投入山水自然之中體驗情趣，則「言詠屬文」，自然能以山水景物，作為題材來言詠。山水詩即在通過感官之審美觀照下，細緻地、客觀地觀察捕捉與摹寫山水美景，而一一出現。

---

12 唐·房玄齡等撰、清·吳士鑑、劉承幹同注：《晉書斠註》，列傳第四十九，〈劉安傳〉，總頁數1266。

元嘉時代之謝靈運，亦是如此，彼放情山水，對山水極能審美，而加玩賞心喜，曾吟道：

> 遺情舍塵物，貞觀丘壑美。（〈述祖德詩〉之二）
> 景夕群物情，對玩咸可喜。（〈初往新安桐廬口〉）
> 妙物莫為賞，芳醑誰與伐。（〈夜宿石門〉）

見景而生欣悅之意，由此而知。其所詠之山水詩，常懷隱逸之思，自然亦與避禍安身有關，較遺憾者，是未能真正隱遯，以致受害，難怪明・張溥《謝康樂集題辭》云：「予所惜者，涕泣非徐廣，隱遯非陶潛，而徘徊去就，自慚形骸，孫登所謂抱歎於嵇生也」[13]。自「徘徊去就，自慚形骸」句，即可知後人對靈運抱持是否隱逸之矛盾心態，寄予惋惜，近人錢鍾書以為「中國的山水遊記，自東晉始蔚為大觀，文人因鬱鬱不得志而寄情山水，遂使山水的自然美，得以磅礴精緻的開掘與描繪」[14]，此言「山水美，原是不得志者的發現」，確實有其道理。對山水之愛好，最初實在並不盡出於逸興野趣，遠致閒情，而是將山水作為不得已的慰藉，卻也導致山水詩文的大量創作。

## 2　經濟萎縮，山林川澤私有

自漢末至宋初二百餘年（西元90-420年），由於戰火、天災、疾疫之連續重創，使得經濟破產，土地荒蕪，城郭廢置，人口銳減，自在意料之中，《三國志・魏武帝紀》云：「民人相食，州里蕭條」（注

---

13　明・張溥輯：《漢魏六朝百三名家集》（臺北：文津出版社，1979年8月出版），第四冊，〈謝靈運集題辭〉，頁1。

14　錢鍾書：《錢鍾書論學文選》（廣州：花城出版社，1990年5月第1版），頁352。另丁成泉：《中國山水詩史》（武昌：華中師範大學出版社，1990年5月第1版），〈第一章　早期山水詩〉，亦有同樣之見解，見該書，〈一　山水詩的濫觴〉，頁3。

引《魏書》），另《三國志·吳書·朱治傳》云：「中國蕭條，或百里無煙，城邑空虛，道殣相望」（注引〈江表傳〉），此種生靈塗炭，州里荒涼之景象，至西晉末期更為嚴重，百姓流離，千里毫無人煙，經濟更加萎縮不振，即使渡江之後，農村經濟，仍未振興。而再由於政權頻繁更迭，使得政治籠罩在一片陰森恐怖氣氛之中，士族名流，個個無不成為驚弓之鳥，使彼輩原對政治之熱衷，轉為退隱，避世匡居之思想，極為普遍，既無意於名韁利鎖之追逐，則但企求悠遊山林，以獲心靈慰藉，於是在紛紛投向自然山林之中，山水自然成為彼輩寄寓情趣之所在，優遊閒適之天地，更是其吟詠與描述之對象矣。

而由彼輩所建立之莊園經濟，卻能迅速發展，此莊園經濟之特色，為「莊園規模宏巨化，山林川澤私有化，經濟生活封閉化，田莊環境園林化」[15]，由於莊園環境，皆屬甚具山水優美之地區，其園林建築，自是刻意經營，大抵在北方，園林以樓臺建築為勝，在江南則以邱壑點綴為美，試看蘭亭盛會中之士大夫們，這些人大都愛好山水，且多半皆有別墅園林，《晉書·王羲之傳》云：

> 羲之，……初渡浙江，便有終焉之志。會稽有佳山水，名士多居之。謝安未仕時亦居焉。孫綽、李充、許詢、支遁等，皆以文義冠世，並築室東土，與羲之同好，嘗與同志宴集於會稽山陰之蘭亭。[16]

---

15 姚漢榮：〈中國山水文學的幾個問題〉，《上海大學學報》（社會科學版）第6期（上海：上海大學，1992年），頁43。又世家大族，修築林園別墅，「一方面有其經濟的目的」，另一方面，亦在追求個人「在山水美景中優游賞玩的享受」，另見王國瓔：《中國山水詩研究》（臺北：聯經出版公司，1986年10月出版），〈貳、中國山水詩的產生〉，頁121。

16 唐·房玄齡等撰、清·吳士鑑、劉承幹同注：《晉書斠註》，列傳第五十，〈王羲之傳〉，總頁數1383。

另《世說新語‧言語第二》注引孫綽〈遂初賦敘〉云：

> 余少慕老莊之道，仰其風流久矣，卻感於陵賢妻之言，悵然悟
> 之，乃經始東山建五畝之宅，帶長阜，倚茂林，孰與坐華幕擊
> 鐘鼓者，同年而語其樂哉。[17]

另如《晉書‧謝安傳》云：「安遂命駕出山墅，親朋畢業，方與
玄圍棋賭別墅。……又于土山營墅，樓館林竹甚盛」[18]，再如《南
史‧王弘之傳》云：「始寧沃川有佳山水，弘之又依岩築室」[19]，他們
選擇優美之山水勝地，作為營建別墅園林之所在，且由於彼此酬酢往
來，時相遊宴，面對山水勝景，吟詩為文，當然即以山水景觀為題
材。而謝靈運在當代亦屬遊宴領袖，與其同遊者有族弟惠連、何長
瑜、苟雍、王弘之、孔淳之等諸人。而他本人亦為一大莊園主，《宋
書》本傳言其：

> 靈運父祖並葬始寧縣，並有故宅及墅，遂移籍會稽。修營別
> 業，傍山帶江，盡幽居之美。

本傳又言：

> 靈運因父祖之資，生業甚厚，奴僮既眾，義故門生數百，鑿山

17　楊勇：《世說新語校箋》（臺北：明倫出版社，1970年9月初版），〈言語第二〉，頁
　　110、111。
18　唐‧房玄齡等撰、清‧吳士鑑、劉承幹同注：《晉書斠註》，列傳第四十九，〈謝安
　　傳〉，總頁數1368、1369。
19　唐‧李延壽：《南史‧王弘之傳》（臺北：藝文印書館，據清乾隆武英殿刊本景印，
　　1956年出版），總頁數307。

浚湖，功役無己。[20]

　　靈運所營建之別墅，「傍山帶江，盡幽居之美」，因家業甚厚，自必是極為講究園林之勝，且其所作山水詩，有一大部份，即是描寫自家莊園之美景秀色。如曾吟道：

中園屏氛雜，清曠招遠風。卜室倚北阜，啟扉面南江。激澗代汲井，插槿當列墉。群木既羅戶，眾山亦對窗。靡迤趨下田，迢遞瞰高峰。(〈田南樹園激流植援〉)

躋險築幽居，披雲臥石門。苔滑誰能步，葛弱豈可捫。裊裊秋風過，萋萋春草繁。……俯濯石下潭，仰看條上猿。早聞夕飆急，晚見朝日暾。(〈石門新營所住四面高山迴溪石瀨茂林修竹〉)

　　連年戰亂，經濟萎縮之結果，卻造就東晉南朝之園林別墅，成為一能自給自足「占山固澤」之經濟實體，亦成為當代名流們寄寓山水，而獲精神愉悅之樂土，且由此亦促進山水詩之發展。

## 3　思想開放，越名教任自然

　　魏晉南北朝，在政治、社會而言，是一政治紊亂。社會動盪之時代，然就思想而言，卻是思想開放，老莊風靡，佛道盛行之時代，亦是玄學大盛的時代，而此思潮，對山水詩之發展，則有極大之推動作用。

　　魏晉之際，政權實際已為司馬氏所把持，他們代表著世家豪族與

---

20　梁・沈約：《宋書・謝靈運傳》(臺北：新文豐出版公司，1975年10月初版)，卷六十七，總頁數850、860。

門閥之等級，窮奢極欲，貪婪殘暴，擴張勢力，為所欲為，所謂「豪右放恣，交相請托，朝野溷混」（《晉書‧傅咸傳》），士族官僚之間，又在地方割據勢力，彼此又爭奪不休，傾軋無已，士大夫階層，可謂腐化墮落，虛偽風氣迷漫，干寶於《晉紀總論》云：

> 朝寡純德之士，鄉乏不二之老，風俗淫僻，恥尚失所，學者以《莊》、《老》為宗而黜六經，談者以虛薄為辯而賤名檢，行身者以放濁為通而狹節信，進仕者以苟得為貴而鄙居正，當官者以望空為高而笑勤恪。[21]

引文中所說的「風俗淫僻，恥尚失所」、「黜六經」、「賤名檢」、「狹節信」、「鄙居正」、「笑勤恪」，當代朝野不正之風，由此可見一斑，然司馬氏屠殺異己，卻又倡導「名教」。以表面冠冕堂皇之禮制，去維繫其政權於不墜，因而引起許多正直之知識份子不滿，於是當代名士之領袖嵇康，乃針鋒相對地提出「越名教而任自然」之主張，以與司馬氏提倡之「名教」相對抗，公然宣稱「老子、莊子，吾之師也」，而「每非湯武而薄周孔」（〈與山巨源絕交書〉），其哲學觀是「玩陰陽之變化，得長生之永久，任自然以托身，并天地而不朽」（〈答難養生論〉），所謂「自然」，即是「並非有意志之作用，夫物莫能使之然，亦莫能使之不然者，謂之自然。自然者，自己如此，本體如此，本性如此，本能如此，而非人為如此也」[22]，要哉斯言。

自然是出於本真，能自然才能存真，如果人與人之間，運用聰明

---

21 梁‧蕭統：《昭明文選》，干寶：卷四九〈晉紀總論〉（臺北：啟明書局，1950年10月初版），頁687。

22 稽哲：《先秦諸子學》（臺北：樂天出版社，1970年9月再版），〈第七章　道家‧老子〉，頁168。

智巧以鈎心鬥角,表面講仁義、講禮法,卻是言行不一,掩人耳目,結果使社會紊亂,人慾橫流,此即違背「自然」。

稽康這種「任自然」之主張,也表現在其詩歌中,如云:「黃老路相逢,授我自然道」(〈遊仙詩〉),「至人遠鑒,歸之自然」(〈贈秀才入軍詩〉),「沖靜得自然,榮華安足為」(〈述志〉),「留弱喪自然,天真難可和」(〈五言詩〉),而其觀點,也正影響著人們走向大自然,使魏晉人士對自然山水更接近,而提昇彼輩之審美情趣,如阮籍常「登臨山水,經日忘歸」(《晉書・阮籍傳》),稽康則「遊山澤,觀魚鳥」(《晉書・稽康傳》),羊祜是「樂山水,每風景必造峴山置酒,言詠終日不倦」(《晉書・羊祜傳》),另《世說・言語》中云:「王子敬云:從山陰道上行,山川自相映發,使人應接不暇,若秋冬之際,尤難為懷」。又云:「簡文入華林園,顧謂左右曰:會心處不必在遠,翳然林水,便自有濠濮間想也。不覺鳥獸禽魚,自來親人」[23]。

可見自魏晉以至南朝,一些文人學上,蔑視禮法,回歸自然,任性逍遙,使他們接近自然山水,而獲得美之享受,精神之愉悅,且感受到鳥獸禽魚,自來親人,表明人與自然之親和關係,而這種追求自覺與求個性自由之時代,正是山水詩發展之最好園地,山水詩自然成為獨立之文學審美品類,這時期就誕生了大小二謝、沈約、王融、何遜、蕭統、陰鏗等一大批傑出之山水詩人。

## 4 文學嬗變,日趨尚麗巧似

文學反映時代,亦反映思潮,故文學與時代、思潮,可謂息息相關,任何文學之演變,無不深受時代、思潮之影響,所謂「時運交移,質文代變」,又云:「文變染乎世情,興廢繫乎時序」(《文心雕

---

23 楊勇著:《世說新語校箋》,〈言語第二〉,頁115、95。

龍‧時序〉）[24]是矣。自漢末至魏晉南朝，干戈擾攘，戎狄交侵，儒學衰微，思想轉向，而掀起玄風，文人作家無不在此苦難之世界中，千方百計，自求解脫之力，而尋其理想人生之歸宿，由此而形成一次文人文學之高潮，魏晉南北朝向被稱為文學覺醒之時代，或謂是文學獨立之時代，實一語中的，切中肯綮。

　　考諸當代文學風氣之嬗變，約可略分三項：

### （1）唯美文學風氣興起，趨於「尚麗」、「貴似」

　　自曹丕揭櫫文章乃「經國之大業，不朽之盛事」（〈典論‧論文〉）後，文學之價值，得以確定為獨立不朽，自是才士雲興，墨客間出，騷人無不埋頭著述，「寄身於翰墨，見意於篇籍」，且曹丕又首先提出「詩賦欲麗」之主張，更認定文學應具審美之效果，此乃文學由質而趨文之契機，而曹丕以王者之身份，率先倡導，又喜結納文士，故以其「批評當時的作品態度，以及所從事的文學活動看來，確實都在為魏晉以下的文風舖路」[25]，當時文人為文，已向踵事增華，講求組辭技巧之路子前進，如陳琳為袁紹書寫之〈為袁紹檄豫州一首〉，其擒詞造語，即極誇飾，數及曹操罪狀，上至父祖，後袁紹失敗，陳琳歸附曹操，曹操因愛其才而不責之，均見文學之審查標準，另有一套，所注重是瞻麗之辭藻，誇張之聲勢，事實已非所重。

　　其後陸機又在〈文賦〉中提出「詩緣情而綺靡，賦體物而瀏亮」，「其會意也尚巧，其遣言也貴妍」[26]之主張，見證當時文人所

---

24　梁‧劉勰撰、范文瀾注：《文心雕龍注》，卷九〈時序第四十五〉，頁22、24。

25　王夢鷗：《傳統文學論衡》（臺北：時報文化公司，1991年4月20日2版），〈魏晉南北朝文學之發展〉，頁134。

26　晉‧陸機撰、張少康集釋：《文賦集釋》（臺北：漢京文化公司，1987年2月景印一刷），頁71、94。

作，如沈約云：「降及元康，潘陸特秀，律異班賈，體變曹王，縟旨星稠，繁文綺合，綴平台之逸響，採南皮之高韻，遺風餘烈，事極江右」[27]。單看其中「縟旨星稠，繁文綺合」，就可知當代文人所作，無不在文采富麗，辭旨豔發上用心。《晉書・文苑傳序》、《文心雕龍》〈時序〉、〈才略〉二篇，亦皆有扼要之敘述，而此種唯美尚麗的文風之要求，《文心雕龍》自〈情采〉至〈隱秀〉，亦曾予討論。

劉宋一代，國祚雖短，文風則特盛，尤其文帝元嘉三十年間，作家輩出，文風更重排偶、綺麗，為江左唯美風氣之開端，因此《文心雕龍・明詩》才評定山水文學，由此而起。而鍾嶸《詩品》，亦以「尚麗」、「貴似」為標準，判定謝靈運之詩作為上品，且評云：「尚巧似，……名章迴句。處處間起，麗典新聲，絡繹奔會」[28]，評鮑照則云：「善製形狀寫物之詞」，「貴尚巧似，不避危仄」[29]，評謝朓則云：「奇章秀句，往往警遒」[30]，由此可見謝靈運等山水詩人，善用客觀手法，描述自然實境，即所謂「巧似」，且以清詞麗句，放言遣詞，再現自然之形象美，即所謂「尚麗」是矣。而此亦皆由文風嬗變所致。

## （2）體有因革，由玄言而轉向山水

晉宋之間的詩歌創作，有一極明顯之演變，即是由玄言詩轉向山水詩。玄言詩風光散失，山水詩即承接興起。山水詩之勃興，自然與玄言詩之衰微有關，若欲查考山水詩之創作背景，則不得不探究玄言詩何以不能久行之原因，蓋二者正是息息相關，極為密切。

---

27 梁・沈約：《宋書・謝靈運傳論》，載郁沅、張明高編選：《魏晉南北朝文論選》，頁297。

28 梁・鍾嶸著、汪中選注：《詩品注》，〈宋臨川太守謝靈運詩〉，頁112。

29 梁・鍾嶸著、汪中選注：《詩品注》，〈宋參軍鮑照詩〉，頁184。

30 梁・鍾嶸著、汪中選注：《詩品注》，〈齊吏部謝朓詩〉，頁192。

　　魏晉之際，向為思想主流之儒家，已為道家取代。士大夫們，由關懷政治變為脫離政治，由尊重傳統變為反抗傳統，由正視現實變為逃避現實，遺棄世務，崇尚清談，成為當代士大大們沽名釣譽之工具，故正始（西元240-248年）以後之詩人作家，沒有人能不受玄風之影響，「善玄名理」，成為文壇之風尚。《文心雕龍・明詩》云：「正始明道，詩雜仙心，何晏之徒，率多浮淺」[31]，另《文心雕龍・時序》亦云：「自中朝貴玄，江左稱盛，因談餘氣，流成文體，是以世極迍邅，而辭意夷泰，詩必柱下之旨歸，賦乃漆園之義疏」[32]，玄風與清談，既影響於當代詩人作家之生活，當然亦影響當時之語言與文學創作，於是玄言乃由口談而轉為文字創作，玄言詩由此而起。西晉玄言詩已創作不少，如張華〈贈摯仲治詩〉、傅咸〈周易詩〉、陸機〈失題〉二首等。

　　南渡之後，文化中心移至江左，士大夫貴黃老，尚清談之風氣不減，玄言詩尤盛行於東晉，當代以玄言詩稱名於詩史者，為孫綽、許詢二人，鍾嶸云：「世稱孫、許、彌善恬淡之詞」（《詩品》）[33]，確有至理。而在當代王羲之等人創作之〈蘭亭集詩〉，其中即有不少作品屬於玄言詩，然以其「寄言上德，託意玄珠」（《宋書・謝靈運傳論》），令人閱讀之後，因缺少詩味與情韻，致興味索然。鍾嶸評云：「永嘉時，貴黃老，稍尚虛談，於時篇什，理過其辭，淡乎寡味，爰及江左，微波尚傳，孫綽、許詢、桓、庾諸公，詩皆平典似道德論，建安風力盡矣」（《詩品序》）[34]，劉勰亦評道：「江左篇製，溺乎玄風，嗤笑徇務之志，崇盛亡機之談，袁、孫以下，雖各有雕采，而辭

---

31　梁・劉勰撰、范文瀾注：《文心雕龍注》，卷二〈明詩第六〉，頁2。
32　梁・劉勰撰、范文瀾注：《文心雕龍注》，卷九〈時序第四十五〉，頁24。
33　梁・鍾嶸著、汪中選注：《詩品注》，〈晉廷尉孫綽，晉徵士許詢詩〉，頁237。
34　梁・鍾嶸著，汪中選注：《詩品序》，頁10。

趣一揆」(《文心雕龍‧明詩》)[35]，亦以為彼輩玄言詩，玄氣十足，又雷同空泛，實難令人好評。

玄言詩千篇一律，有類偈語，且乏韻味情趣，劉勰、鍾嶸所評，一針見血，堪為的論。玄言詩後漸為詩人作家所摒棄不作，其後提出改革，轉變題材與內容，化虛玄為不玄而成功者，則屬陶淵明平淡自然之田園詩，與謝靈運尚麗巧似之山水詩，沈德潛稱為「詩運一轉關」((說詩晬語))[36]者是，故可謂無玄言詩之淡乎寡味，風光不再，則無山水詩之力求創新，獨闢蹊徑，山水詩之所以興起，玄言詩之沒落，是其原因之一，玄言詩該說是山水詩之催化劑。

## （3）著重體物，而鋪敘侈麗之兩漢大賦，與魏晉抒情小賦，是山水詩發展的動力之一

兩漢一些大賦，以及魏晉抒情小賦中，在強烈之自然審美意識覺醒下，山水自然之形態、聲勢、色彩，曾是賦家極力鋪敘刻畫之對象，有不少篇章是完整的描寫山水，如枚乘〈七發〉中「游觀聲色」與「廣陵江濤」；司馬相如〈子虛賦〉、〈上林賦〉中，「雲夢澤」與「卜林苑」；揚雄〈蜀都賦〉中，描繪山川匯合江州之壯美；班固〈西都賦〉中，描寫長安原野景緻一節，而魏晉時代之紀遊賦，如孫綽〈游天台山賦〉、張載〈敘行賦〉、張協〈登北邙賦〉、潘岳〈登虎牢山賦〉、郭璞〈江賦〉、庾闡〈涉江賦〉等，這些即景抒情之小賦，對山水景觀有細緻之描述，曲盡之形容，具象之呈現，手法高妙，其對以後山水詩之發展，無疑是一大助力。且由於賦家描述之細膩，亦引導以後之詩人，作較細心之觀察、精緻之描繪，使文學表現之技

---

35 梁‧劉勰撰、范文瀾注：《文心雕龍注》，卷二〈明詩第六〉，頁2。
36 顧紹柏校注：《謝靈運集校注》，(附錄五)，〈評叢〉，錄清‧沈德潛：《說詩晬語》，頁520。

巧，進入新里程，又鑄造許多雙聲疊韻詞，為後代山水詩人們，對構詞造語之方法，給予嶄新之啟示。

如謝靈運〈從斤竹澗越嶺溪行〉中有云：

> 逶迤傍隈隩，迢遞陟陘峴。過澗既厲急，登棧亦陵緬。川渚屢逕復，乘流玩回轉。蘋萍泛沈深，菰蒲冒清淺。企石挹飛泉，攀林摘葉卷。

此詩運用「傍」、「陟」、「過」、「登」、「乘」、「玩」、「挹」、「攀」、「摘」等一連串不同之動詞，表現詩人登山涉水，攀枝摘葉之動作，極見寫實。另遣用「逶迤」、「迢遞」、「厲急」、「沈深」、「清淺」等一系列雙聲疊韻詞，描繪出山嶺起伏，溪澗曲折，水流湍急，川渚回環，菰蒲於深水淺灘中生長之不同風姿，與詩人在嶺上澗中，上下繞行之動作，串成一氣，手法別致，故謝靈運所創作之山水詩，若非經由平時沈潛玩味前代賦家，細緻刻畫山水技法積累之素養，豈能寫出鋪敍繁富，典麗厚重，別具特色之山水詩？

總之，由於時代思潮之變遷，而使文風隨之更改，謝靈運受到當代「尚麗」「巧似」之文壇風氣薰染，模山範水，刻意經營，雖語盡雕刻，卻能反乎自然，此亦勢之所趨，無足為怪，宜明·許學夷《詩源辯體》言其演變云：

> 太康五言，再流而為元嘉，然太康體雖漸入排偶，語雖漸入雕刻，其古體猶有存者。至謝靈運諸公，則風氣益漓，其習盡移，故其體盡排偶，語盡雕刻，而古體遂亡矣。此五言之三變矣。劉勰云：「宋初文詠，儷采百字之偶，爭價一句之奇，情

必極貌以寫物,辭必窮力而追新,此近世之所競」是矣。[37]

　　許學夷據劉勰《文心雕龍‧明詩》所言,說明元嘉當代的文壇風氣,是爭奇追新,注重排偶,辭藻求麗,以致素樸之古體遂亡,而此亦表示五言正處於三變之狀態。

## 5　地域秀麗,提供美好素材

　　劉勰在《文心雕龍》云:「情以物遷,辭以情發」,「詩人感物,聯類不窮」,「山林皋壤,實文思之奧府」(〈物色〉)[38],因之大自然之山水美景,正可作為詩吟之素材。若無秀麗之山水勝景,又何能提供詩人美好之素材?以巧奪自然造化,而形諸於楮墨,像謝靈運之出生地為會稽郡始寧,此地山明水秀,景色絕佳,靈運〈與盧陵王牋〉上,已明白寫道:「會境既豐山水,是以江左嘉遯,並多居之」。靈運在所作〈山居賦〉中。更有詳盡之描述,如云:

> 南山則夾渠二田,周嶺三苑,九泉別澗,五谷異巘,群峰參差出其間,連岫複陸成其阪,眾流洄灌以環近。諸堤擁抑以接遠,遠堤兼陌,近流開濄,凌阜泛波,水往步還,還回往匝,枉渚員巒,呈美表趣,胡可勝單。……

《世說新語‧言語》注引孔曄〈會稽郡記〉云:

> 會稽境特多名山水,峰崿隆峻,吐納雲霧,松栝楓柏,擢榦竦

---

37 明‧許學夷:《詩源辯體》(北京:人民文學出版社,1987年10月第1版),卷七,頁108。

38 梁‧劉勰撰、范文瀾注:《文心雕龍注》,卷十〈物色第四十六〉,頁1、2。

條，潭壑鏡徹，清流寫注[39]。

《世說新語‧言語》又云：

> 顧長康從會稽還，人問山川之美，顧云：『千巖競秀，萬壑爭
> 流，草木蒙籠其上，若雲興霞蔚』[40]。

　　會稽地區，據上引資料，可知其地水木清華，風光旖旎，其鄰近地區如吳郡豫章、臨川諸郡，亦無不是出深水曲，景色如畫，遠非其他地區，地形單調，景色平凡者可比。若永嘉地區，溪泉湖海，天下獨絕，峰島洞石，姿態各異，華蓋、石室、吹臺、破石、芙蓉等諸山，峰巒疊翠，登臨其上，如入仙境。因之每至佳日，必吸引不少文人學士，相邀登山涉水，故此地確為山水佳麗之地區。

　　靈運自小在此地，即已享受山水之秀美，深受自然之美陶冶，後投身仕途，再二十餘年，出任為永嘉太守。《宋書》本傳言其經常「尋山陟嶺，必造幽境，巖嶂千重，莫不備盡」，而且「所至輒為詩詠」，每到一地，即賦詩記遊，以為留念。而靈運描繪之山水美景，範圍甚廣，家鄉會稽，浙東永嘉，江西廬山，鄱陽湖等名勝地區，均曾激起詩人之創作熱情，盡情將這些地區之明山秀水，吟詠筆記下來，遂開山水詩之新紀元，如在故鄉始寧縣，東山一帶，寫有〈過始寧墅〉、〈富春渚〉等，在永嘉所作有〈晚出西射堂〉、〈登池上樓〉、〈登永嘉綠嶂山〉等詩，靈運若無得天獨厚之地理背景，給予如詩如畫之山水素材，豈能創作出如許多之曲盡形容，細緻精美的山水詩？

---

39 楊勇：《世說新語校箋》，〈言語第二〉，頁115。
40 楊勇：《世說新語校箋》，〈言語第二〉，頁115。

## 6 文人遊賞，藉此體玄適性

　　自魏晉以來，盛極一時之遊仙、哲理的玄言文學，已令許多文人作家感到空虛乏味，而思轉變創新，於是關注之焦點，乃由「仙界而入於自然界」，但實際上斯時之文人學士，並未完全擺脫玄風之影響，在玄學「越名教而任自然」、「獨化」、「至虛」論影響下，士人對山水之體認，有極大之轉變。士人對山水自然美之欣賞，是與他們追求玄遠之思相結合的，亦即人與自然之關係，是相親相融，可渾然合而為一。山水為士大夫們感情生活不可缺少之一部份，士大夫們靜觀默照，欣賞山水景觀之美，發現山水不但「形」美，且「神」美，「神者，道也」，山水以形媚「道」，萬物山川，莫不蘊有「道」[41]，《世說》云：「王右軍與謝太傅共登冶城，謝悠然遠想，有高世之志」（〈言語〉）[42]，「王司州至吳興印渚中看，歎曰：非唯使人情開滌，亦覺日月清朗」（〈言語〉）[43]，山水既蘊有「道」，而「道」本身亦是美的，恬淡的，因此士大夫們追求玄遠之心情，使他們更接近自然，而愛好山水，且由於常深入山水之中，與自然景色常相冥合，就有滌淨萬慮，忘卻俗累之快意，此亦山水詩人與山水畫家創作時，均可經由在碧天綠水之間，寓目之景物下，體現出自然之理，且因能任其所遇，快然自足，因而在良辰美景中，得到逍遙之樂。

　　畫家宗炳曾言「聖人含道應物，賢者澄懷味像，至于山水，質有而趣靈」，「山水以形媚道而仁者樂」（《畫山水序》）[44]，又在《宋書》

---

41　按：南朝宋・宗炳：〈畫山水序〉云：「山水以形媚道而仁者樂」，載潘運告編：《漢魏六朝畫論》（長沙：湖南美術出版社，1997年4月第1版），頁288。由此具見宗炳的關於山水自然，和山水畫的美學思想，正是那一時代美學思潮的產物。

42　楊勇：《世說新語校箋》，〈言語第三〉，頁100。

43　楊勇：《世說新語校箋》，〈言語第三〉，頁108。

44　楊勇：《世說新語校箋》，載南朝宋・宗炳：〈畫山水序〉語，頁288。

本傳云：「老疾俱至，名山恐難遍睹，唯當澄懷觀道，臥以遊之」[45]，所謂「仁者樂山，智者樂水」，仁智之人，能樂在山水，乃因其能以形貌體現自然之道，且欣賞山水，觀照山水，可以由此得其道而暢其「神」，既體其「玄」，又能適其「性」，人生之至樂，又有什麼能超越於此的？

《世說新語》〈文學第四〉又記載云：

> 郭景純詩云：「林無靜樹，川無停流」，阮孚云：「泓崢蕭瑟，實不可言；每讀此文，輒覺神超形越」。[46]

孫綽〈遊天台山賦〉云：

> 遊覽既周，體靜心玄，害馬已去，世事都捐，投刃皆虛，目牛無全，凝思幽巖，朗詠長川。

阮孚言「神超形越」，孫綽言「凝思幽巖，朗詠長川」。可以想見彼輩在大自然中追求到逍遙自在，任情適意，快然自足之樂趣，而此亦為山水詩之基本精神，亦為山水詩人之審美理想所在。

上節所言及之玄言詩，乃是以詩之形式而論「道」，而有些詩人亦知語言本身仍有其限制，以其表現無限且難以言宣之「道」，則「言語」實非最理想最適當之導體，而「言不盡意」，乃彼輩所深信不疑，於是只有會「言外之意」矣，「神道難摹，精言不能追其極」（《文心雕

---

45 梁・沈約：《宋書・宗炳傳》（臺北：藝文印書館，據清乾隆武英殿刊本景印，1957年出版），列傳第五十三，總頁數1100。
46 楊勇：《世說新語校箋》，〈文學第四〉，頁200。

龍‧夸飾》）[47]，士大夫們亦知若停留在語言層次上識「道」，則僅能得「道」之末，玄言詩流行不久，即遭摒棄，與此亦有關，故後來自生活之感受中，明白山水最能表達造化之功，且均蘊育有「道」，山水自然是最適當之導體，以表現人生宇宙之本體——「道」所在，故山水詩之產生，玄言詩並非是淵源，而當視其為催化劑，玄言詩乃以「言」盡「意」，而山水詩實際上亦為玄學之產物，故其乃以「象」盡「意」。

山水可以怡情，從中可得寧靜而超脫之心境，以便忘卻塵網中之煩惱，蘭亭會上之詩歌，即明確表達此一特點，如下列詩人吟詠之詩句：

神散宇宙內，形浪濠梁津。寄暢須臾歡，尚想味古人。（虞說）
散豁情志暢，塵纓忽已捐。仰詠挹餘芳，怡情味重淵。（王蘊之）
願與達人游，解結邀濠梁。狂吟任所適，浪流無何鄉。（曹華）

東晉以後，江南明媚之山水。便使山水詩中「道」之成份減少，自然之美景增加。後來謝靈運恢復漢魏古詩抒情言志之傳統，且使其與玄言相結合，使山水詩走出理窟，如〈石壁精舍還湖中作〉、〈于南山往北山經湖中瞻眺〉等詩，均在敘事寫景之中，字裡行間，無不隱寓理趣，造境極深，啟人深思，亦為後代山水詩創造情、景、理相結合之典範。

## （二）內因

謝靈運詠歎自然山水，取自然之美為對象，開山水詩之宗派，可

---

47 梁‧劉勰撰、范文瀾注：《文心雕龍注》，卷八〈夸飾第三十七〉，頁5。

謂「為美而寫，成立一種自然美之文學」[48]，當然亦須有上述屬於外緣之創作背景。然靈運對山水之審美，表現感性直觀之玩賞態度，所謂「景夕群物清，對玩咸可喜」（〈初往新安桐廬口〉）「妙物莫為賞，芳醑誰與伐」（〈夜宿石門〉），實際有其內在之因素在；亦即與其內心深處，情感意興，與哲學理悟，平生際遇，寫作主題等有極大之關係，以下再分別論述：

## 1　審美情趣，自然表露

謝靈運之心性，極有特色，即其有藝術家之天賦氣質，易言之，愛美之心，異常發達，審美情懷，極為敏銳，《宋書》本傳謂靈運「性奢豪，車服鮮麗，衣裳器物，多改舊制」。《世說新語》亦謂「靈運好戴曲柄笠」（〈言語〉），靈運服飾器物，「多改舊制」，不斷革新，此當非故示豪奢、炫其財富，而是內在愛美之心，極為強烈所致。所謂「惟有真性，故有真情；有真情，故有真詩」《清・孫聯奎《詩品臆說・疏野》注）[49]，憑靈運直覺之審美感知，凝神注視真實的大自然中，萬象羅會的形形色色之美。再淋漓盡致，生動地描繪「千巖競秀，萬壑爭流」之秀麗美景，其語有云：「情用賞為美」（〈從斤竹澗越嶺溪行〉），其欣賞美景之情，自然表露，因景成詠。寓目寫心，所吟詠之詩句中，即極自然常出現「賞」與「美」二字，如：

> 表靈物莫賞，蘊真誰為傳。（〈登江中孤嶼〉）
> 孤遊非情歎，賞廢理誰通。（〈於南山往北山經湖中瞻眺〉）
> 賞心不可忘，妙善冀能同。（〈田南樹園激流植援〉）

---

48 葉瑛：〈謝靈運文學〉，《學衡》第33期（上海：上海中華書局，1924年9月），頁8。
49 清・孫聯奎：《詩品臆說・疏野》注語，載貫文昭主編：《中國古代文論類編》（上）（福州：海峽文藝出版社，1991年12月第1版），頁350。

含情尚勞愛，如何離賞心。(〈晚出西射堂〉)

遺情捨塵物，貞觀丘壑美。(〈述祖德詩〉之二)

彼美丘園道，喟焉傷薄劣。(〈九日從宋公戲馬臺集送孔令〉)

皇心美陽澤，萬象咸光昭。(〈從遊京口北固應詔〉)

靈運觀賞天下美好之山水，令其目不暇接，心曠神怡，甚而流連忘返，故其怡然自得，喜悅之心情，常隨所詠，自然呈現，如：

景夕群物清，對玩咸可喜。(〈初往新安桐廬口〉)

合歡不容言，摘芳弄寒條。(〈石室山〉)

清暉能娛人，游子憺忘歸。(〈石壁精舍還湖中作〉)

披拂趨南逕，愉悅偃東扉。(〈石壁精舍還湖中作〉)

由以上之詩句中，可見出靈運能將人在觀照山水時，冥合自然之玄理，化為山水清暉能娛人心情之樂趣，且使某些原本枯燥無味之玄言，變成富有理趣之詩境，其出語之灑脫雋永，乃得自詩人平素在玄學與欣賞山水方面，累積之素養，更是其內在瑩澈明亮之審美情趣，自然之表露。

## 2 仕途多蹇，暢遊抒憤

出生於「百年望族」，並襲封為康樂公爵位之謝靈運，暢遊山水，縱放為娛，與佳山勝水為伴，並以之為題材，發而為詠。其所以如此，除上述具內在審美情趣外，另有其個人際遇之原因，即由於仕途多蹇，不得於時，乃藉遨遊山水，為苦悶之解脫，憤懣之排遣。

身為晉室名臣之後的謝靈運，初對後來篡位之劉裕，並無仇視之意。曾在劉裕代晉時，奉使慰勞，且撰製有名之〈撰征賦〉與〈九日

從宋公戲馬臺集送孔令〉詩，劉裕（即宋武帝）代晉之後，採取抑制
世族之政策，於是靈運由公爵降為侯爵。自此之後，靈運即心存怨
恨，本傳說他「性褊激，多愆禮度」，此應與其「名士」之性格有
關。而其時適逢晉宋易代之際，各種政治勢力，彼此爭權奪利，劇烈
異常。靈運本人既具名士性格，又有貴介習氣，平素桀驁不馴，自難
與人和睦相處。《宋書》〈謝瞻傳〉、〈謝玄微傳〉等，都載有家族昆弟
間，對靈運行為不滿的記述。因此其在宦途上，亦難一帆風順。

　　靈運初踏入仕途，據其自述，「牽絲及元興」（按：牽絲指執印
綬），《宋書》本傳言「以國公例，除員外散騎侍郎」，不滿二十歲，
即為朝廷授此職務，然彼本人實未正式任職。義熙元年起，歷任瑯琊
王大司馬行參軍，撫軍將軍劉毅記室參軍、宋國黃門侍郎等職。元熙
元年，在世子左衛率任上，因虐殺奴僕而免官去職。劉裕代晉後，將
靈運降爵，食邑亦由二千石減為五百石後，靈運已心存不滿，後又受
安撫，起用為散騎常侍，轉太子左衛率。彼與新朝之關係，基礎薄
弱，可謂貌合神離，各懷心思，朝廷視其為文學弄臣，「唯以文義處
之，不以應實相許」，而他本人則自認「才能宜參權要」，有意在仕途
上大展鴻圖，如今竟不受重用，還降爵減俸，因之「常懷憤憤」，自
此以後，靈運與新朝之間的裂痕，日漸擴大。

　　永初三年（西元422年），靈運三十八歲，因「構扇異同，非毀執
政」，得罪徐羨之等，出為永嘉太守。靈運既不得志，於是在任職期
間，肆意遨遊，遍歷諸縣，「民間聽訟，不復關懷」，以不理政事之態
度，作為對現實政治之消極反抗，且寄情山水，「所至輒為詩詠，以
致其意」，心中之煩憂，一則借山水之靈氣洗刷，另則惜吟詠來傾
洩，最後是「稱疾去職」，拂袖而去。以後他即返回會稽始寧老家，
一面修治庭園，以隱居為樂；一面登山涉水，繼續創作，逍遙自在，
且在家鄉又能與一些高蹈之士，如王弘之、孔淳之等終日為伍，生活

真是如魚得水，極為愜意。

文帝義隆即位後，政敵徐羨之等被誅，他本人再受徵召為秘書監，並受命撰寫《晉書》，對靈運本極賞識，且稱靈運詩書為二寶之文帝，對靈運仍是不予重用，「唯以文義見接」，還是以文學侍從之身份看待，對此，自恃「才能應參時政」之靈運，不免失望，於是對撰史一事，僅「粗立條流」，心存敷衍，而「書竟不就」，當是意料中事。他既然心有不平，乃「稱疾不朝直」，乾脆「穿池植援，種竹樹菫，驅課公役，無復期度，出郭游行，或一日百六七十里，經旬不歸，既無表聞，又不請急」。靈運藉栽花植樹，悠遊山水來發洩內心之幽怨，導致文帝「諷旨令自解」，後乃再以「上表陳疾」而去，以致「上賜假東歸」，文帝算是對靈運多所寬容。以後靈運再返鄉里，仍過其「以文章賞會，共為山澤之游」之自在生活。其後朝廷又起用他為臨川內史，並加賜秩中二千石，然由於他心仍不平，故依然縱遊無度，不理政務，致為有司所糾彈，朝廷乃派人逮捕，他竟「興兵叛逆，遂有逆志」，終於兵敗被擒，依法應處斬刑，但上愛其才，本「欲免官而已」，然彭城王義隆堅執謂「不宜恕」，終在流放廣州後遇害，時為元嘉十年（西元432年），年四十九歲。

靈運之一生，可謂悲劇之人生，其〈臨終詩〉云：「恨我君子志，不獲巖上泯。送心正覺前，斯痛久已忍。唯願乘來生，怨親同心朕」，可見其死於非命，早已預料，最後仍以不能終老山巖而歎惋。

靈運在山水詩之創作，卓然有成，雖言與時代風氣，內心審美有關，然不可諱言，亦與其宦途不順，中心不樂，欲藉山水之美陶冶，以求舒洩，而得心理平衡相關。所作〈富春渚〉云：「平生協幽期，淪躓因微弱。久露干祿請，始果遠遊諾。宿心漸申寫，萬事俱零落。懷抱既昭曠，外物徒龍蠖」。詩中透露出幽怨之意，故黃節注靈運詩集引方虛谷（按：即方回，字萬里，號虛谷）評云：「萬事俱零落，

怨辭也」[50]，當為事實。

　　白居易有首〈讀謝靈運詩〉云：「謝公才廓落，與世不相遇。壯士鬱不用，須有所洩處。洩為山水詩，逸韻諧奇趣。大必籠天海。細不遺草樹。豈惟玩景物。亦欲攄心素」，靈運服事新朝，懷才不遇，憤鬱之氣難洩，在現實壓力下，為「攄心素」，必會使其逃向自然，而「洩為山水詩」，因之山水詩，可作為其不遇於世之標幟。

## 3　沈潛學術，尋求超脫

　　靈運滿懷雄心壯志，有意在政治舞台上，一展抱負，然事與願違，理想落空。乃放情山水，大量寫作山水詩，此與其人生理想攸關。而靈運之人生理想，又來自當代思潮與其個人沈潛學術，體悟而得有關。因而靈運之寫作山水詩，亦可謂是鑽研學術，建立一超人之思想，並尋求一超脫自我之方式，此一超脫自我之管道，惟在山水，故靈運之頤情山水，正是為尋求超脫之必然結果。其〈山居賦〉云：「陵名山而屢憩，過崖石而披情，雖未階於至道，且緬邈於世纓」，此即是其由悟道而尋求超脫，終於走向山水之自我剖白。

　　靈運由於家境優越，使其能不虞生活，而安心向學，奠定深厚之學術基礎，本傳言其「少好學，博覽群書，文章之美，江左莫逮」。當非虛假。靈運用功甚勤，諸子百家各種典籍，甚至方技雜算，無不涉獵，曾在〈山居賦〉中寫道：

> 六藝以宣聖教，九流以判賢徒，國史以載前紀，家傳以申世模，篇章以陳美刺，論難以覈有無。兵技醫日，龜筴筮夢之法，風角冢宅，算數律歷之書，或平生之所流覽，並於今而棄諸。

---

50　黃節：《謝康樂詩註》（臺北：藝文印書館，1987年10月4版），頁72。

　　靈運除通經學、六藝，旁涉百家技術外，更精通釋典，蓋以年十五時，即從慧遠遊，受學於佛學大師，移籍會稽，又與曇隆、法流二法師聚處，巖居之暇，更日與諸僧講經（按：自〈山居賦〉中可知），由此可見其浸漬佛學之深。靈運之人生觀與世界觀，可謂集儒、道、佛於一爐，故反映在創作上，皆有所徵引《老子》、《莊子》、《易經》、《論語》與佛經典故，黃節即謂「康樂之詩，合《詩》、《易》、聃、周、《騷》、辯、仙、釋以成之」（《謝康樂詩注序》）[51]是矣。

　　靈運一生著作甚多，據近人依近世所修《上虞縣志》卷三十六〈經籍志〉所考其著作篇目，即達二十餘種，惜皆散佚，而成有目無書。[52]其沈潛學術之工力，由此可見。而其思想亦趨複雜，以道家言，其思想受老莊思想之啟示者，乃（1）重道。（2）貴我。（3）達觀主義[53]，故其〈山居賦〉云：「道可重，故物為輕，理宜存，故事斯忘」，其詩云：「居常以待終，處順故安排」（〈登石門最高頂〉）「彭薛裁知恥，貢公未遺榮。或可優貪競，豈足稱達生」（〈初去郡〉）。以佛家言，既為慧遠弟子，又常與法師僧人相處，浸漬佛學亦深，曾著〈辨宗論〉，以明儒釋之異同，故其詩，亦常揭示佛理，如云：「遭物悼遷斥，存期得要妙」（〈七里瀨〉），「賞心不可忘，妙善冀能同」（〈田南樹園激流植援〉）。

　　靈運受儒家經學之影響亦深，故思想亦受影響，如云：「既笑沮溺苦」（〈齋中讀書〉），「眾星環北辰」（〈擬魏太子〉），又云：「人生誰云樂，貴不屈所志」（〈遊嶺門山〉），在〈遊名山志〉中云：「衣食，

---

51 黃節：〈謝康樂詩注序〉，頁2。

52 張秉權：〈論謝靈運〉，《大陸雜誌》（語文叢書）（第1輯第4冊）（臺北：大陸雜誌社，1968年9月再版），頁202。

53 葉瑛：〈謝靈運文學〉，頁2、3。

生之所資，山水，性之所適」，「故有屈己以濟彼，豈以名利之場，賢於清曠之域耶」，可見其以獨處昭曠為適性，且以為山水乃性之所適，適性即其所謂不屈。

靈運滿腹經綸，博涉典籍，然懷才莫展，故雖曾憤激言出「平生之所流覽，並於今而棄諸」（〈山居賦〉），實際對其人生觀與思想之奠定，卻有莫大之影響，其「本道家之達觀主義，故求超脫之自我。本佛家之頓悟及繕性，故求理想之世界。本儒家之尚志不屈，故主適性」[54]，以高超之智慧，鎔鑄而成「一種超人之思想」，卻無能實現，故為求超脫，為悠游其理想世界中，則惟覓到山水一途，亦惟有此理念，所以方有空前之山水詩創作。

## 4　興多才高，寓目輒書

文學創作，貴在獨創，獨創是寫詩為文之生命，非此則不能古今相繼，非此則無能承先啟後。文學要獨創，就要不斷創新，方能使歷經滄桑的文學之樹，根深葉茂，花繁果碩，漢・思想家王充已云：「飾貌以彊類者失形，調辭以務似者失情」（《論衡・自紀》）[55]，晉、陸機亦云：「雖抒軸於予懷，怵他人之我先，苟傷廉而愆義，亦雖愛而必捐」（〈文賦〉）[56]，各家無不強調獨創之必要，而要獨創，要不斷翻陳出新，則有賴於才情，而才情在各人天賦上，各有差異，是不可人力勉強而成，曹丕即云：「文以氣為主，氣之清濁有體，不可力強而致，譬諸音樂，曲度雖均，節奏同檢，至於引氣不齊，巧拙有素，雖在父兄，不能以移子弟」（〈典論・論文〉）[57]，劉勰亦云：「人之稟才，遲

---

54　葉瑛：〈謝靈運文學〉，頁6。

55　漢・王充：《論衡》（外十一種），《欽定四庫全書》（上海：上海古籍出版社，1992年7月第1版），卷三十〈自紀第八十五〉，頁10，總頁數862、344。

56　晉・陸機撰、張少康集釋：《文賦集釋》，頁104。

57　郁沅、張明高編選：《魏晉南北朝文論選》，〈典論・論文〉，頁14。

速異分」(《文心雕龍・神思》)[58]，均見才情對文學創作之重要。

　　然而才情雖為至要，若不努力寫作，不斷思索琢磨，則其成就，恐亦有限，其人亦難成大器，劉勰亦曾云：「夫薑桂同地，辛在本性，文章由學，能在天資，才自內發，學以外成，有學飽而才餒，有才富而學貧」(《文心雕龍・事類》)[59]，以為才來自天資，固然重要，然學養亦不可忽視，二者需並重，相輔相成而後可。

　　靈運本身才高興多，自幼即勤學不輟，博覽群籍，其一生始終保持良好之讀書習慣，其〈書帙銘〉云：「懷幽卷頤，戢妙抱密，用舍以道，舒卷不失，亮惟勤玩，無或暇逸」，此亦靈運於學術上、文學上，成就卓越之原因。

　　而靈運創作山水詩之有成，除上述才高、興多、勤學外，另一值得稱讚者，即為勤作。古直云：「案：靈運山水之作，皆寓目即書者也」[60]（汪中《詩品注》卷上引）是矣。靈運若僅炫其奢豪，縱情逸遊，不能遊蹤所至，即席吟詠，刻畫山水，則靈運是否能有大量之山水詩創作，頗成疑問。靈運向來勤於寫作，本傳言其「與王弘之、孔淳之等，縱放為娛。有終焉之志，每有一詩，至都邑，貴賤莫不競寫」，又其在永嘉任太守時，「郡有名山水，靈運素所愛好，出守既不得志，遂肆意游遨」，「所至輒為詩詠，以致其意焉」，所作不但數量多，且能寓情于景，情從景出，達到情意交融，清麗自然之境地，沈約即謂「興會標舉」(《宋書・謝靈運傳》)，鍾嶸亦讚不絕口，謂「興多才高，寓目輒書，內無乏思，外無遺物」(《詩品》)。

　　因靈運「所至輒為詩詠」，因之可自其山水詩之標題，得到證

---

58 梁・劉勰撰、范文瀾注：《文心雕龍注》，卷六〈神思第二十六〉，頁1。

59 梁・劉勰撰、范文瀾注：《文心雕龍注》，卷八〈事類第三十八〉，頁9。

60 按：古直評語，載汪中選注：《詩品注》（臺北：正中書局，1982年9月臺8版），頁116。

明，而此亦顯示其對標題之講求，極為注重，如以旅遊之山水地點命題者，如〈富春渚〉、〈遊嶺門山〉、〈登永嘉綠嶂山〉、〈七里瀨〉、〈大林峰〉等。指出遊覽之順序者，如〈遊赤石，進帆海〉、〈從斤竹澗越嶺溪行〉等。明白指出遊覽之路線與重點者，如〈於南山往北山經湖中瞻眺〉、〈登廬山絕頂望諸嶠〉、〈發歸瀨三瀑布望兩溪〉等。指出遊覽之時間者，如〈晚出西射堂〉、〈夜發石關亭〉等。另對山水地理環境幽美處，已作生動描畫，予人一看標題，即印象深刻者，如〈田南樹園激流植援〉、〈石門新營所住四面高山迴溪石瀨茂林脩竹〉等。

清・鄭燮云：

> 作詩非難，命題為難，題高則詩高，題矮則詩矮，不可不慎也。（《鄭板橋集》〈范縣署中寄舍弟墨第五書〉）[61]

清・黃子雲亦云：

> 詩不外乎情事景物，情事景物要不離乎真實無偽，一日有一日之情，有一日之景，作詩者若能隨境興懷，因題著句，則固景無不真，情無不誠矣。不真不誠，下筆安能變易而不窮？（《野鴻詩的》）[62]

鄭氏言「命題為難」、「不可不慎」，黃氏言「隨境興懷，因題著句」，則「景無不真，情無不誠」，所言甚是。靈運命題，極見才情。

---

61 清・板橋老人鄭燮：《鄭板橋全集》（臺北：黎明文化公司，1991年11月初版），〈范縣署中寄舍弟墨第五書〉，〈家書〉，頁378。
62 清・黃子雲：《野鴻詩的》評語，載屈興國、羅仲鼎、周維德選註：《古典詩論集要》（濟南：齊魯書社，1991年5月第1版），頁251。

而在尋幽探勝。登山涉水，即景賦詩時，自是景必真實，情必無偽，故所作之山水詩，無不是景真情誠之作，故見其標題，亦可知其工力之深厚，宜為清・陳祚明稱許云：「康樂最善命題，每有古趣」（《采菽堂古詩選》）[63]，清・方東樹論及靈運〈七里瀨〉云：「古人作詩，自己有事，因題發興，故脫手欲活」，對靈運之命題，亦稱頌備至云：「觀康樂詩，純是功力，如挽強弩，規矩步武，寸步不失，如養木雞，伏伺不輕動一步，自命意顧題，布局選字，下語如香象渡河，直沈水底」（《昭昧詹言》）[64]，所言良然。

靈運天資聰穎，又能好學不倦，「功力、學問、天分，皆可謂登峰造極」（方東樹《昭昧詹言》），且勤於創作，故「文章之美，江左莫逮」，所到之處，無不發為詩詠，有其審美、際遇等內在因緣，配合外在之政治、經濟、地理、思潮等背景因素，而大量創作山水詩，所作無不慘澹經營，力透紙背，乃是「學者之詩」，「以人巧奪天工」（《昭昧詹言》）之作。

## 三 謝靈運山水詩之色彩美

山水詩本以大自然之山水景觀為歌詠之主要對象，因之詩人自親自遊歷之經驗中，欲捕捉山水之美入詩，勢必心領神會，曲寫入微，筆法細膩寫實方後可。

劉勰《文心雕龍・物色》即云：

---

63 顧紹柏校注：《謝靈運集校注》，〈附錄五〉，摘錄陳祚明：《采菽堂古詩選》評論（鄭州：中州古籍出版社，1987年8月第1版），頁518。

64 顧紹柏校注：《謝靈運集校注》，〈附錄五〉，摘錄清・方東樹《昭昧詹言》評論，頁532。

　　自近代以來，文貴形似，窺情風景之上，鑽貌草木之中，吟詠
所發，志惟深遠，體物為妙，功在密附，故巧言切狀，如印之
印泥，不加雕削，而曲寫毫芥，故能瞻言而見貌，印（疑作即）
字而知時也。[65]

　　以「山川草木，造化自然，此實境也」（清・方士庶《天墉庵隨
筆》），山水景觀皆屬實景實物，亦在耳目感官所及範圍內。所謂「窺
情風景之上，鑽貌草木之中」，因之「情必極貌以寫物，辭必窮力而
追新」（《文心雕龍・明詩》），自屬必要，且山水景觀本身，有其多采
多姿之自然奇麗，放在模山範水時，必然需描形繪色。為使山水形
色，鮮明如畫，具有強烈之藝術魅力，則遣詞造句，就必須有一番之
冶鍊雕琢，求新求俊，如此才能「體物」、「密附」、「巧言切狀」，將
山水之美，「如印之印泥」，有所呈現。所謂「登山則情滿於山，觀海
則意溢於海」（《文心雕龍・神思》），有登山觀海之實驗經驗，乃能眼
處心生，實參實悟，妙想妙思。當然，若僅有山水之遊歷經驗，未有
深厚之文學素養，與藝術技巧，亦無能寫出高明之山水詩，原因為
何？此乃涉及藝術問題，依托名王昌齡所著之《詩格》上云：

　　詩有三境，一曰物境，欲為山水詩，則張泉石雲峰之境，極麗
　　絕秀者，神之于心，處身于境，視境于心，瑩然掌中，然後運
　　思，了然境象，故得形似。[66]

　　另皎然《詩式・詩議》亦云：

---

65　梁・劉勰撰、范文瀾注：《文心雕龍注》，卷十〈物色第四十六〉，頁1。
66　唐・王昌齡：《詩格》語，載吳調公主編：《文學美學卷》（南京：江蘇美術出版
　　社，1990年6月第1版），頁581。

　　或曰：詩不要苦思，苦思則喪于天真，此甚不然。固須繹慮于
　　險中，采奇于象外，狀飛動之句，寫冥奧之思。[67]

　　依王昌齡、皎然所言，可見山水景觀，本有其「極麗絕秀」之
境，各有其性情神韻，如人物各有風神氣韻，故描繪山水時，亦當運
思冥索，駕馭不同之筆法，細膩刻畫，方能更好地表現山水之不同面
貌，且亦須苦思鍛鍊，如此不僅可得「形似」，且能顯現象外之奇，
超越形似而得神似，創作山水詩之訣竅，實亦不出上述兩家之論點。
　　由於大自然的造化之功，使山水草木，周圍景物，無不具美之形
式，與絢麗之色彩，「自然美」本身即是文學藝術取之不盡之庫藏。
謝靈運就充分利用「江山之助」，大量寫作山水詩，作品中之山水景
物，精緻摹繪，敷彩著色，顯得無比之華美富麗，一改庾闡、孫綽等
諸人作品之枯燥無味，而以美麗動人，魅力十足之面貌呈現，勾勒出
不少幅色彩鮮盛迷人之圖畫，開放出藝苑之奇葩，此不得不歸功於靈
運匠心獨到，善於隨類敷彩之素養。
　　文學為語言之藝術，繪畫是色彩之藝術，然文學作品，同樣需要
語言以表現出鮮豔之色彩，使「山情水性，如得其真」，靈運山水詩
中之山水美景，因添上許多絢麗之色彩，與美好之形姿描繪，非僅增
強其詩之鑒賞價值，亦帶給讀者視覺之美感，心靈之享受。以下特將
靈運山水詩中之色彩美，分四項：諸色悉用，皆得其妙；色彩鮮豔，
窮力追新；顏色調配，賞心悅目；詩中有畫，美不勝收。分別論述：

---

67 唐・皎然著、周維德校注：《詩式校注》（杭州：浙江古籍出版社，1993年10月第1
　版），〈詩議〉（補遺），頁130。

## （一）諸色悉用，皆得其妙

大自然之山林景致，本具多姿多彩，如為吾人塑造高以千仞之凌雲高峰，小至方寸之玲瓏巧石，既展示其種種形象美，且更提供極為豐富之色彩美。然色彩亦僅出現於光之世界中，若在沒有光線之暗夜中，那決看不見色彩。而光之最強大者，即為太陽，故太陽之光，是宇宙萬象之根柢。而光即是美之母，在陽光之照耀下，大自然之山水景觀，自然呈現各種令人目眩神奪之各種色彩。詩人尤其明白「情之所屬惟色」（陳輔之詩話《中國歷代詩話選》），也可說是「徵色于象，運神于意」（李重華《貞一齋詩說》）[68]之道理。此使詩人內在之情懷，常借山光水色所交映之色彩，得以充分表現。

謝靈運山水詩之一大特點，即觀察自然，而後「寫物圖貌，蔚似雕畫」（《文心雕龍・詮賦》）[69]。而此「巨細不遺的細膩寫實精神，正是山水詩之一大特色」[70]，因之靈運之山水詩，已大張旗鼓地描繪山水自然之音，與色之感受，由於「詩貴風骨，然亦要有色澤，但非尋常脂粉耳，亦要有雕刻，但非尋常斧鑿耳」（陳衍《石遺室詩話》）[71]。詩人描繪自然之色彩字，其對意象之視覺效果，必有其強烈之顯示功能，當然詩人對某種色彩之偏愛，必與其個人之性向好惡，與時代之風尚相關，如李長吉喜用白色字，謝玄暉則喜用綠色字，而謝靈運則諸色字悉用，且各得其妙，如下列例句：

---

68　清・李重華：《貞一齋詩說》語，載屈興國等選注：《古典詩論集要》，頁249。

69　梁・劉勰撰、范文瀾注：《文心雕龍注》，卷二〈詮賦第八〉，頁47。

70　林文月：《山水與古典》，〈中國山水詩的特質〉（臺北：純文學出版杜，1976年10月初版），頁40。具有同樣見解者，另見鍾優民：《謝靈運論稿》（濟南：齊魯書社，1985年10月第1版），頁126、127。

71　陳衍：《石遺室詩話》語，載屈興國、羅仲鼎、周維德選注：《古典詩論集要》，頁343。

白:「白雲抱幽石」(〈過始寧墅〉)。「白芷競新苕」(〈登上戍石鼓山〉)。「巖高白雲屯」(〈入彭蠡湖口〉)。「白日出悠悠」(〈郡東山望溟海〉)。「白花皜陽林」(〈郡東山望溟海〉)。「星星白髮垂」(〈遊南亭〉)。

綠:「綠篠媚清漣」(〈過始寧墅〉)。「春晚綠野秀」(〈入彭蠡湖口〉)。「綠蘋齊初葉」(〈登上戍石鼓山〉)。「陵隰繁綠杞」(〈入東道路詩〉)。「初篁苞綠籜」(〈於南山往北山經湖中瞻眺〉)。「原隰荑綠柳」(〈從遊京口北固應詔〉)。

青:「青翠杳深沈」(〈晚出西射堂〉)。「未厭青春好」(〈遊南亭〉)。「援蘿聆青崖」(〈過白岸亭〉)。

紅:「石磴瀉紅泉」(〈入華子崗是麻源第三谷〉)。「墟囿散紅桃」(〈從遊京口北固應詔〉)。「墟囿粲紅桃」(〈入東道路詩〉)。「山桃發紅萼」(〈酬從弟惠連〉)。

朱:「已覿朱明移」(〈遊南亭〉)。

丹:「曉霜楓葉丹」(〈晚出西射堂〉)。「遊衍丹山峰」(〈行田登海口盤嶼山〉)。「結架非丹甍」(〈過瞿溪山飯僧〉)。「丹丘徒空荃」(〈入華子崗是麻源第三谷〉)。

赤:「赤亭無淹薄」(〈富春渚〉)。

紫:「紫蘯曄春流」(〈郡東山望溟海〉)。「新蒲含紫茸」(〈於南山往北山經湖中瞻眺〉)。「野蕨漸紫苞」(〈酬從弟惠連〉)。

翠:「青翠杳深沈」(〈晚出西射堂〉)。「空翠難強名」(〈過白岸亭〉)。

碧:「遨遊碧沙渚」(〈行田登海口盤嶼山〉)。「水碧綴流溫」(〈入彭蠡湖口〉)。「銅陵映碧澗」(〈入華子崗是麻源第三谷〉)。

金:「金膏滅明光」(〈入彭蠡湖口〉)。「清醑滿金尊」(〈石門新營所住四面高山迴溪石瀨茂林脩竹〉)。「理棹變金素」(〈永初三年七月十六日之郡初發都〉)。

　　根據日本學者小西昇《謝靈運詩索引》之統計，謝詩中色彩字之運用字數為：紅色四次、黃色五次、綠色六次、翠色二次、碧色三次、青色七次、紫色三次、白色十三次、朱色五次、金色十二次、丹色六次、赤色一次、黑色一次。[72]而不論靈運遣用某種色彩字之多寡，其在描繪山水景物時，皆能喜用各種色彩，渲染事物，體現物色，由此可見靈運對於彩色之感受力，極為強烈。而色彩本身，依色相而分，則有暖色（紅、橙、黃）與冷色（青、青綠、青紫、白、金等）之別。[73]由上述例句中，可知靈運選用冷色，比選用暖色為多，當然其對氣氛之把握，景物之攝取，色彩之取舍，皆決定於其審美之素養，與某種之情懷。

　　近人在研究色彩學時，亦云：「在我們生活的世界裡，所有物體都具有自己的色彩，尤其是自然界的樹木和花草。色彩隨四季而變化，例如春秋的變換，以及寒暑的不同，除由皮膚可感覺外，自然界還會用美麗的色彩來告訴我們」，「假如我們把周圍的這些美麗的色彩除去，那麼整個世界，將是多麼的乏味，豈不成了沈鬱的灰色世界，人類生活不再有喜悅」[74]，誠哉是言。

　　靈運描繪山水自然之色彩秀麗，總是異彩紛呈，集美成輝，寫一物則著重於不同部位之異色，寫一景則錯綜異物殊彩。如上述各種景物之色彩呈現，無不皆得其妙，無不是眾色炫耀，相映爭妍，予人視覺之美感享受。

---

72 譚元明：《謝靈運山水詩新探》（香港：曙光圖書出版公司，未刊出版年月版次），所引，頁179。

73 鄧惠芬、翁金燕編著：《色彩學》（臺北：正文書局，1988年9月1日出版），頁57。

74 鄧惠芬、翁金燕編著：《色彩學》，頁1。

## （二）色彩鮮豔，窮力追新

靈運之創作手法，向來努力經營，苦心琢磨，講究技巧，字斟句酌，故所作山水詩，予人濃密富麗之感，一如精緻之藝術品，表現修飾與典重之特色，清、陳祚明云：

> 康樂情深于山水，故山游之作彌佳，他或不逮。抑亦登覽所及，吞納眾奇，故詩愈工乎。[75]

陳氏所評甚是，靈運之山水詩作，總能隨題制變，盡相窮形，為此體別開生面。而為呈現山水美多姿多彩之情景，靈運喜用富豔之詞彙，與鮮明之色彩字，極力描繪，如下列詩句：

> 連嶂疊巘崿，青翠杳深沈。曉霜楓葉丹，夕曛嵐氣陰。（〈晚出西射堂〉）

此詩例句，乃描繪夜晚散步所見。謂峰巒連綿，白晝所見青翠之山色，皆已沈入暮色蒼茫之中，「曉霜」以下二句，則寫冬日早晚景色有異，晨曉於冷霜襲人中，則見楓葉染紅，嬌豔欲滴。而至夕陽西下時，山嵐與蒼色，則相濛相蒸，而形成一片依山浮動之隱闇。詩中雖云此時已為陰闇暮色，然晝間所見，山青樹翠，霜白楓紅，嫵媚可人之姿色，則不時浮現，如是青、翠、紅、白四色，錯雜紛陳，彼此參差掩映，眩人眼目，皆足以見出靈運運用鮮豔之色彩字，精工刻畫，以呈現山水草木之奇麗，雲霞煙嵐之變幻。

---

75 顧紹柏校注：《謝靈運集校注》，〈附錄五〉，摘錄陳祚明：《采菽堂古詩選》評語，頁518。

「日沒澗增波，雲生嶺逾疊。白芷競新苕，綠蘋齊初葉。」
（〈登上戍石鼓山〉）

此詩例句，乃描述登上石鼓山所見之山水景色。前二句寫遠景，
言夕陽雖已西下，染紅彩雲，必佈滿天際，絢麗燦爛，而地面之溪
澗，受到斜陽之照射，必反映著天空朱紅之霞光，此二句雖末直接使
用色彩字，然仍予人豐富之色彩感，與綺麗之色彩美。後二句則寫近
景，言白芷爭相吐發嫩莖，綠蘋則齊生初葉，既顯現植物初吐新葉之
勃然生機，又白芷之「白」，對比綠蘋之「綠」，互為映襯，則「景非
滯景，景總含情」（王夫之《古詩評選》），色澤秀美，似寄寓詩人萌
發新生之朝氣，可謂描繪細緻，詞句清新脫俗。

乘月聽哀狖，浥露馥芳蓀。春晚綠野秀，巖高白雲屯。（〈入彭
蠡湖口〉）

此詩例句，屬原詩之前半截，敘述靈運自吟連日乘船而達湖口，
見此地一片春色，別具天地之景象。「乘月」二句，言夜晚聆聽此地
猿類吼叫，滿沾露珠之荃草，則散發著芬芳，春日大地綠色之平野，
景色秀麗，高處山巖，則有白雲聚集飄浮。此詩平疇綠野，與高處白
雲，相互襯托，色彩對比鮮明，而使整體畫面，煥然增輝，讓讀者吟
詠之下，清麗之景色，浮現腦際，如臨其境。

初篁苞綠籜，新蒲含紫茸。海鷗戲春岸，天雞弄和風。（〈於南
山往北山經湖中瞻眺〉）

此詩例句，描繪於南山往北山，沿途所見之美景。「初篁」二

句,寫近景,亦為靜景。言目睹新竹初長之情形。見新竹長出嫩綠之
苞芽,蒲草之初蕊,則綻出紫色之茸毛,予人感受新生之氣象,「海
鷗」二句,則寫遠景,亦為動景。言沙鷗嬉戲於春水江岸,美麗之天
雞,則於和風中,上下翻飛。詩人以細緻之工筆,彩繪出一幅山水
圖,遠近交錯,動靜互襯,畫面宛然在目,奇麗變幻,繽紛五彩,可
謂妙手獨運,巧奪天工,藝術魅力無窮。

　　靈運模山範水,描繪之山水景物,遣用之字詞,均極豔麗,使句
中描繪之光彩色澤,更為琳琅耀眼,而匠心獨運之動詞,則用「句中
眼」之手法,使句子更為活躍,色彩更為鮮明,表現以「形似」、「富
豔」取勝之特色。

## (三)顏色調配,賞心悅目

　　靈運之山水詩,所以鮮豔動人,明麗悅目,探究其因,除運用文
字之顏色,以求「形似」外,其顏色之調配,尤其注重,此即顏色是
否調和之問題,若某種顏色,不能與其他顏色配合時,即表示沒有調
和感,也就不能保持其美感,故「若要活用色彩,必須注意色彩的調
和」[76]。近人黃永武以為古典詩之色彩設計,極為重要,曾謂:「把色
彩巧妙地應用在詩中,如果色彩的調和,與色彩的秩序,能符合色彩
學的原則,那麼所引起的色彩感覺,一定格外靈動,所造成的氣氛,
就非常美。所以詩中的色彩字,對意象的視覺效果,有強烈的顯示功
能,因而如何選擇彩色字,是詩人下筆時,必爭的技巧之一」[77],可
謂持之有故,詞理兼茂了。

　　色彩可以引起人類普遍之情緒,此情緒或是起於聯想,而此聯想
乃由於自然物理,生理經驗,移情作用,以及習慣性之聯結,而使聯

---

76 鄧惠芬、翁金燕編著:《色彩學》,頁73。

77 黃永武:《詩與美》(臺北:洪範書店,1984年12月初版),〈詩的色彩設計〉,頁21。

想不單是全憑主觀，故聯想愈客觀，就愈近於人類普遍之美感經驗。近代色彩學家曾分析色彩給予人類之感覺與象徵，譬如：

紅色系，感覺上是血、火、溫暖、興奮、憤怒等，其象徵是喜慶、積極、吉祥、莊嚴等。粉紅則象徵健康、愛情等。

黃色系，在感覺上是陽光、溫暖、華貴、輕快、誘惑等。其象徵是光明、幸運、理想、希望，智慧等。淺黃則表示柔弱、和平、誠實、永久、光榮、慈悲等。

青色系，感覺上是溫暖、華美、明亮、興奮、熱烈等。其象徵是快樂、健康、自由、渴望等。

綠色系，感覺上是涼快、大自然、清新、舒適，安靜。其象徵是草木、希望、新生、春天、和平、豐饒、青春、幻想，旅行等。紫色系，感覺上是優婉、安靜、神祕、情慾、憂鬱等，其象徵是高貴、奢華、莊重、神聖、渴望、優越等。[78]

而色彩除上述有所謂暖色系、冷色系、中性色系之分外，另有明色、濁色與積極色、消極色，或前進色、後退色之別。[79]而此皆有其象徵意義，其如何調配，就視詩中景物、人物的悲喜情緒，加以配合。如此即可產生微妙之效應。

今審視靈運山水詩中之顏色調配，可以感受到靈運之美感經驗，及其內在情緒之反應，如：

「白」雲抱幽石，「綠」篠媚清漣。（〈過始寧墅〉）
「白」華皜陽林，「紫」虇曄春流。（〈郡東山望溟海〉）或作〈東山望海〉）

---

78 鄧惠芬、翁金燕編著：《色彩學》，頁53、54。
79 鄧惠芬、翁金燕編著：《色彩學》，頁17、55、57。

遠巖映蘭薄,「白」日麗江臯。(〈從遊京口北固應詔〉)

「白」芷競新苕,「綠」蘋齊初葉。(〈登上戍石鼓山〉)

在此四聯中,詩人皆是以無色彩之「白」色,來與其他顏色（綠或紫）調和,白色依色彩學之學者看法,「白色的固有感情,是不沈靜性,亦非刺激性,但是依照所相配的色彩環境,可變暖或冷的色彩。一般被認為是清淨或純潔的象徵,是常用的既清潔又衛生的環境色」[80],「白色本身卻又有獨特的兩重性,一方向它是一種最圓滿狀態,是豐富多彩,形態各異的各種色彩,加在一起之後,而得到的統一體;但另一方面,它本身又缺乏色彩,從而也是缺少生活的多樣性的表面,它既具有那些尚未進入生活的天真無邪兒童所具有的純潔性,又具有生命已經結束的死亡者的虛無性」[81]。

白色自某一方面來說,即代表「空」,「空」是萬有之源,亦是萬有之歸宿,因之白色之功能,即能把他色引為明亮感之效果。依上述色彩學家之意見,上舉之第一聯例句,可知其以大面積之「白雲」,映襯極小面積之「綠」篠,透過此色彩之配合,既覺此色彩調配,極為柔和,更流露出優雅、高尚之氣氛,此即因「白」色能充分發揮底色及其純潔性之作用。

第二聯例句,以明度最高之白色,對照明度較低之紫色,在對比之下,使「陽林」與「春流」,予人產生一種耀眼炫目之感覺,所謂「皬」、「暐」,其意即在此。

第三聯例句,「遠巖」呈現之顏色,是青色,映現於「蘭薄」上,大面積之「白」日,使「江臯」呈現出無比之秀麗清爽,兩相對

---

80 鄧惠芬、翁金燕編著:《色彩學》,頁15。

81 （美）魯道夫·阿恩海姆著、滕守堯、朱疆源合譯:《藝術與視知覺》（北京:中國社會科學出版社,1984年3月第1版）,第十節〈相互完結〉,頁500。

比之下，更顯得「遠巖」之穩重，「蘭薄」之青翠欲滴。

　　第四聯例句，則以「白」芷對上「綠」蘋，上「白」為輕，下「綠」則較重，「白」「綠」相配，輕重合宜，顯現著平和、高雅之特質，而自視覺傳送至心靈，予人產生安詳和熙之感受。

　　靈運善用色彩對比，以使視覺得到最大之愉悅。除上述以「白」色來與其他有色字相調配外，另亦常運用易引起快感之「補色對比」，以形成強烈、鮮豔之效果。所謂補色，是指太陽光通過三稜鏡分析，而得到「紅橙黃綠藍（青）靛紫」中，三原色「紅黃青」與「綠紫橙」所引起之對比作用，互補之兩色，若成為一對，則稱為補色對，一般之補色對，有紅與綠，黃與紫，青與橙等，色彩學家又認為「補色關係之對比，不產生色彩變化，與繼續對比一樣，色彩越顯光豔」[82]，且其影響於人們之視覺極大，美學家朱光潛即云：「任何兩種補色擺在一塊時，視神經可以受最大量的刺激，而受極小量的疲倦，所以補色的配合，容易引起快感」[83]。

　　凡補色配合在一起，非僅顯得調和，而且可以交互輝映，相得益彰，而獲得對比之最佳效果，試看下列例句，即可看出靈運運用補色對比之工巧，如：

　　　　遨遊「碧」沙渚，遊衍「丹」山峰。(〈行田登海口盤嶼山〉)
　　　　陵隰繁「綠」杞，墟囿粲「紅」桃。(〈入東道路〉)
　　　　銅陵映「碧」澗，石磴瀉「紅」泉。(〈入華子崗是麻源第三谷〉)

---

82　林書堯：《色彩學》(臺北：三民書局總經銷，1983年8月修訂初版)，〈色彩的同時對比〉，頁120。
83　朱光潛：《文藝心理學》(臺北：臺灣開明書店，1970年10月重2版發行)，〈附錄　近代實驗美學〉，頁315。

原隰荑「綠」柳，墟囿散「紅」桃。（〈從遊京口北固應詔〉）

此四聯例句，皆是紅與綠（碧與紅）之補色對比。

第一聯作於景平元年夏，時詩人巡視農田，乘便登盤嶼山觀海，在沙洲上漫步，但見水色碧澄，映沙亦為碧，遨遊該地至昏暮，夕陽斜照，山峰染丹，故曰丹山峰，碧丹（綠與紅）對比，襯映之下，足以使人心胸通達，排遣內心之苦悶。

第二聯寫於元嘉五年春，以極多之篇幅，描寫迷人之春色。其中言及高皋低濕之地，綠杞生長繁茂，而村莊園囿，紅桃燦爛盛開，綠紅兩種補色對比，正顯示春光明媚，桃紅杞綠，從而襯托出詩人遠離塵網後，愉悅之心情。

第三聯作於元嘉九年冬，時靈運任臨川內史，不理政事，仍舊過其遊山玩水，逍遙放任之生活，華子崗景色不俗，以往曾吸引不少高人雅士，前往遊賞。此次幸能登臨此山，原是想找尋精神寄托，孰料仙蹤難覓，惟此幽境仍一如仙鄉樂土，令人悠然神往，稍能寬慰自己失意之苦悶心情，以碧澗對比紅泉，正顯現傳說中之仙境，正是繽紛多彩，足以怡悅心境，暢神抒懷。

第四聯作於元嘉四年春二月，時詩人隨宋文帝遊北固山，故此乃應詔之作。其中描繪北固山一帶之秀麗景色，言原隰之地，綠柳吐芽，墟里村落，則散植紅桃，紅綠對比，色彩豔麗，令人賞心悅目，足以顯示山河之壯麗，皇恩之浩蕩。

靈運運用顏色調和，除上述例句之「對比」互補與映襯外，亦曾經運用「同色配合」之調和，即以同一色系作不同明度之變化，以產生和諧之效果，如上舉之「連嶂疊巘崿，青翠杳深沈」（〈晚出西射堂〉）。類似色之配合，如「山桃發紅萼，野蕨漸紫苞」（〈酬從弟惠連〉）。中彩度色彩間之配色，如「初篁苞綠籜，新蒲含紫茸」（〈於南

山往北山經湖中瞻眺〉）（按：綠紫均屬中性色，不屬暖色與冷色，予人有穩重之感覺）。另有雖未含色彩字，卻寓有色彩感而加配合者，如「海鷗戲春岸，天雞弄和風」（〈於南山往北山經湖中瞻眺〉），「巖下雲方合，花上露猶泫」，「蘋萍泛沈深，菰蒲冒清淺」（〈從斤竹澗越嶺溪行〉）等。

總之，靈運善用顏色字配合，使其詩句在讀者瀏覽之下，呈現出五色斑斕，璀璨耀目之特色，強烈反映出詩人審美之素養、心境，與年齡、經驗、生活的時代環境等，不愧是第一流繪采設色之高手。

## （四）詩中有畫，美不勝收

宋、張舜民曾在〈跋百之詩畫〉中云：「詩是無形畫，畫是有形詩」[84]，蘇東坡亦以為「詩為有聲畫，畫為無聲詩」[85]。詩為心聲，畫者心畫，二者本為同體，故元、楊維楨云：

> 納山川草木之秀，描寫于有聲者，非畫乎？覽山川草木之秀，敘述于無聲音，非詩乎？故能詩者必知畫，而能畫者多知詩，由其道無二致也。[86]

繪畫本來是視覺藝術，自某種意義言，寫景狀物之山水詩，實亦是視覺藝術，視靈運之山水詩，由於善於經營，「體物密附」，「巧言切狀」，極貌寫物，故能將耳目感官所體會的自然之美，「如印之印

---

84 宋・張舜民：〈跋百之詩畫〉，《畫墁集》卷一語，載賈文昭主編：《中國古代文論類編》（上）（福州：海峽文藝出版社，1990年12月第1版），頁20。

85 宋・蘇軾：〈韓幹馬〉詩云：「少陵翰墨無形畫，韓幹丹青不語詩」。

86 屈興國、羅仲鼎、周維德選註：《古典詩論集要》，摘錄元・楊維楨：《東維子文集》，卷十一〈無聲詩意序〉語，頁138、139。

泥」，通過透視色彩、構圖等，加以刻畫，使其山水詩成為一幅幅色彩鮮豔，構圖複雜之油畫，東坡謂王維「詩中有畫」，實際靈運之山水詩，本身即是色彩絢爛，如織錦般之圖畫。

如〈石壁精舍還湖中作〉：

> 昏旦變氣候，山水含清暉；清暉能娛人，遊子憺忘歸。
> 出谷日尚早，入舟陽已微。林壑斂暝色，雲霞收夕霏。
> 芰荷迭映蔚，蒲稗相因依。披拂趨南逕，愉悅偃東扉。
> 慮澹物自輕，意愜理無違。寄言攝生客，試用此道推。

靈運之山水詩，其布局結構，向來約有一井然不紊之推展次序，是記遊→寫景→興情→悟理[87]。此〈石壁精舍還湖中作〉詩亦不例外。

此詩作於景平二年（西元424年）夏，為靈運山水詩代表作之一。主題乃寫詩人清晨泛舟至石壁精舍，迄傍晚又自原路返回，沿途所見所感。「昏旦」前八句，先敘石壁之遊。前二句概說石壁景色，朝暮不同，極富變化，而愈變愈美，愈幻愈奇，簡直讓遊客目不暇接，心曠神怡，由此引出「清暉」二句，以言詩人沈迷美景之中，樂而不知返之心態。「出谷」、「入舟」二句，又緊承遊子忘歸，暗落「還湖」之行。「林壑」以下四句，即寫景。集中敘述湖中所見晚景。所描述者，極有層次，先寫遠景，詩人於小舟上，遠望林壑已隱沒於蒼茫暮色之中，飛動之彩霞，已向天邊消散。近處，則見湖面菱蔓荷葉，交相覆蓋，相互映照水中，成為一片翁鬱深影，水邊菖蒲與稗草，互為依傍，擺弄迷人之風姿。

「披拂」二句，則為興情。言離湖上岸，沿南徑歸去，於東軒歇

---

87 林文月：《山水與古典》，〈中國山水詩的特質〉，頁50。

息時，心情愉悅自得，此正與前「入舟」二句，緊密呼應，「慮澹」
下四句，則為悟理。詩人自此次遊歷中，引起其對人生之冷靜思索，
即一個人如自甘淡泊，則外物自輕，不悖道家所言之哲理，本此體
驗，故「自悟悟人，詠歎作結」（清‧張玉穀（《古詩賞析》）[88]，告知
欲求養生之道者，若欲求養生之術，即可試用此理去推求。

　　此詩記敘寫景，條理有序，生動描寫遠近美景，相互襯托，雖寫
暮色，並不覺得其頹唐。字裡行間，充滿寧靜安詳之氣氛，情調十分
柔和，筆法有工筆亦有白描，甚而運用國畫中潑墨之法，描畫林壑間
之蒼茫暮色，手法極見揮灑自如，而具奇情詭趣。此詩因而構成層層
渲染，色調自然朦朧之圖景，真的達到「詩中有畫」之藝術效果。

　　又如前曾引部分詩句之〈石門新營所住四面高山迴溪石瀨茂林
修竹〉：

　　　　躋險築幽居，披雲臥石門。苔滑誰能步，葛弱豈可捫。
　　　　嫋嫋秋風過，萋萋春草綠。美人遊不還，佳期何繇敦。
　　　　芳塵凝瑤席，清醑滿金尊。洞庭空波瀾，桂枝徒攀翻。
　　　　結念屬霄漢，孤景莫與諼。俯濯石下潭，仰看條上猿。
　　　　早聞夕飆急，晚見朝日暾。崖傾光難留，林深響易奔。
　　　　感往慮有復，理來情無存。庶持乘日車，得以慰營魂。
　　　　匪為眾人說，冀與智者論。

　　此詩為靈運作於元嘉七年（西元430年）春，單看詩人之標題，宛
如詩前之小序，於詩中山水所處之地理環境，已作生動形象之說明。

---

88　清‧張玉穀：《古詩賞析》，評〈石壁精舍還湖中作〉語，載黃明等主編：《魏晉南北
　　朝詩精品》，頁243。

此詩乃詩人吟詠石門新建住所，飽覽四面大自然之獨特美景而作。

　　起筆「躋險」四句，對石門之環境，先作真切之描述，言幽居建築於險要之峰頂，如臥雲中，顯示作者高蹈之情，續言此處苔深路滑，難以舉步，想見此處人跡罕至，必須持葛而行，具見攀登之艱難，四句皆圍繞一「險」字而展開。「嫋嫋」以下四句，則言秋去春來，節序準確，而好友一去，歸期無憑，倍增心緒之空茫與寂寥。「芳塵」以下四句，乃抒寫盼歸之情況，謂為好友準備之瑤床玉席，已積聚滿滿芳塵，為其斟酌之美酒，原封未動，盛放金樽中，「瑤席」、「金尊」，色彩對比明顯。而波漲洞庭，乃借喻友人之遊蹤不定，著一「空」一「徒」字，以見歸舟渺茫，自己延佇等待之失望。「結念」以下二句，則以天地之懸絕，比擬自己與友人之阻隔，披露自身孤影煢煢之情況。

　　「俯濯」以下六句，則對四面高山，加以描繪，此亦是詩人謂自己仍寄情於山水。首寫近處，因俯身洗濯，而見潭中倒影，再仰視崖樹之間，猿猴往來縱躍奇捷，晚風早起，朝日則遲見，說明石門之地，非亭午時分，不見太陽，此因「崖傾」，故日射時間短暫，又因「林深」，野風撼木，聲勢更覺驚人，此處自視覺、聽覺上，刻畫山高之氣象，互為對仗，加深高山雄偉之氣勢。「感往」以下兩句，則為興情。詩人在此以《老子》「觀其復」之觀點看世事，並企圖以理化情，以達「情無存」之境地，而使煩惱暫得平息。「庶持」四句，乃謂由此悟理，引《老子》「載營魄抱一」之理，謂逍遙遨遊，聽其自然，以此安慰自己之心靈，此中妙理，則難以對俗人講清，僅能與智者談論矣。

　　此詩表現山水之不同面貌，與詩人其他山水詩畫面，全無雷同，極為難得，動景之中，寓有靜景。高低遠近，景物各異，卻都安排得極為自然安適，濃淡麗素，顏色相襯，設色則無不自然相宜，通過設

色，方使此詩增加形象之美。而詩中有色又有聲，既「應物象形」、「隨類賦彩」，又能傳達大自然之音響，靜態與動態之美，皆能兼顧，其所造成強烈之圖畫美與傳神美，亦增強極大之藝術魅力，不得不令人讚歎詩人，確實是功力深厚。且靈運本人之怨艾、煩憂，亦從此山水景觀之描寫中，流瀉而出。王船山稱謝詩云：「情不虛情，情皆可景，景非滯景，景總含情。神理流乎兩間，天地供其一目，大無外而細無垠。落筆之先，匠意之始，有不可知者存焉」（《古詩評選》）[89]，可謂一語中的。

所謂「詩以山川為境，山川亦以詩為境」（明、董其昌《畫禪室隨筆》），靈運之山水詩，利用「江山之助」，敷彩設色，描繪大自然之山水，雖多用對偶，然而森蔚璀瑋，繁密錯縟，一字一句，無不深思鑽營，「加以他有深厚的文化素養，既是學者，又是兼擅文學、書畫的多能型文藝家，因而在刻畫山水之美的能力上，也是當時無人比肩的」[90]。故宋、嚴羽謂其「無一篇不佳」（《滄浪詩話》）[91]。觀上述二詩，寫行役江山，歷歷如畫，不愧是一代之偉作。

## 四　結語

大自然是人類之慈母，美之源泉，亦是永恆之象徵，真理之化身。人與自然之和諧協調，不僅是人類獲得物質財富之保證，更是獲

---

89　顧紹柏校注：《謝靈運集校注》，〈附錄五〉，摘錄清・王夫之《古詩評選》語，頁511。

90　李文初等著：《中國山水詩史》（廣州：廣東省高等教育出版社，1991年5月第1版），第二編〈山水詩的勃興〉，頁41。

91　顧紹柏校注：《謝靈運集校注》，〈附錄五〉，摘錄宋・嚴羽《滄浪詩話》語，頁489。

得心靈怡悅，永享自然之美的前提。許多優美之山水風光，即成為旅遊審美活動之場所。自然山水作為獨立之審美對象，在我國乃始於魏晉南北朝。而山水詩，即是我國古代詩歌中一筆為數可觀之遺產，因之晉末宋初之謝靈運，之所以成為山水詩之開山宗師，雖見仁見智，眾說紛紜，然無可置疑的，必有其內因與外緣，其山水詩，即是其興多才高，好學勤作，愛美審美，遭時不濟，與生活環境，及佛老思想意識方面之產物。

其以「人巧奪天工」（清、方東樹《昭昧詹言》語），「神工巧鑄」（明、陸時雍《古詩鏡》語），極四時之變，極萬物之類，用華美之色彩，富麗之字句，精緻摹繪東南山水，「吐言天拔」（梁、簡文帝〈與湘東王書〉），「如初發芙蓉，自然可愛」（《南史‧顏延之傳》引鮑照語），改變孫綽、許詢、庾闡等諸人作品之枯燥無味，了無情趣，而以美麗動人之風姿出現，勾勒出不少幅駘宕動人之圖畫，設色妍麗，有如金碧輝煌樓台一般之詩句，的確稱得上「興會飆舉」（《宋書‧謝靈運傳》），「富豔難蹤」（鍾嶸《詩品》），非但是劃時代之作家，亦為文學史少數才、學、識三者兼長的詩人之一，將文學領域，自「人世」導入「自然」，將山水詩推上詩歌舞台，並提高創作技巧，啟發詩人之審美情懷，引導後世無數之作家，去擁抱自然，回歸自然，欣賞大自然「自然」之美。

六朝、唐、宋、元、明、清、近代各大家名家集子中，山水詩，爭奇鬥妍、各顯神通，各具風采面目，歷千載而光景常新，此豈非是謝靈運率先倡導之功？難道不值得吾人借鑑？

清‧朱庭珍云：

> 作山水詩者，必使山情水性，因繪聲繪色而曲得其真，務期天巧地靈，借人工人籟而畢傳其妙。則以人之性情通山水之性

情，以人之精神，合山水之精神，並與天地之性情、精神相通相合矣。以其靈思，結為純意，撰為名理，發為精詞，自然異香繽紛，奇彩光豔，雖寫景而情生於文，理溢成趣也。使讀者因吾詩而如接山水之精神，恍得山水之情性，不惟勝畫真形之圖，直可移情臥遊，若目睹焉，造詣至此，是為人與天合，技也進於道矣。[92]

　　朱氏提出創作山水詩之訣竅，並指出苦思鍛鍊之必要性，方能達到越形似而得神似，人與天合之境界，所謂「以人之性情，通山水之性情，以人之精神，合山水之精神，並與天地之性情、精神相通相合」者是矣。且其影響力，深入讀者之心靈，能因「吾詩而如接山水之精神，恍得山水之情性」，感受潛移默化，而得天趣，美味彌永。

　　靈運之山水詩，雖有部份未能去理障，存理趣，又有「詞躓」之故[93]，未達「人與天合」，「技進于道」之極詣，然其山水詩，仍有其勝境與勝人處，能闢境界，開生面，不失為一開創性之詩壇巨星。

　　清・方東樹曾讚揚云：

謝公蔚然成一祖，衣被萬世，獨有千古，後世不能祧，不敢抗，雖李、杜甚重之，稱為「謝公」，豈假借之哉。[94]

　　清・闕名《靜居緒言》亦云：

92 屈興國、羅仲鼎、周維德選註：《古典詩論集要》，摘錄清・朱庭珍《筱園詩話》，卷一，頁336、337。

93 孫克寬：《詩文述評》（臺北：廣文書局，1970年出版），〈謝靈運詩述評〉，頁60。

94 清・方東樹：《昭昧詹言》（臺北：漢京文化公司，1985年9月初版），卷五，頁126。

> 有靈運然後有山水，山水之蘊不窮，靈運之詩彌旨，山水之
> 奇，不能自發，而靈運發之。[95]

　　方氏言靈運之山水詩作是「衣被萬世，獨有千古」，闕名者言
「有靈運然後有山水」、「山水之奇，不能自發，而靈運發之」，一言
中的，可見靈運在揭示山水之奇蘊上，功不可沒。吾人對謝詩若多所
沈潛玩味，必更能欣賞其在山水詩之形象塑造、景物描繪、與結構經
營等方面之建樹，如明‧王世貞云：「余始讀謝靈運詩，初甚不能
入，既入而漸愛之，以至於不能釋手」，此即因已領悟靈運之雕琢，
是「至穠麗之極，而反若平淡；琢磨之極，而更似天然」[96]，始有此
評論，吾人或可對此多所深思。

---

95　清‧闕名：《靜居緒言》，郭紹虞編選、富壽蓀校點：《清詩話續編》（臺北：木鐸出
　　版社，1983年12月初版），下冊，頁1632。
96　顧紹柏校注：《謝靈運集校注》，〈附錄五〉，錄王世貞《讀書後》語，頁501。

# 伍　謝靈運在佛法上之建樹及其山水詩的禪意理趣

## 一　前言

　　有「元嘉之雄」、有山水詩派宗師美稱之謝靈運（西元385-433年），在晉宋之際，被確認為是文學史上山水詩派之奠基者，在今日所看到的一〇六首詩中（依近人顧紹柏《謝靈運集校注》所搜輯計數），大部分均屬精緻描繪之山水吟詠，可謂為詩歌史上，另外開拓一塊新園地，而成為模山範水之著名詩人。

　　山水詩到底在何種背景下興起，歷來學者，各有高見，眾說紛紜。據《文心雕龍・明詩》篇云：「宋初文詠，體有因革，莊老告退，而山水方滋」[1]，此即指晉宋之際，玄言詩向山水詩之轉變。而斯時文學思潮為何會有如此重大之轉變呢？其原因自是多方面的，有社會政治的、有屬哲學玄理的、地理環境的，更有屬於詩人之個人因素等，這些問題，歷來均有學者論及。至於佛教，尤其是其所包含之佛教哲學，對玄言詩向山水詩之轉變，有其引導與過渡之作用，蓋當代佛教僧人，於玄佛合流之時代，在將山水詩帶入玄言詩中時，實際亦同時將佛學「即色悟空」之理論與實際帶了進來，即將山水當作言玄悟道之工具，故在山水詩興起之時，並不意味著老莊（亦包括佛

---

1　梁・劉勰撰、范文瀾注：《文心雕龍注》（臺北：臺灣開明書店，1968年7月臺六版發行），卷2〈明詩〉，頁2。

教）本體之完全消失，而是意味著老莊（亦包括佛教）本體之轉移，即從「空」、「無」轉向具體之自然山水之中，而促使山水文學思潮之興起。

山水詩派之開創者之謝靈運，生於當代，正是佛教昌盛之階段，蓋佛教傳入中國，已經漢歷晉，達到興盛之時期。尤其在兩晉之際，佛教與佛經傳譯，發展迅速，佛教哲學已初步為當時之士大夫們所接受，士人們對般若學感興趣，崇佛者漸多，何尚之在〈答宋文帝贊揚佛教事〉一文中，談到當時信佛諸人，云：

> 渡江已來，則王導、周顗宰輔之冠蓋；王濛、謝尚，人倫之羽儀；郗超、王坦、王恭、王謐，或號絕倫，或稱獨步，韶氣貞情，又為物表；郭文、謝敷、戴逵等，皆置心天人之際，抗身煙霞之間。亡高祖兄弟，以清識軌世，王元琳昆季，以才華冠朝。其餘范王、孫綽、張玄、殷顗略數十人，靡非時俊。[2]

上述列舉之數十人，均為士族、名士。當代士大夫，頗能調和儒、佛、道之思想，而此已成為潮流。至東晉初年，過江名士，在失望與苦悶之中，更傾心於儒道二教，佛教般若學曾風行一時，許多名士在手執塵尾侃侃談玄之中，逐漸加入佛理，玄言詩中，亦自然摻入佛理。《世說新語》〈文學篇〉劉孝標注引檀道鸞《續晉陽秋》道：

> 正始中，王弼、何晏好《莊》《老》玄勝之談，而世遂貴焉。至過江，佛理尤盛；故郭璞五言，始會合道家之言而韻之。詢

---

2　梁・僧祐：《弘明集》（《四部叢刊正編》，臺北：臺灣商務印書館影印，1979年11月），卷11，頁136。

（指許詢）及太原孫綽，轉相祖尚。又加以釋氏三世之辭（指
佛家語），而《詩》《騷》之體盡矣。[3]

　　所言「至過江，佛理尤盛」，文人所作玄言詩「加以釋氏三世之
辭」，乃是事實。而魯迅在〈準風月談‧吃教〉一文中，即曾以調侃
之口吻，批評當代名流是：

　　每一個人總有三種小玩意，一是《論語》和《孝經》，二是《老
　　子》，三是《維摩詰經》，不但採作談資，並且常常做點注解。[4]

　　當代名士，確實如魯迅所言，特別看重《論語》、《孝經》、《老
子》、《維摩詰經》這幾部書。近人湯用彤亦指出，佛教在晉孝武之世
（西元373年以後），已在中國佔絕大勢力，當時上流社會、帝王公
卿、文人學士崇奉正法者不少，而平民之皈依三寶者，以當時寺院之
多，證之，當亦極盛，[5]由此足見在當代信佛、學佛風氣之興盛。謝
靈運本人，不僅毫不例外，更與佛教有著特別之關係，論其人，是
「篤好佛理」[6]，是晉宋之際，八百許「清信檀越」之領袖人物[7]，佛
教信仰，既已在謝靈運思想中佔有著重要之地位，其所創作之詩歌，

---

3　楊勇校箋：《世說新語校箋》（臺北：明倫出版社，1970年9月），〈文學第四〉，頁
　　204。

4　魯迅著、魯迅全集編委會編：《魯迅文集全編》（北京：國際文化出版公司，1995年
　　12月），〈雜文集卷‧準風月談〉，〈吃教〉，頁949。

5　湯用彤：《漢魏兩晉南北朝佛教史》（臺北：漢聲出版社，1973年4月臺北景印），第2
　　分，第11章〈釋慧遠〉，頁348。

6　梁‧慧皎撰、湯用彤校注：《高僧傳》（北京：中華書局，1992年10月），卷7〈宋京
　　師烏衣寺釋慧叡〉，頁260。

7　陳‧慧達：〈肇論序〉，《大正新修大藏經》第45冊（臺北：新文豐出版公司，1983年
　　1月），頁150。

不可能不受到影響，黃節在《謝康樂詩注・序》即評論其詩，是「合《詩》、《易》、聃、周、《騷》、〈辯〉、仙、釋以成之。」[8]今觀靈運現存之詩篇中，有《維摩詰經十譬贊》八首，即〈燄〉、〈芭蕉〉、〈幻〉、〈夢〉、〈影響合〉等頌贊佛籍，喻釋佛理之什，可知佛經影響著其哲學觀，自然亦影響其美學觀，而滲入其創作之山水詩歌中。

歷來研究謝靈運山水詩者，對靈運山水詩中所吟山水，皆知「說山水則苟名理」[9]，「一意回旋往復，以盡思理」[10]，以哲理入詩，而具理趣[11]，此理趣涉及之「理」，自是含儒、釋、道，而各有其理，惟學者多探討靈運山水詩中，涉及之儒、道之理，而對其山水詩中含寓之禪意釋理[12]，則多予以忽略，疑此可能未注意到靈運與佛教之關係，及靈運在佛法上之建樹，此毋寧是研究謝靈運思想，及其山水詩之一大缺憾。因之個人針對上述研究之偏頗，擬將靈運與佛教之關係、靈運在佛法上之建樹，及所作山水詩中寄寓之禪意理趣，加以探討，以下特分項論述之。

---

8　黃節：《謝康樂詩注》（臺北：藝文印書館，1987年10月），頁2。

9　黃節：《謝康樂詩注》，頁2。

10　清・王夫之著：《薑齋詩話》，丁福保編：《清詩話》（臺北：明倫出版社，1971年12月），頁6。

11　按：「理趣」一詞，較早見於唐・玄奘譯，《成唯識論》，如「證此識有，理趣無邊」（卷四　論「第八識」），「證有此識，理趣甚多」（卷五　論「第七識」）等，見敏澤：《中國文學理論批評史》下冊（長春：吉林教育出版社，1993年3月），頁766。近人陳文忠謂「『理趣』由禪學轉化為詩學，專用于哲理詩的評論，當始自兩宋」。不過後來，「更多的是用于評詩，並集中于秦漢古詩、陶淵明、謝靈運、王維、杜甫……諸家哲理性作品，自宋至清，這幾成共識之論」，見所著：〈論理趣──中國古代哲理詩的審美特徵〉，《文藝研究》（北京：文化藝術出版社，1992年3月），頁60。

12　按：以理論而言，佛學思想影響詩文之討論，乃自晚唐五代開始，如皎然《詩式》是。然以創作而言，魏晉時期，玄言詩中，已滲入佛理。佛理詩亦化用玄言，形成玄言詩與佛理詩之交融。而劉宋時代，謝靈運之山水詩，則深受佛教自然觀之影響。參見張伯偉：《禪與詩學》（杭州：浙江人民出版社，1993年10月），〈理論篇〉，頁3-25。〈創作篇〉，頁125-186。

## 二　謝靈運與佛教之關係

　　謝靈運，陳郡陽夏（今河南太康）人，東晉謝玄之孫，襲封康樂公，世稱謝康樂。他好學博覽，興高才盛，本傳言其「文章之美，江左莫逮。」「每有一詩，至都邑，貴賤莫不競寫，宿昔之間，士庶皆遍，遠近欽慕，名動京師」[13]，堪稱為一代文豪。其與佛教之間，有極深厚而悠久之淵源關係，而實際在早年，靈運並不信奉佛教，而是信奉道教，且所受之影響亦極大。

　　作為東晉大敗苻堅名將之靈運祖父謝玄，生子瑍，卻不慧，瑍生靈運，則極為穎悟，惜靈運生下後，旬日而謝玄亡，其家以子孫難得，於是將靈運送到錢塘杜明師處寄養，「十五方還都，故名客兒」（《詩品》）[14]。杜明師到底是何許人呢？各書所載不同，據沈約《宋書·自序》云：「初，錢塘人杜子恭，通靈有道術，東土豪家及京邑貴望並事之為弟子，執在三之敬。」[15]，唐·王懸河編《三洞珠囊》卷一《救導品》引《道學傳》載：「杜炅字子恭。」，陸龜蒙《小名錄》云：「明師名昊字子恭，性敏悟宗事正一，少參天師治錄」[16]，宋·張君芳所編《雲笈七籤》所收《洞仙傳》，及元·趙道一撰《歷世真仙體道通鑑》皆作「杜昺字叔恭」[17]，則昺、炅、昊當即同一

---

13　梁·沈約：《宋書》（臺北：新文豐出版公司，1975年10月），〈謝靈運傳〉，總頁數845、850。

14　梁·鍾嶸著、汪中選注：《詩品》（臺北：正中書局，1982年9月），〈臨川太守謝靈運詩〉，頁112。

15　梁·沈約：《宋書》（臺北：藝文印書館，1957年），〈自序〉，卷100，列傳第60，總頁數1178。

16　明·商濬編：《稗海》，陸龜蒙：〈小名錄〉（臺北：新興書局，1968年10月），頁219。

17　民國·白雲觀長春真人編纂：《正統道藏》（臺北：新文豐出版公司，1977年10月），第38冊，錄張君芳編：《雲笈七籤》卷111，引《洞仙傳》，總頁數408。另《正統道藏》第8冊，刊趙道一著：《歷世真仙體道通鑑》，卷22，總頁數498。

人，有可能因避唐高祖李淵父名諱，或形近而誤所致[18]。

杜昺，道術高明，在當時名氣甚盛，著錄於《隋書‧經籍志》之《洞仙傳》〈杜昺傳〉即載其：「能見百姓三五世禍福，說之了然。章書符水，應手即驗，遠近道俗，歸化如雲。」[19]，可見其在錢塘一帶，受到百姓如何之信仰。而杜昺生前，謝安、謝玄、桓溫等，均曾與其來往，同書尚載謝玄曾將欲與苻堅作戰，關係社稷存亡之重大戰役，問計於杜明師，可見其在謝玄心中之地位。靈運出生後，被安排寄養在杜昺處，自是出之其祖父謝玄之意思，所以有如此特殊之安排，推測是想藉杜昺之道術，為靈運除惡消災，期望能為靈運帶來更大之福份。

靈運生活在錢塘，必然會受到道家崇尚自然、道教仙風道霧之薰染。在靈運十三、四歲時，杜昺去世，[20]後靈運便離開杜家，返回建康，鍾嶸《詩品》言靈運十五歲時[21]，返回建康，當屬可信。其在十五歲之前，居杜明師家，所受之教育，應是在杜明師之指導下，一則受到潛移默化，一則可能閱讀某些較為淺近之道教入門書籍，因之十五歲之前，在靈運心靈上，首先進入之宗教意識，應是道教，而非佛教。

---

18 張伯偉：《鍾嶸詩品研究》（南京：南京大學出版社，1993年3月），〈附錄〉，〈鍾嶸《詩品》謝靈運條疏證〉，頁317。

19 六朝‧見素子撰：《洞仙傳》，卷2。嚴一萍編：《道教研究資料》第1輯（臺北：藝文印書館，1991年1月），頁46-48。

20 據上引《歷世真仙體道通鑑》，〈杜昺傳〉謂晉安帝隆安中，孫泰死，昺尚在世，而孫恩興兵反晉，昺則未見及之，而唐‧房玄齡等撰、清‧吳士鑑、劉承幹同注：《晉書斠注》（臺北：藝文印書館，1957年），卷100〈孫恩傳〉，謂泰死，恩稱兵為叔父泰報仇，頁1722。另《晉書斠注》，卷10〈安帝紀〉載，隆安元年，司馬道子誅孫泰，三年恩入會稽，殺內史王凝之（頁177），故由此推知昺卒當在隆安二年前後，泰死，恩下會稽之間，時靈運年約十三、四歲。

21 梁‧鍾嶸著、汪中選注：《詩品》，〈臨川太守謝靈運詩〉，頁112。

　　靈運與佛教牽連關係，又或靈運在何時信奉佛教？確有值得探討處，在未論及靈運與佛教之關係前，先來探討謝氏家族與佛教之關係，因家族之信仰，或家族與宗教人士之交往，多多少少總會影響到個人之信仰的。謝氏家族在六朝時，聲勢顯赫，與琅琊王氏家族齊名，是當代數一數二之士族大家，地位特殊，享有種種特權，而其支脈繁衍，仕途通顯，且人才輩出。而謝氏家族家學是多方面的，玄風與佛學則是其中最重要的內涵之一。以佛教而言，謝氏家族與佛教人士交往甚多，領悟佛理亦頗早，謝安、謝玄、謝朗與支道林，謝超宗與慧休，都有往來，如《世說新語》〈雅量〉引《中興書》云：

　　安，元居會稽，與支道林、王羲之、許詢共遊處。出則漁弋山水，入則談說屬文，未嘗有處世意也。[22]

又《世說新語》〈文學〉云：

　　林道人詣謝公，東陽時始總角，新病起，體未堪勞；與林公講論，遂至相苦。[23]

另《南齊書·謝超宗傳》亦云：

　　與慧休道人來往，好學有文辭，盛得名譽。[24]

22 楊勇：《世說新語校箋》（臺北：明倫出版社，1970年9月），〈雅量〉第28則，〈謝太傳盤桓東山條〉，註引《中興書》，頁282。
23 楊勇：《世說新語校箋》，〈文學〉第39則，〈謝太傳盤桓東山條〉，頁175。
24 梁·蕭子顯：《南齊書》（臺北：藝文印書館，1956年），卷36〈謝超宗傳〉，頁303。

　　近人湯用彤於《漢魏兩晉南北朝佛教史》一書中亦云「陳郡謝氏之名人，與佛教常生因緣」[25]。而《廣弘明集》卷二六錄有釋道宣〈敘梁武帝斷殺絕宗廟犧牲事〉一文，其中即載有謝幾卿〈丹陽琅邪二郡斷搜捕議〉[26]，皆反映出佛家戒殺生之思想。《弘明》卷十，載有謝綽、謝舉並有〈答釋法雲書難范縝之答神滅論〉，引用佛家經義，以反駁范縝[27]。又《陳書》卷三二〈謝貞傳〉，亦載有貞遺疏告族子凱云：「氣絕之後，若直棄之草野，依僧家尸陀林法，是吾願，正恐過為獨異耳。」[28]可知其思想與行為，頗受佛教影響。史言謝舉「托情玄勝，尤長佛理，注《淨名經》，常自講說」（《南史》〈謝舉傳〉）[29]，由上述幾則文獻資料，可知謝家子弟，與佛教之關係。

　　靈運本人，自稱十五歲時，即有心向佛，在所著〈盧山慧遠法師誄並序〉中寫道：「予志學之年，希門人之末。惜哉，誠願弗逐」，由此即知晉安帝司馬德宗，隆安三年（西元399年），靈運斯時雖在杜明師家，處於道教之氣氛中，然斯時慧遠已居盧山東林寺[30]，聲名遠播，使靈運早已傾心，故其有心向佛，似在未離開杜明師家，返京以前，即有朕兆，此蓋當代佛、道兩家，本無嚴格的門戶之見，靈運在此前，或對支遁所創即色宗之佛學思想，已有初步之接觸，並由此產生一些興趣。不過在未離開杜眪歸京之前，崇佛之心願並未達成。靈運在十五歲到建康後不久，便信奉佛法，不再殺生，其在〈山居賦〉

---

25　湯用彤：《漢魏兩晉南北朝佛教史》，第13章〈佛教之南統〉，〈世族與佛教〉條，頁435。

26　唐‧釋道宣：《廣弘明集》（《四部叢刊本》，臺北：商務印書館，1979年11月），頁375、376。

27　梁‧僧祐：《弘明集》，頁126、129。

28　唐‧姚思廉：《陳書》（臺北：藝文印書館，1956年），卷32〈謝貞傳〉，頁204。

29　唐‧李延壽：《南史》（臺北：藝文印書館，1956年），卷20〈謝舉傳〉，頁265、266。

30　湯用彤：《漢魏兩晉南北朝佛教史》，第2分，第11章〈釋慧遠〉，頁342。

中所回憶道：「顧弱齡而涉道，悟好生之咸宜」，自注云：

> 自少不殺，至乎白首，故在山中，而此歡（按：謂漁獵之事）
> 永廢。……世云虎狼暴虐者，政以其如禽獸，而人物不自悟其
> 毒害，而言虎狼可疾之甚，苟其遂欲，豈復崖限。自弱齡奉
> 法，故得免殺生之事。[31]

　　靈運自述少年時代起，以至白首，始終如一，崇奉佛法，不殺生，
「戒殺」即是佛徒「五戒」之一。而其接受之佛教思想，應是自慧遠
那裡的般若實相學。慧遠大師又是何等人呢？據《高僧傳》卷六〈釋
慧遠傳〉云：「少為諸生，博綜六經，尤善《莊》《老》，性度弘博，
風覽朗拔，雖宿儒英達，莫不服其深致。」[32]，以其學識淵博，兼善
《易》學玄理，與儒家經義，才學自是能為當世所信服公認。據近人
湯用彤謂靈運於義熙七年四月，「康樂或於此時亦到潯陽，並入山見
遠公」[33]，斯時靈運已二十七歲，《高僧傳》對他們見面之情形，有如
下之描述：「陳郡謝靈運，負才傲俗，少所推崇，及一相見，肅然心
服。」[34]，靈運面對此天下僧徒無不「聞風而悅，四海同歸」（謝靈運
〈廬山慧遠法師誄並序〉）之慧遠大師，可謂肅然起敬，由衷欽佩。
　　不過《蓮社高賢傳》與宋・陳舜俞《廬山記》卷三，所錄〈十八
賢傳〉，均記載謂元興二年，慧遠與劉遺民等一百二十三人建淨土
社，靈運曾嘗求入社，遠公以其心雜止之之事，湯用彤已辨之甚明，

---

31 顧紹柏校注：《謝靈運集校注》（臺北：里仁書局，2004年4月），頁458。以下所引
　　該書僅於文後列出頁碼，不另注
32 梁・慧皎撰、湯用彤校注：《高僧傳》，卷6〈晉廬山釋慧遠〉，頁211。
33 湯用彤：《漢魏兩晉南北朝佛教史》，第2分，第13章〈佛教之南統〉，〈謝靈運〉，頁
　　436、437。
34 梁・慧皎撰、湯用彤校注：《高僧傳》，卷6〈晉廬山釋慧遠〉，頁221。

認為是不可信，又云：「又據謝之〈佛影銘序〉，謂遠公令僧人道秉遠宣意旨，令謝作銘，則遠公非十分鄙夷康樂者。義熙十三年，遠公卒。謝為作誄」[35]，義熙八年（西元412年）五月慧遠在廬山立佛影台，繪畫佛像，九年九月刻銘於石，所作〈萬佛影銘〉，述及此事，並派遣弟子道秉往建康（今江蘇南京市），邀請靈運亦作一篇銘文，可見慧遠對靈運之器重。靈運〈佛影銘序〉云：

> 法顯道人，至自祇洹，具說佛影，偏為靈奇，幽巖嵌壁，若有存形，容儀端莊，相好具足，莫知始終，常自湛然。廬山法師，聞風而悅，於是隨喜幽室，即考空巖，北枕峻嶺，南映澓澗，摹擬遺量，寄托青彩。豈唯像形也篤，故亦傳心者極矣，道秉道人遠宣意旨，命余制銘，以充刊刻。（頁359）

此篇銘序，一則敘及慧遠立台畫像之緣起，另則亦稱讚佛像所在之處，頗為幽靜。本文則極力讚頌佛法。四年之後，即義熙十三年（西元416年）八月六日（按：依靈運誄文中所記年月，與梁‧慧皎《高僧傳》〈釋慧遠傳〉中所記年壽有異），慧遠去世，春秋八十有四，靈運作〈廬山慧遠法師誄並序〉。其悼念之情，由此可見，非同一般。

而在靈運中年之後，無論在朝在野，作官隱居，亦多與名僧法師往來，如法顯，靈運在建康任官時，曾向其請教有關印度釋迦佛影之靈奇景象。[36]等靈運任永嘉太守時，更常與當代高僧，如法勖、僧維、慧麟等著名高僧，「共求其衷，猥辱高難，辭徵理析，莫不精究。」（〈答王衛軍書〉）（按：句中之「徵」《大藏經》卷五二作「微」）寫

35 湯用彤：《漢魏兩晉南北朝佛教史》，頁437。

36 湯用彤：《漢魏兩晉南北朝佛教史》，頁438。

下了有名的〈辨宗論〉。後稱病退居始寧別墅時，靈運又在自己的莊園中，為曇隆、法流（生平不詳，湯用彤以為或即《高僧傳》卷七〈釋僧鏡傳〉中之道流，見所著《漢魏兩晉南北朝佛教史》第十三章），「面南嶺，建經台；倚北阜，築講堂，傍危峰，立禪室，臨浚流，列僧房」（〈山居賦〉，頁459），對二位高僧，靈運是極莊重、費心地在自己之莊園中，好好設備一些講堂、禪室，以便與他們游賞登臨、談經說法。據湯用彤探討，其中曇隆道人者，在康樂謝病東山，就時來從遊，與靈運同涉嶀嵊，有二年之久，等道人逝世後，靈運尚為曇隆作誄云：

> 緬念生平，同幽共深。相率經始，偕是登臨，開石通澗，剔柯疏林。遠眺重疊，近矚崛嶔。事寡地閑，尋微探頤。何句不研，奚疑弗析。怢舒軸卷，藏拔紙褧。問來答往，俾日餘夕。[37]

看其中言「何句不研，奚疑弗析」，可知其與曇隆二人，對佛經中之經義，彼此經常研句析疑，「問來答往」，多所討論，相得互契，證以後來靈運遊永嘉作〈辨宗論〉之反覆問答方式，可知靈運與曇隆等僧人交好，並非僅徒事閑遊而已。[38]

靈運又曾在元嘉中期，與當時權勢極大之一位參政和尚號稱「黑衣宰相」之慧琳法師，有過一段很深之交往。靈運曾為增強其家族之力量，而與慧琳、顏延之及劉義真等有所聯繫，義真曾云：「得志之日，以靈運、延之為宰相，慧琳為西豫州都督」（《宋書·義真傳》[39]，慧琳與靈運交往之密切，由此可見。

---

37 湯用彤：《漢魏兩晉南北朝佛教史》，頁438。
38 湯用彤：《漢魏兩晉南北朝佛教史》，頁438。
39 梁·沈約：《宋書》，卷61〈劉義真傳〉，頁793。

　　另有提倡頓悟成佛義。為此掀起軒然大波之竺道生者，靈運亦可能與其熟識，而有來往，元嘉三年，時靈運為文帝招至建康任秘書監，斯時竺道生亦在京城，居清圓寺（即後來之龍光寺），據《高僧傳》卷七云：「宋太祖（按：當為世祖之誤）文皇深加歎重，……王弘、范泰、顏延之，並挹敬風猷，從之問道」[40]，由上述文獻推測，靈運與文帝、范泰、顏延之間，本就極為熟稔，則靈運與道生亦當有往來才是，當日有不少人，反對竺道生之頓悟成佛義，惟有靈運獨具慧眼，作〈辨宗論〉，以申述道生頓悟之義理。在此期間，道生因提出一闡提人（按：凡造諸惡業之眾生，許多大乘經典，即稱彼輩為「一闡提」）[41]，皆得成佛的觀點，後雖遭受正統派的攻擊，被擯棄出走。等他重返廬山不久，大本《涅槃經》傳入京師。道生頓悟成佛之義，得到證明。大本中果有一闡提可以成佛之語，京師眾多僧眾，始服道生之遠見卓識，頓悟說，因之得以穩立根基。

　　靈運後來入京師任秘書監時，與道生極可能有交往，而靈運乃和慧嚴、慧觀兩法師，共同修治《大涅槃經》，將原來四十卷之北本，改成三十六卷，即所謂南本《大涅槃經》是。《高僧傳》、〈慧嚴傳〉云：「《大涅槃經》，初至宋土，文言致善，而品數疏簡，初學難以措懷，嚴迺共慧觀、謝靈運等，依泥洹本加之品目，文有過質，頗亦治改，始有數本流行」[42]，所述，確實有其依據。

　　天縱才俊，文采出色之靈運，得與大師慧嚴、慧觀一起改治《大涅槃經》，此亦表明靈運對於涅槃學之理解，起碼已經得到當代佛學界之認可。經改治後之新譯本，謂之「南本」。後道生在廬山講《涅

---

40　梁・慧皎撰、湯用彤校注：《高僧傳》，卷7〈宋京師龍光寺竺道生〉，頁256。

41　按：在整部《涅槃經》中，提到「一闡提」者，有六十餘處之多，對「一闡提」之特徵與惡行，皆有詳盡之描述。請參閱釋恆清：《佛性思想》（臺北：東大圖書公司，1997年2月），頁20-39。

42　梁・慧皎撰、湯用彤校注：《高僧傳》，卷7〈宋京師東安寺釋慧嚴〉，頁262、263。

槃經》，所用之本子，即是用靈運等人之改治本。

　　當晉宋之際，佛教界有三件值得大書特書之事，一為鳩摩羅什之弘揚般若[43]。二為僧伽提婆之倡毗曇[44]。三為曇無讖之譯涅槃經典。而道生實集三者之大成。特別是在《大涅槃經》未至之前，他預倡頓悟成佛之義，竟與經典不謀而合，所以後世乃尊稱其為涅槃聖。[45]向具慧根之靈運，斯時一面附和道生，申述其頓悟義，一面則修改《大涅槃經》，以期能受僧眾普遍奉持。以靈運是如此致力弘揚佛法，則其在中國佛教史上，已足以令其不朽矣。

　　與謝靈運直接交往之僧人，有明確姓名記載的，就達十多人，直到其臨終前所寫之〈臨終〉詩，其中「送心正覺前」一句，表明一生永遠皈依佛法，以及死後將鬚鬢施予南海祇洹寺之維摩大士，均可看出靈運與佛教關係極深。

　　當然靈運之好佛，除本身之宿慧、家族之因緣、當代之宗教思潮、背景外，亦與其自身受到排擠打擊處境有關。曾云：「六經典文，本在濟俗為治耳，必求性靈真奧，豈得不以佛經為指南邪」（何尚之〈答宋文帝讚揚佛教事〉引）[46]，惟後人為靈運惋惜者，是其在行動上，雖參與不少佛學實踐，然在心靈深處，則是言行不一，如雖自稱少不殺生，然卻因家醜而憤殺門人桂興。又不惜水中之生靈，執意要掘湖為田，事不成，竟對太守顓言：「非存利民，正慮決湖，多害生命」（〈本傳〉），加以毀傷，其實內心，並不以殺生與否為念，且

---

43　按：般若，又作班若、波若等，譯作慧、智慧、明。見孫祖烈：《佛學小辭典》（長春：古籍書店據1938年醫學書局石印本影印，1991年7月），頁237。

44　按：毗曇，譯作大法、無比法。真智之尊稱。見孫祖烈：《佛學小辭典》，頁200、212。

45　翳如：〈謝靈運在佛法上的建樹及其文學造詣〉，《同願月刊》第3卷第1期（北京：佛教同願會，1942年1月），總頁20。

46　梁・僧祐：《弘明集》，卷11，引自何尚之，〈答宋文帝讚揚佛教事〉，頁136。

前曾衝著顗言：「得道應須慧業，丈人生天當在靈運前，成佛必在靈運後」(〈本傳〉)[47]，舉動猖狂，與具佛學涵養，內斂含蓄之居士，極不相類。而其到京師辨誣，並賦詩云：「韓亡子房奮，秦帝魯連恥。本自江海人，忠義感君子」(〈本傳〉)，具見其並未參透般若學色空之義理云云。

此悉為負面之貶詞，實際宜作多面向之思考，方能客觀評論。生長於世家大族之靈運，身上背負著發揚先祖光榮傳統之使命，要全排除名利之引誘，本極為不易。有關其憤殺門人桂興一事，此與靈運正當三十五歲，血氣方剛，在極端情緒化之下，有此舉動，的確有違人道，而當代門閥權貴，任意殺戮、處治門人，亦是常有之事，此如自當代政治環境去了解，則對靈運之私刑門下，當能明白其原因。至於有關其執意掘湖為田一事，表面上看，乃因靈運與太守孟顗私人之恩怨而起，而其實真正之原因，可能是「劉宋新貴集團與舊的士族集團，在經濟權益上的鬥爭」[48]，其對孟顗口出狂言，此則是二人雖皆信佛教，而在理念上，差異殊大，致孟顗方為一向自負之靈運所輕視。而靈運之信仰佛教，應與其本身之宿根有密切關聯，且其在最初選擇佛學，亦是受佛學中，機智之思辨，湛深之義理，與視其為一門與儒、道迥異之學問來探究。因之若就其對佛理之認真探求體悟，及其大力弘揚佛法而言，靈運確是具有相當程度之佛學素養，且亦建立不可輕忽之功績，因之吾人宜自此角度，加以肯定方是。

---

47 以上引文具見梁‧沈約：《宋書》，卷67〈謝靈運傳〉，頁860。按〈謝靈運傳〉本文，原作「得道應須慧業文人，生天當在靈運前，成佛必在靈運後」，頁860。惟傳後所附〈宋書卷六十七考證〉，則謂「臣照按：文人應作丈人，慧業斷句，丈人二字屬下句，丈人稱顗也。今慧業文人之語遍天下，而未察其文理，如以文人斷句，則陟接生天在靈運前，仍復成語耶？況《南史》本作丈人」，頁862，茲依此考證引之。

48 鍾優民：《謝靈運論稿》(濟南：齊魯書社，1985年10月)，頁45。

## 三　謝靈運在佛法上之建樹

　　謝靈運一生與佛法之因緣，誠如上述，極為密切。佛法在元嘉之
世，得以風靡一時，靈運倡導之功不可沒，其在佛學之造詣，及對佛
教之貢獻，實有值得一述者。

　　靈運「少好學，博覽群書」（〈本傳〉）[49]，以其用功甚勤，凡諸子
百家各種典籍，甚至方技雜算，無不涉獵。曾在〈山居賦〉中寫道：

> 六藝以宣盛教，九流以判賢徒。國史以載前紀，家傳以申世
> 模，篇章以陳美刺，論難以覈有無，兵技醫日，龜筴筮夢之
> 法，風角冢宅，算數律歷之書，或平生所流覽，並於今而棄
> 諸。（頁464）

　　靈運除通經學、六藝，旁涉百家技藝外，更精通釋典，其著作亦
甚多，僅《隋書・經籍志》所著錄之著作，及所編纂之總集，即達十
三種，如《四部目錄》、《要字苑》等，其他尚有《新撰錄樂府集》、
《策集》等，若加上近世所修之《上虞縣志》卷三十六，所考見之著
作目錄，兩者相加即近二十種之多[50]，而其在佛學方面之著述，尤為
特出。則靈運之著作，更見豐富。靈運既與佛教淵源甚深，依上節所
述，其曾與六朝名僧慧遠、曇隆、慧琳、慧嚴、慧觀等交往，與他們
「尋微探賾，研習佛理」（〈曇隆法師誄〉，頁490），對佛理自有相當
深度之認知，如其在〈范光祿祇洹像贊三首並序・佛贊〉云：「惟此
大覺，因心則靈。垢盡智照，數極慧明。三達非我，一援群生。理阻

---

49　梁・沈約：《宋書》，卷67〈謝靈運傳〉，頁845。
50　張秉權：〈論謝靈運〉，《大陸雜誌》第11卷第2期（臺北：大陸雜誌社，1955年7
　　月），總頁46。

心行，道絕形聲」（頁440），意指「大覺心靈」、「垢盡智照」，是其「佛性論」。其又有佛學方面之著述，如著〈辨宗論〉，討論頓悟求宗之思維方式，稱道竺道生頓悟說，為「得意之論」。注《金剛般若經》，（按：《文選》卷五十九，王簡棲〈頭陀寺碑文一首〉，李善注引之，又見《廣弘明集》〈金剛經集注序〉）尤其是前述，曾言及其參與改治《大般涅槃經》，因之在六朝佛教史上，自然是有其崇高之地位。

　　不過在學術界中，對靈運之佛學著述，雖頗肯定，然對其佛學造詣與涵養，一如前節略述，後人則持有不同之觀點，如湯用彤即評云：「（康樂）其於佛教亦只得皮毛」、「雖言得道，應需慧業，而未能有深厚之修養」，[51]著名學者湯用彤，既有此評論，則吾人應在兩個問題上，略加探討，一是謝靈運被舉發為「興兵叛逸」，卒被殺害之悲劇結局，實情究竟是如何？一是靈運之佛學造詣，真如湯先生所評斷為「只得皮毛」嗎？此論斷近代學者孫述圻以為實有商榷之處，蓋欠缺公允。稽之史籍，靈運之被殺，絕非咎由自取，罪有應得，實際靈運是蒙受不白之冤，無辜被刑。史書言有司「表其異志」，或廷尉奏其「興兵叛逸」、「率部眾反叛」、「罪釁累仍」，欲謀「篡取」等罪名，實由劉宋元嘉時，擅權之彭城王劉義康及其部屬所加之誣陷羅織，[52]近人郝昺衡所撰〈謝靈運年譜〉，亦曾為之辯誣，以為靈運為義康及其部屬所誣陷，「務欲構成其罪，置之死地而後快」，並提出與史傳不合事實之處，以為一代學者與詩人之靈運，為人虛構事實，故入人罪，此本封建時代所恒有，致使靈運蒙受不白之冤以死，不能令人無慨。[53]以下即論述靈運在佛學論著與建樹之成果，以確認其在佛學上之成就。

---

51　湯用彤：《漢魏兩晉南北朝佛教史》，頁440。

52　孫述圻：〈謝靈運與南本《大般涅槃經》〉，《南京大學學報》（哲學社會科學版）1983年第1期（南京：南京大學，1983年2月），頁66。

53　郝昺衡：〈謝靈運年譜〉，《華東師範大學學報》1957年第3期（上海：華東師範大學，1957年7月），頁74。

靈運在佛學之成就，一般以為主要表現在兩個方面，一是景平元年（西元423年）著〈辨宗論〉。二是元嘉八年（西元431年），與慧嚴、慧觀一道改治《大般涅槃經》。但是個人以為另外還有一項，不應加以輕忽，宜視其為另一成就，即是同在元嘉八年為《金剛般若經》作注[54]。前一項為闡揚佛學義理之論著，後二項是對佛教主要經典或翻譯與刊定，又或加以注釋。〈辨宗論〉主要是闡發竺道生頓悟之旨，探討頓悟求宗之思維方式，所謂「辨宗」即辨明「求宗之悟」，「宗」是宗極，為最高之原理，即佛教所言之真如佛性。佛性為眾生本有，然凡人易為世累所障，而無法體悟，必須等到世累盡滅，方能悟徹佛性，生天成佛。

竺道生主張徹底頓悟，而立「大頓悟義」，故稱為「大頓悟說」。[55]不過此種理論，在當代頗引起一場學術論爭。近人錢志熙以為頓悟說，自方法論而言，是一種思維方式，其根本要義，即在進一層確認真如佛性之本體性。此一論點，頗與慧遠〈法性論〉接近。竺道生是慧遠晚年之弟子，雖未詳知其是否有承傳慧遠之佛學思想，而對謝靈運而言，其自慧遠處，接受其本體論之思想與高悟之思維方式，則是較為明顯的。[56]由此亦可知靈運對慧遠佛理思想旨趣之體認。且靈運博覽群籍，學力深厚，能綜合儒、玄、佛，鎔鑄諸家說於一爐。先是指出佛、儒兩家立論之主旨，是佛教以為成佛是可能的，一旦惑業累滯解脫盡淨，即產生悟道之鑒識，學可漸至，而悟亦漸生；孔門弟子則以為像孔子這種「聖人」，「仰之彌高」，妙不可極，只有體認虛無之本體，方能洞察終極之理。

---

54 顧紹柏校注：《謝靈運集校注》，〈謝靈運生平事跡及作品繫年〉，頁606。

55 湯用彤：《漢魏兩晉南北朝佛教史》，第2分，第16章〈竺道生〉，頁657。

56 錢志熙：〈謝靈運《辨宗論》和山水詩〉，《北京大學學報》（哲學社會科學版）1989年第5期（北京：北京大學，1989年9月），頁40。

　　靈運基於上述之體認,而接受竺道生之觀點,撰述〈辨宗論〉,以作「求宗之悟」之探討。在〈辨宗論〉中,提出竺道生在求宗悟體方面之見解,是「有新論道士,以為寂鑒微妙,不容階級,積學無限,何為自絕」?指明竺道生之「新論」,乃不同於佛、儒兩家之見解,又兼採兩家之觀點。有所不同的,是悟宗正體之識鑒,不容許有所階差,亦不能由積學而漸至,兼採的是「去釋氏之漸悟,而取其能至;去孔氏之殆庶,而取其一極」。謝靈運在此提出個人之看法是「敢以折中自許,竊謂新論為然」,在此可了解靈運乃是以揉合儒、玄、佛為基點,並認定竺道生之頓悟說為「得意之說」,是正確的。

　　靈運之〈辨宗論〉,言簡意賅,在與諸道人之答辯中,不斷的申論,雖說道生之頓悟說,當代僧人頗持異議,然因經靈運之大力弘揚闡發後,在六朝佛學,至宋明理學之發展演變上,漸受重視,可證確有其深遠之意義在,故湯用彤於〈謝靈運辨宗論書後〉一文中云:

　　　　康樂承生公之說作〈辨宗論〉,提示當時學說兩大傳統之不同,而指明新論乃二說之調和。其作用不嘗在宣告聖人之可至,而為伊川謂「學」乃以至聖人學說之先河。則此論在歷史上有其甚重要之意義,蓋可知矣。[57]

　　而梁・慧皎《高僧傳》對道生「迺立善不受報,頓悟成佛」之論,及另撰述〈二諦論〉、〈佛性當有論〉等文,亦頗讚揚備至,而謂「(生公)籠罩舊說,妙有淵旨」[58]。今靈運在〈辨宗論〉中,採用融合儒釋之方法,以談頓悟,由此在理論架構上,解決信仰佛教之儒家

---

57　湯用彤:〈謝靈運辨宗論書後〉,《魏晉玄學論稿》,刊於《魏晉思想》甲編5種中(臺北:里仁書局,1984年1月),頁124。

58　梁・慧皎撰、湯用彤校注:《高僧傳》,卷7〈宋京師龍光寺竺道生〉,頁256。

知識份子之思想矛盾問題，以道乃為一致，鑽研佛學，亦等同在鑽研儒學。此頗有利於佛教思想之傳播，得能進入儒家知識份子，尤其是文學家之人生觀中，而融入知識份子之心靈裡。則謝靈運此論著，正標誌著魏晉思想之一大轉變，而下開隋唐禪學之先河，其對中國文化、中國文學，自是會產生重大之影響，而其在弘揚佛法之貢獻，更由此得到驗證。

　　至於大乘的《大般涅槃經》，簡稱《涅槃經》，亦稱《北本涅槃經》。此經是謝靈運、竺道生「新論」之最重要依據。整部卷帙浩繁之《大般涅槃經》，主要在闡明佛教「歸極之宗」，申發對於佛陀宗極之道的「一念而自會」，所謂「舉要論經，不出兩途，佛性開其有本之源，涅槃明其歸極之宗」[59]。靈運在〈辨宗論〉中提出：「階級教愚之談，一悟得意之論」，即謂有階差的漸悟學說，僅是教誨引導凡人愚者的權宜之談，而豁然貫通，一悟頓了理極之理之學說，方是佛教的「得意之論」，而此觀點，當時多數之佛教學者，並不認同，有人即認為此觀點，在理論上乃「乖背」釋、孔氏之建言，在實踐上，「若涉求未漸于大宗，希仰猶累于塵垢，則永劫劬勞，期果緬邈」[60]矣。而靈運除予以答覆，以去疑釋難外，自然亦須另外尋求重要之佛教經典為依據，而《大般涅槃經》，即成為謝靈運選用為依據之佛典。[61]

　　大乘經藏中之「涅槃經」，向受佛教學界所重視，而被判釋為最崇高之「真宗」，被稱頌為「法身之玄堂，正覺之實稱。眾經之淵鏡，萬流之宗極」[62]，可見此經在佛教學界中之份量。而此經傳譯於

---

59　陳·慧達：《大般涅槃經集解》卷1，《大藏經》第37冊，頁377。

60　顧紹柏校注：《謝靈運集校注》，頁408。

61　孫述圻：〈謝靈運與南本《大般涅槃經》〉，頁67。

62　陳·慧達：《大般涅槃經序》，《大藏經》第12冊，頁365。

中國之時間較晚，以致連譯經大師鳩摩羅什（西元344-413年），亦未曾見到《大般涅槃經》。東晉義熙十三年（西元417年）十月至十四年（西元418年）正月，自天竺求法歸來之法顯，與佛陀跋陀羅、寶雲共同譯出《大般泥洹經》六卷，[63]惟此僅是大本《涅槃經》之前五品，即自〈壽命品〉第一至〈大眾所問品〉，內容尚缺甚多，且譯文對照原經，發現頗有出入，極見初譯之粗疏。三年之後，北涼沮渠蒙遜玄始十年（西元421年）中天竺人曇無讖在姑臧（今甘肅武威），終於譯出《大般涅槃經》四十卷。在內容而言，此譯本在當時，可謂最為齊全。此四十卷本《大般涅槃經》世稱北本，於宋‧元嘉年間（西元424-458年）傳到江南，傳到之時間，說法不一，有判定為元嘉三年（西元426年）者[64]，惟近人孫述圻以為應在元嘉七年（西元430年），南傳建康的[65]。

北本《大般涅槃經》在翻譯時，有其缺失，即文字表達較為粗疏，有些尚辭不達意，質樸有餘，達雅不足，即若品目，亦有疏漏之處，誠如其有云：「執筆者，一承經師口所譯，不加華飾」[66]，確實有待高明者，予以潤飾加工，以便有利傳播流佈，正如《高僧傳‧釋慧嚴傳》中，謂此《大般涅槃經》，初至宋土時，「文言致善，而品數疏簡」，初學者實在「難以措懷」，因之謝靈運乃與慧嚴、慧觀等，依泥洹本，加之品目，凡文有過質處，皆加之治改，改治後，「始有數本流行」[67]。此即言大本《涅槃經》就有三種版本，在各地流行，此三

---

63　屈大成：《大乘大般涅槃經研究》（臺北：文津出版社，1994年2月），頁9-33。有關《大般泥洹經》，即《法顯本》之翻譯，歧見甚多，或謂《法顯本》為佛陀跋陀羅所譯，或謂佛陀跋陀羅手執胡本講解，寶雲傳譯，又或以為法顯所譯，說法不一，此處暫定《法顯本》，為上述三人所共同翻譯，而不判定僅由其中一人所譯。

64　劉汝霖：《東晉南北朝學術編年》（臺北：長安出版社，1979年10月），頁185。

65　孫述圻：〈謝靈運與南本《大般涅槃經》〉，頁68。

66　陳‧慧達：第55冊，《大涅槃經記》，頁60。

67　梁‧慧皎撰、湯用彤校注：《高僧傳》，卷7〈宋京師東安寺釋慧嚴〉，頁263。

種版本，即曇無讖之四十卷北本，法顯之六卷泥洹經本，與靈運及慧嚴、慧觀共同改治之三十六卷南本。而改治之時間，乃在北本南傳之第二年，即元嘉八年（西元431年）。

　　由於謝靈運才思敏捷，又精擅佛理，即使當代僧界名士，亦常向其諮詢求教，靈運亦無不將其所知所悟告之。據《高僧傳》〈釋慧叡傳〉云：

> 謝靈運篤好佛理，殊俗之音，多所達解，迺諮叡以經中諸字，并眾音異旨，於是著《十四音訓敘》，條列梵漢，昭然可了，使文字有據焉。[68]

　　由上述知靈運在修改大本《涅槃經》中，應是立於主導之地位，《十四音訓敘》，日本平安朝僧，在其《悉曇藏》中，曾加以轉引，由此可知靈運亦曾學習過梵文，其在譯經上之努力，蓋可肯定。唐·釋元康於《肇論疏》卷上序中，曾極為讚譽靈運云：

> 又如作詩云：「白雲抱幽石，碧篠媚清漣」，又「雲日相輝映，空水共澄鮮」，此復何由可及？

　　另針對南本《大般涅槃經》之改治，指出：

> 謝靈運文章秀發，超邁古今，如《涅槃》元來質樸，本言「手把腳踏，得到彼岸」，謝公改云「運手動足，截流而度」。[69]

---

68　梁·慧皎撰、湯用彤校注：《高僧傳》，卷7〈宋京師烏衣寺釋慧叡〉，頁260。
69　陳·慧達：兩引文具見《大藏經》第45冊，頁162。

　　自上述文獻中，釋元康謂「謝公改云」，可知南本《大般涅槃經》之改定潤色上，主要乃出之靈運之手。而靈運文筆甚佳，又非出家修行之沙門中人，較無顧忌，見及本文質樸粗疏處，何能不加改易？吾人深信，若無靈運之參與，則大本《涅槃經》之修改，豈能如此順利達成？

　　南北本之《大般涅槃經》如將其品目加以比較，其差異並非如湯用彤所言：「此僅及北本之前五品」[70]，而是僅及一、四兩品，如北本第一品〈壽命品〉，南本則分為四品。北本第四品：〈如來性品〉，南本則分為十品。而南北本在文字方面之差異，亦非如湯用彤先生所言：「文字上之修治，則南北本相差更甚微也」[71]，實際是修改甚多，據近人孫述圻之探討，將北本、南本詳加比較，發現改動甚多，且修改得更為確當，如北本〈壽命品〉之二，言「一切皆遷動」，句中「遷」為變遷、遷徙、移動之意，句中之「動」，即「遷」，字義重複，南本則加改譯為「遷滅」，較確切、精當。[72]再如北本〈金剛身品〉第二：「不可思議，常不可思議」句，南本譯為：「不可思議，常不可議」，如此，不但使經文句式整齊，且避免前後句之重複問題等等。以上諸如此類例子甚多，此處不贅，可見靈運參與改治之南本《大般涅槃經》上，無不以其才力，盡其所能，認真從事，對中國之翻譯佛經事業，確有不可磨滅之影響與貢獻。

　　至於靈運另一項成就，前個人判定是為《金剛般若經》作注。《金剛經》為佛經中流行最廣之一部，亦是禪宗藉以弘揚之主要經

---

70 湯用彤：《漢魏兩晉南北朝佛教史》，第2分，第16章，〈竺道生〉，〈涅槃大本之修改〉，頁610。

71 湯用彤：《漢魏兩晉南北朝佛教史》，第2分，第16章，〈竺道生〉，〈涅槃大本之修改〉，頁610。

72 孫述圻：〈謝靈運與南本《大般涅槃經》〉，頁71。

典。本經有多譯，鳩摩羅什之譯本，則最為流行。禪宗六祖慧能（西元638-713年），本不識一字，後聞誦《金剛經》「應無所住，而生其心」，豁然感悟，於是遠投弘忍門下，而獲弘忍賞識，得以傳授法衣。有此因緣，使之慧能更為推重《金剛經》，禪宗因而隨之更為昌盛弘揚。[73]本經主旨是「掃一切相，破一切執」。其內容乃是由佛弟子阿難記述釋迦牟尼世尊與須菩提之間之答問，用的是「如來說世界，即非世界，是名世界」之三段論式，闡發「凡所有相，皆是虛妄」、「實相者則是非相」之認識論，以及應以「無上正等正覺之心（阿耨多羅三藐三菩提）」，「即住即降伏其心」，「不取於相，如如不動」之宗教修養理論。[74]

以本經為佛藏中之聖典，歷來注釋者，不下數十百家，而靈運即是早期注釋家之一，如本經〈無得無說分第七〉經文云：

> 何以故？如來所說法，皆不可取，不可說，非法非非法。所以者何？一切賢聖皆以無為法而有差別！

此段經文，乃須菩提之答覆，謂佛陀「所證得的或所演說的，都是難以了解，不可言喻的。它不是法，也不是非法，為什麼呢？因為聖人為無為所顯現」[75]，以「如來凡有所說，皆為隨順眾生的機宜方便引渡，非『金剛般若』真實的義理，故『皆不可取』，因一執著就錯誤了」，且因「非法」者，非有法也，「非非法」者，非空法也，因

---

73 明・朱棣集注：《金剛經集注》（臺北：文津出版社，1986年7月），〈出版說明〉，頁1。

74 明・朱棣集注：《金剛經集注》，〈出版說明〉，頁1、2。

75 許洋主譯：《金剛般若波羅蜜經》（臺北：如實出版社，1996年7月），〈新譯部〉，頁77。

此說「非法」不對，說「非非法」也不對。[76]而靈運則以簡要之語句注
釋云：「非法則不有，非非法則不無，有無並無，理之極也」[77]。所謂
「非」者，即是「無」，「非非」者，即是「不無」，如悟「有無並無」
之理，若「真空不空」之意，則是「理之極」是矣。今稽查後世所出
《金剛經集注》、《金剛經百家集注大成》或《金剛經五十三家集注》[78]
等著作，搜輯靈運之注釋，雖僅見十二則，可能有些已佚失，數量雖
不多，卻彌足珍貴。然由此亦可見靈運對《金剛經》經文之了悟，理
應是相當深入，否則靈運豈敢冒大不韙，假充內行，強行注釋？

　　靈運具有相當之佛學造詣，當是不必置疑，正如前曾引宋文帝劉
義隆對侍中何尚之所云，引「謝靈運每云：六經典文，本在濟俗為治
耳。必求性靈真奧，豈得不以佛經為指南耶？」[79]連皇帝都加以引
用，可見靈運在當代，必非浪得虛名。

　　另如《大唐內典錄》卷第四〈宋朝傳譯佛經錄序〉，亦載謝靈運
曾稱「六經本是濟俗，性靈真要，會以佛經為指南」，且將謝靈運之
見解，作一論斷，是「此賢達正言，實誠有讜」[80]，由上舉文獻可
知，謝靈運在當代曾被肯定具有相當之佛學涵養，並非如湯用彤評其
「只得皮毛」而已，否則豈能贏得當代人士一致讚揚？而明・張溥亦
不可能對靈運闡揚佛理之文章，在《漢魏六朝百三名家集・謝康樂

---

76 道源長老講：《金剛經講錄》（臺南：和裕出版社，1999年1月），頁158。

77 明成祖纂輯、夏蓮居會集：《金剛經百家集註大成》（臺北：普門文庫，1982年5月），
頁44。

78 按前二書，參見孫述圻：〈謝靈運與南本《大般涅槃經》〉，頁71。明成祖纂輯、夏
蓮居會集：《金剛經百家集註大成》，頁44。後一書，慧能禪師等注：《金剛經五十
三家集注》（臺北：新文豐出版公司，1991年8月）。

79 梁・僧祐：《弘明集》，卷11，頁135、136。

80 唐・道宣撰：《大唐內典錄》，卷4，〈宋朝傳譯佛經錄〉第10，〈序〉，《大正新修大
藏經》，第55冊，頁257。

集》〈題辭〉中，要讚美「皆祇洹奇趣，道門閎筆」[81]，吾人若評其為六朝弘揚佛法之巨擘，孰曰不宜？

## 四 謝靈運山水詩中之禪意理趣

謝靈運既崇信佛教，當其創作山水詩時，自然會受到佛理之影響。而其山水詩，雖被讚揚為「無一遍不佳」（嚴羽《滄浪詩話・詩評》）[82]，亦知其含寓理趣，而謂「情不虛情，情皆可景；景非滯景，景總含情，神理流于兩間」（王夫之《古詩評選》）[83]，或謂「理語入詩，而不覺其腐，全在骨高」，「山水閒適，時遇理趣」[84]，說明靈運詩中，具有「神理」、「理語」、「理趣」，然此「理」為何？卻未能明確指出。

其實靈運詩中之「理」，含有儒、釋、道等諸家思想。唐之皎然，已在《詩式》中，別具慧眼，指出靈運之詩中，極精於道，而云：「兩重意以上，皆文外之旨。若遇高手如康樂公，覽而察之，但見情性，不見文字，蓋詣道之極也。向使此道，尊之于儒，則冠六經之首；貴之于道，則居眾妙之門；精之於釋，則徹空王之奧」（《詩式・重意詩例》）[85]（按：「空王」即佛教「般若學」，「般若」即「智慧」）。此處皎然強調靈運詩有「文外之旨」之「重意」現象。甚而達到「但見情性，不見文字」的高妙之境。

以下個人試加探討靈運山水詩中，其主旨、語言、意境，是如何

---

81 明・張溥輯：《漢魏六朝百三名家集》（臺北：文津出版社，1989年8月），頁2565。

82 宋・嚴羽撰、郭紹虞校釋：《滄浪詩話校釋》（臺北：河洛圖書出版社，1979年12月），頁141。

83 明・王夫之：《古詩評選》（北京：文化藝術出版社，1997年3月），卷5，頁217。

84 清・沈德潛：《古詩源》（北京：中華書局，1993年12月），頁232。

85 唐・皎然著、李壯鷹校注：《詩式校注》（濟南：齊魯書社，1986年3月），頁32、33。

遣用佛典,以示教義,或修辭採取佛語,以彰顯佛境?又或不用禪語,而禪意卻寄寓於自然景物之描繪中?其又如何通過自然景物,以呈現其體悟佛理,卻不失詩歌情韻之「理趣」?且依近代學界倡導之藝術審美角度,加以探討,其詩經審美與參禪結合後,到底又產生何種效應?茲再分項論之:

## (一)詩旨遣用佛典,顯示教義

首先,謝靈運在其詩中,經常以佛經中之典故入詩,如「靈鷲山」(今印度比哈爾邦南部,為釋迦牟尼講經處)、「三界苦」、「四等觀」、「長王宮」、「空觀」、「沈照」、「淨土」、「祇洹」等等,尤其在山水詩中,更是喜歡吟唱佛教義理,使其詩散發著濃郁之宗教意味,如下列詩句:「若乘四等觀,永拔三界苦」(〈過瞿溪山飯僧〉,頁133)、「淨土一何妙,來者皆精英。頹言安可寄,秉化必晨征」(〈淨土詠〉或作〈和從弟惠連無量壽頌〉,頁440)、「浮歡昧眼前,沉照貫終始」、「敬擬靈鷲山,尚想祇洹軌」、「禪室栖空觀。講宇析妙理」(〈石壁立招提精舍〉,頁162-163)等。

由於靈運與佛教之因緣良深,因此謝詩首先表現在其自然觀上,受到其所傾心拜服之淨土宗始祖慧遠之影響,而靈運一生喜愛尋幽探勝,愛好欣賞幽靜、淨潔無塵無染之山水,且反映在其山水詩中,凡此均可謂與淨土宗之思想息息相通,而此亦足以見淨土宗思想對靈運影響之深。而靈運亦因受到支遁、慧遠以來玄學化之佛教自然觀之影響,將山河大地視作佛影之化身。本來「靈鷲山」為釋迦牟尼講經之處,其山頂似隻鷲而得名。而靈運眼中見及之山,雖是江南之自然景觀,在詩中,就是石壁山,而在其眼中,竟能想像其為閃耀佛光佛影之「靈鷲山」,而庭前之瀑布飛流,窗後之高樹掩映,亦無一不可從中悟得佛理,故接下方會云「析妙理」,此「理」即是指「佛理」,而

此詠唱佛理之詩句，溶入詩中，使其整首詩，不致平淡乏味，而仍是洋溢著詩之情趣，此種歌詠佛理之詩歌，自是「理趣」盎然浮現。

　　而上舉〈過瞿溪山飯僧〉詩中之「四等觀」，其中「等觀」，是指四等眾生，而此「四等」，即是指「等觀菩薩、不等觀菩薩、等不等觀菩薩」(《維摩經》)[86]，「三界苦」，乃指佛教將人間分為欲界、色界、無色界為三界，三界則有八苦，即生苦、老苦、病苦、死苦、愛別離苦、怨憎會苦、求不得苦、五盛陰苦。[87]而「若乘」二句，正是靈運體悟佛理，有感而發，以為人若能真正超塵脫俗，全依佛理力行，必然擺脫人世之苦難折磨，以登莊嚴潔淨，無任何五濁（即劫濁、見濁、煩惱濁、眾生濁、命濁）[88]之極樂世界。而詩句中顯示之佛光禪影中，吾人似乎可以見到詩人歷經人世滄桑，在清朗碧透之天宇下，耳中突然聆聽到一片空林裡，傳來陣陣法鼓聲之梵音。

## (二) 修辭採用佛語，彰顯佛境

　　靈運在詩歌中，描山繪水，深刻物象，淋漓盡致地刻畫生機蓬勃，千姿百態之大自然各種景觀時，喜歡採用佛學慣用之詞語，如「空」、「幽」、「寂」、「靈」、「清」、「淨」等等（按：上舉佛學慣用字，在屬於般若學之佛經中，隨處可見），尤其「空」、「清」二字，更是使用頻繁。顯而易見，靈運是要呈現自然山水之空寂、靈異、幽清、蕭穆，顯現著一種安謐、淨化之氣氛，一則表現詩人之遊賞心緒，一則是藉遊賞，而表露靈運於佛理之領悟、體會。如下列詩句：

---

86　姚秦・鳩摩羅什譯：《維摩詰所說經》，卷1〈佛國品〉，《大藏經》第14冊，頁537b。按：「四等觀」，蓋指大乘佛教教義。後秦・僧肇注：「什（按：即鳩摩羅什）曰：等觀，四等眾生也。不等，智慧分別諸法也。等不等者，兼此二也。」參見顧紹柏校注：《謝靈運集校注》，頁136。

87　孫祖烈：《佛學小辭典》，頁56、23。

88　孫祖烈：《佛學小辭典》，頁86。

密林含餘清，遠峰隱半規。

芙蓉始發池，未厭青春好。（〈遊南亭〉，頁121）

昏旦變氣候，山水含清暉。（〈石壁精舍還湖中作〉，頁165）

白雲抱幽石，綠篠媚清漣。（〈過始寧墅〉，頁63）

窺巖不睹景，披林豈見天。

陽鳥尚傾翰，幽篁未為邅（〈發歸瀨三瀑布望兩溪〉，頁266）。

暝還雲際宿，弄此石上月。

異音同致听，殊響俱清越。（〈石門岩上宿〉，頁269）

雲日相輝映，空水共澄鮮。

表靈物莫賞，蘊真誰為傳。（〈登江中孤嶼〉，頁123）

　　由上引之詩句中，可以發現某些詩句所描述之景物，是何等淨潔，何等空瑩，有些山水又是如何之清幽，如何之深靜，即使在月夜雲際岩上棲息時，耳中聆聽到極為特殊之音響，然可知其所表露的，是一處清越異常之所在。而另在〈登江中孤嶼〉中，所見之景觀，是空水澄鮮，雲日輝映，靈異之景物中，構成一種空靈之美，似乎展示著佛家莊嚴無比之義諦。惜者是以往某些詩評家，總以為靈運之山水詩，只不過是模山範水，「有句無篇」而已，卻忽略了這部分作品中所深藏之佛教內涵，像唐人元兢、越僧元鑑，二人選詩，編成《古今詩人秀句》、《續古今詩人秀句》，其中亦僅單集謝詩之「秀句」，以致受到皎然《詩式》之批評。[89]

　　靈運平生就喜愛處於寂靜清曠中之林泉山水，因而對昔日釋迦說法之「鹿野苑」、「靈鷲山」、「堅固林」、「庵羅園」等林野山苑，極為羨慕嚮往，在其〈山居賦〉中，靈運才有所學習，去「建經台」、「築

---

89 齊文榜：〈佛教與謝靈運及其詩〉，《中州學刊》第43卷（河南：河南省社會科學院，1988年1月），頁86。

講堂」、「立禪室」、「列僧房」，費盡苦心，慘澹經營，目的無非是去
營造一個類似昔日釋迦牟尼講經說法之相同環境及處所，可供緬懷托
想，藉以滋生一種彷彿置身昔日釋迦說法境界中之感受。

　　再者是靈運之詩作，喜用各種色彩字，以渲染其辭，所用之色彩
字，可謂諸色字悉用，而皆得其妙，此諸色字，包含白、綠、青、
紅、赤、丹、朱、紫、碧、黑、黃。一般以為是詩人「重葉以鳳彩」
（《文心‧時序》），是「情必極貌以寫物，辭必窮力而追新」（《文
心‧明詩》）[90]，著重在修辭之關係，殊不知在靈運之心境中，實際均
是在描繪由各種五光十色之珠寶琉璃，所組成之淨土世界，如《佛說
阿彌陀經》云：

> 極樂國土，有七寶池，八功德水，充滿其中。池底純以金沙布
> 地，四邊階道，金銀琉璃，玻璃合成。上有樓閣，亦以金銀琉
> 璃、硨磲赤珠瑪瑙而嚴飾之。池中蓮花，大如車輪。青色青
> 光，黃色黃光，赤色赤光，白色白光，微妙香潔。[91]

　　如此描繪極樂國土，當是一色彩斑斕，莊嚴無比之光明世界，而
此種描繪，在許多佛典中，隨處可見。靈運一心嚮往西方，因之在描
摹山水勝景時，個人以為其即常將外在之景物，推想為一片光明澄澈
之淨土，而其常運用之意象，如日、月、露、泉、澗、山、嶺、石、
草、江、海、林、木等，常是數種並用，彼此輝映，不僅突顯景物自
身之色彩，而重要的，是呈現出景物在色、光、影變化中，既是空
靈，亦是澄明之境界。因之吾人或可以如此評定，「謝靈運的山水
詩，作為詩人心靈意識的產物，已經不是客觀意識上的山水景物了，

---

90 以上引文見《文心雕龍注》，卷9〈時序〉，頁24；卷2〈明詩〉，頁2。

91 姚秦‧鳩摩羅什譯：〈佛說阿彌陀經〉，《大藏經》第12冊，頁347a。

乃是經過與詩人宗教心理融鑄匯合之後，化為表達宗教情感的載體了」[92]。

## （三）結構鋪排因襲禪法，不露跡象

沈德潛云：「陶詩勝人在不排，謝詩勝人正在排」（《說詩晬語》）[93]，謝詩鋪排之方法，及其抒情之層次結構，近人已謂「大抵康樂之詩，首多敘事，繼言景物，而結之以情理，故末語多感傷」，「然于寫景說理之後，必緊接以敘事，則幾成康樂詩之慣例矣」[94]，確實康樂詩，章法嚴謹，有其固定之層次，雖亦有錯綜多變的作品，而層次分明，本就有其模式，而此到底是靈運自己感悟之手法，或是受到某些哲理思維之影響？

所謂「禪數」，又稱「禪法」，在向來重視禪法「厝心」作用之僧叡，認為禪法是：「向道之初門，泥洹之津徑」（《關中出禪經序》）[95]，即謂在參禪中，首先須講究其方法。蓋其將修習禪法，視為是獲得般若智慧之必要前提。自東晉到劉宋，禪數學漸成為佛家人物講求、研討之問題。其中靈運山水詩之鋪排方法，與抒情之層次結構，據近人張國星探討，即是深受禪法之影響，使其在創作山水詩時，多數之思維，無不依固定之邏輯形式進行。[96]以下特舉靈運〈於南山往北山經湖中瞻眺〉詩為例云：

---

92 齊文榜：〈佛教與謝靈運及其詩〉，《中州學刊》第43卷，頁87。

93 清・沈德潛：《說詩晬語》，刊於丁福保編、王夫之等撰：《清詩話》（臺北：明倫出版社，1971年2月），頁532。

94 蕭滌非：〈三　讀謝康樂詩札記〉，《樂府詩詞論藪》（濟南：齊魯書社，1985年5月），頁365。

95 姚秦・僧叡：〈關中出禪經序〉，收在梁・僧祐：《出三藏記集》，《大藏經》第55冊，頁65a。

96 張國星：〈佛學與謝靈運的山水詩〉，《學術月刊》第210期（上海：上海市社會科學界聯合會，1986年11月）頁62、63。

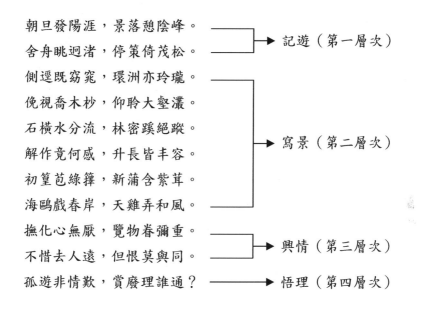

朝旦發陽涯，景落憩陰峰。
舍舟眺迴渚，停策倚茂松。　　　　→ 記遊（第一層次）

側逕既窈窕，環洲亦玲瓏。
俛視喬木杪，仰聆大壑淙。
石橫水分流，林密蹊絕蹤。
解作竟何感，升長皆丰容。　　　　→ 寫景（第二層次）
初篁苞綠籜，新蒲含紫茸。
海鷗戲春岸，天雞弄和風。

撫化心無厭，覽物眷彌重。
不惜去人遠，但恨莫與同。　　　　→ 興情（第三層次）

孤遊非情歎，賞廢理誰通？　　　　→ 悟理（第四層次）

　　禪法本側重於內心之修養，以為參禪有其心理上之需求，借助安般數息（按：「安」指入息（吸），「般」指出息（呼），「安般」即「呼吸」之意）之工夫，開始進行，禪法之運用，與感悟之體驗，皆不可脫離具體之客觀條件。在上舉之例詩中，可以看出在第一層次「記遊」裡，詩人總為自然美景所吸引，而走入自然，表現出主觀心態，對山水之境，展露探究之心理欲求。而第二層次，開始寫景，以自我為中心，或俯仰顧盼，儘住美景之重點，或寫近景，或寫遠景，藉視覺、聽覺，感覺景物之優美，由於景觀有別，瀏覽角度有異，寫法當然有所不同，句數亦有多有少，但皆顯現一個重心，即詩人已身在山水之中，而詩人之情感，不同於往昔，過往之喜或憂，此時皆已平息、淡化，僅是全程藉耳目心靈之所感，去賞心娛目。而此正顯示詩人之情緒，由於外在景觀之轉移，而進入寧靜之中。

　　在參禪過程中，一旦進入禪定後，即開始對外物的觀照會悟，僧肇〈般若無知論〉云：「虛其心，實其照。」謝靈運〈廬山慧遠法師

誄〉云：「道存一致，故異代同暉，德合理妙，故殊方齊致」（頁378），支道林主張「即色是空」，認為「色不自色，故雖色而非色」（僧肇〈不真空論〉引），此亦即般若「色即是空」之真義。[97]而在例詩中，第二層次之寫景，吾人可感受，其表面看似為純粹之客觀描摹山林美景，不見詩人情感之抒發，實際卻是在反映著詩人內心之平靜，一切景物，皆以自在之形式，攝入詩之畫面中，完全失去自然空間之位置，各樣景物，均以共同之韻致，相互聯繫，創造出具有哲學意味的自然之境界。例詩中之「初篁」、「新蒲」、「海鷗」、「天雞」等，一切自然生命之本體，均是無相的，蓋釋氏最忌者，即是著相，萬物本均為幻，而一切生命之動能，皆是無知的，無論其活動型態有何不同，其在生命之意義上，審美之意涵中，亦皆是平等無差異性的。因之使這些景物在描繪中，藉審美之內在融合，使本為各各獨立之物象，得能超越時空，渾然無間，而交融成為美之藝境。

禪講悟，即在洞明自性，契合佛性，而禪法亦以為自對外之觀照中，所獲得之認知，仍是屬於一種恍惚未達之悟解。若要達到完全之妙悟，則尚需將抽象之認知，提升到真正實有之理念，所謂「理者是佛」，能轉變意念，即是所謂「顯法相以明本」，進而以「般若婆羅蜜」——所謂「智渡」之功夫，返照於自己身上，始得「圓常大覺」，而獲得解脫，因此，也就不難理解謝靈運之山水詩，於最後第四層次時，會「悟理」，如上舉例詩中，以「孤遊非情歎，賞廢理誰通」，有所感悟之語來作結了。至此，可說詩之四個層次，相互繫聯，緊密相扣，從而構成一個嚴謹圓融之華嚴世界[98]。

---

97 以上引文分見姚秦・僧肇：〈般若無知論〉，《肇論》，《大藏經》第45冊，頁153b；僧肇：〈不真空論〉，《大藏經》第45冊，頁152a。

98 張國星：〈佛學與謝靈運的山水詩〉，《學術月刊》第210期，頁62、63。按：張氏認為上舉一首謝詩例句，均「與禪法邏輯有著對應的關係」，因而謝靈運絕大部分山水詩，結構上都可以分為五個層次，個人以為其實可以簡化為四個層次即可。

靈運之山水詩結構，雖然不乏有結構較為錯綜者，如〈遊南亭〉、〈登池上樓〉等，然某些評家總認定謝詩是較為刻板、單調，沈德潛即據以評其詩而云：「康樂每板拙」[99]，由於詩歌藝術之審美，是在求其靈活與豐富，今謝靈運受禪法邏輯形式影響，以致所創作之山水詩，與詩之審美要求，不免有所差距，難免會有人認為謝詩之藝術性不足，不過禪法在總體形式之規定之中，都強調參悟過程之每一階段，皆須因心用法，因境用法之靈活性，以致謝詩在每一層次之鋪排描述中，無不因情因境，能以多變之手法與角度，較為細膩與深入，以表現主觀之情感，較為靈巧地安排句式與句數。整體而言，結構上似頗為固定，實際上卻有其靈活性，促使靈運之山水詩，形成其在章法上類多相近，然其中卻又埋伏著繁盛不定之變化，此即所謂「藏曲于直」（王夫之《古詩評選》語）[100]，亦是屬於「靈心妙手」之藝術手法。

今細閱謝詩，無論敘事、言情、摹景、說理，似有神行乎其間，如靈運之〈登池上樓〉詩，即被王夫之評為「始終五轉折融成一片，天與造之，神與運之」，或評〈富春渚〉一詩，謂「藏鋒鍔于光影之中」[101]，表現出超越古人「在新在俊」之形式美感，此亦即禪學對靈運山水詩寫作藝術之影響。

## （四）情景理有機組合，理語自有勝境

謝靈運之山水詩，看似客觀描繪，實際其個人情感，已自然滲出，所謂寓情於景，情從景出，而其後常出現哲理之體悟。不可否認，魏晉玄風確實對靈運之創作有其影響，有不少之哲學詞彙，或人

---

99　沈德潛：《古詩源》，卷12，頁272。
100　王夫之：《古詩評選》，卷1，頁38。
101　王夫之：《古詩評選》，卷5，頁214、212。

生義理之省思,常在謝詩中出現。另一方面,在其對自然山水之觀照中,審美之追求,與哲理之追求,彼此交融摻入,然而卻不可因此斷言詩中之哲理,絕對是「玄學之餘緒」。可舉實例為證,如〈登池上樓〉詩云:

> 潛虯媚幽姿,飛鴻響遠音。薄霄愧雲浮,棲川怍淵沉。
> 進德智所拙,退耕力不任。徇祿反窮海,臥痾對空林。
> 衾枕昧節候,褰開暫窺臨。傾耳聆波瀾,舉目眺嶇嶔。
> 初景革緒風,新陽改故陰。池塘生春草,園柳變鳴禽。
> 祈祈傷豳歌,萋萋感楚吟。索居易永久,離群難處心。
> 持操豈獨古,無悶徵在今。(頁95)

此詩若欲查知出現之理語,是屬於「玄」,或是屬於「佛」,應依其所呈現出之景物形象之內容加以探究。詩中「初景革緒風,新陽改故陰。池塘生春草,園柳變鳴禽」,表面上,是摹寫新春來臨,眼前所見所感之景象,實際此四句,寓意深遠,蓋在孟春之際,舊歲之寒風與故陰,皆已消逝殆盡,昔日之池塘與園柳,亦緊隨歲月之流逝,而杳無痕跡。引而申之,其實在大千世界之中,一切事物亦皆無因無果。生生滅滅,最後以泯滅消失為結局。準此以觀,滅者以滅,來者亦將滅,苦樂得失窮通,人生在世之一切,亦無不是虛妄之惑識而已。今日又讓靈運在觀賞大地回春的美景之餘,獲得生生滅滅之佛理啟迪,而排除了「徇祿反窮海,臥痾對空林」之愁悶。佛教以為世上本無永恆之存在,對世上一切事物,應體認有其必滅之性,而因此能悟得死生因果同一寂滅之理。此理依其性質,自是屬於佛教,而非玄理可知。

其他諸如非屬山水詩之:「一隨往化滅,安用空名揚」(〈盧陵王

墓下作〉，頁193），及山水詩之「觀此遺物慮，一悟得所遣」（〈從斤竹澗越嶺溪行〉，頁178），「望嶺眷靈鷲，延心念淨土」（〈過瞿溪山飯僧〉，頁133）等，佛學空觀之意識，似乎是在其中。然近人胡遂以為若就般若空觀而言，較可惜的，是靈運儘管在觀空體極方面，確具相當之修養，而在修持方面，卻沒有痛下針砭，保持本有說之清淨心，亦不能去除始有說所說之淨染交雜之雜染心。[102] 不可諱言，靈運在修持上，確有如此缺憾。

不過，就其詩而言，靈運詩中之理語，某些看似語辭，典故亦出之本土，然實際其內涵，業已轉移，成為佛學義諦之轉化，易言之，某些理語，其意義並不在哲學內涵本身，實際並不全同於魏晉名士之清談玄理，以其尚能呈現詩歌具有之情趣與餘韻，尚有「生氣」在，故王夫之即評謝詩〈入華子岡是麻源第三谷〉云：「理關至極，言之曲到，人亦或及此理，便死理中，自無生氣。」[103] 劉熙載亦評道：「陶謝用理語，各有勝境」，有其「理趣」[104] 是矣。

身受佛法薰陶之謝靈運，在創作山水詩時，一則取法禪數，依禪法之邏輯形式去架構全詩，且以變化鋪排之手法，使感情之抒發，以時間為繫聯，空間為背景，結合敘事語、景語、理語組成不同之層次，使情感呈現為「歸於自然」的流動發展之心理過程。一則則以般若學之原理與經驗，寫景造境，使其景物意境，隨其情感之發展，成為某一層次之特徵。誠如王夫之所評，謝詩「言情則于往來動止縹緲有無之中」，「亦理亦情亦趣，逶迤而下，多取象外，不失圜中」[105] 是。

---

102 胡遂：〈謝靈運詩文與般若空觀及涅槃境界〉，《湖南師範大學社會科學學報》第33卷第2期（湖南：湖南師範大學，2004年3月），頁98。

103 王夫之：《古詩評選》，卷5，頁223。

104 清·劉熙載：《藝概》，卷2（臺北：廣文書局，1964年3月），頁4。

105 王夫之：《古詩評選》，卷5，頁217、218。

　　靈運之詩,較多的是有其禪意,亦有其理趣。而禪與詩,對謝靈運而言,可謂是相互滲透鈎連,亦是互為切入,其作詩之靈感,往往受到佛學禪理之影響,只因靈運才華絕高,手法巧妙,大多運用「暗喻法」寫作,「往往是狀物明理,寓理於景,無禪語而有禪理,不涉禪語,不落理障,但卻暗與理合,是無跡可尋的」[106],當然這種寓有禪理之詩,既符合禪之以心傳心法,且更為符合詩之語言特徵,有其意味,有其禪趣,帶給人們的,應是有深刻之啟發性。

## (五)審美與參禪結合,寄禪意呈現理趣

　　置身劉宋「處於詩美學轉型期中」之謝靈運,逐步建立「詩的審美獨立機制」,「開拓了山水詩寫實的審美之路」,[107]因之其創作之山水詩,本來就善於「創造優美之藝術形象,以詩人之巧心,畫家之慧眼,音樂家之靈耳,捕捉大自然之各種天籟」,將「大自然之美,重新呈現,從而引發人們豐富的聯想」,[108]今再加上靈運有相當程度之佛學素養,使得靈運之山水詩,其抒情方式、時空關係、藝術特徵之形成,實際可謂是將參禪與審美合為一體,創造一種詩境與禪境合而為一的和諧境域。靈運向來是「以佛教哲學的觀點去認識世界,以禪悟的方式來感受生活」[109],因之當他在欣賞自然山水,自其中獲得人生啟示與情緒感染時,必然由此而帶有佛教之色彩,而其抒發情感時,其山水詩之藝術表現特徵、效果,必亦摻入佛學之因素,其中自然富有禪意與理趣在。

106 蔣述卓:〈禪與詩〉,《禪學研究》第1輯(南京:江蘇古籍出版社,1992年8月),頁122。

107 吳功正:《六朝美學史》(南京:江蘇美術出版社,1994年12月),頁603、610。

108 陳怡良:〈謝靈運的審美素養及其山水詩的藝術美〉,《成大中文學報》第12期(臺南:國立成功大學中國文學系,2005年7月),頁141。

109 張國星:〈佛學與謝靈運的山水詩〉,《學術月刊》第210期,頁60。

　　譬如其審美方法，正如〈述祖德詩〉之二云：「遺情舍塵物，貞觀丘壑美」（頁154），山水固是美妙，然而唯有拋棄塵世之意識，尤其是功名之累，方能「貞觀」，有所領會，而遺情舍塵，斷滅惑識，則需有正確之理念為引導。〈廬陵王墓下作〉詩云：「理惑深情慟，定非識所將」（頁193），〈石門新營所住四面高山迴溪石瀨茂林修竹〉詩又云：「感往慮有復，理來情無存」（頁256），可知欲達到空明澄澈之境界，需以感悟去觀照，在觀照中感悟，如此方能獲得嶄新之精神情緒。在其〈與諸道人辨宗論〉中，答僧維問云：「理為情先」，又答慧驎問云：「真知者照寂，故理常為用；用常在理，故永為真知」（頁411-412），以觀照之目的，既在「求性靈真奧」，當然「理常為用」，其「理」與〈石壁立招提精舍〉云：「禪室棲空觀，講宇析妙理」（頁163）之「理」相同，同是精妙之佛學義諦。

　　靈運〈登江中孤嶼〉云：「表靈物莫賞，蘊真誰為傳？」（頁123）依評家所評，靈運詩向來是「名章迥句，處處間起，麗典新聲，絡繹奔會」、「富豔難蹤」（鍾嶸《詩品》）[110]，極繁縟富麗之至，然而在其所作〈山居賦序〉中，卻云：

> 今所賦既非京都宮觀遊獵聲色之盛，而敘山野草木水石穀稼之事，才乏昔人，心放俗外，詠於文則可勉而就之，求麗，邈以遠矣。覽者廢張、左之豔辭，尋臺、皓之深意，去飾取素，儻值其心耳。（頁449）

　　賦中主張「去飾取素」，顯示其觀點是有意改變題材，並拋棄專以富贍華麗，窮形盡相之描繪方式，期諸山水草木形象之描繪，朝向更為深刻之「靈」、「真」主題上去發揮。

---

110 鍾嶸：《詩品》，頁112、13。

　　而詩人雖在主題上有所變化，卻能不斷地以佛理導引自身之認知，而使其對山水風物之理解，不斷獲得嶄新之感觸與體認，在如此循環之下，在認知之過程中，正孕育著其情感活動。而山水詩裡，山水形象層層鋪寫之變化，使其情感亦自然地流露其中，終於形成物我情理，得以鎔鑄一鑪之圓融境域，而後代詩論家，批評謝詩，即常以「真情」加以判定，如皎然《詩式》評道：「為文真于情性，尚于作用，不顧詞彩，而風流自然」[111]是。因之，上述之「遺情舍塵物，貞觀丘壑美」，乃是以佛理為指導，由空觀色，將觀照之主位，自表相深入到精神內涵之中；「表靈物莫賞，蘊真誰為傳」，就形成「以色傳空」、「色空不二」，使形象更具深厚之內蘊，此為靈運山水詩之基本美學特徵，亦正達到參禪與審美合為一體之效應。

## 五　結語

　　謝靈運在佛法上建樹甚多之功績，可謂是佛教界之大護法。其一生又情深於山水，而有「千古好遊，無如康樂」（清‧陳祚明《采菽堂古詩選》）[112]之美譽，又因具獨特之審美觀、審美情趣，使所作山水詩，典雅精緻，橫絕古今，既建立其在六朝美學詩史之地位，亦成為中國文學史上，具有開創性之自然派詩人。其所以創作山水詩，客觀因素雖與家居環境、時代思潮、社會背景、前人創作薰染等有關，然主觀因素，除其愛美心特別發達，喜取自然美為描寫對象[113]外，就是本人早已傾心慧遠，乃虔心向佛，追求禪悟，遍遊山水美景。又因

---

111 唐‧皎然著、李壯鷹校注：《詩式校注》，卷1〈文章宗旨〉，頁90。

112 顧紹柏校注：《謝靈運集校注》，〈附錄五〉，摘錄清‧陳祚明：《采菽堂古詩選》，頁696。

113 葉瑛：〈謝靈運文學〉，《學衡》第33期（上海：上海中華書局，1924年9月），頁8。

失意於政治，乃更肆遊於山水，用以排遣精神苦悶，此二方面，當然互有影響，而構成有機之繫聯。古今詩論家，皆曾指出其山水詩，深受佛教影響，而具禪意理趣，使其詩別開生面，另具境界，如皎然評道：「康樂公早歲能文，性穎神徹，及通內典，心地更精。故所作詩，發皆造極，得非空王之道助邪」[114]。清・方東樹亦評道：「觀康樂之所言，即其所潤《涅槃經》也」[115]，可謂卓識。

依上舉靈運之山水詩，無論在主題、結構、詩句、舖排之手法等，無不深受禪法佛理之影響，而使其詩景中含理，理中有景。且靈運亦將其情溶入其中，而形成抒情、摹景、暢理，集於一詩，尤其詩人在描繪景物之境地裡，感受到佛理禪法之義諦，返照己身，方能豁然頓悟。

謝靈運雖致力弘揚佛法，在觀空體極上，具有一定之素養，惜始終無法擺脫顯貴子弟之傳統使命，亦是一種沉重之家族包袱。若自佛學修養而言，即如近代某些學者所評，靈運本人尚未保有清淨心，「慧而不定」，七情六欲，並未完全斷滅，以致行解不能一致，而慘遭極刑，不過其在佛法上之建樹，卻是當代及後代佛教界所一致肯定與讚揚的。後代佛教禪宗典籍中，即經常提及其人其詩，如《景德傳燈錄》卷四，載道林禪師對會通禪師云：

> 汝若了淨智妙圓，體自空寂，即真出家，何假外相？汝當為在家菩薩，戒施俱修，如謝靈運之儔也。[116]

又《明覺禪師語錄》卷五，（即《祖英集》），有〈送僧之石梁

114 唐・皎然著、李壯鷹校注：卷1〈文章宗旨〉，頁17。
115 清・方東樹：《昭昧詹言》（臺北：漢京文化公司，1985年9月），頁139。
116 陳・慧達：《大藏經》第57冊，頁230。

詩〉云：

> 寒山老，寒山老，隨沈跡，迢迢此去須尋覓。華落華開獨望
> 時，記取白雲抱幽石。[117]

《五燈會元》卷十五〈金陵天寶和尚〉亦載：

> 僧問：「白雲抱幽石」時如何？師曰：「非公境界」。[118]

　　自上舉三例中，明顯可看出，有者讚揚謝靈運之禪修佛法，有者是襲用靈運之詩句，更有者，是將靈運詩作為上堂問法之語，可以了解唐宋禪師對靈運詩歌之重視，亦反映出靈運與佛教關係之深。而靈運本人，將佛學不執著於事物之本身，而重於象外之佛理之境界，體悟之後，藉以創作山水詩，使其詩具有意在言外，耐人尋味之禪意理趣，而開拓山水詩之新意境，則其被讚譽為山水詩派之開山祖師，可謂實至名歸，當之無愧。

---

117 陳‧慧達：《大藏經》第47冊，頁699。
118 宋‧釋普濟：《五燈會元》（臺北：文津出版社，1986年5月），卷15，頁982。

# 陸　謝靈運的審美素養及其山水詩的藝術美

## 一　前言

　　中國詩歌史的明星，元嘉文學的巨子——謝靈運（西元385-433年），在劉宋時代，開展一代詩風，以山水為主要題材，大量寫作山水詩，清新自然，優美健康，將文學的境界，自「人世」引入「自然」，擴大文學之領域，充實文學之內容，提高文學之技巧，為詩歌發展，注入永不枯竭之生命，啟發後代無數詩人，昇華自然審美之情操，而去欣賞大自然之美，貢獻厥偉，鍾嶸《詩品》曾頌美曰：「謝客為元嘉之雄，顏延年為輔，斯皆五言之冠冕，文詞之命世也。」[1]，鮑照亦稱譽曰：「謝五言如初發芙蓉，自然可愛。」（《南史・顏延之傳》）[2]另後代如明・陸時雍亦加以讚揚道：

> 詩至于宋，古之終而律之始也。體制一變，便覺聲色大開。謝康樂鬼斧默運，其梓慶之鐻乎？[3]

---

1　梁・鍾嶸著、汪中選注：《詩品注》（臺北：正中書局，1982年9月臺8版），〈序〉，頁13。

2　梁・沈約：《宋書・顏延之傳》，引鮑照評謝靈運語，載黃明等編：《魏晉南北朝詩精品》，「謝靈運」〈匯評〉，頁220。

3　丁福保輯：《歷代詩話續編》，明・陸時雍：《詩鏡總論》（臺北：木鐸出版社，1983年9月初版），總頁數1406。

清・吳淇亦評云：

> 康樂於山水處，只是心細、眼細、手細，故能凌前絕後也。[4]

清・方東樹亦稱譽道：

> 謝公蔚然成一祖，衣被萬世，獨有千古，後世不能祧，不敢
> 抗，雖李杜甚重之，稱為「謝公」，豈假借之哉。[5]

　　古今以來，於靈運之詩作，讚美之聲不絕，於當代為一大變革，
尤為學者稱許。明、胡應麟即云：「謝、陸之增而華也，唐律之先兆」
（《詩藪》）[6]，清、沈德潛亦云：「詩至於宋，性情漸隱，聲色大開，
詩運一轉關也」（《說詩晬語》）[7]。靈運在詩史上之地位，由此可見。
不過負面之評語，亦略有所見。如云：「康樂放蕩，作體不辨有首尾」
（《南史》齊高帝語）[8]。「篇繡鞶帨，無取廟堂」（梁・裴子野〈雕蟲
論〉語）[9]。「五言至靈運，雕刻極矣。……自然者十之一，而雕刻者
十之九，滄浪謂靈運『透徹之悟』，則予未敢信也」（明・許學夷《詩

---

4　顧紹柏：《謝靈運集校注》（鄭州：中州古籍出版社，1987年8月第1版），〈附錄五〉，
　　〈評叢〉，清・吳淇：《六朝選詩定論》，摘錄，頁520。

5　清・方東樹：《昭昧詹言》（臺北：漢京文化事業公司，1985年9月初版），卷五，第
　　一則，頁126。

6　明・胡應麟：《詩藪》語，載顧紹柏：《謝靈運集校注》，〈附錄五〉，〈評叢〉，頁503。

7　清・沈德潛：《說詩晬語》，載顧紹柏：《謝靈運集校注》，〈附錄五〉，〈評叢〉，頁
　　520。

8　《南史》齊高帝語，載清・嚴可均：《全上古三代秦漢三國六朝文》，〈全齊文〉卷
　　二，高帝，頁8，總頁數2800。

9　梁・裴子野：〈雕蟲論〉，載郁沅、張明高編選：《魏晉南北朝文論選》（北京：人民
　　文學出版社，1996年10月北京第1版），頁325。

源辯體》語）[10]。「余嘗取其（謝詩）全集讀之，不但首尾不辨也，其中不成句法者，殆亦不勝指摘。……至其押韻之字，雜湊牽強，尤有不可為訓者」（清·汪師韓《詩學纂聞》語）[11]。

　　由於時代風氣、批評角度、個人好惡等因素之影響，對靈運詩作之評論，不免見仁見智，毀譽參半，不可否認，謝詩某些作品，確有某些缺陷，如某些評家指其詞躓，餖飣繁蕪，沈晦難讀。不過吾人若自藝術之審美角度，去了解靈運有其審美素養及其背景，方能使靈運對當代詩歌題材與藝術，有極大之革新，「憑情以會通，負氣以適變」（《文心·通變》）[12]，以「通變」之氣概，突破前人之窠臼，戛戛獨造，在慘澹經營，精雕細琢中，追求自然清新之本質，麗情密藻之特性，由愛美賞美之心靈出發，去開拓詩境，在藝術上顯現嶄新之創造，而使山水詩，自附庸蔚為大國，玄言詩則由大國降而為附庸，劉勰云：「宋初文詠，體有因革，莊老告退，而山水方滋」（《文心·明詩》）[13]，所言雖未明晰，然亦稍可說明當代玄言詩，為山水詩取代，詩壇新格局，於焉形成。

　　詩是美的化身，亦是詩人運用神化技術所製作的藝術產品，詩人若無深厚之藝術審美修養，則其是否能產生精美傲人之詩作？令人懷疑。靈運具有藝術家之氣習，亦有卓犖不凡之藝術才華，方能在詩歌寫作上，有開創性之表現。然不可否認，若無其他客觀上相關領域的藝術審美經驗之累積，則靈運之山水詩，亦不可能有新的突破與發

---

10　明·許學夷著、杜維沫校點：《詩源辯體》（北京：人民文學出版社，1987年10月北京第1版），頁109、110。

11　清·汪師韓：《詩學纂聞》語，載丁福保編、王夫之等撰：《清詩話》（臺北：明倫出版社，1971年12月初版），〈謝詩累句〉，頁454。

12　梁·劉勰撰、范文瀾注：《文心雕龍注》（臺北：臺灣開明書店，1968年7月臺六版發行），卷六〈通變第二十九〉，頁18。

13　梁·劉勰撰、范文瀾注：《文心雕龍注》，卷二〈明詩第六〉，頁2。

展。因之若能透過靈運創作時之時代思潮、地域環境等客觀因素，及靈運本人在藝術審美方面之表現等主觀因素之探討，進而以此為基礎，去發現靈運創作之山水詩，其所表現出來的藝術美，確實有別於其他詩人作家之作品，而呈現其在審美方面所追求與獨特之感受。而經由此探討後，吾人對靈運山水詩之評價，或許較能有一客觀與公正之評斷，基於此項探討之意義與目的，以下略分兩大項：謝靈運的審美素養；謝靈運山水詩的藝術美。分別論述：

## 二　謝靈運的審美素養

近人提及謝靈運，以為他連篇累牘，詠嘆自然，是「純出審美之興趣，取自然美為描寫之對象，為美而寫美，成立一種自然美之文學」[14]。其中「純出審美之興趣」一語，雖有商榷之處，然而美本是詩之本質，詩必須以「美」來感染人，震撼人，征服人。靈運之山水詩，是屬於一種「自然美之文學」，亦是詩人審美情趣與審美理想之體現，因之靈運之審美心理與素養之形成，就值得吾人去探求，因其審美素養與趨向，是其創作山水詩之源泉與動力。

首先當從靈運個人審美之心理去探討，靈運愛美心理，頗為強烈，是一具有藝術家氣質之人，依《宋書》本傳言，靈運「車服鮮麗，衣裳器物，多改舊制」[15]。《世說·言語》亦言靈運「好戴柄笠」[16]。《宋書·謝弘微傳》引謝混云：「康樂誕通度，實有名家韻」[17]。靈運車服

---

14 葉瑛：〈謝靈運文學〉，《學衡》第33期（上海：上海中華書局，1924年9月），頁8。

15 梁·沈約：《宋書·謝靈運傳》（臺北：新文豐出版公司，1975年10月初版），頁845。

16 楊勇：《世說新語校箋》（臺北：明倫出版社，1970年9月初版），〈言語〉第二，頁125。

17 梁·沈約：《宋書·謝靈運傳》，〈謝弘微傳〉，頁773。

喜歡裝飾鮮豔華麗，衣裳器物，不願一成不改，依循舊制，而是極為率性地隨其審美角度，而有所改變，即使是頭上所戴之斗笠，亦呈極具特殊，是「曲柄笠」，即是「曲蓋笠」，此種造形，有其歷史淵源，據說為姜太公所作[18]。

古代社會，車服衣裳，使用之器具，是階級、職業或職位之標幟。在古代階級觀念十分森嚴，顏色、紋樣、冠帽等，皆有某些嚴格之規定或限制下，靈運竟然不顧身份，予以擅改舊制，可見乃出之於名士性格之氣習，謝混言其「通度」、「名家韻」，即言靈運之審美心態，與藝術素養，在車服衣裳器物，甚至斗笠上，已有所表露。當其面對「千巖競秀，萬壑爭流」之山水美景時，自然而然，由其心靈之審美感知出發，而將整個身心，投入大自然中，去悠遊徜徉，「窺情風景之上，鑽貌草木之中」，自然界中之煙霞林壑，蒼巒瀉瀑，不僅是其審美觀照之對象，更是其消解人生憂患，昇華憂患之良方。

靈運是一具有豪邁氣概與寂寞情懷之詩人，入宋之後，仕途受挫，壯志難展，難免內心「常懷憤憤」，滿腔苦悶，自是須有所發洩處，因之「洩為山水詩，逸韻諧奇趣」（白居易〈讀謝靈運詩〉），山林皋壤，本來就是詩人作家「文思之奧府」，靈運將明山勝景，作為其表達心靈深處之審美情趣、內在情懷、哲思體悟，與審美理想共鳴的意象，搦管伸紙，寫來自是得心應手，左右逢源，他在所著之〈山居賦〉中，亦云：「選自然之神麗，盡高樓之意得。仰前哲之遺訓，俯性情之所便」，創作之熱情與欲望，激發其汩汩不息的靈感源泉，而將其對大自然之發現與感受，一瀉無遺的傾吐出來，因之靈運「所至輒為詩詠，以致其意焉」（《宋書》本傳）。不過由於「內美既富」，

---

18 楊勇：《世說新語校箋》，注引《古今注》云：「曲蓋，蓋太公所作也。武王伐紂，大風折蓋，太公因折蓋之形而制曲蓋焉」。頁126。

對於大自然之欣賞，自是「無往而不起美之感覺」[19]，在其詩句中，即經常出現讚美自然之美之詩句，將「美」字寫入其中，如：「貞觀丘壑美」（〈述祖德詩〉之一），「彼美丘園道」（〈九日從宋公戲馬臺集送孔令〉），「皇心美陽澤」（〈從遊京口北固應詔〉），而美好之山水，自是能使人全神投入欣賞，而令自己心曠神怡，神清氣爽，而愉悅欣喜之心情，就會自然顯現於詩句中，如：「清暉能娛人，遊子憺忘歸」（〈石壁精舍還湖中作〉），「披拂趨南逕，愉悅偃東扉」（同上），「合歡不容言，摘芳弄寒條」（〈石室山詩〉），「景夕群物清，對玩咸可熹」（〈初往新安桐廬口〉）。

而由靈運審美的心靈愉悅，再往上推進為哲思體悟的滿足，蓋靈運在「山水詩美學上追求的最高境界，是『形』『道』冥合，『物』『我』相融」[20]。在他所詠之詩作中，即時時流露此意識，如「觀此遺物慮，一悟得所遣」（〈從斤竹澗越嶺溪行〉），「矧乃歸山川，心跡雙寂寞」（〈齋中讀書〉），「慮澹物自輕，意愜理無違」（〈石壁精舍還湖中作〉）。再如《過白岸亭》一首為例：

> 拂衣遵沙垣，緩步入蓬屋。近澗涓密石，遠山映疏木。
> 空翠難強名，漁釣易為曲。援蘿聆青崖，春心自相屬。
> 交交止栩黃，呦呦食苹鹿。傷彼人百哀，嘉爾承筐樂。
> 榮悴迭去來，窮通成休感。未若長疏散，萬事恒抱朴。

此詩由過白岸亭，沿途欣賞景物，遠眺近觀，飽覽之餘，而聯想到自己仕途坎坷，與他人之「捧日承恩」，兩相比較，因之產生榮與

---

19 葉瑛：〈謝靈運文學〉，《學衡》第33期，頁8。
20 臧維熙主編：《中國山水的藝術精神》（上海：學林出版社，1994年6月第1版），吳翠芬：〈謝靈運山水詩的美學追求〉，頁13。

悴，窮與通等高下懸殊之感慨。進而在外物遠累之玄理中，尋求解脫
之道，即以《老子》「見素抱朴」之思想，消解其干祿不成，反而在
世途顛躓之煩惱。由此可知，山水自然是靈運實現其審美「適性」
（暢懷）之理想去處，而「體玄」（悟理），則是其解脫煩憂，超然物
外之無上境界。

　　靈運之藝術氣習，及其遊賞山水，其實亦與其家族息息相關，或
可謂一脈相傳，其來有自。靈運家族顯赫，是一「鐘鳴鼎食」之家，
亦是一文風極盛的「詩書簪纓之族」。據近人郝昺衡所撰《謝氏世系
表》考訂，謝氏自謝衡以下，歷晉、宋、齊、梁、陳五代，十世，二
百餘年，族中封高官，享厚祿者，不計其數[21]。謝氏家族，既為「百
年望族」，非但家財累萬，且藏書甚富，對子弟教育亦嚴加督促，數
世家學累積，風氣浸染，故謝氏一門，人才輩出，絕非偶然。以文學
言，代有人出，如謝鯤、謝萬、謝道韞、謝混、謝瞻、謝惠連等，皆
留名詩史，謝家子弟，尚不少在音樂、舞蹈、繪畫、書法等藝術上有
所成者，據史傳所載，謝鯤「能歌善鼓琴」（《晉書‧謝鯤傳》）[22]。謝
鯤子謝尚「善音樂，博綜眾藝」、「能作鴝鵒舞」、「並制石磬，以備太
樂」（《晉書‧謝尚傳》）[23]、「企腳在北牖下彈琵琶」（《世說‧容止》
引桓大司馬語）[24]。尚從弟謝安「風宇條暢，善行書」，且能圍棋，
「性好音樂」[25]。為謝安孫子之謝混，「少好瑟，長而愛歌」[26]，「善

---

21　郝昺衡：〈謝靈運年譜〉，《華東師範大學學報》（人文科學版）1957年第3期（上
　　海：華東師範大學，1957年7月15日），文後附〈謝氏世系表〉，頁74、75。

22　唐‧房玄齡等著、清‧吳士鑑、劉承幹同注：《晉書斠注》（臺北：新文豐出版公
　　司，1975年6月初版），卷四十九，列傳第十九，頁921。

23　唐‧房玄齡等著、清‧吳士鑑、劉承幹同注：《晉書斠注》，卷七十九，列傳第四十
　　九，頁1340、1341。

24　楊勇：《世說新語校箋》，〈容止〉第十四，第32則，頁477。

25　唐‧房玄齡等著、清‧吳士鑑、劉承幹同注：《晉書斠注》，頁1342-1345。

屬文」[27]。有經國才略之謝玄,是「少好佩紫羅香囊」[28]。謝萬「才器儁秀」,「工言論,善屬文」[29]。謝奕之女謝道韞,「聰識,有才辯」,因答其叔謝安所問《毛詩》之佳句,而被安讚譽「有雅人深致」,「所著詩賦誄頌,並傳於世」[30]。另謝安兄弟據之孫子謝景仁,景仁子恂,恂子稚「善吹笙」[31]。又謝景仁弟述,子綜「有才藝,善隸書」[32]。靈運之族弟謝惠連,頗有文才,且「書畫並妙」[33]。

據上述可知謝氏家族子弟,均有琴棋書畫、歌舞、林園等藝術才華與雅趣,其他兩晉、劉宋時代之文士,雖亦有一些藝術才華,如阮瑀能鼓琴,阮咸善彈琵琶,子阮瞻亦善彈琴,王敦善擊鼓,戴逵能鼓琴,工書畫,鑄造雕刻。顧彥先好琴,其友張季鷹亦善鼓琴。桓子野善吹笛,王濛能書善畫。王羲之書法獨絕,其叔王廙,書畫兼擅。王氏一族能書的,尚有洽、恬、珉、導、獻之、玄之、徽之、薈等人。另郗愔、郗超、庾亮等東晉人士,皆在書法上稱名,且彼輩亦均有雅趣,如王羲之喜歡鵝,張湛喜種松柏、養鴝鵒。袁山松出遊,好會左右作挽歌。支道林喜養鶴。戴逵以琴書畫自娛,且喜與人談琴藝,而彼輩亦皆愛好園林山水,莫不表現其特出之文化素養與生活情趣,惟若與謝家大族子弟相比較,在人數上,在各項藝術專長上,則是大大不如矣。

---

26 唐・房玄齡等著、清・吳士鑑、劉承幹同注:《晉書斠注》,注引《書鈔》一百六謂謝混歌記曰:「余少好瑟,長而愛歌」。頁1347。

27 唐・房玄齡等著、清・吳士鑑、劉承幹同注:《晉書斠注》,頁1347。

28 唐・房玄齡等著、清・吳士鑑、劉承幹同注:《晉書斠注》,頁1348。

29 清・吳士鑑、劉承幹同注:《晉書斠注》,頁1352。

30 清・吳士鑑、劉承幹同注:《晉書斠注》,卷九十六,列傳第六十六,頁1620、1621。

31 梁・沈約:《宋書・謝靈運傳》,卷五十二,列傳第十二,頁726、727。

32 梁・沈約:《宋書・謝靈運傳》,頁728。

33 陳傳席:《六朝畫家史料》(北京:文物出版社,1990年12月初版),錄《歷代名畫記》所云,頁182。

　　進而言之，謝家大族成員之成長，多具藝術天分，皆善書、畫、詩文、音樂，甚而有具舞蹈專長者。古今以來，各世家大族，其子弟能如謝家大族成員，多具藝術天分，各具藝術專長者，究有多少？仔細查考，確實罕見。本傳載靈運「文章之美，江左莫逮」，「詩書皆兼獨絕」，「文帝稱為二寶」[34]。靈運亦能畫，至唐代尚有「〈菩薩〉六壁」遺世。[35]靈運母劉氏，為王羲之第七子獻之之甥，既是出身書香世家，則靈運之文學藝術，必受其母之啟迪與教讀，則靈運具藝術之審美素養，亦可謂傳承先祖藝術稟賦，家族愛好藝術氣習，及當代文人雅士愛好藝術風氣薰陶有關。

　　而愛好自然山水，在謝家亦是有其傳統，在〈述祖德詩〉中，靈運已讚嘆其祖：「遺情舍塵物，貞觀丘壑美」。同族先祖謝鯤與王澄等人，羨慕竹林諸人，而為八達之一，曾答覆晉明帝，言其與庾亮之比較云：「宗廟之美，百官之富，臣不如亮，縱意丘壑，自謂過之。」[36]已說明縱情山水，尋幽探勝，自有其與追逐權勢、財富不同之閒情逸致。靈運先祖謝安，「出則漁弋山水，入則言詠屬文」（《宋書》本傳）。謝安喜「優遊山水，以敷文析理自娛」[37]，所以喜歡登高觀覽，主要是寄託其「悠然遠想」的「高世之志」（《世說·言語》）。謝安弟萬，才器雋秀，亦善屬文，喜遊山水，而與王羲之、王獻之父子等人，經常在蘭亭集會吟詩。靈運族兄瞻，亦「善於文章，辭采之美，與族叔混、弟靈運相抗」（《宋書》本傳）[38]。族弟惠連因頗具文才，靈運深為知賞，經常與他及一些朋友，「以文章賞會，共為山澤之遊」（《宋

34　梁·沈約：《宋書·謝靈運傳》，頁845-861。

35　陳傳席：《六朝畫家史料》，頁182、189。

36　楊勇：《世說新語校箋》，〈品藻〉第九，第17則注引《晉陽秋》，《世說》本文則謂「一丘一壑，自謂過之」。頁386、387。

37　楊勇：《世說新語校箋》，〈賞譽〉第八，注引《續晉陽秋》語，頁356。

38　梁·沈約：《宋書·謝靈運傳》，列傳第十六〈謝瞻傳〉，頁756。

書》本傳）。他們或在莊園別墅內游賞、宴集，或離開莊園到各地山水勝景處旅遊聚會，並經常以詩文互答，如謝安有〈蘭亭詩〉之一道：

> 伊昔先子，有懷春遊。契茲言執，寄遨林丘。
> 森森連嶺，茫茫原疇。迴霄垂霧，凝泉散流。

謝安弟萬亦有〈蘭亭詩〉之一云：

> 肆眺崇阿，寓目高林。青羅翳岫，修竹冠岑。
> 谷流清響，條鼓鳴音。玄崿吐潤，霏霧成陰。

靈運先祖謝安及安弟萬，皆有山水詩作，其影響於後代子孫，自是不能輕忽。謝安之孫謝混，即有山水詩之試作，如〈遊西池詩〉云：

> 悟彼蟋蟀唱，信此勞者歌。有來豈不疾，良遊常蹉跎。
> 逍遙越城肆，願言屢經過。迴阡被陵闕，高臺眺飛霞。
> 惠風蕩繁囿，白雲屯曾阿。景昃鳴禽集，水木湛清華。
> 褰裳順蘭沚，徙倚引芳柯。美人怨歲月，遲暮獨如何。
> 無為牽所思，南榮戒其多。

靈運亦常以詩文與同族兄弟贈答，如靈連之族兄瞻，有〈答康樂秋霽詩〉、〈於安城答靈運詩〉五章，其中寫景句，如「條繁林彌蔚，波清源愈濬」、「華萼相光飾，嚶鳴悅同響」等。鍾嶸《詩品》曾予謝混、謝瞻列為中品，並稱許云：「務其清淺，殊得風流媚趣」[39]。族弟

---

39 梁・鍾嶸著、汪中選注：《詩品注》（臺北：正中書局，1982年9月臺8版），卷中，頁176。

惠連有〈西陵遇風獻康樂詩〉五章，則為與靈運以詩歌酬答之作。惠連另有山水紀遊之詩，如〈三月三日曲水集詩〉：

四時著平分，三春稟融爍。遲遲和景婉，夭夭園桃灼。
攜朋適郊野，昧爽辭鏖廓。蜚雲興翠嶺，芳飆起華薄。
解轡偃崇丘，藉草繞迴壑。際渚羅時簌，託波汎輕爵。

靈運遊賞大自然之山水景觀，除了本身原具有審美天賦根基外，為提高自身之美學修養，與累積豐富之審美經驗，各方面之努力，必是不可少的，借鑒前人之經驗，尤為切要，所謂「君看天下山水奇，終須詩人幾首詩」(陳衍《石遺室詩話》引伯修詩)[40]。「善為詩者，上下古今，取長棄短，吸神髓而遺皮毛。融貫眾妙，出以變化，別鑄真我，以求集詩之大成」(朱庭珍《筱園詩話》)[41]。多讀前人之山水詩，自是可提高審美之敏感度，方能看出「天下山水奇」之「奇」，到底在何處？從而得到美之享受。且多讀山水詩，亦可取長棄短，吸收大家名作之神髓，加以融鑄變化，別創風格。

靈運除吸收先祖、同族長輩、兄弟間之山水詩外，前人創作之山水詩，依情理推測，或有可能是有所閱讀與借鏡，蓋「靈運少好學，博覽群書」(《宋書》本傳)。如言其本人未有閱讀與借鏡，則孰能相信？遠如《詩經》、《楚辭》、漢賦中，所表現之山水觀與山水景物之描寫不談，近如魏晉時代，曹操、曹植、郭璞、庾闡等人之游仙詩中，精描細繪之神山仙水，與庭台林樹之美，或詩人歌詠隱逸之詩句，其中亦刻畫山水之美者，如張華之〈贈摯仲洽詩〉云：「君子有

40 陳衍：《石遺室詩話》(臺北：臺灣商務印書館，1976年11月臺2版)，卷三十，頁9。
41 清・朱庭珍：《筱園詩話》語，載郭紹虞編：《清詩話續編》(臺北：木鐸出版社，1973年12月初版)，卷一，總頁數2330、2331。

逸志，棲遲於一丘。仰蔭高林茂，俯臨淥山流」。左思〈招隱詩〉中吟道：「白雲停陰岡，丹葩曜陽林。石泉漱瓊瑤，纖鱗或浮沈。非必絲與竹，山水有清音」。陸機〈招隱詩〉云：「朝採南澗藻，夕息西山足。輕條象雲構，密葉承翠幄。激楚佇蘭林，回芳薄秀木。山溜何泠泠，飛泉漱鳴玉」等等。這些詩句，除描述對隱逸的嚮往與自適之趣外，其中亦描繪自然山水的形狀、聲色、寂靜之美等。這些詩句，對提昇靈運的美感經驗，是極有助益的，因為這些刻畫山水景觀之詩句，本就是詩人美感經驗之結晶，亦是審美實踐的產物。

靈運既是謝氏子弟中，才華尤為傑出者，在愛好文學藝術，與強烈之審美心態根基上，得到先祖、親族長輩、兄弟間之啟發與薰染，及歷代詩人對山水景觀的審美感受之體驗與描繪，對山水之遊，更是興緻高昂，他本身已自覺「山水，性之所適」（〈遊名山志〉），視遊賞山水是其人生不可或缺之精神需要，曾自認「昔余遊京華，未嘗廢丘壑」（〈齋中讀書〉），且在仕途一再受挫，有志難以施展下，更予他肆意遨遊之契機。《宋書》本傳言其經常「尋山陟嶺，必造幽峻；巖障千重，莫不備盡」，且「所至輒為詩詠」。靈運縱情逸遊，遊蹤所至，即刻吟詠，寓目即書，所作亦莫不為當時人所抄錄競寫，而為之欽羨驚嘆不已。而其遊歷之地區極廣，浙東之永嘉、會稽，與江西之廬山、鄱陽湖，甚至東嶽泰山等著名風景區，皆在其筆下出現，如〈過始寧墅〉、〈富春渚〉、〈登石門最高頂〉、〈過白岸亭〉、〈登上戍石鼓山〉、〈入彭蠡湖口〉、〈登廬山絕頂望諸嶠〉、〈從遊京口北固應詔〉、〈入東道路詩〉、〈泰山吟〉等。

當靈運面對青山綠水之美景時，其豐厚之審美心得與體驗，即將其所面對之山山水水，與一切自然景物，作為審美對象來遊賞與品味。由登山臨水所得到的耳目之娛，屬較淺近的審美經歷開始，進入因徜徉山水而得身心之樂，較高層次之審美感受。其山水詩作，總要

將大自然之形貌聲色，極形似地刻畫無遺，如「連障疊巘崿，青翠杳深沈。曉霜楓葉丹，夕曛嵐氣陰」（〈晚出西射堂〉）。「側逕既窈窕，環洲亦玲瓏。俛視喬木杪，仰聆大壑灇。石橫水分流，林密蹊絕蹤」（〈於南山往北山經湖中瞻眺〉），由於山光水色，陰晴晦明，變化萬端，無不醺人欲醉，因之靈運不問遠眺、近賞、俛視、仰聆，總是「巧言切狀，如印之印泥」（《文心・物色》），將細心觀察山水景觀之形貌聲色，加以如實細描，在審美心理之指引下，進而以詩人之心，去觀照山石溪澗，去親近草木鳥獸，去感受風雲物情，所謂「景夕群物清，對玩咸可熹」（〈初往新安桐廬口〉）。山水景物在不同之時辰，均有其明媚清麗之氣象與景色，能加以「對玩」，自是使人悅目賞心，何況「表靈物莫賞，蘊真誰為傳」（〈登江中孤嶼〉）呢。

　　明山秀水，皆有其靈氣情韻，如無人加以賞玩品味，豈不辜負造物者的巧思設計與賞賜？靈運不但以眼看，用耳聽，更用心去感受山水之美，而在其審美心靈中，自然產生一種意象，即其個人與審美對象交融契合，亦即物我諧和，情景相生，情因景發，景因情活，難怪靈運要吟道：「海鷗戲春岸，天雞弄和風。撫化心無厭，覽物眷彌重」（〈於南山往北山經湖中瞻眺〉），愛戀故鄉山水之感情，真是愈深彌重。靈運再吟道：「靈域久韜隱，如與心賞交。合歡不容言，摘芳弄寒條」（〈石室山〉）。「心賞」、「合歡」，相互繫聯，即將觀賞山水所獲得之心靈滿足，活現於紙上。

　　靈運審美心理之涵養與提昇，某些客觀因素，實際亦不容去除，譬如當代之唯美思潮，與江南優美之自然環境，即是其中最主要之因素。以唯美思潮而言，南北朝時代，是唯美文風極盛之時代，是純文學高度發展之黃金時代，「文學有獨立之生命，以美為最高價值，美

之價值即藝術之價值」[42]。此種形式唯美思潮，所以形成之背景原因甚多，歸納主要因素，略有四端：

（一）**文體求變使然**：王國維云：「文體通行既久，染指遂多，自成習套，豪傑之士，亦難於其中自出新意，故遁而作他體，以自解脫」[43]，確實，文體通行既久，易陷僵化，才俊之士，無能施展才華，必然改弦更張，以求新求變，求美求精。文體既變，文風亦必隨之更改。顧炎武即云：「漢魏之不能不降而六朝，六朝之不能不降而唐也，勢也。用一代之體，則必似一代之文，而後為合格」[44]是矣。

（二）**審美意識延伸**：魏晉既是個人意識覺醒之時代，愛美之風氣，更驟然加盛。六朝人愛美之心，更為發達，即在外在姿容上求美，進而發現人體之美，舉凡一顰一笑，一舉手一投足之間，無不恣意欣賞，既使人體呈現之線條、光彩，亦無不在欣賞之中。[45]由人體之美，進而透視到人格個性之美，此即中國美學之所謂「人物品藻」之美學。

由人體之美，人物個性之美，再向外推衍，而發現自然之美。大自然之山川草木，飛禽走獸，甚而天光雲影，以審美心態加以觀察，化無情為有情，無不覺其生意盎然，情趣洋溢，而對其發生美感。六朝人能在藝術表現上，有所創新，原因即在於此。而山水田園之美，與六朝人之藝術心靈，本是息息相聯的，陶淵明之田園詩，謝靈運之山水詩，能分途競爽，各呈異采，原因更是在於此。

（三）**唯美文學熾盛**：周秦兩漢文學，受儒家經學束縛，以經世

42 張仁青：《魏晉南北朝文學思想史》（臺北：文史哲出版社，1978年12月初版），頁70。

43 王國維：《人間詞話》（臺北：開明書店，1961年3月臺4版），卷上，頁37。

44 清‧顧炎武：《日知錄》（臺北：明倫出版社，1970年10月3版），卷二十二〈詩體代降〉條，頁606。

45 張仁青：《魏晉南北朝文學思想史》，〈社會風尚〉，〈三　民性愛美〉，頁273-283。

教化為目的，內容堂皇正大，措辭樸實典重。魏晉時代，經學束縛解除，思想活躍，文學得以自主獨立，詩文由質趨文，踵事增華，所謂「詩賦欲麗」（曹丕《典論・論文》），「詩緣情而綺靡，賦體物而瀏亮」，「其會意也尚巧，其遣詞也尚妍」（陸機〈文賦〉），文學發展，走向「結藻清英，流韻綺靡」[46]。其特色即追求文字之華美，與技巧之細膩。

南北朝時代，詩文或談玄遊仙，或隱逸抒懷，或詠物寫景，或言情輕靡，無不誇辭耀藻，爭奇競豔，所謂「競一字之奇，爭一字之巧；連篇累牘，不出月露之形；積案盈箱，唯是風雲之狀」（李諤〈上高帝書〉），儼然形成了當代寫作之規範。而這種漠視內容，但重技巧之形式主義，使唯美文學，更加熾盛。

（四）創新審美情趣：魏晉時代，文學觀念更加明確純化，文筆分辨，已趨嚴密，文學理論得以進一步發展。唯南朝文論，在日求細密之下，多強調文辭華美，音韻諧和，即「綺縠紛披，宮徵靡曼」（梁元帝《金樓子・立言篇》），並提倡駢詞儷語，引事用典。加之聲律說興起，片面講究音調節奏，不僅詩文更加華麗，甚至書札序跋評論之文，亦趨駢儷，所謂「至是轉拘聲韻，彌尚麗靡，復踰於往時」（《梁書・庾肩吾傳》）。這種但求字句浮豔，聲調鏗鏘，對仗工整，多求用典之唯美風氣，瀰漫當代文壇，即成為當代文學之主流。

自藝術審美角度視之，唯美思潮其對如陶淵明、謝靈運一流之詩人作家，卻別具意義。蓋陶謝雖受時代思潮之影響，卻能轉往追求風神瀟灑，高雅脫俗，一種全新之審美方向與情趣發展。當代「崇尚瀟散明秀，高雅脫俗之美的審美情趣」[47]，正是陶謝所追求之格調，故

---

46　羅宗強：《魏晉南北朝文學思想史》（北京：中華書局，1996年10月第1版），〈引言〉，頁6。

47　羅宗強：《魏晉南北朝文學思想史》，頁7。

山水田園能夠造就悠遊於山水田園之欣賞者，同樣，山水田園之美，亦能培養出山水田園之審美情趣。而當代之唯美思潮，其影響於謝靈運者，更由此而見。

除唯美思潮，對靈運產生重大之影響外，江南優美之山水環境，亦是影響靈運審美涵養之客觀因素之一。江南山水之獨特風貌，實際在東晉時，已造就當時文人雅士之山水審美趣味。當代名流文士，其活動範圍，乃自首都建康，南到會稽、永嘉，西南至潯陽一帶。此一地區，為中國山川最秀麗之匯集處。該地山川，峰巒疊翠，澄潭碧水，雲繚霧繞，明秀之中，蘊含靈氣，茲摘錄該地區之有關記載如下：

> 會稽境特多名山水，峰崿隆峻，吐納雲霧，松栝楓柏，擢幹竦條，潭壑鏡徹，清流瀉注。王子敬見之曰：「山水之美，使人應接不暇」。[48]
> 浦陽江，自罅山東北逕太康湖，車騎將軍謝玄田居所在。右濱長江，左傍連山，平陵修通，澄湖遠鏡，於江曲起樓，樓側悉是桐梓，森聳可愛，居民號為桐亭樓。兩面臨江，盡升眺之趣。蘆人漁子，汎濫滿焉。湖中築路，東出趨山，路甚平直。山中有三精舍，高甍凌虛，垂簷帶空，俯眺平林，煙杳在下，水陸寧晏，足為避地之鄉。[49]
> 北則罅山與嵊山接。二山雖曰異縣，而峰嶺相連。其間傾澗懷煙，泉溪引霧，吹畦風馨，觸岫延賞，是以王元琳謂之神明境。[50]

48 楊勇：《世說新語校箋》，〈言語〉第二，第91則，注引《會稽郡記》。頁115。
49 北魏·酈道元撰、戴震校：《水經注》（臺北：世界書局，1980年5月5版），卷四十〈漸江水〉，頁502。
50 北魏·酈道元撰、戴震校：《水經注》，卷四十〈漸江水〉，頁502。

自上虞七十里至溪口，從溪口溯江上數十里，兩岸峭壁，勢極
險阻，下為剡溪口，水深而清，謂之崿浦。崿浦之水皆源自會
稽，經山峽中，縣此入剡，故有水口之名，江潮亦至此而返，
崿嵊二山，參差相對，為絕勝處。[51]

談嵊之勝者，《南新志》曰，秀蘊剡溪，風清崿嶺。金庭縹
緲，石鼓連綿。[52]

　　會稽一帶之山水，一如上述文獻所載，或謂「峰崿隆峻，吐納雲
霧」，或言「傾澗懷煙，泉溪引霧，吹畦風馨，觸岫延賞」、「秀蘊剡
溪，風清崿嶺。金庭縹緲，石鼓連綿」等，無不在讚美該區，確實是
一處山明水秀，峰巒連綿，風景絕勝之地，東晉人士，已深有體認，
如《世說新語‧言語》篇中，即有記載，如：

顧長康從會稽還，人問山川之美。顧云：「千巖競秀，萬壑爭
流，草木蒙籠其上，若雲興霞蔚。」

王子敬云：「從山陰道上行，山川自相映發，使人應接不暇，
若秋冬之際，尤難為懷。」

道壹道人好整飾音辭，從都下還東山，經吳中，已而會雪下，
未甚寒，諸道人問在道所經。壹公曰：「風霜固所不論，乃先
集其慘澹，郊邑正自飄瞥，林岫便自皓然」。

王司州至吳興印渚中看，歎曰：「非唯使人情開滌，亦覺日月
清朗」。[53]

---

51 清‧顧祖禹：《讀史方輿紀要》（臺北：樂天出版社，1973年10月初版），引〈輿地
　　志〉所云，頁3848。

52 蕭良幹等修、張元忭等纂：《紹興府志》（臺北：成文出版公司，據明萬曆十五年刊
　　本影印，1983年3月臺1版），頁125。

53 楊勇：《世說新語校箋》，〈言語〉第二，第81、88、91、93則，頁108-116。

　　以上數例，不是說「千巖競秀，萬壑爭流」，就是說「山川自相映發，使人應接不暇」，可以說明晉人是如何受到會稽景色之美所感動，而將情思落在林岫皓然上，心境亦隨之清爽。謝靈運〈與盧陵王義真箋〉曾云：「會境既豐山水，是以江左嘉遯，並多居之」。東晉士人受到山川之美之薰陶，其審美趣味，自是趨於崇尚明秀清朗之美。晉人如此，出生於晉孝武帝太元十年乙酉，會稽始寧之謝靈運，亦莫不如此。

　　靈運若非誕生與生活在鍾靈毓秀之山水美環境中，其審美心扉，如何能夠開啟？潛藏於心靈深層之藝術天分，如何能被喚醒？且「山林皋壤，實文思之奧府」（《文心‧物色》），若無「山林皋壤」之美境，詩人又如何啟發文思，獲得美感，寫出優美之詩篇？謝靈運自出生至成長之過程中，審美心靈與體驗，受到具有美的風采、美的神韻之自然山水陶冶與啟迪，當是不容置疑的。

　　靈運有獨特之審美情趣與趨向，此深厚之審美素養，有來自先祖藝術稟賦之衍傳，有家族及當代文人愛好藝術之薰染，亦有當代唯美思潮之影響，另有明山秀水之地理環境陶養，當然前人有關描繪山水與旅遊山水之詩作，亦莫不有所博覽與借鑒，而提昇與充實其審美心得與情趣。且由此建立其獨特之審美觀。依上述論述，可得以下之論點：

　　（一）靈運深厚之審美素養，使其面對審美對象之明山秀水，煙霞瀉瀑，表「靈」、傳「真」，而在審美取向上，得以建立一明顯之特點，是：因景興情，寓目寫心，情景契合，且由此滋生玄思理悟，構成景、情、理三者交融之藝術境界。

　　（二）森羅萬象，千姿百態之大自然，是靈運攬之不盡之創作源泉，激發其才思感興，依循其審美取向，縱筆揮灑，而使大自然之形

貌、神韻，無所遁形，達到「體物密附」、「巧言切狀」，真境呈現之
寫實效果。

（三）靈運對山水自然的一往情深，與大自然之契合，千秋以
來，有誰能比？而百代之後，好遊山水者眾，仍然不如靈運，即有如
靈運，亦難找出像靈運之審美素養與審美情趣，尤其靈運的一枝曲
筆，鉤深探隱，頗能發掘與展現出山水之美，而又在窮力追新，千錘
百鍊之經營下，使其山水詩作，佳句甚多，有聲亦有色，語句精美而
秀逸，具有清新鮮麗，疏朗開闊之風格，因之靈運之山水詩，方能以
新、奇、險取勝。

（四）清・陳祚明言及靈運山水詩之美學成就，曾云：

> 康樂情深於山水，故山遊之作彌佳，他或不逮。抑亦登覽所
> 及，吞納眾奇，故詩愈工乎？……善遊者以遊為學可也。(《采
> 菽堂古詩選》) [54]

清・吳淇亦云：

> 凡古今詩人，孰不情關山水之間？而詩中康樂，尤是慧業文人，
> 故其留心山水更癖，而所悟最深也。(《六朝選詩定論》) [55]

個人以為靈運「情深於山水」，自是卓見，然「情深於山水」之
前提，則需具備湛深高雅之審美素養，與獨特之審美情趣、審美觀，

---

54 顧紹柏：《謝靈運集校注》，〈附錄五〉，〈評叢〉，摘錄清・陳祚明：《采菽堂古詩
　　選》評語，頁518。
55 顧紹柏：《謝靈運集校注》，〈附錄五〉，〈評叢〉，摘錄清・吳淇：《六朝選詩定論》
　　評語，頁520。

亦始能稱其為「慧業文人」，否則豈能創作別開生面、富豔工巧之山水詩？且因靈運有其美學素養，與深厚之學養，而正「置身的劉宋處于詩美學轉型期中，處于詩的樣式、體製由古體向律體轉變的時期」，「終能擺脫玄言詩，聲色大開，走向詩的審美獨立機制」，建立其在六朝美學詩史之地位，無庸置疑，成為「推助山水詩和消歇玄言詩的轉捩人物」[56]。

## 三 謝靈運山水詩的藝術美

謝靈運之文學觀是推崇形式之華美，與內容之充實，他極為推崇那種「藻豐論博，蔚然滿目」(《答綱琳二法師書》)之好文章[57]，而此亦可謂其審美觀，確實別有見地。一般而言，以美是詩之本質與特性，故詩人依其審美情趣，與審美理想以創作，且自不同角度以呈現「詩美」，在內容與形式方面，可以發現其「詩美」之成就，令人激賞，個人以為靈運在山水詩藝術美方面，舉其犖犖大者，約可歸納為四項，即（一）結構之美。（二）語言之美。（三）自然之美（含1.聲色之美。2.動靜之美）。（四）理趣之美。特加闡發，分別論述：

### （一）結構之美

詩本為有機之結構，以其既有美之主題，自是須藉美之組織形式，予以展現。而此結構之安排，是否合理？是否嚴謹？是否精巧？往往是呈現主題成敗之關鍵。謝靈運之山水詩，既以山水為題材，以呈現山姿水態，天質奇麗之美，在詩文結構方面，靈運是精思巧構，

---

56 吳功正：《六朝美學史》（南京：江蘇美術出版社，1994年12月第1版），頁597、603。
57 鍾優民：《謝靈運論稿》（濟南：齊魯書社，1985年10月第1版），頁234。

努力經營，其詩可謂「純是功力」,「以人巧奪天工」,「乃學者之詩」
（方東樹《昭昧詹言》）。

　　靈運之山水詩，在整體結構上，甚具特色，乃由記行、寫景、興
情、悟理四要素構成。組織上，誠如近人蕭滌非記其師黃節云：「大抵
康樂之詩，首多敘事，繼言景物，而結之以情理，故末語多感傷」[58]。
而近人林文月將靈運山水詩，寫作之井然次序，分析出「記遊→寫景
→興情→悟理」[59]來，此自是一般固定之模式，實際靈運在創作山水
詩時，並非刻板而毫無變化，其結構，近人亦有詳加分類為「三段式
結構、多重式結構、疏蕩式結構」，或「線型結構、環型結構」[60]者，
個人以為靈運山水詩之結構，大體上可歸納成兩類：

## 1 固定型

　　即指一般順序井然之固定模式，其寫法乃先「記遊」、「寫景」,
而後「興情」，結之以「悟理」。

## 2 錯綜型

　　即其寫法採取錯綜變化方式，不一定先「記遊」，有時先「寫
景」，有時先「悟理」等不一，其後之次序，則採取迴環、交錯等，
極見錯綜有致，毫不呆滯。

　　而不問如何排列，其間句意之聯繫承接，有者繫聯不斷，有者突

---

58 蕭滌非：《樂府詩詞論藪》（濟南：齊魯書社，1985年5月初版），〈三　讀謝康樂詩
　札記〉，頁365。

59 林文月：《山水與古典》（臺北：純文學出版社，1976年10月初版），〈中國山水詩的
　特質〉，頁50。

60 臧維熙主編：《中國山水的藝術精神》（上海：學林出版社，1994年6月第1版），魏
　宏燦：〈天質奇麗，運思精鑿——論謝靈運山水詩的結構〉，頁74。另章尚正：〈論
　謝靈運山水詩的審美開拓〉，頁23。

兀似破空而來,另其間又有錯綜呼應,或翻疊而生新意,或採對比形式,凡此亦莫不呈現其結構之美,今先舉其以固定型模式寫作者,如〈登江中孤嶼〉:

> 江南倦歷覽,江北曠周旋。┐
> 懷新道轉迥,尋異景不延。┘——記遊
>
> 亂流趨正絕,孤嶼媚中川。┐
> 雲日相輝映,空水共澄鮮。┘——寫景
>
> 表靈物莫賞,蘊真誰為傳。┐
> 想像崑山姿,緬邈區中緣。┘——興情
>
> 始信安期術,得盡養生年。——悟理

此詩作於景平元年(西元423年)[61],為靈運出任永嘉太守後,遍訪山水美景,於乘船橫渡時,突然發現孤嶼山,盡情遊覽後,有感而作。首四句先「記遊」,言遍覽永嘉江南北岸之事。承接前意而下,「亂流」四句為「寫景」。描繪當橫舟渡江時,一座孤嶼突然映入詩人眼前之奇景。「表靈」四句則是「興情」。言詩人驚嘆孤嶼之美,滋生感觸。底下再以「始想」二句御接,為「悟理」。言詩人得到啟發,憬然悟到人生哲理。

此詩章法有序,層次遞接之中,頗見騰挪多變。首兩句「江南」正對「江北」,又遙遙夾出「孤嶼」句一「中」字,顯現其遙遙喞接之妙。「亂流」以下四句,則點出主題「江中孤嶼」,極見構思之巧。難怪沈德潛《古詩源》評曰:「『亂流』二句,謂截流而渡,忽得孤

---

61 顧紹柏:《謝靈運集校注》,頁84。

嶼。余嘗游金焦，誦此二句，愈覺其妙」[62]，良然。其中「媚」字，為句中眼，亦貫穿全首詩，可謂「一字傳神」。有此一字，方能襯出孤嶼之美，且生動活現於紙上，甚至能引起讀者之想像。「雲日」、「空水」二句，藉水天雲影之襯映，以證孤嶼所以「媚」中川之原因，襯映之妙，在此顯露無遺。「表靈」以下四句，則應物斯感，即景生情，層次分明。「始信」二句，雖是收筆，卻能另起新意，體悟養生之術之哲理，在此詩人發揮聯想，表現詩人才思敏捷之工力。

　　另外此詩亦注重景物入詩之層次變化，如先「亂流」，再現「孤嶼」，是由近而遠。先寫「雲日」，再寫「空水」，是自上而下。此詩亦採取多視角全方位之景象組合，以描繪山水之全貌，如此詩景象有「亂流」，有「孤嶼」，有「雲日」，有「空水」等，「密集型」之組合，正是謝詩「極貌以寫物」之審美特徵。又此詩對偶工整，除最後兩句外，自首至尾，均使用排比句，如「江南」句對「江北」句，屬方向之對比。「雲日」句對「空水」句，屬上下位置之對比。「懷新」句與「尋異」句，屬空間與時間之對比。「亂流」句與「孤嶼」句，形成水與陸及動與靜之對比。「表靈」句與「蘊真」句，則屬實與虛之對比。「想像」句與「緬邈」句，亦屬超現實與現實之對比。以上均顯示詩人注意到和諧均衡之美。清・方東樹評此詩云：「調度運用，安章琢句，必殫苦思，自具鑪錘」（《昭昧詹言》）[63]，確有至理。

　　靈運另外寫作山水詩，亦屬固定型結構者，如〈過白岸亭〉、〈登永嘉綠嶂山〉、〈於南山往北山經湖中瞻眺〉等，可為代表。

　　至於靈運山水詩，亦有不依「記遊→寫景→興情→悟理」之固定模式結構寫作者，即屬「錯綜型結構」，如〈遊南亭〉：

---

62　清・沈德潛：《古詩源》（北京：中華書局，1993年12月第8次印刷），卷十，頁237。
63　清・方東樹：《昭昧詹言》，卷五，頁146。

時竟夕澄霽，雲歸日西馳。─┐
　　　　　　　　　　　　　├─ 寫景
密林含餘清，遠峰隱半規。─┘

久痗昏墊苦，旅館眺郊歧。──── 記遊

澤蘭漸被徑，芙蓉始發池。──── 寫景

未厭青春好，已睹朱明移。─┐
　　　　　　　　　　　　　│
慼慼感物歎，星星白髮垂。─┼─ 興情
　　　　　　　　　　　　　│
藥餌情所止，衰疾忽在斯。─┘

逝將候秋水，息景偃舊崖。─┐
　　　　　　　　　　　　　├─ 悟理
我志誰與亮，賞心惟良知。─┘

　　此詩作於景平二年（西元423年）初夏[64]，比前例〈登江中孤嶼〉詩略早，然布局、結構，則大異其趣，先寫景，再記遊，又寫景，最後才興情、悟理，乃屬錯綜型結構者。此詩乃敘詩人於初夏一傍晚漫步南亭，遊目觀覽，「此夏雨喜霽之作，思欲見秋而歸也」（方回《文選・顏鮑謝詩評》）[65]是矣。

　　「時竟」以下四句，首先「寫景」並敘時。起句是突然平空而起，詩人先巧思一幅「南亭夏雨喜霽圖」。描畫初夏傍晚，詩人漫步南亭，觀賞雨後夕陽之美景。緊接而下，是「久痗」以下二句，才點題，遊南亭，眺郊歧，即「記遊」，可謂不拘一格，手法多變。言以客居異鄉，既久病，又為淫雨所苦，乃趁雨後放晴，至郊外散心遊賞。續接「澤蘭」二句，再「寫景」，而與首四句之寫景遙接且呼應，斷而未斷，極見靈巧，亦見脈絡貫通之手法。此二句言郊遊時，賞玩小徑蘭草，池中荷花之美景。「未厭」以下六句為「興情」。情由

---

64 顧紹柏：《謝靈運集校注》，頁82。
65 元・方回：《文選顏鮑謝詩評》，《四庫文學總集選刊》卷一（上海：上海古籍出版社，1993年8月第1版），頁23，總頁數1444。

景生，言春天美景，觀賞猶未滿足，而夏季卻已急速來到，感受到時序轉移之迅速。睹物興嘆，深感年華易逝。

在此須有所矯正者，是其中「藥餌」一詞當為「樂餌」之誤，評家清・方東樹及黃節，均在其著作中，已有所澄清。[66]此謂追憶近年來，皆在吃喝玩樂中，致身體受到侵蝕而衰老，而有悔不當初之感。以上「四句，用筆馳驟，開合往復，文情最妙」[67]。結尾「逝將」以下四句，由「興情」而「悟理」，有大夢初醒，大徹大悟之感，蓋由此而生迫切思歸之情，而深奧之人生哲理，即寄寓於抒懷之中，頗具自然之理趣。詩末「賞心」二字，方能明白靈運悟理之審美內蘊。

此詩表面上，或許有人認為「思想內容上，沒有什麼高明之處」[68]。不過個人認為靈運由令人賞心悅目之山林美景，觸發其感慨萬端，迫切思歸之情，再體悟到退隱故居，以享天年之理，層遞而下，寓情於景，情從景生，理亦自情景而悟，可謂情、景、理融成一體的上乘之作。以此詩先發掘自然之美，並由此體悟人生哲理，在思想內容上，是有其意義與價值的，不能說「沒有什麼高明之處」，且配合整個結構而言，亦是極為順理成章的。

此詩結構，不似一般固定之層遞順序，而是以寫景起筆，方接記遊，乃屬錯綜型之結構。前四句即以寫景領起全詩，看似突兀而起，

---

66 按「藥餌」一詞，李善注：「餌藥既止，故有衰病」。然清・方東樹：《昭昧詹言》則曰：「『藥餌』定作『樂餌』用《老子》，指官祿世味言。……注泥張下『衰疾』字，解此作藥物，則詞興意，皆駿寒死筆，而且不可通矣」。見該書卷五，頁145。又黃節：《謝康樂詩註》（臺北：藝文印書館，1987年10月4版），註引姚姬傳曰：「藥餌當作樂餌，用《老子》，指官祿世味言，作藥誤。」案：《老子》曰：樂與餌，過客止。言聲與食，能止人之往也。當從姚氏說，作樂餌。蓋謂止於聲歌飲食，忽已衰老矣。見該書，頁79、80。此處依方東樹、黃節之注釋之。

67 清・方東樹：《昭昧詹言》，卷五，評〈遊南亭〉語，頁145。

68 張秉戌主編：《山水詩歌鑒賞辭典》（北京：中國旅遊出版社，1989年10月第1版），頁40。

實際乃經靈心巧手安排，王夫之《古詩評選》，即評此詩云：「迎頭四句，大似無端，而安頓之妙，天與之以自然」[69]，確具卓識。且此詩以「時竟」、「日夕」作為時間之聯繫線，以「密林」、「遠峰」作為空間之聯繫線，然後才接五、六兩句記遊，是一大轉折。五、六兩句是點題，點出「遊南亭，眺郊歧」，等於說明何以前面出現雨後黃昏景色之原因。清、沈德潛以為此乃「倒插法」(《古詩源》)[70]。七、八兩句看似順承第六句「旅館」句而下，實際是反轉一筆，再返回寫景，以接起首四句之寫景，錯綜呼應，脈絡並不因此中斷，由此見出詩人手法之靈活。七、八兩句半實半虛，可以為實，亦可以為虛，明是具體描述蘭、荷之美姿，暗裏寓意，該是讚許蘭、荷之勃然生機，且將其象徵自身生命之情懷與節操。詩人筆調之神奇，在此可見一斑。

後半第十句至第十四句為興情，由景生情，生什麼情？即是春去夏來，時光飛逝的感慨之情，亦半實半虛，實是詩人年未不惑，身卻星星霜髮，已現衰疾，虛是不免對以往之生活，當有一番檢討，並省思未來之走向。第十五、十六兩句吐露歸隱家園之心聲，在此本可收筆，卻再起波瀾，是「我志」何人能夠「賞心」？留有餘韻，波瀾漸渺。全詩結構，錯綜巧變，句意之間，或明或暗，聯繫不斷，筆法曲折、開合、頓挫、虛實，面面兼而有之。熟讀咀嚼之下，更知詩人筆下之爐火純青。

另外此詩亦注重景物入詩之層次變化，如先寫「密林」，再寫「遠峰」，先寫「澤蘭」，再寫「芙蓉」，均是由近及遠。另靈運在此詩中之寫景，亦採取全面性，亦即密集型之方式呈現，不論遠景、近景，皆密生叢現，鍾嶸《詩品》所謂「絡繹奔會」。靈運非但善於掌

---

69 清・王夫之：《船山遺書全集》，《古詩評選》（臺北：自由出版社，1972年11月重編初版），總頁數2914。

70 清・沈德潛：《古詩源》，卷十，頁236。

握，且將如此景象，加以適當組合，而形成對比方式，如「時景」句
與「雲歸」句，是時與景之對比。「密林」句與「遠峰」句，是近景
與遠景之對比。「澤蘭」句與「芙蓉」句，是陸上植物與水中植物之
對比。「未厭」句與「已睹」句，是春季與夏季屬季節性之對比。「戚
戚」句與「星星」句既是重言之對比，又是心事與容貌之內外對比
等，凡此對比之使用，可謂為近體對偶作為先導，其在結構上，自是
有句意整齊對稱之美。

　　靈運另外採取錯綜型結構，以寫山水詩者，如〈登池上樓〉，首
四句先悟理，而後記行、寫景、興情。〈遊赤石，進帆海〉，以寫景起
筆，而後紀遊，再寫景、興情、悟理。〈石壁精舍還湖中作〉，亦以寫
景開始，而後紀遊，再寫景，按著興情、悟理。〈從斤竹澗越嶺溪
行〉，仍以寫景為起筆，而後記行，再寫景、興情、悟理。可見靈運
創作之山水詩結構，章法嚴謹，變化疏宕，自有安排，以求擺脫單調
與平板，而達豐富與曲折。古今評家，有以為靈運作體，不辨首尾，
又或以為「疏慢闡緩」（《南齊書‧文學傳論》），不成句法，「失於緊
湊完密」（王瑤《中古文學史論》）云云，若依個人上舉之淺薄分析，
對其結構、句法有負面之批評者，則是有待斟酌的。對靈運在山水詩
中所精巧製作之結構，應視為是一種藝術設計，以靈運之藝術才華及
審美眼光來設計，應是可以預期，當然是有不凡之成果呈現，明‧王
世貞《藝苑卮言》即云：「謝靈運天質奇麗，運思精鑿，雖格體創
變，是潘、陸之餘法也，其雅縟乃過之」[71]，良然。

　　靈運除在山水詩之結構、布局上，有其錯綜求變之講求外，其在
詩之標題上，靈運亦是極為講究，用心甚深，尤其在山水詩之命題

---

71　明‧王世貞：《藝苑卮言》，載丁福保輯：《歷代詩話續編》（臺北：木鐸出版社，
　　1983年9月初版），頁994。

上，更為謹慎注重，蓋由此而衍生是否切題之問題，則愈不可大意，而此亦是與整體性的大結構，息息相關。如清‧鄭板橋云：

> 作詩非難，命題為難。題高則詩高，題矮則詩矮，不可不慎也。(《板橋家書》)[72]

清‧朱庭珍亦云：

> 夫詩貴相題，尤貴切題，人人知之。作山水詩，何獨不然？相山水雄險，則詩亦出以雄險；山水奇麗，則詩亦還以奇麗；山水幽峭，則詩亦與為幽峭；山水清遠，則詩亦肖其清遠。(《筱園詩話》)[73]

個人以為靈運在山水詩之命題上，極見巧思慧心，可謂一絕。如其有以旅遊之山水地點命題者，如〈七里瀨〉、〈富春渚〉、〈石室山〉、〈登永嘉綠嶂山〉等。有些詩題，指出遊覽之路線與重點者，如〈於南山往北山經湖中瞻眺〉、〈發歸瀨三瀑布望兩溪〉、〈登廬山絕頂望諸嶠〉、〈遊赤石，進帆海〉、〈從斤竹澗越嶺溪行〉、〈初往新安至桐廬口〉等。有者對詩中山水地理環境幽美處，已作生動之描述者，如〈石門新營所住四面高山迴溪石瀨茂林脩竹〉。有者尚指出遊覽之時間者，如〈晚出西射堂〉、〈夜發石關亭〉等，亦因靈運善於命題，且見工力，突破前人之成就，清、陳祚明即大為稱許道：「康樂最善命

---

72 清‧板橋老人鄭燮：《鄭板橋全集》(臺北：黎明文化公司，1991年11月初版)，〈家書〉，〈范縣署中寄舍弟墨第五書〉，頁378。

73 清‧朱庭珍：《筱園詩話》，載郭紹虞編：《清詩話續編》，總頁數2344。

題，每有古趣」（《采菽堂古詩選》）[74]。喬億亦云：「謝康樂制題，輒多佳境」（《劍谿說詩》）[75]。陳、喬二氏所評，慧眼獨到，所評中的。

　　總之，靈運在寫作山水詩時，布局結構、章法脈絡，甚而命題，無不刻意經營，運思精鑿，清・方東樹《昭昧詹言》云：「謝詩起結順逆，離合插補，慘淡經營，用法用意極深」[76]，誠是。而其目的，自是要達到多樣而不紊亂，均衡而求變化，以顯現結構上的統一，而表露和諧之美來。

## （二）語言之美

　　詩是語言之藝術，亦是精鍊之藝術，以詩之語句有限，必須千錘百鍊，使每一字句，均如精金美玉，發揮其藝術魅力，因之一首成功之詩歌，其主題必然崇高純正，其內容必然健康莊重，其字句則非有美之藝術語言不可。

　　靈運之山水詩，獨放異采，成就斐然，錘鍊之功不可沒，歷來評家亦皆有好評，如明・陸時雍《詩鏡總論》云：

　　　康樂神工巧鑄，不知有對偶之煩。[77]

　　清・方東樹《昭昧詹言》亦云：

　　　康樂無一字不穩老，無一字不典重，無一字不沈厚深密，如成
　　　德之士，求幾微之過而不得。

---

74　顧紹柏：《謝靈運集校注》，〈附錄五〉，〈評叢〉，摘錄清・陳祚明：《采菽堂古詩選》評語，頁518。

75　清・喬億：《劍谿說詩》，載郭紹虞編：《清詩話續編》，卷下，總頁數1103。

76　清・方東樹：《昭昧詹言》，頁135。

77　明・陸時雍《詩鏡總論》，載丁福保輯：《歷代詩話續編》，頁1407。

康樂之詩，祇是言有序，按部就班，一毫不漏，一字不蔓，不
迂絮平弱，而造語精好，如精金在鎔，無一點礦氣煙氣躍冶之
意。[78]

　　靈運處身之時代，文學風氣正趨於注重巧言切狀，富豔雕飾之美
上，所謂「儷采百字之偶，爭價一句之奇。情必極貌以寫物，辭必窮
力而追新」（《文心‧明詩》）[79]，所謂「文貴形似，窺情風景之上，鑽
貌草木之中。吟詠所發，志惟深遠，體物為妙，功在密附。故巧言切
狀，如印之印泥，不加雕削，而曲寫毫芥」（《文心雕龍‧物色》）[80]。
風氣既是如此，對靈運而言，正是風雲際會，千載難逢，因而一字一
句，無不努力雕琢，以求能將賞遊之山水美景，細加描繪，「體物密
附」、「如印之印泥」，真實無隱地表現出來，此亦為靈運山水詩之基
本審美特徵。為要達此目的，詩即貴乎精練，「籠天地於形內，挫萬
物於筆端」（陸機《文賦》），將山水詩之風貌，刻畫出來，更重要的
是能「傳山水之性情，山水之精神」（朱庭珍《筱園詩話》）。

　　所謂「篇之彪炳，竟無疵也。章之明靡，句無玷也；句之清英，
字不妄也」（《文心‧章句》）[81]，詩既由一字一句組合，為求具清英之
句，彪炳之章，因之一字都不可妄，不可大意，靈運為詩壇開創新格
局，其山水詩之每一字每一詞，必求富豔精工，以達典雅妍麗之美之
審美要求，在這方面，個人前曾撰文，以為靈運無論在用字、遣詞、
造句上，均細心琢磨，刻意要求，而有其特色，如：

---

78　清‧方東樹：《昭昧詹言》，頁138、141。

79　梁‧劉勰：《文心雕龍注》（臺北：開明書店，1968年臺6版），卷二〈明詩第六〉，
　　頁2。

80　梁‧劉勰：《文心雕龍注》，卷十〈物色第四十六〉，頁1。

81　梁‧劉勰：《文心雕龍注》，卷七〈章句第三十四〉，頁21、22。

## 1　用字

（1）選用筆劃多之字：如邐、翳、馥、巖等。（2）特選精緻華貴字：如嵐、衿、攬、曉等。（3）習用有色字：如白、綠、青、紅、赤、丹、紫等。（4）常用動詞字：生、瀉、媚、拂、趨等。（5）喜砌名詞字：如厄、醑、泉、潤、屋等。無不繁富、鮮豔、精緻。

## 2　遣詞

由字組成詞，豐富而華美。其組成多由形容詞加名詞，或動詞加名詞，如鳴禽、浮煙、荒林、幽石、飛鴻、飛泉、赤亭、紅桃等。另亦遣用聯綿詞，如活活、青青、行行、繽紛、零落等。其造成之效果，是詞盛、新聲、音韻悅耳。[82]

## 3　造句

靈運遣用之字詞，既經冶鍊，已呈現典麗多彩之特色，再經巧思妙想，甚至某些字詞，已注意到聲調諧協之問題，而據以組合成句，那必定是音聲動聽，節奏和諧，文句自然華美。且有些文句，再運用對比、襯映、蟬聯、用典、比擬等技法以造句，更可見其綿密工麗，迴環逞巧，或相疊相映，搖曳生姿，展現其在語言藝術之造詣，文句自是更加典實美麗，難怪「名章迥句，處處間起」（鍾嶸《詩品》）。茲將靈運錘鍊句中動詞，或形容詞、聯綿詞，而使詩中景象鮮明，生動傳神者，舉例如下：

白雲抱幽石，綠篠媚清漣。（〈過始寧墅〉）

---

82 陳怡良：〈陶謝兩家理趣詩之比較〉，彰化師大國文系主編：《第三屆中國詩學會議論文集》（彰化：彰化師範大學國文學系，1996年5月18日出版），頁263、264。

　　此兩句詩寫動景，向被評家稱為靈運之佳句。明・陸時雍雖譽為「不琢而工」(《詩鏡總論》)，實際仍是藉鍊字而精工之句，「白雲」對「幽石」，「綠篠」對「清漣」，已顯現「白」與「幽」，「白」與「綠」之間，相映生色，中間嵌入動態字，「抱」、「媚」二字，「自是古詩中句眼」(陳祚明《采菽堂古詩選》)，藉此二字予以擬人化，使景物獲得活躍之生命，栩栩如生，文字之曲折多趣，文句靈動之美，在此表現無遺，以此景色呈現讀者眼前，必然會令讀者「五衷一洗」(陸時雍《詩鏡總論》)。

　　　巖下雲方合，花上露猶泫。(〈從斤竹澗越嶺溪行〉)

　　此兩句詩，描述晨景，興象呈現，以「合」、「泫」二動態字，描繪瀰漫山谷之雲霧，變幻多姿，時而四處飄散，時而聚集會合，而豔麗之花朵，似自睡夢中蘇醒，花瓣上猶沾上晶瑩之露珠，清麗欲流。有「合」、「泫」兩動態字，賦予景物勃然之生命，化呆板為自然，情景歷歷，極為生動，宛在目前。明、陸時雍讚賞云：「不繪而工」(《詩鏡總論》)，有其至理。

　　　林壑斂暝色，雲霞收夕霏。(〈石壁精舍還湖中作〉)

　　此兩句詩，描述湖中所見之暮色。詩人遠望林壑隱沒於蒼茫之暮色中，而飛動之彩霞，則已向天邊消散。「斂」、「收」兩動態字，生動地描繪彩霞日漸消失之情景，而黃昏雲霞之媚姿，則已自然浮現，真可入畫，雖屬短暫，不待雕繪，則已使讀者覺得「狀溢目前」，如身歷其境，親自目睹一般。陸時雍再讚嘆此二句云：「其言如半壁倚

天，秀色削出」（《詩鏡總論》）[83]，可見晚霞美色，人人喜愛。

> 亭亭曉月映，泠泠朝露滴。（〈夜發石關亭〉）

靈運山水詩中，頗喜以重言疊字狀聲摹形，如此處兩句詩，「亭亭」乃形容高遠之狀，表示空間之距離，「泠泠」乃形容清涼之氣，表示感官之感受。言曉月高掛，映照大地，朝露欲滴，頗感清涼襲人。曉月以「亭亭」疊字形容，更顯示其高懸之景象；朝露有「泠泠」疊字形容，則表現晨曉之清涼。且二疊字互為對仗，更襯托出整個景象之壯闊。又二句均分別以疊字領起，音韻和諧、上口琅琅，頗感節奏明快，而富於音樂之美。所謂「聲轉於吻，玲玲如振玉；辭靡於耳，纍纍如貫珠」，文句更加諧暢雅緻矣。

### 4　修辭

靈運除以上述鍊字之法造句外，其餘尚使用某些修辭法造句，如：

### （1）對偶法

靈運在對偶句之錘鍊，極見費神用心，蓋一則可增強其語言之節奏美外，另則亦顯現字句對仗勻稱之美，所謂「靈運語排而氣古」（王世貞《藝苑卮言》），「謝詩勝人正在排」（沈德潛《說詩晬語》），其運用對偶工力之高，可以想見。如有：

> 朝夕對——「晨夕尋絕壁，夕息在山樓」。（〈登石門最高頂〉）
> 「朝旦發陽崖，景落憩陰峰」。（〈於南山往北山經湖中瞻眺〉）

---

83　明・陸時雍：《詩鏡總論》語，載黃明等著：《魏晉南北朝詩精品》（上海：上海社會科學院，1995年6月第1版），頁242。

方向對——「眷西謂初月，顧東凝落日」。(〈登永嘉綠嶂山〉)
「極目睐左闊，迴顧眺右狹」。(〈登上戍石鼓山〉)

另有山水對、視聽對、數字對、色彩對、典故對，[84]甚而有雙聲對，如：「想像崑山姿，緬邈區中緣」(〈登江中孤嶼〉)(按：想像對緬邈)、疊韻對如：「荒林紛沃若，哀禽相叫嘯」(〈七里瀨〉)(按：沃若對叫嘯)、及雙聲、疊韻互對者，如：「側徑既窈窕，環洲亦玲瓏」(〈於南山往北山經湖中瞻眺〉)(按：窈窕與玲瓏互對)等不一，皆對偶工整，音韻鏗鏘，表現藻麗詞美，珠聯璧合之奇趣。

## (2) 比興法

靈運之山水詩，或用工筆，或用白描，較多客觀寫實，生動逼真地描繪山水景物，然某些感受或情緒，亦不免託物起興，感懷喻志，如下例：

> 潛虯媚幽姿，飛鴻響遠音。薄宵愧雲浮，棲川怍淵沈。(〈登池上樓〉)

此詩句靈運以虯之潛藏，鴻之高飛，象徵退隱與建功立業二者之衝突，正是其官場失意，情緒頹喪之自然反應。「愧」、「怍」二字，顯示自己之進退維谷，與虯、鴻之自適自得，成為強烈之對比，其在海隅出任太守，心境之複雜，不言可喻，而在起筆用此比興之法，描述心境，手法奇絕。
再如：

84 林文月：〈康樂詩的藝術均衡美——以對偶句為例〉，《臺灣大學中文學報》第4期（臺北：國立臺灣大學中國文學系，1991年6月），頁1-28。

裊裊秋風過，萋萋春草繁。美人遊不還，佳期何由敦。（〈石門
新營所住四面高山迴溪石瀨茂林脩竹〉）

此詩句乃靈運鎔鑄《楚辭・九歌・湘夫人》，與淮南小山〈招隱
士〉之詩句而成，既是用典，卻不見拚湊堆砌之痕跡，甚見工巧，正
是用典之高超藝術表現，然亦是比興法之運用。「裊裊」二句，乃寫
自秋至春，一直企盼「美人」歸返，「美人」乃象徵其好友，或以為
是其從弟惠連，好友遠遊不歸，則不知何日能相會？「佳期」則喻其
聚會之佳日，其意有所指，曲譬妙喻，可謂藉比興以增其懷念，亦雍
容有法，使意境臻於高格之例。

### （3）用典法

靈運善用典故，使其詩句風格典雅，字面精美，甚而運用暗典，
使讀者一加體味，便感意藻綺密，義蘊深婉。清・方東樹《昭昧詹
言》曾評云：「古人不經意字句，似出已意，便文白道，而實有典，
此一大法門，惟謝（靈運）鮑（照）兩家，尤深嚴於此」，又云：「康
樂乃是學者之詩，無一字無來處率意自撰也，所謂精深；但多正用，
則為陳言」[85]，可見靈運善於用典以造句，如下例：

（甲）「美人竟不來，陽阿徒晞髮」（〈石門巖上宿〉）──「與
女沐兮咸池，晞女髮兮陽之阿。望美人兮未來，臨風怳兮浩歌」。
（《楚辭・九歌・少司命》）

按：靈運鎔鑄《九歌・少司命》中之兩句意，並非呆板因襲，而
是重新組合成句，剪裁之妙，一如渾然天成，極見高明。

（乙）「唯開蔣生逕，永懷求羊蹤」（〈田南樹園激流植援〉）──

---

85　清・方東樹：《昭昧詹言》，頁128、131。

《文選》李善注引《三輔決錄》曰:「蔣詡字六卿,隱於杜陵,舍中三逕,唯羊仲、求仲從之遊,二仲皆挫廉逃名」[86]。

　　按:此詩句乃靈運藉蔣詡開三逕之典故,以表白自己僅接待少數高人雅士,決不與官場中之俗人來往。此用典方式,乃「援古證今」,雖較常見,然靈運將歷史典故,重組成五言詩二句,亦頗見簡鍊切意。

　　謝詩用典最多之典籍,依序為《楚辭》(九四次)、《詩經》(八六次)、《莊子》(六二次)、《漢書》(四三次)、《周易》(三二次)、曹植詩文賦(二五次),與陸機詩文賦(二五次)[87]居多,由此亦見靈運之博學多識,及其不為典故所役,反能善用典故,而添加其詩高華瑋麗之風致。

## (4) 蟬聯法

　　所謂「蟬聯」之法,即修辭學所謂之「頂真」法,乃以前一句之結尾,作為下一句之起頭,而使上下文句之意識,貫穿繫聯。靈運巧用蟬聯法以造句,一則呈現句意銜接,音調紆曲之妙;一則亦呈現一種和諧美之奇趣。如下例:

> 山水含清暉,清暉能娛人。(〈石壁精舍還湖中作〉)
> 羈心積秋晨,晨積展遊眺。(〈七里瀨〉)
> 枉帆過舊山,山行窮登頓。(〈過始寧墅〉)
> 緣來事不同,不同非一事。養痾亦園中,中園屏氛雜。(〈田南樹園激流植援〉)

---

86 梁・蕭統:《昭明文選》(臺北:啟明書局,1960年10月初版),頁420。
87 沈振奇:《陶謝詩之比較》(臺北:學生書局,1968年2月初版),頁150。

　　按：由以上四例，可知靈運將上句結尾之一字或二字，繼續造下一句，一詩中或僅蟬聯一句，或蟬聯一句後，中間隔一句，再蟬聯一句等不一，均可見出靈運造句，不拘一法，而是隨機應變制宜。描繪景色，一用蟬聯之法，文筆即顯得緊湊明快。

　　靈運除以上述之修辭法造句外，即使運用最為山水詩人常用之「摹繪法」造句，亦能生動描繪，使情景歷歷，如在眼前，如「野曠沙岸淨，天高秋月明」（〈初去郡〉），「杪秋尋遠山，山遠行不近」（〈登臨海嶠初發彊中作與從弟惠連見羊何共和之〉）等，莫不是以摹繪山水即景，得之自然之作。

　　靈運為求山水詩美，在下字造句上，講求句琢字磨，鍾鍊甚力，其筆下精鍊之字句，工整之對偶，華瞻之詞藻，和諧之節奏，處處呈現語言形式之美，而與其描繪的山水之美，相得益彰，放射出奇光異采，極具藝術魅力。惟某些詞句，不免雕琢過分，而為評家評為「詞躓」、「繁蕪」、「滯累」，然多數之評家，仍是給予正面肯定，言其「出之以雕縟、堅凝、老重，實能別開一宗」（方東樹《昭昧詹言》）[88]，「靈運以麗情密藻，發其胸中奇秀，有骨有韻，有色有香」（鍾惺《古詩歸》）[89]。或謂「謝客刻畫微眇，其造語似子處，不用力而功益奇，在詩家為獨闢之境」（劉熙載《藝概・詩概》）[90]。

　　再進一步言，靈運依其主觀追求而言，語言藝術，實有意返璞歸真，追求清新自然，誠如其〈山居賦〉云：「去飾取素，儻值其心」，亦所謂「穠麗之極，而反若平淡，琢磨之極，而更似天然」（王世貞〈書《謝靈運集》後〉）[91]。「謝詩追琢而返於自然，不可及處，在新

---

88　清・方東樹：《昭昧詹言》，卷五，頁127。

89　明・鍾惺：《古詩歸》語，載黃明等著：《魏晉南北朝詩精品》，頁223。

90　清・劉熙載：《藝概・詩概》語，載黃明等著：《魏晉南北朝詩精品》，頁229。

91　明・王世貞：〈書《謝靈運集》後〉語，載黃明等著：《魏晉南北朝詩精品》，頁223。

在俊」（沈德潛《古詩源》）[92]，「新」、「俊」二字，正道出謝詩於慘淡
經營、精雕細琢中，追求自然清新的本質特色，所謂「新」，豈不就
是呈現靈運能突破前人窠臼，戞戞獨造之鮮明特性嗎？而靈運詩中某
些得之自然之佳句，即是由此而來。前亦曾舉時代接近之鮑照，即讚
賞其五言，而云：「如初發芙蓉，自然可愛」（《南史·顏延之傳》），
或可能是基於此觀點，加以稱許其先以精緻妍麗之語言，呈現景物具
象之美，後以清新自然之語言，呈現景觀神韻之美，則靈運實不愧為
一位偉大出色之語言冶鍊手。

## （三）自然之美

　　山水之美，本是自然美之主要範疇，此由於「山水之美，就是自
然美景的一個重要組成部分，也是人類生活中重要的審美對象」[93]，
而一首優秀之山水詩，其所表現之自然美，其特色即在形貌勝於內
容，而自然界之山水即是以其形貌之美，取悅於人，因而若能以富於
美感之藝術，表現山水的形貌之美，必能成為一首好詩。才華洋溢、
感情豐富之謝靈運，對自然之各種變化，本十分敏感，感受亦極為細
膩，自然界各種景物之變化，常使其產生複雜之感情，而自然界各種
景物，在時空背景之襯映下，往往表現出聲、色、動、靜各種美妙之
姿，因之以下特將靈運山水詩中，所顯現的美景勝境之美，略分動靜
之美、聲色之美，分別論述。

## 1　動靜之美

　　謝靈運之山水詩，摹繪山水之美，一向細膩寫實，生動而逼真，

---

92 清·沈德潛：《古詩源》語。載黃明等著：《魏晉南北朝詩精品》，頁226。

93 李元洛：《詩美學》（臺北：東大圖書公司，1990年2月初版），〈第十二章　高山流
　　水，寫照傳神——論詩中的自然美〉，頁693。

因之「極貌追新」、「巧言切狀」，就成了靈運模山範水，描繪大自然形形色色之指導南針。自然景物本就有動靜之形象，如此必然引起詩人之審美感受，所謂「春秋代序，陰陽慘舒；物色之動，心亦搖焉」（《文心・物色》），「寫氣圖貌」，自是「隨物以宛轉」，景物之動、靜，詩人皆必加以摹繪，方能逼真地反映景物之本質特徵。而不論是動態或靜態，其所呈現具有美學內涵之意象，仍是要藉語言加以描繪，因之山水詩之動靜之美，實際亦是其語言之美的延伸，不先講求語言之美，就無法以富於靜態或動態美感之語言，描繪出靜態與動態之「象」。

靈運之山水詩句中，有者寫靜景，有者寫動景，又有動景與靜景之相襯者，更有者是表面是動景，而實為靜景，或表面是靜景，而實為動景者。動與靜景，有時實非絕對，動可以靜，靜亦可以動，兩者互動互襯，反而形成和諧統一，此乃構成自然美之一項重要因素。靈運之山水詩句，無論是動景、靜景，各具高妙，且動景與靜景之描繪，常是交錯出現，互為襯托，變化奇特，在藝術上有很高之審美價值，以下特舉例明之：

### （1）臨摹靜景者

如：

連嶂疊巘崿，青翠杳深沈。（〈晚出西射堂〉）
遠山映疏木，空翠難強名。（〈過白岸亭〉）
密林含餘清，遠峰隱半規。（〈遊南亭〉）
野曠沙岸淨，天高秋月明。（〈初去郡〉）

以上四例句，皆在描述山川景物中，恬靜之意境，亦無不是在表

現幽靜之美,王國維《人間詞話》中,即提及靜景,宜表現優美之境界[94]。靈運之山水詩句,表面上寫出大自然之靜景,但由此感悟到山川景物之幽靜意境,以呈現出靜態之美,因之常運用烘托之手法,加以寫作,如劉熙載《藝概》即云:「山之精神寫不出,以煙霞寫出;春之精神寫不出,以草樹寫之;故詩無氣象,則精神亦無所寓矣」[95]是矣。

如例句中第一、二、三例,皆以具雄偉之姿之山峰,作為背景,而後以青翠林木,作為對照烘托,整個空間環境,即顯現愈深沈,就愈幽靜,令人心馳神往。第四例句,則刻畫開闊之曠野與沙岸,「淨」字寫出整個空間,似空無一物之真空世界,而再以高懸之明月,照明大地,作為對比,以顯現整個沙岸環境更為寬廣,一幅秋夜沙岸畫,即在腦海中浮現,而在秋月之烘托下,沙岸之夜,更顯得無比之寧靜,將讀者帶進一空靈玄妙之境界,既靜謐而又優美。

## (2)描繪動景者

如:

溯流觸驚急,臨圻阻參錯。(〈富春渚〉)

溯流激浮湍,息陰倚密竿。(〈道路憶山中〉)

石淺水潺湲,日落山照耀。(〈七里瀨〉)

銅陵映碧澗,石磴瀉紅泉。(〈入華子岡是麻源第三谷〉)

以上四例詩句,描繪動景,有者激流湍急,勢若奔馬,自然有雄

---

94 王國維:《人間詞話》。按:王國維云:「無我之境,人惟於靜中得之,有我之境,於由動之靜時得之,故一優美,一宏壯也」,頁2。

95 清‧劉熙載:《藝概‧詩概》(臺北:廣文書局,1964年3月初版),卷二,頁18。

渾豪放之美；有者水流石淺，潺潺東流，則有清澈明秀之美。第四例句，銅陵映澗，紅泉下瀉，則有暢流清爽之美。總之，各種景觀，均能藉富有動態美感之語言，描繪出山姿水態，而顯現大自然景物的生動之情，唐・皎然對動態之刻畫，即云：「狀飛動之趣」（《詩式》），可知景觀之動態，確能傳達出飛動之趣，而有傳神之妙。而讀者在閱讀之下，引起共鳴，自能感受景物之生命力，激發讀者審美之愉悅，了悟萬象無窮之美。由此可知，具象美中之一的動態美，是在呈現大自然神奇雄渾之生命，屬於壯美之範疇。

## （3）刻畫動靜相襯之景者

如：

> 初篁苞綠籜，新蒲含紫茸。海鷗戲春岸，天雞弄和風。（〈於南山往北山經湖中瞻眺〉）
>
> 蘋萍泛沈深，菰蒲冒清淺。企石挹飛泉，攀林摘葉卷。（〈從斤竹澗越嶺溪行〉）

此二例句，均前二句寫靜景，後二句寫動景。首例見初篁苞綠，新蒲含紫，是草木之生意，亦是水域幽靜之天地，由靜而動，遠望海鷗、天雞，鼓翼戲逐，可以想見，亦聆聽到嚶嚶鳥鳴，是禽鳥之喜悅，眼前即景，可謂形、音、色兼而有之，組成一幅美麗之山水禽鳥圖，動、植物皆入畫，動、靜互襯，充滿著勃勃生機，真是「景近而趣遙」（王世貞《藝苑卮言》），別有一番意趣。

第二例，前二句描述綠色浮萍，飄浮深潭，菰蒲則自清淺之水中冒出，活畫出充滿無限生機之綠色世界，純樸而幽靜。後二句寫詩人欣賞之餘，自身不由得變為更年輕、活潑，於是天真地立起腳跟，合

手接取飛泉，又攀爬樹端，摘取初生嫩葉。詩人在溪邊歡蹦亂跳，如同一無憂無慮之幼童。詩人描述自身溪行所見，屬靜景，沿途所為之事，則為動態，由靜而動，靜動相襯，動人之畫面，即呈現眼前，頗見生動傳神。

再如：

> 崖傾光難留，林深響易奔。(〈石門新營所住四面高山迴溪石瀨茂林脩竹〉)
> 石橫水分流，林密蹊絕蹤。(〈於南山往北山經湖中瞻眺〉)

此二例句，表面寫動景，實際是寫靜景。前一例句寫陽光照射山谷，時間短暫，又因「林深」，山風一吹，讓人覺得聲勢浩大，表面上看是動景，是打破靜景之一種干擾，實際是詩人以反襯手法，描寫其靜景，以山風撼動森林之動態，突顯山谷、密林間之靜寂，而形成此處之靜美境地。

後一例句，先寫在聽覺之指引下，有流水聲傳來，舉目看去，則見石橫流分，林密路絕，靈運有寶貴之遊歷經驗，放在此處，表面是寫動態，實際是在寫林深幽靜，渺無人跡之靜景。

又如：

> 春晚綠野秀，巖高白雲屯。(〈入彭蠡湖口〉)
> 清霄颺浮煙，空林響法鼓。(〈過瞿溪山飯僧〉)

此兩例句，表面是寫靜景，實際則為動景。前一例，言春臨人間，綠野秀麗，山峰高聳，白雲繚繞聚合，白雲並非靜止不動，靜中有動，故是動景，而非靜景。後一例，言天際晴朗，山嵐飄浮，空寂

之樹林中，有寺院法鼓之聲響起，此處表面不寫佛門清靜之環境，但
實際因有寺院法鼓之聲傳至，則示意僧人正做法事，故通過景物、人
事之活動烘托，整體畫面，乃由靜轉而為動，使原來呈現之靜景，不
顯得凝滯呆板。其中之妙，即在詩人著意去點出白雲聚合，屬短暫而
細微之動態；法鼓傳響，是以有聲改變無聲，注入溫馨之人情味，化
無情為有情，應是屬於一種極高層次，不著痕跡之轉化法，動靜互襯
之下，賦予景物一種內在統一的和諧之美。

　　明山秀水，其魅力本就是源於多姿多采之形態，一如人物，各有
面目性情，各有風神氣韻，因之描繪山水，亦必運用不同之筆法，加
以描繪，靜態有靜態之寧靜景觀，與幽雅之意境情致，動態有動態之
變化景觀，與生動之活躍形態，可謂奇情詭趣，奔赴交會。因而靈運
描繪山水美景，雖不厭其繁，「鉤深抉隱，窮四時之變，極萬物之類」
（黃鵠《古詩冶》引馮時可語），而其畫面，卻各具姿態，呈現優美
或壯美，尤其動景與靜景之間之變化，彼此襯映，相互烘托，更使其
畫面，變幻離奇，繽紛多采，極其自然的形成一種具象之美，如此更
是增強其引人之藝術魅力，清・吳雷發論詩，即曾將動、靜之表現，
作為評定詩歌最高藝術境界之一項重要內容，而在《說詩管蒯》中
云：「真中有幻，動中有靜，寂處有音，冷處有神，句中有句，味外
有味，詩之絕類離群者也」[96]，所評確實獨具隻眼，見得深入。

## 2　聲色之美

　　詩歌創作，本就通過語言之妙用，以創造出一種內涵豐美、外在
雅麗之藝術美。劉勰曾云：「立文之道，其理有三，一曰形文，五色
是也；二曰聲文，五音是也；三曰情文，五性是也」（《文心雕龍・情

---

96　清・吳雷發：《說詩管蒯》，第34則語，載丁福保編：《清詩話》（臺北：明倫出版
　　社，1971年12月初版），總頁數905。

采》）[97]。可見內涵外在,總須兼顧並重。古代山水詩人,創作山水詩,其審美追求,實際亦是朝此方向努力。而謝靈運在創作山水詩時,在「形文」方面,為使千變萬化之山水景色,能真實無偽,生動呈現,自是須大量運用形容摹狀之詞,加以描繪,方能「體物密附」,「巧言切狀」地將自然之美,呈現出來。上節論述之「動靜之美」,即是靈運細心觀察、感受,所描摹所獲得之審美效果。

前提及清·沈德潛《說詩晬語》,對以謝靈運、鮑照所代表的劉宋時代之詩歌,謂「聲色大開,詩運一轉關」,可謂微言切中,一針見血。謝靈運之山水詩,即是通過耳目感官靈敏之觀察與聆聽,去描寫大自然之種種聲音,種種色彩,而此亦須藉有鮮明具象性的詩之語言來完成。以靈運能感受到一般人難以察覺之自然景物細微聲息,且善於自這些細微聲音中,去發現美之奧祕,而使其詩作,組成一幅幅有聲之圖畫。

自然景物,本就豐姿多采,隨著環境、節候、光線、情調等因素之變化,更會顯現千變萬化,異采紛呈之色相,予人帶來美之視覺享受。善於敏銳觀察之詩人,運用透視原理,掌握光線之明暗、色彩之冷暖與深淺,溶入個人之感情,突出色彩之性格,使色彩有著生命,自然顯現其美來,而後加以細膩描摹,即逼真形似地繪出一幅幅風光旖旎、繽紛多采之圖畫,尤其藉音響與色彩之有機配合,在詩人之筆下,更是不拘一格,變化多端,如織錦繡一般,即能重現大自然之美來。而通過讀者之想像活動,便得到歷歷如見如聞之視聽效果,可將讀者帶進一迷人之勝境,而此亦即靈運詩作的「聲色之美」。此聲色之美,亦一如動靜之美一樣,是屬詩之語言美之範疇。

靈運山水詩,無論是摹寫風光、音響,或描繪光彩、色澤,又或

---

97 梁·劉勰:《文心雕龍注》,卷七〈情采第三十一〉,頁1。

刻畫聲色兼具上，無不是曲寫入微，使人心領神會，如入真境一般。
尤其靈運常用各種色彩字，以渲染其辭，更具特色的，是諸色彩字悉
用，而皆得其妙，而此正是古今山水詩人們所難以望其項背的。特舉
實例如下：

## （1）摹寫風光音響者

如：

> 活活夕流駛，噭噭夜猿啼。（〈登石門最高頂〉）
> 俯視喬木杪，仰聆大壑灘。（〈於南山往北山經湖中瞻眺〉）
> 鳥鳴識夜棲，木落知風發。（〈石門巖上宿〉）
> 秋泉鳴北澗，哀猿響南巒。（〈登臨海嶠初發彊中作與從弟惠連
> 見羊何共和之〉）

首例「活活」二句，「活活」為水流聲，「噭噭」為猿啼聲，皆屬
諧音字。二句言夜晚於寂靜之深山中，有水流聲，有猿啼聲，聲聲清
晰，聲聲入耳，無形之中，音響之和諧與韻味，喚起詩人之詩情，激
發了審美感受，亦寄託了審美情趣。

第二例「俯視」二句，言自高處下視，可見喬木之樹梢；仰首聆
聽，又聽到來自深谷之流水淙淙聲。視、聽覺皆在俯仰之間發揮，出
現不同之意象世界，確屬化工之筆。

第三例「鳥鳴」二句，抒寫山間夜晚虛寂，因鳥喧而知樹動，聽
葉落而知風過，全以耳聽代替目視，而將這種靜境，點綴得更為突
出，詩人置身其中，真有遠離塵俗，遺世獨立之想。

第四例「秋泉」二句，言北邊溪澗，傳來秋泉淙琤聲，南邊山
巒，又送至猿啼聲，而音聲同樣清遠悠揚，讓人俗慮盡消。

## （2）描繪光彩色澤者

如：

> 陵隰繁綠杞，墟囿粲紅桃。（〈入東道路詩〉）
> 白芷競新苕，綠蘋齊初葉。（〈登上戍石鼓山〉）
> 遨遊碧沙渚，遊衍丹山峰。（〈行田登海口盤嶼山〉）
> 遠巖映蘭薄，白日麗江皋。（〈從遊京口北固應詔〉）

首例「陵隰」二句，描述迷人之春色。生長茂盛之「綠杞」，與燦爛盛開之「紅桃」，彼此對比襯映之下，色彩鮮盛，亦繪出詩人愉悅之心境。

第二例「白芷」二句，刻畫大地春回，「白芷」爭相吐發嫩莖，「綠蘋」則齊生初葉，「綠」、「白」兩色，互為映襯，畫面、色澤更為秀美，似為詩人萌發新生之啟示。明、焦竑〈謝康樂集題辭〉，以為靈運「棄淳白之用，而競丹臒之奇」[98]，由此處例句看來，並非正確。

第三例「遨遊」二句，描畫詩人夏季觀遊之勝景，水色碧澄，映照在沙洲上，亦染成碧色，黃昏之際，夕陽西下，彩霞飛舞，山峰敷上丹色，「碧」、「丹」兩色，由近而遠，明麗之映照，正顯示詩人心神之舒暢。且由此亦可見到靈運運用色調，並不拘泥於景物之自然色彩，而是配合環境、節候、情調、氣氛等各種因素，加以敷彩設色的。

第四例「遠巖」二句，摹寫遠峰正映襯在未具體點明顏色，實際即為綠色之蘭草叢上，在「白日」之照耀下，使江邊高地，更為亮麗，在此顯示詩人將景物之色澤，描繪得深淺分明，層次有序。且詩人筆下，色澤亦分主賓，蘭草之綠色為主色，遠峰之墨綠色，則為

---

98 黃節：《謝康樂詩註》（臺北：藝文印書館，1987年10月4版），頁3。

「賓」色，「白日」照耀在江邊高地上之亮麗色澤，亦為賓色，以賓襯主，使蘭草之綠色，更為鮮明突出，上下兩句，本各自色彩明鮮，今又構成明麗之襯映與對比，可謂和諧之中有錯綜，統一之中有變化，靈運設色敷彩之工力，可謂超絕。除上舉之「白」、「綠」、「紅」、「丹」、「碧」色彩字外，靈運尚遣用「青」、「赤」、「朱」、「紫」、「黑」、「黃」、「金」等色彩字以描摹大自然千變萬化之景色，如云：「青翠杳深沉」（〈晚出西射堂〉）、「赤亭無淹薄」（〈富春渚〉）、「金膏滅明光」（〈入彭蠡湖口〉）等等。明・黃省曾即云：「康樂色彩，敷發殆盡，靈機天化無餘蘊矣，千年以來，末有其匹也」（《謝康樂集》引）[99]，可謂切中肯綮，評不虛發。

## （3）刻畫聲色兼備者

如：

> 荒林紛沃若，哀禽相叫嘯。（〈七里瀨〉）
> 猿鳴誠知曙，谷幽光未顯。（〈從斤竹澗越嶺溪行〉）
> 池塘生春草，園林變鳴禽。（〈登池上樓〉）
> 早聞夕飆急，晚見朝日暾。（〈石門新營所住四面高山迴溪石瀨茂林脩竹〉）

首例「荒林」二句，言荒山空林，樹葉茂盛，此處「綠」色雖未點明，然已隱寓其中。而各種禽鳥，悲鳴啁啾，詩人之心境感受，由此可知。而詩人旅遊林野之中，所見所聞，在此真是寫得有「聲」有「色」，且由於移情作用，而感受到荒林中，禽鳥之「哀」鳴。所謂

---

99 明・黃省曾評語，為《謝康樂集》引，載黃明等編：《魏晉南北朝詩精品》（上海：上海社會科學院出版社，1995年6月第1版），頁223。

「景非滯景，景總合情」（王夫之《古詩評選》）[100]，亦由此可見。

第二例「猿鳴」二句，言聽猿猴鳴叫，如天色已明，惟山谷幽深，陽光猶未射入，在此黎明之魚肚色與山谷之墨色，暗相對比，頗有含蓄之畫意美。另此處再以「猿鳴」聲反襯，更顯示詩人投宿山中之靜寂，此為詩人獨到之觀察體驗，且將此觀察體驗，精確地描述出來。

第三例「池塘」二句，言詩人久病初起，眼見樓外池塘邊，嫩草吐綠出土，又聽到庭園垂柳叢中，禽鳥鳴聲，亦已變換。情與景會，有聲有色，春意盎然。以其生動逼真，如在目前，而成千古絕唱。

第四例「早聞」二句，乃寫一種錯覺，言詩人住宿此山間，以此地山高林密，使人對方向與時間，不似在平地容易辨認，以致使詩人誤以為晨風即晚風飆起，夕陽誤以為是朝日。在此，晨風聲與夕陽，予人之錯覺，更顯示此地具有之空靈美，與反襯而擁有之寧靜美。

由上述之各例，可知靈運之山水詩，頗善創造優美之藝術形象，以詩人之巧心，畫家之慧眼，音樂家之靈耳，捕捉大自然之各種天籟，尤其靈運能超越古今詩人，悉用各種不同色彩，組成一幅幅聲色兼具之立體圖畫，並以臨摹音響，敷飾色彩，作為自然山水傳神寫照之重要手法，使音響、色彩成為構成形神逼肖，氣韻生動之自然景物形象要素，有如此要素，加上巧思慧心之組織安排，寓「聲」於景，融情入「聲」，賦色彩以生命，而細膩逼真地將大自然之美，重新呈現，從而引發人們豐富的美之聯想，作品始能動人心弦，引人入勝，而在悅目賞心之下，享受到真正美之饗宴。衡之後代山水詩人，具有如靈運之工力者，究有幾人？

---

100 按：此評語乃清‧王夫之著、張國星校點：《古詩評選》（王夫之品詩三種）（北京：文化藝術出版社，1997年北京第1版），評謝詩〈登上戍石鼓山〉語，此評語移來評「荒林」二句，亦適用。

## （四）理趣之美

　　詩本主抒情言志，若詠物、寫景，亦須與情結合，所謂寄情於物，寓情於景，始能動人感人。若以議論入詩，以哲理入詩，向來備受非議，如以為詩「一涉議論，便是鬼道」（明・王世貞《藝苑巵言》）[101]，「雖著議論，無雋永之味，又似史贊一派，俱非詩也」（清・袁枚《隨園詩話》）[102]。另有評家如宋・嚴羽言「詩有別趣，非關理也」（《滄浪詩話》）[103]，清・潘德輿言「理語不必入詩中，詩境不可出理外」（《養一齋詩話》）[104]，可見諸家對議論、哲理之入詩，各持己見。

　　其實詩亦可有議論，亦可有哲理，詩人如果將議論、哲理，隱含在詩之藝術形象，與熾熱之感情中，予人以美感，以情趣，即「理在趣中」，又何嘗不可？誠如近人饒宗頤云：「詩在說理時，還得有趣味，純理則質木，得趣則有韻致，否則不受人家歡迎，理上加趣，成為最節省的藝術手法」[105]，旨哉是言。理趣[106]詩之特質，當是作品詞

---

101 明・王世貞：《藝苑巵言》語，載丁福保輯《歷代詩話續編》（中）（臺北：木鐸出版社，1983年9月初版），卷一，頁959。

102 清・袁枚：《隨園詩話》語，載畢桂發、張連第、漆緒邦主編：《精選歷代詩話評釋》（鄭州：中州古籍出版社，1988年7月第1版），頁462。

103 宋・嚴羽著、郭紹虞校釋：《滄浪詩話》（臺北：河洛圖書出版社，1979年12月再版），〈詩辨〉語，頁23。

104 清・潘德輿：《養一齋詩話》語，載畢桂發、張連第、漆緒邦主編：《精選歷代詩話評釋》，頁572。

105 饒宗頤：《文轍——文學史論集》（臺北：學生書局，1991年11月初版），〈談中國詩的情景與理趣〉，頁913。

106 按「理趣」一詞，較早見於《十三經注疏》，唐・孔穎達疏：《尚書正義》（臺北：藝文印書館，1981年1月8版），〈尚書序〉，〈疏〉云：「明雖事異墳典，而理趣終同」，頁7。另見佛家典籍，唐・玄奘譯：《成唯識論》，卷四，如「證此識有，理趣無邊」，論「第八識」，「證有此識，理趣甚多」，同上卷五，論「第七識」，參閱敏澤：《中國文學理論批評史》（吉林：吉林教育出版社，1993年3月第1版），下冊，頁776。

語雖平淡，然寓有啟人深思之哲理，雖說理精到，亦不可落言荃，如能不說教，婉約以出，含蓄而有弦外之音，以藝術之手法表現，盡量排除理障、事障，使其含有情趣、韻味，此即為成功之理趣詩。[107]而其優劣，則約可分為三個等級：「無理語而有理趣者為上；有理語而無理障者次之；有理障而無理趣者為下」[108]。上乘之理趣詩，可以接納多角度之鑒賞，與多元化之闡釋，此類詩無意說理，亦無深奧之理語，乃是以尋常語出之，然目觸而道存，語淡而有滋味，[109]令人手不釋卷，玩味不盡。

　　魏晉時，極一時之盛之玄言詩、仙道詩，以哲學、宗教之義，與某些新詞彙，引入詩歌，終非我國傳統詩歌之正道，尤其玄言詩，「寄言上德，托意玄珠」（《宋書‧謝靈運傳論》），更是玄氣十足，令人乏味。斯時雖以哲理入詩，卻能夠去除理障、事障，表現得有理趣，有情味，開創我國詩歌自敘事、抒情、寫景之層次，提升入哲理層次，調和情、景、理，達於圓融統一，保其藝術魅力者之詩人，首為以「寫意」手法，寫田園詩之陶淵明，其次即為寫山水詩之謝靈運。清‧劉熙載云：「陶謝用理語，各有勝境」（《藝概‧詩概》）[110]是矣。

　　靈運詩歌，雖不免繁富，或予人矯情之感，然其能走出理窟，將老莊或儒、釋義理，或人生哲學，融入於情景之中，情味盎然，不失「理趣」，內涵豐富，意境新穎，引發人們涵詠體味之情趣，故靈運大部份之山水詩，尚屬成功之作，惟有少部份之山水詩，無法盡除理

---

107 陳怡良：〈陶謝兩家理趣詩之比較〉，《第三屆中國詩學會議論文集》（彰化：國立彰化師範大學國文學系），頁229、230。

108 吳戰壘：《中國詩學》（北京：人民出版社，1991年9月第1版），〈三　理語、理趣、理障〉，頁105。

109 陳怡良：〈陶謝兩家理趣詩之比較〉，《第三屆中國詩學會議論文集》，頁230。

110 清‧劉熙載：《藝概‧詩概》語，載顧紹柏校注：《謝靈運集校注》，（附錄五），〈評叢〉，頁538。

障、事障，欠缺情趣、理趣，不如人意，則不容諱言，應列為失敗之
作，茲將靈運山水詩作品，富有理趣之美者，加以舉證，如〈從斤竹
澗越嶺溪行〉：

> 猿鳴誠知曙，谷幽光未顯。巖下雲方合，花上露猶泫。
> 逶迤傍隈隩，苕遞陟徑峴。過澗既屬急，登棧亦陵緬。
> 川渚屢逕復，乘流玩迴轉。蘋萍泛沈深，菰蒲冒清淺。
> 企石挹飛泉，攀林摘葉卷。想見山阿人，薜蘿若在眼。
> 握蘭勤徒結，折麻心莫展。情用賞為美，事昧竟誰辨。
> 觀此遺物慮，一悟得所遣。

　　此詩作於宋元嘉二年（西元425年）夏，為靈運拜訪會稽太守，
從叔謝方明，歸來寫自斤竹澗越嶺溪行之見聞與感受。此詩之結構，
並非固定，而是屬錯綜型之結構，其程式依序為「寫景→記行→寫景
→興情→悟理」，頗見靈運之求變。

　　此詩前四句寫早景，刻畫晨起所見，自幽微而漸明麗之景物。接
著「逶迤」以下四句，乃記行，由萌起遊興，而以敘述方式點明題
旨，記其遊程，排比而下。「川渚」以下六句，分寫溪行、越嶺並寫
景。「想見」以下四句，屬興情。言自己遊覽山水美景時，不禁引起
遐思，聯想到〈九歌·山鬼〉中所吟之「山阿人」，寄予衷心之嚮往。
自幻想中返回現實後，再襲用〈九歌·大司命〉之字句，思念起遠方
之親友，採蘭折麻，卻無從贈予所思念之親友們，不禁倍感惆悵。

　　銜接而下，「情用」以下四句，則悟理。言自己重視的是能與知
己良友一起談心，今知己不在，自己獨賞之情，常因事情蒙昧而無法
明辨（按：事昧或指廬陵王死得不明不白之事。竟誰辨，或謂究竟有
何人能予以辨明伸雪？）若悟此理，則獨往自適其性，即可排遣一切

是非煩惱，而達物我一體，毫無差別之玄妙境界。

靈運此詩，由描繪山川景物，引到懷人，由賞景而起感懷，最後靈運以郭象注《莊子》所云：「既遣是非，又遣其遣。遣之又遣之以至於無遣，然後無遣無不遣，而是非自去矣」，體悟之哲理，作為收筆，即將前引用《楚辭》詞意之馨逸情韻，與莊子玄妙之哲理，融合一起，極為高妙。靈運先以洗鍊之語言，摹繪眼前美景，做到以畫入詩，而後情自景出，先交融再以豐富之感情，融入於莊子玄妙之哲理，做到以情入理，所謂不著痕跡，自然而然，既典雅渾成，又意有餘韻，可予讀者思想之啟發，與美之感受。

清・方東樹云：「此詩華妙精深，幾於壓卷」（《昭昧詹言》）[111]，可見此詩確屬靈運情、景、理渾然一體之作品，能排除理障、事障，將哲理融入情感之中，化成詩情理趣，自是屬於成功之作。

靈運另外洋溢情味，富有理趣之山水詩，如〈過白岸亭〉、〈登池上樓〉、〈遊赤石，進帆海〉、〈過始寧墅〉，及前已舉例之〈遊南亭〉、〈登江中孤嶼〉等，無不是蘊含理趣之美的成功之作。

然靈運山水詩中，亦有無法排除理障，不如人意的失敗之作，如〈登永嘉綠嶂山〉，後半節云：

> 蠱上貴不事，履二美貞吉。幽人常坦步，高尚邈難匹。
> 頤阿竟何端，寂寂寄抱一。恬如既已交，繕性自此去。

此後半節詩，引用《周易》、《老子》、《莊子》書中之詞彙、術語，加以重組成句，闡述哲理，表面極具匠心，善能融鑄，實際則語意隱晦，文字堆砌板重，與本詩上半節描述綠嶂山之山水美景，極不

---

111 清・方東樹著、汪紹楹校點：《昭昧詹言》（北京：人民文學出版社，1961年10月北京第1版），頁148。

協調，似有強加拼湊之嫌，且此詩評家亦評為「過於雕鏤，漸失天趣」
（沈德潛《古詩源》），今此詩下半節，既無法排除理障，失情味，乏
理趣，宜評為失敗之作，惟另有近代評家，評為「談玄說理，與景物
凝成一體，匠心獨運，尤能啟人深思，實為謝詩中的佳作」[112]，與筆
者之管見，差異殊大，此僅能言見仁見智矣。

　　謝靈運之山水詩，欲將其個人之人生體驗、美感經驗、審美追
求，與哲理體悟，所謂物我、形神、情理交融於一體。既以自然山水
作為審美對象，全部心血亦投入於自然山水之吟詠，期能以山川靈秀
之氣，貫通老莊名理、儒釋經義，將老莊名理為主，儒釋經義為副，
苞孕於山水景物之具體描摹之中，故雖語言富豔，刻畫絢麗，總能寓
情於景，情自景出，以理化情，情理交融，而成情、景、理三者自然
統一之作品，自是有其詩味，有其理趣，亦有其勝境，而具意境之
美，一掃玄言詩「理過其辭，淡乎寡味」之弊病。雖有極少數之作
品，欠缺情味理趣，然自總體藝術風格而言，靈運之山水詩，尚不失
為精緻典雅，氣魄恢宏，且又理趣洋溢，意境高遠之作品，宜乎評家
對其詩歌美學之成就，有極高之評價，如：

　　清・黃子雲云：

　　　康樂于漢魏外，別開蹊徑，舒情綴景，暢達理旨，三者兼長，
　　　洵堪睥睨一世。（〈野鴻詩的〉）[113]

　　清・沈德潛云：

112 魏耕原等編：《先秦漢魏六朝詩鑒賞辭典》（西安：三秦出版社，1990年6月第1
　　版），華鍾彥析評〈登永嘉綠嶂山〉一文，頁910-912。
113 顧紹柏：《謝靈運集校注》，〈附錄五〉，〈評叢〉，摘錄清・黃子雲：《野鴻詩的》
　　語，頁513。

> 大約匠心獨造，少規往則，鉤深極微，而漸近自然，流覽閒適
> 之中，時時浹洽理趣。(《說詩晬語》) [114]

「暢達理旨」、「浹洽理趣」兩語，足以見出靈運山水詩，有意以觸機而發，善於體悟之哲理，融入情、景之中，雖未見理語，亦自有理趣在筆墨之外，即有理語，亦能理入於情，又能將真情融入意象之中，成為具理趣而無理障，有情趣而不乏味之作。個人以為靈運山水詩所顯現的「理趣之美」，即在於此，而此正是後代一般山水詩人所難以達到的境地，稽之山水詩史，後代之山水詩人，又有幾人能寫出像靈運山水詩，既精緻典雅，又洋溢理趣者？

## 四　結語

中古時代，山水詩之出現，無疑的是詩歌史上一件大事。其發展過程，有其歷史。其產生原因，雖是人言人殊，眾說紛紜，不過其中有一項因素，應是無可爭議的，是「自然美對人是不可缺的，人們對山水美的發現與認識，促進了山水詩的發展」[115]，因之由昌盛一時之玄言詩，轉變為山水詩，不可否認，謝靈運是此一轉變中之軸心主角。

靈運受其個人審美素養之指引，建立其獨特之審美觀，而將全副之身心，投入大自然之中，優游徜徉，去追求，去發現自然山水之美。憑藉其對山水物色此一新穎題材之高度興趣，對山水勝景，是先求極貌寫物，巧言切狀，摹聲繪色，刻畫動靜，再進而去追求「摹神

---

114 顧紹柏：《謝靈運集校注》，〈附錄五〉，〈評叢〉，摘錄清・沈德潛：《說詩晬語》，頁520。

115 范陽編：《山水美論》(南寧：廣西教育出版社，1993年12月第1版)，丘振聲：〈山水美與山水詩〉，頁265。

繪影，細入毫芒」（孫奎聯《詩品臆說》）之境界，當然欲達此境界，則須舍形似而求神似，此「神似」，即清、王夫之所謂之「勢」[116]，清、朱庭珍所謂之「山水之性情」、「山水之精神」[117]。而後再繼續追求與哲理相結合，蓋靈運既已掌握住自然山水之精神內涵，與生命情調，則必以與其自身感情心緒、審美取向、哲思體悟相印證，從而使其山水詩，備受推許，成為如王夫之所謂「亦理亦情亦趣，逶迤而下，多取象外，不失圜中」（《古詩評選》）[118]之佳構名篇。

　　當然前面已提及的某些對靈運山水詩之負面評價，若先去了解靈運在審美方面之素養與取向，再循此而換另一角度來品賞其山水詩作，或許對原來所持之觀點，會有所修正，如鍾嶸《詩品》，初評靈運詩「繁蕪為累」，後醒悟其創作手法後，乃改評為「內無乏思，外無遺物，其繁富宜哉」，明・王世貞亦云：「余始讀謝靈運詩，初甚不能入，既入而漸愛之，以至于不能釋手」（《讀書後》）[119]。應是有其道理。

　　我國山水詩，由於謝靈運之善於經營畫境，使其詩作，無論在結構、語言、聲色、動靜、理趣上，皆有精采不凡之表現，形成其豔麗動人的藝術之美，而開創了一代新風，啟發後代無數詩人繼續創作山水詩，再進一步言，謝靈運創造出極貌寫物的各種表現技巧，開發出山水詩中以鋪寫繁富、典麗、厚重、新奇為特色的一種嶄新境界，更

---

116 丁福保編：《清詩話》，載清・王夫之：《薑齋詩話》（臺北：明倫出版社，1971年12月初版），卷下，頁8。

117 郭紹虞編：《清詩話續編》，載清・朱庭珍：《筱園詩話》，頁2344、2345。

118 按：上述評語，乃王夫之評謝靈運〈田南樹園激流植援〉詩語，參見清・王夫之評選、張國星評點：《古詩評選》（北京：文化藝術出版社，1997年3月北京第1版），頁218。

119 顧紹柏：《謝靈運集校注》，〈附錄五〉，〈評叢〉，摘錄明・王世貞《讀書後》語，頁501。

成為唐代山水詩派中雄深詩風的先導。另則亦使江南山水秀麗撫媚之風姿，豐富生動之氣韻，得以呈現在人們眼前，促成古今相續不斷之旅遊風氣，可作為山水旅遊與文學創作相結合之最佳典範。而靈運成為一具有劃時代意義之詩人，山水詩派之開山宗師，應是無庸置疑。[120]

---

120 按：本文原在一九九八年十二月，中國文化大學文學院主辦之「魏晉南北朝學術國際研討會」上宣讀，惟該研討會未出版論文集，特將本文略加修正如上。

# 柒　謝靈運〈山居賦〉創作意蘊及其寫景探勝

## 一　前言

謝靈運（西元385-433年），小字客兒，又稱謝客，陳郡陽夏（今河南太康）人，東晉名將謝玄子孫，襲封為康樂公，故後人稱其為謝康樂。以才情洋溢，審美素養深厚，使其所作山水詩，一新耳目，睥睨一世，達到中國山水詩的第一個高峰，成為中國山水詩派的宗師，而有「元嘉之雄」（梁・鍾嶸《詩品》）、「六朝之冠」（明・李夢陽《空同集》）、「詩冠江左」（明・張溥《漢魏六朝百三名家集》）、「蔚然成一祖」（清・方東樹《昭昧詹言》）等[1]的美譽。以往學者多注重謝靈運的詩歌，並給予他很高的評價，自然是實至名歸，當之無愧。不過靈運的作品，除了詩歌創作，是別闢蹊徑，匠心獨具，而特受讚揚外，實際他的辭賦，也極有特色，卻不受評家青睞，這可能是因其詩名太高，而賦為其所蓋，因之才受到忽略吧！

中國文學史中所提及的六朝的賦，是陶淵明的〈閒情賦〉、〈歸去來兮辭〉、鮑照的〈蕪城賦〉、謝惠連的〈雪賦〉等，而不大提及靈運的賦，認為辭賦似非他所長，甚至以為他的一篇〈山居賦〉，僅對了

---

1　自梁・鍾嶸《詩品》至清・方東樹《昭昧詹言》對謝靈運之評語，參見黃明等主編：《魏晉南北朝詩精品》（上海：上海社會科學院出版社，1995年6月第1版），謝靈運〈滙評〉，頁220-228。

解南朝莊園制度有一定史料價值外，似無太多特點，且引著名學者錢鍾書《管錐篇》的話說：「謝詩工於模山範水，而所作諸賦，寫景卻鮮迥出」（第四冊，第一二八五頁），又云：「所以《文選》收了大量謝詩而不取其賦，是有見地的」[2]。或言「若顏（延年）之〈赭白馬賦〉其尤著也。謝（靈運）賦不見稱。而惠連、希逸（謝莊），〈雪〉、〈月〉並傳，麗句清辭，自成格調」[3]。又或言謝靈運的〈山居賦〉與〈撰征賦〉，均「肆意逞其富豔才華，然二賦俱極繁蕪而無裁節」、「這二篇賦都不能算做成功的作品」[4]云云。

以上所列舉對謝靈運辭賦一些負面的評述，其實是值得商榷的。稽考謝靈運的賦作，今存十四篇，除少數字句脫落外，基本完整的，是沈約《宋書》本傳載錄的〈撰征賦〉與〈山居賦〉，且是長篇，其他都輯自類書，頗有些殘缺。[5]這十幾篇賦，都屬於遊覽與抒情之作。《宋書・本傳》說他：「文章之美，江左莫逮」[6]，「文章」含括詩、賦、文，以賦而言，靈運寫的賦作，當不止此數。而本傳既錄其較長篇的兩賦，亦可知《宋書》作者沈約對其辭賦之重視。〈撰征賦〉為述行之作，於義熙十三年（公元417年）春作，可考定是靈運入宋以前，為肯定劉裕率大軍出征，收復失土，加以讚揚而寫，此處不贅述。

---

2　曹道衡：《漢魏六朝辭賦》（臺北：群玉堂出版公司，1992年6月初版），頁170。

3　陳去病：《辭賦學綱要》（臺北：文海出版社，1971年7月初版），頁81。

4　胡國瑞：《魏晉南北朝文學史》（上海：上海文藝出版社，1980年10月第1版），按：胡氏評論靈運二賦，以為「俱極繁蕪而無裁節，〈山居賦〉鋪寫其居處四周遠近景物，間有可觀；而〈撰征賦〉寫其奉命北行，慰勞劉裕的旅途經歷，意在追摹潘岳的〈西征賦〉，而內容凌雜，遠不及潘作的明晰精鍊」，故判定「這二篇賦都不能算做成功的作品」，頁193。

5　謝靈運存留的賦作數，依顧紹柏：《謝靈運集校注》（臺北：里仁書局，2004年4月初版）〈目錄〉核計，頁9-13。

6　梁・沈約：《宋書・謝靈運傳》（臺北：新文豐出版公司，1975年10月初版），卷六十七，第二十二，〈列傳〉，頁845。

　　至於靈運另一篇長賦〈山居賦〉，約作於元嘉元年（公元四二四年）下半年，至次年（元嘉二年）上半年這段時間，靈運第一次隱居故鄉始寧時[7]，亦即自四十歲開始寫作，至四十一歲完成。按《宋書·謝靈運傳》云：

> 靈運父祖並葬始寧縣，並有故宅及墅，遂移籍會稽，修營別業，傍山帶江，盡幽居之美，與隱士王弘之、孔淳之等，縱放為娛，有終焉之志。……作〈山居賦〉並自注，以言其事[8]。

　　本傳中提到的始寧屬會稽，而會稽風景秀麗，迥異於北方，因之為隨晉室南遷之北方士人，喜歡居住之處。據《宋書·王弘之傳》云：「始寧沃川有佳山水，（王）弘之又依巖築室。謝靈運、顏延之，並相欽重。靈運與廬陵王義真箋曰：『會境既豐山水，是以江左嘉遁，並多居之』」[9]。另據《世說新語·言語》劉孝標注引《會稽郡記》云：「會稽境特多名山水，峰嶺隆峻，吐納雲霧，松栝楓柏，擢榦竦條，潭壑鏡徹，清流瀉注。王子敬見之曰：『山水之美，使人應接不暇』」。又《世說新語·言語》云：「顧長康從會稽還，人問山川之

---

7　顧紹柏：《謝靈運集校注》，〈附錄二〉，〈謝靈運生平事蹟及其作品繫年〉，將謝靈運撰寫〈山居賦〉之完成時間，繫於元嘉二年（乙丑，公元四二五年），靈運41歲。其理由是：「賦中還有一些段落，也證明詩人返山一年以後才著手撰寫。通觀全篇，結構並不十分嚴密，說明撰制蓋時斷時續，花了較長時間，很可能跨年度」。見頁466、591。另葉瑛：〈謝靈運年譜〉，〈謝靈運文學〉，《學衡》第33期，則繫於廢帝景平二年癸亥，39歲時，頁17。又楊勇：〈謝靈運年譜〉，《楊勇學術論文集》（北京：中華書局，2006年9月第1版），則繫於文帝元嘉元年甲子（西元424年），40歲時，頁416。郝昺衡：〈謝靈運年譜〉，《華東師範大學學報》（人文科學版）第3期（上海：華東師範大學，1957年7月），亦繫於40歲，頁70。

8　梁·沈約：《宋書·謝靈運傳》，頁850。

9　梁·沈約：《宋書·王弘之傳》，卷九十三，頁1101。

美，顧云『千巖競秀，萬壑爭流，草木蒙籠其上，若雲興霞蔚』」[10]，可見謝靈運營建的始寧山莊，位居會稽之始寧，正是傍山帶江，處處盡是山水之美之地。

〈山居賦〉一文，謝靈運尚加以自注（後文將加討論），可見靈運對其作品之重視，前雖舉某些近代學者對此賦的負面評價，然亦有學者自正面多所揄揚的，如馬積高《賦史》云：

> 謝靈運此賦，在文學史上還是值得重視的。……作者是懂得文學發展的趨勢的，他力圖避免枯燥的名物羅列，而著重于景物描寫，借以體現他那種高級貴族的閑情逸趣。……用歷史學的眼光來讀此，那還是應該承認它的價值的，因為無論是謝靈運以前或以後，誰也沒有像他這樣，把我國東晉南朝封建大莊園的圖景，描繪得如此細緻，就像沒有第二幅圖畫，能像〈清明上河圖〉那樣，把五代的風俗，展現得如此具體一樣。[11]

馬氏以為〈山居賦〉一則有其文學史之價值，因內容著重於景物描寫，二則有其歷史學之價值，因為它能將東晉南朝的大莊園圖景，描繪得非常細緻，對後代若要查考東晉南朝之大莊園圖景者，本篇有其參考價值。

鍾優民《謝靈運論稿》也說：

> 從序文裡可以看出本賦在題材上已突破前人「京都宮觀游獵聲色之盛」的傳統格局，而另闢蹊徑，選擇「山野草木水石穀稼

---

10 楊勇：《世說新語校箋》（臺北：明倫出版社，1970年9月初版），〈言語〉，頁115、113。

11 馬積高：《賦史》（上海：上海古籍出版社，1987年7月第1版），頁201、202。

之事」，表現方法上，追求平淡自然，「去飾取素」，與當時文
壇上講究「瑰辭麗說」的風氣，迥異其趣。在這種藝術創新的
後面，反映出靈運與劉宋統治集團不合作的政治傾向和新的美
學觀點。作為一個文學家，他反對充當圍著皇帝團團轉的御用
文人，要求走出宮廷大院，以描寫山水自然為己任，這在文學
發展史上，是有其重大的進步意義的。[12]

　　鍾氏指出〈山居賦〉在文學發展史上，有其重大的進步意義，如
在題材上，已突破前人的傳統格局。表現方法，亦在追求平淡自然，
與當時講求唯美風氣，可說大異其趣。再者，是此賦有新的美學觀
點，以描寫山水自然為主，而與御用文人完全以刻畫宮廷大院的作
風，完全不同。

　　自上述學者對〈山居賦〉的正面肯定，對照前段某些學者的負面
批評來看，可見不同角度與面向的觀點差異。〈山居賦〉體製宏偉，
內容繁富，賦之正文，長達三千九百一十五言，注文達四千九百三十
二言，共達八千八百四十七言，[13]長篇巨製，不容小覷，其內容，含
括描述始寧墅之地理位置，莊園變遷，山水風光，介紹當地豐盛之物
產，以及作者的山居生活。個人以為表面上，靈運在〈山居賦・序〉
中，自言：「即事也，山居良有異乎市廛。抱疾就閑，順從性情，敢
率所樂，而以作賦」[14]（頁449），所述皆為靈運山居即事，完全是其

---

12　鍾優民：《謝靈運論稿》（濟南：齊魯書社，1985年10月第1版），頁214。
13　按：〈山居賦〉正文為3915言・注文為4932言，包括正文脫字34字，注文脫字21
　　字，共8847言。一般人提及〈山居賦〉，因未詳細核計本文字數，皆籠統言上萬
　　言，或言近萬言，一語帶過，參見許恬怡：〈謝靈運〈山居賦〉自注原因析論〉，
　　《淡江中文學報》第16期（新北：淡江大學中國文學系，2007年6月），頁205。
14　按：本文引用謝靈運之作品，皆依顧紹柏：《謝靈運集校注》，且僅在引用本文中，
　　注明頁數，不再加注。

隱逸生活的寫真,其實內容則十分豐富,有顯有隱,有實有虛,凡解讀此賦者,可能各有心得,且此賦之寫景,有其細緻與勝處,可謂與其山水詩,互相輝映,相得益彰,實不宜輕忽,為有助於「知人論世」故,個人將對此賦之創作意蘊及其勝處,予以探討,以期對靈運與所作〈山居賦〉,能給予一個嶄新而較客觀的評價。以下則分:〈山居賦〉之創作意蘊。〈山居賦〉之寫景勝處二節分別論述:

## 二 〈山居賦〉之創作意蘊

文學是時代的反應,因為牽連到作家寫作的背景因素,而文學也是生活的反映,因文學也是作家人生體驗的表述。所以謝靈運撰寫的〈山居賦〉長賦,表面上是在寫他在故鄉始寧隱居的生活環境、居住情況,以及內心深處的所思所感,雖在內容中,有明顯的實際描摹,但有一些與個人學識、心靈、素養等相關,而不一定明確表態的,也隱隱約約的披露。凡此〈山居賦〉一文中的創作意蘊,正足以塑造出作者謝靈運獨特的創作個性,與藝術風格,易言之,有形的文學,融會其無形的情愫,自然就會顯示出「不朽」的神韻來。以下個人試著,自〈山居賦〉中,經爬梳整理,探奧抉隱,將謝靈運凝結在此賦中的意識、心態、學養,予以剖析,以探測出此賦的創作意蘊,審視靈運的內心世界,以下特分幾項論之。

## (一)體現求美之心態

靈運是一位具有藝術家氣質的人,「具有特性,即愛美心異常發達」[15],《宋書》本傳說他「性奢豪,車服鮮麗,衣裳器物,多改舊

---

15 葉瑛:〈謝靈運文學〉,《學衡》第33期,頁8。

制，世共宗之」[16]，《世說新語・言語》也說他「好戴曲柄笠」，說明他喜歡將車服，裝飾鮮豔華麗，對器物也都隨其審美觀點，率性地隨意更改。連頭上遮陽的斗笠，都要戴造形特殊的「曲柄笠」[17]，由此可知他愛美的心性之強烈。這種強烈的審美心性，若加探究，必是「有來自先祖藝術稟賦之衍傳，有家族及當代文人愛好藝術之薰染，亦有當代唯美思潮之影響」，當然主因是因他「誕生與生活在鍾靈毓秀之山水美環境中」[18]，不斷的受到陶冶與啟發。也因他對於明山秀水美好風物的欣賞，自然而然，就會形諸吟詠，以致山水詩作中，就會經常出現「賞」與「美」二字，如：

> 彼美丘園道，喟焉傷薄劣。（〈九日從宋公戲馬臺集送孔令〉）（頁35）
> 含情尚勞愛，如何離賞心。（〈晚出西射堂〉）（頁82）
> 遺情捨塵物，貞觀丘壑美。（〈述祖德詩〉之二）（頁154）
> 賞心不可忘，妙善冀能同。（〈田南樹園激流植援〉）（頁168）
> 表靈物莫賞，蘊真誰為傳。（〈登江中孤嶼〉）（頁123）
> 皇心美陽澤，萬象咸光昭。（〈從遊京口北固應詔〉）（頁234）

而在〈山居賦〉一文（含自注文）中，靈運對於山居周圍環境，或是山水、器物、動植物等的觀賞，亦是不遑多讓，文中「賞」一字，雖僅有四處（按：靈運全集中，出現「賞」字處，共二十六處），然「美」一字，則達二十二處，幾佔全集出現「美」字處共五

---

16　梁・沈約：《宋書・謝靈運傳》，頁845。
17　楊勇：《世說新語校箋》，〈言語〉，頁125。
18　陳怡良：〈謝靈運的審美素養及其山水詩的藝術美〉，《成大中文學報》第12期（臺南：國立成功大學中國文學系，2005年7月），頁123。

十六處[19]之一半,則其審美的心得與情趣如何,不問可知。今就文中,其對山居美好事物的描述,舉其例句如下:

> 爾其舊居,曩宅今園,枌檟尚援,基井具存。曲術周乎前後,直陌蟲其東西,豈伊臨谿而傍沼,迺抱阜而帶山。考封域之靈異,實茲境之最然。葺駢梁於巖麓,棲孤棟於江源。敞南戶以對遠嶺,闢東窗以矚近田。田連岡而盈疇,嶺枕水而通阡。(按:以下為靈運自注):「葺室在宅裏山之東麓,東窗矚田,兼見江山之美。三間故謂之駢梁,門前一棟,枕磯上,存江之嶺,南對江上遠嶺。此二館屬望,殆無優劣也」。(頁454、455)

文中靈運描述其祖傳的山居住宅,與新開闢的園林場地,其間種植作為牆垣的低矮灌木,以及往來的東西小路,無不是臨近溪流而闢建,加之四周被群山環抱,游目流觀之下,不得不贊嘆,這是一處美好的境地。且窗戶或對遠處的層巒峻嶺,或對近處的連綿田疇,可以看出作者布局的用心。景物先從近處寫起,再逐層寫到遠處,展現出一幅壯闊的景色。小自枌檟、基井敘述,寫到大塊的巖麓、田疇、遠嶺,這種由小而大的鋪敘,與由近而遠的布置精思,完全是畫面的示現,如此無不讓人感受到「江山之美」來。再如他描繪的一段「湖中之美」,是:

> 自園之田,自田之湖。泛濫川上,緬邈水區。濬潭澗而窈窕,除菰洲之纖餘。慫溫泉於春流,馳寒波而秋徂。風生浪於蘭

---

19 按:《謝靈運集》中,「賞」與「美」的用字次數統計,單以〈山居賦〉一文的統計,乃依劉殿爵等主編:《謝靈運集逐字索引》(香港:香港中文大學出版社,1999年),〈逐字索引〉統計,頁223、269、270。

渚，日倒景於椒塗。飛漸榭於中沚，取水月之歡娛。旦延陰而
物清，夕棲芬而氣敷。顧情交之永絕，覬雲客之暫如。（按：
以下為靈運自注）：「此皆湖中之美，但患言不盡意，萬不寫一
耳。諸澗出源入湖，故曰濬潭澗，澗長是以窈窕。除菰以作
洲，言所以紆餘也」。（頁455）。

　　靈運刻畫的，是經挖深疏通的潭澗美景。言潭澗紆曲悠長，經清
理過溪澗的水中植物後，得以使沙洲浮露。而令人驚訝的，是水中居
然出現汩汩湧出的小泉水，這豈不是一處自然界的神奇？岸邊水泊
處，長滿著蘭草，不時的隨風搖曳，道路則滿佈著山椒，使之一股迷
人的清香，不停的迎面襲來。建在池潭沙洲邊的高大台榭，頗有騰躍
欲飛的氣勢，也讓人從周遭的空明清靜裏，感受到衷心的欣悅。而白
晝在陰處乘涼，令人神清而氣爽，夜晚歇息時，在廂房放置各種香料
香草，到處即洋溢著芬芳。不過突然想到知交音訊杳然，不禁引起一
絲的惆悵，真奢望好友能前來探訪暫住，把臂言歡，一敘離情別意。
　　這一段描述的，表面上看，是在寫湖中景觀，自園而田，自田而
湖，有潭澗、溫泉、洲沚，接著點出菰洲、蘭渚、椒塗、漸榭、水
月、物清、氣敷，歸結到人事的情交、雲客來。屬於物事的，經過巧
妙的布置、點染後，「湖中之美」，自然呈現。但作者的寂寞情懷，也
在敘及情交、雲客二句中，隱隱浮現。可以說，這一段寫景，兼及抒
情，一則使人感受到湖中之美，二則最後二句，也流露作者撫今念
昔，感受懷念人的情意，可謂一片熱腸，流露言外，不過不問如何賞
心的美景，並非可用有限的文字來描述，難怪靈運要在原文中自注：
「但患言不盡意，萬不寫一耳」。
　　總之，因靈運有獨特的審美素養與情趣，以致〈山居賦〉中描繪
的景觀，雖林林總總，千姿百態，然靈運處處總不忘強調其「美」，

如上述的「兼見江山之美」、「此皆湖中之美」，與其他段落自注文中提到的，「皆木之類，選其美者載之」、「此四鳥並美采質」、「以為寓目之美觀」、「展轉幽奇，異處同美」、「此章謂山川眾美」等等，因之此賦，無論在內容與形式方面，均可發現其「賦美」的成就，令人激賞，但創作的背後，還是得說，一切應歸結到靈運內在心靈深處，一股強烈的求美欲望在運作使然。

## （二）表明創作之理念

雖說〈山居賦〉描繪的，是「左湖右江，往渚還汀。面山背阜，東阻西傾。抱含吸吐，款跨紆縈。緜聯邪亘，側直齊平」（〈山居賦〉）（頁452）的大莊園，似乎僅在寫出莊園的種種景觀而已，其實在前面的〈序〉中，不免透露出他的文學創作理念，如〈山居賦・序〉中說到作賦的動因，是「抱疾就閑，順從性情，敢率所樂，而以作賦，文體宜兼，以成其美」、「去飾取素，儻值其心」（頁449），茲就此三點，予以詮釋。

## 1 順從性情，敢率所樂

靈運的「順情」說，代表著他創作的宗旨，基本上，可說是傳承陸機的「緣情說」而來，其實意義是一樣的，近人徐復觀即云：「『緣情』是『順著情』或『因情』」[20]，陸機的〈文賦〉本文云：「詩緣情而綺靡，賦體物而瀏亮」[21]，表面上，「詩」與「賦」，似乎分開而言，但吾人應看作是一種互文見義的說法。事實上，賦也是要「緣情」的，詩也是要「體物」的，不過在當時的創作中，由於詩「緣

---

20 徐復觀：《陸機文賦疏釋》語，載晉・陸機著、張少康集釋：《文賦集釋》（北京：人民文學出版社，2005年12月第2次印刷），頁110。

21 晉・陸機著、張少康集釋：《文賦集釋》，頁99。

情」較突出一些，賦「體物」也較突出一些而已[22]。詩與賦，如何能不「緣情」而作？不「體物」而描寫？至於「緣情而綺靡」的意義，歷來爭論頗多，依學者所判定，實際陸機本意，「緣情」的「情」，顯然是指感情，亦即古來所謂「七情」，並非是專指消極哀傷的一個方向。而「綺靡」的含意，其實並無貶意，李善注為：「精妙之言」，當是較深得〈文賦〉所言的本意的。[23]

〈山居賦〉的寫作，也就是依靈運「順從性情，敢率所樂」旨意的發揮，這與他在其他作品中說的，是完全符合的，如所作〈歸途賦序〉云：

> 昔文章之士，多作行旅賦，或欣在觀國，或怵在斥徙，或述職邦邑，或羈旅戎陣。事由於外，興不自己，雖高才可推，求懷未愜。今量分告退，反身草澤，經途履運，用感其心（頁431）。

〈序〉中所言：「今量分告退，反身草澤，經途履運，用感其心」，可見此賦是因他在路途中所過之處，所見之事，內心有所感發而作。將「順從性情，敢率所樂」之宗旨，推衍至靈運的所有文學創作，無不是如此。《宋書》本傳說他任永嘉太守時，「既不得志，遂肆意游遨，徧歷諸縣，動踰旬朔，民間聽訟，不復關懷，所至輒為詩詠，以致其意焉」，傳文中的「所至輒為詩詠，以致其意焉」[24]，說明其沿途遨遊的詩作，也是「順從性情」，「以致其意」的，鍾嶸《詩品》就批評靈運道：「興多才高，寓目輒書。內無乏思，外無遺物，

---

22 按：以上之解說，乃依張少康在《文賦集釋》，〈釋義〉之詮釋，參見頁131、132。
23 晉・陸機著、張少康集釋：《文賦集釋》，頁111、112。
24 梁・沈約：《宋書・謝靈運傳》，頁850。

其繁富宜哉」[25]，與靈運時代接近的評家鍾嶸，也了解靈運「興多才高」，而「寓目輒書」若不「順從性情」，何能「寓目輒書」呢？故可斷言靈運所有的作品，正是他創作主張的成果見證者。

## 2 文體宜兼，以成其美

靈運在〈山居賦·序〉中，先引揚子雲云：「詩人之賦麗以則」，表明詩人寫的辭賦，儘管外在形式華麗，但總有一些法則約束，而不會「麗以淫」。接著靈運才提出「文體宜兼，以成其美」的主張，說明為文，形式與內容宜並重，不可偏頗，如此方能成就其美。在此除可看出靈運是如何的著重詩文之藝術審美外，亦可了解靈運「文體宜兼」的正確理念。不過梁·裴子野〈雕蟲論〉，卻對靈運的創作，有所誤解，而責斥其「箋綉鞶帨，無取廟堂」，[26]以為他僅追求形式的華美，卻不重視作品的思想內容。這其實是偏頗之見，對靈運的創作主張，沒有去好好了解。而靈運「文體宜兼」的這種論點，早在西漢王充《論衡》中，即已率先提出，如在所著《論衡·超奇》中云：

> 實誠在胸臆，文墨著竹帛，外內表裏，自相副稱，意奮而筆縱，故文見而實露也，人之有文也，猶禽之有毛也。毛有五色，皆生於體。苟有文無實，是則五色之禽，毛妄生也。[27]

王充的論點，即認為作品要感人，不能只追求美麗的形式與藻飾

---

25 梁·鍾嶸著、汪中選注：《詩品》（臺北：正中書局，1982年9月臺第8版），卷上，頁112。

26 梁·裴子野：〈雕蟲論〉，載郭紹虞主編：《中國歷代文論選》（上海：上海古籍出版社，2005年2月第4次印刷），頁324。

27 漢·王充：《論衡》（外十一種）（上海：上海古籍出版社，1992年7月第1版），〈超奇〉，頁20，總頁數169。

的辭句，要注重的，首先就是要有真實的內容，也只有描述真實，內容豐富的作品，方能動人，歷久傳誦不息，他反對「有文無實」，強調「外內表裏，自相副稱」。而這二句，也正符合靈運「文體宜兼，以成其美」的理念。在王充之後的西晉陸機的〈文賦〉，其實也有類似的見解，如云：「恒患意不稱物，文不逮意」、「理扶質以立幹，文垂條而結繁，信情貌之不差，故每變而在顏」[28]，也是主張形式與內容須並重。因之靈運的主張，可說是王充與陸機二位的繼承。

　　本來內容與形式，互存互依，只要言之有物，言之有序，加上言之有文，具有美好的形式，作品自然會散發引人的魅力，而膾炙人口了。靈運的這種文學創作觀點，當然他會努力的去實踐，發揮才情，盡其可能的體現在作品中，如其詩歌〈於南山往北山經湖中瞻眺〉中云：

> 朝旦發陽崖，景落憩陰峯。舍舟眺迥渚，停策倚茂松。
> 側逕既窈窕，環洲亦玲瓏。俛視喬木杪，仰聆大壑灇。
> 石橫水分流，林密蹊絕蹤。解作竟何感，升長亦丰容。
> 初篁苞綠籜，新蒲含紫茸。海鷗戲春岸，天雞弄和風。（頁175）

　　此詩寫於元嘉二年（西元425年）春，詩人描寫的內容，是自南山新居經巫湖返回東山故居時，乘機晚眺的春景。內容寫出觀賞的景色，是但見洲渚玲瓏，流水淙淙。喬木高聳，林密絕蹤。近看初篁新蒲，欣欣向榮，遠眺則見海鷗戲於春水江岸，美麗的天雞，在和風中，上下翻飛，處處無不顯現一片生機。在詩中，我們可看出描述詩

---

28　晉・陸機著、張少康集釋：《文賦集釋》，頁1、60。

人晚眺的春景,生動真實,並以細緻的工筆,刻畫出一幅極為自然的
山水畫,遠近交錯,動靜互襯,高低、動靜、色彩、禽鳥等,無不組
合得均衡對稱,字句雅麗活潑,完全以「形似」、「富豔」取勝,頗能
引發讀者審美的愉悅,了悟到萬象無窮之美,內容、形式,有著美好
的組合。

〈山居賦〉,自是依靈運的創作觀點,撰述而成,今舉其中描寫
始寧所處的地理位置,屬於「近東」一節的山嶽形勢、河流走向如
何,如云:

> 近東則上田、下湖、西㵎、南谷,石墅、石滂,閡硎、黃竹。
> 決飛泉於百仞,森高薄於千麓。寫長源於遠江,派深崲於近
> 瀆。(按:以下靈運之「自注文」,省略)(頁452)

此處描述山居之處的近東位置與景觀,是其間山水繚繞,有著名
的上田、下湖,溪水經西溪、南谷分流。中間受阻於石墅、石滂,使
之水流奔瀉而下,形成飛泉匹練。人工砌成的堤牆,達十數里,使流
經其間的溪水,無不是飛流迅激,再逶迤下注良田。而兩面岩壁峻
峭,令人怵目驚心。其上綠竹成林,一片翁鬱蒼翠,環境清幽,雖寫
的是東面近景,卻展出一幅清麗的郊野風光,怎不教人心曠神怡?此
節用字簡省,句意鮮明,聲調諧協,達到雅緻的審美效果。

## 3 去飾取素,儻值其心

靈運在〈山居賦·序〉中,言「覽者廢張(衡)左(思)之豔
辭,尋臺(孝威。隱士)皓(商山四皓:園公、綺里季、夏黃公、角
里先生。隱士)之深意,去飾取素,儻值其心耳」(頁449),其中
「去飾取素」一語,即主張創作原理,宜自慘淡經營、精雕細琢中轉

變，回歸自然清新的本色來，「素」即指自然本色，其句意涵，表露靈運早期追求的語言藝術，本是出之雕縟，求其華美，以呈現景物具象之美。如今，則有意返璞歸真，要以清新自然之語言，以顯現景觀神韻之美，亦如明·王世貞對謝詩的評論，是「然至穠麗之極，而反若平淡，琢磨之極，而更似天然」（〈讀書後〉）[29]，清·沈德潛亦云：「謝詩經營而反於自然，不可及處，在新在俊」（《說詩晬語》）[30]，王、沈二氏批評的，雖是針對謝詩而發，不過若持以按之謝賦，又何嘗不然？

　　查考「去飾取素」一語，實際有其淵源，也代表著靈運寫作〈山居賦〉時，對寫作手法的一種領悟。據《周易》之〈賁卦〉云：「上九，白賁，无咎」，王弼注云：「處飾之終，飾終反素，故在其質素，不勞文飾而无咎也。以白為飾，而无患憂，得志者也」，《程子易傳》進而釋義云：「上九，賁之極也。賁飾之極，則失于華偽，唯能質白其賁，則无過失之咎。白素也，尚質素則不失其本真，所謂尚質素者，非无飾也，不使華沒實耳」[31]。可見「尚質素則不失其本真」，意即崇尚自然本色，方不失其本真。劉勰《文心雕龍·情采》云：「賁象窮白，貴乎反本」[32]，其意即言，據《周易》中專講文飾的〈賁卦〉，亦認為最終仍是以白色為正，任何采飾，還是要以能保持本色為貴。強調為文仍是以自然為尚，要皆因情即勢，率性成章。靈運此

---

29 明·王世貞：《讀書後》語，載顧紹柏：《謝靈運集校注》，〈附錄五〉，〈評叢〉，頁674。

30 清·沈德潛：《說詩晬語》，載顧紹柏：《謝靈運集校注》，〈附錄五〉，〈評叢〉，頁699。

31 按：上舉王弼與《程子易傳》之注，參見丁壽昌編著：《易經會通》（鄭州：中州古籍出版社1992年11月第1版），頁317。

32 梁·劉勰著、范文瀾注：《文心雕龍注》（臺北：臺灣開明書店，1968年7月臺6版），〈情采〉，頁2。

「去飾取素,儻值其心」的論點,正與上舉「順從性情,敢率所樂」的創作宗旨,相輔相成。

進一步言,南北朝時代,正是唯美文學熾盛的時期,詩人作家寫作,無不在誇辭耀藻,爭奇炫豔,一如李諤在〈上高帝書〉中,痛陳南朝文學的弊病云:

> 江左齊梁,其弊彌甚,貴賤賢愚,唯矜吟咏,遂復遺理存異,尋虛逐微,競一韻之奇,爭一字之巧,連篇累牘,不出月露之形,積案盈箱,唯是風雲之狀,世俗以此為高,朝廷據此擢士,祿利之路既開,愛尚之情愈篤,于是閭里童昏,貴遊總卯,未窺六甲,先製五言。[33]

文中提到「月露之形」、「風雲之狀」,說的即是內容空虛。「一韻之奇」、「一字之巧」,說的就是指僅重視外在的形式。其所以如此,乃因當代一般名流文士,依附朝廷,生活靡爛,浮虛淫佚的惡習,使文學的發展,走向「結藻清英,流韻綺靡」[34],而促成綺麗華豔的文風。靈運能提出「去飾取素」的主張,說明他在詩賦的創作上,已在意識上有了相當大的覺醒與體認,宜近人饒宗頤《選堂賦話》云:「謝意在廢豔辭,存深意,去飾取素」[35]是矣。

當然靈運在其創作上,也會有所依循的表現在作品中,才導致鍾嶸《詩品‧序》稱許靈運「才高詞盛,富豔難蹤」,在評價〈顏延之

---

33 清‧嚴可均校釋:《全上古三代秦漢三國六朝文》(北京:中華書局,1991年10月北京第5次印刷),卷二十,〈全隋文〉,頁9,總頁數4135。

34 羅宗強:《魏晉南北朝文學思想史》(北京:中華書局,1996年10月第1版),〈引言〉,頁6。

35 饒宗頤:《選堂賦話》,刊於何沛雄編著:《賦話六種》(增訂本)(香港:生活、讀書、新知出版社,1982年12月香港第1版),頁106。

詩〉時,引用湯惠休的話說:「謝詩如芙蓉出水」[36],南朝宋·鮑照也評靈運五言詩說:「謝五言如初發芙蓉,自然可愛」,梁·蕭綱〈與湘東王書〉說靈運:「謝客吐言天拔,出於自然」[37],諸氏一直強調謝詩「如芙蓉出水」、「自然可愛」、「出於自然」等,不是沒有原因的。

## (三)隱寓博學之自豪

出身豪門世家之謝靈運,《宋書》本傳說他「少好學,博覽群書,文章之美,江左莫逮」,可見靈運非但「幼便穎悟」(〈本傳〉),且能勤奮好學,博涉經史,並未因自恃光顯之門第,而怠惰廢書,也因他有淵博之學識作為基礎,才能善為文章,頭角崢嶸,而使「江左莫逮」[38]。及至成年之後,著作等身,據近世所修的《上虞縣志》卷三十六,《隋書·經籍志》所考見的靈運著作篇目,計有《晉書》三十六卷、《晉錄》、《內外書儀》四卷、《要字苑》一卷、《遊名山志》一卷等共二十種之多。[39]當然以上並非是靈運全部著作,可能有一些已經佚失,且上舉目錄所載,已有許多是有目無書了。散失之嚴重,由此可見。

誠如黃節稱讚靈運的詩作,是「合《詩》、《易》、聃、周、《騷》、〈辯〉、仙以成之,其所寄懷,每寓本事」[40],說明其詩作,「乃是學者之詩,無一字無來處,率意自撰也」(清·方東樹《昭昧

---

36 梁·鍾嶸著、汪中選注:《詩品》,〈序〉,頁13。
37 南朝宋·鮑照與梁·蕭綱評謝靈運語,載顧紹柏:《謝靈運集校注》,〈附錄五〉,〈評叢〉,頁641、646。
38 梁·沈約:《宋書·謝靈運傳》,卷六十七,頁1(總頁數845)。
39 張秉權:〈論謝靈運〉,《大陸雜誌》第11卷第3期(臺北:大陸雜誌社,1955年7月),頁14。
40 黃節:《謝康樂詩註》(臺北:藝文印書館,1987年10月4版),〈序〉,頁2。

詹言》語）[41]，表明靈運詩作，雖處處用典，但也反應出他平素閱讀之廣，學養之厚。詩作如此，其賦作亦是如此。〈山居賦〉中，靈運已自道云：「謝子臥疾山頂，覽古人遺書」，表明他隱居山莊期間，隨時都在讀古人的典籍，又云：

> 哲人不存，懷抱誰質。糟粕猶在，啟縢剖帙。見柱下之經二，觀濠上之篇七。承未散之全樸，救已頹於道術。嗟夫！六藝以宣聖教，九流以判賢徒。國史以載前紀，家傳以申前模。篇章以陳美刺，論難以覈有無。兵技醫日，龜筴筮夢之法，風角冢宅，算數律曆之書。或平生之所流覽，並於今而棄諸。驗前識之喪道，抱一德而不渝（按：「自注文」，省略）（頁464）。

據上述，靈運涉獵之書，除了儒、道、史書等諸子百家典籍外，那些兵法、技藝、醫藥、律曆、測候、占卜、地理風水的著作，居然也在他的閱覽之列。而在自注文中，具體引用的，如揚雄《方言》、《神農本草經》、《說文》、《字林》、《楚辭·離騷》、《列仙傳》、《洞真經》、《爾雅》，及張華的《博物志》等。當然一些佛教的經典，如自注文中提到的《維摩詰經》、《般若》（《金剛般若經》）、《法華》（《法華經》）、《泥洹》（《大般泥洹經》），及《四真諦》（《大般涅槃經》十二），及本文「大慈之弘誓」之出處，即《大阿彌陀佛經》等，也都是他經常誦讀的佛學寶典。

除以上列舉的眾多經、史、子、集、與佛經等典籍外，靈運對於當時流行的民歌，也頗有興趣，並加以吸收與研究，如〈山居賦〉本文及〈自注文〉提到的：

---

41 清·方東樹：《昭昧詹言》（北京：人民文學出版社，2006年1月第4次印刷），卷五，頁131。

卷〈敏弦〉之逸曲，感〈江南〉之哀歎。秦箏倡而溯游往，〈唐上〉奏而舊愛還。（靈運自注文：〈敏弦〉是〈采菱歌〉。〈江南〉是〈相和曲〉，云江南采蓮。秦箏倡〈蒹葭歌〉，〈唐上〉奏〈蒲生〉詩，皆感物致賦）。（頁455）

按：上述之民間歌謠，如〈敏弦〉、〈江南〉、〈唐上〉（指〈塘上行〉，屬樂府清調曲）、〈蒹葭歌〉等，靈運必極為欣賞，而樂為取用於其詩文中，如詩歌〈彭城宮中直感歲暮〉云：「楚豔起行戚，〈吳趨〉絕歸懽」（頁40）（按：「楚豔」指楚地歌曲，〈吳趨〉泛指吳地的歌曲，如〈吳趨行〉等一類歌謠）、〈道路憶山中〉：「〈采菱〉調易急，〈江南〉歌不緩」（頁277）、「淒淒〈明月吹〉，惻惻〈廣陵散〉」（頁278）（按：〈明月吹〉，笛曲名，因古樂府〈橫吹曲〉有〈關山月〉，故取名〈明月吹〉。〈廣陵散〉，古琴曲名，嵇康被殺，臨刑即索琴奏此曲）。賦作如〈傷己賦〉：「歌〈白華〉而絕曲，奏蒲生之促調」（頁448）（按：〈白華〉指《詩經·小雅》之〈白華〉）。

依靈運在〈山居賦〉本文與自注文中的自述，可證《宋書》本傳說他「好學，博覽群書」，絕無虛假。從此賦的文意，亦可看出他一則對自己博學多聞的肯定與自信，一則也反映他因自廣涉典籍中，受益匪淺的欣悅，且隱隱顯示他並以此自豪，即使與其「詩書簪纓之族」中的其他優秀子弟相比，亦毫不遜色，甚至還更傑出。自〈山居賦〉一文的見證，可藉以判定，是靈運一生，始終保持良好的讀書與寫作習慣，如在〈山居賦〉寫的：「伊昔齠齔，實愛斯文。援紙握管，會性通神」（頁464），其〈書帙銘〉亦云：「懷幽卷頤，戢妙抱密。用捨以道，舒卷不失。亮惟勤玩，無或暇逸」（頁488），〈齋中讀書〉云：「臥疾豐暇豫，翰墨時間作。懷抱觀古今，寢食展戲謔」（頁92）。就可了解靈運確實是好學，並勤於寫作，使他在學術與文學創作上有所成，絕非僥倖與偶然。

## （四）流露賞愛之生活

襲封為康樂公的謝靈運，「生當晉宋易代，風雲多變之際，加上其本性桀驁不馴，宦途上自然難以一帆風順，飛黃騰達」[42]，儘管有其理想與抱負，企待能如其祖謝玄一樣，在政途上有所施展，他本人「自謂才能宜參權要」（《宋書》本傳），卻與劉宋新貴集團格格不入，貌合神離，朝廷方面，「唯以文義處之，不以應實相許」，而「不見知」，難怪他「常懷憤憤」（《宋書》本傳），鬱鬱寡歡。幾度出入官場，卻是處處受挫，因而在詩作中，不免吐露心聲，吟道：

> 羈雌戀舊侶，迷鳥懷故林。含情尚勞愛，如何離賞心。（〈晚出西射堂〉）（頁82）
>
> 資此永幽棲，豈伊年歲別。各勉日新志，音塵慰寂蔑。（〈鄰居相送方山〉）（頁61）
>
> 揮手告鄉曲，三載期歸旋。且為樹枌檟，無令孤願言。（〈過始寧墅〉）（頁63）

自上舉詩作中，可看出靈運自感仕途不順，一如失伴迷鳥，內心寂寞，不免吐露及早隱遁幽棲之意。後終在景平元年秋末，他稱疾辭去永嘉太守職，返回故鄉會稽始寧縣，雖「從弟晦、曜、弘徵等並與書止之」（《宋書》本傳），親友們雖寫信勸止，但他很堅持，並不聽從，而開始第一次的隱居生活。所作〈辭祿賦〉云：「解龜紐於城邑，反褐衣於丘窟。判人事於一朝，與世物乎長絕」（頁430）、〈歸途賦〉云：「襐簪帶於窮城，反巾褐於空谷。果歸期於願言，獲素念於思樂」（頁431），說辭去官職，如其所願，返回家鄉隱居，希望與官

---

42 鍾優民：《謝靈運論稿》，〈謝靈運的經歷〉，頁37。

場人士，斷絕關係，不再往來，能舒適愉悅的幽居，過著悠閒自在的逍遙日子。

元嘉元年（西元424年）開春，靈運即在始寧故宅基礎上，擴建東山莊園，另在遠離東山的嶀山一帶，大興土木，重建新居，在所作〈山居賦〉中，他形容自己因順心如意，「敢率所樂，而以作賦」，在賦文與自注文中，不免透露他一方面在久歷官場不少風波之後，如今置身於莊園佳山麗水之中，又能與王弘之、孔淳之這些喜遊山水，視功名富貴如敝屣的高士，時相過從往來，那真如魚得水了，再則又能在園內建造僧房精舍，以接待一些佛門高僧，並請他們上堂講法，這在當前來說，可就是他最賞愛的生活了。

〈山居賦〉在首段，靈運開宗明義提出自己的人生信念，表明有感於史上政局不安，帶來殺戮的殷鑑，而在自注文云：

> 文成、張良，卻粒棄人間事，從赤松子遊。陶朱、范蠡，臨去之際，亦語文種云云。謂二賢既權榮素，故身名有判也。牽犬，李斯之嘆。聽鶴，陸機領成都眾大敗後，云「思聞華亭鶴唳，不可復得」（頁450）。

此言張良、范蠡，均能拋棄權勢富貴隱遁，以避難測的災殃。李斯、陸機就因貪戀於榮華利祿，終難以免禍，古人遺籍，昭昭可稽，這些人物的成敗得失原因，靈運了然於胸，自是與他心意相合，所以靈運才會「悠然而笑」，可知這時他心情之舒暢。

接著賦文先總述莊園之地理位置，是「左湖右江」、「面山背阜」，有山有水，境地幽靜，風景如畫，徜徉其間，如何讓人不逸興遄飛？以下他分別按近東、近南、近西、近北、遠東、遠南、遠西、遠北八個方位，就其周圍山嶽形勢、河流走向，一一描繪，雖是較刻

板之漢賦的傳統手法，似未講究技巧，卻能使人全面掌握、一目了然。中間他又舉出當地物產的豐盛，五穀雜糧，如秔、秫、麻、麥、粟、菽等，賦文云：「生何待於多資，理取足於滿腹」（頁455），並自注云：「許由云：『偃鼠飲河，不過滿腹』，謂人生食足，則歡有餘，何待多須邪」（頁455）云云，其滿意於當地之作物，可見一斑。

另外再大量羅列鳥獸草木之名，如竹有苦箭、筹箭、青苦、白苦等八個品種，魚則有鱧、鮒、鱒、鱧、鮪、鯉等二十個名種，鳥則有鷗、鴻、鷖、鷺、梟、鵗等十多個品種，即使是藥草，如參核、六根、五華、九實、三建類，如核桃、杏仁、葛根、菊花、伏苓、附子等類者，亦有幾十種之多，雖感繁瑣，不過靈運則表示極喜歡當地之物產，而對動植物繁多之品評，在自注文云：「謂種類繁多，不可根源，但觀其貌狀，相其音聲，則知山川之好」（頁457），對某些鳥類，他特別在自注文云：「雞鵙鵁鶄，……亦雉之美者，此四鳥並美采質」。或注云：「山雞映水，自翫其羽儀者」（頁458），靈運平素必時時觀賞當地動植物之情況，如云：「觀其貌狀，相其音聲」，才會發出「知山川之好」、「並美采質」、山雞「自翫其羽儀」的讚美，則其賞心悅目之餘，其心情之欣然，不問可知。

他生活其中，經常自南山前往北山，而在賦文云：

> 求歸其路，迺界北山。棧道傾虧，蹬閣連卷。復有水逕，繚繞回圓。瀰瀰平湖，泓泓澄淵。孤岸竦秀，長洲芊綿。既瞻既眺，曠矣悠然。及其二川合流，異源同口。赴隘入險，俱會山首。瀨排沙以積丘，峰倚渚以起阜。石傾瀾而捎巖，木映波而結藪。巡南滑以橫前，轉北崖而掩後。隱叢灌故悉晨暮，託星宿以知左右。（自注文：往反經過，自非巖澗，便是水逕，洲島相對，皆有趣也）（頁462）

　　靈運經常往返南山與北山之間,「既瞻既眺,曠矣悠然」,放眼瞻眺之下,視野寬闊遼遠,心胸為之開朗。所行道路,有棧道,有石階小道,曲折連綿,艱困險惡。崖壁聳立,草木繁茂,其間更有清潭、湍流、沙丘、澤地,各具風姿,景色絕佳,充滿自然界生命的意趣,令人領略到造物者的神奇傑作。而此時此刻,感受敏銳的詩人,豈能不陶醉其中,心裡洋溢著無限的喜悅?靈運將這幅美景,在自注文中,雖簡要的說:「皆有趣也」,但這就是他內心喜樂的具體自白。

　　再說最重要的,是他在莊園中,建有經台、講堂、禪室、僧房,欣然迎接遠道而來的法師高僧,能安住其中,講經說法,如在賦文中云:

> 安居二時,冬夏三月。遠僧有來,近眾無闕。法鼓朗響,頌偈清發。散華霏蕤,流香飛越。析曠劫之微言,說像法之遺旨。乘此心之一豪,濟彼生之萬理。啟善趣於南倡,歸清暢於北機。非獨愜於予情,諒僉感於君子,山中兮清寂,群紛兮自絕。周聽兮匪多,得理兮俱悅。(按:「自注文」,省略)(頁463)

　　依上述,知眾僧冬夏二季前來,停留輒九十日,眾信徒也遠近聚集山莊,聆聽高僧講經弘法。斯時法鼓洪響,頌偈聲揚,眾信徒齊聚講堂,靜聆高僧大師講解佛經的微言遺旨,使信徒們能體悟佛理,擺脫世塵諸多牽累,消除各種糾葛,文中謂「非獨愜於予情,諒僉感於君子」,表明非但靈運本人心情怡悅舒暢,即使在場的一些信徒聽眾,同樣的有所感受,皆會因聽到佛家義諦而「俱悅」。

　　綜而言之,靈運在莊園中的幽居期間,除為擴建所需,有所勞神忙碌之外,其他大體上是極為愜意於他淡泊悠閒的日子,因為多少總是能慰藉以往受挫的心靈,在〈山居賦〉中,依筆者上述舉證,可知

他是頗為賞愛他這種隱居的生活的。

## （五）宣揚崇信之佛法

在謝靈運出生之前，其家族與佛教人士往來已甚多，領悟佛理亦甚早。謝安、謝玄、謝朗與高僧支道林、謝超宗與慧休，均有來往，《世說新語》中已有記載，[43]湯用彤亦於《漢魏兩晉南北朝佛教史》云：「陳郡謝氏之名人，與佛教常生因緣」[44]等可知。靈運自小被送到錢塘杜明師處寄養，至十五歲回到建康後不久，便信奉佛法，不再殺生。〈山居賦〉中云：「顧弱齡而涉道，悟好生之咸宜」（頁458），自注云：

> 自少不殺，至乎白首，故在山中，而此歡永廢。莊周云，虎狼仁獸，豈不父子相親。世云虎狼暴虐者，政以其如禽獸，而人物不自悟其毒害，而言虎狼可疾之甚，苟其隨欲，豈復崖限。自弱齡奉法，故得免殺生之事。苟此悟萬物好生之理。《易》云：「不遠復，無祇悔」。庶乘此得以入道。莊周云：海人有機心，鷗鳥舞而不下。今無害彼之心，各說豫於林池也。（頁458）

賦文與自注文中，闡釋佛教好生戒殺之理，且引用《周易》、《莊

---

43 按：謝氏家族與當代僧人往來者，如《世說新語‧雅量》引《中興書》云：「（謝）安元居會稽，與支道林、王羲之、許詢共遊處。出則漁弋山水，入則談說屬文，未嘗有處世意也」。又〈文學〉云：「林道人詣謝公，東陽時始總角，新病起，體未堪勞；與林公講論，遂至相苦」。參見楊勇：《世說新語校箋》，頁282、175。另《南齊書‧謝超宗傳》亦載「（超宗）與慧休道人來往，好學有文辭，盛得名譽」。見梁‧蕭子顯：《南齊書》（臺北：藝文印書館，1956年），卷三十六，〈謝超宗傳〉，頁303。

44 湯用彤：《漢魏兩晉南北朝佛教史》（臺北：漢聲出版社影印，1973年4月臺北影印第1版），第十三章〈佛教之南統〉，〈世族與佛教〉，頁435。

子》之言論，相互發明。本來「不殺生」，即是佛徒「五戒」之一[45]。
而其接受之佛教思想，應是來自慧遠的般若實相學。靈運二十七歲
時，即入廬山，見慧遠大師[46]。《高僧傳》曾敘述他們見面之情形：
「陳郡謝靈運，負才傲俗，少所推崇，及一相見，肅然心服」[47]，靈
運面對四海共仰之慧遠大師，確實是肅然起敬，由衷欽服。後即一直
追隨此位大師。義熙九年九月慧遠作〈萬佛影銘〉，並派弟子釋道秉
到建康，請靈運亦作〈佛影銘〉，可以見出慧遠對靈運之器重。慧遠
於義熙十三年卒，靈運還作〈廬山慧遠法師誄並序〉（頁378），以為
悼念與追思。

　　靈運無論身在朝或在野，亦多與名僧法師來往，在他任永嘉太守
時，更與當代高僧，如法勖、僧維、慧麟等，「共求其衷，猥辱高
難，辭徵理析，莫不精究」（〈答王衛軍問〉）（頁426），寫下有名的
〈辨宗論〉。等到他稱病退居始寧別墅時，可以在〈山居賦〉中，看
出他對佛教之虔誠信仰，與在宣揚佛法上的盡心盡力。如在〈山居
賦〉中，如上述，他寫道：「面南嶺，建經臺；倚北阜，築講堂，傍
危峯，立禪室；臨浚流，列僧房」（頁459），即為一些法師高僧，在
自己的莊園中，好好建築講堂、禪室，並與他們或登臨遊賞，或說法
講經。靈運於〈山居賦〉中寫道：

　　　　敬承聖誥，恭窺前經。山野昭曠，聚落羶腥。故大慈之弘誓，
　　　　拯群物之淪傾。豈寓地而空言，必有貸以善成。欽鹿野之華

---

45 按：佛教「五戒」是指：不殺生、不偷盜、不邪淫、不妄語、不飲酒。見孫祖烈：
　　《佛學小辭典》（長春：古籍書店據1938年醫學書局石印本影印，1991年7月印刷），
　　頁84。
46 顧紹柏：《謝靈運集校注》，〈謝靈運生平事蹟及作品繫年〉，頁554。
47 梁·釋慧皎撰、湯用彤校注：《高僧傳》（北京：中華書局，1992年10月第1版），卷
　　六〈晉廬山釋慧遠傳〉，頁221。

苑，羨靈鷲之名山。企堅固之貞林，希菴羅之芳園，雖縟容之緬邈，謂哀音之恆存。建招提於幽峯，冀振錫之希肩。庶鐙王之贈席，想香積之惠餐。事在微而思通，理匪絕而可溫。（自注文：……鹿苑，說「四真諦」處。靈鷲山，說《般若》、《法華》處。堅固林，說《泥洹》處，菴羅園，說「不思議」處。……招提，謂僧不能常住者，可持作坐處也。鐙王、香積，事出《維摩經》。《論語》云：「溫故知新」。理既不絕，更宜復溫，則可待為己之日用也）（頁458、459）

從上引之「敬承聖誥，恭窺前經」句，其中的「聖誥」，即指聖人的教誨，如佛祖及菩薩們的教訓，「前經」，主要是指他們流傳下來的佛經。「敬承」、「恭窺」，可看出靈運對他們的崇敬、信仰。由於人世的沉淪，使阿彌陀佛，立下四十八大心願，要普渡眾生，拯救世人，這也是靈運寫下「故大慈之弘誓」兩句的要義。其下，他又寫到私心非常欽敬、仰慕往昔釋迦牟尼講道說法的「鹿野苑」、「靈鷲山」、「堅固林」、「庵羅園」這些地方，他自注說明，是釋迦牟尼的講道處，如說「四真諦」、《法華》、《泥洹》、「不思議」，其涵括的佛教寶典，即前節已提到的《金剛般若經》、《法華經》、《無量壽經》、《大般泥洹經》、《大般涅槃經》、《維摩詰經》。另「大慈之弘誓」句的典故出處：《大阿彌陀佛經》等。靈運在自注文中，還提到他雖對上述經典耳熟能詳，但更願溫故知新，領略其中的道理，以備為己所用。

由此可見集山水之美的莊園，靈運把它建成了佛家勝地，也是一處佛教徒們心目中的極樂國土了。靈運的有心建設，也是出諸其對佛教的信仰，藉此信仰，讓他在政途上的失意之後，思想上不僅不空虛、枯燥，更因虔信佛教，而建立了強大的依靠與信念。所以有人說，靈運「經營山墅的一個重要的動因，便是滿足其佛教信仰上的欲

求」[48]，可謂事出有因，頗具道理。

　　與法師高僧時常交往的靈運，並非徒事閒遊，除了與他們研句析疑，「問來答往」（〈曇隆法師誄並序〉）（頁490），以增進其對佛理的領悟，從中獲益外，其實他對這些高僧們的人格、苦修，更是無比的敬佩，毋寧是成了他最佳的良好榜樣，也是帶給他無上的人格示範。〈山居賦〉云：

> 苦節之僧，明發懷抱。事紹人徒，心通世表。是遊是憩，倚石構草。寒暑有移，至業莫矯。觀三世以其夢，撫六度以取道。乘恬知以寂泊，含和理之窈窕。指東山以冥期，實西方之潛兆。雖一日以千載，猶恨相遇之不早（自注文：謂曇隆、法流二法師也。二公辭恩愛，棄妻子，輕舉入山，外緣都絕，魚肉不入口，糞掃必在體，物見之絕歎，而法師處之夷然。……昔告離之始，期生東山，沒存西方。相遇之欣，實以一日為千載，猶慨恨不早）（頁459）

　　此一節文字，靈運特別提出曾與其共遊與討論的曇隆、法流[49]二位法師，他們看破紅塵，投入空門，堅苦卓絕，守志不二。曾在山莊中暫駐，且依石崖，自己搭建草屋，苦修道行，真是德行完美。體悟佛教「三世」因果，並以「六度」為超渡之道，具無上之智慧，而入乎空寂之境。由於彼此相遇甚欣，相處一日恍如千載，難免有相識恨晚之慨。靈運對兩位法師的崇敬仰慕，在此表露無遺，同時也將靈運

---

48 陳道貴：〈從《山居賦》看佛教對謝客山水詩的影響〉，《文史哲》第2期（濟南：山東大學文史哲編輯部，1998年），頁89。

49 按：法統，生平不詳，湯用彤以為，或即《高僧傳》，卷七〈釋僧鏡傳〉，中之道流，見湯氏：《漢魏兩晉南北朝佛教史》，第十三章〈佛教之南統〉，頁439。

一心向佛之至誠，及期待弘揚佛法之心意，不著痕跡的一起帶出來，在此尤其耐人尋味，如此豈不是予人有更深刻的印象？

　　靈運篤好佛理，對佛法的倡導，更是功不可沒，其在〈山居賦〉中，含蓄而不經意的敘述其在莊園，對僧徒的尊重與禮遇，以及敦請高僧的說法解經，對當代佛教界而言，都是不可磨滅的功績，宜其在六朝佛教史上，有其崇高的地位。而靈運也確實有相當的佛學造詣，所以若要論其在佛學之成就，一般都以為主要在兩方面，一是前已敘述，他在景平元年（西元423年），未寫〈山居賦〉前，為闡揚佛學義理，撰述〈辨宗論〉。二是元嘉八年（西元431年），他與慧嚴、慧觀一道改治《大般涅槃經》，以刊定佛教重要經典。不過筆者以為有一項不可忽視的，是同在元嘉八年，他為《金剛般若經》作注，以嘉惠學佛者。因之湯用彤曾評靈運云：「其於佛教，亦只得皮毛」，當非事實[50]，僅自〈山居賦〉本文來看，即可得到明確的驗證。

## （六）展示新變之成果

　　清‧陳祚明對靈運山水詩的成就，曾如此評論云：

> 康樂情深於山水，故山遊之作彌佳，他或不逮。抑亦登覽所
> 及，吞納眾奇，故詩愈工乎（《采菽堂古詩選》）[51]。

---

50 按：謝靈運弘揚佛法的成就，一般僅舉兩項，一為著〈辨宗論〉，二為與慧嚴、慧觀一道改治《大般涅槃經》。但筆者以為宜加入另一項，即為《金剛般若經》作注。惟謝注已佚失甚久，後世難以搜輯。如今已在某些《金剛經集注》等佛書中，發現靈運有12則注釋，可能原注已佚失甚多，今存留雖少，卻彌足珍貴。參見拙著：〈謝靈運在佛法上之建樹及其山水詩的禪意理趣〉，《漢學研究》第26卷第4期（臺北：漢學研究中心，2008年12月），頁44-51。

51 清‧陳祚明：《采菽堂古詩選》，載顧紹柏：《謝靈運集校注》，〈附錄五〉，〈評叢〉，頁695。

　　雖說靈運詩，確實是如陳氏所云「情深於山水，故山遊之作彌佳」；「登覽所及，吞納眾奇」，因之才會作得愈精工，其實詩是如此，而靈運之賦作，又何嘗不然？且靈運本人如前節所述，對於審美情趣、意識，一向有獨到的素養與心得，加上當代正處於一個追求唯美主義的文學革新運動時期，《南齊書・文學傳論》即云：「習玩為理，事久則瀆，在乎文章，彌患凡舊，若無新變，不能代雄」[52]，其中「若無新變，不能代雄」一語，可謂獨到。梁・劉勰《文心雕龍・通變》亦云：

> 凡詩、賦、書、記，名理相因，此有常之體也；文辭氣力，通變則久，此無方之數也。名理有常，體必資於故實；通變無方，數必酌於新聲，故能騁無窮之路，飲不竭之源。[53]

　　劉氏在此強調的，是體裁有其固定形式，但在文辭氣勢與感染力方面，則非推陳出新不可，如此方能使所作，馳騁自如，左右逢源。靈運的〈山居賦〉，也就在其求變求新之體認下，無論題材內容、結構層次、語言藝術等方面，有著極為突破性的創新手法，加以展示問世。今將其成效分項論之：

## 1　題材內容方面

　　靈運在〈山居賦〉文本前，有一小〈序〉，此〈序〉與兩晉以來之賦序，有明顯之差異，是：

（1）此序字數簡約，僅一八四字。兩晉以來之賦序，常為正文之半，或為長序者。在此似靈運有意改變。

---

52　梁・蕭子顯：《南齊書・文學傳論》，載穆克宏、郭丹編著：《魏晉南北朝文論全編》（南京：江蘇教育出版社，1996年12月第1版），頁470。

53　梁・劉勰著、范文瀾注：《文心雕龍注》，卷六〈通變〉第二十九，頁17。

（2）語言以駢句為主，間採散句，兩者融合無間，可見作者之行文功力。

（3）對取材與修辭之看法，表達要有異於漢賦名家揚雄之觀點。

又該序作者靈運的寫作論點，是如前節所述，是「文體宜兼，以成其美」，「去飾取素，儻值其心」，亦表露其審美意趣，最主要的，是取材「既非京都宮觀遊獵聲色之盛」，而是「山野草木水石穀稼之事」，意為以往文評家，視為辭賦正宗，專以京都名城作為主要描寫對象，如張衡的〈西京〉、〈東京〉、〈南都〉，與左思的〈蜀都〉、〈吳都〉、〈魏都〉等長篇大賦，無不是鋪敘誇張，務華求麗之能事。

今靈運以山中隱士之身份，要將此陳陳相因的傳統取材格局打破，選擇與其山居周圍，屬於鄉土的「山野草木水石穀稼之事」，加以鋪敘，且遣辭造句，描寫手法，強調自然質樸，此在唯美是競之當代而言，無疑是一件石破天驚的大膽舉動，等於是向文藝界公開挑戰的一紙宣言。當然，此一宣佈，無論成與敗，得與失，必定會帶給未來的辭賦家，多少有一些省思與啟示，那是不必置疑的。

〈山居賦〉的題材，既定位在鄉土素材方面，內容自是以此為主要對象，不過一般長篇大賦的整體寫法，乃是以鋪敘事物為主，言志、議論為輔，以造成壯闊氣勢，先聲奪人。魏晉南北朝的大賦，其創作手法與體製規模，基本上並沒有跳脫漢賦鋪張揚厲的手法，來體物狀景。但靈運卻不走這種固定模式，他反而以言志抒情作為全文的主軸，而後由首段的抒懷述志展開，先陳述隱居山莊林園之由來，接著描繪始寧別墅的地理方位、景觀，再繼續述及莊園的沿革變遷，及當地物產的豐饒，莊園的建築布局，與其個人的山居生活，往古聖賢們的要言妙道，並盼有知音能了解其心事。

而在內容中，有一較特殊的體例，是在賦文各節中，夾有靈運的自注，目的當然是希望有助於讀者對於自己作品的理解。除了對於字

詞、句意典故的注釋外，更有注音，如「魦音沙。鱡音居綴反。鱨音
上羊反」（頁457）等。有的甚至提示段落大意，如注云：「此一章敘仙
學者雖未及佛道之高，然出於世表矣」（頁460），「此章謂山川眾美，
亦不必有，故總敘其最」（頁462）。這些自注內容，頗為詳瞻，涉及範
圍甚廣，有山川名物、儒道仙佛、神話傳說等各方面，從中可見靈運
對經傳諸子百家之著作、學說頗有研究，且對博物志怪等典籍，以及
江南樂府民歌，亦極熟知。有學者即以為，這些「注文尚有補充原文
之不足的作用，語言風格十分優美，無異于一篇山水小品」[54]，或說：
「正因其有作者較為詳盡的注文，千百年後人們，對它的名詞典故，
才不致產生歧義，不能不歸功於靈運的良苦用心」[55]，言之良然。

　　個人以為這些注文的價值，絕不在〈山居賦〉本文之下，對研究
六朝博物學、語言學、文字學、醫藥學、生態美學、園藝學、宗教學
等學界而言，頗具史料與文獻學之參考價值，實不宜等閒視之。進而
言之，其對研究中國古典園林，或禪與中國園林關係者，更是直接的
第一等資料，豈可加以漠視？不過近人錢鍾書《管錐篇》於〈山居
賦〉及其自注，則頗有苛評云：「〈山居賦〉有靈運自註甚詳。賦既塞
滯，註尤冗瑣，時時標示用語出處，而大半皆箋闡意理，大似本文拳
曲未申，端賴補筆以宣達衷曲，或幾類後世詞曲之襯字者」[56]云云，
則是可商榷處，蓋就賦而言，不同時代，與不同背景，又或不同鑒賞
角度者而言，其判定優劣得失，可能必有仁智互見之爭論，故個人對
此，以為爭訟難決，千古難辨，在此暫擱下不論。

　　有關靈運之自注，有學者以為「自註始於王逸，戴凱之〈竹
譜〉、謝靈運〈山居賦〉用其例；《漢書・藝文志》亦自註，然非發明

---

54　王琳：《六朝辭賦史》（哈爾濱：黑龍江出版社，1998年7月第1版），〈第五章　南朝
　　賦〉，頁217。

55　鍾優民：《謝靈運論稿》，頁220、221。

56　錢鍾書：《管錐編》（臺北：蘭馨室書齋，1979年），第四冊，頁1285。

文義，故不以託始」，「北魏張淵〈觀象賦〉、北齊・顏之推〈觀我生賦〉亦有自註，而記錢大昕云：『陳壽載楊戲〈季漢輔臣贊〉有註，又在靈運前』」，或又云：「苟王逸、張衡、左思諸賦之註，匪出己手，則靈運為創舉矣」[57]。不過就現有材料看，可能是從左思〈齊都賦注〉開始的，其後庾闡〈揚都賦〉、曹毗〈魏都賦〉、郭璞〈蜜蜂賦〉等賦，亦皆有注[58]。這些賦作之自注，乃是對字音、字義、名物、地名等的訓詁，基本上，仍是屬左思〈齊都賦注〉一類，因而有學者以為謝靈運〈山居賦注〉，是在前人的基礎上，將自注之例發揚光大，且其不僅篇幅擴大若干倍，而且以釋事數典闡釋義理為主，與本文互相發明[59]。

個人以為若論賦注之始，謝靈運尚非原創者，不過靈運能在前人之賦注基礎下，加以擴大，某些文句之注釋，已超過賦文本文之範圍，甚至有些詮釋文句，於景物風光，描述頗為生動，幾可另成一篇駢散結合之山水小品文。而自注文中，徵引之典籍類別、性質，更超越以往之賦作多多，使之後世如齊、梁時代之江淹（西元444-505年）、陶弘景（西元452-536年）、吳均（西元469-520年）等人之山水小品，北朝酈道元（西元？-527年）之《水經注》，以及後世書寫山水遊記稱名之唐代柳宗元等人，多少皆受到啟發與影響，應是毫無疑問。因而清・浦銑《復小齋賦話》即據以判定云：「賦之自注者，唯宋・謝康樂〈山居〉一首」[60]，不是沒有原因的。不過，不問如何，〈山居賦〉本文的內容，即因靈運在賦文前寫的小〈序〉，再加上長達四千九百三十二言的注文（按：含注文脫字二十一字），「互相發明」，而面面俱到，一新耳目，讓人不得不另眼相看。

57 錢鍾書：《管錐編》第四冊，頁1287。
58 程章燦：《魏晉南北朝賦史》（南京：江蘇古籍出版社，1992年2月第1版），頁187。
59 程章燦：《魏晉南北朝賦史》，頁188。
60 清・浦銑：《復小齋賦話》，載何沛雄編著《賦話六種》（增訂本），頁87。

## 2　結構層次方面

　　結構乃是詩文之組織形式，為詩文的骨架，一如支撐人體全身的骨骼，使血肉依附在其上。可以說，結構是一篇詩文成敗的關鍵，也是一位作者藝術功力的考驗。而層次則是材料安排的次序，等於是在表露作者思路開展的線索。一般對結構的要求，是要求具統一性、完整性，如《文心雕龍》說的「驅萬塗於同歸，貞百慮於一致」（〈附會〉）[61]，即是在講求「首尾照應，表裡一體」。如此，結構上自然顯得嚴謹而不鬆散。不過結構也並非固定不變，所謂「文無定法」，「文成法立」，文貴創新，詩文的結構亦然。吾人可來檢驗靈運的〈山居賦〉，架構是否匠心獨運？布局是否精巧出奇？

　　〈山居賦〉的主題，是作者靈運記敘在祖傳故居「始寧墅」的生活情況。賦前有小序，交代寫作本賦之宗旨，接著提到題材，而是別闢蹊徑，選擇有關鄉土草莽穀稼之事，且修辭手法講求自然素樸，不與當代競求華美趨向相合，末則對讀者提出其個人之企求。接著賦文本文約分五段[62]，每一大段又可分幾個層次。首段寫法與一般大賦不同。此段自「謝子臥疾山頂」始，至「樓清曠於山川」止，主要在述志抒懷，陳述其個人之人生理念，亦是其所以隱居莊園的告白，並藉此點出主題，為全文定調，亦成為全文的綱領。歸隱之心志，以為唯有拋棄富貴榮華之誘因，始能避免橫禍。續述及前人置宅建園之不同思慮，與其先祖謝玄，為避亂故，始營建莊園之前例，先哲遺訓具在，自己順情適性，乃有山居之構思。此段按時間由遠而近，層層推進，而以決心歸隱，經營莊園止筆，落到文題正面，自是合乎法度。

　　第二段描繪始寧墅之地理方位。自「其居也」開始，至「河靈懷

---

61　梁·劉勰著、范文瀾注：《文心雕龍注》，卷九〈附會〉，頁9。
62　按：〈山居賦〉之分段，乃參酌鍾優民：《謝靈運論稿》所作之分段，頁214-217。

慚於海若」止。本段先加總敘一筆，鋪寫莊園居所前後左右，東南西
北，各方位之風光景物，而後由近向遠衍伸，描畫此地山川環繞，境
地幽靜，四圍近處，湖光山色，草木茂盛。「大小巫湖，中隔一山」，
「並是美處」。四圍遠處，則層巒疊嶂，山勢巍然峻峭。且文中是按
空間，由近及遠的層進法寫作。末則繼續鋪寫，由近及遠，由地理切
入文史典故，謂舊宅門前面對之景觀，有河溪穿越，孤石沉沙，常隨
水勢增減。末則舉枚乘〈七發〉中，吳客以「秋濤之美」，治楚太子
疾。《莊子》〈秋水篇〉中，河伯懼對海若事，以喻滔滔洪濤之美而作
收。此段看似平板，然而眉目清楚，前後層次有翻騰，並非直筆到
底，而篇法其實自然渾成。

　　第三段則敘述始寧墅之沿革，物產之豐盛與萬物好生之理。本段
自「爾其舊居」起，至「杜心於林池」止，此段前先敘謝家祖宅依
舊，今又新營莊園，周圍又被群山環抱，可見「江山之美」。而大體
言之，莊園之土地，含園、田、湖、山四大部份。其間物產饒富，種
類繁多。羅列大量之鳥、獸、魚、草木之名，並言皆任其繁殖生長，
不加阻絕。在列舉八種漁獵之具時，引發其不忍之心。在自注文中，
自述其「自少不殺，至乎白首」，且言「因弱齡奉法」，而「得免殺
生」事。文中列舉物類，看似繁瑣，似不脫漢賦善於鋪陳事物之影
響，實際此一如引線，藉此觸起其「萬物好生之理」。前面層次較為
板滯，然通篇脈絡，仍一氣貫通，末則由實處轉至虛處，自物象而生
人情，文筆凌空而至，尤見靈運行文之婉曲，意味之深長。

　　第四段敘莊園營建格局，並敘接待高僧山居弘法，與山川眾美
事。本段自「敬承聖誥」起，至「殊節而俱悅」止。此段前三層，自
「敬承聖誥」至「良未齊於殤彭」。此三層承前段文末，作者自述其
不忍之心，「不殺生」、「弱齡奉法」之意，言敬承佛理教訓，期能普
渡眾生，成就善果，特於莊園營建講堂、道場，以迎高僧說法。後二

層，或闡揚佛理，敬重苦節之僧，或述仙學者，棄人世，登仙境。而後其他層次，即鋪陳在莊園山作、水役，與採拾菌、果諸事，又或述及南北兩處，各有居止，其間山川秀麗，景緻如畫，予人意趣橫生，讚揚不已。前三個層次，或以為與其後各層次，似不相連屬，毫不銜接，其實所述均不離主題，蓋前節述崇佛慕仙，是作者於莊園所重所思，後節記敘莊園勞動，或居處山水之美，如文章有淺深，賓主分先後，互為照顧，所謂綱舉而目張是矣。

　　第五段記敘作者個人較關注之山居生活。本段自「春秋有待」起，至「抑淺知而絕簡」止。此段分別記敘靈運飲食服藥、崇信佛法、賞讀古籍，文學創作、品評古今養生、隱遁等方面，具體引證陳述。末則以選擇老莊與佛教作為意識、思想之憑依，而後作結，是一篇關鍵。其中各層次，頗為靈活，自成片段。且其作法，有放縱，有收束，如末第二層次，自注文為詮釋養生與隱士生活，文字竟比本文多逾一倍有餘。而經層層翻騰，收筆則結到正意，使首尾呼應，文勢不平可知。

　　總之〈山居賦〉之結構、布局力求新巧，常可見有出奇不意的安排，中間雖有部分較為平衍，固守舊規，然而綱領既定，無論寫實鋪陳，或虛筆取勢，始終不離主題，其間變化出沒，可見靈運之巧布格局，匠心策劃，若多所沈潛玩味，當較能理解作者之用心與微旨。所謂「章貴有序」，〈山居賦〉本文，實有其嚴謹之結構，而非不嚴密。

## 3　語言藝術方面

　　以往漢賦在語言用字方面，向有兩大特點，其一是用字怪僻，趣幽旨深。其二是字必魚貫，有若類書[63]。以致形成瑰麗宏富之風貌，

---

63 張正體、張婷婷合著：《賦學》（臺北：臺灣學生書局，1982年8月初版），頁130、131。

亦造成認知不易，有如字林、類書之譏。其修辭技巧，亦較為固定，不外「直陳其事，寓言寫物」，狀物則「侈麗閎侈」，造句修辭雖多少運用到誇飾、比興、問答、用典、層遞、排比、對偶、摹寫等手法，然實以鋪陳堆砌辭藻為主。魏晉之後，用字較能避免怪僻文字，大都選用清麗淡雅，富有韻味之字詞，手法則日趨駢儷，即使排比，亦以排為偶，較能避開鋪陳堆積之惡習，修辭技法，較隨作者性向、感情而有所變化，此亦為文學技巧的一項革新。

靈運之〈山居賦〉雖是大賦，然其用字遣詞，因主張「去飾取素」，因而已不選用筆劃多或較精緻華貴的文字，等於擺脫兩晉賦，在語言上深度求美，即「遣言貴妍」的特色[64]，而是選擇較易感知，較具表現力的名詞、形容詞與動詞。甚至是通俗易行的文字，亦不避諱。個人以為靈運在〈山居賦〉中，力求在語言上的求新求變，尤其他本是當代山水詩的一大名家，自然會將其詩作的素養與語言，運用在所作之賦作中，而使其賦作的語句，趨於詩化，形成詩賦合一的特點。加上靈運亦頗通梵語音聲，史稱其「篤好佛理，殊俗之音，多所達解」（《高僧傳》卷七〈慧睿傳〉），使其賦作語言亦頗講求聲律[65]。今將〈山居賦〉在語言藝術上的突出表現，亦即其賦作的語言特點，論述如下。

## （1）語詞趨於素樸，落實主張

〈山居賦〉遣用的語句，既不求唯美追麗，則其語詞在某些部份而言，自是會趨於素樸平易化，增強散文因素，與以往賦家所作大賦

---

64 按：程章燦：《魏晉南北朝賦史》，以為「遣言貴豔和音聲迭代，是兩晉賦在語言上向美的深度邁進的兩個突出表現」，頁173。言之甚是，個人以為靈運〈山居賦〉之語言，並不強求「遣言貴豔」，然「音聲迭代」，即講求音韻諧美，仍是靈運所注重者。

65 程章燦：《魏晉南北朝賦史》，頁256。

或短賦，全篇之力求精緻華美相比，其平易化更為明顯，此當是靈運之有意如此，且所以如此，自是與其具藝術家之氣習，與不遵法度之性向有關。如〈山居賦〉之首段起筆云：

> 謝子臥疾山頂，覽古人遺書，與其意合，悠然而笑曰：夫道可重，故物為輕；理宜存，故事斯忘。古今不能革，質文咸其常。（頁449、450）

由此起筆可看出，靈運的寫作〈山居賦〉，確實是依照在前面小序中說的：「順從性情，敢率所樂，而以作賦」的原則在寫作，衡之他人，恐是未必然。再如賦文中間一小節云：

> 植物既載，動類亦繁。飛泳騁透，胡可根源，觀貌相音，備列山川。寒燠順節，隨宜匪敦。（頁457）

此節文字，均以四言句型寫出，節奏明快，用字平實，古厚可愛，一點都不晦澀，亦由此得見靈運並不刻意求其精巧，以免損意害理，其所以運用短句，蓋短句字少意豐，以文氣而言，較為勁拔。而靈運惟恐他人不明其意，還特別在自注文中，以更順暢明白之文句寫道：「謂種類既繁，不可根源，但觀其貌狀，相其音聲，則知山川之好。興節隨宜，自然之數，非可敦戒也」（頁457）。若將此節賦作原文與注文同時閱讀，即可看出作者靈運之用心，不會讓人覺得注文是多餘，反而使人覺得，靈運其實有更一層之深意要表白，那就是要讀者多體會這些眾多之動植物樣貌音色，皆屬大自然之生態，並且由此可悟「山川之好」。靈運之才情，絕非浪得虛名，而其對自然生態之維護、關注，與其對自然品類之審美意趣，也確實是深有體會。

## （2）賦文趨於詩化，明顯可見

儘管靈運寫作的〈山居賦〉語詞，盡可能趨於自然、平易，不過由於辭賦本身向來講求雕章鏤句，字斟句酌，而靈運本身才思，「天質奇麗，運思精鑿」（明‧王世貞《藝苑卮言》）[66]，所作山水詩，又是「力厚思深，語足氣完，字典句渾，法密機圓，氣韻沈酣」（清‧方東樹《昭昧詹言》）[67]，因此雖在寫〈山居賦〉，卻能隨題制變，盡相窮形，將作詩工力，轉化於賦作中，自是駕輕就熟，似神行其間，而在賦作中隱然現形，如〈山居賦〉中一小節寫景云：

> 爰初經略，杖策孤征。入澗水涉，登嶺山行。陵頂不息，窮泉不停，櫛風沐雨，犯露乘星。（頁459）

此八句描述靈運當初規劃營造莊園之辛勞，登山涉水，櫛風沐雨，備嘗艱苦。今人周勛初以為，若每一句，均增加一字，就成了一首完美的山水詩：

> 爰初（惟）經略，杖策（且）孤征。入澗（沂）水涉，登嶺（遵）山行。陵頂（尚）不息，窮泉（徑）不停，櫛風（更）沐雨，犯露（自）乘星[68]。

---

66 明‧王世貞：《藝苑卮言》語，載顧紹柏：《謝靈運集校注》，〈附錄五〉，〈評叢〉，頁673。

67 清‧方東樹：《昭昧詹言》語，載顧紹柏：《謝靈運集校注》，〈附錄五〉，〈評叢〉，頁711。

68 周勛初：〈論謝靈運山水文學的創作經驗〉，《文學遺產》第5期（北京：中國社會科學院文學研究所，1989年），頁52。又載氏著：《魏晉南北朝文學論叢》（南京：江蘇古籍出版社，1999年11月第1版），頁87。

　　此一如五言詩，與靈運山水詩的寫景手法，差異不大。再如前曾
引述之〈山居賦〉另一節云：

　　　濬潭澗而窈窕，除菰洲之紆餘。愐溫泉於春流，馳寒波而秋
　　　徂。風生浪於蘭渚，日倒景於椒塗。飛漸榭於中沚，取水月之
　　　歡娛。（頁455）

　　此八句乃描繪湖中之美景，其中有潭澗、菰洲、溫泉、蘭渚、椒
塗、漸榭、水月等意象，既有大筆之塗抹，亦有輕筆之點染，組成一
幅濃淡有序、色彩各異的畫面。若去除連接詞、轉接詞後，不講求其
音韻，亦可改為：

　　　潭澗濬窈窕，菰洲除紆餘。溫泉愐春流，寒波馳秋徂。風浪生
　　　蘭渚，日景倒椒塗，漸榭飛中沚。水月取歡娛。

　　靈運山水詩模山範水，善於描繪聲、色、動、靜等各種山水美
姿，如與上述更改後的賦文相比較，應是有逼肖之感。

### （3）造句講究聲律，以求諧美

　　一般而言，賦家在創作中，重視造語調配四聲，以追求音韻諧
美，且成為一時風氣，乃是在永明人物如沈約、謝朓、王融等，倡導
聲律說以後，而於賦作講求聲律，即成為當代辭賦界的新風尚。不過
靈運其實對音韻反切之學，頗有認識，如其自注文注釋某些字音云：
「鱥音居綴反。鰫音上羊反。鯔音比之反。鱣音竹刕反。皆《說
文》、《字林》音」（頁457）等可知，且如前節所提，因其通曉梵語音
聲，因此其賦作，早在沈約等人之前，其所作〈山居賦〉之造句，即

已講求字句的協調,構成文句節奏間的和諧之美。如曾上舉〈山居賦〉一小節云:

> 其居也,左湖右江,往渚還汀。面山背阜,東阻西傾。抱含吸吐,欵跨紆縈。緜聯邪亘,側直齊平。(頁452)

此一小節,由一句三言,餘皆四言合成,其造句即已注重到字詞音韻的抑揚輕重,因此朗讀之下,但覺音節爽朗,頗有淋漓暢快之感。

再如賦文另一小節云:

> 既修竦而便娟,亦蕭森而翳蔚。露夕沾而悽陰,風朝振而清氣。捎玄雲以拂杪,臨碧潭而挺翠。(頁456)

此節全以六言組成,自注文云:「修竦、便娟、蕭森、翳蔚,皆竹貌也」,誠然。此小節之賦文,其音節較長而緩,惟層次分明,如以寬緩養局,因之其節奏不迫,而音律和諧,鏗鏘有致,所以朗朗可誦。由此可知靈運在本賦作的造句,早已注意為文時,文字高下緩急之音,以造成諧暢之美。

綜合上述各節所述,可知〈山居賦〉雖是靈運敘述其在自家莊園居住的生活種種,內容似乎能發揮者有限,然自小〈序〉與本文內容來看,則發現其規模弘大,內容豐富,意蘊深刻,此如清・劉熙載所言:「賦家主意定,則群意生」、「賦家之心,其小無內,其大無垠,故能隨其所值,賦像班形,所謂惟其有之,是以似之也」(《藝概・賦概》)[69],靈運早就體會賦家之用心與作法,方能使所作,能體現其求

---

69 清・劉熙載:《藝概》(臺北:廣文書局,1964年3月初版),卷三〈賦概〉,頁7、8。

美之心態，表明其創作之理念，甚至隱寓其博學之自豪，而其賞愛之
山居生活，自是能體物寫志，多所鋪述。

　　又因其本篤信佛法，文中亦將其崇信之虔誠，藉其居處的規畫，
大加宣揚。靈運又為求所作，有所超越與突破，於是「資於故實」，
「酌於新聲」、「望今制奇，參古定法」（《文心雕龍・通變》）[70]，在題
材、結構、語言上，有所求變，如此既能在繼承中，不違規矩，又能
在借鑑中創新，使所作在魏晉南北朝之大賦中，成為破舊立新的典
範，完全展現他高超的創作才情，和獨特的創造力。

## 三　〈山居賦〉之寫景勝處

　　作為隱逸賦，又是山水賦的〈山居賦〉，體製上雖被認為襲自漢
賦，規模氣勢，的確不凡，不過善於體物寫志的謝靈運，在本賦中的
景觀描繪中，卻完全展現了其在山水詩中的寫作工力，是「籠天地於
形內，挫萬物於筆端」（晉・陸機〈文賦〉）[71]，是「吟詠所發，志惟
深遠，體物為妙，功在密附」、「巧言切狀」，「曲寫毫芥」（《文心雕
龍・物色》）[72]，真實無隱的刻畫出來，且「山水之與人，交相益者
也。雖有名勝，不經文人筆舌，則黯晦不揚。然文人之奇于文，山水
之助，居其大凡焉」[73]。

　　靈運本人及其莊園美景，可說如血肉相連，不可分割，莊園美
景，如畫如詩，美不勝收，若無靈運一手妙筆加以描畫，則世人無從

---

70　梁・劉勰著、范文瀾注：《文心雕龍注》，卷六〈通變〉，頁17、18。

71　晉・陸機著、張少康集釋：《文賦集釋》，頁60。

72　梁・劉勰著、范文瀾注：《文心雕龍注》，卷十〈物色〉，頁1。

73　明・湯賓尹：《睡庵稿文集》，〈陳汝礪詩序〉語，載屈興國等選注：《古典詩論集
　　要》（濟南：齊魯書社，1991年5月第1版），頁179。

知悉,六朝園林文化歷史,就欠缺謝靈運莊園精彩的這一頁。也因幸有靈運撰述〈山居賦〉一文,使其莊園美景,完全顯現在後人眼前,也讓後人進而瞭解當代文人的藝術生活與精神世界。上節所述,曾對莊園美景,略有陳述,以下再將〈山居賦〉寫景的勝處,選取其中較能反映其中山水景物之美,與靈運手法之高超處,分別舉其實例如下。

## (一)摹寫細緻

所謂「緣情體物」,詩人賦家描繪景物,必經細緻的體察,方能看到景物的特點,掌握住其特點來寫,〈山居賦〉中的某些景物,就因靈運「情深於山水」(清‧陳祚明《采菽堂古詩選》語),並有湛深的審美素養,與獨特的審美情趣,對景物能敏銳的觀察,方能將景物細緻無遺的加以描摹,而自形似中求得神似,神似不落空,方能成為佳作,如〈山居賦〉云:

> 抗北頂以葺館,瞰南峰以啟軒。羅曾崖於戶裏,列鏡瀾於窗前。因丹霞以頮楣,附碧雲以翠椽。(頁461)

此一小節,乃靈運描述其在北山頂建館,因開啟軒廊的窗戶,所見到的景色。言在北山山頂建館,開啟軒窗,可遠眺到南山高峰,面對的層峰疊嶂,連線不絕。而自窗口俯身下看,則是晶瑩如鏡的溪水。且在晨曉或入暮時,天空常見彩霞滿天,如果是丹霞之色,就會使館舍染成一片頮紅,如果是青綠色,就會讓館舍幻變成翠綠色,館舍因雲彩多變,色彩也隨之而變。在詩人筆下,造化之奇,真是令人嘆為觀止。在空間的景物上,因色彩的變異,使詩人產生無限的驚喜,要不是細心的觀察,捕捉住其間的變化,又如何有如此工細的描

述？而這種描述，正是寫出符合於景物的特點，幾乎無一字是多餘的，因而可說是自然工巧。

再如賦文另一小節云：

> 瀨排沙以積丘，峰倚渚以起阜。石傾瀾而捎巖，木映波而結藪。逕南滑以橫前，轉北崖而掩後。隱叢灌故悉晨暮，託星宿以知左右。（頁462）

此一小節文字，是靈運描寫二條水流，匯合後，同一入口，繼續向前順流，沿途形成的景色。首先寫水流湍急，因沖刷沙石，而堆積成丘，相對的，是沙洲也是因不斷的沖積，形成較高聳的山峰。水流急速的奔騰，衝撞石頭，激起波瀾，也沖洗巖壁，而且一直與草木叢生的水灣澤地連接。人若沿著小徑南行，就會遇到水流阻隔，那就轉往北邊，不料又被山崖擋住，路徑的迂迴曲折，由此可見。灌木叢生濃密，若要知道時間的早晚，非得將身子靠在灌木叢上，向外凝視才知。若要知曉左右方向，也非得藉助於天上星宿的方位不可。

單就此小段文字言，描繪的急流奔騰之狀，以及灌木叢密的情景，歷歷在目，兩者均能呈現各自的特色，而以動態襯靜態，反而顯得此地更幽更靜了，筆墨頗為酣暢，若非詩人平素細加流連觀賞，又如何能寫出此地另一番景緻？詩人摹寫景觀的細膩，正足以反映他寫作的工力深厚。

## （二）疏密相間

疏與密，乃就篇法而言，指的是藝術構思，與語言層次的密致與疏闊。兩者呈現的，是不同的藝術風格，「疏」非渙散之謂，「密」亦非黏滯之意。詩人作家，必以跌宕之筆，行疏散之氣，方能使作品一

疏一密,相間成篇,不落板滯。疏與密,其實各有其表現,正如古典園林的布局,設計有迴廊、曲徑,即為「密」,其對應的,是一片開闊的空間院落,甚至是更遠處的沃野平疇、遠山峻嶺,則為「疏」,彼此若能相間,則相得而益彰,整個輪廓與畫面,於焉完成。且因其形貌之互補而跌宕有致,亦可自作家在寫景素描中,一窺其手法之不俗。

〈山居賦〉云:

> 近南則會以雙流,縈以三洲。表裏回游,離合三川。崿崩飛於
> 東峭,槃傍薄於西阡。拂青林而激波,揮白沙而生漣。(頁
> 452)

此一小節文字,描述莊園近南景觀。不過仍先自較遠處闊處寫起,言有二水(剡江及小江)交會,合流注下,排沙積岸,形成三處沙洲,表裏離合,外在形貌如此,便是「疏」。接著寫崩石飛落江岑東邊峭壁,小土丘靠近江岑西邊小徑,眼前但見江邊青林,被強風拂過,連帶激起波浪,江畔白沙也飛入江中,而起漣漪,近處景觀如此,便是「密」。上文寫崩石、土丘,情態如繪,下文寫「青林」、「白沙」,色澤對比,如此遠近相襯,寓靜於動,詩人將大自然的生態、聲息,化為生動具體的形象,因有疏密相間,使得景物具有層次感。末再以頓宕之筆作收,顯得氣勢不凡,而具參差得奇之美。

再如另一節云:

> 求歸其路,迤界北山。棧道傾虧,蹬閣連卷。復有水逕,繚繞
> 回圓。瀰瀰平湖,泓泓澄淵。孤岸竦秀,長洲芊綿,既瞻既
> 眺,曠矣悠然。(頁462)

　　此一節文，乃寫靈運往日自南山往北山，途中觀賞景物之感受。此節寫道出外旅遊時，備嘗艱險，行經的棧道，傾斜懸空，登山的石階，連綿曲折，無不令人驚心動魄，自遠處寫起，即是「疏」。再寫到，又經水路，也是迴環彎曲，水潭靜謐清澈，岸壁直立，沙洲綿長，草木生長繁茂，如此寫到近處來，則是「密」，無論是遠眺或近瞻，無不感到景色宜人，心境怡然。文筆在此先作一頓，在此可以看出，詩人寫法，有疏有密，相互融合成篇，起落因而得勢，脈絡清晰連貫，作者靈運真不愧為寫景高手。

## （三）就景抒情

　　所謂「景無情不發，情無景不生」（宋・范晞文《對床夜語》）[74]，又有所謂「景中生情，情中含景，故曰景者情之景，情者景之情也」（清・王夫之《唐詩評選》）[75]。情與景之不可分，可想而知。因之，詩賦摹寫景色，為塑造美好的藝術形象，則除了「窮形而盡相」（晉・陸機《文賦》）外，還要能使情因景而生，借景以襯托，乃能使作品更真切動人，以喚起讀者相同的感受。〈山居賦〉的寫景藝術，也不忘借景觸情，如下列：

> 修竹葳蕤以翳薈，灌木森沈以蒙茂。蘿曼延以攀援，花芬薰而媚秀。日月投光於柯間，風露披清於崑岫。夏涼寒燠，隨時取適。階基回互，橑櫨乘隔，此焉卜寢，翫水弄石。遄即回眺，終歲罔斁。傷美物之遂化，怨浮齡之如借。眇遁逸於人群，長寄心於雲霓。（頁461）

---

74　宋・范晞文：《對床夜語》卷二語，載吳調公主編：《文學美學卷》（南京：江蘇美術出版社，1990年6月第1版），頁236。

75　清・王夫之：《唐詩評選》語，載吳調公主編：《文學美學卷》，頁242。

　　此一節詞句，前大半均在實寫住居此間之美景，如有茂盛的修竹、濃密的灌木、蔓延的女蘿、芳香的花草，以及遠處的森林、峰巒等。儘管在如此好山好水的地方定居，不問近臨遠眺，無不使人愜意安適，但瞬間又難免觸景傷情，這些美景美物能永久存在嗎？不會的，它隨時都會變化，人生如寄，無如金石固，真想悄然隱遁，長住山間，寄心雲霓。此段文字借景以抒情，使景物與情懷，都曲盡其妙，才會具有震顫心靈的力量，成為審美的主體。所謂「情到深處，其文字自能左右逢源，無臻不妙」[76]是矣。

　　再如另節文字云：

　　　　畦町所藝，含蘊藉芳，蓼蕺葼蓁，菾非蘇薑。綠葵眷節以懷露，白薤感時而負霜。寒蔥摽倩以陵陰，春藿吐苕以近陽。弱質難恆，頹齡易喪。撫鬢生悲，視顏自傷。（頁463）

　　上述賦文，前大半是敘述詩人在自家田園，種植的蔬菜、香草等物，某些植物尚可入藥，如蕺（魚腥草）、薑、薤之類。某些植物生長時節有別，如綠葵晨間易浸透露珠，白薤冬季則易被霜雪覆蓋。寒蔥挺立，不懼寒冬。藿香開花，則喜溫暖。田園中的植物，無不生趣盎然，充滿活力，反觀自己，體質衰弱，恐難以久長，老年時日，也易於流失。靈運目睹田園中生長的蔬菜，感觸良多，一種情傷、失落之感，油然而生。由此得見，情本不容抽象表達，必有待於景之烘托陪襯，抒情方能具體生動，而富於形象。明・謝榛言「景乃詩之媒，情乃詩之胚」（《四溟詩話》）[77]，詩如此，賦又何能例外？有人說：

---

76 傅庚生：〈情景與主從〉，《中國文學欣賞舉隅》（臺北：地平線出版社，1973年1月第4版），頁58。

77 明・謝榛：《四溟詩話》語，載屈興國等選注：《古典詩論集要》，頁148。

「景觸情，情動景，這兩者的和諧統一，才產生了藝術」[78]，證之〈山居賦〉，良然。

## （四）動靜相襯

梁・劉勰云：「春秋代序，陰陽慘舒，物色之動，心亦搖焉」（《文心雕龍・物色》）[79]，要為景物「寫氣圖貌」，當然要「隨物以宛轉」，景物有其動，亦有其靜，詩人作家皆須加以描摹，方能逼真地呈現景物的風貌，而不論景物的動態與靜態，處處都需要善用語言，加以描繪，才能形成和諧統一，這也是其構成「自然美」條件之要點。

靈運莊園的生活，或在周遭的遊覽活動，既然都是親臨其境，親眼所見，親耳所聆，當然必能以客觀寫實的態度，與曲寫入微的手法，加以描述。且時或長期，或在短時間內的細心觀察，不論動或靜態，只要掌握住景物的特點，依賴一、二個恰當的文字，即可使事物難以傳述的情態，表現出活靈活現的神采，且動與靜，彼此相襯，更能大大地增強詩文的藝術效果。此即所謂的「體物傳神」，如王夫之所言：「含情而能達，會景而生心，體物而得神，則自有靈通之句，參化工之妙」（《薑齋詩話》）[80]是矣。

〈山居賦〉中刻畫的景色，表現出動靜相襯特點的，如下列：

> 竹緣浦以被綠，石照澗而映紅。月隱山而成陰，木鳴柯以起風。（頁452）

---

78　張少康：〈情與景〉，《中國古代文學創作論》（臺北：文史哲出版社，1991年6月初版），頁273。

79　梁・劉勰著、范文瀾注：《文心雕龍注》，卷十〈物色〉，頁1。

80　清・王夫之著、舒蕪校點：《薑齋詩話》（北京：人民文學出版社，2005年12月第3次印刷），卷二〈夕堂永日緒論〉，頁155。

　　此則賦文，是描繪小江沿岸，與夜晚寧靜的景觀。前二句謂小江沿岸，皆種植修竹，一眼望去，全被綠色覆蓋。山壁高達四十丈（靈運自注文），色澤深紅，映照在溪澗上，泛成一片紅色，撩人遐思。夜晚時，月兒高掛，然而因山嶺高聳，以致月光被高山遮住，四圍成了一團漆黑。鳥兒群聚在樹上鳴叫，吵雜的音響，真會讓人們，誤以為是林間颳起的山風。

　　此則例句，前面三句，都在藉景色的幽清冷寂，以襯映出此地的靜謐，然後面一句，詩人卻運用群鳥的鳴叫，表面上似乎是打破了寧靜，其實是在以動反襯靜，以此一動景、動聲，為沉靜的山區夜晚，雖帶來了一絲生氣，卻也為此地山區，更增幽靜的氣氛，所謂靜中之動，彌增其靜是矣。

　　　　擲飛枝於窮崖，踔空絕於深硎。蹲谷底而長嘯，攀木杪而哀
　　　　鳴。（頁458）

　　此則例句，亦在描述山中景觀。看去似僅在描述山中某些獸類的嘯聲，與猿猴的哀鳴而已，其實不然，蓋靈運住居山中莊園，有雄奇的峻嶺，清幽的森林，深邃的谷澗，寬廣的平疇，山光水色，周遭恬靜，然由於山高谷險，林深樹密，正是一群獸類、猿猴活動的絕好場所，因此本小節文字，雖描繪猿猴在樹上飛躍擺盪，或在空谷絕壁，攀爬跳越，又時而蹲踞谷底長嘯，時而攀上樹梢哀鳴，似乎是一幅山中風物騷動畫，實際在此，亦是以動襯靜，動靜相融，以動顯靜，為山中勾繪出生機蓬勃、氣勢豪邁的景象，體現出詩人住居山中的愜懷暢意，難怪靈運就在此一小節文後，自注曰：「鳴聲可玩」了。

　　總而言之，靈運善於體物，亦善於襯映，方能在寫山中靜境時，避免凝滯與單調。此一小節文字，句句寫動，但群動之中，又寄寓其靜，足見靈運構思之巧。

## （五）景入理勢

本來靈運的山水詩，在描繪山川景物時，常是由賞景而起感懷，又由感懷而體悟哲理，能達到情自景出，再以情入理，表現出不著痕跡，自然而然，此一則既見典雅渾成。二則能使意有餘韻。三則可予讀者啟發思想，帶來美之感受。因此寫景若能將哲理融入景、情之中，使景、情、理融成一片，自是屬於高妙之作。故饒宗頤曾云：

> 詩在說理時，還得有趣味，純理則質木，得趣則有韻致，否則不受人家歡迎，理上加趣，成為最節省的藝術手法[81]。

饒先生此段話，換成針對〈山居賦〉而言，亦是一針見血，切中肯綮之見。詩賦若能走出理窟，將儒釋道的義理，或人生哲理，融入於情景之中，不失理趣，則其內涵必更為豐富，意境必更為新奇，如此，將會更引發人們涵詠之情趣。錢鍾書對此亦有正面的反應云：「詩文含理趣，是作家才華與風格的重要表現」[82]，確具高見。今舉〈山居賦〉文為例云：

> 對百年之高木，納萬代之芬芳。抱終古之泉源，美膏液之清長。謝麗塔於郊郭，殊世間於城傍。欣見素以抱樸，果甘露於道場。（頁459）

此節文字，其前都在寫靈運如何獨自入山，以籌畫新建山居之

---

81 饒宗頤：〈談中國詩的情景與理趣〉，《文轍——文學史論集》（臺北：臺灣學生書局，1991年11月初版），頁913。

82 錢鍾書著、舒展選編：《錢鍾書論學文選》（廣州：花城出版社，1990年5月第1版），第四卷〈六二　論理趣〉，頁221。

所，而後敘及規畫高僧大師在莊園講道說法的經臺、講堂處。接著即記敘面對百年的高大樹木，以及可代代相傳的芬芳花草，擁有長流不息的源泉，一如瓊漿玉液般的珍貴，但卻讓人領會到此處雖無富麗堂皇的亭臺樓閣，又遠離塵囂的城鎮，欣喜的，是一切都能堅守本真，展露素樸，感受到在道場中聽法，卻有如飽飲醍醐甘露般的美好。自敘事、寫景，而後興情，以至於悟理，老莊哲理注入於山川靈秀的景觀中，有其「詩味」，有其「理趣」，真不失為意境高遠的一節賦文，以致清・劉熙載說：「陶謝用理語，各有勝境」（《藝概・詩概》）[83]，誠是。

再如另一節賦文云：

> 寒風兮攪屑，面陽兮常熱。炎光兮隆熾，對陰兮霜雪。憩曾臺兮陟雲根，坐澗下兮越風穴。在茲城而諧賞，傳古今之不滅。
> （頁463）

在此節騷體句前，靈運是寫冬夏季共三個月，莊園裏都禮聘一些高僧來講法，靈運即在段賦文後，自注云：「山中靜寂，實是講說之處。兼有林木，可隨寒暑，恆得清和，以為適也」（頁464），這說明不論是面對冬季的寒風霜雪，或是夏季的熾熱陽光，此地因林木森森，氣溫得以調節，而清和適意。若在高臺上憩息，或在山谷雲起處爬登，又或在壑澗下，越過風穴，無不令人感悟到與萬物和諧共賞，與自然融為一體的玄妙境界。此情趣與境界，自是可「傳古今之不滅」。由此益見賦文中表現的禪家空寂心境，就是詩人與山水景物融化後，體會到的人生境界。當然此節賦文，可謂是溢滿著理趣。

---

83 清・劉熙載：《藝概》，卷二〈詩概〉，頁4。

人能隨性適分，即可通感，林木花草，可見其生趣，只要情與事合，物我相通，則山水雲月，吟詠之下，領悟其理，亦覺有理趣。清‧史震林《華陽散稿》自序云：

> 詩文之道有四：理、事、情、景而已。理有理趣，事有事趣，情有情趣，景有景趣；趣者，生氣與靈機也[84]。

依上述史氏所論，按於〈山居賦〉上，則知靈運居於山中莊園，過著隱居的生活。自賦文中可看出，無論是寫景、敘事、興情、悟理，均是橫生其趣，這也在於詩人將自己的真實感受，全都蘊藏在形象的描摹之中，故能在平舖中見深遠，素樸中呈風采。以本節而言，靈運若無相當的學養與懷抱，豈能使所描繪的景物，顯現出理趣？

以上靈運在〈山居賦〉的寫景，條理有序，各具面貌與風神。只要掌握其中的脈絡變化，就知道靈運運筆頗為靈活，並不板重，個人自「摹寫細緻」、「疏密相間」、「就景抒情」、「動靜相襯」、「景入理勢」等五個面向，切入賦文中，可以更加理解靈運對其莊園中，內外景緻風光，可說瞭如指掌，自然山水處於任何方位、時辰、節候，而展現的風華，無不成為他作為獨立的審美對象，因而才能傳達出大自然的音響、色澤、靜態、動態之美，以及所造成強烈的圖畫美與傳神美，在此就不得不讚佩靈運，作賦寫景之功力，確實一流。

## 四　結語

謝靈運的長篇大賦〈山居賦〉，儘管近代學者對其評價，負面多

---

84 清‧史震林：《華陽散稿》，〈自序〉語，轉引自錢鍾書著、舒展選編：《錢鍾書論學文選》，第四卷〈六二　論理趣〉，頁223。

而正面少,不過美學家或許自審美角度,不吝予以稱美,以為「謝靈運〈山居賦〉,猶如其山水詩一樣,開拓了劉宋賦文的新領域,這個領域,就是山水園林」[85],旨哉是言。個人在前文中提到,若無靈運一手妙筆,將其山中莊園,加以描畫,則後人實無從了解靈運的始寧莊園,其內外布置與美景如何,而六朝園林文化歷史,勢必欠缺靈運山莊的這塊精彩一頁。也因幸有靈運的描繪,讓後人可據以瞭解當代文人的藝術生活與精神世界,因之靈運的〈山居賦〉,實在是功莫大焉。

而靈運的這篇大賦,內容確實是豐富無比,意蘊也是特別深刻,可說是精彩絕倫,以其意蘊含括多方,必可永存不朽,其所以能如此,關鍵即在其「意」,清·劉熙載《藝概·賦概》云:「賦欲不朽,全在意勝」[86],可謂千古篤論。不過靈運之作〈山居賦〉,絕非無謂的隨性隨意,相信是經過一段時間的醞釀、儲備之後,才下筆撰述的。其賦正如宋·包恢〈答曾子華論詩〉云:

> 古人於詩,不苟作,不多作。而或一詩之出,必極天下之至精。狀理則理趣渾然,狀事則事情昭然,狀物則物態宛然,有窮智極力之所不能到者,猶造化自然之聲也。[87]

清·劉熙載對此亦頗了然,其《藝概·賦概》云:

> 賦必有關著自己痛癢處,如嵇康敘琴,向秀感笛,豈可與無病呻吟者同語。[88]

---

85 吳功正:《六朝美學史》(南京:江蘇美術出版社,1994年12月第1版),頁701、702。

86 清·劉熙載:《藝概》,卷三〈賦概〉,頁7。

87 宋·包恢:《敝帚稿略》,卷二〈答曾子華論詩〉,載吳調公主編:《文學美學卷》,頁392。

88 清·劉熙載:《藝概》,卷三〈賦概〉,頁7。

　　包氏雖是針對詩歌的創作發言，如改為作賦，又何嘗不是？靈運創作〈山居賦〉，當然是「不苟作」，且如劉熙載言，「必有關著自己痛癢處」而作，絕非是無病呻吟，而是有其寄託。有其心聲，有其隱衷，有其理念要訴說，然後藉著寫作〈山居賦〉之契機，一吐為快。不過處於當代的政局，與本身常在政敵窺伺下，他還是不能明白吞吐，總是多少有所保留，就如其在〈山居賦序〉末說的：「意實言表，而書不盡，遺跡索意，託之有賞」（頁449），表明說，意蘊存藏內心，以言語表露於外，但恐無法完整表達，雖作賦，亦只不過是自我欣賞，聊表自娛而已。靈運真是如此嗎？個人以為未必然。

　　又〈山居賦〉末，靈運寫道：「暨其窈窕幽深，寂漠深遠。事與情乖，理與形反。既耳目之靡端，豈足跡之所踐。蘊終古於三季，俟通明於五眼[89]。權近慮以停筆，抑淺知而絕簡」（頁465）。據靈運的自注，是：「謂此既非人跡所求，更待三明五通[90]，然後可踐履耳。故停筆絕簡，不復多云，冀夫賞音悟夫此旨也」（頁465）。自此節看來，靈運有其「寂寞」，亦有其原因，因為他本非是耐於寂寞的人，而且他還藉著佛教的典故「三明五通」，即暗喻唯有大智慧者，或許才是知音，才能夠體會他的心曲吧！最後的幾句話，其實包含了多少辛酸委屈，和無窮盡的感觸，真所謂言有盡而意無窮啊。

---

89 何謂「五眼」，乃佛學詞彙，據丁福保主編：《佛學小辭典》（長春：長春古籍書店據民國八年上海醫學書局複製，1991年7月印刷）云：「一、肉眼。肉身所有之眼。二、天眼。色界天人所有之眼，修人中禪定而得之。不問遠近內外晝夜皆能見者。三、慧眼。二乘之人，照見真空無相之理之智慧。四、法眼。菩薩為度眾生，照見一切法門之智慧。五、佛眼。佛陀之身中具備前之四眼也。」以上記載，見該書頁85。

90 按：所謂「三明五通」，乃佛學詞彙，據丁福保主編：《佛學小辭典》載：「三明，在佛名三達。在羅漢曰三明。知智法顯了曰明，又名智明、智證、明證，智之境顯了分明也。一、宿命明。知自身他身之宿世最死相也。二、天眼明。知自身他身之未來世生死相也。三、漏盡明。和現在之苦相，斷一切煩惱之智也」「五通即天耳通、天眼通、宿命通、他心通、神足通是也」。頁55、85。

　　至於〈山居賦〉寫景，的確有其勝處，高明處，誠如梁·陶弘景〈答謝中書書〉云：「自康樂以來，未復有能與其奇者」[91]，靈運刻畫的莊園山水之美，確有他人難與並比之「奇」處，「從自己胸中流出，此真新奇也」（明·袁宏道〈答李元善〉）[92]，亦是別有所聞，別有所見之奇，並非尋常能所聞所見，即因靈運莊園內外景觀，實非常人易臨易見，此方是奇。甚者是當代幾無人，能像靈運如此領略此山水奇妙之處矣，此亦是奇。王國維在《人間詞話》云：

> 大家之作，其言情必沁人心脾，其寫景也必豁人耳目。其辭脫口而出，無矯揉粧束之態。以其所見者真，所知者深也。詩詞皆然。持以衡古今之作者，可無大誤矣。[93]

　　以〈山居賦〉並非無為而作，其賦文寫景，確實是「豁人耳目」，其言情，也的確是「沁人心脾」，只因靈運「所見者真，所知者深」，則〈山居賦〉，實不愧為一篇「大家之作」。

---

91　梁·陶弘景：〈答謝中書書〉，載郭預衡主編、熊憲光選注：《漢魏六朝散文選注》，頁560。

92　明·袁宏道：《袁中郎全集》，〈答李元善〉，載屆興國等選注：《古典詩論集要》，頁168。

93　王國維：《人間詞話》語，載吳調公主編：《文學美學卷》，頁246。

# 附錄一
# 曹甄秘戀千古謎　大破大立說分明
## ──讀木齋新著《曹植甄后傳》

## 一　植、甄秘戀千古謎，後世爭論未止息

　　木齋於二○○九年推出大著《古詩十九首與建安詩歌研究》一書，由於內容核心是置於漢魏古詩是曹植甄后戀情所作，主題確立，連帶的是原失去作者姓名的《古詩十九首》，或某些漢魏古詩，及一些樂府詩，竟然使作者姓名的歷史真相，得以揭示與曝光。這一研究成果與結論，可謂在學術界，霹靂一擊，震天價響，引起海內外不少學者，紛紛提出討論，但也不免仁智互見，爭論不休，而餘波尚未止息時，木齋意猶未盡，再乘勝追擊，新著《曹植甄后傳》,「將漢魏五言詩作，與曹植原有的詩賦之作，打幷一體，結合魏晉時代的政治背景、情愛婚戀背景，以及曹植、曹丕的種種史料，以編年體詩傳形式，重新給予整合闡發，對曹植和甄后戀情關係，給予第一次詳盡闡發」（作者《曹植甄后傳》簡介）。對於木齋的勇於突破與揭秘，以破解千年之謎，還原真相，個人欽佩之餘，如鯁在喉，在此不得不抒發先讀為快的一些微末感想！

　　對於曹植、甄后是否秘戀事，一般文學史家絕大多數，是不相信真有此事，於是大多不予聞問，略而不提，不去討論。極少有文史專家願意花一些心血、時間，去稽考文獻，覃思精審，以論斷此事之真假與否。不問如何，曹植、甄后是否秘戀，這件存在千餘年懸而未

決，爭訟不息的公案、謎團，若一直在中國文學的歷史長河中，隨波逐流，湮沒不彰，豈不是一件令人惋惜的事？其實文學史家葉慶炳，即曾在所著《中國文學史》中，簡要探究，提出幾項疑點，以為此事雖古今豔傳，然實不可信，其幾點理由，個人曾在〈古詩十九首疑案破解鎖鑰初啟──讀木齋《古詩十九首與建安詩歌研究》〉[1]一文中，抄錄羅列，由於事涉曹植、甄后是否秘戀主題，至為重要，故今再不嫌繁瑣，重新臚列如下：

1.《昭明文選》卷十九，〈洛神賦〉引李善注謂曹植「漢末求甄逸女」不遂之事。又云：「黃初中入朝，帝示植甄后玉鏤金帶枕。植見之，不覺泣。時已為郭后讒死。帝意亦尋悟，因令太子留宴飲，乃以枕賚植。植還度轘轅，少許時將息洛水上，思甄后。忽見女來，……遣人獻珠於王，王答以玉佩，悲喜不能自勝，遂作〈感甄賦〉。後明帝見之，改為〈洛神賦〉」云云，葉氏以為此據清‧胡客家重刊宋‧尤袤刻本，明‧袁氏及荼陵陳氏六臣注《文選》刊本所載李善注文，均無此段文字。

2.就時事考之，黃初時曹植猜嫌方劇，安敢於曹丕前思甄氏泣下？丕又何至以甄氏之枕賜植？就年齡考之，據《三國志‧魏志》卷五《文昭甄皇后傳》，裴松之注引《魏書》，甄氏生於靈帝光和五年（西元182年）十二月丁酉，長於曹植十歲。又曹操於建安九年（西元204年）八月定鄴，以甄氏賜丕。是時甄氏二十三歲，已為袁紹次子熙之婦。植年十三，安得愛戀若此？

3.清‧丁晏《曹集詮評》卷二曰：「又按：感甄妄說，本於李善。注引《記》曰云云，蓋當時記事媒蘖之詞，如郭頒《魏晉世

---

1　陳怡良著：〈古詩十九首疑案　破解鎖鑰初啟──讀木齋《古詩十九首與建安詩歌研究》〉，載木齋著：《古詩十九首與建安詩歌研究》（北京：人民出版社，2009年12月第1版），頁5-21。

語》、劉延明《三國略記》之類小說短書。善本書簏，無識而妄引之耳。五臣注不言感甄，視李注為勝」，葉氏以為其說是也。

　　4. 李商隱詩屢用此事（按：指植、甄相戀事），如《無題》四首之二之「宓妃留枕魏王才」（《玉溪生詩箋注》卷三），東阿王之「君王不得為天子，半為當時賦洛神」（卷五）等，可見其事唐世盛傳。[2]

　　自上舉葉慶炳提出之質疑，涉及刊載〈洛神賦〉之《文選》版本，植、甄二人之年齡差距，李善注引《記》上所言之不可輕信。另唐代詩人對植、甄二人之戀情，僅在詩作中盛傳，其事不可妄信可知云云。後世對於〈洛神賦〉的創作意圖，雖有四種看法：一是「感甄」說；二是「寄心君王」說；三是戀愛說；四是神話原型說。[3]不過討論最多的，是前面兩種看法，今略述如下：

　　主「感甄」而作者，如唐・裴鉶（約西元860年前後在世），於《蕭曠》（收錄於北宋・李昉等編輯的《太平廣記》卷三一一），將「感甄」事，融入小說故事情節中。唐・李商隱亦贊同，而在詩作〈無題四首〉之二、〈代元城吳令暗答〉、〈東阿王〉、〈涉洛川〉、〈可嘆〉等作品中，均有所涉及。宋・王銍（約西元1126年前後在世）亦信「感甄」說，於所著《默記》卷下，曾依〈洛神賦〉原文，略考曹植乃是以甄后為寫作對象。清・蒲松齡（西元1630-1715年）的《聊齋》中，有《甄后》一文，表明其相信「感甄」說。清・曹雪芹（西元？-1763年）的《紅樓夢》第五回，寫的〈驚幻仙姑賦〉，旨意、手法，幾乎與〈洛神賦〉雷同，說明他相信曹植與甄后之間，確實有一段秘戀的隱情。[4]

---

2　葉慶炳著：《中國文學史》（臺北：臺灣學生書局，1982年版），頁112、113。

3　廖國棟著：《建安辭賦之傳承與拓新》（高雄：復文圖書出版社，1998年6月初版），頁359-360。

4　以上參閱朱恒夫、王基倫主編：《中國文學史疑案錄》（江蘇：江蘇教育出版社，1998年4月版），頁226-227。

　　至於主「寄心君王」者，如：清‧何焯（西元1661-1722年），在他所著《義門讀書記》中，對李善注引《記》的說法，提出質疑，以為甄后既為丕納於鄴，子建豈有求之為妻事？又言「示枕、賚枕」，根本是「里老之所不為」，何況正受丕猜忌之時，感甄名賦，其為不恭，如何有其可能？否定曹植有戀甄、感甄作賦之事。又認為曹植的〈洛神賦〉創作旨意，是藉〈離騷〉中有句云：「我（按：原文為「吾」）令豐隆乘雲兮，求宓妃之所在」，以為是托詞宓妃，而寄心君王之作，表露其無法親近君王的惆悵與哀傷。其後朱乾《樂府正義》卷十四云：「《洛神》一賦，乃其悲君臣之道，哀骨肉之分離，托為神人永絕之詞，潛處太陰，寄心君王，貞女之死靡他，忠臣有死無貳之志」[5]。清‧丁晏（西元1794-1875年）在《曹集詮評‧洛神賦》眉批中，除引述上舉何焯的一段話外，又引方伯海的論述云：「甄逸女，袁熙妻，操以賜丕，生叡，即魏明帝也。以名分論，親則叔嫂，義則君臣，豈敢以「感甄」二字顯形筆札。且篇中贈以明璫，期以潛淵明將置丕於何地乎？且序明說是洛神，與甄后何與」，故丁晏推定，認為是「當日媒蘖其短，欲以誣甚其罪爾」，乃加按語，以為是「擬宋玉神女為賦，寄心君王，托之宓妃洛神，猶屈宋之志也，而俗說乃誣為感甄，豈不謬哉？」[6]另清‧潘德輿（西元1785-1839年）於《養一齋詩話》卷二，言「〈洛神〉一賦，亦純是愛君戀闕之詞」[7]。

　　近代以來，許多學者撰述的《文學史》、《賦史》，或編輯作品選

---

5　清‧何焯著：《義門讀書記‧文選》，卷一，清‧朱乾著：《樂府正義》卷十四，載河北師範學院中文系古典文學教研組編：《三曹資料彙編》（北京：中華書局，2005年2月版），頁177-179、203。

6　清‧丁晏著：《曹集詮評‧洛神賦》（臺北：臺灣商務印書館，1978年10月版），頁11、12。

7　清‧潘德輿著：《養一齋詩話》卷二，載郭紹虞編《清詩話續編》下冊（臺北：臺灣木鐸出版社，1983年12月初版），頁2026。

集，又或單對〈洛神賦〉研究的，大多對感甄說不認同，如同臺靜農的《中國文學史》，以為李善注引《記》曰的《記》，「顯然是六朝人小說，絕不足信」，「以十三歲的童子與十八歲的哥哥爭一婦人，於情於理，均無可能」，或又云：「（植）方憂懼生命之不暇，還敢作〈感甄賦〉嗎？」，「這一故事，應是六朝人從賦中『長寄心於君王』一句演出的」[8]。朱東潤主編的《中國歷代文學作品選》，在《洛神賦解題》中，也判定「本篇（洛神賦）或係假托洛神，寄寓對君王的思慕，反映衷情不能相通的苦悶」[9]。馬積高的《賦史》，除引上述清·何焯、潘德輿等，認為是托辭宓妃，以寄心君王之作，又以為「後人傳說，以為曹植所夢宓妃，實為曹丕甄后，那純係無稽之談」[10]。

　　許世瑛的〈我對於〈洛神賦〉的看法〉一文，以為《文選》卷十九〈洛神賦〉一首「曹子建」三字下，引《記》云云，似乎子建作這篇賦，完全為了懷念甄后作的，未免太不近人情。且甄后既已嫁給子桓，是子建的嫂子，名分已定，即便從前真有情於伊，也只好「申禮防以自持，閑情慾而自解」的了。又豈敢形諸筆墨，以「感甄」名賦呢？加之子建天才特秀，豈會不顧利害，逞一時之快，作這篇違背倫常的文章，如此，則把子建的人格看低了。又以為據胡克家《文選考異》云：「此因世傳小說〈感甄記〉，或載於簡中，而尤延之誤取之耳，……據袁茶陵本考之，蓋實非善注」。且賦中「抗羅袂」二語下有注曰：「此言微感甄后之情」，亦判為恐是後人因《記》語而強為之解，亦非善注也。故依〈洛神賦〉首自序云：「黃初三年，余朝京

8　臺靜農著：《中國文學史》（臺北：國立臺灣大學出版中心，2004年12月初版），頁173、174。

9　朱東潤主編：《中國歷代文學作品選》上編第二冊（上海：上海古籍出版社，1979年版），頁189。

10　馬積高著：《賦史》（上海：上海古籍出版社，1987年7月第1版），頁155、156。

師」，後人多以為此「三」字，是「四」字之誤，如這話可信，則
〈洛神賦〉寫的，是洛神，和甄后不相干。至於子建何以賦洛神？許
氏肯定何焯所言，以為此乃子建自況，以寄心文帝云云。[11]

　　儘管學界多數對「感甄」說，持反對意見，不過在近代，其實也
有人持「感甄」說，以為其事不無道理。如二十年代徐嘉瑞的《中古
文學概況》，即持「感甄說」，惜未進行有力的論證，未具說服力。三
十年代的譚正璧亦力主此說，特撰寫〈曹子建痛賦感甄文〉，以為
〈洛神賦〉「是篇有戀愛悲劇做背景的傑作，哀豔絕倫，不知引起多
少人的眼淚」[12]。

　　後又有郭沫若於〈論曹植〉一文中，認為「子建對這位比自己大
十歲的嫂子曾經發生過愛慕的情緒，大約是無可否認的事實吧？不然
何以會無中生有地傳出這樣的『佳話』」，「子建要思慕甄后，以後為
他〈洛神賦〉的模特兒，我看應該也是情理中的事」[13]，另有周勛初
的〈魏氏「三世立賤」的分析〉，也贊同「感甄」說，以為李善注引
此事，言「乃據『記』曰，『記』乃古史，非小說之謂，古人以為這
類事情是實有的」，「後人對于李善的這條注釋，是與其信其無，毋寧
信其有的」，因而「曹氏門中有可能出現，曹植有感而賦〈感甄〉，也
就有其可能」[14]。

---

11 許世瑛著：〈我對於洛神賦的看法〉，原載臺灣《文學雜誌》3卷3期（1957年5月）。
　後收入羅聯添編：《中國文學史論文選集》（二）（臺北：臺灣學生書局，1978年5月
　初版），頁489-498。

12 吳雲主編：《20世紀中國文學研究：魏晉南北朝文學研究》（北京：北京出版社，
　2003年3月版），頁124。按：譚正璧：〈曹子建痛賦感甄文〉，原載《青年界》第9期
　第8卷第2號（上海：上海北新書局，1935年）。

13 郭沫若著：〈論曹植〉，載所著《歷史人物》（上海：上海海燕書店，1948年5月
　版），頁3-29。

14 周勛初著：〈魏氏「三世立賤」的分析〉，載氏著《魏晉南北朝文學論叢》（江蘇：
　江蘇古籍出版社，1999年11月版），頁1-15。

　　除上述幾位學者，贊同〈洛神賦〉是「感甄」而發外，在一九八三年之後，也有人提出「感甄」說，不無道理，如（一）陳祖美的〈〈洛神賦〉主旨尋繹──為「感甄」說一辯兼駁「寄心君王」說〉，後又有〈「恨人神之道殊，怨盛年之莫當──〈洛神賦〉的主題和藝術特色」〉一文[15]。（二）鍾來因的〈〈洛神賦〉源流考證〉[16]。前者以為李善注引《記》的一段材料，頗為模糊，且以十四歲的曹植，要向曹操求娶二十四歲的已婚甄女為妻，根本是不可能的事。但也不能排除在以後的日子裡，隨著曹植的日漸長大，由於在家庭裡，常有接近甄氏的機會，而產生感情。而當甄氏被讒不幸遭害，自己又屢屢為曹丕忌恨迫害時，不免會想到自己與甄氏都是受害者，自然會產生一種親近感。

　　後來在黃初年，由洛陽回封地途中，渡洛水，有感而發，想到神話中洛神的美麗形象，引起他對甄氏的思念，觸動靈感，才寫了這一篇極具浪漫、詭秘的名作。因而以為「感甄」說的正確意涵，應是曹植因感念甄后而作〈洛神賦〉[17]。陳氏說：「洛神的形象可以而且可能是以甄后為模特兒的；作者對于人物造型的某種隱情，也可能滲透到作品的形象之中。但宓妃不是甄后，它是甄后和許多似曾相識的美人儀容的綜合和昇華」[18]。

---

15 陳祖美著：〈〈洛神賦〉主旨尋繹──為「感甄」說一辯兼駁「寄心君王」說〉，載《北方論叢》，1992年第6期。〈「恨人神之道殊，怨盛年之莫當」──〈洛神賦〉〉的主題和藝術特色〉，載《文史知識》，1985年第8期。

16 鍾來因著：〈〈洛神賦〉源流考論〉，載《江海學刊》第5期（文史哲版）（江蘇：江海學刊編輯部，1985年）。

17 朱恒夫、王基倫主編：《中國文學史疑案錄》（江蘇：江蘇教育出版社，1998年4月版），頁228、229。

18 吳雲主編：《20世紀中國文學研究：魏晉南北朝文學研究》（北京：北京出版社，2003年3月版），頁126-127。

　　而後者鍾來因的〈〈洛神賦〉源流考論〉，以為〈洛神賦〉並非全是感甄而作，追溯源流，應該也有受到宋玉〈高唐賦〉、〈神女賦〉的影響，加上作者本身心情受到壓抑，於是乃借書寫〈洛神賦〉來宣洩等因素。[19]

　　因〈洛神賦〉的寫作用意，引起「感甄」說，贊同與否定的爭議相持難斷，也就因兩者的看法，南轅北轍，各有堅持，而彼此的依據在文獻的論證上，既然薄弱，又加上欠缺正面的直接證據，以致無法產生公信力與說服力，而此爭論，也就一直延續下去，成為學界的一大疑案。

## 二　〈洛神賦〉創作意旨，探討變向生新解

　　由於〈洛神賦〉的創作意旨，引發對「感甄」說的贊同與否定的論爭，也等於為曹植與甄后，是否可能秘戀，似乎投下了一個決定性的論點，於是有一些學者，就捨棄上述二說，轉變方向探討，而提出一些新的觀點，如前節提出的「愛情」說。如張文勛的〈苦悶的象徵——〈洛神賦〉新議〉，以為〈洛神賦〉寫的是愛情主題，是在歌頌一位理想中的美麗女性，大膽的抒發作者對這位想像中的女性愛慕之情，賦中表現的失望、哀婉、眷戀、追求等種種的複雜情緒，可說是曹植長期在迫害、壓抑下，不幸遭遇的一種綜合反映。認定這篇賦是「曹植藉這篇賦，以寄托自己的種種失意情懷，說它是苦悶的象徵，也是可以理解的」[20]。另畢萬忱評〈洛神賦〉，雖較傾向於「愛

---

19　吳雲主編：《20世紀中國文學研究：魏晉南北朝文學研究》，頁127，引鍾來因著：
　　〈〈洛神賦〉源流考論〉，原載《江海學刊》（文史哲版）1985年第5期。

20　張文勛著：〈苦悶的象徵——〈洛神賦〉新義〉，原載《社科戰線》1985年第1期。
　　評述參見吳雲主編：《20世紀中國文學研究：魏晉南北朝文學研究》，頁127。

情」說，不過也認為不應簡單否定其他家的說法。[21]

　　又洪順隆的〈論〈洛神賦〉〉，多所辯證，引經據典，不贊同古人感甄妃、寓文帝的說法，而自〈洛神賦‧序〉，判斷曹植的創作態度，是觸景生情，憶古懷往，因傳說仿神女以成篇。又確立「黃初三年說」之無誤。判定〈洛神賦〉，是曹植尚在鄄城時作。且以為〈高唐〉諸賦，以及〈美人賦〉，于本文前有序，而〈洛神賦〉前亦有序，這種形式架構的相似，足以說明〈洛神賦‧序〉所云：「感宋玉對楚王神女之事」，更見充分表露曹植的模仿意識和創作動機。其在論文中，曾就主題的啟示、結構的傳塑、意象的灌輸、語法的移植、語言的過渡，以及美學意識等六種型態，提供了相當詳盡的論證[22]。

　　另黃彰健的〈曹植〈洛神賦〉新解〉，則對〈洛神賦〉李善注原文、版本，加以詮釋與辯證。據朱緒曾《曹集考異》引朱乾《樂府正義》云：「《魏志》：『黃初三年立植為鄄城王。所謂感甄者，即鄄城之鄄，非甄后之甄也』」，黃氏再對〈洛神賦〉本文文字，多所解析，因而確認曹植這篇賦的寫作，「係有感于他封鄄城侯及鄄城王的遭遇，故以〈感鄄賦〉為名」，正如「曹植此賦序既言『感宋玉對楚王說神女之事，遂作斯賦』，因此明帝在選錄曹植詩文時，就將此賦易名為〈洛神賦〉了」，黃氏又說：「『申禮以自持』，『長寄心於君王』，實為他作此賦的寓意。希望王機等人，不要再繼續冤枉陷害他，也希望朝廷仍能用他，一展他的才力。他的感慨，不絕於心，而使他假託遇宓妃於洛水之濱，且委婉的敘述他在文帝猜忌宗室，防閑宗室的政策下，他的感觸，沉痛，以及無奈、無力」。黃氏更以為〈洛神賦〉畢

---

21　畢萬忱等主編：《中國歷代賦選──魏晉南北朝卷》（江蘇：江蘇教育出版社，1994年12月版），頁90、91。

22　洪順隆著：〈論〈洛神賦〉〉，載所著《辭賦論叢》（臺北：文津出版社，2000年9月版），頁98-127。

竟是辭賦，是文學作品，受到屈原宋玉辭賦的影響，不可視為是真實的歷史傳記。[23]此文考辨文字，頗見縝詳，論證亦見功力，不過論斷是否近是，也是會有爭議的地方。後來又有羅敬之的〈〈洛神賦〉的創作及其寄託〉一文，則先引用不少西洋的理論，來詮釋〈洛神賦〉作者曹植擁有的「屈子之志」，西洋的理論，如費希奈爾的「移情作用說」，黑格爾的「外界尋回自我說」，德拉庫瓦的「情感外射」和「自我模仿」說。依據上述文藝理論，羅氏以為曹植創作〈洛神賦〉，先是移情洛神，而後又將自己移情的形象（洛神），作為自己觀賞、模仿，甚而成為愛戀的對象。[24]此論點頗為深曲，卻也是有所突破前人的地方。

真所謂言人人殊，〈洛神賦〉的主旨，又有所謂的「哀愁」說，徐公持的《魏晉文學史》提出，言此賦並不涉及外在具體人事，只是表現曹植當時的內心情緒感受，而具有更濃鬱的抒發性質。賦中描寫了兩位人物，即「君王」和「洛神」，通過此二人物，尤其是對洛神的塑造刻劃，渲染出籠天蓋地瀰漫一切的哀愁氣氛。可以說「哀愁，就是它的主旨」。徐氏又說，曹植所以有它的哀愁，是來自他的現實遭際。其哀怨即來自他與曹丕的隔閡，不能互相溝通，這篇賦著重寫了這一流程的後半，即哀愁的存在狀態。君王是哀愁之王，洛神既是美麗之神，也是哀愁之神。二位人物的哀愁，又融為一體，成為無法消解的情緒癥結，所以洛神最後是「悼良會之永絕兮，哀一逝而異鄉」，君王最後是「攬騑轡以抗策，悵盤桓而不能去」。此種哀淒悲怨，言有盡而意無窮，卻也正是〈洛神賦〉所以震撼人心的魅力所在[25]。

23 黃彰健著：〈曹植〈洛神賦〉新解〉，載《故宮學術季刊》第9卷第2期，1991年冬月號（臺北：國立故宮博物院，1991年），頁1-30。

24 羅敬之著：〈〈洛神賦〉的創作及其寄託〉，收在趙福海主編《文選學論集》，（吉林：吉林時代文藝出版社，1992年6月版），頁155-172。

25 徐公持著：《魏晉文學史》（北京：人民文學出版社，1999年1月版），頁83。

　　而張亞新的〈略論洛神形象的象徵意義〉，則從洛神本身的形象象徵來研判，以為「洛神是作者抽象的理想抱負的形象化身，〈洛神賦〉是表現作者對於美好理想的熱烈追求，以及追求失敗、理想破滅後悲憤淒苦心情的作品」，這也顯示出曹植寫這篇賦，是對當時人才受到壓抑，理想受到摧殘的社會現實，提出既含蓄又尖銳的控訴與譴責。[26]張氏此文可說是自另一角度來分析、點出〈洛神賦〉中的積極意義。

　　而更為特殊的，是有人嘗試以「神話原型」說，來解讀〈洛神賦〉，如蕭兵認為宋玉之神女，曹植之洛神，都是高禖女神，主要論點，是屈原在〈離騷〉裡，曾經「望瑤臺之偃蹇兮，見有娀之佚女」，又「令豐隆乘雲兮，求宓妃之所在」，就是因為有娀佚女簡狄、洛水女神宓妃，同樣具有高禖女神的身份，跟湘江女神、巫山神女一樣，可以在一定的場合下，與人作「雲雨之游」。……也正因此，曹子建才會因為「感宋玉對楚王說（巫山）神女之事」，而作〈洛神賦〉，可見洛神跟高唐神女身份毫無二致。[27]

　　由於宋玉的〈神女賦〉，將流傳的姚姬（赤帝即炎帝的女兒）神話，描繪成巫山神女的形象，而成為文學的原型，也即是首先將楚人敬奉，主管婚姻胤嗣的高禖之神，轉入文學的原型，成為既有神的絕色，又具有人的豐富情感，可以自由的表達愛情，追求愛情，引起曹植感受到神女原型的特殊魅力，而去創作《洛神賦》。可以說，〈洛神賦〉幾乎涵蓋了自宋玉〈高唐賦〉、〈神女賦〉以來所累積的一切文學成果，方得以創作出〈洛神賦〉來。後來吳光興的〈神女歸來——一

---

26　張亞新著：〈略論洛神形象的象徵意義〉，原載《中州學刊》1983年第6期，吳雲主編：《20世紀中國文學研究：魏晉南北朝文學研究》（北京：北京出版社，2003年3月版轉錄），頁128。

27　蕭兵著：《楚辭的文化破譯》（湖北：湖北人民出版社，1997年2月版），頁330、331。

個原型和洛神賦〉一文，即採用此觀點，以為屈原乃是以〈離騷〉為中心的創作，是「人神交配」神話原型文學傳統的發端。而曹植以他個人坎坷的不幸際遇，成了新時代的「屈原」。因而吳氏更強調，認為對〈洛神賦〉的研究，最根本的，是要找出原型和原型的軌跡，才是正確的途徑。[28]蕭、吳二氏都自神女原型的探討，來省視對〈洛神賦〉的研究，如此對〈洛神賦〉的創作動機探究，自然有相當的參考價值。

至於強烈主張「感甄」說的木齋，看法又是如何？木齋在所著的《古詩十九首與建安詩歌研究》中，認定〈洛神賦〉中描寫的情況，很明顯可以看到甄氏的身影，更有兩人之間交往的細節原型體現，還強調「後人應該感謝曹植的《洛神賦》，因為，植、甄關係究竟如何，是只有當事人的回憶和自白最為可靠。曹植不可能公然寫作感甄，故在賦前，特意寫明是『感宋玉對楚王神女之事，遂作斯賦』」，木齋再提到所謂的〈感甄賦〉篇名，應該是曹植創作完成之後，在流傳之中的附會改動，不一定是曹植的本意，又說由於其中描寫，發乎情止乎於禮，並沒有越界於當時男女交接之大綱，因而曹植這篇以自己和甄后為悲劇為主題和素材的賦作，才能在曹丕時代被容忍和接納。以致器窄量小的曹叡，不能容忍任何人道及曹植及其生母的關係，哪怕是曹植這種辯誣之作，才將流傳中的〈感甄賦〉，改回曹植原名的〈洛神賦〉，好掩去曹、甄戀情這一段歷史。[29]

---

28 吳光興著：〈神女歸來——一個原型和洛神賦〉，《文學評論》1989年第3期，頁122-127。

29 木齋著：《古詩十九首與建安詩歌研究》（北京：人民出版社，2009年12月第1版），頁237-240。

## 三　植、甄秘戀疑點多，木齋舊作檢視深

　　曹植、甄后是否秘戀，千年來的疑案，自然不是僅靠對〈洛神賦〉一文的探究，所能釐清與定奪，還是需要更多的證據研判，方有澄清的可能。不少學者因儘管紛紛提出探討，卻是爭議難解，原因即在多未能全面的檢視各種疑點，而僅在少數的文獻上討論，其研判論點，有偏頗性，侷限性，自是難有說服力。而在眾多的學者中，木齋的研究，應該是較為突出的一位，在其舊作《古詩十九首與建安詩歌研究》中，個人曾在為其大著寫的〈序〉中，指出木齋論著的要點，是：（一）確認五言詩成熟之特徵及成立之要件，破除以往學者之成見。（二）釐清所謂的民間樂府詩與五言詩的關係，否定五言詩出自民間的說法。（三）〈古詩十九首〉的產生時代已經確認，進而多所舉證，分析其中九首之作者即是曹植[30]。

　　不過儘管木齋運用「以詩證詩」，及「以史證詩」的驗證方法，加以推論與分析，甚至運用「語彙」、「語句」的統計法，加以論證，但不可否認，仍有諸多疑點與難題，無法解答清楚，以作有力論證，使得木齋大著的論點、結論，反而引起海內外學者更熱烈的討論，到目前為止，可說方興未艾，其勢不可遏。對於曹植、甄后是否秘戀，其實木齋在其舊著各章中，經不斷的研讀各種文獻，雖說問題千頭萬緒，盤根錯節，然而他毫不畏懼，信心十足，闡幽探微，探索他人不大注意的細微處，終於有了進一步的發現。在其舊著的序文中，個人曾將木齋自曹植現存之作品，及《魏書》、《魏略》等史料之相關記載中，發現植、甄二人確有隱情，曾加以歸納，由於事關重要，特不嫌

---

30 陳怡良著：〈古詩十九首疑案　破解鎖鑰初啟——讀木齋〈古詩十九首與建安詩歌研究〉〉，載木齋著：《古詩十九首與建安詩歌研究》（北京：人民出版社，2009年12月第1版），頁12-18。

繁瑣，再抄錄如下：

1. 甄后之死，極不合情理。甄后被賜死，據《三國志》本傳載，僅因「郭后、李、陰貴人愛幸而失意，有怨言」，如此，即予賜死，難言合乎情理，因而有學者言「宮省事密，隱奧難窺」，「事涉離奇，讀史者不能不為之推尋也」，可見甄后被賜死，當另有重大內幕。

2. 曹植在黃初二年同樣獲罪。曹植後半生，一直被以罪臣看待，其亦自念有過。黃初二年，受監國謁者灌均希旨，請加治罪，而貶為安鄉侯，清代學者言「子建于黃初二年甄后賜死之日，即灌均希旨之時」，則其中是否有連帶關係，則或可由此推想而知。

3. 曹植母親卞太后之態度。據王沈《魏書》載，曹植犯法，太后言「不意此兒所作如是」云云，一向最疼愛曹植之太后，也無法原諒他，難道僅因是「醉酒悖慢」之罪而已嗎？而且幾乎每個人，每提到曹植罪行的詔書、話語，都對曹植所犯的罪行具體名目，避而不談，據太后所言的「所作如是」的話，更可確認曹植所犯的罪，當非同小可才對。

4. 木齋以為自曹丕賜死甄后、懲罰曹植之後，天下臣民不免大受震驚，以致隨意猜測的言論，甚囂塵上，逼得曹丕不得不宣告，要以嚴厲的法令，禁止民眾再議論此事。後《三國志・方技傳》又記載，曹丕曾問卦於周宣，並與周宣對話的事，表明了曹丕內心的震怒、不安的心緒，因此藉夢境來問卦，內在因素即在表露曹丕不願讓有關植、甄之事張揚的心情。

5. 曹丕子曹叡，一生均未曾原諒曹植。在曹叡臨死之前，曾下詔整理曹植的文集，表面的理由，是認為曹植雖有過失，但能「克己慎行，以補前闕」，且「自少至終，篇籍不離於手，誠難能也」，真正的原因，應該是將黃初二年後，公卿大臣的彈劾奏章，包括灌均的彈劾奏章，以及涉及甄氏的作品，藉重新編輯文集的機會，予以銷毀剷

除，而這些動作，被認為是曹叡臨死之前不得不解決，否則即無法瞑目的心頭大患。

　　6. 曹植一生除甄氏外，並沒有愛戀過其他女性。曹植是才華洋溢的大詩人，在其作品中，未見有寫給其妻崔氏的詩文，即使是其妻被曹操以衣繡而違制命，還家賜死，曹植亦未有片言提及。自李善注引《記》所記載，言曹植於建安九年，在鄴城，一見甄氏，即「晝思夜想，廢寢與食」，後再無植與其他女性相愛的記載與傳聞。而經木齋探索分析，現存曹植賦作中的〈愍志賦〉、〈感婚賦〉的寫作背景，應是曹植在曹丕「擅室數歲」之後迎娶甄氏所作[31]。

　　從以上這些片斷而零散的記敘中，雖是蛛絲馬跡，卻是隱隱的浮現植、甄秘戀的一些跡象，讓人不得不起疑心，而判定植甄二人，或有其可能發生戀情，絕不像後代某些學者，口口聲聲的以為植、甄二人，是不可能有秘戀一事發生的。當然，直接史料確實欠缺，而無法佐證查驗，如是，直接史料既不可得，那只有仰賴間接史料一途了，而且重要的，是須求其「博」，要鉅細靡遺，本末兼察。

　　梁啟超於《清代學術概論》中，即舉顧炎武治學的要訣，是「論一事必舉證，尤不以孤證自足，必取之甚博，證備，然後自表其所信」[32]，旨哉是言。木齋為了辨明曹植、甄氏的隱情問題，不辭艱辛，旁搜廣求，查閱不少相關文獻，經比對辨證，條分縷析，才歸納出上述的幾項疑點，這幾項疑點，也是古今學者較少去留意，也是少去探究的地方，而木齋則是心思縝密的緊緊掌握住上述疑點，以便揭開這千年來，文學史上的一大疑案，其用心良可欽敬！

　　其實正如學界前輩繆鉞說的治學觀點，是讀書發現疑難問題，最

---

31　陳怡良著：〈古詩十九首疑案　破解鎖鑰初啟——讀木齋〈古詩十九首與建安詩歌研究〉〉，載木齋著：《古詩十九首與建安詩歌研究》，頁17-18。

32　梁啟超著：《清代學術概論》，（臺北：臺灣商務印書館，1958年2月出版），頁21。

初常常感到迷惘，未必即能解決。不過可不能放棄，而是要持之以
恆，尋求破解。於是就需利用已有的知識，以比勘、聯想的方法，去
尋找線索，深入追踪，再多看看資料，多方論證。或許自己最初的假
設，可能是對的，也可能是錯的，也可能部分對部分錯的。於是就如
剝蕉葉，如解連環，一層一層的深入下去探索，常能發前人之所未
發，獲得極大的突破。當然這種探索，是很費心很費工夫的，且解決
一個問題，往往需要一個相當長的時間，但一旦獲得解決，卻也是會
帶來很大的快樂。[33]

　　個人以為木齋持志不懈的在探求、在追踪曹植、甄氏秘戀的疑
點，是一如繆鉞的治學心得，絕不灰心，毫無止歇的在追究，其本身
既有廣博的知識，又有豐富的聯想，思路靈活，觀察敏銳，在對〈古
詩十九首〉，以及有關〈洛神賦〉的創作旨意，與曹植甄后的秘戀情
事研究上，宜其有超越他人的成就，所謂「精誠所至，金石為開」，
這二句名言，真可在木齋的研究成果上，得到驗證。

## 四　《曹植甄后傳》編年新，植、甄戀情更確認

　　自木齋舊著《古詩十九首與建安詩歌研究》一書問世後，學術界
風風火火的掀起波瀾，爭相討論了一段期間，而今木齋又推出新著
《曹植甄后傳》，以編年體詩傳形式，對曹植與甄后的戀情關係，再
作一次的詳盡整理闡發。這種以編年詩傳形式的撰述，別出心裁，令
人耳目一新。他為何還要寫這部《曹植甄后傳》？這部新著與舊著之
間，是否會是重複之作？

　　依木齋本人的答覆，是其能完成《曹植甄后傳》的原動力，是由

---

33　繆鉞著：〈治學瑣言〉，載夏承燾、繆鉞等著：《與青年朋友談治學》（北京：中華書
　　局，1983年3月版），（臺北：國文天地雜誌社，1989年1月版），頁140。

於源源不斷的發現新材料。這些新材料，有者驗證以前推斷假設式的論斷，有者是修正、調整了以前的認知。這些新材料，紛至沓來，讓他應接不暇，重要的，是這些發現的新史料，新的資訊，不斷的能修正他以前的研究與認知，也不斷的豐富與增添曹植、甄后，兩者之間戀情進展的細節。這些新材料，讓木齋如獲至寶，他自己說，以前出版的著作與論文，僅僅是這部《詩傳》所作的奠基與準備，僅僅是要全面細緻描述曹植、甄后一生戀情，以及和古詩關係的草圖輪廓之粗線條勾勒而已。可想而知，由於他發現不少新的材料、新的信息，促使他更堅定信念，來完成這部以嶄新的編年形式寫作的《詩傳》。

　　到底木齋所發現的材料是哪些？個人在此依其原稿，約略條列如下：

　　（一）《北堂書鈔》中，〈今日良宴會〉中的「彈箏奮逸響，新聲妙入神」，署名為曹植，此與前閱讀曹植文集中，將其說成為曹植的「逸文」，感受截然不同，此為《古詩十九首》為曹植之作鐵證之一。

　　（二）元代無名氏的後漢和西晉的《洛陽宮城圖》。圖中即有「阿閣」之建築物。而植、甄戀情突破的媒介物是芙蓉，也稱之為靈芝，而此二者均為甄后的象徵物，而西晉的《洛陽宮城圖》，上面就出現了芙蓉殿與靈芝池。曹植曾寫作〈靈芝篇〉，由此體悟到曹植是以避諱寫法，表達其對甄后的思念，及對兩人之間戀情的回憶。元代地圖所展示的洛陽宮城圖，其中有阿閣、芙蓉殿等建築物，則為古詩與曹植、甄后關係密切鐵證之二。

　　（三）曾親自去鄴城遺址探勘，甄后是埋葬在鄴城原址之南城郊外，而所葬之村名即叫「靈芝村」，此為古詩為曹植、甄后戀情之作鐵證之三。

　　（四）翻閱南北朝時期北朝的縣志，知道鄴城在南北朝北周時

代,被改為「靈芝縣」,而甄后埋葬之處,名為「靈芝村」。而靈芝、芙蓉就是甄后的象徵,曹植文集中的一個中心語彙,就是芙蓉、靈芝。在他的〈洛神賦〉、〈芙蓉賦〉、〈九詠賦〉等,凡是涉及曹植個人自傳性質的名篇中,不難處處可以看到靈芝、芙蓉的倩影。此為鐵證之四。另重讀陸機的〈擬古詩〉,發現詩中竟然揭示曹植、甄后戀情的洞房之地,就在阿閣蘭室,而曹植最後也就為此被鴆毒毒死,這一點可補強鐵證之四。

(五)木齋認為將這些散落的「古詩」,重新安放到可能出現的時、空交叉點上,居然是嚴絲合縫,顯示出曹植、甄后的戀情,其中地名、方位、時間、節氣、人物關係上,無一不是密密相合,如此,或可將其列為鐵證之五。

此外,木齋也對舊作提出二個修正:一為此前署名曹丕的〈燕歌行〉、署名徐幹的〈室思詩〉、署名班固的〈詠史詩〉、署名張衡的〈同聲歌〉、署名蔡文姬的〈悲憤詩〉,甚至包括署名曹植的〈七哀詩〉等,經過反思後,以為都須重新解讀與闡發,重新予以定位,因而也擴大了原來所謂「漢魏古詩」的範疇,認為所謂不知名的古詩作者,不僅存在於狹義的「古詩」之中,而且還存在於已經署名漢魏詩人的作品之中。二為修正與確認以前對一些古詩的作者與背景的認識,代表性的作品,如〈青青河畔草〉的作者修改,〈青青陵上柏〉以前徘徊於兩個寫作時間,並在此確認了為太和五年歲末,曹植到洛陽京城之作,與〈箜篌引〉均為曹植晚期的作品。

以木齋的敏而好學,深思熟慮,無論身處何地,均能乘機尋覓相關研究文獻,以補強、修正新著中的觀點。宋·陸游(西元1125-1210年)有詩句:「獨有耽書癖,猶同總角年」(〈浮生〉),可作為他奮勵的生動寫照,就在他客座臺灣中山大學時,能讀到《北堂書鈔》(唐·虞世南(西元588-638年)編著)這種類書,又找到元代無名

氏編著的方志書《河南志》，上面錄有後漢與西晉的《洛陽宮城圖》，甚至還去到甄后埋葬的村莊「靈芝村」，去做田野調查。後再讀到《隋書》「志」第十五，查出「鄴」曾在南北朝北周時代，更改為「靈芝縣」，得以印證曹植文集中，一個中心語彙即是芙蓉、靈芝，宜其經常出現在〈洛神賦〉、〈芙蓉賦〉、〈九詠賦〉中，以上幾種文獻、史料，都被木齋判為曹植、甄后，確有戀情的鐵證，也證明放開胸量，博觀約取的重要，而這種做學問的理念與方式，也是符合科學的意識與研究方法的。

　　經過木齋在文獻資料的廣資博取，拾遺補漏，讓他採取編年的形式，來著作這部可能會震撼學界的《曹植甄后傳》。主要的，是延續他前面舊著的脈絡，將古詩十九首代表的漢魏古詩，和曹植文集中固有的詩賦，整合成一體，加以解析、判讀，幾乎每一過程，都有詩作的伴隨，有如在讀曹植、甄后二人的戀情詩史。新穎獨創，在舊有的文獻資料引導下，不斷提出新資料，新問題，卻也能提出新見解，核實新資料，解決新問題，證明新見解，處處有交待，句句說清楚，也不迴避問題。更重要的，是雖分進合擊，卻也能找出規律，前後一貫，讓曹植與甄后一段可歌可泣，感人肺腑的戀情，能大白於文學史，而使千年來的疑案，一掃陰霾，展現曙光！

　　曹植聰明穎異，早熟早慧，「年十歲餘，誦讀詩論及辭賦數十萬言」[34]，而且從小打下寫作基礎，他在〈與楊德祖書〉中說：「僕少小好為文章，迄至于今二十有五年矣」。而甄后外貌是「姿貌絕倫」（《三國志・魏書・后妃傳》引西晉・王沈《魏書》後按語），也是漢魏之際，唯一一位女詩人，更是唯一女詩人兼擅長音樂彈唱者，讓一

---

34　晉・陳壽撰、宋・裴松之注、民・盧弼集解、清・錢大昕考異：《三國志集解》，《魏書》，《陳思王傳》（臺北：新文豐出版公司，1975年3月出版），頁488。

個十三歲的少年,「晝思夜想,廢寢與食」(李善注《文選‧〈洛神賦〉》引《記》語),兩人彼此互有吸引的條件,一個是才華洋溢,貴為王侯;一位是才貌雙絕,秀外慧中。誠如木齋在《曹植甄后傳》中的說法,是「曹子建的才華,從而俘獲了甄氏的芳心」,「一旦獲得一次偶然的邂逅,乾柴烈火,熊熊而燃」,就會「不顧一切生死,或說是生死置之度外的沖決,也是情理之中的事情」。不過他們這一對的不倫之戀,最後人生的歸宿,是「一個被賜死,一個被放逐,最後也被變相賜死,他們都為了這份愛,而獻出了寶貴的生命」。木齋以為他們的戀情,如果不研究出來,和公示出來,「則無以解決失去作者姓名的古詩的本事,就不能破譯古詩這一千古之謎,更不能闡發漢魏之際詩歌史真正的歷程」。木齋懷抱的使命感,有其高遠而神聖的意義在,探究學術,本身就是在追求真理,揭示真相,他就是透過提出問題,並以企圖解決問題的方式,表現出一種尋根究底的考據精神。

運用科學的精神與方法來做學問,才是順乎世界潮流的一種進步的觀念。而做學問的態度,就是要遵守幾個原則,如有學者主張的,是「重觀察,重實證,不能憑空懸想,滿足于一知半解」、「重分析,要實事求是」、「重精審、要切蹉、不墨守成規,不蔽於自見」、「重條理,避免駁雜」[35]等。當然正如前節提及的,由於並無直接史料證明曹植、甄后確有秘戀情事,於是運用間接史料,則勢不可免。

木齋依循張可禮編著的《三曹年譜》,一則依照曹植的年譜,排列,並以適合的文字標題,一則如前節已提及,另將古詩十九首代表的漢魏古詩(如有署名枚乘八首、蘇李詩二十餘首、班婕妤一首、班固一首、蔡琰一首等),與曹植集中固有的詩賦,打并一體加以研究

---

整合，使曹植生平的每一個過程，都有詩作的伴隨，重要的是這些資料的解析與驗證，如屬漢樂府古辭的〈古歌〉：「上金殿，著玉尊。延賓客，入金門。入金門，上金堂。東廚具肴膳，椎牛烹豬羊。主人前進酒，彈琴為清商。投壺對彈棋，博奕並復行。朱火颺烟霧，博山吐微香。清尊發朱顏，四座樂且康。今日樂相樂，延年壽千霜」。

　　木齋判定這一首該是甄后第一首詩作。理由是：五言詩體式尚不夠純熟，三言與五言並用。其中「東廚」以下幾句，對比曹植〈箜篌引〉：「置酒高殿上」以下幾句，兩者之間何等相似，再針對〈古歌〉中的詞彙「彈棋」，則屬曹丕喜愛的遊戲活動，其另有〈彈棋賦〉，可見喜愛彈棋者，此時此地，也非曹丕莫屬。而另一首，原《玉臺新詠》卷一，署題〈古詩八首〉之五：「四座且莫喧，願聽歌一言」以下十四句，木齋亦自其中詩句，如鍾鼎上之雕文，研判此乃上層貴族的酒宴。再自首二句判定，知歌唱者即是創作者，且應該是即席歌唱，現編現唱，再對比前一首〈古歌〉詩句，研判歌唱者為女性，且是具有才華的女詩人，衡之漢魏，有此天賦、才藝、擅長音樂彈唱者，且此詩顯示的從容大氣，則研判此詩理應歸於甄后名下。

　　另〈古詩八首〉之五原詩中，有「從風入君懷」，正與〈怨詩行〉中的「願作東北風，吹我入君懷」，〈七哀詩〉中的「願為西南風」云云，筆法相同，而後兩者，木齋再判定是為甄后曹植之作。而前舉出的甄后早期之作年代，初定為建安十六年、十七年之作。以上是木齋運用「以詩證詩」的方法，研判作者為何人的例證之一。

　　此外，最早載於《玉臺新詠》，列為〈古詩八首〉之一，原被視為兩漢樂府民歌的代表作之一〈上山采蘼蕪〉，木齋亦判為甄后之作。建安十八年歲末，曹丕與甄后離居，不久，曹丕即迎娶年長自己三歲的郭女王。木齋研判，在翌年春夏之際，甄后上山采蘼蕪，下山時，遇到了故夫曹丕，遂創作了這首著名的詩篇。所以判定此首詩為

甄后所作，理由是：

（一）此詩見於《藝文類聚》三十二，列於〈閨情〉〈青青河畔草〉篇後，而《樂府詩集》未見收入，逯欽立輯校的《先秦漢魏晉南北朝詩》列為〈古詩五首〉其一，而將其視為是樂府者，是《合璧事類》卷二十八，作「古樂府」。因此研判，此詩並非樂府詩，漢魏宮廷未演奏過此詩，將其說是樂府民歌，毫無根據。

（二）考辨「蘼蕪」這種香草，傳說利於女子懷孕，據《藝文類聚》引《廣志》曰：「蘼蕪，香草，魏武帝以藏衣中」，以其有利女子懷孕，可更多繁衍子孫，魏武帝「以藏衣中」，頗為有趣。此詩與甄后、曹丕相關，重要物品「蘼蕪」，分明記載了與魏武帝曹操有關，此處唯一提及曹操，是否巧合？而此詩女主人公是離異者，為何還要「上山采蘼蕪」，還要企盼利於懷孕？

（三）為何要「長跪問故夫」，禮不下庶人，此為人所知，長跪，是何等尊嚴的禮節？

（四）詩句提到「門」、「閤」，「閤」有兩意，一是大門旁的小門，二是宮中的小門。（參見《漢典》：「漢宮中謂之禁中。謂宮中門閤有禁」）閣（同閤）、闈等，均非民間所有。魏晉之際，閣闈之屬，均為宮廷之專有建築名稱，與民間建築無關，則此詩所寫的「故夫」，其身份地位之尊崇可知。此詩排除民間販夫走卒之作，而自有名有姓的漢詩人中遴選，吻合者則非甄氏莫屬。又此詩，木齋判為建安十八、九年左右之作。

再者詩中人物熟悉織績，有人以此作為民間作品的標誌。據木齋考辨，以為其實宮中有織績，東漢開國皇帝馬皇后，即在宮中設有專門的織室，乃見於元代《河南志》所附的《後漢東都城圖》，在圖中西側有「濯龍園」中，有「馬皇后織室」字樣，又見于《東觀漢記》卷六〈明德馬皇后〉：「太后置織室蠶室濯龍中」，到曹魏政權，后妃

織績，乃是尋常，而織績其實也是甄后喜愛的業餘生活之一，因之在古詩中和曹植詩中，即有許多「織婦」之類的記載。

除此之外，尚有多首亦被木齋判為甄后的作品，如鼎鼎有名的〈江南可采蓮〉，以為是甄后在建安十七年冬十月，曹植跟隨曹操大軍南征孫權時，甄后思念曹植之作，時間、背景，應為〈涉江采芙蓉〉，以及曹植〈離友詩〉其二的延續和對話。經過文字的解讀，以及對字彙「蓮」的辨析，加上引《爾雅・釋草》：「荷芙蕖，其實蓮」的釋義論證，得以確認，此詩當為甄后之作。其他如署名宋子侯所作的〈董嬌嬈〉，署名張衡所作的〈同聲歌〉，〈古詩〉中的〈步出城東門〉，蘇李詩的〈良時不再至〉、〈燭燭晨明月〉、〈結髮為夫妻〉、〈晨風鳴北林〉，《古詩十九首》中的〈孟冬寒氣至〉、〈冉冉孤生竹〉、〈迢迢牽牛星〉、〈明月皎夜光〉、〈凜凜歲云暮〉等作品，經過木齋的解析、辨證，皆認為是甄后之作，也都是出於曹叡刪除曹植文集情愛之作的作案手段。

而《古詩十九首》中的〈今日良宴會〉，趙幼文《曹植集校注・附錄一・逸文》中摘引原文兩句：「彈箏奮逸響，新聲妙入神」，並〈詮評〉說：「《書抄》引為植作，當別有所據。姑附錄以廣異聞」，木齋研讀《曹植集校注》，頗見細心，且由此受到感發，以為此詩，其實是曹植所作。他另引繆鉞說：「『彈箏奮逸響，新聲妙入神』二句，在《古詩十九首》〈今日良宴會〉篇中，《北堂書鈔・樂部・箏》中引為曹植作，當別有所據，故〈古詩〉中是否雜有曹植之作，雖難一一確考，然就上引兩事觀之，可見昔人視曹植詩與〈古詩〉極近似，蓋二（指曹植與《十九首》作者）撰作之途徑與態度相同也」[36]，木齋再引胡懷琛的看法，是：《古詩十九首》為「子建、仲宣作，不肯自承，所

---

36 繆鉞著：《繆鉞全集・曹植與五言詩體》（河北：河北教育出版社，2004年版），頁31。

以他人不知」[37]；又說，但學術界已經先入為主，接受了東漢無名氏所作之說，出現了這樣重大的資料，卻未受到應有的重視。

後來木齋再進一步求證，發現《北堂書鈔》原作，在「箏部」條下，明白的寫道：

> 奮逸響「曹植詩云彈箏奮逸響新聲好入神○今案陳俞本好作妙」，揚大雅之哀吟「曹植思人賦云□秦箏之慷慨揚□雅之哀吟○今按陳本百三家本陳思王集思人作幽思秦箏之作素箏而餘同」[38]

如此，則《北堂書鈔》記載的《十九首》〈今日良宴會〉，其中的「曹植詩云：彈箏奮逸響，新聲好入神」，又與同書同頁所載的「曹植〈箜篌引〉云：秦箏何慷慨，齊瑟且和柔」，有何不同？

故木齋乃如此判定，說若無《十九首》等詩作的遺失，又有誰會懷疑「曹植詩云：彈箏奮逸響，新聲好入神」這一記載呢？故綜合各方面情況來看，此「逸文」並非「逸文」，而確實是曹植所作，否則不會有這麼多方面的一致性。最後木齋鍥而不舍的再查證，是《北堂書鈔》，類書之作，始於三國魏文帝令劉劭、王象等人編纂的《皇覽》，是最為接近曹魏時期的大型類書，因而這也該列為鐵證之一。

其他諸如《古詩十九首》〈涉江采芙蓉〉，木齋則錄曹植〈離友〉詩相比對，經過文句解析，確認這首〈涉江采芙蓉〉，應是曹植在建

---

37 胡懷琛著：〈古詩十九首志疑〉，載《學術世界》1935年第四期。

38 木齋文稿，引唐・虞世南著：《北堂書鈔》（臺北：文海出版社，1978年版）。按：虞氏編纂此書，主要供當時文人寫詩作文選擇詞藻用，然所摘錄古代群書詞句，為以後考據學，留下了珍貴的古文舊典。時虞世南任隋秘書郎，北堂者，為隋秘書之後堂也。故書以「北堂書鈔」為名。以上說明，參見張林川等編著：《中國古籍書名考釋辭典》（鄭州：河南人民出版社，1993年6月第1版），頁238。

安十七年十月之際，寫作於長江邊上的思念甄氏之作。蘇李詩中的〈雙鳧俱北飛〉，判定為曹植回復甄后詩作之一。也是蘇李詩中的〈爍爍三星列〉，則判為曹操死後同年之秋，曹植在鄴城之作。古詩〈蘭若生春陽〉，則認定為曹植在黃初二年早春作，標誌了曹植的轉折。

又另有著名的敘事詩〈孔雀東南飛〉，至少有兩種版本，木齋認為是曹植與甄后在不同時期，不同作品，是兩個不同的原型。第一個版本極短，僅有二十四句，載於《藝文類聚》，判定為曹植或是甄后在建安時期所作，其原型寫的應是廬江太守劉勛休妻的故事。第二個版本，也就是首見於《玉臺新詠》的敘事長詩，是在第一個版本基礎之上修改加工完善而成的，其寫作時間，應該是黃初六年，曹丕「幸植宮」前後，曹植為曹丕御駕臨幸所準備的音樂歌舞節目。曹植在原先近似於娛樂性的劉勛休妻故事原型基礎之上，融入甄氏與他自己的悲劇戀情故事，而寫出來這首流傳千古的長篇敘事長詩。木齋將此詩之二種版本比較，其差異性甚大。經過木齋對原文字句的解讀，以及對某些字詞意義的辨證，最後木齋認定此詩是在東吳的黃武五年，也就是曹魏的黃初七年，曹植完成了這篇作品。

〈孔雀東南飛〉的作者，木齋研判為曹植。雖說在原文字句上，木齋剖析入微，還參閱曹植自己的詩作，互相對比，又或引錄其他文獻，如陸侃如於一九二五年發表的〈《孔雀東南飛》考證〉、唐人段成式《酉陽雜俎·禮異》、《三國會要》引《通典》的記載，以解釋「青廬」的意涵，不過由於此詩屢經後人潤色，加之《文選》不錄，《文心雕龍》、《詩品》均未提及，詩句偶染六朝風格，情節亦不無增飾，且在時代背景，以及其中的字句，與習俗方面，可能爭議紛起，是否為無名氏或曹植，又或他人所創作，一定會引起學界強烈的質疑。

至若另一首署名曹丕著述的〈燕歌行〉，一向被視為七言詩成立的代表，藝術價值甚高。清·程琰評此詩云：「七言古前罕有，自此

始暢。比四愁風度更長。然每句押韻，卻是柏梁體。而格調仍是樂府，與唐人歌行固然不同，此魏文興到之筆也」（程琰刪補本《玉臺新詠》卷九，收入《四部備要》）。清‧沈德潛亦云：「和柔巽順之意，讀之油然相感，節奏之妙，不可思議」（《古詩源》卷五）[39]。曹丕的時代，五言騰踴，這一種七言新體，竟遭忽視。兩晉詩人，也是罕見製作的，至南朝鮑照，才繼起推展。今木齋逐句解析後，認定此詩應為甄后之作。並以為這也是在魏明帝時期，曹植詩作被下詔重新撰錄，造成其中敏感之作溢出，其中大部分被安放到漢魏時期，不同詩人的名下，如蘇武、李陵、枚乘、張衡、傅毅等人身上，同樣也可以編造到曹丕甚至曹叡的名下云云。

個人以為木齋將《古詩十九首》，或某些著名的古詩，如〈孔雀東南飛〉、〈燕歌行〉的作者，來一個大顛覆，大翻案，必然會引發學界的大地震，對這些相關問題有興趣研究的學者們，可能會提出許多的疑點問難，經過不斷的質疑、爭辯、討論，當是無可避免，不過問題一經提出，學界會有所反應，也是很自然的事，而這對於學界而言，無寧是一件好事，因古有名訓，「小疑則小進，大疑則大進，不疑則不進」，疑問原就是進步的動力，不是嗎？

有關曹植、甄后戀情的緋聞，木齋認為曹魏之後，一直是口耳相傳的，其中的一些詩作，也應該是能夠口吻相傳的。在阮籍的〈詠懷詩〉中，可以看出這些所謂古詩，以及曹植、甄后戀情對他的詩作的影響。由於所有的詩人，對此皆保持沉默。在內容上引用，在名稱上卻稱為「古詩」，以為這即是由於中國這種儒家傳統為尊者諱的必然結果。為曹丕、曹植、曹叡、甄后這一曹魏帝王家族隱諱，為曹植這一偉大詩人隱諱。木齋經多年來的廣搜資料，思深慮微，投入於植、

---

39 葉慶炳著：《中國文學史》上冊（臺北：臺灣學生書局，1982年8月版），頁102引錄。

甄秘戀千古疑案的揭秘探究，終於有了答案出來，那就是認定曹植、甄后，確有一段纏綿悱惻，生死與共的秘戀。

# 五　結語

　　木齋新著《曹植甄后傳》，可說是樹立起曹植研究史的新里程碑，其秉持熱愛學術研究的赤誠，不辭艱難，不計毀譽，揭示文學史上曹植、甄后戀情的千古疑案，闡幽探賾，嘔心瀝血，如老吏斷獄，或以詩證詩，或以史證詩，更運用文史相參的驗證法，以方志或地圖，加以印證詩人作品的關鍵字、詞，而得到一個較圓滿的解答，可說得來不易。其無怨無悔，殫精竭慮的付出，讓人深深感動！姑不論其研究結論，是否能獲得學界的認同與肯定，單論其投注的心血與時間，已足以讓學界刮目相看。

　　當然，學術研究，貴在獨創，顧炎武（西元1613-1682年）於《日知錄》說：「必古人所未及就，後世之所不可無，而後為之」[40]，木齋的研究，甚具開發與創造性，頗符合顧氏名言的要義。流傳千餘年的植、甄秘戀疑案，深信只要有心、有熱情，執著不息探討，雖無直接史料予以研判，但可運用所能蒐集到的間接史料，參照比對，解析判讀，予以精審識斷，應該還是可據以斷案的，不過若在某些部分，確實是仍有疑惑，則還是闕疑為妥。可不能因急於求解，急於著書，又或為新而新，故意標新立異，強作驚人之論，那就是不足為訓了。

　　清・惲敬（西元1757-1817年）曾說：「夫古人之事往矣，其流傳記載，百不得一，在讀書者委蛇以入之，綜前後異同以處之，蓋未有

---

[40] 顧炎武：《日知錄》語，載梁啟超著：《清代學術概論》（臺北：臺灣商務印書館，1985年2月），頁20。

無間隙可尋討者」(《大雲山房文稿二集》卷二〈陶靖節集書後〉),言之誠是。清‧閻若璩(西元1634-1704年)也提過:「古人之事,應無不可考者,縱無正文,亦隱在書縫中,要須細心人一搜出耳」(《潛邱札記》卷二)[41]。古人治學的良好經驗與方法,真的可給我們後人啟示與學習,對於曹植、甄后是否有秘戀一事,文獻方面,本極為貧乏,不過木齋能當個「細心人」,把蒐集的資料,「綜前後異同以處之」,終於有了成果面世,所謂「學無止境」、「學海無涯」,植、甄秘戀的探討,當不是至此結束、終止,切盼未來應該有更熱烈的討論空間,有更深入精闢的見解以出,個人拭目以待,是為序。

---

41 按:以上惲敬、閻若璩二氏語,載夏承燾、繆鉞等著:《與青年朋友談治學》,繆鉞著:〈治學瑣言〉(臺北:國文天地雜誌社,1989年1月出版),頁140。

# 附錄二
# 《古詩十九首》疑案　破解鎖鑰初啟
## ——讀木齋《古詩十九首與建安詩歌研究》

## 一　前言

　　筆者個人於二〇〇九年八月二十三日到二十五日，參加在江西九江學院與日本「中國六朝學會」合辦之「二〇〇九年陶淵明國際學術研討會」。研討會期間，有幸認識木齋先生，承其不棄，再三囑我為其大著《古詩十九首與建安詩歌研究》，撰寫序文，對其大著諸多之觀點，是否能夠成立，給予批評、評斷。個人本以愧於學淺才疏，恐難勝此榮任，有意予以婉拒，然又感於其謙沖誠懇，鑽研有得，而不忍拒絕。且思及木齋來自吉林，我則來自臺灣，竟在異地他鄉結契，實亦屬有緣，於是就在如此瞬間考慮，與情意難卻下，也就只好遵其所囑矣。

　　以下個人先針對《古詩十九首》相關的爭論點，臚列某些文學史家之看法，略加引述與詮釋，再對木齋之研究新著，不敢說是評騭，僅能說是略表一些不成熟的讀後心得而已，最後再提出幾點淺見，以作結語。

## 二　《古詩十九首》疑點，千古爭論難判

　　《古詩十九首》，無疑的，一般學者，無不肯定它是代表著東漢後期五言詩成熟階段的最高藝術成就者，難怪評家讚揚備至，如劉勰《文心雕龍・明詩》評為：「觀其結體散文，直而不野，婉轉附物，怊悵切情，實五言之冠冕也」，鍾嶸《詩品》也將其置於上品，評曰：「文溫以麗，意悲而遠，驚心動魄，可謂幾乎一字千金」，胡應麟《詩藪》亦評道：「興象玲瓏，意致深婉，真可以泣鬼神，動天地」，甚至陸時雍《古詩鏡》更直評為：「《十九首》謂之風餘，謂之詩母」[1]，古來評家評其為「五言之冠冕」，「幾乎一字千金」、「謂之詩母」、「真可以泣鬼神，動天地」，可見評價之高，享譽之隆，在中國文學史上而言，實為罕見。

　　雖說歷來有人對其「詩旨」、「字句」、「內容」、「評價」、「賞析」等方面，加以探討，也確實取得不少成果[2]，惟獨對其作者、主題、寫作年代等等，卻成為學者們聚訟紛紜的問題。有人儘管提出或多或少的證據，而這些證據，固然是可貴，不過由於並非是直接或正面證據，難免無法讓人心服，以致問題因仁智互見，相持不下，而久久無法釐清，不得解決，因而就成了千古疑案了。

---

1　按：上舉諸家評語，參見隋樹森編著：《古詩十九首集釋》（臺北：文馨出版社，1975年1月出版），卷四〈評論〉，頁1-5。

2　按：研究《古詩十九首》之專著、論文，參閱隋樹森編著：《古詩十九首集釋》、張清鐘：《古詩十九首彙說賞析與研究》（臺北：臺灣商務印書館，1998年6月初版第四次印刷），頁1-186。又或張幼良：〈20世紀《古詩十九首》研究述評〉，《貴州文史叢刊》第4期（貴州：貴州省文史研究館，2003年），頁1-5。李祥偉：〈《古詩十九首》研究述論〉，《廣州大學學報》（社會科學版）第5卷第6期（廣州：廣州大學，2006年6月），頁65-68。古彥：〈《古詩十九首》百年研究綜述〉，《語文學刊》第11期（內蒙古：內蒙古師範大學，2008年），頁58-62等。

　　由於《古詩十九首》是五言詩，也是極為成熟的五言詩，有關與其相關的爭論點，不外是：

## （一）五言詩的起源問題

　　五言詩起源於何時，眾說紛歧，舊說有起於枚乘、李陵蘇武二說，雖有某些書籍有此主張，如徐陵編《玉臺新詠》時，判定《古詩十九首》中，〈西北有高樓〉等八首，加上〈蘭若生春陽〉一首，題為「枚乘雜詩」，劉勰《文心雕龍・明詩》亦言「古詩佳麗，或稱枚叔。其〈孤竹〉一篇，則傅毅之辭」，鍾嶸《詩品・序》云：「逮漢李陵，始著五言之目」，沈德潛《說詩晬語》亦云：「蘇李詩，……是為五言之祖」云云[3]。

　　文學史家一般都認為西漢枚乘、李陵、蘇武等人的五言詩都不可信，前人的傳聞，實不可據，甚至卓文君的〈白頭吟〉、班婕妤的〈怨歌行〉，也是不可靠的。[4]西漢時代之五言詩，尚在醞釀試驗階段。東漢前期班固有〈詠史詩〉，為著名文人採用純五言體之最早作品，不過有學者認為雖「有感嘆之詞」，但「質木無文」，缺乏形象性，技巧仍不熟練。[5]但也有學者肯定此詩，象徵五言詩之正式被承認。如果要達到完全成熟，則要待於東漢後期，也即是建安年間，曹氏父子與建安七子等，方留下許多圓熟的五言詩。[6]

---

3　按：五言詩起源諸說與古文獻記載，參閱陸侃如、馮沅君合著《中國詩史》（臺北：明倫出版社，1969年5月再版），頁265-279。李曰剛：《中國文學流變史——詩歌編（上）》（臺北：聯貫出版社，1973年2月再版發行），頁136-145。劉大杰：《中國文學發展史》（臺北：華正書局，2001年8月版），頁232-234。游國恩：《中國文學史》（上）（臺北：五南圖書公司，1990年11月初版），第二篇第五章〈五言詩的起源和發展〉，頁201-203。

4　游國恩：《中國文學史》（上），頁202、203。

5　游國恩：《中國文學史》（上），頁202。

6　葉慶炳：《中國文學史》（臺北：臺灣學生書局，1982年8月「學」一版），頁80。

　　而在東漢桓靈之際，因五言詩的作者有主名的，如秦嘉、蔡邕、酈炎、趙壹、辛延年、宋子侯等，不過因這些詩，有的將其稱為樂府，有的將其稱為古詩，因之有人認為這不算是真正的五言詩，而是一種擬樂府詩，或是一種散文體的五字詩，如此言五言詩的起源，由於彼此立足點的差異，自然會產生歧見。而其成立，也很自然的會有爭論，但不問如何，五言詩的成立，不可能是一朝一夕之事，必有其漸進的一種過程，而其真正的成立時代，也就難免會有人提出異議。

　　就因如此，有人就提出五言詩，「不起一人」，「五言是漢朝的民間出產品，若干時代漸漸成就的出產品」[7]，這種觀點，頗符合胡適的主張，是：「一切新文學的來源，都在民間。民間的小兒女、村夫農婦、痴男怨女、歌童舞妓、彈唱的、說書的，都是文學上的新形式與新風格的創造者，這是文學史的通例，古今中外，都逃不出這條通例」[8]，中國文學之各種文體發展，是否全然如此，或可就種種文體，加以檢驗。

　　對五言詩的起源，有文體學者提出，「過去歷史上的一些文人，往往把五言詩的產生，歸結為某個詩人的個人創造，實際上這是不符歷史情況的。五言詩的產生，和在文壇上出現，不是那個人的個人功勞，而是經過民間詩人的集體努力，經過一個相當長的醞釀時期，而後引起文人的注意，被引入文壇，逐漸形成一種興極一時的普遍形式的」[9]，由此可見，五言詩的起源問題爭論癥結，即在古人對相同問題的看法角度，有著寬狹視野的差異所致。而五言詩的創始者，既難

---

7　傅斯年：〈五言詩之起源〉，《中國古代文學史講義》，《傅斯年全集》第一冊（臺北：聯經出版公司，1980年9月初版），頁172-180。

8　胡適：《白話文學史》（臺北：中央研究院胡適紀念館，1969年4月出版），〈第三章　漢朝的民歌〉，頁14。

9　褚斌杰：《中國古代文體學》（臺北：臺灣學生書局，1991年4月修訂增補版一刷），〈第五章　古體詩〉，頁145。

以判定為某一位文人，因之若將其歸之於一些無名的作家，有學者就
認為這種觀念是正確的，而就《古詩十九首》而言，由於其中的風格
及其涉及的內容而言，則其寫作年代，應當屬於東漢時代的後半期，
決不可能太早的。[10]

## （二）古詩或《古詩十九首》與樂府的關係問題

　　所謂「古詩」，其名最早見於《漢書‧藝文志‧詩賦略》：「咸有
惻隱古詩之義」一語，不過斯時所指的「古詩」，是指《詩經》三百
篇而言，若以之稱漢代的五、七言詩，則始於劉勰《文心雕龍‧明
詩》云：「古詩佳麗，或稱枚叔」之言。自李唐「近體詩」興起後，
即成為別於絕律之「古體詩」之簡稱。而「樂府」則本指漢代審音度
曲的官署，但魏晉六朝將樂府所唱之詩，漢人原名「歌詩」者，亦名
樂府，於是所謂樂府即由官署的名稱，一變而為帶有音樂性的詩體
了，此當為樂府的後起義。樂府與古詩最大的區別，是「樂府可歌，
古詩但可誦」[11]。蕭統《昭明文選》分文體於騷、賦詩之外，另立
「樂府」一門，劉勰《文心雕龍》分別篇章，於「明詩」外，亦另標
「樂府」一篇，可見「樂府」狹義而言是專指詩之入樂可歌者。若就
廣義言，則凡未入樂，而其體製、意味、情韻，直接或間接模仿前人
所作之樂府者，均可稱之曰「樂府」。

　　《古詩十九首》與古樂府之間，關係非常密切，清‧朱彝尊《曝
書亭集》〈書玉臺新詠後〉，曾提出《古詩十九首》中，「驅車上東
門」，即雜曲歌辭中「驅車上東門」的古辭，「生年不滿百」，即「西
門行」的古辭，又言及古詩有刪動原文處，此到底出之倣效，或為刪

---

10 勞榦：〈古詩十九首與其對於文學史的關係〉，《詩學》（臺北，1976年10月出版），
　　頁1、2。
11 李曰剛：《中國文學流變史（三）——詩歌編（上）》，頁50、134。

動，有待討論，另其又云：「概題曰古詩，要之皆出文選樓中諸學士之手也」[12]，則不免武斷。除朱氏指出者外，《十九首》中「冉冉孤生竹」，即雜曲歌辭中的「冉冉孤生竹」古辭。而《十九首》中「西北有高樓」，與古樂府「明月照高樓」篇，亦頗相似，有人認為「兩篇的內容、句法、用韻都相同，必有一篇是原詩，一篇是擬製」，由此足見「古詩與古樂府的關係密切」[13]。而「古詩」二字，前人有時，就將其用為「古樂府詩」的簡稱。如《玉臺新詠》即錄有「古樂府詩六首」，皆屬樂府古辭，另《玉臺新詠》「古詩八首」的第一首「上山采蘼蕪」，《文選》謝朓〈和王主簿怨情一首〉，李善注，則引作「古樂府詩」[14]，可知「古詩」與「樂府詩」，在當代已有互為混淆的情況發生。

兩漢時代的樂府，除收集民間的作品外，有一部份是文人與樂府中的樂工們所創作的，《漢書・禮樂志》記載得很清楚，譬如李延年即是樂工，而有名的文人司馬相如，也是宮廷中的文學侍從，他們均曾參與樂府歌辭的製作。文體學者提出，魏晉時代，仍有樂府機關的設置，然卻未見有採集民間詩歌的事。但見有兩漢時代的樂府民間歌辭，有時尚在繼續演唱、使用，如此，對漢樂府而言，正好起了保存與流傳的功用，六朝時，沈約所著的《宋書・樂志》，便記錄了不少上述的樂府詩。

文學史上的所謂「樂府詩」，包含後世文人的仿作在內，有幾種不同的情況：第一，襲用樂府舊曲，別造新辭者，性質仍屬入樂。

---

12 南北朝陳・徐陵編、清・吳兆宜注、程琰刪補、穆克宏點校：《玉臺新詠箋注》（下）（北京：中華書局，1992年9月北京第2次印刷），〈原書序跋〉，頁537。

13 王成荃：〈古詩十九首與古樂府〉，《文學雜誌》第四卷第四期（臺北，1958年6月20日），頁17、18。

14 梁・蕭統編、唐・李善注：《昭明文選・附考異》（臺北：啟明書局，1960年10月初版），卷三十，頁426。

　　第二，由於舊譜失傳，或作者不熟悉與重視樂曲，僅是沿用樂府舊題，且模仿樂府的思想與風格寫作的，性質則屬不入樂。

　　第三，不襲用樂府舊題，僅是仿效民間樂府詩的基本精神與體製上的某些特點，完全自立新題與新意，原則上也是不入樂的。[15]不過也有學者認為，尚有一種情況，是「襲用樂府舊題，而別造新樂者」[16]，當然亦屬入樂。而不問是按舊譜製詞，或模擬、改作，又或自擬題製詞，雖不入樂，有學者即認為「其作風仍與詩賦不同」，而視其為「樂府文學」[17]。

　　研究樂府詩的學者，有人就認為五言詩的淵源，應是始自樂府。認為西漢為五言詩的醞釀試作期，如當時〈戚夫人歌〉、李延年〈佳人歌〉、饒歌〈上陵〉，及成帝時民謠：「邪徑敗良田」一首等樂府詩，皆屬尚未完全成熟之五言作品，當為五言詩醞釀試作期，及至東漢中葉，五言詩漸臻完成，桓靈之間，已有音節諧美，格律嚴整的五言詩，如當時秦嘉的〈贈婦詩〉、蔡琰的〈悲憤詩〉、趙壹的〈疾邪詩〉、蔡邕的〈飲馬長城窟行〉等，皆為極佳的五言詩，而兩漢樂府的相和、清商等歌辭，更以五言為主。僅以現存的數十曲而言，十之八九，皆屬五言歌詩，可見五言詩體的淵源，應判為始自樂府[18]。蕭滌非即強烈主張：「先有五言樂府，而後有五言詩」，「樂府能影響文人著作，而文人著作，決不能影響樂府」，「五言詩之產生，亦必由於五言樂府之流行」[19]。

　　另有文學史家，對詩體的淵源更擴而大之，從廣義的角度著眼，

15　褚斌杰：《中國古代文體學》，〈第四章　樂府體詩〉，頁112、113。

16　張壽平：《漢代樂府與樂府歌辭》（臺北：廣文書局，1970年2月初版），頁79。

17　羅根澤：《樂府文學史》（臺北：文史哲出版社，1992年3月再版），頁10。

18　張清鐘：《兩漢樂府詩之研究》（臺北：臺灣商務印書館，1979年4月初版），頁68。

19　蕭滌非：《漢魏樂府文學史》（臺北：長安出版社，1976年10月初版），〈第一編　緒論〉，頁15。

謂中國一切詩體，皆從樂府出，詞曲本是樂府，不必論；即使是《詩
三百》與樂之關係成說甚多，也不煩證明；只論詞賦、五言、七言，
無不從樂府出來。而所謂古詩、蘇李詩，非相和之詞，即清商之祖。
後來即使曹操所作，無不是樂府，子建的五言，也大半是樂府。又說
從非楚調的雜言中出來了五言，必是當時的樂節上先有此趨勢，然後
歌調就會順著同方向走。這宗憑傳於音樂的詩歌，情趣雖是屬於文
學，而在體裁上，卻是要依傍樂章的，它難得先音樂而變。較可惜
的，是漢代樂調一無可考，以致無法查考五言到底如何從雜言樂府而
出[20]。樂府專用的曲調，應該由「樂府」或樂工所保存，如果沒有去
留意保護的，那是很容易就失傳了。

　　至於樂府與《古詩十九首》的關係，上段已略提及清・朱彝尊言
《古詩十九首》中，有幾首是來自樂府古辭，甚而亦言及《十九首》
「生年不滿百」一詩，乃「裁剪〈西門行〉之長短句作五言，移易其
前後，雜糅置《十九首》中」[21]。另有學者亦提出，《古詩十九首》其
始皆為樂府。現存《玉臺新詠》及《文選》所錄之《古詩十九首》，
雖不盡為樂府詩，此其或為後代詩人增刪之故。理由是：將古詩之
「青青河畔草」、「孟冬寒氣至」、「客從遠方來」三首，與樂府瑟調曲
之「飲馬長城窟行」相比較，發現二者在詞句文氣之間，大多相同或
相似，乃判定此三首古詩，初或亦屬樂府詩歌。

　　再者古詩「行行重行行」之「相去日已遠，衣帶日已緩」句，與
古樂歌〈悲歌〉之情辭均同。「西北有高樓」之「誰能為此曲，無乃
杞梁妻。清商隨風發，中曲正徘徊」四句，其前二句與〈豔歌行〉之

---

20　傅斯年：〈五言詩之起源〉，《中國古代文學史講義》，《傅斯年全集》第一冊，頁
　　180、181。

21　南北朝陳・徐陵編、清・吳兆宜注、程琰刪補、穆克宏點校：《玉臺新詠箋注》
　　（下），〈原書序跋〉，頁537。

「誰能刻鏤此？公輸與魯班」句調相同，後二句甚且直引「清商曲」，則知其二首，亦必與樂府有關。除前述八首為樂府外，餘十一首推想，其始當亦皆為樂府，其或為後代詩人增刪其辭，而失去原樂府情調，惜史書〈樂志〉不載，而古樂府辭存留又不多，以致無從一一考定。[22] 由上述學者之觀點，可知《古詩十九首》與樂府之關係，密不可分，難以切割。

## （三）《古詩十九首》的寫作時代與作者問題

前節曾約略提及《古詩十九首》的寫作時代與作者之研判，歷來學者即爭論未決，竟成千年以來中國文學史上的一大疑案，而為裁決此問題，則前節亦曾概略提到與《古詩十九首》相關的爭論點，即「五言詩的起源問題」、「古詩或《古詩十九首》與樂府的關係問題」，上述問題，亦可謂是與《古詩十九首》切身的問題，如能加以探討、釐清，雖說或許尚無法對《古詩十九首》的寫作年代與作者，判定出讓人心服的定論，但相信對爭論問題的探討，仍是有幫助的。

《十九首》產生時代，一般有兩說，一、主兩漢說。古人如劉勰《文心雕龍·明詩》，及《文選》卷二，《古詩十九首》唐·李善注之主張。二、主東漢說。近代文學史家多數主張其為東漢晚年作品，（按：另有人主張建安時代者，則亦可歸入此一時期內），而以此說為勝，理由是就其內容思想來看，其內容多敘述政治紊亂，民生疾苦，觸及文人傷痛之處，使之文人乃漸運用五言詩的形式，以表達出他們豐富、複雜的感情，以及內心深刻的感觸，反映出當代社會現實的生活。另就其形式技巧來看，《十九首》都是五言詩成熟階段的作品，因五言詩在形成期間，還是要經歷過模仿、試作、改造、創新的

---

22 張清鐘：《兩漢樂府詩之研究》，頁67、68。

一個過程的,而直到東漢晚期才算真正完成。

在《十九首》中,成為上述兩種說法的一個爭論點的,是在第七首「明月皎夜光」中的一句:「玉衡指孟冬」,李善注以為據此,以為「孟冬」為時令,而證此首為漢武帝太初元年改曆以前之作品。不過改歲首是否兼改月號?素有二說,有主改歲首即改月號者,有主改歲首不改月號者。若據李善所注,顯然係改歲首,即改月號說。有人主張《十九首》為兩漢作品的,乃再引「明月皎夜光」詩,李善注文為證,認定此詩既用太初改曆以前之曆法,則其產生,當在太初以前,則認定《十九首》並非全屬東漢時代之作品。

然亦有文學史家則判李善所注,不能採信,據「明月皎夜光」一首之內容分析:以為「孟冬」非指時令,乃指方位,而證此詩本就不涉及曆法問題,故《十九首》應全屬東漢之作品,而再就其內容、形式、技巧觀察,其產生應在班固之後,建安之前。[23] 著名學者葉嘉瑩更撰文辨證,以為李善注有三大錯誤,即第一、以「玉衡」與「招搖」混為一談;第二、以為「孟冬」乃指季節而言;第三、以為漢初之改曆,乃是將夏曆之十月改稱為正月。以致遽謂「漢之孟冬,今之七月」,故李善之說法,不可採信,《十九首》都當為東漢之作,時在班固、傅毅以後,較建安曹王略早的一個時代的作品。[24]

而論及《十九首》之作者問題,一般都以為儘管徐陵《玉臺新詠》將《十九首》中的〈西北有高樓〉等八篇,題為「枚乘雜詩」。劉勰《文心雕龍》已有疑惑,雖劉氏亦判定「其〈孤竹〉一篇,則傅毅之辭」,鍾嶸《詩品》認為「舊疑是建安中曹、王所製」(按:「曹王」,

---

23 葉慶炳:《中國文學史》,頁80-82。

24 葉嘉瑩:〈談古詩十九首之時代問題——兼論李善注之三點錯誤〉,《現代學苑》第二卷第四期,1965年7月,頁131-134。

紀昀《四庫全書總目提要》、馮舒《詩紀匡謬》，並作「陳王」[25]）。然都來自傳聞與推測，實無能令人置信，因而《十九首》的作者，實不能曉，無從考證。前人不是說「不知作者」，就是說「疑不能明」，似乎已成無頭公案，蓋棺論定。若要強說，就依清·沈德潛《說詩晬語》的說法，是「《古詩十九首》，不必一人之辭，一時之作」[26]為答。當然，有些學者也以為作者自然是有的，只不過遺佚而已，又或別有原因，不得不有意隱匿，故不願意具名。此不願意具名之原因，有人以為或因在東漢晚期之時代，歷經顛沛流離的文士，要藉詩歌創作，以獲祿位，根本是不可能之事。又或是文士因民間五言詩，風格清新活潑，乃從中加以吸取營養，並融合個人之身世遭遇而加以創造，也因此創作乃是從民間脫胎而來，並非全然是自己獨創，因而也就不便具名了。[27]學者依常理推測之原因，是否有其道理？是否以後就如此判定，成為無法撼動的定論，而無人能再探究出其他原因呢？那就等未來若有學者有其興趣與研究心得來證明，才有答案了。

## 三 木齋研究新著，截斷眾流，力圖突破

學術研究，因有其神聖的意義與偉大的使命，以致可以使人廢寢忘食，日以繼夜，鑽研其中，而樂此不疲，不過要有所成就，有所突破，也並非是一件容易的事。清·戴震曾說：「僕聞事於經學，蓋有

---

25 梁·鍾嶸著、曹旭集注：《詩品集注》（上海：上海古籍出版社，1994年10月第1版），〈古詩〉〈校異〉，頁78。

26 清·沈德潛：《說詩晬語》語，載清·王夫之等撰、丁福保編：《清詩話》（臺北：明倫出版社，1971年12月初版），頁530。

27 王強模：〈論古詩十九首〉，《古詩十九首評譯》（貴陽：貴州人民出版社，1993年1月第2次印刷），〈關于作者〉、〈創作時代〉，頁166-175。

三難，淹博難，識斷難，精審難」[28]，雖所指治學的對象是經學，但
對研究古典文學的學者來講，也是可以適用的，「淹博」已不易，遑
論「識斷」與「精審」？而學術研究可貴與有價值之處，即在「創
新」，即在「突破」。

　　梁啟超《清代學術概論》中，對此即極為重視，特別讚揚明末清
初的顧炎武，其所以能「當一代開派宗師之名」的原因，即因「能建
設研究之方法而已」，三項研究方法，其一即「貴創」，並提到顧氏談
到著書之難，是「必古人所未及就，後世之所不可無，而後為之」
（《日知錄·十九》）[29]。今個人粗閱木齋大著：《古詩十九首與建安詩
歌研究》一書，正是證明木齋是在力行顧炎武這種認知與理念。以下
個人略分幾項，歸納出木齋論著的要點：

## （一）確認五言詩成熟之特徵及成立之要件，破除以往學
## 　　者之成見

　　《古詩十九首》的寫作年代及其作者，經古今以來不少學者的探
討，仍是爭而不決，難有定論。原因即由於《古詩十九首》與五言詩
的成立，與樂府詩彼此之間牽扯的關係，無法將其加以釐清與研判，
又或雖加判定，卻是論證不夠充分與嚴謹，致使《古詩十九首》的寫
作時代與作者這相關問題的答案，總是含混、模糊帶過，無法作一明
確而中肯的判斷，當然，或許會有人認為主要是沒有直接史料以證，
若運用其他間接史料來交叉查證，又或運用以詩證詩的分析與比對手
法來研判，雖有答案以出，但恐公信力不足，如此又如何讓人信服？

　　表面上看，這種觀點不能說有誤，不過也不能說是完全符合真

---

28 清·戴震著、趙玉新點校：《戴震文集》（北京：中華書局，2006年6月北京第3次印
　　刷），〈與是仲明論學書〉，頁141。

29 梁啟超：《清代學術概論》（臺北：臺灣商務印書館，1985年2月臺二版），頁20。

理，沒有一點偏差。因為文學不能完全自由地隨意自歷史中抽離出來，它必與時代中的政治、思想、藝術、生活等一切物事相結合，而且文學更不能脫離「人」而無中生有，自然存在。因之「史」、「人」、「文」三者是緊密結合的，詩體的流變與時代的推移，是我們要去了解文學與鑑賞文學，進而去深入辨別文學，必須掌握的要件，否則即使有直接史料在眼前，恐怕也無法證明什麼。

總之，間接史料，有可能已被人更改或加減，又或轉寫，但是只要能利用前人不曾見到，或不曾使用過的材料，加上學者具備比前人有更細密更確切的分辨力（也就是所謂的「明辨」、「精審」），以及運用綜合的概括力與分析力研究方法，那即使是間接史料，自然能大大增強論證的強度與力度的。而在旁證缺乏時，最後甚至還可就本文來作分析，並與其他作品來比較，以作判斷。

木齋在其著作中，首先界定所謂「五言詩」的確立標準，即本質特徵是「窮情寫物」（鍾嶸《詩品・序》），「一詩在於一時一事」（王夫之《薑齋詩話》），外在特徵是「每句三個音部的基本節奏」，及所謂清商樂興起的音樂基本條件，如此五言詩才算正式成立。易言之，即兩漢時代的五言詩，仍未能從散文體製中疏離出來，斯時虛詞使用較多，單音詞亦遣用較多，如此，即不能算是真正成熟詩體的五言詩。且兩漢五言詩人，尚未學會通過具體場景的描述來表情達意，而到建安時代，詩人才學會這種寫法。東漢文人寫作的五言詩，僅能說是建安文人五言詩的先聲，當然也就未具備產生《古詩十九首》的諸多寫作條件，其中當然包括思想、題材、節奏、意境、技巧等。

真正成熟的五言詩體，其本身構成的要件，以往文學史家，或文體學專家，言其特徵時，往往不是含混言之，語焉不詳，就是略而不提，不作表示，因而造成一般人的誤解，似乎只要是全首詩，都由五言字句組成，即可謂是五言詩。但依木齋訂定的標準來衡量，那些都

僅能說是五字詩，而非內在、外在條件均已成熟的五言詩。兩漢時代的五言詩，僅能說是五言詩的發生，而非成立。五言詩真正成立，是在建安十六年，那時是以曹丕、曹植二兄弟為核心，與建安七子中的六子（按：除孔融外，其在十三年已死）的一種群體寫作活動。

而五言詩的成立，木齋尚提出探索、成立、成熟的三個階段，分別舉出實證作說明，可謂條理分明，持之有故。如五言詩的探索期，是自建安初期到建安十六年以前。認定曹操以四言詩的外形，開拓出五言詩的題材與表達方式，可謂是有「重大突破」的大功臣。其次是五言詩的成立期，是以建安十六年為分水嶺，為五言詩進入群體寫作時期，曹氏兄弟與六子們，開發各類題材來寫作，配合各種因素，五言詩至此方正式成立。最後是五言詩體製，到達成熟期，時間是在王粲辭世的建安二十二年到太和末年，曹植是這個階段的代表詩人。儘管曹丕亦有寫作，然曹植由於有與甄氏的隱情，加上自身受到曹丕父子兩人的排斥、折磨，使其五言詩的寫作水準，達到登峰造極的境域，這也是詩歌史上前所未有的巔峰狀態。而所謂的《古詩十九首》、蘇李詩等，都應視為是這一時期的產物。

五言詩成熟的特徵，及其成立的要件，既經明定確認，於是木齋採取「先破後立」之技法，要先「破」的，是兩漢時代，被學者認為是最為優秀的秦嘉三首五言詩，經將秦嘉夫婦四封書信與其詩作比對後，判定是後人之偽作，另張衡五言詩作〈同聲歌〉亦不可信，其他如蔡邕、趙壹、孔融等人的五言詩作，當屬於「漢音」階段，空泛言志，與《十九首》根本不能比。《十九首》與所謂之蘇李詩，是絕無可能在東漢時代產生。如此亦等於否定了文學史家一向認定五言詩，是東漢時代成立的籠統說法。要「立」的，是四言向五言轉型，早期五言詩之形態，是一種擬樂府詩，在曹操詩作中，發現蛻變軌跡，以及由言志詩向抒情詩，剛開始轉型的痕跡，可說他是收束「漢音」振

發「魏響」的第一個階段人物，曹丕、曹植兄弟與七子的詩歌，無不受到曹操詩歌潛移默化的影響，二曹六子（七子中，孔融不算）是曹操五言詩體製寫作方式的直接傳人。

更要「立」的是五言詩成立的一個重要因素，是清商樂的奠基與倡導，自史籍上，可證清商樂的開始時期，確定在曹魏三祖。儘管清商樂與相和歌辭共同有三調的相同，但仍然有其不同，而清商樂就被確認是中國音樂史上第一次大變革，從而促進五言詩的興起與建安文學的自覺，更促使文人五言詩，大量在建安時期出現，此亦在證明《古詩十九首》，要在建安曹操之後寫作，《十九首》應該產生於曹操之後，建安五言詩人的詩人集團裡。

根據以上的論點，可見出木齋的論證，是步步在往核心問題推進，如不先破除一些存在已久的成見與迷思，又何能建立自我的獨特看法？

## （二）釐清所謂的民間樂府詩與五言詩的關係，否定五言詩出之民間的說法

正如前節所論，文學史家常有一種極難推翻的觀點，是認定五言詩來自漢代的民間，也就是來自漢代的民間樂府詩。為解決《古詩十九首》的產生時間，木齋就不得不對所謂的民間樂府詩，有所梳理，且其與五言詩的關係，亦需加以辨明，否則上舉文學史家的論點，必然牢不可破，難以推翻。

木齋首先對所謂「民間樂府」一詞之名稱提出質疑，以為古人並未有這種說法，民間有民謠，但民謠並不等同於樂府。漢樂府詩是依存於歌、樂、舞、戲等諸種因素結合的一種綜合藝術系統，文人擬樂府詩，則是脫離這種藝術形式的純粹詩體，兩者是有其差異性的，而民謠是屬於原材料，樂府是經過宮廷專門的音樂機構，加以改造，

自然是屬於一定藝術性的作品。曾被某些學者列為「兩漢民間樂府」的〈陌上桑〉，既非徒歌，是由「三解」組成的長篇樂府詩，並可推斷出當時必依存於「歌、樂、舞、戲等諸因素相結合的一種綜合藝術」的樂府詩作，如此大型的表演製作，又如何是能出之於民間樂府的製作？且〈陌上桑〉的故事雖發生在民間，但並不等於作品是產生於民間。

又有關所謂「民間樂府詩」的具體產生時間，有學者亦僅能舉證出一篇〈雁門太守行〉（瑟調曲）而已。經過木齋將其內容加以列舉，並引其他材料論證，說明所謂「民間樂府」的材料，是不足以構成其成立的條件的，因而「民間樂府詩」既不能成立，則所謂西漢時代主要為貴族樂府詩，東漢主要為民間樂府詩的分類法，自然也就難以成立。在此得到的結論，是兩漢樂府基本上都屬於宮廷樂府，民間歌謠僅僅是宮廷樂府采擷的原料，並非是樂府本身。而文人樂府詩，主要是在建安之後產生的。〈陌上桑〉不可能是民間樂府詩。

有研究樂府詩的學者認為，「貴族樂府」即使寫得再多，也是難以產生五言詩的新詩體來的，[30]木齋認為有其道理，原因是因五言詩的抒情性，就整體氣氛而言，是難以與貴族樂府那種帝王應製詩的特點相融合的，且五言詩是更適合個體的抒情寫作。再自另一方面來看，可能也是郊廟祭祀的音樂體製，也難與真正的五言詩配合。而且更重要的，是西漢時代五言詩根本尚未流行，五言詩的產生，非得等到能產生五言詩的時代才行。換句話說，即是要等各種條件都配合之下，才能產生真正的五言詩。

有關五言詩在兩漢成立的問題上，木齋除了對上舉認為最優秀的五言詩，即秦嘉三首詩的真偽，加以論證，並研判其為偽作外，另即

---

30 蕭滌非：《漢魏六朝樂府文學史》，〈第一編　緒論〉，頁15。

是對亦被視為「兩漢樂府民歌」中，最為卓越的代表的〈陌上桑〉，
自其寫作時間與作者身分的問題，加以深入探討。經過稽考文獻，並
與左延年〈秦女休行〉詩細加比較後，發現曹植是曹魏時代與〈陌上
桑〉詩，關係最為密切的五言詩人，因之就不能排除曹植是借鑑左延
年的〈秦女休行〉詩，重新寫作〈陌上桑〉詩的可能人選。

　　如將〈陌上桑〉詩，再與曹植的〈精微篇〉、〈美女篇〉等詩再比
對，就由此而發現，一向所謂的「兩漢樂府民歌」，其實就是「宮廷
樂府歌詩」，後來被神化為民間五言詩，而這些就不可能超越文人詩
人而先一步到達五言詩的頂峰。更進而論證〈陌上桑〉詩，乃產生於
陸機之前，時間不會早於建安，最晚也不會晚於西晉，可能的作者，
不出曹植與傅玄。

　　據上述，木齋在此探討，並加審慎判定後，認定有人認為五言樂
府詩在建安之前，已經較為成熟的說法，是並無確鑿證據的。而〈陌
上桑〉一詩，並不宜判定其為兩漢樂府民歌，以往學者過度推獎民間
詩歌的成就，實不合適。一部詩歌史，在主體部分言，當是由文士詩
人來完成，而並非是由一般大眾來完成的。木齋的這種研判，可見出
在詩體上的建立、完成問題上，他很堅決的主張是由具文人身份的詩
人來完成的。如此，依上述之論點，則《古詩十九首》與建安文學的
關係，可能已昭然若揭，而《古詩十九首》的產生時代，已經可以認
定是在建安十六年之後的事情。

　　而木齋要探究的另一主題——《古詩十九首》的作者，到底是何
種身份的人，較有可能？則藉上舉之層層剝蕉式的剖析論證，可說已
有心中的候選人，呼之欲出了。再者，木齋將五言詩的成立，與建安
著名詩人的創作，以及《古詩十九首》的產生，甚至要再去研判其作
者的幾項問題，可說極為自然的相繫聯在一起，套一句戰爭的術語，
就是所謂的「分攻合進」法。

## （三）《古詩十九首》的產生時代已經確認，進而多所舉證，研判其中九首之作者，即是曹植

### 1 判定《古詩十九首》中，幾首作者的突破點在植、甄隱情

　　《古詩十九首》的產生時代，隨著木齋先釐清五言詩的成立要件與時代，以及幾位建安詩人的創作成果，已確定在建安十六年之後，方有可能，下一步則是更為棘手的《古詩十九首》的作者問題了，而此千古疑案，木齋如何尋求證據，以作研判，而獲結果，求得突破？木齋找到的突破點，即是曹植與甄后的隱情。

　　歷來文學史家一般都認為曹植與甄后的隱情，是屬於小說家捕風捉影，無中生有，編造的故事，是絕不可能存在的事實，因而有文學史家提出幾點理由，加以否定其事，此暫不列舉，將於後文提出。今先來看看木齋的論證。經過木齋不斷的廣搜文獻，剝絲抽繭，運用老吏斷獄的縝密思索、探究，終於獲得一個合乎情理，並非是一個故作譁眾、立異的結論，是植、甄二人，確有隱情，不過也不一定是二人有男女之間的越軌行為，但在幾位關係人，如曹丕、曹叡、卞氏等人的眼中而言，植、甄二人關係已經是不可原諒的越軌，也因此讓這叔、嫂身份的二人，帶來莫大的傷害，與造成悲劇的後果了。

　　木齋自曹植現存之作品，及《魏書》、《魏略》、《魏志》等資料中之相關記載，研判植、甄二人確有隱情的理由，主要是：

（1）甄后之死極不合情理：甄后被賜死，據《三國志》本傳載，僅因「郭后，李、陰貴人愛幸，而失意，有怨言」，如此，即予賜死，難言合乎情理，因而有學者言「宮省事密，隱奧難窺」、「事涉離奇，讀史者不能不為之推尋也」，可見甄若賜死，當另有重大內幕。

（2）曹植在黃初二年同樣獲罪：曹植後半生，一直以罪臣看待，自念有過，黃初二年，受監國謁者灌均希旨，請加治罪，而貶為安鄉侯。清代學者言「子建於黃初二年甄后賜死之日，即灌均希旨之時」，則其中是否有其連帶關係，則或可由此予以推想而知。

（3）曹植母親卞太后之態度：據王沈《魏書》載，曹植犯法，太后言「不意此兒所作如是」云云，一向最疼愛曹植之太后，也無法原諒，難道僅因是「醉酒悖慢」之罪而已嗎？而且幾乎每個人、每處提到曹植罪行的詔書、話語，都對曹植所犯的罪行具體名目，均是避而不談，據太后所言的「所作如是」的話，更可確認曹植所犯的罪，非同小可才對。

（4）曹丕登基為帝後，因民間常有誹謗妖言之事發生，後相誣告者更甚，曾下詔禁止：詔云：「敢以誹謗相告者，以所告者罪罪之」，於是誹謗的事情才止。木齋以為自曹丕賜死甄后，懲罰曹植之後，天下臣民不免大受震驚，以致隨意猜測的言論，甚囂塵上，逼得曹丕不得不宣告，要以嚴厲的法令禁止，而使民眾不敢再議論此事。後《三國志‧方技傳》又記載曹丕曾問卦於周宣，並與周宣對話的事，表明了曹丕內心的震怒、不安的心緒，因此藉夢境來問卦，內在因素即在表露曹丕不願讓有關植、甄之事張揚的心情。

（5）曹丕子曹叡，一生均未曾真正原諒曹植：在曹叡臨死之前，曾下詔整理曹植的文集，表面的理由，認為曹植雖有過失，但能「克己慎行，以補前闕」，且「自少至終，篇籍不離於手，誠難能也」，真正的原因，應該是將黃初二年後，公卿大臣的彈劾奏章，包括灌均的彈劾奏章，以及涉及甄氏的作品，藉重新編輯文集的機會，予以銷毀鏟除，而這些動作，被認為是曹叡臨死之前，不得不解決，否則即無法瞑目的心頭大患。

（6）曹植一生除甄氏外，並沒有愛戀過其他女性：曹植是才華洋溢的大詩人，在其作品中，未見有寫給其妻崔氏的，即使是其妻，被曹操以衣繡而違制命，還家賜死，曹植亦未有片言提及。自李善注引《記》所記載，言曹植於建安九年，在鄴城，一見甄氏，即「晝思夜想，廢寢與食」，後再無植與其他女性相愛的記載與傳聞。而經木齋探索分析，現存曹植賦作中的〈愍志賦〉、〈感婚賦〉的寫作背景，應是曹植在曹丕「擅室數歲」之後，迎娶甄氏所作。

　　曹植對甄氏在其心理早熟的少年時代，可說是情竇初開的初戀，以後相互發生戀情，而寫入詩賦之中，木齋以為是在建安十六年七月之後，就寫作了一系列暗指甄氏的思念之作。由於欠缺充分的文獻，以證植、甄相戀的隱情，木齋乃歸納了上述的種種疑點，來證明植、甄相戀確有其事。衡諸古今，對向為傳聞的植、甄二人隱密私情，能下極大工夫，費盡心血來搜證、來揭秘，以確證植、甄戀情，實有其事的，木齋當屬第一人。

　　不過植、甄的愛情故事，文學史家葉慶炳則提出幾個論點，以為此事雖古今豔傳，然實不可信，理由如下：

（1）《昭明文選》卷十九，〈洛神賦〉引李善注謂曹植「漢末求甄逸女」不遂之事，又云：「黃初中入朝，帝云植甄后玉鏤金帶枕。植見之，不覺泣。時已為郭后讒死。帝意亦尋悟，因令太子留宴飲，仍以枕賚植。植還度轘轅，少許時將息洛水上，思甄后。忽見女來，自云『……』……所在遣人獻珠於王，王答以玉佩，悲喜不能自勝，遂作〈感甄賦〉。後明帝見之，改為〈洛神賦〉」云云。葉氏以為上述李善之注，乃「據清・胡克

家重刊宋・尤袤刻本，明・袁氏及茶陵陳氏六臣注《文選》刊本所載李善注文，均無此段文字」。

（2）就時事考之，黃初時，曹植猜嫌方劇，安敢於曹丕前思甄氏泣下？丕又何至以甄氏之枕賜植？就年齡考之，據《三國志・魏志》卷五，〈文昭甄皇后傳〉，裴松之注引《魏書》，甄氏生於靈帝光和五年（西元182年）十二月丁酉，長於曹植十歲。又曹操於建安九年（西元204年）八月定鄴，以甄氏賜丕。是時甄氏二十三歲，已為袁紹次子熙之婦。植年十三，安得愛戀若此？

（3）清・丁晏《曹集詮評》卷二曰：「又按感甄妄說，本於李善。注引《記》曰云云，蓋當時記事媒蘗之詞，如郭頒《魏晉世語》、劉延明《三國略記》之類小說短書。善本書籍，無識而妄引之耳。五臣注不言感甄，視李注為勝」。葉氏以為「其說是也」。

（4）李商隱詩屢用此事（按：指植、甄相戀事），如〈無題〉四首之二之「宓妃留枕魏王才」（《玉溪生詩箋注》卷三），東阿王之「君王不得為天子，半為當時賦洛神」（卷五）等，可見其事唐世盛傳[31]。

　　筆者個人以為木齋提出植、甄二人之隱情事，頗能自文獻所記，史實所錄之種種蛛絲馬跡，確信有諸多疑點，使人不得不隨之起疑，而認定植、甄二人，或有可能發生戀情。然葉慶炳以為此事，實難令人置信，故亦提出有關版本之不同，植、甄二人年齡之差距，與李善注引《記》上所言之不可輕信，以及唐代詩人對植、甄二人之戀情，頗為盛傳，而引入彼輩詩中，則其事之是否真偽，不言可曉。正反意

---

31 按：以上幾項理由，參見葉慶炳：《中國文學史》（上），〈第九講　魏代文學〉，頁112、113。

見，個人並列於此，深信木齋必能據上述葉氏之意見，再加以討論與深究，因為正如個人在前面所提，植、甄二人的隱情事，或可視為是能突破《古詩十九首》作者是何人之謎的主要關卡，如果無法確認植、甄二人的隱情，那《古詩十九首》中幾首的作者，是否即為曹植？恐怕就很難得到解答了。

## 2　《古詩十九首》中的九首，經分析比對後，確認為曹植所作無疑

曹植文集在景初二年，經過官府整理編輯後，其面目已與曹植在世時「手所作目錄」不同。此由曹植兒子曹志曾對晉武帝詢問某篇作品，是否為曹植所作的疑題，經返家比對家中所存，曹植詩文較齊全的目錄後才知。可見曹志在世時，其家中確有家藏的曹植詩文較齊全的目錄，惜後來曹志「篤病，喜怒無常」，以致曹植「手所作目錄」遺失。而曹植作品，不僅詩作有喪失，即使賦作亦然，《藝文類聚》記載，曹植在建安十六年時，曾作〈離思賦〉，如今與現存曹植文集之目錄相比對，並未發現錄有這篇〈離思賦〉，由此可證曹叡所刪重新撰錄的曹植作品，詩與賦，均有刪除。木齋分析現存在《藝文類聚》中，曹植〈離思賦〉之原文內容後，以為讓曹植內心深深思念記掛的，當是甄氏，而且是彼此相互之間的初戀之始。

以現存的曹植文集來看，因是已經曹叡所刪重新撰錄的，因而可能有一些涉及植、甄之間隱情的作品，已被刪除，而流落在外，變成了無名氏的作品了。而《古詩十九首》中的某些作品，其實真正的作者，是曹植，但卻因受到政治血腥的殘酷、威脅壓制，以及曹植文集被刪改的時間，已經久遠，因而這些作品，不是被說成是枚乘、傅毅、蘇武、李陵之作，就是少數人口耳相傳的「曹王所製」。在西晉陸機時代，自曹植文集中，被剔除出來的這些詩作，就成了無作者署名的作品，後來就簡單的稱這些作品為「古詩」，應是一種合理的稱謂。

　　木齋運用「以詩證詩」與「以史證詩」的驗證方法，來推論與研判，發現曹植詩中，出現三十餘句與《十九首》、蘇李詩相似相同的詩句，特別是出現在漢魏之際，由曹植才開始遣用的語彙，竟達十二個之多，此一事實，基本上已可說明《十九首》中的部分作品，其作者應該就是曹植。也因為詩人遣用語詞寫作時，是不可能脫離時代的語言範圍與特徵的關係，而在東漢中期，甚至在西漢，這個歷史階段中，還沒有其他詩人，在詩作中，遣用這些語彙。而曹植向被公認為建安時代，大量寫作五言詩的詩人，斯時另有建安七子、曹丕，已開始遣用《十九首》中的語彙、語句，但據以上的分析、論證，曹植的時代可說是與《十九首》的作者，處於共同的時空中，曹植當是這個時代中，最有創造力的詩人，他當然是擁有這個時代中，最能習用與創造語彙的創造者。

　　為了證明此一論點，木齋還運用一些曹植詩作的基本句式與基本語彙的量化分析來作證明。所以由此判定，《古詩十九首》中，至少有九首是曹植所作，此九首即〈其一〉至〈其六〉，及〈其九〉、〈其十三〉、〈其十五〉。此九首與曹植的寫作風格，所使用的語彙，完全一致。其他十首，木齋態度頗為謹慎，有所保留，以為尚待考察。在治學上，如此慎思，而後明辨，是值得稱許的。

## 四　結語

　　以往有學者提到治學之道說：「實事求是，莫作調人」，也有學者說：「尊重事實，尊重證據」，這些名言都是不刊之論。考辨的文章若要取信於人，最重要的，就是要「博證」。梁啟超在《清代學術概論》中，特別提到明末清初的顧炎武，其研學的要訣，是「論一事必舉

證，尤不以孤證自足，必取之甚博，證備然後自表其所信」[32]，誠哉是言。木齋對於《古詩十九首》產生的時代及其作者，這在文學史上的一大疑案，精研不懈，持之以恆，欲求破解，個人敬佩之至，可用幾句來形容其努力，是「開天闢地，嘔心瀝血；破解鎖鑰，業已初啟」。

當然，《古詩十九首》的產生時代，及其作者的疑案，歷經一千多年，無法破解，與其相關的問題，如五言詩的起源、古詩與樂府及其與《古詩十九首》的關係，歷來某些文獻或傳聞提及《古詩十九首》的作者，如枚乘、傅毅、蘇武、李陵等，又或是「曹王」，甚至問題更牽連到曹丕、曹植、建安七子的詩作，以及曹植與甄氏的隱情，可說千頭萬緒，盤根錯節，問題是層層疊疊，難上加難。而木齋不畏艱難，信心加上毅力，多所搜輯與分析、論證，以得解惑。個人所以以「開天闢地」一語，來形容木齋的氣魄與膽識，以「嘔心瀝血」一語，來描述木齋的費盡心血，就是基於對他這一部著作所付出之苦心的肯定而發。

《古詩十九首與建安詩歌研究》這一部大著，對於涉及《古詩十九首》的相關問題，木齋在無法以直接史料來求證時，就只能以間接史料來綜合辨析，又或就詩證詩，以史證詩，條分縷析，詳加辨證，尤其針對曹植與甄氏之隱情問題，更是全面追溯，闡幽探微，盡其所能，以求得到證實，這其中的甘苦酸辣，相信是「如人飲水，冷暖自知」的。而經辨析、研判的結果，確證是有其隱情。能抓住此關鍵問題，如層層剝筍，有所發掘。稽考古今學者，能彙集諸多疑點，確認植、甄的隱情，必有其事的，誠如在前節，個人確信，木齋當為第一人，無庸置疑。但前節，個人也提出，有文學史家曾列舉幾項理由，

---

32 梁啟超：《清代學術概論》，頁21。

質疑其事,判為不可信,期盼木齋好好接招,繼續探究、深思,筆者
拭目以待。

再者有關五言詩起源、成立的問題,界定有寬嚴之別,文學史
家、文體學家,亦提出某些高見,木齋在大著中,亦提出駁正,有其
立論依據與堅持、定見。另《古詩十九首》與樂府的關係問題,《古
詩十九首》在文學史上的成就與價值問題,《古詩十九首》中某些篇
章的作者,所以不具名,若如前節筆者提出有學者推測,可能是落魄
之文士,因感於身世遭遇而加以創造,又或因此創作,乃自民間脫胎
而來,並非全然是自己獨創,所以也就不便具名的意見等等。個人以
為尚有討論之空間,筆者深信木齋必能盡己所能,繼續進行補充、闡
發、論證,力求將理由闡述更為清楚,使之更具有說服力,個人在前
面文題上,所以標為「破解鎖鑰初啟」,也是基於這個原因。最後,
筆者在此,不得不讚譽木齋是《古詩十九首》研究史上有數的佼佼
者!個人在學術研究的路途上,一向奉行的定律,是「服從真理,不
斷探索」,願以此句與木齋共勉之!

# 附錄三
# 元好問〈論詩三十首〉創作因緣探討及其評「陶謝」再評

## 一　前言

　　金、元之際的元好問（西元1190-1257年），字裕之，太原秀容（今山西忻縣）人，曾在遺山（今山西襄縣東北）讀書，自號遺山山人，因而人皆稱之為「元遺山」。其祖系出北魏拓跋氏[1]，乃是鮮卑族之後裔。唐詩人元結，為其遠祖。[2]其父元德明以詩知名，以「累舉不第，放浪山水間，飲酒賦詩以自適」（《金史・文藝傳》）。好問生七月，出繼叔父元格。七歲能詩，太原名士王湯臣（按：即王中立），稱其為「神童」。年十一歲，詩人路鐸賞其俊爽，教之為文；年十四，隨元格宦陵川（今山西陵川），得從著名學者郝天挺學，潛心經傳，留心百家，刻苦學詩。郝天挺主張「讀書不為文藝，選官不為利養」（〈郝先生墓銘〉），對好問之成長，影響深遠。

　　好問於衛紹王大安元年（西元1209年）經六年而學成，於是下太行，渡大河，作〈箕山〉、〈琴臺〉等詩，禮部趙秉文見之，大為驚

---

[1] 拓跋氏於北魏孝文帝建武二十年（西元496年），改姓元。

[2] 唐詩人元結（西元723-772年），字次山，河南人。《中州集》，卷八〈內鄉縣齋書事〉詩，自注云：「遠祖次山，……」。頁209。卷十〈元德明小傳〉云：「唐禮部侍郎次山之後」，《中州集》（臺北：商務印書館，影印《四部叢刊正編》，1979年11月臺一版），頁157。好問遠祖自河南遷山西平定，後又從平定遷忻州。元氏雖是北魏鮮卑拓跋氏之後裔，然六百年來，已成中原著姓。

異，以為近代無此作也，因而名震京師，目為元才子（郝經〈陵川集本遺山先生墓銘〉）。大安三年（西元1211年）二月，蒙古成吉思汗興兵寇金。貞祐二年（西元1214年）三月，忻州陷落，北兵屠城。好問之兄，元好古遇害。好問避兵陽曲北山得免。興定五年（西元1221年），好問中進士，但不就選。後曾任鎮平、內鄉、南陽等縣令，並曾入朝任左司都事。金哀宗天興三年（西元1234年）正月，年四十五歲時，金亡，好問被俘，曾被編管聊城。被釋後，經歷人世滄桑，遂不復仕，隱居家鄉，努力從事金代史料之搜集，孜孜矻矻，鞠躬盡瘁，於元憲宗七年（西元1257年）九月，卒於獲鹿（今河北獲鹿）寓舍，享年六十八。[3]

好問著作等身，「所著文章、詩若干卷。《杜詩學》一卷、《東坡詩雅》三卷、《錦機》一卷、《詩文自警》三卷。……今所傳者，有《中州集》及《壬辰雜編》若干卷」（《金史》本傳），後人則輯其著述有《遺山集》四十卷、〈附錄〉一卷、《續夷堅志》四卷、《唐詩鼓吹》十卷等。其本人為金文學之集大成者，集散文家、詩人、詞曲家、小說家、詩評家、史學家於一身，成就卓越，在文學史、文化史上，大放異采，貢獻厥偉。而其代表作則是〈論詩三十首〉與已佚之百萬言的《壬辰雜編》（即《金源君臣言行錄》）二種，無怪乎有「一代宗工」（《金史·文藝傳》）之美譽。後代於其詩文評價其高，或云：「上薄風雅，中規李杜，粹然一出於正」（郝經〈遺山先生墓銘〉），「詩祖李、杜，律切精深而有豪放邁往之氣，文宗韓、歐，正大明達

---

3 元好問生平考述者眾，為其編年譜者至今約得十餘家。另據鑤鉞：《元遺山年譜彙纂》，姚奠中主編：《元好問全集》（太原：山西人民出版社，1990年6月第1版），下冊，附錄九，繆氏云：「大抵知人論世，凌氏（凌廷堪）為精。作詩年月，李（李光庭）考最詳。〈翁譜〉（翁方綱）疏陋，施（施國祁）作簡略，乃為箋注之輔。」，頁605。

而無奇纖晦澀之語」（徐世隆〈遺山先生集序〉）。又或云：「好問才雄學贍，金元之際，屹然為文章大宗」（紀昀主編《四庫全書・遺山集提要》），「金、元遺山詩，兼杜、韓、蘇、黃之勝，儼然有集大成之意」（劉熙載《藝概》），推崇之隆，世所罕見。

　　近代以來，學者於好問〈論詩三十首〉之研究專著專篇，大都集中於其字句之箋證，如詩句之涵義，或其中某些詩意之駁正，又或思想意識、詩史地位之探討等，至於好問創作〈論詩三十首〉時之因緣，則少見有學者探究，毋寧是研究上之一大缺憾。蓋如未探討其創作因緣，則其創作時之確切原因、心態、時空背景等主客觀因素，必然茫然不明，如此欲進而去領會好問在詩中之議論，亦必有所隔閡。而其品評方式，評騭之得當與否，則難免亦受到牽連，使之某些評議字句，受到誤解，而有所爭論。如此，皆足以見出探討好問創作時之因緣的必要性與意義所在。以學者少去探討好問創作〈論詩三十首〉之因緣，實為學者在研究上偏頗之處。

　　為彌補上述研究上之缺憾與偏頗，個人將在以下分別討論好問〈論詩三十首〉之創作因緣為何？而其品評方式，雖與後世學者所期待者有所差距，未能周全，然無可否認，確有其特色在。因之個人即以〈論詩三十首〉中，評定陶、謝二大詩人為例，再加以評議，以見好問以詩論詩之方式，應是有其獨特之意識取向與選擇，以下謹略分二節：〈論詩三十首〉創作因緣探討；〈論詩三十首〉評「陶謝」再評，分別論述。

## 二　〈論詩三十首〉創作因緣探討

　　好問〈論詩三十首〉之創作年代，由於詩前題下自注云：「丁丑歲三鄉作」，知此詩當為金宣宗興定元年（西元1217年），好問二十八

歲作。在此前一年，其為避蒙古兵之劫掠，舉家自山西忻州南遷至河
南福昌三鄉一帶（今河南省宜陽縣），則〈論詩三十首〉，當是其南渡
之後，在心理上、生活上有所安頓，三鄉閒居時所作。不過亦有近代
學者有所質疑，以為〈三十首〉末云：「撼樹蚍蜉自覺狂，書生技癢
愛論量。老來留得詩千首，卻被何人校短長。」詩中既有「老來」一
詞，似不合元好問當時之年齡、身份，故疑此詩「晚年曾有改定」[4]
云云。此實為對原詩字句解讀歧異所引起，實際「老來」一詞，宜釋
為「來日老邁壽終」之意，易言之，即「等到死去之後」。且老年若
有改定，為何好問在詩前題下自注時，未加補注？因之個人以為好問
諱言「死」字，以之改為「老來」，亦有學者判定「老來」一詞，原
為山西忻州方言之語彙，即「到死了的時候」[5]。故「老來」一詞，
詞義可依學者判定為「少日預計之詞，文義甚順，非必後之改易」[6]
是，因而此詩，仍是判為好問二十八歲，正是風華正茂，意氣昂揚之
時作為妥。

　　論及好問是在何種心態與動機之下作〈論詩三十首〉？學者一般
均以首章解答。首章云：「漢謠魏什久紛紜，正體無人與細論。誰是
詩中疏鑿手？暫教涇渭各清渾」，首章為發端、序曲，提出因何作
〈論詩三十首〉之緣由，表示漢魏風骨之「正體」，即是「風雅」之
作，以當代詩風敗壞，偽體旁出，以致真偽不辨，紛紜迷亂之現狀，

---

4　〈論詩三十首〉成詩年代，近人周本淳以為「非青年之作」，見所著：〈元好問「論
　　詩絕句」非青年之作〉，《江海學刊》1983年第4期。而郭紹虞則謂此詩「疑晚年曾有
　　改定」，見所著：《中國歷代論文選》（香港：中華書局，1979年出版），頁206。近人
　　劉澤曾詳加辨證，以為此詩「確係元好問二十八歲之作，無可懷疑」，見所編著：
　　《元好問論詩三十首集說》（太原：山西人民出版社，1992年10第1版），頁7-11。

5　劉澤：《元好問論詩三十首集說》（太原：山西人民出版社，1992年10月第1版），頁
　　331。

6　施國祁：《元遺山全集·年譜》語，引自王禮卿師《遺山論詩詮證》（臺北：中華叢
　　書編審委員會出版，1976年4月印行），頁195。

卻未見有人挺身加以糾正，確實讓人憂心，使之好問終於當仁不讓，大膽地自任「詩中疏鑿手」，欲使真偽有別，清濁分明，劃分清楚。

而上述首章，好問開宗明義，道出其所以創作〈論詩三十首〉之因由，當是不必置疑，然則上舉好問自述之因由，真的是惟一之創作動機嗎？難道毫無其他因素夾藏在其中？個人以為探求好問創作〈論詩三十首〉之因由，宜作更廣泛更深入之探討方可。若能對好問之族譜、世系、生平、際遇、才情、性向、思想、作品等多所了解後，則當不難推知好問所以創作〈論詩三十首〉，其背後實有更複雜之因素在，若當代之時空背景，外來之因素影響，是其「外緣」，而好問個人之學養、識見、思想、意識，及其遭遇，是其「內因」，經個人審閱各種相關文獻，多所深思探求，以為可歸納以下數項：

## （一）針砭詩風，標示詩之正體以裁偽體

誠如前所略述，好問所以創作〈論詩三十首〉之因由，主要是當代詩學衰靡不振。好問《中州集》卷十〈溪南詩老辛愿小傳〉中，曾對當代詩壇風氣，有所抨擊云：

> 南渡以來，詩學為盛。後生輩一弄筆墨，岸然以風雅自名，高自標置，轉相販賣，少遭指摘，終死為敵。一時主文盟者，又皆泛愛多可，坐受愚弄，不為裁抑，且以激昂張大之語從臾之。至此為曹、劉、沈、謝者，肩摩而踵接，李杜而下不論也。[7]

當代後生輩之創作，假風雅之名，自我膨脹，毫無實質內涵，若有人加以指責，則不但不虛心檢討，反而是終生懷恨。主文盟之批

---

7　元好問：《中州集》（臺北：商務印書館影印《四部叢刊正編》，1979年11月臺一版），卷十〈溪南詩老辛愿〉小傳，頁147。

評，皆是泛愛多可屬鄉愿之流，毫無原則可言。當代創作或批評界，籠罩一片雲霧，使之雅道不彰。而批評界之一些碩彥主將，又是各持己見，爭論不決，甚而相互詈罵詆譏，門戶之見甚深，頗難平息。

提及金代詩壇，實際是秉承北宋遺緒而來，深受蘇、黃及江西詩派之影響。蘇、黃雖同倡新變，然二者詩論、詩風，則相逕庭，導致金代名家對如何對待蘇、黃與江西詩派，而有所爭議。首先是有「挺身頹波，為世砥柱」（元好問〈閑閑公墓銘〉）美譽之趙秉文，與堪稱至交，曾被好問讚頌為「中州豪傑」（《中州集》卷四小傳）之李純甫之對峙。繼之則有在鑒裁上「為海內稱首」（《中州集》卷六〈馮璧小傳〉）之王若虛，與其文有「一代不數人」（元好問〈雷希顏墓銘〉）稱號之雷淵相譏。自上述四人之言行、主張、態度、傾向比較，則趙王相近，李雷同屬。兩派均對江西詩派之末流，有所不滿而貶斥，惟彼此最大之分歧點，則在於宗蘇、宗黃上。

趙秉文推崇蘇軾，在〈答李天英書〉中，論及前代名家時，以為「東坡又以太白之豪，樂天之理合而為一，足以高視古人」，然不僅不提黃庭堅，且譏李天英受李純甫之影響，詩尚奇怪，專學李賀、盧仝，「未能以故為新，以俗為雅」。而李純甫則推崇黃庭堅，而云：「黃魯直天資峭拔，擺出翰墨畦逕，以俗為雅，以故為新，不犯正位，如參禪著末後句為具眼，江西諸君子，翕然推重，別為一派」（《中州集》〈劉西岩小傳〉引）。且亦評論趙秉文是「才甚高，氣象甚雄，然不免有失支墮節處，蓋學東坡而不成者」（劉祁《歸潛志》卷八），而趙秉文亦不甘示弱，曾反唇相譏云：「文字無太硬，之純文字最硬，可傷」、「之純文字止一體，詩只一句去也」。

趙李之爭，一直延續至王若虛與雷淵二人，前者是尊蘇貶黃，後者則極尊崇黃庭堅，好尚奇峭造語。近人以為二派作風迥異，趙王一派，是重視儒家詩教，傳統色彩濃厚，如趙秉文所主張之「師六

經」、「近風雅」、「明王道」、「輔教化」（〈答李天英書〉），而李雷一派，則是無視儒學傳統，率性狂放，主張自由創作，任性自得。有所創作，不拘於定體，「大小長短，險易輕重，惟意所適，……各言其志」（《中州集》卷二）[8]。

　　以上是金貞祐南渡前後文壇批評界之情況，可謂爭持不休，是非難辨。而文壇創作界亦是處於風雅真偽，龍蛇混雜之階段。好問〈論詩三十首〉表面上是評量古代上自曹魏，下迄江西諸子凡三十五位詩人之優劣得失，總結詩體之流變作為主要內容。然其中好問卻帶入其個人強烈之時代意識，與濃厚之理論色彩。在當時朝廷上下奢靡成習，而好異尚奇，浮豔尖新之文風，即隨之而滋長。加之斯時蒙古大軍長驅直入，中原大地陷入動盪不安之際，好問既經歷一段顛沛流離之逃亡生活，而後避居黃河以南之三鄉，暫時免於戰火焚身，內心不免激發振衰起弊，重展風雅之雄心。年甫二十八歲之好問，其時才識眼力，可謂超前凌後，因之藉評諸家之得失，辨詩體之正偽，目的即在「建詩家之史法，示後人以津要」[9]，自任疏鑿之手是矣。

## （二）步武前賢，樹立以詩論詩之新典範

　　論詩絕句之產生，不可否認，應是與詩話「同源異流，殊途同歸」[10]。而詩話又是源自鍾嶸《詩品》。好問之論詩作品，除〈論詩三

---

8　劉澤：《元好問論詩三十首集說》，〈元好問「論詩三十首」通論〉，頁5-6。

9　〈論詩三十首〉之主旨，即在「示詩之正體而裁偽體」，而何謂「正體」？何謂「偽體」？王禮卿師：《遺山論詩詮證》（臺北：中華叢書編審委員會出版，1976年4月印行），謂：「正體中之為主者有二：曰氣骨，曰天然。」而「依偽體構成之因察之，約可括為十失」，即為「弱、硬、晦、苦、冗、偽、因、俗、調、剌」之失，以上見該書〈總論〉，頁4-8。

10　何三本：〈元好問「論詩絕句」的歷史地位〉，《紀念元好問八百年誕辰學術研討會論文集》（臺北：行政院文建會策劃主辦，輔仁大學中文系主編，1991年12月出版），頁312。

十首〉外，尚有〈論詩三首〉、〈自題中州集後五首〉等。其論詩習性之養成，深信先受到宋人論詩之甚多詩話影響有關。宋人論詩之文章，先有歐陽修之《六一詩話》首開風氣，其後詩話便如雨後春筍，不斷湧現，如司馬光之《溫公續詩話》、劉攽之《中山詩話》、葉夢得之《石林詩話》等等數十種，[11] 不過好問〈論詩三十首〉產生之因素，雖與時代背景有關，而其以七言絕句體裁來論詩，當是與杜甫〈戲為六絕句〉關係更為密切。實際杜甫論詩，不僅僅限以七絕，而是尚有七律、五律、排律、五古等多種體式，且與杜甫同時或稍後之唐代詩人，如劉禹錫、杜牧、李商隱，雖曾遣用七絕論詩，不過杜甫〈戲為六絕句〉，則一向被學者公認為對後世論詩絕句影響最大，原因為何呢？關鍵因素即在好問之〈論詩三十首〉。

自杜甫首開以詩論詩之風氣之後，其後宋人以七絕論詩之風氣更為盛行。如戴復古有〈論詩十絕〉等，宜清、葉燮《原詩》云：

> 杜七絕輪囷奇矯，不可名狀，在杜集中，另是一格，宋人大概學之。宋人七絕，大約學杜者什六七，學李商隱者什三四[12]。

宋人七絕所以「學杜者什六七」，主要原因，可能是杜甫本人，造詣深厚，且具真知灼見，所提出之論點，頗為鮮明，語言流暢。論詩絕句，形象生動，意味雋永。詩句雖簡短，然評議則能鞭辟入裡，使人吟詠之下，音韻自然和諧，極為悅耳，再者是記誦容易，傳播迅速，既有其立論之價值，更因詩意深長，而有其引人之藝術魅力。

---

11 何三本：〈元好問「論詩絕句」的歷史地位〉，《紀念元好問八百年誕辰學術研討會論文集》，頁315-316。

12 清·葉燮：《原詩》，見丁福保編：《清詩話》（臺北明倫出版社，1971年12月初版），頁61。

　　好問本人平素博覽群籍，用功甚勤，如其在避居三鄉時，撰述〈論詩三十首〉同一年所作之《錦機集》一卷（已佚），有〈錦機引〉云：

　　　文章，天下之難事，其法度雜見于百家之書，學者不徧考之，則無以知古人之淵源。予初學屬文，敏之兄為予言如此。興定丁丑，閒居汜南，始集前人議論為一編，以便觀覽。

　　由上引可知好問遍覽「百家之書」，方能知古人為文之「淵源」，因之觸類旁通，由此亦可推測好問〈論詩三十首〉，當然亦是好問在遍考歷代作者論文，歷覽往昔詩人之詩作，所撰述之論詩心得。目的當是因得「知古人淵源」，得見古人之「法度」，不免心嚮往之，有心繼承先賢，撰述個人之詩學見解，不但有所效法，且要有所創新，以求建立以詩論詩之新典範。

　　無庸置疑，好問之〈論詩三十首〉，主要仍是在仿效杜甫〈戲為六絕句〉。好問雖未在自注中，題上「戲仿杜甫〈戲為六絕句〉」，然清・錢大昕卻一眼即看出「元遺山論詩絕句效少陵『庾信文章老更成』諸篇而作也。王貽上仿上體，一時爭效之。」（《十駕齋養新錄》卷十六）。而好問對杜甫之〈戲為六絕句〉，亦非一味因襲，而未加變化。譬如在方法上言，杜甫詩題既標「戲」字，頗有諧謔論詩之意味，當然亦有人以為標「戲」字，主要有「謙虛」之意涵。不過不問如何，其將個人嚴正之創作觀、批評觀，融鑄於詼諧而精巧之藝術形式中，順口談開，所評論前人與同時代人之作品，極為有限，當為不爭之事。而好問〈論詩三十首〉，亦採取此一手法，惟所論之詩人及其時代，則上自曹魏開始，一一道來，直至宋代諸子，所論及之詩

人，共有三十五人之多，「更朝十四，歷時千載有餘」[13]，「以主旨為經，以時代及詩家為緯，錯綜分合，交織成篇」[14]，就所見以詩論詩之形式而言，可謂宏偉鉅製，且以其尚追蹤某些詩家之源流發展，或可作部份詩學批評史看待。

而就其結構而言，杜甫自述其寫作動機與目的，是在最後一首，即：「未及前賢更勿疑，遞相祖述復先誰。別裁偽體親風雅，轉益多師是汝師」，好問自述寫作動機與目的，則在前節已引述之第一首，二人一尾一首，首尾一貫，銜接緊扣。而主旨是杜甫欲「裁偽體」，以「親風雅」，好問正好承接，主張以「風雅」為正體，以「齊梁後塵」為「偽體」，「祖述」杜甫以為師，且以「詩中疏鑿手」自任，欲使「漢謠魏什」，涇渭清濁，有所區分。以好問〈論詩三十首〉於詩家取捨上，自成系統，而其詩論主張，如轉益多師，務真實、發真情、反雕琢、本自然等等，均可顯現好問雖師古卻不泥古，雖傳承卻能拓新，頗具創體之功，宜其在詩學批評體性上，另闢蹊徑，有所確立，以其別開生面，自是對後世產生重大之影響。

## （三）師友啟迪，立論以正當代詩道流弊

前節曾論及好問於當代詩道之敗壞紛紜，寄予深慨與不滿，故有意重振風雅，此一苦心，自青年至老，始終不衰，可自其相關作品徵引，如在金、元易代之際，尚吟道：「風雅久不作，日覺元氣死」（〈別李周卿三首〉其二），對當時之詩風，未見風雅而深以為憂可知。而類似之見解，尚可自好問在不同年代所著述之詩文中見到，如：

---

13 何三本：〈元好問論詩絕句三十首箋證〉（一），《中華文化復興月刊》第七卷第三期（1974年3月），頁21。

14 王禮卿師：《遺山論詩詮證》（臺北：中華叢書編審委員會出版，1976年4月印行），頁4。

　　詩亡又已久，雅道不復陳。人人握和璧，燕石誰當分（〈贈答
楊煥然〉）

　　詩道壞復壞，知言能幾人？陵夷隨世變，巧偽失天真。

　　鬼域姦無盡，優伶技畢陳。謗傷應眥裂，淫褻亦肌淪。

　　珉玉何曾辨，風花祇自新。（〈贈祖唐臣〉）。

　　詩之亡久矣，雜體愈備，則去風雅愈遠，其理然也（〈東坡詩
雅引〉）。

　　雅道湮沈易，幽光發越難（〈挽趙參謀二首〉之二）。

　　由上引知，好問對當代詩風「雅道不復陳」、「詩道壞復壞」、「巧
偽失天真」，極為憂心，〈論詩三十首〉之所以作，並非毫無原因。不
過除好問本人外，對當代詩風之墮壞，好問之師友中，實際早有見
及，有所責斥，好問之論詩主張，實曾受啟迪與影響，如好問於〈論
詩三十首〉其二十四云：

　　「有情芍藥含春淚，無力薔薇臥曉枝」。拈出退之〈山石〉
句，始知渠是女郎詩。

　　在此首論詩中，好問評少游詩為「女郎詩」，近人於箋證中，以
為此專論少游詩之得失，拈出退之之「山石」詩，以襯出少游詩之氣
格平弱，未免過於激烈，有所欠妥。不過好問謂少游詩為「女郎詩」
者，「僅能說是其前期之一些作品，而不能以偏概全」[15]。宜〈四庫全
書總目〉於秦觀《淮海集》書目下評道：「元好問論詩絕句，因有女

---

15 何三本：〈元好問論詩絕句三十首箋証〉（三），《中華文化復興月刊》第七卷第五期
　　（1974年5月出版），頁61-62。

郎詩之譏。今觀其集，少年所作，神鋒太儁或有之，概以為靡曼之
音，則詆之太甚」[16]，良是。今稽考好問所以有此評議，實承其師擬
羽先生中立之旨。王中立曾被李純甫認定為「辨博中第一流人」(《中
州集》〈王中立小傳〉)，據好問所撰〈擬羽先生王中立小傳〉云：

> 予嘗從先生學，問作詩究竟如何？先生舉少游〈春雨〉詩
> (按：應作〈春日詩〉，下同)云：「有情芍藥含春淚，無力薔
> 薇臥晚枝」(按：句中之「晚」字，據《淮海集》〈春日五
> 首〉，應以作「曉」為是。)，此詩非不工，若以退之「芭蕉葉
> 大梔子肥」之句校之，則「春雨」為婦人語矣。破卻工夫，何
> 至學婦人。[17]

足見王中立乃訓誡後生，勿學某些氣格平弱之少游詩，則由此知
好問在〈論詩三十首〉中，評議少游詩，即受擬羽先生王中立之影
響，亦見好問論詩所受師長之啟迪有關。

除此之外，當代詩學大家屏山居士李純甫，對歷代詩家與當代之
詩風，曾有所譏評，據好問所撰〈劉西岩汲小傳〉引李屏山云：

> 齊梁以降，病以聲律，類俳優然。沈宋而下，裁其句讀，又俚
> 俗之甚者，自謂「靈均以來，此秘未睹」，此可笑者一也。李
> 義山喜用僻事，下奇字，晚唐人多效之，號西崑體，殊無典雅
> 雄厚之氣，反罵杜少陵為「村夫子」，此可笑者二也。黃魯直
> 天資峭拔，擺出翰墨畦徑，以俗為雅，以故為新，不犯正位，

---

16 紀昀：《四庫全書總目》(臺北：藝文印書館，1969年3月三版)，卷一百五十四〈別
　集類七〉，頁20，總頁數3065。

17 元好問：《中州集》，卷九〈擬羽先生王中立小傳〉，頁9，總頁數143。

如參禪著末後句為具眼，江西諸君子，翕然推重，別為一派，
高者雕鐫尖刻，下者模影剿竄，公言「韓退之以文為詩，如教
坊雷大使舞」，又云：「學退之不至，即一白樂天耳」，此可笑
者三也。嗟乎，此說既行天下，寧復有詩邪[18]？

　　李屏山對歷代詩人之臧否，褒貶得失，與對當代詩道之敗壞有所
嗟嘆，均與好問〈論詩三十首〉中之理念相同，亦見好問論詩，必因
與當代名家談及而受到影響，然他人僅談及而已，未如好問則撰著
〈論詩三十首〉論之，而見諸文字。

　　除上述諸人對好問之詩論有所影響外，再者近人李正民亦指出於
趙秉文門下之好問，顯然繼承趙（秉文）、王（若虛）之詩論，其證
是〈論詩三十首〉之十五，直斥學盧全詩者為「鬼畫符」，之十一鄙
薄「發巧深」之「研磨」之苦，之二十九批評閉門覓句的江西詩派三
宗之一陳師道云：「可憐無補費精神」，並明確表示：「北人不拾江西
唾」、「未作江西社裏人」[19]。另外近人張健亦加論證，好問與若虛有
若干相同之詩論，如二人論詩同重自然天成。又若虛於詩話中，提倡
以意為主之創作觀，遺山在〈論詩三十首〉中，雖無正面主意之篇
什，然在〈論詩三十首〉中之二十一首，末二句：「縱橫正有凌雲
筆，俯仰隨人亦可憐」，強調作家要自出己意。又第六首謂「心畫心
聲總失真，文章寧復見為人」？直斥潘岳之人品卑鄙，而與〈閒居
賦〉中之高逸情意相悖，其中亦隱含重視作者真正心意之旨[20]。

---

18 元好問：《中州集》，卷二〈劉西岩汲小傳〉，頁12-13，總頁數41-42。

19 李正民：〈元遺山論詩三十首的歷史地位〉，《山西大學學報》（哲學社會科學版）
　　1992年第1期，頁69。

20 張健：〈王若虛與元好問文學批評之比較〉，《文學、文化與世變》（臺北：第三屆國
　　際漢學會議論文集，中央研究院中國文哲研究所，2002年12月出版），頁219-236。

又或亦有近人鄭靖時提出好問與當代名家,如趙秉文之文學觀有
所同異,即:

1.「元好問上承周昂、趙秉文、王若虛、李之純等持論,一脈相
傳,折衷異說,間有新裁,欲歸文學與風雅教化之境域」。

2.文體論方面,元好問提出「詩文同源而別派」之觀點,先平息
趙秉文與李之純之歧異,再揭示「詩有正體」、「文有正傳」之論點,
以正本清源為先務。

3.在原理論方面,元好問善繼前此諸家「文以意為主」之觀點,
而立說更為周延,詮釋更為明晰,尤以好問繼承趙秉文「以誠為本」
說,而有所發展。[21]

以上之論證,均在說明青年時代之好問,其所以撰述〈論詩三十
首〉之動機,及其論詩主張,顯然受到當日師友之啟發與影響,目的
自是藉以立論,以導正當代詩道之流弊,以其切中金代文壇時弊,自
是富有現實意義。

## (四)身處憂患,有意藉詩論提振向心力

元好問生當金元之交,所處之時代,是烽火頻仍,爭戰不休,經
濟疲困,民不聊生,是一多災多難,面臨民族存亡,文化絕續之時代。

金朝原為興起於白山黑水之間的女真族所建,自太祖完顏旻(阿
骨打)於一一一五年稱帝起,至好問出生之一一九〇年(金章宗明昌
元年),已立國七十五年。太祖建國初期,崇尚武力,連年征伐,打
下政權之基礎,惟文教不足稱,經濟亦不穩定。至建都燕京時期(西
元1153-1214年),接觸北宋文物後,乃採行漢化政策,借用北宋留金

---

21 鄭靖時:〈金源文學對元好問文學批評形成之考察〉,《紀念元好問八百年誕辰學術
　　研討會論文集》(臺北:行政院文建會策劃主辦,輔仁大學中文系主編,1991年12
　　月出版),頁382-384。

文士，建立典章制度，獎勵人才。至世宗大定，章宗明昌時期（西元
1161-1208年），號稱全盛。禮樂之治，庠序之教，均頗具成效，培植
不少菁英，元好問即在此一全盛時期，在儒風丕變，庠序日盛之良好
教育體制下，所栽培之一位資質優異之文士。

　　而世宗時代，更因「躬節儉，崇孝弟，信賞罰，重農桑，慎守令
之選，嚴廉察之責」（《金史・世宗本紀》），有「小堯舜」之稱（《金
史・世宗本紀》）。章宗在位二十年，承世宗治平日久，能「正禮樂，
修刑法，定官制。典章文物粲然，成一代治規」（《金史・章宗本
紀》），尚見小康。惟亦有重大之弊端，誠如《金史・章宗本紀》贊
曰：「然嬖寵擅朝，冢嗣未立，疏忌宗室，而傳授非人，向之所謂維
持鞏固於久遠者，徒為文具，而不得為後世子孫一日之用，金源氏從
此衰矣」[22]，有此缺失，成為興衰存亡之關鍵，令人扼腕。

　　不僅如上所述，金朝政權存在著各種矛盾，如民族政策即以「女
真為本」，歧視其他族群，且以暴力鎮壓各族之抗爭。財政經濟政
策，更是反覆無常，效果不佳，以致成為金朝統治之致命傷。[23]由於
宗室貴族晏安成習，章宗時代，「秕政日多，誅求無藝，民力浸竭。
明昌、承安，盛極衰始」（《金史・哀宗下》），終於埋下衰亡之禍根。

　　崛起於高原之蒙古，原臣服於金，隨著蒙古勢力之增強，與金政
權宗室之間之勾心鬥角，便開始反金活動，終在大安三年（西元1211
年）二月，發動了對金之戰爭。金兵本已失去剛勁善戰之本質，俟與
蒙古兵一交戰，無不大潰，屢戰屢北。貞祐四年（西元1213年）三

---

22 脫脫等：〈章宗本紀第十二〉，《金史》（臺北：國防研究院出新刊本，1970年12月初
　　版），頁98-99。

23 金朝世宗時期，社會穩定，經濟有進一步之繁榮，然章宗時期，戰爭頻繁，金政權
　　財政困窘，鈔法屢變，百姓極為不滿，近人何俊哲等著：《金史》（北京：中國社會
　　科學出版社，1992年8月第1版），謂「金政權在經濟上表現出來的幼稚病，是金統
　　治的致命傷，是金政權滅亡的最重要的原因」，〈緒論〉，頁8-9。

月，蒙古軍屠忻縣城，死者十餘萬人之眾，斯時好問之胞兄好古，即在此時死於蒙古軍屠刀之下。貞祐四年二月，蒙古軍圍攻太原，形勢危急之下，好問在五月攜母親及部分藏書，遠行幾千里，流亡至河南福昌縣之三鄉鎮。一二一四年金宣宗被迫遷都汴京。

好問之性格，據其自述：〈寫真自贊〉，及時賢評論，可知是一位事親至孝，忠勤恬靜，真情至性之君子，當然亦是一位心高志壯，熱情洋溢之詩人。在蒙古軍侵犯期間，好問兄長被害，自己又和無數難民一起，飽嘗背井離鄉，流離磨難之痛苦滋味，目睹蒙古軍之無情蹂躪，帶給無數百姓身家性命之傷害，此時創作之詩歌，即以動盪之現實，艱危之時局，或飄泊他鄉，思念故園作為主題，如吟道：「老樹高留葉，寒籐細作花。沙平時泊雁，野迴已攢鴉。旅食秋看盡，行吟日又斜。干戈正飄忽，不用苦思家」（〈老樹〉），藉深秋寥落蕭索之景象，借以表現烽火帶給百姓之苦難。又或吟道：「長路伶俜里，羈懷莽蒼中」、「故園歸未得，細問北來鴻」（〈陽翟道中〉）、「隔闊家仍遠，羈樓食更艱。誰憐西北夢，依舊繞秦關」（〈得侄博信〉）等等，無不充溢著鄉國之思，羈旅之愁。

而適在此國運蜩螗，民生日艱之際，正如前節所述，詩壇文士，分流別派，各有所好，而有宗蘇宗黃之別，爭論不息，不免滋生困擾，既無一致之方向，便無法凝聚向心力。加之當代朝廷綱紀失軌，儒風日下，社會民心浮蕩，因而也就影響著文化、文學方面之健康發展，當然更無法發揮藝文薰沐人性，振奮民心之社會功能。有鑒於此，當代確實需要一位具有睿智有膽識，才學兼備之文化界名士，站在時代之尖端，針對文壇之爭議課題、創作理念，提出正確之主張，以整合眾議之精粹，平息爭議，指示正當航向，作為金詩開展未來之南針，負起匡正救危，扭轉乾坤之時代使命。

而符合此一條件且有此體認之當代人士，應是相當難得，此即元

好問於國難當頭，身遭兄亡家破之痛，備嚐避兵流離之苦，胸懷國恨民怨之慨，乃當仁不讓，挺身而出，年齡雖輕，卻是正義凜然，好問在二十一歲，扶持其叔父元格靈柩，返回故鄉忻州，後在二十七歲所作之〈箕山〉[24]詩云：

> 干戈幾變觸，宇宙日流血。魯連蹈東海，夷叔采薇蕨。至今陽城山，衡華兩丘垤。古人不可作，百念肺肝熱。浩歌北風前，悠悠送孤月。

此詩雖是青年所作，卻顯示好問氣勢之宏壯，筆力之沈雄，對時局危難之關注，國事之憂心。而在二十八歲所作之〈并州少年行〉詩吟道：

> 君不見并州少年夜枕戈，破屋耿耿天垂河，欲眠不眠淚滂沱。著鞭忽記劉越石，拔劍起舞雞鳴歌，東方未明兮奈夜何！

好問雖是文人，然自上引之詩作中，已足以表露出好問經國濟世之壯志，與慷慨赴義之豪情。以其學養湛深，詩學厚植，始能撰述〈論詩三十首〉，其有心藉此詩論之觀點，以釐清籠罩之雲霧，提出一己之灼見，藉此提振詩壇之向心力，並進而牽動民族之凝聚力，期能挽救民族滅亡之危機，此或為好問深藏內心，不宜明言之撰述〈論詩三十首〉的另一動機吧！

---

24　〈箕山〉詩判定為好問二十七歲作品，乃依繆鉞所編著：《元遺山年譜彙纂》所判定云：「〈墓銘〉（按：〈遺山先生墓銘〉）謂趙秉文見先生〈箕山〉等詩，以書招之，考先生見趙在次年（按：即興定元年丁丑，遺山二十八歲時），則〈箕山〉等詩殆即是年作歟」，見姚奠中主編：《元好問全集》（太原：山西人民出版社，1990年6月第1期）下冊，卷第五十八，頁627。

## （五）備受獎譽，繫於弘道自覺以提詩觀

前曾提及，好問家學淵源，天賦異稟，受課甚早，首先，以七歲即能詩，致其師王中立稱其為「神童」。而於十四歲時，得拜著名學者郝天挺為師，天挺又是一位「嘗以太學生游公卿間」、「容止可觀，而話言皆可傳」（〈郝先生墓銘〉）之高士，好問得能在其門下學習六年，奠下深厚之學術根柢。後來因寫出〈箕山〉、〈琴台〉等詩，續在二十八歲被禮部尚書趙秉文激賞[25]，「以為少陵以來無此作也。以書招之，于是名震京師，目為元才子」（〈遺山先生墓銘〉），可見好問青少年時代即獲極高之獎譽與尊榮。

而好問又是如何看待自己？據其自贊題為「崧山中作」，可能是在二十九歲至三十五歲間所寫之〈寫真自贊〉云：

> 短小精悍，大有孟浪；勃窣槃跚，稍自振厲。豪爽不足以為德秀之兄，蕭散不足以為元卿之弟。至于欽叔之雅重，希顏之高氣，京甫之蘊藉、仲澤之明銳，人豈不自知？蓋天稟有限，不可以強而至。若夫立心于毀譽失真之後，而無所恤，橫身于利害相磨之場，而莫之避，以此而擬諸君，亦庶幾有措足之地。

此則「自贊」，一如自畫像，刻畫自身之形象、性格、精神、氣概，且與幾位知交好友如田紫芝（德秀）、王萬鍾（字元卿）、李獻能（字欽叔）、雷淵（字希顏）、冀禹錫（字京父〔甫〕）、王渥（字仲澤），互為比較，坦率自陳，稱揚同儕性行人品之優越。其中自陳「立心于毀譽失真之後，而無所恤，橫身于利害相磨之場，而莫之

---

避」一語，可知早年入世之好問，性格上有其堅持與毅力，頗類「雖千萬人吾往矣」之豪邁氣概。

好問平素勤於博覽，對自己之文筆，亦頗自期自信，曾吟道：「讀書略破五千卷，下筆須論兩百年。正賴天民有先覺，豈容文統落私權」（〈病中感寓贈徐威卿兼簡曹益甫高聖舉〉），早期更有〈自題二首〉，提及對詩文之慘澹經營是：

> 共笑詩人太瘦生，誰從慘淡得經營？千秋萬古回文錦，只許蘇娘讀得成。
> 千首新詩百首文，藜羹不糝日欣欣。鏡中自照心語口，後世何須揚子雲。

自詩中「鏡中自照心語口，後世何須揚子雲」，即可知好問對自己詩文之自信與自負。如前所論，早年為趙秉文所賞識，初期已建立信心，其在〈趙閑閑真贊〉中，亦言：「興定初，某始以詩文見故禮部閑閑公，公若以為可教，為延譽諸公間」，具見對自我之肯定。而好問作詩，受到趙秉文嘉獎為少陵嗣響，已名揚四方，此番榮譽，給予其極大之鼓舞與激勵，自不待言，因之乃產生「一種少陵嫡派，非我莫屬的自信自立感，決心以詩聖杜甫的『別裁偽體親風雅，轉益多師是汝師』，為師法準則來論詩，重振風雅，起衰救弊」[26]。

年甫二十八歲之好問，既激起壯志，乃付諸行動，撰述〈論詩三十首〉，自任為詩流發展中之疏鑿手，去品評特意選出之古詩人，一則為弘道之使命感驅使。二則並藉此裁詩論詩，以建立個己之詩學

---

26 劉澤：《元好問論詩三十首集說》，頁9。

觀。證之晚年所作〈答聰上人書〉[27]云：

> 進而學古詩，一言半辭傳在人口，遂以為專門之業。今四十年
> 矣。見之之多，積之之久，揮毫落筆，自鑄偉辭以驚動海內則
> 未能；至于量體裁、審音節、權利病、證真贋，考古今詩人之
> 變，有戇直而無姑息，雖古人復生，未敢多讓。

觀文中謂「量體裁、審音節、權利病、證真贋」，以考「古今詩
人之變」。重建詩道之正軌，豈非是好問早期所撰〈論詩三十首〉之
宗旨所在？而其「有戇直而無姑息」之態度，即若「古人復生」，亦
「未敢多讓」，均見其自青年起，稽考古今詩人之變有得，其論詩之
心態，雖迄老年依然堅持不變，若非早期志氣高昂，建立自豪自信之
理念使然，豈能如此？

當然，青年時代之好問，儘管在〈論詩三十首〉中，對時下文壇
歪風，痛下針砭，提出個人之詩學主張，批判自曹魏以來，三十五位
著名詩人之得失，個人亦自省自覺，恐他人不以其創作態度與主張為
然，譏刺其妄自尊大，不知謙沖，可能更嚴重者，是斥其「傷嚴寡
恩」[28]，自吟一如蚍蜉撼樹，不免狂傲，只是書生一時技癢，喜歡褒
貶他人作品得失，等到老來時，所留下之不少詩作，又不知被何人說
長論短，以自嘲戲謔之語句作結，亦見好問對撰述〈論詩三十首〉之
態度與思量矣。

---

27 〈答聰上人書〉一文，繆鉞《元遺山年譜彙纂》判為好問作于六十五歲前後數年
中，聰上人即劉秉忠，邢州人，初從釋氏，名子聰，元一代典制，多所創立。《元
史》卷一百五十七有傳。

28 錢鍾書於《談藝錄》（北京：中華書局，1993年3月第5次印刷）云：「《遺山集》中
於東坡詩頗推崇，《杜詩學引》稱述其父言：『近世唯山谷最知子美』，而《論詩絕
句》傷嚴寡恩如彼，倘亦春秋備責賢者之意」云云。參見該書頁153。

## （六）拓跋後裔，激發自強以為金詩定位

　　好問撰述〈論詩三十首〉之心態、動機、背景，除上述幾項因素外，是否與其氏族背景有關？答案應是肯定的，此亦是好問不可能在〈論詩三十首〉中，所公開坦露之潛在因素。據《金史·文藝傳》謂好問父親元德明，「系出拓跋魏，太原秀容人，自幼嗜讀書」云云，郝經〈遺山先生墓銘〉亦謂好問：「系出拓跋魏，故姓元氏」。

　　而元魏一系之淵源又是為何？據繆鉞《元遺山年譜彙纂》引翁方綱《元遺山先生》〈附錄〉云：「靜樂舊抄遺山詩〈後世系略〉：『元氏本黃帝後，自昌意少子受封北國，傳至後魏拓跋氏，至孝文，遷都洛陽，改元氏』」[29]，是知元氏亦為黃帝子孫，十一世為鮮卑君，至平文皇帝鬱律二子，什翼犍烏孤，昭成皇帝什翼犍始號代王，其孫道武皇帝珪，改號魏，又號北魏，至孝文皇帝宏遷都洛陽，改姓元氏，故稱元魏。而好問亦以元魏諸孫自承，如在〈臺山雜詠十六首〉中吟道：

> 山上離宮魏故基，黃金佛閣到今疑。異時人讀〈清涼傳〉，應記諸孫賦〈黍離〉。

　　好問雖是身屬少數民族血統，卻未有所隱諱，即若好問好友馮璧之詩中，亦有所提及云：「寺元魏離宮，十日來凡兩。……今同魏諸孫，再到風煙上」（《中州集》卷六〈馮內翰璧〉），再如蒙古中書令耶律楚材，於贈予好問之〈和太原元大舉韻〉中，亦對好問有所稱揚，是「魏帝兒孫氣似龍」、「元氏從來多慷慨，並門自古出英雄」。為何好問不隱匿其族屬？根據推理所得，個人以為可能有以下之原因：

---

29 繆鉞：《元遺山年譜彙纂》，姚奠中主編：《元好問全集》，頁607。

## 1 出身之世系使然

好問出身世系，原黃帝後，而黃帝又是中華民族之始祖，既是黃帝子孫，傳至魏拓跋氏後改姓元。而其先世，較著名而有文獻可考者，有北魏元季海，曾任司徒，馮翊王（《河南通志》〈人物〉），其他依楊叔玉撰〈元德明墓銘〉：「唐禮部侍郎次山之後」，好問〈內鄉縣齋書事〉詩，自注云：「遠祖次山」，按元結字次山，唐、河南人，後魏之裔，曾拜道州刺史，身論蠻豪，綏定諸州，後進授管經略史，卒年五十，贈禮部侍郎，好問有〈舜泉郊遠祖道州府君體〉詩，以表追念遠祖事。好問祖先近世可考者，是高祖誼，曾任宋、忻州神虎軍將領（見元好問〈承奉河南元公墓銘〉），曾祖父春，曾為宋、忠顯校尉，靖康間任隰州團練使（按：承奉墓銘謂曾祖「春不仕」，推測當時隰州已入金，或已掛冠，故諱言之（施國祁《遺山詩集注》），曾祖母王氏，祖父滋善，儒林郎，曾任金銅山令，祖母趙氏，河南縣太君。

又好問有〈族祖處士墓銘〉云「公諱滋新，字仲美。……歿而不書，族黨之過，乃追為之銘」等語，則其人與祖父滋善為兄弟行者。好問生父德明，累舉不第，曾在家設帳授徒。生母王氏，行蹟無考。好問之叔名格，曾作吏山東掖縣，後轉至其他地區任官，好問出生七月，即出繼叔氏隴城君（見〈南冠錄引〉）。[30]

好問雖系出拓跋氏，為鮮卑族人，然自西元四九六年起已漢化，唐時已與漢族融合不分，先祖歷代均曾入仕，屬官宦之家，亦為詩書傳家，並無不清不白之劣跡醜聞，又有何必要去隱匿？何況好問尚且以有此世系家世為榮！

---

30 以上遺山之世系，係參閱續琨：《元遺山研究》（臺北：中華書局，1974年2月初版），第三章第二節〈遺山之家世〉，頁18-19。

## 2　書香門第之教養

　　好問生父德明，自幼好學，「嗜讀書，口不言世俗鄙事」（《金史‧文藝傳》），性格誠實樂易，平素「布衣蔬食，處之自若，家人不敢以生理累之。累舉不第，乃放浪山水間，飲酒賦詩以自適」。所作之詩，不事雕飾，詩風清美圓熟，因曾在忻州東南繫舟山福田寺讀書教學，達十五年之久，乃以「東巖」自號，著有《東巖集》三卷（《中州集》〈元德明小傳〉）（《金史‧文藝傳》）。對好問兄弟妹之教養，應是極為有心、注重。好問七歲能詩，當與生父及其叔父元格之課讀有關。

　　蓋在好問七個月時，即過繼予其叔父元格為嗣，而其嬸母張氏視其如己出，極為疼愛，故自好問幼時，即注重其教育，據好問追憶其幼小受教育之情況時云：「某不敏，自初學語，先夫人教誦公（指金當代詩文名家王庭筠）五言」（〈王黃華墓碑〉庭筠自號「黃華山主」）。其叔父元格於公務餘暇，亦教其讀書誦詩。如《中州集》卷十〈滕奉使茂實小傳〉云：「好問兒時，先大夫教誦秀穎〈臨終詩〉」（按：秀穎為南宋派往金朝之使者滕茂實之字）。好問亦在〈南冠錄引〉中，回憶童蒙之受教云：「予自四歲讀書，八歲學作詩」。

　　由上引述可知，好問既秉先祖之素慧與家學之淵源，加上有賢父母之教讀有方，良好之學習環境，對其未來之成長，自是裨益甚大，而後果然少年崢嶸，如前已提及，被名士王湯臣譽為「神童」，至二十八歲，因其詩作而被禮部尚書趙秉文賞識，以致名震京師，被文壇視為元才子。好問自重自尊，有其自負之才華，曾挺身而出以「詩中柱天手」（〈別李周卿三首〉之二）自任，則豈會因是元魏諸孫而自卑而隱諱？

## 3 莊敬自強承正統

好問之性格,前已引述其自撰之〈寫真自贊〉,其中「若夫立心于毀譽失真之後,而無所恤,橫身于利害相磨之場,而莫之避」二語,足見好問性格,具有北國之豪情,亦有其堅持之意志力,且其本身亦具卓越之識見,方能撰述〈論詩三十首〉,藉品評論量古代近世三十五位名詩人,為詩歌史上之正風與偽體,畫出一涇渭分明之界限,且以此矯正金人浮豔華靡、雕削刻鑿之詩風,顯現其已擺脫民族屬性之糾葛,強調維護詩歌「親風雅」之傳統,而以承接「正統」自命。

在此如何看出好問有如此偉大之使命感?試觀翁方綱云:

> 遺山接眉山,浩乎海波翻。效忠蘇門後,此意豈易言(《復初齋集》〈讀元遺山詩四首〉)?

句中之「效忠蘇門後」,意即效忠於以蘇軾為集大成之漢民族文學傳統之後,有此認知,豈僅是好問一人而已?實際應說是整個金代文人之總體認,而其中難言之意為何呢?主要原因在於「完顏有國日」。據宋子虛云:

> 遺山,中原人,使生宋熙豐間,與蘇、黃同時,當大有聲。不幸出完顏有國日(《續夷堅志跋》)。

向以正統自居之南宋文人,對金源所持之鄙薄態度,由此可見。而金代統治者自金太祖起,已不斷在進行一系列有效之漢化措施,如倡導尊孔讀經,發展儒家思想與文化,以提升女真族之文化品質,以後又詔令與漢族通婚,更加速民族融化之過程。而金代文人,於自身

之處境，早已了然於胸，對金文學「借才異代」之局面，亦感到恥辱
與不堪，因而激發起有良知之文人，產生一種強烈之使命感，亦即思
考如何繼承傳統，承接代代相傳之詩文薪火，以奠定金詩在中國詩史
上之地位。

　　亦因當代文人有上述之自覺與省思，金代學者可謂比兩宋學者更
著意於繼承傳統，更強調所謂之「正統」，如當代文壇盟主之趙秉
文：「慨然以道德、仁義、性命、禍福之學自任，沈潛乎六經，從容
乎百家，幼而壯，壯而老，怡然渙然之死而後已」（元遺山〈閑閑公
墓銘〉）。另一金代文評家王若虛，在其《滹南詩話》、《文辨》中，亦
反覆強調「文章之正理」、「詩之正理」。而元好問亦不斷提及「文章
有聖處，正脈要人傳」（〈答潞人李唐佐贈詩〉），「詩書義府無古今」
（〈贈郝萬戶〉），「溫柔與敦厚，掃滅不復留」（〈贈答劉御史雲卿四
首〉其三），「正體無人與細論」（〈論詩三十首〉），因之以「疏鑿手」
自許，莊敬自強，不自卑亦不自外，全力以赴地爭取正統，即是要
「效忠蘇門後」，傳承由蘇軾所傳下來，以「親風雅」為主導之漢民
族文學正統，而〈論詩三十首〉，就是在好問如此的自覺自強，及
「這樣的思想指導下寫成的」。[31]

## （七）嚮慕先祖，有心繼承衣缽再現榮光

　　自上節稽考好問之世系族譜，知其乃出身仕宦之家，且是詩書傳
家，注重子女教育之優秀家族，其世代多有名人，好問亦不諱言云：
「祖考承三公餘烈，賢雋輩出，文章行業，皆可稱述」（〈南冠錄
引〉）。而在歷代之先祖中，常在好問詩文中提及者，是唐代玄宗朝詩
文並著之元結。元結，字次山（西元723-772年），號漫叟、聱叟。河

---

31　以上參見李正民：〈元好問詩論的民族特色〉，《文學遺產》1986年第2期，頁77-78。

南魯山人。後魏常山王元遵之後。少年不羈,年十七時,乃折節向學,事元德秀,舉進士,在史思明攻打河陽時,曾上時議三篇,致受帝擢為右金吾兵曹參軍,後又因討賊有功,遷監察御史,又進水部員外郎,晚拜道州刺史,有治績,民樂其教而立碑頌德,年五十卒,贈禮部侍郎。

　　元結是一位富有正義感,關心國家安危之政治家,又是一位詩歌繼承《詩經》、樂府傳統之著名詩人,散文則是短小精悍,筆鋒犀利,繪形圖象,逼真生動,是唐代古文運動之先驅者。其以為文學理應「道達情性」(〈劉侍御月夜宴會詩序〉),起「救時勸俗」(《文編序》)之作用。曾編《篋中集》慨嘆「風雅不興」、「文章道喪」,批評當時詩壇之弊病,是「拘限聲病,喜尚形似」(《篋中集序》)。詩歌內容富有現實性,五言古風,質樸淳厚,筆力遒勁,極具特色。清・沈德潛曾評道:「次山詩自寫胸次,不欲規撫古人,而奇響逸趣,在唐人中另闢門徑」(《唐詩別裁》),有《元次山集》十卷傳世。[32]

　　好問向來對這位唐代有名之詩人、散文家之遠祖,頗為嚮慕,一直很為此自豪,曾因擔任內鄉縣令時,作〈內鄉縣齋書事〉詩,其結句云:「扁舟未得滄浪去,慚愧舂陵老使君」,且自注云:「遠祖次山〈舂陵行〉云:『思欲委符節,引竿自刺船』,故子美有『興含滄浪清』之句」。再進一步言,好問有〈舜泉效遠祖道州府君體〉詩云:

　　　重華初側陋,嘗耕歷山田。至今歷下城,有此東西泉。喪亂二
　　　十載,祠宇為灰烟。兩泉廢不治,漸著瓦礫填。蛙跳聚浮沫,
　　　羊飲留餘羶。我行歷荒基,涕下何漣漣。舜不一井庇,下者何

---

32 有關元結之生平詩文作品之記載,參閱譚正璧編:《中國文學家大辭典》(上海:上海書店,1985年10月第二次印刷),頁397-398。編輯部編:《中國大百科全書》,《中國文學》第二冊(北京:中國大百科全書出版社,1988年9月第二版),頁1202-1203。

有焉！帝功福萬世，帝澤潤八埏。要與天地並，寧待一水傳。
〈甘棠〉思召伯，自是古所然。我欲操畚鍤，浚水及其源。再
令泥濁地，一變清冷淵。青石壘四周，千祀牢且堅。石渠漱清
溜，日聽薰風絃。便為泉上叟，抔飲終殘年。

　　由上述引詩可知，不論是詩歌形式、內容，或自身出處行止上，
好問皆對曾任道州刺史，後又歸隱山林之遠祖次山，除深致景仰追慕
外，更有意效仿，力求在詩道沈淪之際，探奧抉隱，看出詩風敗壞之
癥結，以個人在詩學方面之造詣，藉評議歷代詩人之得失優劣，以建
立健康、正確之詩學觀，使聲名永垂於詩史上。且其曾以元結客居樊
上（今湖北襄樊市樊城）時之齋名「聱齋」為題，而作詩云：

　　弓刀陌上未知還，心寄漁郎笭箵間。
　　名作聱齋疑未盡，峿山衣鉢在遺山。[33]

　　詩句中「峿山」一詞，即指峿臺，為元結任道州刺史時所建，並
撰刻石，因之在好問詩句中，即以「峿山」借代其遠祖元結。而「峿
山衣鉢在遺山」一語，已明顯透露好問由於追慕此位遠祖，有心繼承
衣鉢，再展現風華，為宗族光耀門楣。而好問在當代因感嘆「詩道壞
復壞」（〈贈祖唐臣〉），「詩亡又已久，雅道不復陳」（〈贈答楊煥
然〉）、「詩之亡久矣」，「去風雅愈遠」（〈東坡詩雅引〉）、「風雅久不
作，日覺元氣死」（〈別李周卿三首〉），而去撰述〈論詩三十首〉，則
與遠祖元結在當時慨嘆「風雅不興」、「文章道喪」，抨擊當代詩壇之

---

33 光緒《河南通志》卷五九〈人物〉三，轉引自郝樹侯、楊國勇：《元好問傳》（太
　原：山西人民出版社，1990年2月第一版），〈一　家世〉，頁2。

弊病是「拘限聲病，喜尚形似」，而去編《篋中集》，其原因、心態，
與編撰宗旨，可謂如出一轍，毫無二致，則好問撰述〈論詩三十首〉
之動機期許，在此已昭昭然矣。

綜合言之，好問撰述〈論詩三十首〉，並非是草率下筆，或一時
即興，當是如上節提及，是在經遍覽「百家之書」，歷閱歷代詩人之
作，因「知古人之淵源」，得見古人之「法度」，具有相當之心得與造
詣，殫精竭慮，深思有得，而寫出具有高度自覺之莊語力作，自然不
是泛泛而論，空洞無物，其以「風雅」傳統立論，除遵循杜甫〈戲為
六絕句〉所推崇之「風雅」外，其實可能亦是追慕與遵循其遠祖元結
在《篋中集》，所主張要恢復之「風雅」正統。

因之探究其所以寫作〈論詩三十首〉之因緣，可以發現動機、背
景，絕非僅是如其在首章提及之「漢謠魏什久紛紜，正體無人與細
論」，如此單純而明顯之因素，其背後應是可能有個人在以上所歸納
更複雜的潛在因素在。特別是在金貞祐南渡後，詩學雖盛，然「競一
韻之奇，爭一字之巧」之風氣，再度泛濫，斯時國家又處於多災多
難，蒙古兵不斷逼迫之下，不免激發起春秋正盛，年甫二十八歲之好
問，已有其遠大之見識，強烈之責任感，為挽救世風，針砭時弊，一
如大聲疾呼，「梁陳以來，豔薄斯極」、「將復古道非我而誰」（〈孟棨
本事詩引〉）之李白，當仁不讓，以「詩中疏鑿手」自任，在關心文
學命脈，且以繼承傳統，發揚傳統使命之正確理念引導下，指出金代
詩壇，應以「唐人為指歸」，此一信念，等好問六十歲時，仍然未
變，而語重心長再提到：

　　唐詩所以絕出《三百篇》之後者，知本焉爾矣。何謂本？誠是
　　矣（〈楊叔能小亨集引〉）

　　好問體會金詩若欲上繼風雅，應以誠為本，「故曰不誠無物」，而此正是唐詩精髓所在，亦是好問詩論之卓識所在，蓋唯有皈依此一風雅文學傳統者，方能有此認知。因之欲深入理解〈論詩三十首〉之詩旨，洞悉作者好問撰述之微旨，若能先了解好問之世系、家庭、成長、受教過程、個人學養、詩學造詣、師友關係、時代背景、當時創作之心態、意識等等，則對〈論詩三十首〉之詮釋與研究，深信必有莫大之助益。

## 三　〈論詩三十首〉評「陶、謝」再評

　　好問之〈論詩三十首〉，以文體而言，屬於「論詩詩」，其定義即「以詩歌形式論述詩歌藝術，或則闡發詩學理論，或則品評作家作品」[34]。此種文體，其與我國文學批評巨著如《文心雕龍》、《詩品》，及其後之詩話體製，均有所不同。以形式言，詩本身有其字數之限制，平仄之規定，與韻腳之拘束。以內容言，由於上述形式之拘限，使之內容亦受限，無法暢所欲言，去論述作品，評議詩家。在詩論方面，未能圓融入裡，充實、精闢。在結構言，自然無法達到嚴謹、完整之論體程度。因之實難以評其為體大思精、組織綿密之作。詩既非評議之利器，以致在論評上，無法面面俱到，誠如近人田鳳台謂「其缺失常有可見其點，不見其面；可見其略，不見其精；可見其偏，不見其全」，論點不夠明確，以致常引起後代歧論[35]，均見出以詩作論之短處。

　　論詩詩既有上舉先天上之缺失，衡之好問〈論詩三十首〉亦然，實無法達到盡善盡美之境地。譬如其選作家，僅能自某一階段之詩史

---

34　朱子南主編：《中國文體學辭典》（長沙：湖南教育出版社，1988年11月第1版），頁49。

35　田鳳台：〈元遺山論詩絕句析評〉，《中華文化復興月刊》第12卷第4期，頁28。

中，選其中較有心得者論評，若欲以詩盡論史上所有作家，絕無可能。而詩論，亦無法圓通入微，僅可謂一鱗半爪，不能完整立論，「故以詩作論，戲為則可，正論則疏，偶為則可，常為則難」[36]。近代不少學者，曾針對〈論詩三十首〉有所批評，一般都批評其有「極明顯」之局限性。如有者謂在好問提倡之「溫柔敦厚」之詩教，而「溫柔敦厚」之主張，則是「儒家詩歌理論的糟粕」[37]。有者則謂其在理論與美學思想上，對作家述評偏於創作方法與藝術風格，對思想內容則少涉及，或以偏概全，或有所偏頗上。[38]又或過分強調天然自得之氣，輕視刻苦研磨之功。崇尚古雅，對新變之意義，認識不足。只注意分辨正偽，對詩歌風格之多樣化，重視不夠。[39]另外或評其對唐詩新變之認識不足，評判詩歌過於保守，對唐詩之價值，認識不足[40]等等。

近代學者對〈論詩三十首〉缺失之批評，各有所見，亦過於嚴苛，原因在於未先審視論詩詩先天條件之不足，另者以今律古，以後世之文學理念，去衡量金代之元好問，則必然產生歷史之隔閡而欠缺客觀。再者〈論詩三十首〉之寫作因緣，依上節所論，有其動機、背景等各項因素，而有感而發，代表作者個人當時之感受、取向與觀點。以此文體形式，既可方便與同儕好友，彼此切磋觀摩，且亦公諸

36  田鳳臺：〈元遺山論詩絕句析評〉，《中華文化復興月刊》第12卷第4期，頁28。

37  吳庚舜：〈略論元好問的詩論〉載山西省古典文學學會元好問研究會編：《元好問研究文集》（太原：山西人民出版社，1987年11月第1版），頁107。

38  陳書龍：〈評元好問論詩絕句三十首〉，載《元好問研究文集》（太原：山西人民出版社，1987年11月第1版），頁170。

39  李正民：〈元好問論詩三十首的歷史地位〉，載劉澤等選編：《紀念元好問800誕辰文集》（太原：山西人民出版社，1992年5月第1版），頁164。

40  顧易生等：《中國文學批評通史》（宋金元卷）（上海：上海古籍出版社，1992年出版），頁884-887。

於世，予當代文人學士參閱，了解作者本人對歷代某些詩人之評價，及詩論之主張，期其能對當代之詩壇，給予正面之影響，如是而已。

好問之〈論詩三十首〉，在詩家之取捨上，實際自有其觀點而自成系統，以所評之詩家三十五人之中，就取捨而言，於魏晉取曹操、劉楨、阮籍、劉琨、陶潛等。於唐取陳子昂、李白、杜甫、元結、柳宗元等。於宋則取歐陽修、梅聖俞、蘇東坡等，皆與其詩作風格有契合之處。三十絕句之中，僅論人品而非論詩者有四，論地域詩風者一，泛論詩家通病者有三，其餘則純為專論詩家之得失優劣。又其在〈論詩三十首〉中之主張，則可見是：

（1）主「風骨興寄」、「風雲悲壯」。
（2）主「清澹雅正」、「天成自得」。

此則又與好問平素論詩見解：「反繁縟」、「反晦澀」、「反怪誕」、「反聲病」、「反苦吟」、「反模擬」、「反俳諧怒罵」、「反兒女柔情」、「反雕琢堆砌」等相關。[41]

故〈論詩三十首〉可謂是好問個人論詩自成系統之作，以其自有其條貫與秩序，宜王禮卿師要評其「若隱若顯之中，意注脈通，起伏照應，反正互見，一完整之論體」、「是其論以主旨為經，以時代及詩家為緯，錯綜分合，交織成篇」[42]矣。

進而論之，好問〈論詩三十首〉確實有其一貫有序之批評方式，近人劉澤判定好問採取「推源溯流、比較同異、立象喻意、互見連評、婉諷暗示、轉引借用」等六種方式，為〈論詩三十首〉之基本論

---

41 田鳳臺：〈元遺山論詩絕句析評〉，頁22-26。
42 王禮卿師：〈總論〉，《遺山論詩詮證》，頁4。

詩方法,頗見切中肯綮。今就其論詩絕句中,或專論或旁及六朝時代
之「陶謝」部份,予以再評議,蓋針對此兩大詩人而言,尤其別具意
義,原因何在?

　　個人認為以兩人而言,雖同為自然詩派之詩人,而一為東晉義熙
末期之田園詩人,另一為劉宋元嘉時代之山水詩人,有其異同,其
異,是前者詩作是語淡味腴,高妙天成;後者詩作則是窮力追新,千
錘百鍊。其同,是創作無不是清新自然,優美健康,在中國詩歌史
上,都煥發出非凡的光彩,對後世文學內容之充實,文學技巧之提
升,文學生命之發展,審美素養之培植,一如流瀉不止的活水源頭,
貢獻厥偉。而對好問之論詩絕句而言,一則足以見到好問之思考模式
與取向,二則可藉此例證,以印證其詩論主張,是否得當。三則亦可
據以研判好問對他人之議論,是否另有欠妥之處。以下續分二小節,
予以論述。

## （一）評陶淵明再評

　　〈論詩三十首〉之第四首,乃專評陶淵明云:

　　　　一語天然萬古新,豪華落盡見真淳。南窗白日羲皇上,未害淵
　　　　明是晉人。

　　此詩乃好問專評淵明之詩品與人品。箋注家一般以為其詩前二句
乃讚揚淵明之詩品,先自修辭立論,以其詩作句句天然渾成,全是胸
臆自然流露,故能萬古常新。由詩品而兼及人品,以其語言毫無雕
飾,正表現出其為人真誠淳樸之本性。後二句乃純讚賞淵明之人品。
淵明生在晉宋之交的亂世,如其在〈與子儼等疏〉中所言,在大白
天,北窗下臥,迎自南窗之習習涼風,表面上,任性自適,超世脫

塵，雖以羲皇上人自稱，實際並未全忘懷現實，對塵世仍然關心，因之並不妨害其為東晉時代一位傑出之詩人。以下再分三項論述之：

## 1　元好問崇陶、愛陶之事證

在未正式評議好問評陶淵明之前，個人以為可先稍論述好問平素崇陶、愛陶之背景與事證。好問對陶淵明，向來極為尊崇，是其崇敬之偶像，平生創作過不少與陶詩詩題、意境、情趣相類之詩歌，如〈飲酒五首〉，其中云：「去古日已遠，百偽無一真。獨餘醉鄉地，中有羲皇淳。」又如〈後飲酒五首〉，其中吟道：「我愛靖節翁，于酒得其天。龐通何物人？亦復為陶然。兼忘物與我，更覺此翁賢」。另有〈九日讀書山用陶詩露淒暄風息氣清天曠明為韻賦十詩〉、〈去歲君遠游送仲梁出山〉、〈采菊圖〉、〈武善夫桃溪圖二首〉、〈寄趙宜之〉等，以上諸詩作，或寫飲酒之樂，或抒山林田園之思，又或對桃源樂土之懷，處處均體現好問對陶淵明人格情操之欽佩，甚而及於陶淵明平素生活、嗜好、意識、作品等種種，均無不喜好，而以之入題。

尤其〈飲酒五首〉與〈後飲酒五首〉，無論詩題、立意、抒情、述懷，無不與陶淵明〈飲酒〉詩雷同，可謂是效陶、仿陶的典型之作。清・沈德潛評道：「與陶公飲酒，各有懷抱」（《宋金三家詩選》）[43]，個人以為雖是「各有懷抱」，乃是因時代環境不同所致，然其有意效仿陶淵明之〈飲酒〉詩，以寄其情懷，卻是不爭之事。

除上述之外，好問另外有〈雜著五首——集陶句〉，是將陶集中不同篇章之詩句，重新組合排列成一種「集句詩」，如其中之一云：「守拙歸園田，淹留豈無成。長吟掩柴門，遂與塵事冥。素月出東嶺，夜

---

43 轉引自高林廣：〈試論元好問的陶淵明批評〉，《廣播電視大學學報》（哲學社會科學版）（廣東：廣東電視大學，2003年第4期），頁29。

景湛虛明。揮杯勸孤影，杯盡壺自傾。遙遙望白雲，千載有深情」。此種形式之「集句詩」，乃是一種效陶、仿陶之新形式，與後世如宋·蘇東坡、元·劉因、戴良、明·周履靖、黃淳耀等之和陶詩[44]，均有所不同，由此亦足見好問對陶詩之熟悉與喜愛，不過好問對之前蘇東坡之和陶、擬陶之作，仍是予以高度肯定與讚賞，曾在〈東坡詩雅引〉中評道：

> 近世蘇子瞻，絕愛陶、柳二家，極其詩之所至，誠亦陶、柳之亞；然評者尚以能似陶、柳而不能不為風俗所移為可恨耳。夫詩至于子瞻，而且有不能近古之恨，後人無所望矣！

好問以為東坡之和陶、擬陶之作，極似陶詩風格，已達「近古」之程度，後人欲求企及，恐難矣。以好問之崇陶、愛陶，極自然地亦會與同儕好友應和詩作中，或提及文壇前輩事，或明或暗，涉及陶淵明其人其作，除藉以抒發其感觸外，並表露其對陶淵明之生活、意識、人品、襟懷之欣賞，如〈和仁卿演太白詩意二首〉其一云：

> 蕭蕭窗竹動秋聲，紫極深居稱野情。靜坐且留觀眾妙，還丹無用說長生。風流五鳳樓前客，寂寞千秋身後名。解道田家酒應熟，詩中只合愛淵明。

詩中「解道田家酒應熟，詩中只合愛淵明」二句，已說明其對煉

---

44 後人追和陶詩，可謂是一種愛陶、賞陶之文學現象，且已成為一種傳統，足見陶淵明其人其作，對後世詩人作家影響之深遠。袁行霈：《陶淵明集箋注》（北京：中華書局，2003年4月第1版），附錄有東坡以來和陶詩九種，十家，可作參考，參見該書〈附錄二〉〈和陶詩九種〉（十家），頁619-844。

丹求長生之說並無興趣，反而喜愛如陶淵明般歸耕田園，與田家飲酒
話家常之素樸生活情趣。而其在《中州集》〈黨懷英小傳〉中評黨懷
英云：「嘗試東府取解魁，是後困于名場，遂不以世務嬰懷，放浪山
水間，詩酒自娛，簞瓢屢空，晏如也」，可見好問提及此位昔日文壇
盟主，隱隱暗示其具有陶淵明之情懷與素養。好問本身確實對淵明之
人品風範，及其「詩酒自娛」之生活雅趣，極為神往，宜其在〈密公
寶章小集〉中吟道：「生平俊氣不易降，眼中俗物都茫茫。淵明素琴
嵇阮酒，妙意所寄誰能量」？

　　好問崇陶愛陶，常不經意在詩中披露，如云：「吾愛陶與韋，冷
然扣冰玉」（〈繼愚軒和黨承旨雪詩四首〉其二），而此亦非好問一人
如此而已，尊陶愛陶和陶，實際亦是金源詩學之普遍傾向，下列金代
著名詩人名士，無不在其詩文中，提及陶淵明其人其事其作，如：

> 陶令東籬高詠，千古賞音稀（蔡松年〈水調歌頭〉）。
> 千古栗里高情，雄豪割據，戰馬空陳跡（蔡松年〈念奴嬌〉）。
> 山花三兩樹，笑殺武陵溪（蔡珪〈出居庸〉）。
> 折腰五斗，所得不償勞，松暗老，菊都荒，誰為開三徑（王寂
> 〈蕎山溪〉）。
> 遠懷淵明賢，獨往誰與期（黨懷英〈西湖晚菊〉）。
> 千載淵明翁，誰謂不知道（趙秉文〈和淵明飲酒〉）。
> 先生從來寄傲，肯向小兒鞠躬？笑指田園歸去，門前五柳春風
> （李俊民〈淵明歸去來圖〉）。[45]

　　一如上述，好問崇陶愛陶，與當代詩人相比較，其可謂是金源文

---

45　金代文人崇陶、愛陶、和陶之作，參見鍾優民：《陶淵明研究資料新編》（長春：吉
　　林教育出版社，2000年8月第1版），頁154-158。

學名士詩人中，最敬陶喜陶者，則其對淵明其人其事其作，應是極為熟稔。

## 2 元好問評陶詩句意涵

今再探索好問何以在〈三十首〉中，以「一語天然萬古新，豪華落盡見真淳」二句，評其詩品，兼及人品，又以「南窗白日羲皇上，未害淵明是晉人」，專評其人品，在此或可加以討論。

陶淵明有一公認之特色，是「淡」，向來評賞者亦多以此稱頌，而「淡」又由何而來？乃是出於「自然」所致，如朱熹云：「淵明詩平淡，出於自然」(《朱子語類》)、「淵明詩所以為高，正在不待安排，胸中自然流出」(〈論陶三則〉)，楊時云：「陶淵明詩所不可及者，沖澹深粹，出於自然」(〈龜山先生語錄〉)，曾紘云：「余嘗評陶公詩，語造平淡而寓意深遠，外若枯槁，中實敷腴，真詩人之冠冕也」(〈論陶一則〉)，嚴羽云：「淵明之詩，質而自然耳」(《滄浪詩話》)[46]等。

好問評陶詩語言「天然」，即「自然」，乃是「非人為的，天然的，自然而然的」[47]，絲毫不見勉強，不矯揉造作，不是有意為之而使然的，即是自然。歷來評家稱揚淵明語造平淡，而平淡出之自然，是直書即目，直書胸臆，胸中自然流出。而淵明何以能以平淡之語言，抒寫天機之妙，寄託天然之真趣？此可自兩方面探討：

一則是與其質性自然有關。淵明於〈歸去來辭〉云：「質性自然，非矯厲所得」，〈歸園田居〉詩云：「久在樊籠裏，復得返自然」，淵明本性喜自由自在、逍遙自得，不肯受世俗拘束，為人處事，率性

---

46 編輯部編：《陶淵明研究資料彙編》(臺北：明倫出版社，1972年4月再版)，頁43、50、74、75、107。

47 袁行霈：〈陶淵明的自然之義〉，《國文天地》第5卷第8期，1990年1月出版，頁92。

保真，因之為貧出仕，即出而學仕，所謂「疇昔苦長飢，投耒去學
仕」（〈飲酒詩〉之十九）是，然並不以此為榮，反而視為樊籠，而毅
然隱退躬耕，亦不以此為高，甚至在困窮無奈時，出而向新知乞貸，
然亦不以此為恥。

　　二則是與其文學素養有關。後世評家雖評陶詩，是「未嘗較聲
律，雕句文，但信手寫出，便是宇宙間第一等好詩」（明‧唐順之
〈答茅鹿門知縣〉）[48]，或謂「讀陶公詩，專取其真事、真景、真理、
真不煩繩削而自合，謝、鮑則專事繩削，而其佳處，則在以繩削而造
於真」（清‧方東樹《昭昧詹言》）[49]，似以為淵明詩，完全直抒胸臆，
不假雕琢，純任自然。實際作品雖貴真情流注，出以至性，表現渾然
天成之韻致，而以自然流露為極詣，而淵明又何嘗忘情於鍛鍊？以淵
明手法工巧，造詣獨高，故不見斧鑿痕跡而已。明‧王世貞即云：

　　　淵明托旨沖澹，其造語有極工者，乃大入思來，琢之使無痕跡
　　　耳。（《藝苑卮言》）[50]。

清‧黃子雲亦云：

　　　陶、杜之詩，無句不琢，卻無纖毫斧鑿痕者，能鍊氣也，氣鍊
　　　則句自鍊矣。雕句者有跡，鍊氣者無形（《野鴻詩的》）[51]。

淵明質性自然，襟懷灑脫，加上文學素養高，雖曾經歷字雕句

---

48 編輯部編：《陶淵明研究資料彙編》，頁161。
49 編輯部編：《陶淵明研究資料彙編》，頁224。
50 編輯部編：《陶淵明研究資料彙編》，頁144。
51 編輯部編：《陶淵明研究資料彙編》，頁208。

琢,然寫作境界已達圓到拙樸之層次,方能自然而然,不見勉強,而成真正「詩之語言」。宜清‧陶澍錄王圻《稗史》云:「陶詩淡,不是無繩削,但繩削到自然處,故見其淡之妙,不見其削之跡」(《靖節先生集》)[52]是矣。而好問評淵明「一語天然萬古新」,個人以為對「一語天然」之意涵,應可多自上述去了解,方見深入而周延。或可在此再引錄好問〈繼愚軒和黨承旨雪詩四首〉之四云:

> 愚軒具詩眼,論文貴天然。頗怪今時人,雕鐫窮歲年。君看《陶集》中,飲酒與歸田。此翁豈作詩,直寫胸中天。天然對雕飾,真贗殊相懸。乃知時世妝,粉綠徒爭憐。枯淡足自樂,勿為虛名牽。

自詩句中「論文貴天然」、「天然去雕飾」句,已明確表明好問認為「天然」是最可貴的。淵明詩並非有意為之,而僅是直書胸臆之自然而已,是內在心靈最真淳之自然表露。好問在此詩中,且以淵明詩之自然天成為基準,對當代詩風之專事雕琢,感情之虛假,追求虛名之風氣,予以嚴厲之抨擊,蓋「真」與「贗」、「正」與「偽」,本就「殊相懸」故也。

至於「萬古新」,即萬古常新,則是理所當然,淵明詩語言,表面自然平淡,卻寓有啟人深思之哲理,使之意境高遠,而富有奇趣,雖用理語,卻是有其深致與理趣[53]。因淵明詩,由於運用「寫意」之

---

52 清‧陶澍注:《靖節先生集》(臺北:河洛圖書出版社,1974年9月臺影印再版),卷十〈諸本評陶彙集〉,頁31。

53 按「理趣」一詞,首見於佛家典籍《成唯識論》卷四,論「第八識」:「證此識有理趣無」,又卷五,論「第七識」:「證有此識,理趣甚多」,後「理趣」乃漸成評騭文藝之術語,參見敏澤:《中國文學理論批評史》(長春:吉林教育出版社,1990年7月第1版),頁102。

手法，著重意境與情趣之表達，使感性與理性相統一，而不著重於外在形象之細膩刻劃。因之其詩，有其空靈之意境，有其高妙之情韻，所作一百二十五首詩，均可稱之為「理趣詩」，以其詩是「於出於自然者，無跡可求」，欲「學靖節者，百無一焉」（明‧許學夷《詩源辯體》）[54]故個人以為陶詩之勝處，即在長於意境，關鍵即是「有理趣而無理障」、「有情味而不乏味」[55]之故。而其詩，令人玩味不盡，自然能代代傳誦，萬古常新矣。

　　而「豪華落盡見真淳」一句，一般箋疏家，均自二方面釋之：

　　一則自其詩句釋之：蓋淵明之詩句，語淡味腴，純出胸臆，屬主質，重內涵，不尚藻飾、駢儷之「正始系」，而與尚文、重形式、貴藻采雕飾之「太康系」不同，亦與以玄理入詩，離不開「寄言上德，托意玄殊」（《宋書‧謝靈運傳論》），玄氣十足之東晉玄言詩風迥異，因而淵明其詩，因本無意於為詩，更未著意於字句求勝，僅寫其胸中意而已，題材皆以田園素材為主，如「平疇交遠風，良苗亦懷新」（〈懷古田舍〉）、「微雨從東來，好風與之俱」（〈讀山海經〉之一）、「相見無雜言，但道桑麻長」（〈歸園田居〉之二）等等，無不是富有真趣之田家生活氣象，亦無不清新淳厚，純真樸素，毫無雕琢誇飾痕跡，全都明白如話，平淡無華卻又都是詩意盎然，情韻悠長，洋溢著淳樸的淡泊之美，亦即具真淳自然之本色。

　　另則自其性情釋之：淵明自承「質性自然」，而此特性，充實於心靈者，即是一「真」字。其又自認為剛拙，所謂「性剛才拙」（〈與子儼等疏〉）、「守拙歸園田」（〈歸園田居〉之一），無論是「剛」或「拙」，其實亦無不是本性之自然呈現，一種真誠之表露，絕無絲毫

---

54 編輯部編：《陶淵明研究資料彙編》，頁157。

55 陳怡良：〈陶淵明思想境界之建立及其寫意詩法之開拓〉，《第二屆魏晉南北朝文學與思想學術研討會論文集》（臺北：文津出版社，1993年11月初版），頁209。

之虛假。《宋書‧陶淵明傳》載：「貴賤造之者，有酒輒設。潛若先醉，便語客：『我醉欲眠，卿可去』。其真率如此」。可知淵明確是一真性情中人，蕭統因之讚美其為「任真自得」（〈陶淵明傳〉）、「曠而且真」（陶淵明集序），蘇東坡亦評云：

> 陶淵明欲仕則仕，不以求之為嫌；欲隱則隱，不以去之為高；飢則扣門而乞食，飽則雞黍以延客。古今賢之，貴其真也（〈書李簡夫詩集後〉）[56]。

淵明向來講求真心誠意，反對任何虛偽與矯飾，常以當代「真風告逝」（〈感士不遇賦序〉）、「舉世少復真」（〈飲酒〉之二十）為憂，其本人在其詩作中，亦多喜用「真」字，如「抱樸含真」（〈勸農〉）、「任真無所先」（〈連雨獨飲〉）、「養真衡茅下」（〈辛丑歲赴假還江陵〉）、「此事真復樂」（〈和郭主簿〉）、「真想初在襟」（〈始作鎮軍參軍〉）、「此中有真意」（〈飲酒〉之五）等。

「真」其實即是「自然」，莊子即云：「真者所以受於天地，自然不可易也。故聖人法天貴真，不拘於俗」（〈漁父〉）是。而蘇東坡又曾云：

> 淵明作詩不多，然其詩質而實綺，癯而實腴，自曹、劉、鮑、謝、李、杜諸人，皆莫及也（〈與蘇轍書〉）[57]。

依上述知陶詩之內容，全係一種自然真淳之表現，亦因淵明作

---

56 編輯部編：《陶淵明研究資料彙編》，頁33。

57 編輯部編：《陶淵明研究資料彙編》，頁35。

詩，全順其任真之適性與自得，此即淵明所以能自然真淳之因，而東坡所言陶詩是「質而實綺，癯而實腴」，或曾紘所言「外若枯槁，中實敷腴」，又或清・伍涵芬引他人語，謂「絢爛之極歸于平淡，平淡之極乃為波瀾」（《讀書樂趣》語）[58]，均謂其詩意味渾厚華妙，王禮卿師以為此與鍾嶸《詩品》評陶詩「風華清靡」，龜山所云「深粹」略同，足明陶詩所以為「淳」之意。[59]

　　當然亦有學者將「豪華落盡見真淳」一句，引宋・葛立方《韻語陽秋》語釋之云：

> 陶潛、謝朓詩，皆平淡有思致，非後來詩人怵心劌目琱琢者所為也。老杜云：「陶謝不枝梧，風騷共推激。紫燕自超詣，翠駮誰翦剔」是也。大抵欲造平淡，當自組麗中來，落其華芬，然後可造平淡之境[60]。

　　以為可作為元氏「豪華落盡見真淳」之注腳，而「真淳」之含義即黃庭堅〈別楊明叔〉詩：「皮毛剝落盡，唯有真實在」之「真實」，亦即葛立方所謂之「平淡之境」[61]，凡此與前個人所論述或引據，確有稍許差異，唯個人以為欲釋「豪華落盡見真淳」一語之意涵，可自前個人論述淵明之詩品及其本人性向、經歷釋之為宜，即淵明詩作火候圓到，始能摒棄刻意雕琢，而重返於樸拙，即淳真自然之境，誠如清・袁枚《隨園詩話》云：

---

58　清・伍涵芬：《讀書樂趣三則》語，載《陶淵明研究資料彙編》，頁188。

59　王禮卿師：《遺山論詩詮證》，頁48-49。

60　編輯部編：《陶淵明研究資料彙編》，頁62。

61　方滿錦：《元好問論詩三十首研究》（臺北：萬卷樓圖書公司，2002年9月初版），頁171。

詩宜樸不宜巧，然須大巧之樸；詩宜澹不宜濃，然必須濃後之
澹[62]。

　　袁氏所論，頗見獨到，然淵明本人性情自然樸拙，為人處事、吞
吐，皆出之真情自然，寫作素養已達圓熟之境，即可排除字錘句煉之
痕跡，表現真淳清淡之自然本色，外在雖平淡枯槁，而內在卻是「敷
腴」、「有味」，亦即有其情韻，有其意境，讓人品賞不已。易言之，
陶詩乃是反拙而能出巧，有其理趣，所謂「大巧之樸」之作。再者依
前節所釋，由詩品及於人品，淵明曾為困窮而學仕而入仕，表面風
光、風采、「豪華」，卻是去扮演軟媚滑熱、縮頸厚顏之可憐角色，最
後終能大徹大悟，毅然掛冠求去，歸隱家鄉，躬耕南畝，「復得返自
然」，找回自我，過其雖貧困卻不必折腰損性，志意所恥之生活，可
謂如魚得水，得其所哉，如此豈不大好？此亦淵明吟道：「稱心易
足」、「陶然自樂」（〈時運〉）是，斯時生活平淡寧靜，內心真純淡
泊，清心寡欲，絕無外界塵世人之功利幻夢、機詐詭譎，宜元遺山曾
作〈送欽叔內翰並寄劉達卿郎中白文舉編修五首〉其四云：

　　　刺口論成敗，白眼談歌詩。世故觳簪間，能不發其機？
　　　聞君作損齋，似覺豪華非。懲忿與窒欲，百年有良規。

　　由此詩「似覺豪華非」中「豪華」一詞之詞義，當釋為世故、機
變之心，或可「指一切世俗的機心、習氣」[63]，因之個人以為「豪華

62 袁枚：《隨園詩話》，廣文編譯所，不求聞達齋主人主編：《古今詩話叢編》（臺北：
　　廣文書局，1971年9月初版），卷五，頁5。
63 陳惠豐：〈論元遺山論詩絕句三首〉，《中外文學》第七卷第一期（臺北：國立臺灣
　　大學外國語文學系，1978年6月1日），頁115、116。

落盡見真淳」句，其中「豪華落盡」詞意，可自兩方面解讀，誠如上述，一為火候圓熟，語言摒棄雕琢，便能重返樸拙，恢復真淳、自然本色。二為棄離宦場，歸隱園林，不必厚顏折腰，與人勾心鬥角，重返稱心如意之平淡生活與處境。

至於另外二句：「南窗白日羲皇上，未害淵明是晉人」，浮面視之，極為淺易，實際意涵豐富，值得深思。其首句是好問借用淵明於五十幾歲所寫之〈與子儼等疏〉中，淵明云：「常言五、六月中，北窗下臥，遇涼風暫至，自謂是羲皇上人」之原文，重組成詩句，意謂淵明自歸隱園田後，極為逍遙愜意，白晝在廂房歇息，適有習習之涼風，自南窗迎面而來，頗感精神舒暢，不為外界事務干擾，自許為如上古之羲皇上人，簡直可以安閒自得，身心得到最安寧恬然之寄託。

而次句「未害淵明是晉人」，則有其寓意在矣。蓋淵明歸隱後，似乎成為一位雖處亂世，卻能寄之沈冥，不與人爭之「幽居士」，而事實上真的是如此？則未必然。淵明性格上大體是沖和平淡，然亦有剛毅果敢之一面，表象上「具有古典藝術的和諧靜穆」[64]，其實卻另有「金剛怒目」式[65]之一面，雖淵明為忘懷得失之隱士，然淵明父系母系，累代皆於晉朝任官，自永初元年六月劉裕篡位，改國號為宋後，淵明對此事的確有一份哀悼悲痛之情，如〈述酒〉詩前面十句五十字，其實即是一段敘述亡國之哀詩，詩中「豫章抗高門，重華固靈墳。流淚抱中歎，傾耳聽司晨」，另〈擬古〉詩之一：「枝條始欲茂，忽值山河改」，〈擬古〉詩其三云：「先巢故尚在，相將還舊居。自從分別來，門庭日荒蕪」，〈擬古〉其八云：「飢食首陽薇，渴飲易水

---

64　朱光潛：《詩論》，〈陶淵明〉，摘錄自《陶淵明研究資料彙編》（臺北：明倫出版社，1972年4月再版），頁376。

65　魯迅：〈題未定草〉（六），摘錄自《陶淵明研究資料彙編》（臺北：明倫出版社，1972年4月再版），頁286。

流」等,即知淵明內心之隱痛。

　　且在晉朝易姓之幾十年中,先有王恭、孫恩之亂,繼而有桓玄、劉裕之鬩,可謂干戈擾攘,烽火滿天,淵明是一窮困書生,進不足以謀國,退不足以謀生,然局勢動盪,民生之疾苦,如何不令淵明關懷、憂慮?吾人若玩索淵明在四十歲所作〈停雲〉詩云:「八表同昏,平路伊阻」、「良朋悠邈,搔首延佇」、「豈無他人,念子實多」,及五十三歲所作之〈飲酒詩〉云:「終日馳車走,不見所問津」、即知淵明是如何關心局勢不安下之百姓,以及感歎風氣丕變,經術之不傳矣。淵明在易代之後,雖身處劉宋朝代,然未妨害其心仍屬於晉代一位關心國事、民生之詩人大家。好問此「未害淵明是晉人」詩句,極具深意,不宜輕忽過去。今處於江西、九江、沙河之陶淵明紀念館,其正門橫匾題詞:「晉代一人」,則其意涵,即可思過半矣。

## 3　元好問評陶再評

　　一般以為好問所以推崇淵明,乃在其詩語出自天然,豪華落盡,又謂在煊麗繁華之晉代,淵明之詩,若出水之蓮荷,予人清新之感,此即好問所以將淵明突出於晉人之中之原因。根據以上個人先論證好問崇陶愛陶之事實,以探討好問評陶之背景,再將好問評陶詩句之意涵,加以詮釋,並略作析評,則好問評陶之詩句意涵,宜有所修正。而個人以為其評陶淵明人品、詩品之詩句,可以「簡明扼要,句句寄意,探奧抉隱,始得微旨」四句盡之。

　　好問評陶詩句,或以為有不足之處,即認定好問評陶詩,多著重於詩人之創作方法與藝術風格,乃藉以反映好問之審美思想,及其詩論「清澹雅正」之觀點,而對淵明之思想、情操、作品之情韻,尤其淵明詩長於意境之高妙處,皆不見有所提及云云。此種論點,表面上看,似乎言之有理,然再三深思,卻亦未必。蓋如前節所論,論詩詩

本有其先天之缺點，即受字數、押韻之限制，無法如散文，可以暢所欲言，尤其欲藉評某一位名詩人之人品或詩品，而達評語得當，又須兼文辭優美，更是戞戞其難。

幸而好問才情甚高，其對淵明之生平、際遇、詩作及歷來評陶評語或論述，均極熟悉，因之其以絕句形式評陶詩品是「一語天然」，方能「萬古新」，可謂重點突出，由詩品兼涉及人品是「豪華落盡」，方能「見真淳」，其為人之情操，及其詩品之情趣、理趣、意境，已有所寄寓，盡在其中。最後再返回評陶之人品，以其雖退隱歸耕，時代則由晉易宋，不過淵明之性格，如前所論有其「和諧靜穆」之一面，亦有其「金剛怒目」之另一面，淵明實際對外界亂局、百姓疾苦，不時在關心，尤其易代之事，並非如某些隱士，是事不關己，不聞不問，淵明卻是有所悲憤，如前所論證，則評陶絕句末句：「未害淵明是晉人」，更見切中肯綮，一針見血。

好問〈論詩三十首〉，嘆正體淹沒，風雅不振，乃以復古為己任，其選陶淵明為「正體」之代表人物，可謂高明，將文學批評與文學創作合一，既評詩品，又評人品，詩品與人品合一，正是好問平素之見解，如好問好友李治為《遺山集》作序，並引申其言云：

> 君嘗言：人品實居才學、氣識之上。吾因君言，亦嘗謂天下之事皆有品，繪事、圍棋，技之末也，或一筆之奇，一著之妙，固有終身北面而不能寸進者，彼非志之不篤，習之不專也，直其品不同耳。如君之品，今代幾人？[66]

---

66 按李治之名，各書多作「冶」，據孫德謙：《金史藝文略》「敬齋古今注條目」下有注云：「……嗚呼，其學術如是，其操履又如是，何後人不察，謬改其名，呼治為冶。」又況周頤：《蕙風詞話》云：「按李治元史有傳，作李冶，後人遂多沿其誤。元遺山為治父通撰寄庵先生墓碑，子男三人，長澈次治滋，遺山與仁卿時唱和，斷

另楊叔能〈小亨集引〉，錄有好問之序云：

> 故由心而誠，由誠而言，由言而詩也，三者相為一。情動于中
> 而形于言，言發乎邇而見乎遠。同聲相應，同氣相求，雖小夫
> 賤婦，孤臣孽子之感諷，皆可以厚人倫、美教化，無它道也。
> 故曰不誠無物。……今古一我，無為薄惡所移，無為正人端士
> 所不道。信斯言也，予詩其庶幾乎？[67]

由以上所引，知好問是注重人品的，因之其論詩，亦期盼人品與
詩品能夠合一而論，好問對其所尊崇之陶淵明，適可作其詩論主張
之人物最佳範例，其〈論詩三十首〉自是將此觀點，撰述評陶絕句。
而評陶絕句，個人判定，正是恰如其分，語語中的，詩句優美，饒有
餘韻。

## （二）評謝靈運再評

元遺山〈論詩三十首〉中，涉及謝靈運者，有下列第二十、二十
九首詩句：

> 謝客風容映古今，發源誰似柳州深。朱絃一拂遺音在，卻是當
> 年寂寞心。
> 池塘春草謝家春，萬古千秋五字新。傳語閉門陳正字，可憐無
> 補費精神。

---

不至誤書其名，自較史傳為可據，蘇天爵《元名臣事略》亦作治，不作冶」，元人
修史何以誤治為冶，原因難詳，或與遺山同在謗議之列歟？以上乃據續琨：《元遺
山研究》一書所引錄，〈第五章　遺山之師友淵源〉，註九語，見該書頁55。
67 參見《元好問全集》，卷第三十六，楊叔能：〈小亨集引〉，頁38。

此二首詩雖涉及謝靈運，然並非專評謝靈運。此二首詩，其評詩方式，是如前節所謂之「追源溯流」與「比較同異」法。前者意謂謝靈運詩（按：謝靈運生下至四歲時，被送往錢塘杜治家養之，十五方還都，故名客兒），風神容態，照映古今。而後代詩人，有誰能像柳宗元淵源於靈運，且卓然有成？柳詩之妙，正如清廟中的瑟，朱絃一拂之下，令人唱嘆之餘音，尚宛然存在。惜謝柳二位詩人，雖夙負才名，卻始終不得志，亦皆放情山水，同寫山水詩，詩亦皆表達寂寞不遇之心情。後者意謂謝靈運「池塘生春草」（〈登池上樓〉）詩句，寫出謝公池之春臨景象，而此五字，清新自然，妙契天工，故有口皆碑，萬古千秋流傳，光景常新。因之可寄語閉門覓句，雕琢字句之陳師道，如此之苦思苦吟，正如王安石所言於為詩之道無補，只是徒費精神，確實可憐。以下再分三項論之：

## 1　元好問賞謝、譽謝之事證

好問對謝靈運詩，向來情有獨鍾，其對靈運詩，屬清新自然之作，每每有所贊譽，如下列：

> 謝公每見皆名語，白傳相看只故情（〈別王使君丈從之〉）。
> 金粟崗頭有髮僧，遙知默坐對龕燈。書郵但覺浮沈久，詩卷何緣唱和曾。白日放歌須縱酒，清朝有味是無能。相逢定有池塘句，藥裏關心恐未應（〈和白樞判〉）。
> 坎井鳴蛙自一天，江山放眼更超然。情知春草池塘句，不到柴煙糞火邊（〈論詩三首〉之一）。

自上引好問詩句可知，謝靈運「池塘生春草，園柳變鳴禽」（〈登池上樓〉）二句，為靈運千古不朽之名句，可謂不假雕琢，自然清

新，此與好問詩論之主張相同，自然為好問取來作為例證，而大加稱揚，以針砭當代詩家之雕琢刻畫，一味因襲，毫無新創之弊病。

　　不過靈運詩句，如上述「池塘」二句之自然天成者，其實極為罕見，以其處於當代駢文儷句，雕琢鼎盛之時，作者無不盡情恣意於外在之華美，而忽視於內在之感情、意境之表露，誠如《文心雕龍·明詩》云：

> 宋初文詠，體有因革，莊老告退，而山水方滋，儷采百字之偶，爭價一句之奇，情必極貌以寫物，辭必窮力而追新，此近世之所競也[68]。

　　當日時代風氣，既如此極盡儷偶爭奇，極貌寫物，窮力追新之能事，斯時為「元嘉之雄」（鍾嶸《詩品序》）之靈運，豈能不受其薰染、影響？鑪錘之功，不遺餘力，自是當然耳，歷來評家，即有以下之評斷，如：

> 謝靈運，才高詞盛，富豔難蹤（鍾嶸《詩品序》）[69]。
> 謝康樂一字百煉乃出冶（劉克莊《江西詩派小序》）[70]。
> 五言至靈運，雕刻極矣。……自然者十之一，而雕刻者十之九（許學夷《詩源辯體》[71]。

---

68 劉勰著、范文瀾注、黃叔琳校：《文心雕龍注》（臺北：開明書店，1968年7月臺六版發行），卷二〈明詩〉，頁2。
69 鍾嶸著、汪中選注：《詩品序》（臺北：正中書局，1982年9月臺八版），頁13。
70 顧紹柏：《謝靈運集校注》（鄭州：中州古籍出版社，1987年8月第1版），〈附錄五〉，〈評叢〉，錄宋·劉克莊《江西詩派小序》語，頁489。
71 許學夷：《詩源辯體》（北京：人民文學出版社，1987年10月第1版），卷七，頁109。

　　謝靈運天質奇麗，運思精鑿，雖格體創變，是潘、陸之餘法
也，其雅縟乃過之（王世貞《藝苑巵言》）[72]。

　　謝公造句極巧，而出之不覺，但見其渾成，巧之至也；以人巧
造天工（方東樹《昭昧詹言》）[73]。

　　靈運詩，尚辭采，重濃豔，錘鍊精工，極慘澹經營之至。由上舉
歷代評家之評語可知，似乎靈運因雕琢過分，不免為評家評為「詞
躓」、「繁蕪」、「滯累」，不過亦有評家自時代因素、審美情趣，別具
眼光，給予較正面之評價，如下列：

　　若人興多才高，寓目輒書，內無乏思，外無遺物，其繁富宜
哉！然名章迥句，處處間起，麗典新聲，絡繹奔會（鍾嶸《詩
品》）[74]。

　　謝五言如初發芙蓉，自然可愛（《南史·顏延之傳》）[75]。

　　靈運以麗情密藻，發其胸中奇秀，有骨有韵，有色有香，時有
字句滯累，即從彼法中帶來（鍾惺《古詩歸》）[76]。

　　謝康樂靈襟秀色，挺自天成。清貴之氣，抗出塵表（陸時雍
《古詩鏡》）[77]。

　　詩冠江左，世推富豔，以予觀之，吐言天拔，政由素心獨絕耳

---

72　顧紹柏：《謝靈運集校注》，〈附錄五〉，〈評叢〉，錄王世貞：《藝苑巵言》語，頁500。

73　方東樹：《昭昧詹言》（臺北：漢京文化公司，1985年9月初版），卷五〈大謝〉，頁
　　133。

74　顧紹柏：《謝靈運集校注》，〈附錄五〉，〈評叢〉，錄鍾嶸：《詩品》語，頁477。

75　顧紹柏：《謝靈運集校注》，〈附錄五〉，〈評叢〉，錄《南史·顏延之傳》語，頁475。

76　黃明等編：《魏晉南北朝詩精品》（上海：上海社會科學院出版社，1995年6月第1
　　版），〈謝靈運詩匯評〉，頁223。

77　黃明等編：《魏晉南北朝詩精品》，〈謝靈運詩匯評〉，錄陸時勇：《古詩鏡》語，頁
　　224。

（張溥《漢魏六朝百三名家集・謝康樂集題辭》）[78]。

評家評其「自然可愛」、「發其胸中奇秀」、「挺自天成」、「吐言天拔」等，《詩品》亦引湯惠休云：「謝詩如芙蓉出水」。而與靈運時代接近之鮑照眼中，靈運詩是「如初發芙蓉，自然可愛」，而後世亦評其詩是「素心獨絕」等，均足證靈運詩，在古代某些評家中，頗受肯定，認定靈運詩，確有其清新自然之作，如「池塘生春草，園柳變鳴禽」（〈登池上樓〉）是，今值得再進一步探討者，是為何好問獨獨以此二句讚美靈運？而歷代評家，又是如何來評論此二句？

## 2 元好問評謝詩句意涵

好問在〈論詩三十首〉中評大謝詩是「風容映古今」，是「池塘春草謝家春，萬古千秋五字新」，正如前所論斷，好問既遍覽「百家之書」，又歷覽歷代詩人之作，而「知古人之淵源」，必定了解歷代評家對靈運「池塘生春草」詩句之讚美，因之好問亦起共鳴，同樣是讚頌靈運在山水詩句之描述上，充滿詩情畫意，尤其欣賞其吐言天成之詩句。

所謂「風容」，即指風神、風姿，容止、容態，完全是就其外在之風采、風致而言。不可否認，正如前節所論，靈運之創作，向來刻意經營，講求技巧，字斟句酌，苦心琢磨，以人巧代天工，不斷別出心裁，難免予人認為雕縟過分，而有匠氣、滯晦之病，實際依其主觀追求而言，其語言藝術，實有意返璞歸真，追求清新自然，誠如其〈山居賦〉云：「去飾取素，儻值其心」，亦如明・王世貞〈讀書後〉云：

---

78 顧紹柏：《謝靈運集校注》，〈附錄五〉，〈評叢〉，錄張溥：《漢魏六朝百三名家集・謝康樂集題辭》，頁509。

　　余始讀謝靈運詩，初甚不能入，既入而漸愛之，以至于不能釋
手。其體雖或近俳，而其意有似合掌者，然至穠麗之極，而反
若平淡，琢磨之極，而更似天然，則非餘子所可及也[79]。

　　王氏始讀靈運詩，「初甚不能入」，一如鍾嶸最初接觸靈運詩一
樣，難以令人接納，以致鍾嶸初評為「繁蕪為累」，而後漸漸領悟其
創作手法後，知靈運詩不失為氣魄恢宏，典雅富麗，卻又細緻生動，
清新自然，而改評為「內無乏思，外無遺物，其繁富宜哉」（《詩
品》），以其雖在精雕細琢，實際乃在追求自然清新之本質特色，此即
前所引王氏所謂「穠麗之極，而反若平淡，琢磨之極，而更似天然」
（〈讀書後〉）。宜某些評家莫不予以肯定，沈德潛即云：「謝詩經營，
而反於自然，不可及處，在新在俊」（《說詩晬語》）[80]，方東樹亦評
道：「其文法至深，頗不易識。其造句天然渾成，興象不可思議執
著，均非他家所及」（《昭昧詹言》）[81]是矣。
　　亦因靈運乃是雕琢而反求自然，故亦創作出某些名篇，如〈過始
寧墅〉、〈于南山往北山經湖中瞻眺〉、〈石壁精舍還湖中作〉等，且亦
創作出不少膾炙人口、人人交讚之名句，如：「白雲抱幽石，綠篠媚
清漣」（〈過始寧墅〉），「昏旦變氣候，山水含清暉。清暉能娛人，游
子憺忘歸」（〈石壁精舍還湖中作〉），「池塘生春草，園柳變鳴禽」
（〈登池上樓〉）等，有此「天然渾成」之佳句，有此自然清新之美好
風姿，符合「新」、「俊」之特質，始能映照古今，為歷代詩人才士所
共同讚賞。

---

79 顧紹柏：《謝靈運集校注》，〈附錄五〉，〈評叢〉，錄王世貞：《藝苑巵言》語，頁501。
80 顧紹柏：《謝靈運集校注》，〈附錄五〉，〈評叢〉，錄沈德潛：《說詩晬語》語，頁520。
81 按以上沈德潛、方東樹評謝靈運語，參見顧紹柏校注：《謝靈運集校注》（臺北：里
　　仁書局，2004年4月初版），〈附錄五〉，〈評彙〉，頁699、710。

尤其「池塘生春草，園柳變鳴禽」（〈登池上樓〉）二語，更是代
代傳誦，佳評連連，如下列：

> 「池塘生春草，園柳變鳴禽」，世多不解此語為工，蓋欲以奇
> 求之耳。此語之工，正在無所用意，猝然與景相遇，借以成
> 章，不假繩削，故非常情所能到（葉夢得《石林詩話》）[82]。
> 「池塘生春草」，造語天然，清景可畫，有聲有色，乃是六朝
> 家數（謝榛《四溟詩話》）[83]。
> 「池塘」句自是神工，「生」字與「變」字同旨，均為候移之
> 感，而「生」字以自然較勝，此非晉、宋人能辦[84]（陳祚明《采
> 菽堂古詩選》）。
> 「池塘」一聯，兼寓比托，合首尾咀之，文外重旨隱躍。又
> 云：「池塘」一聯，驚心節物，乃爾清綺，惟病起即目，故千
> 載常新（何焯《義門讀書記》）[85]。

才情極高，感情豐富之謝靈運，對自然界之種種變化，向來十分
敏感，感受亦極為細膩，尤其心「常懷憤憤」（《宋書》本傳），懷才
不遇，致在永嘉任所池上樓，「臥痾對空林」（〈登池上樓〉）之時，暫
忘不快，登樓目眺，或傾耳聆聽，突然發覺節候已有所變化，寒冬已
逝，大地春回，不禁使其對自然界之各種景物變化，產生複雜之感

---

82 黃明等編：《魏晉南北朝詩精品》，〈謝靈運詩匯評〉，錄葉夢得：《石林詩話》語，
　　頁231。

83 黃明等編：《魏晉南北朝詩精品》，〈謝靈運詩匯評〉，錄謝榛：《四溟詩話》語，頁
　　232。

84 黃明等編：《魏晉南北朝詩精品》，〈謝靈運詩匯評〉，錄陳祚明：《采菽堂古詩選》
　　語，頁233。

85 黃明等編：《魏晉南北朝詩精品》，〈謝靈運詩匯評〉，錄何焯：《義門讀書記》語，
　　頁233。

受，而領略到景物聲色動靜、各種美景勝境之美，而吟出：「池塘生春草，園柳變鳴禽」之名句，以其未經雕飾，完全是出之自然吞吐，所以為妙，而後來鍾嶸《詩品》據《謝氏家錄》謂靈運每對惠連，輒得佳語，今因苦思，終日而不就，寤寐間忽見惠連，於是即成「池塘生春草」，故嘗云：「此語有神助，非我語也」，此不問其真實或傳聞，靈運此佳句，乃是病起即目，非力非意，可謂「妙手偶得之」，自是能為歷代評家所讚賞，而「千載常新」。

　　不過有所補述者，是要非靈運有其深厚之審美素養與審美情趣，否則其豈能在病起登樓，游目觀賞時，即能吟出如此傳誦千古之佳句？明・胡應麟云：「靈運諸佳句，多出深思苦索，如『清暉能娛人』之類，雖非鍛煉而成，要皆真積所致，此（指「池塘」句）卻率然信口，故自謂奇」（《詩藪・外編》）[86]，所見確實獨到。

　　再進而論之，好問〈論詩三十首〉之二十首，乃好問論詩有清澹雅正之格，為詩正體中天然主流之一宗，自靈運創之，繼承者為柳宗元，故此章實際以柳宗元為主，而追溯其源流為大謝，將兩家合成一首，即所謂合論以見源流之例，亦屬「追源溯流」之例，且加以「比較同異」。另柳宗元之田園詩，頗類陶詩，其山水詩則近大謝，溯其源流，則遙接靈運，宜清・查慎行評云：「以柳州接康樂，千古特識」（《初白庵詩評》），翁方綱亦云：「柳詩繼謝之注，至此發之」（《石洲詩話》卷七）。又云：「蓋陶、謝體格，並高出六朝，而以天然閑適者歸之陶，以蘊釀神秀（按：指「風容」二字言）者歸之謝，此所以為『初日芙蓉』，他家莫及也」（《石洲詩話》卷七）[87]。

---

86 黃明等編：《魏晉南北朝詩精品》，〈謝靈運詩匯評〉，錄胡應麟：《詩藪・外編》語，頁232。

87 郭紹虞編：《清詩話續編》（臺北：木鐸出版社，1973年12月初版），錄翁方綱：《石洲詩話》，卷七〈元遺山論詩三十首〉評語，頁1496。

　　謝、柳二人，雖同秉才情，然始終不為當道所賞識，最後皆放情於山水，同具寂寞之心境，宜靈運有詩云：「昔余遊京華，未嘗廢丘壑。矧乃歸山川，心跡雙寂寞」（〈齋中讀書〉）。

　　至於〈論詩三十首〉之二十九首，亦非專論謝靈運，乃是以謝詩之清新自然，來與陳師道之雕琢苦吟相比對，以裁斷陳師道之失，屬「正偽互形中以正形偽之例」[88]，因之既舉「陳正字」，則亦屬專論之例，主要論后山之失，不過亦能直接顯示靈運詩：「池塘生春草」（〈登池上樓〉），自然清新之可貴與難得矣。

## 3　元好問評謝再評

　　好問對陶、謝之文采風流，本頗為賞識厚愛，因之在詩文中，即常將「陶謝」並舉，如云：「五言以來，六朝之謝陶」（〈東坡詩雅引〉）、「中間陶與謝，下逮韋柳止」（〈別李周卿三首〉）、「陶謝風流到百家，半山老眼淨無花」（〈自題中州集後五首〉），在〈論詩三十首〉中，已先專評陶淵明，今為舉正體以裁偽體，主張天然之重要，以論斷削之失，特再引靈運具天然特質之名句，以與后山相比，故主要仍在論后山，一如二十首主要論柳宗元，而溯源及於靈運。

　　故第二十、二十九兩章，既非專論靈運，則其對靈運之詩評，可能被評為偏頗與片斷，蓋靈運詩，工於形似，大多排儷，而以富豔精工擅場，惟依上節個人詮釋好問評謝詩句意涵，可知靈運實亦在追求清新自然之本質。宋‧魏慶之即云：「李白云：『清水出芙蓉，天然去雕飾。平淡而到天然處，則善矣』[89]。亦如前所引：「琢磨之極，而更

---

88　王禮卿師《遺山論詩詮證》（臺北：中華叢書編審委員會出版，1976年4月印行），頁190。
89　魏慶之：《詩人玉屑》（臺北：九思出版公司，1978年11月臺1版），卷十〈平淡〉，頁218。

似天然」（王世貞〈讀書後〉）、「謝詩經營，而反於自然」（沈德潛《說詩晬語》）是，而靈運確實有人人一致稱頌，符合清新自然之詩句，以其聲播遠近，千載常新，好問自可遣用，惟吾人宜求更深一層之含意才是。

　　吾人宜再深入探求者，是好問何以舉謝而不舉陶？陶淵明之詩句，豈不更具天然之本色？以好問論詩絕句，悉以絕句形式呈現，絕不可能將其舉謝之理由說明，則好問之舉謝，必有其依據在，若不詳加推敲，則好問舉謝之微旨，可能即湮沒不明，如此好問之苦心孤詣，亦無人能了解，則其所撰論詩絕句，豈不更為人所詬病？實際好問之舉謝，有其考量，王禮卿師曾加分析云：

　　　　今乃不舉陶而舉謝者，以陶直造天然，絕無鑪錘之跡，非江西詩派之所循躡，亦非其所能仰企。而謝詩鍛鍊深至，以秀澀見功，本極人巧，而轉天工，第覺其妙契天然，渾忘其峭刻之力。山谷即希心大謝，由慘澹經營，進至天然去雕飾之境，故刻意為之，雖華妙不及，而精深則有得，期以此詣為歸。降及江西門下，但矜功力，而無能妙返天然。然就人巧觀之，江西與大謝，仍有遙相髣髴之緒。故舉謝詩之天然，而形后山之斷削也。抑此舉大謝，而特引池塘春草之句者，以其為謝詩中純屬天然之語，尤出人巧造天工之上[90]。

　　依上引王禮卿師之分析，可知好問舉謝不舉陶，可謂經深思熟慮而行，而非不經意行之，歸納其意，可知：
　　（1）謝詩乃經鍛鍊，而極人巧轉天工，與陶之直造天然有別。

---

90　王禮卿師：《遺山論詩詮證》，頁193、194。

（2）山谷本就希心大謝，由慘澹經營，進而至天然去雕飾之境，兩者有其類似之創作理念與創作過程。（3）惜江西門下，但矜功力，而無能妙返天然，故特舉謝詩中之天然語，以比較與顯現出后山之斲削。（4）大謝「池塘春草」之詩句，為大謝詩句中純屬天然之語，尤其更可作為超越人巧造天工之上之典範。

個人以為好問舉靈運詩：「池塘生春草」句，作好問詩論主清澹雅正、天成自得之最佳範例，實具真知灼見、眼光獨到。蓋「池塘生春草」詩句，為好問所擇取大謝詩中純屬天然之語，個人歸納歷代評家之高見，及個人研讀心得，以為其深受好評之原因，亦其雋永有味處，是：（1）不強用典。（2）非存心有意去遊賞。（3）非經雕琢工夫，而是純由天然。（4）清景可畫，有聲有色。（5）字句自然，情韻生動。（6）動靜相襯，具靜謐流動之美。（7）句意隱現勃然生機，予人啟示甚多。

總之，依個人上述據好問論詩絕句評陶謝，再予以評議，如前個人所論，以詩作論本有其短處，表面上好問論詩之絕句，似了無新意，其所撰詩句，多因襲前人之陳意陳言，改以詩語出之，俏皮似有餘，創意顯然不足，不過好問能綜合前人之卓識、定評，又能扣住所選評之歷代詩人之名句，已予人耳目一新。正如宋・胡仔《苕溪漁隱叢話》中所主張，是詩人要有詩藝修養，故提出要煉字，有一、二字工夫，即凡是以詩名世者，應該有膾炙人口之一句，或一聯或一篇才好。[91]好問論詩絕句評陶、謝詩句，正符合胡仔之主張，而使好問論詩絕句評陶謝之詩句，為後代文人書生，因其易於上口，容易記誦，而時加引用，均足以見出因其造語新穎，語亦中肯，使好問在詩名之外，更因而別有所獲，此恐是好問生前所料想不及者。

---

91 蔣祖怡等編：《中國詩話辭典》（北京：北京出版社，1996年1月第1版），錄近人周偉濂所撰：簡介宋・胡仔《苕溪漁隱叢話》之一段重要內容評述，參見該書，頁302。

## 四 結語

　　好問〈論詩三十首〉，是其在二十八歲，正當青春鼎盛時所撰，有其創作之「外緣」與「內因」，當然乃是繼杜甫〈戲為六絕句〉而作，且擴充為三十首絕句之組詩體形式加以呈現，深信其並非以遊戲筆墨之心態寫作，否則亦不必以「詩中疏鑿手」自居矣。而其個人詩學造詣之深，識力之高，持論之嚴，則可以想見。其撰述最可稱道之因緣，除〈論詩三十首〉首章所揭示之宗旨，是明示欲以詩之正體而裁偽體，以糾正當代詩壇之頹風外，即是自身自省自覺，發憤圖強，以承接「正統」，爭取「正統」自命，而維護詩歌「親風雅」之傳統，進而確立金代文學繼往開來，使「唐宋文派乃得正傳」（〈閑閑公墓銘〉）之歷史地位，甚至進而開啟元代文學之新局面，宜清・顧嗣立《寒廳詩話》述及元代詩派云：

　　　　元詩承宋、金之季，西北倡自元遺山（好問），而郝陵川（經）、劉靜修（因）之徒繼之，至中統、至元而大盛。然麤豪之習，時所不免。東南倡自趙松雪（孟頫）、而袁清容（桷）、鄧善之（文原）、貢雲林（奎）輩從而和之，時際承平，盡洗宋、金餘習，而詩學為之一變[92]。

　　可見當代之趙孟頫，實遠不及好問，在金入元後，其個人雖不入仕，然其著述及文學理論與主張，則已傳遍於文壇。而在野之文人，如郝經、劉因等亦能受其拔擢與繼述其學，均見其對元代詩學之發展，產生極大之影響，好問可謂功不可沒。

---

[92] 王夫之等撰、丁福保編：《清詩話》（臺北：明倫出版社，1971年12月初版），錄顧嗣立：《寒廳詩話》語，頁83。

　　另者其以詩作論，將上至漢魏，下逮唐宋之世代詩風，翹楚詩人名家，綜合前人論詩之精識卓見，以意味雋永，形象生動之語言，加以創作，雖所評之歷代詩人，有得有失，時有爭論，結構亦難言綱舉目張，架構嚴謹，而予體大思精、皇皇巨著之美譽，惟其成功之處，當是將文學藝術與詩歌理論相結合，且妙用高明之修辭技巧，如對比、比喻、引用、誇張、襯映、諷刺等手法，加以品第，加以褒貶，使之原屬嚴肅、刻板之詩論，驟變為語言流暢，詩趣盎然之詩作，令人玩味。

　　詩人作詩「本於心」，而論詩家作詩評詩，亦當「本於心」，此即所謂「真」與「誠」，遺山論詩，以「真」情「誠」意，溫柔敦厚，接近風雅為準則，因之重真淳自然，雄奇豪邁之風格，於柔媚靡麗、雕琢偽飾者，則予以鄙棄，尤厭標榜門戶，拾人唾餘，惟論者或議其有門戶之見，貴賤之見或南北之見者，此均非事實，近人已有所駁正，此處不贅[93]，好問胸襟廣闊，誠如家鉉翁於〈題中州詩集後〉云：

> 廣矣哉！元子之用心也。夫生於中原，而視九州之人物，猶吾同國之人，生於數十百年後，而視數十百年前人物，猶吾生並世之人。片言一善，殘編佚詩，搜訪惟恐其不能盡。余於是知元子胸懷卓犖，過人遠甚。彼小智自私者，同室藩籬，一家爾汝，視元子之大度偉識，瀴涬下風矣。嗚呼！若元子者，可謂天下士矣。

　　好問之「大度偉識」，視上引家鉉翁之敘言可知，近人郭紹虞曾對此問題，有所作結，於《中國文學批評史》云：

---

93 續琨：《元遺山研究》（臺北：中華書局，1974年2月初版），頁178-183。

所以我們只須說明他的論詩主張，不必看他有無寄託，即使說他有些偏見，也是他論詩主張中所應有的話[94]。

　　郭氏所言良然。而個人於前節舉好問〈論詩三十首〉中，特以其評議陶謝絕句為例，予以再評，既探其評議之背景，復詮釋其評陶謝詩句之意涵，又評其評議陶謝之詩句，以為好問詩句，雖寥寥數語，卻言之切中，評無虛發，尤其言簡意賅，語言精采，易記易誦，引人入勝，足見好問之慧眼獨到，善於取材，亦見好問創作論詩詩之功力不凡，使其評陶謝之絕句，至今千載常新，萬古流傳，則其被譽為「一代宗工」（《金史‧文藝傳》），又自評為「詩中柱天手」（〈別李周卿〉），可謂實至名歸矣。

---

94 郭紹虞：《中國文學批評史》（臺北：明倫出版社，1970年11月初版），〈四九　元好問論詩絕句〉，頁260。

# 引用書目

## 一　傳統文獻

漢・毛亨傳、鄭玄箋、唐・孔穎達疏：《毛詩正義》，《十三經注疏》
　　　（臺北：藝文印書館，1981年1月8版）。

漢・孔安國傳、唐・孔穎達等：《尚書正義》，《十三經注疏》（臺北：
　　　藝文印書館，1981年1月初版）。

漢・毛亨傳、鄭玄箋、唐・孔穎達疏：《毛詩正義》，《十三經注疏》
　　　（臺北：藝文印書館，1981年1月8版）。

漢・鄭玄箋、唐・孔穎達疏：《禮記注疏》，《十三經注疏》（臺北：藝
　　　文印書館，1981年1月8版）。

漢・王充：《論衡》（外十一種），《欽定四庫全書》（上海：上海古籍
　　　出版社，1992年7月第1版）。

魏・曹丕著、夏傳才、唐紹忠校注：《曹丕集校注》（鄭州：中州古籍
　　　出版社，1992年10月第1版）。

魏・酈道元撰、清・戴震校：《水經注》（臺北：世界書局，1980年5
　　　月5版）。

魏・嵇康：《嵇中散集》，收入明・張溥輯：《漢魏六朝百三名家集》。

晉・郭璞注、宋・邢昺疏：《爾雅注疏》，《十三經注疏》（臺北：藝文
　　　印書館，1981年1月8版）。

晉・陳壽撰、宋・裴松之注、民國・盧弼集解：《三國志集解》（臺
　　　北：新文豐出版公司，1975年3月出版）。

晉‧葛洪：《抱朴子內篇》（北京：中華書局，1988年7月北京第3次印刷）。

晉‧陸機著、張少康集釋：《文賦集釋》（北京：人民文學出版社，2005年12月第2次印刷）。

晉‧潘岳：〈秋菊賦〉，載明‧張溥輯：《漢魏六朝百三名家集》，《潘黃門集》內。

晉‧傅玄：〈菊賦〉，載明‧張溥輯：《漢魏六朝百三名家集》，《傅鶉觚集》內。

南朝宋‧謝靈運撰、清‧黃節注：《謝康樂詩注》（臺北：藝文印書館。1987年10月4版）。

南朝宋‧謝靈運撰、顧紹柏校注：《謝靈運集校注》（鄭州：中州古籍出版社，1987年8月第1版）。

南朝宋‧謝靈運撰，李運富編注：《謝靈運集》（長沙：岳麓書社，1999年8月第1版）。

南朝宋‧謝靈運撰、顧紹柏校注：《謝靈運集校注》（臺北：里仁書局。2004年4月30日初版）。

南朝宋‧劉義慶撰、楊勇校箋：《世說新語校箋》（臺北：明倫出版社。1970年9月初版）。

南朝宋‧宗炳：〈畫山水序〉，載潘運告編：《漢魏六朝書畫論》（長沙：湖南美術出版社，1997年4月第1版）。

南朝宋‧顏延之：〈陶徵士誄〉，載《陶淵明研究資料彙編》內。

梁‧劉勰撰、范文瀾注：《文心雕龍注》（臺北：臺灣開明書店，1968年7月臺六版發行）。

梁‧鍾嶸著、汪中選注：《詩品注》（臺北：正中書局，1982年9月臺8版）。

梁‧鍾嶸著、曹旭集注：《詩品集注》（上海：上海古籍出版社，1994年10月第1版）。

梁‧宗懍：《荊楚歲時記》，《南方草木狀》（外十二種）（欽定《四庫
　　　全書》），（史部）（上海：上海古籍出版社，1993年12月第1
　　　版）。

梁‧沈約：《宋書》（臺北：藝文印書館，據清乾隆武英殿刊本景印，
　　　1957年版）。

梁‧沈約：《宋書》（臺北：新文豐出版公司，1975年10月初版）。

梁‧蕭子顯：《南齊書》（臺北：藝文印書館，據清乾隆武英殿刊本景
　　　印，1956年版）。

梁‧釋僧祐：《弘明集》（臺北：商務印書館，影印《四部叢刊正
　　　編》，1979年版）。

梁‧釋慧皎撰、湯用彤校注：《高僧傳》（北京：中華書局，1992年10
　　　月第1版）。

梁‧蕭統：《昭明文選》（臺北：啟明書局，1950年10月初版）。

梁‧蕭統：〈陶淵明集序〉，載《陶淵明研究資料彙編》內。

梁‧陶弘景：〈答謝中書書〉，載郭預衡主編、熊憲光選注：《漢魏六
　　　朝散文選注》（長沙：岳麓書社，1998年8月第1版）。

梁‧裴子野：〈雕蟲論〉，收入《中國歷代文論選》內。

陳‧陰鏗：〈賦詠得神仙詩〉，載逯欽立輯校《先秦漢魏晉南北朝詩》
　　　內。

六朝‧見素子著：《洞仙傳》，嚴一萍編：《道教研究史料》第一輯
　　　（臺北：藝文印書館，1991年）。

唐‧房玄齡等撰、清‧吳士鑑、劉承幹同注：《晉書斠注》（臺北：藝
　　　文印書館，據清乾隆武英殿刊本景印，1957年版）。

唐‧房玄齡等撰、清‧吳士鑑、劉承幹同注：《晉書斠注》（臺北：新
　　　文豐出版公司，1975年6月初版）。

唐‧姚思廉：《陳書》（臺北：藝文印書館，據清乾隆武英殿刊本景
　　　印，1956年版）。

唐・李延壽：《南史》（臺北：藝文印書館，據清乾隆武英殿刊本景
　　　印，1956年版）。

唐・釋道宣：《廣弘明集》，《四部叢刊》（臺北：臺灣商務印書館影
　　　印，1979年11月出版）。

唐・王昌齡：《詩格》，載吳調公主編：《文學美學卷》（南京：江蘇美
　　　術出版社，1990年6月第1版）。

唐・皎然撰、李壯鷹校注：《詩式校注》（濟南：齊魯書社，1987年7
　　　月第2次印刷）。

唐・皎然著、周維德校注：《詩式校注》（杭州：浙江古籍出版社，
　　　1993年10月第1版）。

唐・玄奘譯、韓廷傑校釋：《成唯識論校釋》（北京：中華書局，1989
　　　年9月初版）。

唐・孟詵著、鄭金生、張同君譯注：《食療本草》（上海：上海古籍出
　　　版社，1992年3月初版）。

唐・孫思邈：《千金方》，載孟詵著：《食療本草》內。

唐・歐陽詢等：《藝文類聚》（日本京都：中文出版社，1980年出版）。

唐・徐堅：《初學記》（臺北：新興書局，1966年5月新1版）。

唐・韋莊：《又玄集》，收入《三曹資料彙編》內。

宋・朱熹：《四書集註》（臺北：世界書局，1952年7月臺1版）。

宋・李昉等編著：《太平御覽》（臺北：臺灣商務印書館，1980年6月
　　　臺4版）。

宋・釋普濟：《五燈會元》（臺北：文津出版社，1986年出版）。

宋・嚴羽著、郭紹虞校釋：《滄浪詩話校釋》（臺北：河洛圖書出版
　　　社，1979年12月1日再版）。

宋・李公煥箋注：《箋註陶淵明集》（臺北：中央圖書館，1991年2月出
　　　版）。

宋‧司馬光：《資治通鑑》（臺北：洪氏出版社，1980年10月修訂）。

宋‧蘇軾：〈書李簡夫詩集後〉載《陶淵明研究資料彙編》內。

宋‧范晞文：《對床夜語》，收入《三曹資料彙編》內。

宋‧張戒：《歲寒堂詩話》，收入《三曹資料彙編》內。

宋‧牟巘：《陵陽集》，〈跋意山圖〉，收入《讀陶淵明札記》內。

宋‧嚴羽著、郭紹虞校釋：《滄浪詩話校釋》（臺北：河洛圖書出版
　　　　社，1979年12月再版）。亦收入《三曹資料彙編》內。

宋‧張舜民：《畫墁集》，〈跋百之詩畫〉，載賈文昭主編：《中國古代文
　　　　論類編》（上）（福州：海峽文藝出版社，1990年12月第1版）。

宋‧黃庭堅：《豫章黃先生文集》，〈書淵明責子詩後〉，載《陶淵明研
　　　　究資料彙編》，《陶淵明詩文彙評》內。

宋‧包恢：《敝帚稿略》，〈答曾子華論詩〉，載吳調公主編：《文學美
　　　　學卷》內。

宋‧蔡啟：〈陶詩異文‧詩重自然〉，載《陶淵明研究資料彙編》內。

元‧劉履：《選詩補注》，收入《三曹資料彙編》內。

元‧楊維楨：《東維子文集》，收入《古典詩論集要》內。

元‧方回：《文選顏鮑謝詩評》（上海：上海古籍出版社，1993年8月
　　　　第1版）。

明‧商濬編：《稗海》（臺北：新興書局，1968年10月出版）。

明‧朱棣集注：《金剛經集注》（臺北：文津出版社，1986年7月出
　　　　版）。

明‧明成祖纂輯，夏蓮居會集：《金剛經百家集註大成》（臺北：普門
　　　　文庫，1982年5月出版）。

明‧洪自誠原著、齊時賢編著：《菜根譚》（臺南：大夏出版社，1977
　　　　年3月初版）。

明‧張溥輯：《漢魏六朝百三名家集》（臺北：文津出版社，1979年8
　　　　月出版）。

明‧胡應麟:《詩藪》,收在《三曹資料彙編》內。

明‧吳訥:《文章辨體序說》(臺北:長安出版社,1978年12月初版)。

明‧鍾惺、譚元春:《古詩歸》,收在《三曹資料彙編》、《陶淵明詩文
　　　彙評》內。

明‧謝榛:《四溟詩話》,載丁福保輯《歷代詩話續編》(臺北:木鐸
　　　出版社,1983年9月初版)。

明‧陸時雍:《詩鏡總論》,載丁福保輯《歷代詩話續編》(臺北:木
　　　鐸出版社,1983年9月初版)。

明‧李夢陽:《曹子建集十卷本》,收在《三曹資料彙編》內。

明‧許學夷:《詩源辯體》(北京:人民文學出版社,1987年10月第1
　　　版)。

明‧王世貞:《讀書後》,收入顧紹柏校注:《謝靈運集校注》,〈附錄
　　　五〉,〈評論〉。

明‧王世貞:《藝苑卮言》,收入丁福保輯:《歷代詩話續編》內(臺
　　　北:木鐸出版社,1983年9月初版)。

明‧王昌會纂輯:《詩話類編》,收入陳文忠著:《中國古典詩歌接受
　　　史研究》內。

明‧蕭良幹等修、明‧張元汴等纂:《紹興府志》(臺北:成文出版公
　　　司,據明萬曆十五年刊本影印,1983年3月臺一版)。

明‧湯賓尹:《睡庵稿文集》,〈陳汝礪詩序〉,載《古典詩論集要》內。

明‧李楨:〈陳思王集序〉(節錄),載《三曹資料彙編》內。

明‧劉朝箴:〈論陶一則〉,收入《陶淵明研究資料彙編》內。

清‧顧祖禹:《讀史方輿紀要》(臺北:樂天出版社,1973年10月初
　　　版)。

清‧陶澍集注:《靖節先生集》(臺北:河洛圖書出版社,1974年9月
　　　臺影印再版)。

清‧王夫之評選、張國星校點：《古詩評選》（北京：文化藝術出版社，1997年3月第1版）。

清‧王夫之：《唐詩評選》，載《文學美學卷》內。

清‧王夫之等撰、清‧丁福保編：《清詩話》（臺北：明倫出版社。1971年）。

清‧王夫之著、舒蕪校點：《薑齋詩話》（北京：人民文學出版社，2005年12月第3次印刷。臺北：明倫出版社，1971年12月初版）。

清‧王夫之：《船山遺書全集》（臺北：自由出版社，1972年11月重編初版）。

清‧沈德潛：《古詩源》，（北京：中華書局，1993年12月第8次印刷）。

清‧沈德潛：《說詩晬語》（臺北：明倫出版社，1971年）。

清‧劉熙載：《藝概》（臺北：廣文書局，1964年3月初版）。

清‧方東樹：《昭昧詹言》（臺北：漢京文化公司，1985年9月出版）。

清‧方東樹著、汪紹楹校點：《昭昧詹言》（北京：人民文學出版社，2006年1月第4次印刷）。

清‧方東樹：《續昭昧詹言二則》，載《陶淵明研究資料彙編》內。

清‧王先謙：《莊子集解》（臺北：世界書局，1961年4月再版）。

清‧孫星衍輯：《神農本草經》（臺北：臺灣中華書局，據《問經堂刊本校刊》，1979年出版）。

清‧顧炎武：《原抄本日知錄》（臺北：明倫出版社，1970年10月3版）。

清‧丁晏：《曹集詮評》（臺北：商務印書館，1978年10月臺1版）。

清‧吳曾祺：《涵芬樓文談》（臺北：臺灣商務印書館，1968年4月臺2版）。

清‧李重華：《貞一齋詩話》，收在《三曹資料彙編》內。另載《古典詩論集要》內。

清・嚴可均：《全上古三代秦漢三國六朝文》（北京：中華書局，1991
　　　年10月北京第5次印刷）。

清・朱緒曾：《曹集考異》部分，載《三曹資料彙編》內。

清・陳祚明：《采菽堂古詩選》，收入《三曹資料彙編》內。

清・朱乾：《樂府正義》，收入《三曹資料彙編》內。

清・王世懋：《藝圃擷餘》，收入《三曹資料彙編》內。

清・葉燮：《原詩》，載丁福保編：《清詩話》（臺北：明倫出版社，
　　　1971年12月初版）。

清・史震林：《華陽散稿》，〈自序〉，載錢鍾書著，舒蕪選編：《錢鍾
　　　書論學文選》內。

清・寶香山人：《三家詩》，收入《三曹資料彙編》內。

清・吳淇：《六朝選詩定論》，收入《三曹資料彙編》內。

清・吳喬：《圍爐詩話》，收入《三曹資料彙編》內。

清・袁枚：《隨園詩話》，載畢桂發、張連第、漆緒邦主編：《精選歷
　　　代詩話評釋》（鄭州：中州古籍出版社，1988年7月第1版）。

清・板橋老人鄭燮：《鄭板橋全集》（臺北：黎明文化公司，1991年11
　　　月初版）。

清・朱庭珍：《筱園詩話》，收入《古典詩論集要》內。

清・闕名：《靜居緒言》，載郭紹虞編選、富壽蓀校點：《清詩話續編》
　　　（臺北：木鐸出版社，1983年12月初版）。

清・馬璞：《陶詩本義》，載《陶淵明研究資料彙編》，《陶淵明詩文彙
　　　評》內。

清・溫汝能纂集：《陶詩彙評》，載《陶淵明研究資料彙編》，《陶淵明
　　　詩文彙評》內。

清・施山：《望雲詩話一則》，收入《陶淵明研究資料彙編》內。

清・戴明說：《歷代詩家》，載蔡文錦：《陶淵明詩文斠補新解》內。

清・王士禎：《古學千金譜》，《陶淵明研究資料彙編》，《陶淵明詩文彙評》內。

清・喬億：《劍谿說詩》，收入郭紹虞編：《清詩話續編》內。

清・吳雷發：《說詩管蒯》，收入丁福保編：《清詩話》內。

清・汪師韓：《詩學纂聞》，收入丁福保編：《清詩話》內。

清・浦銑：《復小齋賦話》，收入《賦話六種》內。

清・龔自珍：〈雜詩三首・其一〉，《定庵文集補》，《四部叢刊》影印朱氏刊本，收入《陶淵明研究資料彙編》內。

民國・大藏經刊行會編：《大正新修大藏經》（臺北：新文豐出版公司，1983年）。

民國・白雲觀長春真人編纂：《正統道藏》（臺北：新文豐出版公司，1977年）。

## 二 近人論著

### （一）專著與相關著作

北京述學社編：《國學月報彙刊》（臺北：文海出版社，1971年12月影印版）。

河北師範學院中文系古典文學教研組編：《三曹資料彙編》（北京：中華書局，2005年2月北京第3次印刷）。

編輯部：《三曹資料彙編》（臺北：木鐸出版社，1981年10月版）。

梁啟超：《陶淵明》（臺北：商務印書館，1969年1月臺1版）。

古　直：《陶靖節詩箋》（臺北：廣文書局，1969年5月再版）。

蕭望卿：《陶淵明批評》（臺北：臺灣開明書店，1966年7月臺2版發行）。

（日）吉川幸次郎著、李君奭譯：《陶潛》（臺北：專心企業出版社，
　　　1981年10月初版）。

王叔岷：《陶淵明詩箋證稿》（臺北：藝文印書館，1975年1月初版）。

逯欽立校注：《陶淵明集》（北京：中華書局，1995年7月北京第3次印
　　　刷）。

編輯部編：《陶淵明研究資料彙編》（臺北：明倫出版社，1972年4月再
　　　版）。

袁行霈：《陶淵明研究》（北京：北京大學出版社，1997年7月第1版）。

袁行霈：《陶淵明集箋注》（北京：中華書局，2003年4月第1版）。

方祖燊：《陶潛詩箋註校證論評》（臺北：蘭臺書局，1971年10月初
　　　版）。

郭維森、包景誠：《陶淵明集全譯》（貴陽：貴州人民出版社，1992年
　　　9月第1版）。

葉嘉瑩：《陶淵明飲酒詩講錄》（臺北：桂冠圖書公司，2000年2月初
　　　版）。

楊　勇：《陶淵明集校箋》（臺北：正文書局，1987年1月出版）。

蔡文錦：《陶淵明詩文斠補新解》（北京：中國文史出版社，2006年6
　　　月第1版）。

胡不歸：《讀陶淵明集札記》（上海：華東師範大學出版社，2007年5
　　　月第1版）。

陶文鵬選析：《戀戀桃花源──陶淵明作品賞析》（臺北：開今文化公
　　　司，1993年5月初版）。

鄧安生：《陶淵明新探》（臺北：文津出版社，1995年7月初版）。

龔　斌：《陶淵明集校箋》（上海：上海古籍出版社，1996年12月第1
　　　版。臺北：里仁書局，2006年5月30日初版）。

沈振奇：《陶謝詩之比較》（臺北：臺灣學生書局，1968年2月初版）。

陳怡良：《陶淵明之人品與詩品》（臺北：文津出版社，1993年3月初版）。

陳怡良：《陶淵明探新》（臺北：里仁書局，2006年5月30日初版）。

黃節：《漢魏樂府風箋》（臺北：臺灣學生書局，1971年3月初版）。

黃節：《曹子建詩註》（臺北：藝文印書館，1975年9月初版）。

王國維：《人間詞話》（濟南：齊魯書社，1991年4月第4次印刷）。

劉師培著、舒蕪校點：《中國中古文學史》（北京：人民文學出版社，1959年北京第1版）。

朱光潛：《詩論》（臺北：正中書局，1972年6月臺5版）。

陸侃如、馮沅君：《中國詩史》（臺北：明倫出版社，1969年5月再版）。

余嘉錫：《余嘉錫文史論集》（長沙：岳麓書社，1975年10月）。

馮友蘭：《三松堂學術文集》（北京：北京大學出版社，1984年3月第1版）。

編輯部編：《魯迅文集全編》（北京：國際文化出版公司，1995年12月第1版）。

（日）諸橋轍次編著：《大漢和辭典》（臺北：中新書局，1979年7月出版）。

屈萬里：《詩經釋義》（臺北：中華文化出版事業社，1961年10月4版）。

王靜芝：《詩經通釋》（臺北：輔仁大學文學院，1981年10月8版）。

姚一葦：《藝術的奧秘》（臺北：臺灣開明書店，1970年出版）。

王瑤：《中古文學史論》（北京：北京大學出版社，1986年1月第1版）。

傅庚生：《中國文學欣賞舉隅》（臺北：地平線出版社，1963年1月四版）。

黃永武:《詩與美》(臺北:洪範書店,1984年12月初版)。

逯欽立輯校:《先秦漢魏晉南北朝詩》(臺北:木鐸出版社,1983年9
　　　月初版)。

丁福保輯:《清詩話》(臺北:明倫出版社,1971年12月初版)。

丁福保主編:《佛學小辭典》(長春:長春古籍書店據民國八年上海醫
　　　學書局複製,1991年7月印刷)。

郭紹虞編選、富壽蓀校點:《清詩話續編》(上海:上海古籍出版社,
　　　1983年12月初版)。

鄭　騫:《從詩到曲》(臺北:順先出版公司,1976年10月再版)。

錢鍾書:《談藝錄》(北京:中華書局,1983年3月北京第5次印刷)。

錢鍾書:《錢鍾書論學文選》(廣州:花城出版社,1990年5月第1版)。

錢鍾書:《管錐編》第四冊(臺北:蘭馨室書齋,1979年出版)。

徐復觀:《中國藝術精神》(臺北:臺灣學生書局,1992年7月第11次印
　　　刷)。

蔡鎮楚:《中國詩話史》(長沙:湖南文藝出版社,1988年5月第1版)。

杜而未:《崑崙文化與不死觀念》(臺北:臺灣學生書局,1977年5月
　　　出版)。

袁行霈:《中國詩歌藝術研究》(臺北:五南圖書公司,1989年5月臺
　　　灣初版)。

袁珂編著:《中國神話傳說辭典》(臺北:華世出版社,1987年5月臺1
　　　版)。

黃錦鋐:《新譯莊子讀本》(臺北:三民書局,1964年1月初版)。

楊勇校箋:《世說新語校箋》(臺北:明倫出版社,1970年9月初版)。

湯一介:《郭象與魏晉玄學》(臺北中和:谷風出版社,1987年3月出
　　　版)。

洪丕謨:《中國古代養生術》(上海:上海人民出版社,1990年7月第1
　　　版)。

隋樹森編著：《古詩十九首集釋》（臺北：文馨出版社，1975年1月出版）。

趙幼文校注：《曹植集校注》（臺北：明文書局，1985年4月初版）。

編輯部：《魯迅文集全編》（北京：國際文化出版公司，1995年12月第1版）。

蔣祖怡、陳志椿主編：《中國詩話辭典》（北京：北京出版社，1996年1月第1版）。

王國良：《六朝志怪小說考論》（臺北：文史哲出版社，1988年11月初版）。

何邁主編：《審美學通論》（合肥：安徽人民出版社，1990年9月第1版）。

吳調公主編：《文學美學卷》（南京：江蘇美術出版社，1990年6月第1版）。

侯忠義：《漢魏六朝小說史》（瀋陽：春風文藝出版社，1989年3月第1版）。

姚奠中主編：《元好問全集》（太原：山西人民出版社，1990年6月第1版）。

陳文忠：《中國古典詩歌接受史研究》（合肥：安徽大學出版社，1998年8月第1版）。

陳文忠：《文學美學與接受史研究》（合肥：安徽人民出版社，2008年4月第1版）。

陳宏天、呂嵐合編：《詩經索引》（北京：書目文獻出版社，1984年3月北京第1版）。

王運生：《論詩藝》（昆明：雲南人民出版社，1993年9月第1版）。

王叔岷：《慕廬論學文集》（北京：中華書局，2007年10月北京第1版）。

張少康：《文賦集釋》（臺北：漢京文化公司，1987年2月影印一刷）。

胡雲翼：《新著中國文學史》（臺北：漢京文化公司，1983年9月1日初版）。

張可禮：《建安文學論稿》（濟南：山東出版社，1986年9月第一版）。

王　巍：《建安文學研究史論》（長春：吉林大學出版社，1994年7月第1版）。

王　巍：《三曹評傳》（瀋陽：遼寧古籍出版社，1995年3月第1版）。

王文濡評選：《近代文評註》（下冊）（臺北：廣文書局，1967年5月初版）。

張仁青：《魏晉南北朝文學思想史》（臺北：文史哲出版社，1978年12月初版）。

王夢鷗：《傳統文學論衡》（臺北：時報文化公司，1991年4月初版）。

曾永義、柯慶明編輯：《中國文學批評資料彙編——兩漢魏晉南北朝》（臺北：成文出版社，1978年9月初版）。

楊華主編：《魯迅文集全編》（臺北：國際文化出版公司，1995年12月第1版）。

錢基博：《中國文學史》（北京：中華書局，1993年4月第1版）。

劉大杰：《校訂本中國文學發展史》（臺北：華正書局，1984年8月版）。

陳仲庚、張雨新編著：《人格心理學》（瀋陽：遼寧人民出版社，1986年版）。

王溢嘉編譯：《精神分析與文學》（臺北：野鵝出版社，1981年5月20日再版）。

李建中：《魏晉文學與魏晉人格》（漢口：湖北教育出版社，1998年9月第1版）。

編輯部：《辭海》（臺北：臺灣中華書局，1965年5月臺8版）。

張亞新：《曹操大傳》（北京：中國文學出版社，1994年4月第1版）。

章　江：《魏晉南北朝文學家》（臺北：大江出版社，1971年9月初版）。

劉子清：《中國歷代人物評傳》（臺北：黎明文化出版公司，1974年12
　　　月初版）。

傅亞庶注譯：《三曹詩文全集譯注》（長春：吉林文史出版社，1997年
　　　1月第1版）。

郭預衡：《中國古代文學史長編》（北京：首都師範大學出版社，1995
　　　年6月第1版）。

林文月：《澄輝集》（臺北：洪範書店，1983年2月初版）。

林文月：《山水與古典》（臺北：純文學出版社，1976年10月第1版）。

曹道衡：《魏晉文學》（合肥：安徽教育出版社，2001年9月第1版）。

曹道衡：《漢魏六朝辭賦》（臺北：群玉出版公司，1992年6月初版）。

鍾優民：《曹植新探》（合肥：黃山書社，1984年12月第1版）。

鍾優民：《中國詩歌史》（魏晉南北朝）（長春：吉林大學出版社，1989
　　　年）。

鍾優民：《謝靈運論稿》（濟南：齊魯書社，1985年10月第1版）。

郭沫若：《論歷史人物》（上海：海燕書店，1948年5月出版）。

葉慶炳：《中國文學史》（臺北：廣文書局，1968年9月修訂再版）。

葉慶炳：《古典小說論評》（臺北：幼獅文化事業公司，1988年5月初
　　　版）。

徐公持：《魏晉文學史》（北京：人民文學出版社，1999年9月第1版）。

王運熙、顧易生主編：《中國文學批評通史》（魏晉南北朝卷）（上海：
　　　上海古籍出版社，1996年12月第1版）。

郭紹虞：《中國文學批評史》（臺北：明倫出版社，1970年11月初版）。

黃　侃：《文心雕龍札記》（臺北：文星書店，1965年1月10日初版）。

夏傳才、唐紹忠：《曹丕集校注》（鄭州：中州古籍出版社，1992年10
　　　月第1版）。

許文雨：《文論講疏》（臺北：正中書局，1967年初版）。

王夢鷗:《古典文學論探索》(臺北:正中書局,1984年2月初版)。

曹道衡:《中古文學史論文集》(北京:中華書局,1986年7月第1版)。

中國古典文學研究會主編:《古典文學》第六集(臺北:臺灣學生書
　　　　局,1984年12月初版)。

郁元、張明高編選:《魏晉南北朝文論選》(北京:人民文學出版社,
　　　　1996年10月第1版)。

張少康、劉三富:《中國文學理論批評通史》(北京:北京大學出版社,
　　　　1995年6月第1版)。

張少康:《中國古代文學創作論》(臺北:文史哲出版社1991年6月初
　　　　版)。

廖蔚卿:《六朝文論》(臺北:聯經出版公司,1981年3月第2次印行)。

羅宗強:《魏晉南北朝文學思想史》(北京:中華書局,1996年10月第
　　　　1版)。

李曰剛:《中國文學流變史──辭賦篇》(臺北:聯貫出版社,1971年
　　　　8月初版)。

郁　沅:《文學審美意識論稿》(北京:中國廣播電視出版社,1992年
　　　　12月第1版)。

王興華:《中國美學史》(天津:南開大學出版社,1993年3月第1版)。

任訪秋:《中國古典文學論文集續編》(開封:河南大學出版社,1990
　　　　年初版)。

徐公持等:《中國古代文學人物》(臺北:國文天地雜誌社,1989年3月
　　　　出版)。

鄧永康:《魏曹子建先生植年譜》(臺北:商務印書館,1981年12月初
　　　　版)。

劉維崇:《曹植評傳》(臺北:黎明文化公司,1977年12月初版)。

呂慧娟、劉波、盧達合編:《中國歷代著名文學家評傳》(濟南:山東
　　　　教育出版社,1986年初版)。

楊伯峻：《列子集釋》（北京：中華書局，1979年10月初版）。

劉修士：《魏晉思想論》（臺北：中華書局，1957年7月臺1版）。

趙幼文：《曹植集校注》（臺北：明文書局，1985年4月初版）。

周振甫：《文論散記》（北京：學苑出版社，1993年3月初版）。

盧昆等主編：《漢魏晉南北朝隋詩鑒賞辭典》（太原：山西人民出版
　　　　社，1989年3月初版）。

繆　鉞：《冰水繭盦叢稿》（上海：上海古籍出版社，1985年8月初版）。

溫洪隆、涂光雍：《先秦兩漢魏晉南北朝文學攬勝》（武漢：湖北教育
　　　　出版社，1988年3月第1版）。

丁成泉：《中國山水詩史》（武昌：華中師範大學出版社，1990年5月第
　　　　1版）。

王國瓔：《中國山水詩研究》（臺北：聯經出版公司，1986年10月初
　　　　版）。

嵇　哲：《先秦諸子學》（臺北：樂天出版社，1970年9月再版）。

屈興國、羅仲鼎、周維德選註：《古典詩論集要》（濟南：齊魯書社，
　　　　1991年5月第1版）。

譚元明：《謝靈運山水詩新探》（香港：曙光圖書出版公司，未著出版
　　　　年月版次）。

鄧惠芬、翁金燕編著：《色彩學》（臺北：正文書局，1988年9月1日出
　　　　版）。

左秀靈：《顛覆國文──國文課本、古文觀止的錯誤》（臺北：黎明文
　　　　化公司，2000年6月初版）。

（美）魯道夫‧阿恩海姆著、滕守堯、朱疆源合譯：《藝術與視知覺》
　　　　（北京：中國社會科學出版社，1984年3月第1版）。

朱光潛：《文藝心理學》（臺北：臺灣開明書店，1970年10月重2版發
　　　　行）。

林書堯：《色彩學》（臺北：三民書局總經銷，1983年8月修訂初版）。

李文初等著：《中國山水詩史》（廣州：廣東省高等教育出版社，1991年5月第1版）。

孫克寬：《詩文述評》（臺北：廣文書局，1970年初版）。

吳功正：《六朝美學史》（南京：江蘇美術出版社，1994年12月第1版）。

屈大成：《大乘大般涅槃經研究》（臺北：文津出版社，1994年版）。

孫祖烈：《佛學小辭典》（長春：古籍書店，據1938年醫學書局石印本影印，1991年7月印刷）。

張伯偉：《禪與詩學》（杭州：浙江人民出版社，1993年3月第1版）。

張伯偉：《鍾嶸詩品研究》（南京：南京大學出版社，1996年4月第3次印刷）。

敏　澤：《中國文學理論批評史》（長春：吉林教育出版社，1993年版）。

許洋主：《金剛般若波羅蜜經》（臺北：如實出版社，1996年版），〈新譯部〉。

湯用彤：《魏晉玄學論稿》（臺北：里仁書局，1984年版）。

湯用彤：《漢魏兩晉南北朝佛教史》（臺北：漢聲出版社影印，1973年4月臺北影印第1版）。

道源長老講：《金剛經講錄》（臺南：和裕出版社，1999年版）。

劉汝霖：《東晉南北朝學術編年》（臺北：長安出版社，1979年版）。

慧能禪師等注：《金剛經五十三家集注》（臺北：新文豐出版公司，1991年版）。

編輯部：《禪學研究》第一輯（南京：江蘇古籍出版社，1992年8月第1版）。

蕭滌非：《樂府詩詞論藪》（濟南：齊魯書社，1985年5月初版）。

釋恒清：《佛性思想》（臺北：東大圖書公司，1997年版）。

臧維熙主編：《中國山水的藝術精神》（上海：學林出版社，1994年6月第1版）。

周傳席：《六朝畫家史料》（北京：文物出版社，1990年12月初版）。

陳　衍：《石遺室詩話》（臺北：臺灣商務印書館，1976年11月臺二版）。

王國維：《人間詞話》（臺北：開明書店，1961年3月臺四版）。

張秉戍主編：《山水詩歌鑒賞辭典》（北京：中國旅遊出版社，1989年10月第1版）。

李元洛：《詩美學》（臺北：東大圖書公司，1990年2月初版）。

黃明等編：《魏晉南北朝詩精品》（上海：上海社會科學院出版社，1995年6月第1版）。

饒宗頤：《文轍——文學史論集》（臺北：學生書局，1991年11月初版）。

吳戰壘：《中國詩學》（北京：人民出版社，1991年9月第1版）。

魏耕原等編：《先秦漢魏六朝詩鑒賞辭典》（西安：三秦出版社，1990年6月第1版）。

范陽編：《山水美論》（南寧：廣西教育出版社，1993年12月第1版）。

陳去病：《辭賦學綱要》（臺北：文海出版社，1971年7月初版）。

胡國瑞：《魏晉南北朝文學史》（上海：上海文藝出版社，1980年10月第1版）。

楊　勇：《楊勇學術論文集》（北京：中華書局，2006年9月第1版）。

馬積高：《賦史》（上海：上海古籍出版社，1987年7月第1版）。

劉殿爵、陳方正、何志華主編：《謝靈運集逐字索引》（香港：香港中文大學出版社，1999年出版）。

郭紹虞主編：《中國歷代文論選》（上海：上海古籍出版社，2005年2月第4次印刷）。

丁壽昌編著：《易經會通》（鄭州：中州古籍出版社，1992年11月第1版）。

何沛雄：《賦話六種》（增訂本）（香港：生活、讀書、新知出版社，1982年12月香港第1版）。

穆克宏、郭丹編著：《魏晉南北朝文論全編》（南京：江蘇教育出版社，1996年12月第1版）。

王琳：《六朝辭賦史》（哈爾濱：黑龍江出版社，1998年7月第1版）。

程章燦：《魏晉南北朝賦史》（南京：江蘇古籍出版社，1992年2月第1版）。

張正體、張婷婷：《賦學》（臺北：臺灣學生書局，1982年8月初版）。

周勛初：《魏晉南北朝文學論叢》（南京：江蘇古籍出版社，1999年11月第1版）。

## （二）單篇論文

章炳麟：〈魏武帝頌〉，收入《近代文評註》（下冊）內。

李嘉言：〈漫話「悠然見南山」〉，《人民文學》1957年第2期。

陳文忠：〈論理趣——中國古代哲理詩的審美特徵〉，《文藝研究》1992年第3期，1992年5月。

葉慶炳：〈魏晉南北朝的鬼小說與小說鬼〉，收入《古典小說論評》內。

楊鍾基：〈陶詩「心遠」義探微——兼論陶潛之隱逸思想〉，《中國文化研究所學報》1989年第20卷（香港：香港中文大學，1989年）。

徐新杰：〈陶詩「南山」安在哉〉，《江西文物》1991年第2期。

左秀靈：〈悠然見那座「南山」〉，收入《顛覆國文——國文課本、古文觀止的錯誤》內。

胡安蓮：〈「采菊東籬下，悠然見南山」的文化意蘊剖析〉，《信陽師範

學院學報》（哲學社會科學版）第23卷第4期（信陽：信陽師
範學院，2003年8月）。

康保成：〈試論陶淵明的「四皓」情結〉，《中國文化研究》2004年春之
　　　　卷。

劉　　剛：〈「悠然見南山」確實是在用「商山四皓」的典故嗎〉，《中國
　　　　文化研究》2005年春之卷。

王　　瑤：〈文人與酒〉、〈中古文學風貌〉、〈曹氏父子與建安七子〉、〈政
　　　　治社會情況與文士地位〉、〈曹氏父子與建安文學〉、〈中古文
　　　　人生活〉、〈論希企隱逸之風〉，收在《中古文學史論》內。

袁行霈：〈陶詩主題的創新〉，收在《陶淵明研究》內。

馮友蘭：〈論風流〉，收在《三松堂學術文集》內。

陳文忠：〈闡釋史與古代風格研究——〈飲酒‧其五〉接受史研究〉，
　　　　收在《文學美學與接受史研究》內。

魯　　迅：〈魏晉風度及文章與藥及酒之關係〉，收在《魯迅文集全編》
　　　　內。

余嘉錫：〈寒食散考〉，收在《余嘉錫文史論集》內。

梁啟超：〈陶淵明文藝及其品格〉，收在《陶淵明》內。

袁行霈：〈中國古典詩歌的意境〉，收在《中國詩歌藝術研究》內。

朱光潛：〈陶淵明〉，收在《詩論》內。

王叔岷：〈說「悠然見南山」〉，收在《慕廬論學集》內。

王叔岷：〈八斗才〉，《國文天地》第7卷第10期（臺北：國文天地雜誌
　　　　社，1992年3月）。

鄭　　騫：〈詩人的寂寞〉，收在《從詩到曲》內。

王國良：〈搜神後記研究〉，收在《六朝志怪小說研究》內。

鄧安生：〈陶淵明〈飲酒詩〉新探〉，收在《陶淵明新探》內。

陳怡良：〈陶淵明生命中的困境及其解脫之道〉，收在《陶淵明探新》
　　　　內。

張仁青：〈魏晉風度及文章與藥及之關係〉，收在《魯迅文集全編》內。

袁宙宗：〈論曹操性格與歷史功過〉，《中華文化復興月刊》第15卷第2
　　　　期（臺北：中華文化復興運動推行委員會，1982年2月）。

李威熊：〈曹操與禮教〉，《東方雜誌》第16卷第3期（臺北：商務印書
　　　　館，1982年9月）。

林文月：〈論曹丕與曹植〉，收在《澄輝集》內。

林文月：〈中國山水詩的特質〉，收在《山水與古典》內。

林文月：〈康樂詩的藝術均衡美──以對偶句為例〉，《臺大中文學報》
　　　　第4期（臺北：國立臺灣大學中國文學系，1991年6月出版）。

袁宙宗：〈論曹子建的一生際遇和資質〉，《中華文化復興月刊》第14卷
　　　　第1期（臺北：中華文化復興運動推行委員會，1981年1月）。

袁宙宗：〈論曹丕的才華和器識〉，《中華文化復興月刊》第15卷第7期
　　　　（臺北：中華文化復興運動推行委員會，1982年7月）。

徐公持：〈曹植為曹操第幾子〉，《文學評論》1983年第5期。

張子剛：〈曹植並非曹操第三子〉，《延安大學學報》（社會科學版）1995
　　　　年第4期。

張為麒：〈七步詩質疑〉，《國學月報彙刊》第2集，第2卷第1號（臺北：
　　　　文海出版社，1971年12月影印版）。

郭沫若：〈論曹植〉，收在《論歷史人物》內。

傅璇琮：〈從曹操的佚文談曹操的文學思想〉，《北方論叢》1980年第7
　　　　期。

范　寧：〈魏文帝〈典論論文〉「齊氣」解〉，《國文月刊》第63期（臺
　　　　北：泰順書局，1971年9月影印出版）。

黃曉令：〈〈典論論文〉中的「齊氣」一解〉，《文學評論》1982年第6
　　　　期。

王夢鷗：〈試論曹丕怎樣發見文氣〉，收在《古典文學論探索》內。

王夢鷗:〈魏晉南北朝文學之發展〉,收在《傳統文學論衡》內。

莊耀郎:〈曹丕〈典論論文〉「氣」義探微〉,收在《古典文學》第6集內。

朱曉海:〈清理「齊氣」說〉,《臺大中文學報》第9期(臺北:國立臺灣大學中國文學系,1997年6月)。

郁　沅:〈心本感應與物本感應比較論綱〉,收在《文學審美意識論稿》內。

劉玉平:〈曹植文學思想三題〉,《四川師範學院學報》(哲學社會科學版)1994年第5期。

高飛衛:〈也說曹植對繼承權的爭奪〉,《求索》1994年第2期。

徐公持:〈建安文學的集大成者曹植〉,收入徐公持等著《中國古代文學人物》內。

徐公持:〈曹植〉,收入《中國歷代著名文學家評傳》內。

傅正義:〈三曹詩歌異同論〉,《重慶師院學報》(哲學社會科學版),1993年第2期。

姚漢榮:〈中國山水文學的幾個問題〉上海大學學報(社會科學版)1992年第6期(上海:上海大學,1992年)。

葉　瑛:〈謝靈運文學〉,《學衡》第33期,1924年9月。

張秉權:〈論謝靈運〉,《大陸雜誌》第11卷第2期(臺北:大陸雜誌社,1955年7月31日)。

張秉權:〈論謝靈運〉,《大陸雜誌‧語文叢書》第1輯第4冊,(臺北:大陸雜誌社,1968年9月再版)。

孫克寬:〈謝靈運詩述評〉,收入《詩文述評》內。

胡　遂:〈謝靈運詩文與般若空觀及涅槃境界〉,《湖南師大社會科學學報》第33卷第2期(湖南:湖南師範大學,2004年3月)。

孫述圻:〈謝靈運與南本《大般涅槃經》〉,《南京大學學報》(哲學社

會科學版）1983年第1期（南京：南京大學，1983年2月20
　　　日）。

郝昺衡：〈謝靈運年譜〉，《華東師大學報》1957年第3期（上海：華東
　　　師範大學，1957年7月15日）。

張秉權：〈論謝靈運〉，《大陸雜誌》第11卷第2期，（臺北：大陸雜誌
　　　社，1955年7月31日）。

張國星：〈佛學與謝靈運的山水詩〉，《學術月刊》1986年第11期。

陳文忠：〈論理趣——中國古代哲理詩的審美特徵〉，《文藝研究》1992
　　　年第3期（北京：文化藝術出版社，1992年5月）。

黃永武：〈詩的色彩設計〉，收入所著《詩與美》內。

陳怡良：〈謝靈運的審美素養及其山水詩的藝術美〉，《成大中文學報》
　　　第12期（臺南：國立成功大學中國文學系，2005年7月）。

陳怡良：〈陶謝兩家理趣詩之比較〉，收入《陶淵明探新》內。

陳怡良：〈謝靈運在佛法上之建樹及其山水詩的禪意理趣〉，《漢學研
　　　究》第26卷第4期（臺北：漢學研究中心，2008年12月）。

齊文榜：〈佛教與謝靈運及其詩〉，《中州學刊》1988年第1期（鄭州：
　　　河南省社會科學院，1988年）。

蔣述卓：〈禪與詩〉，收入《禪學研究》內。

錢志熙：〈謝靈運〈辨宗論〉和山水詩〉，《北京大學學報》（社會科學
　　　版）1989年第5期（北京：北京大學，1989年9月）。

翳　如：〈謝靈運在佛法上的建樹及其文學造詣〉，《同願月刊》第3卷
　　　第1期，1942年1月。

孫克寬：〈謝靈運述評〉，收入《詩文述評》內。

魏宏燦：〈天質奇麗，運思精鑿——論謝靈運山水詩的結構〉，收入《中
　　　國山水的藝術精神》內。

章尚正：〈論謝靈運山水詩的審美開拓〉，收入《中國山水的藝術精神》
　　　內。

蕭滌非：〈讀謝康樂札記〉，收入《樂府詩詞論藪》內。

丘振聲：〈山水美與山水詩〉，收入《山水美論》內。

葉　瑛：〈謝靈運年譜〉，收入〈謝靈運文學〉內。

許恬怡：〈謝靈運〈山居賦〉自注原因析論〉，《淡江中文學報》第16期
　　　　（臺北：淡江大學中國文學系，2007年6月）。

徐復觀：〈陸機〈文賦〉疏釋〉部分，載《文賦集釋》內。

饒宗頤：〈選堂賦話〉，收入《賦話六種》（增訂本）內。

饒宗頤：〈談中國詩的情景與理趣〉，收入《文轍——文學史論集》內。

陳道貴：〈從〈山居賦〉看佛教對謝客山水詩的影響〉，《文史哲》1998
　　　　年第2期。

周勛初：〈論謝靈運山水文學的創作經驗〉，《文學遺產》1989年第5期。

# 附錄
# 引用書目

## 一　傳統文獻

晉・陳壽撰、宋・裴松之注、民・盧弼集解、清・錢大昕考異：《三國志集解》（臺北：新文豐出版公司，1975年3月版）。

南北朝梁・蕭統編、唐・李善注：《昭明文選・附考異》（臺北：啟明書局，1960年10月初版）。

南北朝梁・劉勰撰、范文瀾注、黃叔琳校：《文心雕龍注》（臺北：開明書店，1968年7月臺六版發行）。

南北朝梁・鍾嶸著、曹旭集注：《詩品集注》（上海：上海古籍出版社1994年10月第1版）。

南北朝梁・鍾嶸著、汪中選注《詩品序》（臺北：正中書局，1982年9月臺八版）。

南北朝陳・徐陵編、清・吳兆宜注、程琰刪補、穆克宏點校：《玉臺新詠箋注》（下）（北京：中華書局，1992年9月北京第2次印刷）。

唐・虞世南：《北堂書鈔》（臺北：文海出版社，1978年版）。

宋・劉克莊：《江西詩派小序》，載《謝靈運校注》，〈附錄五〉，〈評叢〉，內。

宋・葉夢得：《石林詩話》，載《魏晉南北朝詩精品》，〈集評〉內。

宋・魏慶之：《詩人玉屑》（臺北：九思出版公司，1978年11月臺1版）。

金・元好問：《中州集》（臺北：商務印書館，影印《四部叢刊正編》，1979年11月臺1版）。

金・元好問：〈擬羽先生王中立小傳〉，收入《元好問全集》內。

金・元好問：〈劉西岩汲小傳〉，收入《元好問全集》內。

明・許學夷：《詩源辯體》（北京：人民文學出版社，1987年10月第1
　　　　版）。

明・王世貞：《藝苑卮言》，載《謝靈運校注》，〈附錄五〉，〈評叢〉，內。

明・胡應麟：《詩藪》，載《魏晉南北朝詩精品》，〈集評〉，內。

明・謝榛：《四溟詩話》，載《魏晉南北朝詩精品》，〈集評〉，內。

清・顧炎武：《日知錄》（臺北：明倫出版社，1970年3月臺四版）。

清・戴震著、趙玉新點校：《戴震文集》（北京：中華書局，2006年6
　　　　月北京第3次印刷）。

清・丁晏：《曹集詮評》（臺北：商務印書館，1978年10月出版）。

清・潘德輿：《養一齋詩話》，載郭紹虞編：《清詩話續編》下冊（臺
　　　　北：木鐸出版社，1983年12月）。

清・何焯：《義門讀書記》，載河北師範學院中文系古典文學教研組
　　　　編：《三曹資料彙編》（北京：中華書局，2005年2月版）。

清・朱乾：《樂府正義》，載《三曹資料彙編》內。

清・王夫之等撰、丁福保編：《清詩話》（臺北：明倫出版社，1971年
　　　　12月初版）。

清・沈德潛：《說詩晬語》，載《清詩話》內。

清・葉燮：《原詩》，收入丁福保編《清詩話》內。

清・紀昀：《四庫全書總目》（臺北：藝文印書館，1969年3月三版）。

清・陶澍注：《靖節先生集》（臺北：河洛圖書出版社，1974年9月臺
　　　　影印再版）。

清・袁枚：《隨園詩話》，收入廣文編譯所，不求聞達齋主人主編：
　　　　《古今詩話叢編》（臺北：廣文書局，1971年9月初版）內。

清・方東樹：《昭昧詹言》（臺北：漢京文化公司，1985年9月初版）。

清・陳祚明：《采菽堂古詩選》，收入《魏晉南北朝詩精品》，〈集評〉，
　　　內。

清・何焯：《義門讀書記》，收入《魏晉南北朝詩精品》，〈集評〉，內。

清・翁方綱：《石洲詩話》，收入《清詩話續編》內。

清・顧嗣立：《寒廳詩話》，收入《清詩話》內。

## 二　近人論著

葉慶炳：《中國文學史》（臺北：臺灣學生書局，1982年版）。

張林川等編著：《中國古籍書名考釋辭典》（鄭州：河南人民出版社，
　　　1993年6月第1版）。

廖國棟：《建安辭賦之傳承與拓新》（高雄：復文圖書出版社，1998年
　　　6月初版）。

朱恆夫、王基倫主編：《中國文學史疑案錄》（南京：江蘇教育出版社，
　　　1998年4月版）。

木　齋：《古詩十九首與建安詩歌研究》（北京：人民出版社，2009年
　　　12月第1版）。

陳怡良：〈古詩十九首疑案　破解鎖鑰初啟——讀木齋《古詩十九首與
　　　建安詩歌研究》〉，載木齋著《古詩十九首與建安詩歌研究》
　　　內。

梁啟超：《清代學術概論》（臺北：商務印書館，1958年2月版）。

臺靜農：《中國文學史》（臺北：臺灣大學出版中心，2004年12月初
　　　版）。

朱東潤：《中國歷代文學作品選》（上海：上海古籍出版社，1979年
　　　版）。

馬積高：《賦史》（上海：上海籍出版社，1987年7月第1版）。

許世瑛：〈我對於〈洛神賦〉的看法〉，原載臺灣《文學雜誌》3卷3
　　　期，1957年5月，後收入羅聯添編：《中國文學史論文選集》
　　　（二）（臺北：臺灣學生書局，1978年5月初版）。

吳雲主編：《20世紀中國文學研究：魏晉南北朝文學研究》（北京：北
　　　京出版社，2003年3月版）。

譚正璧：〈曹子建痛賦感甄文〉，《青年界》第8卷第2號，1935年第9期。

郭沫若：〈論曹植〉，載所著《歷史人物》（上海：上海海燕書店，1948
　　　年5月版）內。

周勛初：〈魏氏「三世立賤」的分析〉，載《魏晉南北朝文學論叢》（南
　　　京：江蘇古籍出版社，1999年11月版）內。

陳祖美：〈〈洛神賦〉主旨尋繹——為「感甄」說一辯兼駁「寄心君王」
　　　說〉，《北方論叢》1992年第6期。

陳祖美：〈「恨人神之道殊，怨盛年之莫當」——〈洛神賦〉的主題和
　　　藝術特色〉，載《文史知識》1985年第8期。

鍾來因：〈〈洛神賦〉源流考論〉，《江海學刊》（文史哲）1985年第5期。

張文勛：〈苦悶的象徵——〈洛神賦〉新義〉，《社科戰線》1985年第1
　　　期。

畢萬忱等主編：《中國歷代賦選——魏晉南北朝》（南京：江蘇教育出
　　　版社，1994年12月版）。

洪順隆：〈論〈洛神賦〉〉，載所著《辭賦論叢》（臺北：文津出版社，
　　　2000年9月版）內。

黃彰健：〈曹植〈洛神賦〉新解〉，《故宮學術季刊》第9卷第2期，1991
　　　年冬月號。

羅敬之：〈〈洛神賦〉的創作及其寄托〉，收入趙福海主編：《文選學論
　　　集》（吉林：時代文藝出版社，1992年6月版）。

徐公持：《魏晉文學史》（北京：人民出版社，1991年1月版）。

張亞新：〈略論洛神形象的象徵意義〉，《中州學刊》1983年第6期。

蕭　兵：《楚辭的文化破譯》（武漢：湖北人民出版社，1997年2月版）。

吳光興：〈神女歸來──一個原型和洛神賦〉，《文學評論》1989年第3
　　　期。

夏承燾、繆鉞等：《與青年朋友談治學》（北京：中華書局，1983年3
　　　月版）（臺北：國文天地雜誌社，1989年1月版）。

繆　鉞：〈治學瑣言〉，載夏承燾、繆鉞等著：《與青年朋友談治學》
　　　內。

周祖謨：〈談治學的方法〉，載《與青年朋友談治學》內。

繆　鉞：〈曹植與五言詩體〉，《繆鉞全集》（石家莊市：河北教育出版
　　　社，2004年版）。

胡懷琛：〈古詩十九首志疑〉，《學術世界》1935年第四期。

隋樹森：《古詩十九首集釋》（臺北：文馨出版社，1975年1月出版）。

張清鐘：《古詩十九首彙說賞析與研究》（臺北：商務印書館，1998年
　　　6月初版第四次印刷）。

張幼良：〈20世紀《古詩十九首》研究述評〉，《貴州文史叢刊》2003
　　　年第4期。

李祥偉：〈《古詩十九首》研究述論〉，《廣州大學學報》第5卷第6期
　　　（廣州：廣州大學，2006年6月）。

古　彥：〈《古詩十九首》百年研究綜述〉，《語文學刊》2008年第11期。

陸侃如、馮沅君：《中國詩史》（臺北：明倫出版社，1969年5月再版）。

李曰剛：《中國文學流變史（三）──詩歌篇（上）》（臺北：聯貫出
　　　版社，1973年2月再版發行）。

劉大杰：《中國文學發展史》（臺北：華正書局，2001年8月版）。

游國恩：《中國文學史》（臺北：五南圖書公司，1990年11月初版）。

傅斯年：《傅斯年全集》第一冊，《中國古代文學史講義》（臺北：聯
　　　經出版公司，1980年9月初版）。

胡　適：《白話文學史》（臺北：中央研究院胡適紀念館，1969年4月
　　　　出版）。

褚斌杰：《中國古代文體學》（臺北：臺灣學生書局，1991年4月修訂
　　　　增補版一刷）。

勞　榦：〈古詩十九首與其對於文學史的關係〉，《詩學》，1976年10月
　　　　出版。

王成荃：〈古詩十九首與古樂府〉，《文學雜誌》第四卷第四期，1958
　　　　年6月20日出版。

張壽平：《漢代樂府與樂府歌辭》（臺北：廣文書局，1970年2月初版）。

羅根澤：《樂府文學史》（臺北：文史哲出版社，1992年3月再版）。

張清鐘：《兩漢樂府詩之研究》（臺北：商務印書館，1979年4月初版）。

蕭滌非：《兩漢樂府文學史》（臺北：長安出版社，1976年10月初版）。

傅斯年：〈五言詩之起源〉，收入《中國古代文學史講義》內。

葉嘉瑩：〈談古詩十九首之時代問題——兼論李善注之三點錯誤〉，
　　　　《現代學苑》第2卷第4期（臺北：現代學苑出版社，1965年
　　　　7月）。

王強模：〈論古詩十九首〉，載所著《古詩十九首評譯》（貴陽：貴州
　　　　人民出版社，1993年1月第2次印刷）內。

姚奠中主編：《元好問全集》（太原：山西人民出版社，1990年6月第1
　　　　版）。

繆　鉞：《元遺山年譜彙纂》，收入《元好問全集》內。

周本淳：〈元好問〈論詩絕句〉非青年之作〉，《江海學刊》1983年第4
　　　　期。

郭紹虞：《中國歷代論文選》（香港：中華書局，1979年出版）。

郭紹虞：《清詩話續編》（臺北：木鐸出版社，1973年12月初版）。

郭紹虞：《中國文學批評史》（臺北：明倫出版社，1970年11月初版）。

劉　澤：《元好問論詩三十首集說》（太原：山西人民出版社，1992年
　　　　10月第1版）。

王禮卿師：《遺山論詩詮證》（臺北：中華叢書編審委員會，1976年4月
　　　　印行）。

施國祈：《元遺山全集·年譜》，收入《遺山論詩詮證》內。

何三本：〈元好問「論詩絕句」的歷史地位〉，收入《紀念元好問八百
　　　　年誕辰學術研討會論文集》內。

何三本：〈元好問論詩絕句三十首箋證〉（一），《中華文化復興月刊》
　　　　第7卷第3期（臺北：中華文化復興運動推行委員會，1974年
　　　　3月出版）。

何三本：〈元好問論詩絕句三十首箋證〉（三），《中華文化復興月刊》
　　　　第7卷第5期，（臺北：中華文化復興運動推行委員會，1974
　　　　年5月出版）。

輔仁大學中文系主編：《紀念元好問八百年誕辰學術研討會論文集》
　　　　　　（臺北：行政院文建會策劃主辦，輔仁大學中文系主編，
　　　　1991年12月出版）。

李正民：〈元遺山論詩三十首的歷史地位〉，《山西大學學報》（社會科
　　　　學版）1992年第1期。

劉澤等選編：《紀念元好問800年誕辰文集》（太原：山西人民出版
　　　　社，1992年5月第1版）。

張　健：〈王若虛與元好問文學批評之比較〉，《文學·文化與世變》，
　　　　《第三屆國際漢學會議論文集》（臺北：中央研究院中國文
　　　　哲研究所主辦，2002年12月出版）。

鄭靖時：〈金源文學對元好問文學批評形成之考察〉，《紀念元好問八
　　　　百年誕辰學術研討會論文集》（臺北：行政院文建會策劃主
　　　　辦，輔仁大學中文系主編，1991年12月出版）。

脫脫等：《金史》（臺北：國防研究院出新刊本，1970年12月初版）。

何俊哲等：《金史》（北京：中國社會科學出版社，1992年8月第1版）。

錢鍾書：《談藝錄》（北京：中華書局，1993年3月第5次印刷）。

續　琨：《元遺山研究》（臺北：中華書局，1974年2月初版）。

李正民：〈元好問詩論的民族特色〉，《文學遺產》1986年第2期。

譚正璧編：《中國文學家大辭典》（上海：上海書店，1985年10月第二
　　　　次印刷）。

編輯部編：《中國大百科全書》《中國文學》第二冊（北京：中國大百
　　　　科全書出版社，1988年9月第二版）。

郝樹侯、楊國勇：《元好問傳》（太原：山西人民出版社，1990年2月
　　　　第1版）。

編輯組：光緒《河南通志》部分，載《元好問傳》內。

朱子南主編：《中國文體學辭典》（長沙：湖南教育出版社，1988年11
　　　　月第1版）。

田鳳臺：〈元遺山論詩絕句析評〉，《中華文化復興月刊》第12卷第4期。

山西省古典文學學會元好問研究會編：《元好問研究文集》（太原：山
　　　　西人民出版社，1987年11月第1版）。

吳庚舜：〈略論元好問的詩論〉，載《元好問研究文集》內。

陳書龍：〈評元好問論詩絕句三十首〉，載《元好問研究文集》內。

顧易生等：《中國文學批評通史》（宋金元卷）（上海：上海古籍出版
　　　　社，1992年出版）。

高林廣：〈試論元好問的陶淵明批評〉，《廣播電視大學學報》（社會科
　　　　學版）2003年第4期。

袁行霈：《陶淵明集箋注》（北京：中華書局，2003年4月第1版）。

袁行霈：〈陶淵明的自然之義〉，《國文天地》第5卷第8期（臺北：國
　　　　文天地雜誌社，1990年1月出版）。

鍾優民：《陶淵明研究資料新編》（長春：吉林教育出版社2000年8月第1版）。

編輯部：《陶淵明研究資料彙編》（臺北：明倫出版社，1972年4月再版）。

敏　澤：《中國文學理論批評史》（長春：吉林教育出版社，1990年7月第1版）。

陳怡良：〈陶淵明思想境界之建立及其寫意詩法之開拓〉，《第二屆魏晉南北朝文學與思想學術研討會論文集》（臺北：文津出版社，1993年11月初版）。

陳惠豐：〈論元遺山論詩絕句三首〉，《中外文學》第七卷第一期（臺北：國立臺灣大學外國語言學系，1978年6月1日出版）。

方滿錦：《元好問論詩三十首研究》（臺北：萬卷樓圖書公司，2002年9月版）。

朱光潛：《詩論》〈陶淵明〉，收入《陶淵明研究資料彙編》內。

魯　迅：〈題未定草〉（六）部分，收入《陶淵明研究資料彙編》內。

孫德謙：《金史藝文略》，續琨《元遺山研究》引錄。

況周頤：《蕙風詞話》，續琨《元遺山研究》引錄。

顧紹柏：《謝靈運校注》（鄭州：中州古籍出版社，1987年8月第1版）。

黃明等編：《魏晉南北朝詩精品》（上海：上海社會科學院出版社，1995年6月第1版）。

蔣祖怡等編：《中國詩話辭典》（北京：北京出版社，1996年1月第1版）。

周偉濂：簡介宋・胡仔《苕溪漁隱叢話》。收入《中國詩話辭典》內。

文學研究叢書 · 古典詩學叢刊 0804024

# 中古詩人新論
## ——三曹、陶、謝諸人之生平及其詩藝論析

作　　者　陳怡良

責任編輯　吳昕曈

發 行 人　林慶彰

總 經 理　梁錦興

總 編 輯　張晏瑞

編 輯 所　萬卷樓圖書股份有限公司

　　　　　臺北市羅斯福路二段 41 號 6 樓之 3

　　　　　電話 (02)23216565

　　　　　傳真 (02)23218698

發　　行　萬卷樓圖書股份有限公司

　　　　　臺北市羅斯福路二段 41 號 6 樓之 3

　　　　　電話 (02)23216565

　　　　　傳真 (02)23218698

　　　　　電郵 SERVICE@WANJUAN.COM.TW

香港經銷　香港聯合書刊物流有限公司

　　　　　電話 (852)21502100

　　　　　傳真 (852)23560735

ISBN 978-626-386-018-6

2023 年 12 月初版一刷

定價：新臺幣 800 元

本書為國立臺灣師範大學國文學系 2023
年度「出版實務產業實習」課程成果。
部分編輯工作由課程學生參與實習。

如何購買本書：

1. 轉帳購書，請透過以下帳戶

　　合作金庫銀行　古亭分行

　　戶名：萬卷樓圖書股份有限公司

　　帳號：0877717092596

2. 網路購書，請透過萬卷樓網站

　　網址 WWW.WANJUAN.COM.TW

大量購書，請直接聯繫我們，將有專人為您
服務。客服：(02)23216565 分機 610

如有缺頁、破損或裝訂錯誤，請寄回更換

國家圖書館出版品預行編目資料

中古詩人新論——三曹、陶、謝諸人之生平及
其詩藝論析/陳怡良著.-- 初版.-- 臺北市：萬
卷樓圖書股份有限公司, 2023.12

　　面；　公分.--(文學研究叢書. 古典詩學叢
刊 ; 804024)

ISBN 978-626-386-018-6(平裝).

1.CST: 中國詩 2.CST: 詩評 3.CST: 傳記 4.CST:
魏晉南北朝

821.88　　　　　　　　　　　　112019374